novum pro

Anatol Egbuna

OYIBO!!!

Weißer Sohn eines schwarzen Vaters

novum pro

*„OYIBO!!! Weißer Sohn eines schwarzen Vaters"
ist Anatol Egbunas Lebensgeschichte, basierend auf
seinen Erinnerungen. Alle im Buch vorkommenden
Personen sind Personen des wirklichen Lebens.
Um ihre Privatsphäre zu schützen, werden die
meisten von ihnen unter Pseudonym vorgestellt.*

Bibliografische Information
der Deutschen Nationalbibliothek:

Die Deutsche Nationalbibliothek
verzeichnet diese Publikation in der
Deutschen Nationalbibliografie.
Detaillierte bibliografische Daten
sind im Internet über
http://www.d-nb.de abrufbar.

ISBN 978-3-85022-769-8
Lektorat: Gisela Graz
Coverillustration: Anatol Egbuna
Fotos: Anatol Egbuna

Gedruckt in der Europäischen Union
auf umweltfreundlichem, chlor- und
säurefrei gebleichtem Papier.

www.novumpro.com

AUSTRIA · GERMANY · SWITZERLAND · HUNGARY

Für Omesiri, dessen Liebe mir Kraft und Geborgenheit in Zeiten der Finsternis schenkte.

Für Celestine, der mir in schwierigen Zeiten stets zur Seite stand.

Für Nneka, meine geliebte Schwester, I will always love you.

Ich danke und trage euch immer in meinem Herzen.

Inhalt

Vorwort

Manchmal frage ich mich, wie man das Leben definieren soll. Was es für einen beinhaltet, für die Menschen bereit hält? Diese Fragen schießen mir ständig durch den Kopf. Es ist schon verwirrend, man ist mal hier, dann im nächsten Moment ganz woanders. Man ist heute mit jemandem, morgen aber ohne ihn. Leute verändern sich, die Welt verändert sich, Dinge ändern sich, du veränderst dich. In manchen Momenten fühlst du dich wie in einem dunklen Tunnel, voller Gefahren und Leid, aber tief in deinem Inneren leuchtet ein Licht, welches so hell brennt. Es gibt dir Kraft und Geborgenheit. Es erwärmt dein Herz und du findest Hoffnung. Du weißt, dass du weiter willst, du willst kämpfen, du willst frei sein. Dieses Licht brennt ununterbrochen. In all deinem Leiden und Schmerz siehst du in der Ferne das Ende des Tunnels, deine Hoffnung, das Licht und du sammelst deine Kräfte. Neu gerüstet, eine Stimme in deinem Innern mit dir sprechend: „Du wirst dein Ziel erreichen und frei sein, du wirst leben …“

Durch die wachsamen Augen eines Kindes!

Die wachsamen Augen eines Kindes,
aufmerksam beobachtend,
deine Güte lobend,
Tränen der Freude, wenn du wohltuend,
aber auch unschuldige Zeugen, wenn du sündigend.

Die Augen eines Kindes alles aufnehmend,
mit engelsgleichen Sinnen alles befragend,
deinen Taten folgend,
von deinen Schandtaten wissend.

Die Augen eines Kindes suchend,
die Antwort zu dem Warum herbeisehnend,
nun erwachsen vor dir stehend
eines Tages über dich richtend,
die wachsamen Augen eines Kindes.

A. c. e

6th *April 2009*

Der Anfang

Es war schon vier Uhr, als ich am Dienstag, den 12. März 1996, aufstand. Es war ungewöhnlich kalt an diesem Tag und es goss wie aus Eimern. Die Bilder vom Tag zuvor begleiteten mich, als ich in die Küche ging und eine Kerze anzündete. Wir hatten wieder mal kein Licht, weil NEPA (die nationale Elektrizitätsgesellschaft) den Strom vorübergehend abgestellt hatte. Es dauerte dann auch nicht mehr lange und das Wasser aus dem Hahn floss nicht mehr. Ich setzte unser Essen auf den Herd zum Kochen. Yam, eine Art Wurzel die wir fast jeden Morgen aßen. Sie erinnerte an eine riesige Kartoffel. Einfach nur Yam mit ein paar Tropfen Palmöl. Dies war nun schon seit geraumer Zeit das Einzige, welches wir zu essen bekamen. Danach ging ich zum Schlafzimmer meiner Stiefmutter, wo ich die dreckigen Klamotten meines kleinen Stiefbruders, Ifeanyi, zum Waschen, jeden Morgen, abholte. Unter den Sachen befanden sich dreckige Windeln, sein Bettzeug und die Kleidung vom Tag zuvor. Sie lagen meistens schon vor der geschlossenen Zimmertür, im Bündel zusammengerollt auf dem Boden. Aber an diesem Tag war es ein bisschen anders. Ich musste diesmal ins Zimmer. Ich öffnete leise die Tür und schlich mich hinein. Zu meinem Glück konnte ich den Raum verlassen, ohne dass sie mich bemerkte. Ich nahm die Sachen an mich, ging den Flur durch die Dunkelheit hinunter in unser Waschzimmer und wollte mich ans Waschen machen. „Scheiße!", dachte ich mir. Am Tag zuvor hatte ich die Seife, welche ich zum Waschen brauchte und die ich nur von meiner Stiefmutter bekam, extra bereitgelegt, damit ich sie heute nicht suchen musste, aber sie war weg, wie vom Erdboden verschluckt. Überall suchte ich, konnte sie trotzdem nicht finden. Ich fing an zu verzweifeln. Die Zeit lief mir davon. Irgendjemand wollte mich wohl in Schwierigkeiten bringen. Ein wenig beunruhigt entschloss ich mich, meine anderen Hausarbeiten zu erledigen. Würde ich jetzt noch mal ins Zimmer gehen, gäbe es bestimmt wieder Ärger. So machte ich mich auf den Weg nach draußen, wo ich die drei Autos, die mein Vater besaß, säubern musste. Vor lauter Gedanken, die ich mir um die verschwundene Seife machte, hatte ich den Yam fast vergessen. Stürmisch lief ich in die Küche und war gerade noch rechtzeitig dort, um unser Essen vor dem Verbrennen zu retten. Wäre es verbrannt, hätten wir nichts mehr gehabt, was wir hätten essen können, da Gladys, meine Stiefmutter, uns nur bestimmte Portionen zuteilte.

Es war gerade der Anfang der Regenzeit in Nigeria, die jetzt noch bis Oktober andauern sollte. Dies bedeutete mehr Arbeit für mich, da dadurch die Autos besonders dreckig – vom Schlamm auf Warris Straßen, die in einem extrem schlechten Zustand sich befanden,– jeden Tag abgestellt worden waren. Ich machte mich hastig an die Arbeit. Meine jüngere Schwester Nneka war in der Zwischenzeit auch aufgestanden und half mir bei den verbleibenden Aufgaben. Die große Uhr, die in der Küche hing, ließ ich nie aus den Augen. Sie erinnerte mich immer daran, wie viel Zeit noch blieb bis zu dem Zeitpunkt, an dem Gladys aufstehen würde. Bis dahin musste alles erledigt, aufgeräumt, blitz und blank an Ort und Stelle stehen, wehe, wenn nicht! Jetzt schlug der große Zeiger zwölf, sechs Uhr und Ifeanyis Sachen waren noch nicht gewaschen. Ich verließ die Küche, mein Essen ließ ich stehen und eilte zu ihr ins Zimmer, um um ein extra Stück Seife zu bitten. Als ich dort ankam, schlug mein Herz schon deutlich schneller, mein Puls raste als ich fühlte wie das Blut durch meine Adern schoss. Die Tür stand bereits offen und ich konnte Ifeanyis Stimme hören. Ich näherte mich der Tür und blieb im Türrahmen stehen, die Situation, die ich jeden Morgen vermeiden wollte, war eingetroffen. Ich hatte immer versucht alles, was ich an Aufgaben von Gladys bekommen hatte, zu erledigen, bevor sie wach wurde. Somit konnte ich vermeiden, dass ich zusätzliche Zeit verlor, indem ich die Standpauke von ihr kassierte. Die Zeit war immerhin schon knapp, obwohl ich schon um vier Uhr aufgestanden war. Ich musste einfach zu viel schaffen, bevor ich das Haus verließ, und nebenbei mich noch für die Schule fertig machen. Vom Klamottenwaschen, übers Autoputzen und Essenvorbereiten, von der Wohnzimmerreinigung bis hin zum Hoffegen. All dies musste ich in den zwei Stunden bewältigen. Dazu kam noch, dass Gladys mir verboten hatte, früher aufzustehen, da ich dann mehr Zeit zu Verfügung bekäme.

Ich stand zuerst regungslos da, bis sie mir einen Blick würdigte. „Was willst du?“, fragte sie mit einer Stimme, die meinen Herzschlag für ein paar Sekunden ausätzen ließ. Ich zuckte kurz, fasste mich aber wieder und sagte: „Madam, ich wollte noch mal um ein Stück Seife bitten." Sie guckte mich an und lachte. „Wieso hast du mich nicht gestern gefragt? Und wo ist denn die Seife, die ich dir vorgestern gegeben habe?" Ich wusste nicht, was ich antworten sollte. „Madam, ich habe sie dort hingelegt, wo ich sie immer hintue, aber ich konnte sie heute Morgen dort nicht mehr finden. Jemand muss sie dort weggenommen haben." „Willst du mir das unterstellen? Du bist einfach für nichts zu gebrauchen, noch nicht mal Klamotten kannst du waschen, ohne dass dabei was schiefläuft. Wieso machst du die Wäsche überhaupt jetzt erst?" Die Antworten auf so viele Fragen hatten noch nicht mal meine Lippen genährt, als sie von dem Hocker, auf dem sie saß, aufsprang, mich an den Haaren packte und ins Zimmer meines Vaters zerrte. „Chike!", rief sie (so nannte sie meinen Vater), als wir das Zimmer betraten. Mein Vater war auch schon wach. Er saß am Bettenrand, den Kopf hielt er zwischen seinen Händen, als ob er uns schon erwartet hätte, seinen Blick auf den Boden gerichtet. Diese Position kannte ich. Es war genau die, in der er sich befand, wenn Gladys mal wieder etwas Schlechtes über mich erzählt hatte und ich mich vor ihm rechtfertigen musste, nur mit dem Unterschied, dass ich diesmal nicht wusste, was ich angeblich falsch gemacht haben sollte. Ich musste an den Abend des vorherigen Tages denken, Gladys' Gelache.

Regungslos stand ich dort in der Ecke des dunklen Zimmers, verängstigt, meine Beine zitternd, die Augen in Richtung Boden.

„Frage ihn doch!" Der Schrei meiner Stiefmutter brach die Stille. „Frage ihn doch, wo sie ist! Er hat sie gestohlen und verkauft, bestimmt! Er ist ein Dieb und ein Taugenichts und seine Hausarbeit erledigt er auch nicht! Ich habe es dir schon immer gesagt, der Junge bringt noch Verderben über uns! Er ist doch jetzt schon eine Schande für die Egbuna Familie! Hier steht er nun, frage ihn jetzt! Ich habe mich um Wichtigeres zu kümmern, Ifeanyi!!!" Sie drehte sich um und verließ den Raum. Ich war nach ihrem Auftritt nun noch angespannter und fühlte einen eiskalten Schauder meinen Rücken hinunter gleiten. Mein Vater, der noch immer in der gleichen Lage verharrte, blickte endlich nach oben, guckte mich an und sagte. „Anatol, ich werde diese Frage nur einmal stellen, also höre gut zu und überlege dir gut, was du mir für eine Antwort gibst." Ich nickte mit dem

Kopf, sagte aber gleichzeitig mit einer zitternden Stimme: „Ja Sir." Ein kurzer Augenblick der Stille, dann stellte er die Frage, die mein weiteres Leben so sehr verändern sollte, eine die ich in diesem Moment nie erwartet hätte. „Wo ist meine Pistole?" Ich konnte es nicht glauben, was er gerade gefragt hatte. Immer noch auf den Boden blickend, schließlich hielt er es für respektlos, ihm ins Gesicht zu schauen, antwortete ich: „Ich weiß es nicht, Sir." Er erhob sich vom Bett, raste auf mich zu und wiederholte, was ich gesagt hatte. „Du weißt es nicht!!!? O.k. Wo ist denn deine Armbanduhr?" „Meine Armbanduhr?", dachte ich mir. Ich hatte vor einem Jahr zum Geburtstag eine Uhr von meiner richtigen Mutter, die in Deutschland lebte, geschenkt bekommen, die ich über alles und vor allem hütete. Ohne lange darüber nachzudenken, antwortete ich: „In meinem Zimmer, Sir." „Hol sie schnellstens her", schrie er. Ich rannte in mein Zimmer und suchte nach ihr. Ich hatte sie sorgfältig immer an der gleichen Stelle versteckt, aber konnte sie dort nicht finden. Meine Hände fingen an zu zittern, als ich fieberhaft versuchte sie zu finden. Ich schaute im Schrank nach, unter meiner Matratze, aber konnte sie einfach nicht finden. Überall schaute ich nach, aber sie war verschwunden, weg. Als ich nun dort verzweifelt stand, ging die Tür auf und meine Stiefmutter kam ins Zimmer, blieb aber im Türrahmen stehen und lachte. „Du hast sie doch verkauft, alle beide." Im gleichen Moment kam mein Vater zur Tür hinein und fragte mich erneut. „Wo ist sie? Du hast sie also nicht mehr. Deine Stiefmutter hat doch recht, du hast sie verkauft und das Geld für Drogen und Mädchen ausgegeben. Verkauft, genauso wie meine Pistole." „Nein, Sir, ich würde so was niemals machen." Ohne zu warten bis ich fertig war stürzte er sich auf mich und schlug mir mit seiner gewaltigen Faust mitten ins Gesicht. Es fühlte sich so an, als wurde ich in dem Moment von einem fahrenden Zug mitgerissen. Ich flog von einem Ende des Zimmers ins andere. Der Schlag traf mich so hart, es tat so verdammt weh. Ich landete auf dem Boden. Er schrie mir hinterher: „Du Nichtsnutz hast sie beide verkauft, das wirst du mir büßen!" Meine Stimme ähnelte dem Heulen eines verwundeten Hundes, als ich versuchte ihn von meiner Unschuld zu überzeugen, aber es nutzte alles nichts, schon traf mich der nächste Schlag, noch härter als der erste. Ich blieb auf dem Boden liegen, die Hände über den Kopf geschlagen, als er das Zimmer verließ und hinter sich abschloss. Nun lag ich dort, mitten auf dem Boden mit ungeheueren Schmerzen, vor Angst hatte ich mir in die Hosen gemacht. Ich kniete mich hin und bat Gott, dass er mich die Uhr finden ließ, hatte aber damals keine Ahnung, dass sie sich gar nicht mehr im Zimmer befand. So sprang ich auf und machte mich verzweifelt auf die Suche. Nach ein paar Minuten kehrte mein Vater zurück. Als er das Zimmer betrat, flüchtete ich in die Ecke, aber ich konnte ihm nicht entkommen. Er blieb vor der Tür stehen, in seiner Hand hielt er ein Koboko (eine Art Schlagstock aus getrockneter Rinderhaut). Ich wusste in dem Moment, was passieren würde und wovor mich niemand mehr auf der Welt hätte retten können. Er hatte mich schließlich schon öfter geschlagen. Er schloss die Tür hinter sich ab und steckte den Schlüssel in seine Hosentasche. Mir blieb nichts anderes übrig, ich versuchte, ihn noch mal von meiner Unschuld zu überzeugen. Mein Winseln und Flehen brachte nichts. „Nun hast du dir auch noch in die Hosen gepinkelt! Schämst du dich nicht?" Jetzt noch wütender, ließ sich nicht beeindrucken und schlug zu, er schlug mehrmals zu. Jeder Schlag brannte, als das Leder meine Haut traf. Meine Hände hielt ich vor meinem Gesicht, um es zu schützen. Er schlug immer und immer wieder zu, minutenlang. Dann hörte er plötzlich auf und brüllte „Wo ist sie?" Ich murmelte: „Sir, ich weiß es nicht." Daraufhin wurde er noch aggressiver: „Hast du noch nicht genug?", und verließ das Zimmer, kehrte aber einige Augenblicke wieder zurück mit einem Beutel in der anderen Hand. Er legte den Koboko zur Seite, griff in den Beutel hinein und streute etwas in meine Richtung. „OH GOTT!!!", dachte ich. Es war Suya Pepper (ein sehr scharfes Granulat aus roten Pfefferschotten, das wir zum Kochen benutzten). Er streute den ganzen Beutel über mich, über meinen Kopf, meine Schultern und Arme bis hin zu den Füßen. Es brannte wie in der Hölle. Der Pfeffer drang in die Wunden, verursacht durch seine Schläge, ein und vermischte sich mit meinem Blut. Ich war in der Hölle, es brannte und ich konnte nichts dagegen tun. Mein Vater griff mit der anderen Hand wieder nach den Koboko, fragte aber noch mal: „Anatol Chukwunweike Ezra Egbuna, wo ist deine Uhr und die Pistole?" Vor Schmerz blieb die Frage von mir unbeantwortet. Ich fühlte nur, wie weitere Schläge meinen Körper trafen und dieser fast leblos durch den Raum des Zimmers geschleudert wurde. Immer wieder forderte er mich auf meine Hände unten zu lassen, damit er auch meinen Kopf treffen konnte. Der Pfeffer beeinträchtigte jetzt auch schon mein Sehvermögen, da ich immer wieder die Hände vor mein Gesicht hielt, um es zu schützen. Mein Vater raste wieder aus dem Zimmer und kam zurück mit Tränengas, welches er auch benutzte. Irgendwann kam der Punkt, an dem ich die Schläge nicht mehr wahrnahm, ich wurde bewusstlos.

Als ich wieder zu mir kam, hörte ich, wie meine Stiefmutter meinem Vater sagte: „Er wird die Wahrheit nicht sagen und du wirst sie mit deinen Methoden nicht aus ihm herausholen. Lass mich ein paar Jungs von der Straße auftreiben, die werden schon die Wahrheit aus ihm herausprügeln." Er stimmte zu …

Ich war am Ende meiner Kräfte. Mein Puls raste. Ich konnte nicht mehr. Meine Versuche, das Zimmer zu verlassen, blieben erfolglos, da die Tür abgeschlossen war und wir Eisengitter vor allen Fenstern des Hauses befestigen hatten lassen, um es vor Einbrechern sicher zu machen. Jetzt war ich aber gefangen, gefangen in meinem eigenen Zimmer. Gefangen und allein gelassen mit meinen Gedanken, schloss ich die Augen und begab mich in eine andere Welt. Ich fragte mich, wie ich in diese Situation gelangen konnte. Warum ich? Was hatte ich falsch gemacht? Gott, wann hat das alles angefangen? Ich blickte zurück, zurück in meine Vergangenheit, zurück in mein Leben, und dachte an einen Tag vor vierzehn Jahren. Es war genau vor vierzehn Jahren …

Rückblick

Es war der gleiche Tag, fünf Uhr morgens am Dienstag, 12. März 1982, in Warri, einer großen Stadt in Delta State (früher Bendel State), eines der jetzt 30 Bundesländer Nigerias, ein Land in Westafrika. Ich, Anatol Chukwunweike Ezra Egbuna, war gerade vier Jahre alt. Meine Mutter kam in unser Zimmer und rief „Anatol! Ebele! Aufstehen! Macht euch fertig!" Wir wunderten uns, aber taten, was sie sagte. Ebele ist meine ältere Schwester, 1 ½ Jahre älter. Wir teilten uns ein Zimmer. Ich hatte noch eine jüngere Schwester Nneka. Sie hatte ihr Zimmer den

Flur weiter runter. Sie war die jüngste von uns dreien und gerade mal zwei Jahre alt. Wir lebten zusammen in einem großen Haus mit sechs Schlafzimmern, einer riesigen Küche und einem luxuriösen Wohnzimmer. Meine Eltern, Architekt Gilbert Chukwunweike Egbuna und Architektin Eva-Marie Kelber Egbuna, lebten in getrennten Zimmern und nach 15 Jahren Ehe war auch nicht mehr viel Gemeinsames verblieben. Sie hatten sich die Jahre zuvor gemeinsam ihre Firma aufgebaut und sie lief gut.

Das Haus meiner Eltern befand sich auf einem prächtigen Grundstück versehen mit Orangen und Guavenbäume. Für nigerianische Verhältnisse gehörten sie zu den Reicheren. Sie hatten sich in Hamburg, Deutschland, kennengelernt, hatten zusammen an der Universität von Hamburg studiert und kurz nach dem Abschluss geheiratet.

Fertig angezogen warteten wir zwei, Ebele und ich. Nach ein paar Minuten hörten wir Nnekas Weinen aus ihrem Zimmer. Meine Mutter hatte sie geweckt und tauchte einen Augenblick später mit ihr im Arm auf und sagte: „Ihr beiden seid alt genug, um für euer Frühstück selber zu sorgen, macht euch was!" Sie gab Nneka etwas zu essen, die mittlerweile aufgehört hatte zu weinen, und machte sich aus dem Staub. Verwirrt und ein bisschen irritiert durch diese Situation und die Aufforderung meiner Mutter öffnete ich den Kühlschrank und nahm das Nächstbeste heraus. Wir waren es gewohnt, entweder von ihr, meiner Mutter, oder von Uncle Samson, der so was wie Kindermädchen, Haushälter und Leibwächter in einem war, das Frühstück serviert zu bekommen. Eine Scheibe Brot mit Nutella, das war alles, was Ebele und ich zu uns nahmen. Wenig später gesellte sich meine Mutter zu uns in die Küche. Obwohl ich noch ganz jung war, erkannte ich die Angst deutlich in ihrem Gesicht. „Wo ist Papi?", fragte ich dann. Sie guckte mich mit weit aufgerissenen Augen an und antwortete: „Dein Vater ist verreist." Das konnte ich mir nicht vorstellen, aber für den Moment glaubte ich ihr, ich musste es einfach. Die Koffer, die schon gepackt im Flur standen, waren mir auch schon aufgefallen. „Toll!", jubelte ich. „Wir gehen Papi besuchen." Diese Bemerkung ließ sie im Raum stehen. Dann ging alles ziemlich schnell. Sie griff nach den Koffern, packte sie in den Wagen, lud uns ein und verließ das Grundstück. Als ich mich an diesem Tag umdrehte und auf das offene Tor zurückblickte, konnte ich nicht ahnen, dass dies der Anfang eines ganz anderen Lebens sein sollte, ein Leben ohne meine

Mutter, ein Leben als Oyibo. Ein merkwürdiges Gefühl überkam mich, als wir davonfuhren. Ebele, die neben mir saß, kriegte von alledem nichts mehr mit. Sie war wieder eingeschlafen. Ich fühlte mich alleingelassen mit meinen Gedanken und Sorgen. Die Anspannung stieg, als meine Mutter, die ungewöhnlich schnell unterwegs war, eine Frau fast erwischte, die gerade die Kreuzung vor uns überquerte. „SCHEISSE!!!“, schrie sie. Nneka, die vorne im Kindersitz saß, gab ein kurzes Kreischen von sich. Wir polterten um die Ecke und ließen die fluchende Frau einfach stehen. Die Schweißperlen im Gesicht meiner Mutter waren nicht zu übersehen. Irgendwas stimmte nicht. Aber was? „Mami, wir fahren doch zu Papi?“, fragte ich dann. Sie wurde plötzlich ziemlich bleich im Gesicht, drehte sich dennoch um zu mir und antwortete: „Anatol, Schatz, ich weiß es nicht und will es auch nicht mehr wissen. Es ist jetzt zu spät umzukehren. Dein Vater ist öfter weg, ohne mir zu sagen, wohin er geht oder wann er zurück sein wird. Jetzt gehe ich. Ich hoffe, du wirst dies verstehen, wenn du älter bist.“ Mit dieser Antwort hatte ich nicht gerechnet. Ich lehnte mich an Ebele, die immer noch schlief, und schloss die Augen. Ich wurde dann geweckt von einem lauten Hupen. Ich öffnete die Augen und erblickte ein großes Tor vor uns. „Ich kenne dieses Tor“, dachte ich mir und ich hatte recht. Wir standen vor dem Haus von einem gewissen Doktor Baba. Er war ein Freund meiner Eltern und wir waren dort oft zu Besuch. Er und seine Frau, Tante Julia, hatten zwei Kinder, Timmy und Olivia, mit denen wir immer spielten. Er war nicht nur ein guter Freund meiner Eltern, er war auch unser Hausarzt und Vertrauensmann meiner Mutter. Ebele, die jetzt auch aufgeweckt neben mir saß, erfreute sich am Anblick des Hauses, in dem sie so gerne spielte. Das Tor ging auf und wir fuhren hinein. Das Haus der Babas war wunderschön. Es lag mitten auf einem Berg, umgeben von Bäumen und Wiesen, zirka eine halbe Stunde mit dem Auto von unserem entfernt. Mami fuhr den Wagen direkt vors Haus, sprang heraus und rannte mit Nneka hinein. Ebele und ich blieben im Wagen sitzen. Plötzlich erklang eine sehr bekannte Hupe vor dem Tor. Es war die vom Wagen meines Vaters. Der Tageswächter öffnete das Tor und mein Vater raste hinein. Irgendwie freute ich mich nicht ihn zu sehen, ich dachte noch an das, was Mami mir im Wagen gesagt hatte. Es war jetzt schon alles anders, aber es sollte erst der Anfang sein. Er stieg sehr schnell aus dem Wagen, kam auf uns zu und sagte: „Wo ist eure Mutter?“ Wir antworteten. „Setzt euch sofort in meinen Wagen und schnallt euch an.“ Das Ganze gefiel Ebele überhaupt nicht, da sie davon ausging, wir seien dort, um mit Timmy und Olivia zu spielen. „Ich will aber hierbleiben“, schrie sie dann. Ein Blick meines Vaters reichte und sie setzte sich brav neben mich in den anderen Wagen. Er verschwand im Haus. Kurz darauf hörten wir Schreie, meine Eltern stritten sich wieder mal. Solche Situationen gab es sehr oft bei uns zu Hause. Es war nicht das erste Mal, dass sie sich stritten, und manchmal ging es noch heftiger zu. Er schlug sie sehr oft. Jetzt hörten wir auch Doktor Babas Stimme, alle redeten durcheinander. Die Haustür ging auf, Mami lief hinaus, stieg in ihren Wagen und fuhr davon. Sie fuhr davon, ohne sich umzudrehen, noch nicht mal ein Tschüss sagte sie. Sie hatte uns noch nicht mal angesehen. Sie war weg, weg für immer. Ich weiß nicht, was damals im Hause von Doktor Baba gesagt worden war, aber es änderte unser Leben, mein Leben. Wir saßen dort in dem Wagen meines Vaters und konnten nichts machen. Wir saßen einfach dort. Ebele fing an zu weinen. Ich wusste nicht, was dies alles zu bedeuten hatte. Es ging alles viel zu schnell wie einiges im Leben. Wir waren viel zu jung, um zu verstehen, was jetzt auf uns zukommen würde. Wir waren sogenannte Fremde in einer anderen Kultur, anders als die anderen Kinder. Wir hatten eine weiße Mutter und dies sollten wir ab dem heutigen Tage jede Sekunde zu spüren bekommen, denn von nun an waren wir Oyibos!!!

Das Leben danach

Dort saßen wir nun. Völlig aufgelöst und alleingelassen. Ebeles Weinen war in der Zwischenzeit verstummt.

Unser Leben, wie wir es bis zu diesem Moment geführt hatten, sollte sich drastisch ändern. Es ging weiter und wir wuchsen. Mein Vater nahm uns dann aus dem deutschen Kindergarten, den wir bis zu Mamis Abreise besucht hatten. Ihre Absicht war es, wenn die Zeit gekommen war, uns an einer deutschen

Grundschule einzuschreiben. Wir sollten zwar in Nigeria aufwachsen, aber einen deutschen Bildungsgang bekommen. Dies änderte sich jetzt aber alles. D. S. C. Primary School. Das war unsere Neue, die Schule. Die Buchstaben standen für Delta Steel Company, eine der größten Stahlwerke Nigerias. Die Company hatte für ihre Mitarbeiter eine Schule eröffnet, in die deren Kinder gingen. Die Architektenfirma meiner Eltern blieb bestehen, obwohl sie jetzt nicht mehr in Nigeria residierte. Meine Mutter, die bis dahin die treibende Kraft der Firma gewesen war, fehlte. Ihre Abwesenheit sollte fatale Folgen haben. „Berchkassem Consultants", der Name der Firma. Das Unternehmen, eher ein mittelständiges, war in den Jahren zuvor stark durch die Einflüsse meiner Mutter gewachsen. Es kamen immer mehr Aufträge ins Haus und die Beschäftigtenanzahl stieg ständig. Dieser Zustand sollte aber nicht von Dauer sein.

Ich war sechs, als ich auf die Grundschule kam. Ich erinnere mich an den ersten Schultag, einfach ein schrecklicher Tag. Die Schule war gerade eröffnet worden und es mangelte an einigem. Wir mussten noch auf dem Boden sitzen und trugen anfangs noch keine Uniform. Dies war nicht ungewöhnlich für nigerianische Schulen, für mich aber, der bis zu diesem Zeitpunkt nicht viel mit dem Nigerianischen zu tun gehabt hatte, obwohl wir hier aufwuchsen, erschien es schrecklich und ungewohnt. An diesem ersten Schultag kamen wir zu spät. Mein Vater setzte uns ab und fuhr davon. „Der Headmaster", so nannten wir den Schuldirektor, führte uns zu unseren Klassen. Ich kam in die 1c und Ebele in die 2a. Wir wurden getrennt. Ich weiß noch ganz genau, dass ich ihre Hand nicht loslassen wollte. Verschämt und zudem total verängstigt stand ich nun vor der ganzen Klasse. Ich weinte. Die anderen Kinder lachten und flüsterten „Oyibo!!!" vor sich her. Ein Junge, der ganz hinten in der Ecke saß, sprang auf und schrie „Oyibo!!!" Mrs. Okoro, die Lehrerin, warf einen ernsten Blick in seine Richtung: „Wenn ich das noch mal höre, gibt es sechs Stockhiebe! Er nahm sofort wieder Platz. Da fühlte ich das erste Mal, dass ich anders war, anders als die anderen. Ich war das einzige weiße Kind in der Klasse von 40.

Meine Einschulung

„Anäto", sagte sie schließlich zu mir, „setz dich dort hin." Dieser Tag ging so langsam vorüber. Im Laufe des Tages erklang der Gong zweimal zur Pause. Eine kurze und eine lange Pause, die etwa 45 Minuten dauerte. Diese Zeit empfand ich als die schlimmste, da ich auf mich allein gestellt war und die Lehrer keine Aufsicht über die anderen Kinder hatten. Meistens blieb ich im Klassenzimmer sitzen. Später mussten wir alle raus und das Zimmer wurde abgeschlossen. In der kurzen Pause fingen die Mädchen aus meiner Klasse an, mit meinen Haaren zu spielen. „Oyibo! Oyibo!!! Oyibo!!!", schrien sie. Meine Haare waren ziemlich lang und gelockt, was für einen Jungen in Nigeria einen sehr seltenen Anblick darstellte. Ich konnte nichts gegen sie ausrichten. Ich ließ sie einfach nur machen. Mal ein Zopf rechts, dann ein Scheitel links. Am Ende des Tages sah ich aus wie eine Vogelscheuche. In der langen Pause kam Ebele mit ein paar Freundinnen vorbei, um nach mir zu sehen. Sie fühlte sich hier anscheinend sehr wohl und versuchte mich ein wenig aufzubauen. „Du hast aber einen niedlichen Bruder", kommentierten ihre neuen Spielgefährten, als sie sich wieder davonmachten.

Ich lernte auch ein paar der Jungs aus meiner Klasse kennen. Einer von ihnen, Rukwewe, mochte mich nicht. Er versuchte mich immer zu verspotten. „Du bist so hässlich weiß", sagte er immer. Dann kam er auf mich zu und trat mir gegen das Bein. Ich sank zu Boden und weinte. „Weichei, Weichei!", sang er, während er um mich herumhüpfte. Ich konnte mich einfach nicht wehren. Nach Pausenschluss erzählten einige der Jungs der Lehrerin, was Rukwewe gemacht hatte, und er wurde vor der ganzen Klasse bestraft. In diesem Moment fühlte ich mich sicher, aber was würde nach der Schule sein oder in der nächsten Pause? Ich hatte Angst. Er ließ mich einfach nicht mehr in Ruhe.

Der erste Tag neigte sich allmählich seinem Ende zu. Es war geschafft. Mein Vater holte uns um 13.00 Uhr ab. Fünf Stunden waren vorbeigegangen. Fünf Stunden, schreckliche Stunden, die für mich einer Woche gleichkamen. Später am Abend des gleichen Tages rief mein Vater nach mir: „Tol, komm mal zu mir." Ich war gerade mit meinen Hausaufgaben fertig. Schnell ließ ich alles liegen und eilte zu ihm. Ich lief ins Wohnzimmer, wo er in seinem Stuhl saß. „Anatol", sagte er, „ich will, dass du jeden Tag das, was du in der Schule am Tag hattest, noch mal durchgehst." „Ja, Sir", antwortete ich. Auf diese Weise wollte er mir sagen, dass es für ihn sehr wichtig war, dass ich gut in der Schule bin. Er würde es nicht dulden, wenn ich schlecht wäre. So ging ich jeden Tag zur Schule mit dem Gedanken, dass ich um jeden Preis zu den Besten gehören musste. Es war jeden Tag das Gleiche, keine Zeit zum Spielen oder mich mit anderen Dingen zu beschäftigen. Lernen, lernen, lernen, dies war die klare Ansage. Ein schlimmes Gefühl für mich. Lieber wollte ich hinausgehen und mit den anderen Kindern spielen. Stattdessen musste ich drinnen bleiben und lernen. Spielen, dies war etwas, was ich als Kind sehr wenig tat, aber es sollte noch viel schlimmer werden.

Ufuoma und Toghwemu

Der zweite, dritte, vierte Tag an der D. S. C. Primary School ging vorbei. Immer mehr gewöhnte ich mich an meine neuen Klassenkameraden. Anfangs noch unvorstellbar für mich, fing ich an, das alles zu mögen.

Nach und nach freundete ich mich auch mit einigen aus der Klasse an. Mein erster richtiger Schulfreund hieß Ufuoma Dafiwelo. Ein netter Kerl. Wir verbrachten die meiste Zeit in der Schule zusammen und er half mir über die Furcht vor Rukwewe hinweg. Der traute sich natürlich nicht mehr mich anzumachen, da wir nun zu zweit waren. Es machte jetzt richtig Spaß in der Schule. Das, was mir zu Hause an Spiel fehlte, holte ich hier wieder auf. An manchen Tagen wollte ich gar nicht mehr nach Hause. Fünf Stunden in der Schule flogen förmlich an mir vorbei.

Die Tage vergingen und bald gab es auch schon die ersten Prüfungen. Ich hatte mich fast an die Spitze der Besten in der

Klasse gekämpft. Ich gab mich aber damit nicht zufrieden. Mit dem immer steigenden Druck meines Vaters im Rücken musste ich Bester sein. Ufuoma hielt sich auch unter den besten Fünf und so störte ihn mein Ergeiz diesbezüglich nicht.

In der dritten Woche nach meiner Einschulung bekamen wir dann Klassenzuwachs. Es war ein Mädchen namens Toghwemu Obofukoro. Eine Süße, wie ich damals schon bemerkte. Sie sorgte für Aufregung unter uns. Nicht nur war sie uns im Schulischen weit voraus, auch war sie plötzlich der Liebling unserer Klassenlehrerin, Frau Okoro, geworden. Es dauerte nicht lange und sie wurde zum Klassenoberhaupt ernannt. Dies kratzte natürlich an meinem Ego und so strengte ich mich noch mehr an. Abends nach der Schule erzählte ich meinen Vater von ihr. „Obofukoro, den Namen kenn' ich doch. Mach dir nichts draus", sagte er, „sie ist nur ein Mädchen und die kannst du locker schlagen." Und so wurde sie zu meiner Rivalin auf ewig. Ich wurde immer besser und bald holte ich sie ein. Am Schuljahresende wurden die Jahresbesten aus den sechs Stufen ausgewählt. Diese Veranstaltung fand meistens am letzten Schultag vor den Ferien statt. Dazu wurden alle Schüler und Lehrer in der Versammlungshalle zusammengerufen und die Sieger wurden unter großem Applaus nach vorne gebeten. Zuerst waren die höheren Stufen dran. In der zweiten Klasse belegte Ebele den ersten Platz. Dann war es endlich so weit. Unter den gespannten Augen unserer Mitschüler wurden die Namen aufgerufen. „Der dritte Platz geht an Ufuoma Dafiwelo." Ufuoma, der neben mir stand, schrie laut auf, als er seinen Weg durch die applaudierende Menge machte. „Mit einem Rückstand von nur einem Prozent im Durchschnitt geht der zweite Platz an Anatol Egbuna." „Scheiße", dachte ich, als ich mich nach vorne begab, „hab' es nicht ganz geschafft." Der erste Platz ging dann an Toghwemu, und obwohl wir schärfste Konkurrenten waren, bewunderte ich sie heimlich. Als wir an diesem Tag von meinem Vater abgeholt wurden, ernteten wir noch mehr Lob. Solche Tage gab es damals viele und ich genoss sie. Die Winde, die über unser Leben wehten, hatten aber die Richtung gewechselt und dies verhieß nichts Gutes für uns.

Frau Okoro, meine Klassenlehrerin

Als die Zeit verging und wir, Ebele und ich, in die zweite bzw. dritte Klasse kamen, verbrachte mein Vater immer mehr Zeit im Warri Klub. Dies war ein Klub, in dem er sich zu Zeiten meiner Mutter häufig aufgehalten hatte, und so verbrachten wir die meisten Tage alleine oder mit einer fremden Frau. Deswegen sehnte ich mich nach dem nächsten Schultag, weil Ufuoma, Toghwemu und meine Klassenlehrerin, Frau Okoro, mir sehr ans Herz gewachsen waren.

Frau Okoro wirkte immer etwas streng und fromm auf Außenstehende, aber für mich verkörperte sie die perfekte Lehrerin. Während des zweiten Schuljahrs wurde ich zum Klassenoberhaupt neben Toghwemu ernannt und so stieg meine Begeisterung für diese Frau noch mehr.

Eines Tages aber, ich glaube, es war ein Freitag, kam die niederschmetternde Nachricht, Frau Okoro werde uns verlassen. An diesem Tag betrat sie ein wenig betrübt das Klassenzimmer und wir merkten sofort, dass etwas nicht stimmte. Wir erfuhren, ihr Mann sei aus Gründen, die wir nicht herauskriegten, in den Norden Nigerias berufen und sie musste mit ihm ziehen. Traurig und am Boden zerstört begannen wir den Unterricht an diesem Tag, aber keiner von uns war wirklich mit dem Gedanken dabei. In der Pause begaben Toghwemu, Ufuoma und ich uns ins Lehrerzimmer, um noch mal mit ihr darüber zu sprechen. „Kinder“, sagte sie damals, „ihr seid alle sehr clevere und gute Schüler. Ihr werdet es auch ohne mich schaffen, davon bin ich überzeugt. Ich werde euch heute noch euren neuen Klassenlehrer vorstellen, der euch ab nächster Woche unterrichten wird.“ Noch mehr enttäuscht verließen wir das Zimmer. Wir waren damals mit der Absicht, sie zu überreden, bei uns zu bleiben, zu ihr gegangen, aber dies sollte unser aller innigster Wunsch bleiben. Am Abend schilderte ich meinem Vater unser Problem und er versprach sich zu informieren, was er die Woche darauf auch tat. Es stellte sich heraus, dass Mister Okoro, der Mann meiner Lehrerin, in der nigerianischen Armee diente. Diese beorderte so viele Soldaten wie nur möglich in den Norden, um die Aufstände, welche dort zurzeit wüteten, zu zerschlagen. Die Einsatzdauer war ungewiss und so entschloss sich unsere Lehrerin, mit ihm zu gehen. Nicht gerade erfreut über diese Nachricht verließ ich an diesem Tag den Wagen meines Vaters und mischte mich unter die Masse von ankommenden Schülern, die sich auf dem Weg zu ihren Klassen befanden. Noch am Morgen machten wir Bekanntschaft mit dem neuen Lehrer, einem gewissen Mister Edu. Es war für uns alle natürlich schwer, sich an ihn zu gewöhnen, aber es wandte sich alles zum Guten. Zwar besaß Mister Edu ein sehr energisches Wesen, aber nichtsdestotrotz fühlten wir uns bei ihm gut aufgehoben. Nur einer kam einfach nicht mit ihm zurecht, Rukwewe.

Papis Affären

Ab und zu holte uns mein Vater nach der Schule ab und nahm uns mit in den Warri Klub. Dort bekamen wir tolle Sachen zu essen und wir durften im Swimmingpool schwimmen. Dies taten wir unheimlich gerne. Der Klub besaß eine riesige Schwimmanlage im Hinterhof. Von der Terrasse aus konnte mein Vater uns beim Schwimmen beobachten. Die Aussicht vom sogenannten Pub war beeindruckend. Zwar durften Kinder sich dort nicht blicken lassen, trotzdem schlichen Ebele und ich uns hinein. Der Raum prunkhaft geschmückt, mit diversen Bildern und Pokalen. Gemälde der Klub-Präsidenten vergangener Jahre blickten auf einen herab, sobald man den Raum betrat. Unter ihnen auch eines meines Vaters. Er hatte den Klub schon mal als Präsident geführt, kandidierte aber ein zweites Mal.

Der Warri Klub selbst lag im äußersten Süden Warris, an dem Ufer einer der Nebenflüsse des Nigers. Vom Bootssteg aus konnte man per Boot Ausflüge in die Mangrovenlandschaft, welche um den Fluss wuchs, unternehmen. Fischer aus den benachbarten Dörfern paddelten mit ihren Holzkanus den Fluss auf und ab, auf der Suche nach guten Fischgründen. Manchmal, hielten sie am Klubsteg an und boten den Klubbesuchern ihren Fang an. Die Auswahl an Fisch war beachtlich. Vom Tilapai über

Wälze bis hin zum Barrakuda, den sie weiter draußen im Meer einfingen. Der Udu River strömte in Richtung Süden, bis er in den Atlantischen Ozean mündete. Die Region wurde ständig von bewaffneten Banden umkämpft, da die Ölvorkommnisse hier ziemlich hoch waren. Auch Fähren mit über 100 Passagieren kämpften sich durch die tosenden Fluten. Es seien, hieß es, schon sehr viele von ihnen durch die ständige Überladung gekentert oder einfach unter der Last untergegangen. Die Schiffsbesitzer, die nur auf Profit aus waren, beachteten meistens die Vorschriften nicht und wenn es mal passierte, dass eine Fähre sank, mussten diese nur eine geringe Kaution bezahlen und machten am nächsten Tag mit einem anderen Boot einfach weiter. Ja so waren die Gesetze und die Regeln in diesem Land: Die Reichen beherrschten alles während die kleinen, armen Leute, tagtäglich ums Überleben kämpften, ein andauernder Krieg gegen Ungerechtigkeit und Korruption, beängstigend.

Eine weitere Geschichte, die mir eine riesige Angst einjagte, war die des verirrten Krokodils. Im Udu River gab es bekanntlich Krokodile und eines davon soll angeblich mal den Weg bis hin zum Klubswimmingpool geschafft haben. Ein Mitarbeiter des Klubs habe es dann dort entdeckt. Zusammen mit ein paar anderen sei es ihnen gelungen, das Biest zu vertreiben, und seitdem wurde der Poolbereich mit einer zirka ein Meter hohen Mauer umrandet. Von dem Tag an, an dem ich diese Geschichte zu hören bekam, machte ich immer erst eine Runde um das ganze Becken herum, um mich zu vergewissern, dass sich im Pool nichts Unerwünschtes befand. Nachdem ich also an diesem Tag meine Runde gemacht hatte und nichts Ungewöhnliches fand, sprang ich zusammen mit Ebele ins Vergnügen. Diese Tage habe ich besonders genossen, da ich hier sehr viel spielen konnte. Wir befanden uns einfach gerne dort. Schwimmen – dies war schon immer eine unserer großen Leidenschaften. Ebele und ich liebten es, im Wasser zu sein. Für unser Alter schwammen wir auch ziemlich gut. Die Klubangestellten nannten uns Delfine. Einmal, als wir mal wieder dort waren, mussten wir dies auch noch ungewollt beweisen. Ein Mitgliedskind, ein Junge in unserem Alter, war eifersüchtig auf die Tatsache, dass wir einfach besser waren. Wir standen zu viert, zusammen mit Nneka, am Rande des großen Schwimmbeckens. „Ihr könnt also besser schwimmen?“, stichelte er. Innerhalb von Sekunden schnappte er Nneka, die noch nicht sehr sicher im tiefen Wasser war, und warf sie ins Wasser. Für einen Augenblick blieb ich erstarrt stehen. Ebele wartete keine Sekunde. Sie sprang ins Wasser und brachte Nneka wieder zur Wasseroberfläche. Ich schnappte den Jungen und fing an zu brüllen. Der Lärm alarmierte meinen Vater, der sich auf der Terrasse des Pubs mit Freunden unterhielt. Wir erzählten ihm aufgeregt die ganze Geschichte. Der Vater des Jungen, Mister Akinro, kandidierte selbst für die Klubpräsidentschaft. Er verstand sich gut mit meinem Vater, und nachdem er seinen Sohn zurecht gewiesen hatte, wandte er sich an uns und entschuldigte sich für das Benehmen seines Sohnes. Die Sache war schnell vergessen. Abgesehen von diesem Vorfall, blicke ich Heute gerne auf diese Zeiten zurück, obwohl mein Vater uns damals nie die nötige Aufmerksamkeit geschenkt und sich sehr selten mit unseren alltäglichen Problemen auseinandergesetzt hatte, waren wir hier frei und lebendig, auch wenn dies nur ein paar Stunden andauerte. Es sollte sich aber bald alles zum Schlechten wenden. Wir sollten das Leiden kennenlernen, Gladys, meine zukünftige Stiefmutter, eine der vielen Liebschaften meines Vaters, zog schon am Horizont wie eine gewaltige Gewitterfront auf und bedrohte unser Dasein.

Obwohl mein Vater zahlreiche Affären mit Rose, Evelin oder Faith hatte, hielten sie niemals lange an. Ich vermutete, dass er dies auch während der Zeit mit meiner Mutter praktiziert haben musste, da sie sich sehr häufig anschrien und wir verschiedene Namen heraushörten. Mein Verdacht sollte sich später als die Wahrheit entpuppen. Unter den zahlreichen Damen, mit denen sich mein Vater sein Leben teilte, befand sich auch eine gewisse Gladys. Sie arbeitete als Sekretärin in der Firma meiner Eltern. Diese Frau sollte das Grauen meines jungen Lebens, unser aller Albtraum, werden.

Gladys

Im Laufe der Jahre fand ich heraus, dass Gladys über einen längeren Zeitraum schon mit meinem Vater liiert war. In den Jahren 1979 bis hin zur Abreise meiner Mutter übte sie ihre Tätigkeit als Sekretärin meines Vaters aus. An eine Geschichte kann ich mich noch deutlich erinnern. Eines Abends, zu der Zeit, als meine Mutter noch bei uns lebte, kehrten wir zusammen mit meiner Mutter vom Besuch bei Dr. Baba zurück. An diesem Tag trafen wir meinen Vater in Begleitung von Gladys zu Hause an. Damals schien diese Situation, aus meiner Sicht, normal. Heute weiß ich aber, dass dies eines von vielen heimlichen Rendezvous meines Vaters mit Gladys war. Zu jener Zeit, die Enttäuschung und Empörung deutlich im Gesicht meiner Mutter zu erkennen. Weinend, nach einer Salve von bitteren Ausdrücken in Richtung meines Vaters, hatte sie damals das Haus verlassen und blieb auch eine Weile weg. Es stellte sich heraus, dass Gladys ein Kind von meinen Vater bekam, zwei Tage, bevor Nneka, meine jüngste Schwester, geboren wurde; am 22. Dezember 1980. Es war ein Junge, der den Namen Chinedu bekam. Alleine der Gedanke, dass mein Vater zum gleichen Zeitpunkt mit zwei Frauen ein Kind zeugte, macht mich heute krank. Es war nicht richtig, nicht richtig meiner Mutter gegenüber, nicht richtig uns gegenüber. Böse Zungen aus der Verwandtschaft meines Vaters behaupteten, es liege ein Fluch auf diesem Kind und seiner Mutter. Als dann, ein paar Tage nach der Geburt die Nachricht eintraf, der Junge sei gestorben, aus der Hand der Hebamme gefallen, legte sich der Schleier der Verschwörung endgültig über Gladys Gesicht. Dies hielt sie aber nicht davon ab, weiterhin ihren Plan, meine Mutter zu verdrängen, durchzuziehen. Die Liaison mit meinem Vater hielt an und meiner Mutter setzte dies deutlich zu. Ich bemerkte schon damals ihren permanent steigenden Konsum von Zigaretten und Alkohol, es war schlimm. An manchen Tagen war sie gar nicht mehr ansprechbar, völlig zugedröhnt. Das Verhalten meines Vaters sollte den noch existierenden, dünnen Fäden, welche diese Ehe zusammen hielten, den Rest geben.

Ende Frühjahr 1981 passierte es dann. Unter dem Vorwand, geschäftlich die Stadt mit uns verlassen zu müssen, reiste meine Mutter mit uns dreien, Ebele, Nneka und mir, nach Lagos, der damaligen Hauptstadt Nigerias. Die Reise endete im Eko Holiday Hotel. An dem Tag unserer Ankunft dort checkte meine Mutter ein, brachte uns aufs Zimmer und verschwand den restlichen Tag bis spät in die Nacht. Am nächsten Morgen frühstückten wir in der Lobby des Hotels, zusammen mit einem jungen Mann. Später wurde er uns vorgestellt, Jean Claude, ein großer, gut aussehender Belgier. „Hatte meine Mutter eine Affäre?" Zu der Zeit machte mir Jean Claudes Nähe nichts aus. Heute weiß ich aber, dass da viel, viel mehr dahintersteckte, als meine Mutter damals zugab. Unser Aufenthalt in Lagos dauerte drei Tage. Drei Tage, in denen mein Vater nichts von alldem erfuhr. Später, zurück in Warri, häuften sich die Besuche bei einem alten Freund meiner Mutter, für den die heimliche Romanze meiner Mutter als Taucher tätig war. Während eines Besuchs dort, hatte meine Mutter uns im Wagen gelassen, um kurz im Haus zu verschwinden. Nichts ahnend, mit geöffneter Fahrertür blieben wir im Wagen zurück. Plötzlich, wie aus dem Nichts, tauchte ein ganz in Schwarz gekleideter Motorradfahrer auf, griff durch die offen stehende Tür nach den Wertsachen, der Handtasche meiner Mutter, die auf dem Beifahrersitz lagen, und verschwand. Vollkommen fassungslos, fingen wir an zu schreien. Der Lärm alarmierte einen vorbeifahrenden Mann, der uns zu Hilfe eilte. Vom Motorradfahrer fehlte jedoch jede Spur. Den Ausdruck im Gesicht meiner Mutter an diesem Tag werde ich wohl nie vergessen. Den Überfall musste sie melden. So würde mein Vater davon auch Wind bekommen und vielleicht ein paar unangenehme Fragen stellen. Ich bekam sowieso den Eindruck, er war nach unserer Rückkehr aus Lagos aufmerksamer geworden, wenn es um die täglichen Ausfahrten meiner Mutter ging. Ein paar Monate vergingen ohne den leisesten Verdacht vonseiten meines Vaters. In dieser Zeit besuchte Jean Claude uns sogar zu Hause, auch wenn mein Vater präsent war. So belogen und betrogen sie sich gegenseitig vor den traurigen Augen ihrer Kinder, bis das Fass irgendwann explodierte. Letztendlich, an den meisten Abenden, vor der endgültigen Abreise meiner Mutter, kam es zu erbitterten Streitgesprächen. Nicht selten endeten diese mit brutalen Schlägen, die sie von ihm bekam. Es war fürchterlich, fürchterlich, weil wir auch alles mitbekamen. Jedes Wort, jeden Schlag. Die Schreie meiner Mutter, ihr Winseln, ertönten durch die Dunkelheit wie die einer Eule und vertrieben jeden Gedanken ans Schlafen aus unseren Köpfen. Diese Momente prägten meine frühe Kindheit. Dabei hatten sie sich früher doch so geliebt. Zusammen hatten sie die harten Zeiten in Deutschland überstanden. Mein Vater wurde damals weder von seinen Schwiegereltern noch von den Arbeitskollegen auf dem Bau akzeptiert. „Er sei ja ein Neger", hieß es andauernd. Zusammen waren sie damals aus Deutschland geflüchtet, um es in Nigeria einfacher zu haben. Dies war jedenfalls für meine Mutter nie der Fall. Als Frau in der Architektenbranche musste sie sehr hart um Anerkennung kämpfen. Als dies dann endlich im Beruflichen der Fall zu sein schien, kam Gladys und machte im Privaten alles wieder zunichte.

Die Geburt ihres zweiten und dritten Kindes

Nach dem frühen Tod ihres ersten Kindes schien es so, als würde Gladys eifrig auf die nächste Gelegenheit warten, ein zweites zu bekommen. Dies ließ auch nicht mehr lange auf sich warten. Kurz vor der Abreise meiner Mutter nach Deutschland geschah es auch. Am 5. Februar 1982 war es schließlich so weit. In der Bendel Klinik, wo auch ich zur Welt gekommen war, gebar Gladys ihr zweites Kind, Ndidi, ein Mädchen. Das bedeutete das endgültige Aus für die Ehe meiner Eltern. Nachdem Chinelo, meine älteste Schwester, schon nach Deutschland aufs Internat geschickt worden war, folgte ihr meine Mutter, zurück nach Deutschland. Gladys hatte ihren Schatten nun für immer über uns geworfen. Die Zeiten, in denen wir als Familie auftraten, waren endgültig vorbei.

Zwei Jahre nach der Geburt von Ndidi bekam Gladys das nächste Kind. Anscheinend war sie auf der Suche nach einem

Erben, einem Jungen, der mich als Erbe und Nachfolger meines Vaters verdrängen sollte. Dies sollte ihr aber für jetzt noch nicht gewährt sein, denn sie bekam noch ein Mädchen namens Chinere. Gladys, die bis zu diesem Zeitpunkt noch eine Zweizimmerwohnung im ärmeren Teil von Warri bewohnte, drängte auf den Einzug ins Haus meines Vaters, das einstige Haus meiner Eltern. So wie es das Schicksal voraus sah, erkrankte auch ihr drittes Kind. Man nannte die Krankheit Kindermumps. Sie schwächte das arme Kind so sehr, dass Chinere nach einigen Monaten auch von uns ging. Dies traf Gladys wie ein Pfeil, der seinen Weg direkt durchs Herz bohrte. Heute, wenn ich auf Gladys und ihre Kinder zurückblicke, stelle ich mir immer wieder die gleichen Fragen. „Wieso mussten zwei unschuldige Kinder sterben?" Vielleicht war es die Art Gottes, sie für das, was sie noch mit uns machen würde, zu bestrafen. Es lastete wie ein Fluch auf ihr.

In der Zwischenzeit hatten die Eltern meines Vaters heftige Kritik an seinem Verhalten gegenüber meiner Mutter geäußert. Die Tatsache, dass auch noch zwei der Kinder von Gladys starben, bekräftigte ihre Antipathie dieser Frau gegenüber.

In den zwei Jahren, die vorübergegangen waren, hatten wir kein Lebenszeichen von meiner Mutter bekommen. Vielleicht hielt sie mit meinem Vater den Kontakt, aber dies wäre eher spekulativ. Umso mehr wunderte es mich, als es im Dezember des gleichen Jahres hieß, Chinelo würde uns einen Besuch abstatten. „Sie müssen sich ausgesprochen haben", denke ich jetzt. Sonst wäre es eine Leichtigkeit für meinen Vater, Chinelo einfach bei uns zu behalten. Tatsächlich hatte Gladys dies ihm auch geraten. „Sie ist doch deine Tochter", stichelte sie immer. Papi, der damals eine friedliche Lösung für die Trennung von meiner Mutter suchte, lenkte aber nicht ein. Chinelo kam und alles verlief normal. Ihr Besuch erweckte die Hoffnung in mir meine Mutter wiederzusehen. Irrtümlich hatte ich gedacht, es würde wieder alles so werden wie früher. Aber dieser Gedanke löste sich bald in Luft auf. Chinelo sollte ihre Weihnachtsferien, die zwei Wochen betrugen, bei uns verbringen. Am Anfang lief alles gut. Als aber die Tage vergingen, merkte ich einen Wandel in der Attitüde meines Vaters Chinelo gegenüber. Sie war jetzt schon 14 Jahre alt und mit der nigerianischen Lebensart nicht vertraut. Wie sollte sie auch, schließlich war sie von einem Internat, in Deutschland, zum nächsten gewandert. „Deine Art zu reden und dich zu kleiden gefällt mir nicht", meckerte mein Vater zunehmend. Dann, kurz vor ihrer Abreise, rasierte er ihr einfach ihre schönen langen Haare ab. „Ob hier bei mir oder dort drüben, du sollst trotzdem aussehen wie eine Egbuna!" Die Wörter meines Vaters hinterließen tiefe Wunden im Herzen seiner Ältesten, denn dies sollte der letzte Besuch Chinelos in Nigeria überhaupt werden. Für uns sehr schlimm denn eine Beziehung zu unserer großen Schwester war so gut wie Keine vorhanden. Wir kannten sie überhaupt nicht und diese Art von Abschied sollte das restliche Band zwischen uns zerreißen.

Gladys betrat unser Leben endgültig 1986.

Zu dieser Zeit besuchte ich gerade die sechste Klasse der D. S. C. Primary School. In den Jahren zuvor hatte ich es zu einem der besten Schüler geschafft, nicht nur auf meiner Schule, sondern auch im ganzem Bendel State, vergleichbar mit Berlin oder Hamburg. Ich nahm an zahlreichen Wettbewerben teil und schnitt immer sehr gut ab. Diverse Gymnasien warben um mich. Ich bekam sogar ein Stipendium für eine der besten Schulen in Nigeria, eine Schule extra für begabte Kinder errichtet. Als mein Vater diese Neuigkeit damals erfahren hatte, schien er sehr zufrieden mit mir zu sein. Schließlich würde er nicht mehr für die Schulkosten aufkommen müssen. Insgesamt zehn Schüler aus Bendel State wurden auserwählt, doch plötzlich hieß es, mein Name sei von der Liste gestrichen, der Grund, mein Vater stamme ursprünglich nicht aus Bendel State, und so hätte ich auch nicht teilnehmen dürfen. Er gehöre zum Stamm der Igbo, die in Anambra State lebten und ich hätte mich dort für den Einstellungstest einschreiben müssen. Es war für mich ein Schlag ins Gesicht, denn auch dort waren die zehn ausgewählten Plätze schon belegt. Stattdessen wurde ein Junge, dessen Eltern vom Urhobo Stamm, der im Bendel State ansässig ist, ausgewählt.

Mein Vater schrieb sofort mehrere empörte Briefe an den Schuldirektor, zahlreiche Petitionen an den Gouverneur, aber dies brachte alles nichts. Der Traum war aus und vorbei. „Warum machen die so was?" Ich brauchte eine Erklärung. Mein Vater bemühte sich, mir die Situation zu erklären. „Wir, die Igbos, sind den meisten Nigerianern ein Dorn im Auge. Nicht nur wegen Nnamdi Azikiwe, dem ersten nigerianische Präsidenten nach der Kolonialzeit, sondern auch wegen des Biafra Krieges.

Zu der Zeit waren sehr viele Igbos ins Ausland geflohen, auch ich. Wir besuchten dort die besten Schulen und Universitäten und kehrten zurück mit den empfehlenswertesten Qualifikationen. Der damaligen Regierung unseres Landes passte dies gar nicht und so verordnete sie, dass die Igbos immer unter besondere Beobachtung gestellt werden. Zudem wurden wir bei einer Einstellung meistens übergangen. Wir haben Heute damit zwar sehr wenig zu tun, aber die Leute vergessen nie. Deswegen musst du einfach immer versuchen, der Beste zu sein. Du bist ein Igbo, zudem ist deine Mutter weiß und dies ist eine doppelte Beleidigung für die Meisten. Indem du aber besser als sie alle bist, nimmst du ihnen den Wind aus den Segeln."

„Ich gebe mir doch schon alle Mühe. Was in aller Welt soll ich noch machen, um anerkannt zu werden?" Die Verzweiflung sah man mir deutlich an. Nach diesem Vorfall sollte ich noch an weiteren Examen teilnehmen. Schließlich bekam ich eine Zusage an der D. S. C. Secondary School, welche zum gleichen Komplex gehörte wie meine bisherige.

Präsident im Warri Klub

Wieder mal im Klub. Mein Vater verbrachte jetzt die meiste Zeit im Klub. Die Aufträge in seiner Firma schrumpften, aber dies schien ihn nicht sonderlich zu interessieren. Mein Vorankommen in der Schule, welches immer oberste Priorität für ihn hatte, schien auch nicht mehr wichtig. Immer öfter war er jetzt weg. Dazu kam, dass Gladys bei uns eingezogen war. In unser Zuhause, in dem die Erinnerungen an meine Mutter noch so lebendig waren. Dies sollte spätestens jetzt alles verloren gehen. „Gehe und mache dies, gehe und mache das. Wenn du da fertig bist, erledige die Wäsche und Lebensmittel vom Markt brauche ich auch noch!" Solche Kommandos sollten jetzt die Hauptrolle in meinem folgenden Leben spielen. Gladys, die wie ein Pirat aus der Dunkelheit erschienen war und unser behütetes Schiff nun enterte, hatte die Macht an sich gerissen und dies sollten wir ab jetzt schmerzlich zu spüren bekommen. In allem, was ich tat, beschimpfte und schlug sie mich. „Was soll denn das werden? Du bist doch zu nichts zu gebrauchen! Sogar ein Idiot könnte das viel besser, du dummer Oyibo!", ihre ständigen Sprüche. Wenn mein Vater endlich von seinem nächtlichen Aufenthalt im Warri Klub zurückkehrte, musste ich ihm Rede und Antwort stehen, welches meistens mit Schlägen oder Essenentzug endete. Ich sollte als nutzloser Sohn meines Vaters abgestempelt werden, der auch noch von einer anderen, einer weißen Frau, abstammte. Obwohl ich jetzt erst neun Jahre alt war, tat ich alles, was in meiner Macht stand, damit diese Frau nichts bemängeln konnte, aber es half alles nichts. Sie fand immer etwas. Die Arbeiten, die ich für sie erledigen musste, stiegen von Tag zu Tag. Ihre Haare waschen und die Nägel lackieren, Wäsche waschen, den Abwasch in der Küche machen, den Boden der Toiletten schrubben, den Hof fegen, Autos säubern, zum Markt gehen und das Essen kochen, all dies sollte ich in der Zeit nach der Schule erledigen. Es blieb keine Zeit mehr zum Lernen. Der Igbudu-Markt, wo ich häufig die Lebensmittel kaufte, lag mindestens eine dreißigminütige Autofahrt entfernt. Diesen Weg musste ich manchmal zu Fuß bewältigen, da sie mir extra nicht genügend Geld für eine Busfahrt mitgab. Wenn ich dann doch endlich, spät abends, müde und völlig entkräftet zurückkehrte, gab es immer etwas, was sie mir vorwarf. „Die Tomaten sind viel zu teuer, außerdem sind die viel zu reif! Die hättest du auch viel billiger kriegen können! Oder hast du das Geld etwa eingesteckt?" Meine Augen unter Tränen, währenddessen: „DIEB!!!", ihre Schreie im gleichen Moment als ich spürte wie der große Eisenkochlöffel auf meinem Kopf einschlug, sie beschuldigte mich das Geld geklaut zu haben.

Dies soll aber alles nur der Anfang meiner Geschichte werden. Der Anfang eines Lebens, das ich niemandem wünsche. Diese Frau sollte mir alles nehmen, meine Kindheit und Freude, mein Leben, einfach alles, alles wofür ich hart gelernt hatte, alles, voran ich glaubte. Sie gab mir das Gefühl, ein Nichts zu sein. Mein Vater, der zwischenzeitlich zum Präsidenten vom Warri Klub gewählt worden war, bekam davon nichts mit. Die Tage waren hart und lang. An einigen sehnte ich mich so sehr nach meinem Bett, ich hätte im Stehen einschlafen können. Kraftlos und um Schlaf bettelnd wurde mir dies aber nicht gewährt, bis alle anderen schliefen. Wenn ich am nächsten Morgen wieder um vier Uhr morgens aufstand, waren die Strapazen des letzten Tages und der Nacht zuvor, wie Zahlen und Buchstaben in Stein, in mein Gesicht gemeißelt.

Die Zeit verging, ohne dass mein Vater irgendetwas unternahm, um meine Lage zu ändern. Ehrlich, ich glaube, er bemerkte sie kaum. Ich hatte das Gefühl er war nicht mehr er selbst. Seitdem er Präsident im Klub geworden war und Gladys noch dazukam, hatten sich die Sachen geändert. Die meiste Zeit befand er sich nicht zu Hause, und wenn er doch zurückkehrte, beschäftigte er sich nur mit Gladys und ihren Beschwerden über uns, dann noch ein paar Schläge austeilen und er hatte sein Pensum für den Abend erfüllt. Es sollte sich herausstellen, dass Gladys, die anstrebte meine Stiefmutter zu werden, systematisch versuchte uns bei unserem Vater schlecht zu machen. Es gab keinen Abend, wo ich nicht von ihr zu ihm gezerrt wurde, um wieder mal mich für etwas, was ich am Tage angeblich gemacht bzw. nicht gemacht haben soll, zu bestrafen. Meistens führte dies dazu, dass ich sehr heftige Prügel bezog. Es war außerdem abzusehen, dass er jeden Abend immer wütender auf mich wurde und die Schläge auch heftiger, da er ja am Tag zuvor mich für das gleiche Vergehen schon mal bestraft hatte und es ihm so erschien, als würde ich mich einfach nicht bessern wollen. Wie auch, wenn sie immer wieder Lügen erzählte?

In den Jahren, die folgten, kann man sagen, dass mein Leben, Tag für Tag, den gleichen Ablauf beherbergte: Aufstehen, Essen machen, Wäsche erledigen, Autos säubern, um Transportgeld bei Gladys bitten, zur Schule gehen, zurück nach Hause, Essen kochen für uns, besseres Essen für Gladys und meinem Vater vorbereiten, Gladys von der Arbeit zurück und ihre Beschimpfungen, Rede und Antwort vor meinen Vater stehen und zur guter letzt, die ungeheuren Schmerzen der Prügel.

Über die darauf folgenden Jahre sollte sich diese Aufzählung noch erstrecken. Einfach grauenhaft. Es kam irgendwann der Zeitpunkt, an dem ich anfing, zu glauben ich sei wirklich schuld an alldem.

„Gladys", dies war der herrschende Begriff im Leben meines Vaters. Sehr oft verschwanden sie beide in den Klub und kehrten erst sehr spät zurück. Egal, um welche Uhrzeit, ich musste aufstehen und ihnen das Tor öffnen. Einmal passierte es, dass ich auf dem Weg zum Tor einen rostigen Nagel in den

Fuß bekam. Das Blut strömte nur so aus der Wunde heraus, als ich mich dort auf dem Boden vor Schmerzen krümmte. Gladys, die auf dem Beifahrersitz neben meinen Vater gesessen hatte, sprang aus den Wagen, lief auf mich zu und statt mir zu helfen, trat sie noch beim Vorbeigehen absichtlich auf den verletzten Fuß. „Wirst du gefälligst aufstehen und das Tor öffnen!“, ihre schimpfenden Rufe. Der Nagel war zur Hälfte abgebrochen und der Rest steckte noch in meinem Fuß. Nachdem ich stundenlang geweint hatte vor Schmerzen, entschied mein Vater dann doch, dass wir zu Doktor Baba ins Krankenhaus fahren sollten. Gladys hatte zuvor versucht ihn davon zu überzeugen, die Wunde sei nicht so schlimm und dass sie mich am nächsten Tag zu einem Nativdoktor, einen Schamanen, mitnehmen werde. „Er ist doch viel billiger“, kommentierte sie. Gott sei Dank, mein Vater ließ sich nicht dazu überreden und wir fuhren ins Krankenhaus, wo der Nagel, operativ, ohne Betäubung, entfernt worden ist. Nachdem wir nach Hause zurückgekehrt waren, bekam ich dann noch von meinem Vater ein paar Stockhiebe dafür, dass ich das Haus barfuß verlassen hatte. Als ich schließlich tränengetränkt in meinem Bett lag und die Augen schloss, begab ich mich in eine andere Welt, meine Traumwelt, wo alles ganz anders war. Ich wurde geliebt und umsorgt. Spielen durfte ich mit einer Menge anderer Kinder. Schläge gab es dort nicht und mein Vater war wieder er selbst. Wir wohnten in einem wunderschönen Haus, welches wie ein Ballon durch den Himmel glitt, frei wie ein Vogel, während die Sonne den Horizont streifte. Am nächsten Morgen aber, als ich wieder die Augen öffnete, löste sich mein Traum wieder in Luft auf und ich wurde ganz schnell in die Realität, in die Welt der Gladys und ihren Intrigen, zurückgeholt.

Meine Verletzung heilte schlecht. Es war auch nicht verwunderlich, da ich trotzdem alle Arbeiten verrichten musste, Marktbesuche inklusive.

Delta Steel Company Secondary School

Mit zwölf Jahren kam ich auf die D. S. C. Secondary School, vergleichbar mit einem deutschen Gymnasium. Hier gab es sechs Stufen. In die Erste kamen alle Neulinge. Es war eine neue Erfahrung für mich. Neue Gesichter, neue Klassenkameraden, da die meisten, mit denen ich auf der Grundschule war, nicht auf diese Schule kamen. Die Schule besaß einen sehr guten Ruf und wir mussten uns sehr anstrengen, um den hohen Ansprüchen zu genügen. Neue Fächer und viel mehr Stoff zum Lernen. „Wie soll ich das bloß alles bewältigen?", fragte ich mich andauernd. Die jüngsten Schüler zu sein, war oft nicht einfach. Wir wurden andauernd von den Älteren gehänselt, aber wir kämpften uns tapfer durch. Als so genannter Oyibo, hatte ich es doppelt schwer. Ufuoma, der mich die vergangenen sechs Jahre begleitet hatte, kam auf eine andere Schule und so musste ich mich wieder von einem Menschen verabschieden, der mir sehr ans Herz gewachsen war. Toghwemu, die auch mit mir im Gymnasium eingeschult wurde, kam in die 1a, ich in die 1e.

Der Weg zur Schule war nun deutlich länger und die Zeiten, in der mein Vater uns vor der Schule abgesetzt hatte, waren lange vorbei. Ich musste, wie die meisten Kinder, öffentliche Verkehrsmittel benutzen. Diese waren natürlich nicht vergleichbar mit den Bus- und Bahnsystemen in europäischen Ländern. Bei unseren Bussen handelte es sich um fahrende Schrotthaufen. Sie waren in einem miserablen Zustand und meistens dermaßen überladen, dass es sehr häufig zu Zusammenbrüchen kam. Bei solchen Voraussetzungen kamen wir sehr oft zu spät oder vielleicht gar nicht erst an und dies wurde, egal was für eine Ausrede man auf Lager hatte, sehr hart bestraft. Entweder man bekam ein paar Hiebe mit der Peitsche oder musste für zwei Stunden auf der Schulfarm arbeiten. Dadurch verpassten wir natürlich die ersten vier Klassenstunden und dies machte sich dann doch irgendwann bemerkbar. Ich nahm lieber die Stockhiebe auf den Po vor der gesamten Schule auf mich, weil ich danach in die Klasse durfte und den Unterricht nicht verpasste. Gewöhnt haben wir uns schnell an diese Situation und taten unser Bestes pünktlich in der Schule zu erscheinen. Pünktlich zu sein, dies klappte bei mir aber sehr selten, da ich mit der Hausarbeit, die ich von Gladys aufgebrummt bekam, nie rechtzeitig fertig war und ich somit das Haus spät verließ. Dann kam noch dazu, dass sie mich, wenn ich endlich fertig mit allem war und zu ihr ging um, um Geld für die Hinfahrt zu bitten, oftmals einfach ignorierte. Es lief meistens so ab, dass sie mich erst mal zirka 15 Minuten warten ließ, mich keines Blickes würdigend, um mich dann noch von oben bis unten zu begutachten. Die Uniform, die ich in der Schule trug, gab für Gladys immer einen Anlass zum Meckern. Als wäre dies nicht Schikane genug, nein, sie gab mir schließlich viel zu wenig Geld für den Transport mit auf den Weg. Das Essensgeld ließ sie ganz und gar weg, wohlgemerkt, ich verließ erst um vier Uhr die Schule wieder und bekam schon um sechs Uhr morgens mein Frühstück, eine magere Portion Yam. An manchen Tagen stand ich so lange an der Straße, bis mich irgendjemand, der in die gleiche Richtung fuhr, einfach mitnahm. Ungefährlich war mein Tun nicht, da sehr oft Gerüchte von Kindesentführungen die Runde machten. Es gab aber für mich keinen anderen Ausweg. In die Schule musste ich sowieso und auch wenn ich zu spät dort ankam, das bisschen, was ich noch vom Unterricht mitbekam, war alle Strapazen wert. Zu alldem Übel, kam noch der ständige Druck meines Vaters, wenn ich mal mit schlechteren Noten nach Hause kam. Die schlechten Noten ließen sich aber manchmal nicht vermeiden und so bekam ich mit ihm großen Ärger. Einmal passierte es, dass ich aus großer Furcht vor seinen Schlägen, mein Zeugnis fälschte, das heißt, ich verbesserte die Noten in den Fächern, in denen ich schlecht abschnitt. Mein Schwindel wäre auch gar nicht aufgefallen, hätte Mister Abu, mein Biologie- und Chemielehrer, nicht bei uns zu Hause angerufen, um sich für meine schlechten Noten eine Erklärung von meinem Vater zu holen. „Dein Verhalten bestätigt die Meinung deiner Stiefmutter!", brüllte mein Vater am Abend, zur Freude von Gladys, und er erlaubte mir erst gar nicht, meine Sicht der Dinge zu schildern. Die Bestrafung ließ nicht lange auf sich warten. Entweder ich bekam wie gewohnt Schläge, wobei er sich bei der Stelle, an der ich sie bekam, nie festlegte. Mal auf den Po, dann auf die Hand, manchmal aber auch auf den Rücken oder auf die Rückseite der Hand, egal, es tat überall sehr weh. Manchmal dachte er sich aber was Neues aus. An eine Situation erinnere ich mich noch vage. Ich musste mich nackt auf einen Kiesboden knien und bekam dann einen 25 Liter Eimer voller

Wasser auf den Kopf gestellt. Für jeden Tropfen, der den Boden berührte, regnete es Peitschenhiebe auf den blanken Po. Nach etlichen Stunden durfte ich den Tag dann beenden, indem ich ohne Essen ins Bett geschickt wurde.

Gladys, die ja seit geraumer Zeit bei uns wohnte, brachte eines Tages ihre Tochter, Ndidi, die jetzt acht Jahre alt war, mit zu uns nach Hause. Sie sollte jetzt bei uns wohnen. Ndidi war vom Anfang an ein schreckliches Kind und eine noch schlimmere Schwester. Alles, was wir, Nneka und ich, am Tag so trieben, griff sie auf und erzählte dann alles fleißig ihrer Mutter, wenn diese zukehrte. Sie beobachtete uns auf Schritt und Tritt. Dazu kam noch, dass sie von jeglicher Hausarbeit freigestellt wurde und dass ich für sie kochen musste. Gladys bemerkte oft, wenn ich alleine mit Ndidi und ihr in der Küche war: „Ist es nicht eine Gabe des Himmels, ein Weißer, der für uns Schwarze schuften muss, gepriesen sei der Herr!“ Lachend und spottend ließen sie mich unter Tränen meine Arbeit verrichten.

Meine ältere Schwester, Ebele, bekam von den meisten Geschehnissen nichts mit, da mein Vater sie auf eine Internatsschule schickte. Nneka und ich mussten die täglichen Qualen, denen Gladys uns aussetzte, erdulden. Ebele war nur in den Schulferien zu Hause. Meine Freude darüber, dass sie endlich da war, kannte keine Grenzen. Ebele gab mir Kraft und schenkte uns ihre ganze Aufmerksamkeit, wann immer sie nur konnte. Sie war einfach meine große Schwester.

Ifeanyis Geburt

Das erste Schuljahr auf der D. S. C. Secondary School kombiniert mit meinem Leben zu Hause war für mich die reine Hölle, aber es sollte in dem Jahr für mich noch schlimmer werden.

Die Regenperiode im Süden Nigerias war jetzt vorüber und der Hamattan war eingebrochen. Der Hamattan, dies war die Zeit des Jahres, in der die extrem trockenen Nordost-Winde aus dem Norden Afrikas über die Sahara, über Nigeria fegten. Durch den Mangel an Regen und die Trockenheit verschwand alles an Leben unter einer roten Staubwolke. Diese Jahreszeit brachte mir zusätzliche Arbeit. Alles, was ich zum Trocknen nach draußen hing, war spätestens am Abend durch den roten Staub wieder dreckig. Die Wunden an meinen Händen, entstanden durch das endlose Schrubben der Wäsche, zeugten damals von meiner Verzweiflung, den ganzen Dreck wieder herauszubekommen, um Gladys' Zorn zu umgehen.

Es war mühsam und kostete viel Zeit. Die Schultage waren die schlimmsten. Durch ein Verbot von Gladys, früher aufzustehen, ließ sich die Arbeit dann nie rechtzeitig erledigen. Irgendwie vollbrachte ich aber täglich das schier Unmögliche und verließ, nach getaner Arbeit, das Haus. Eines Tages, auf dem Weg zu Schule, zog etwas, was vor mir in der Ferne auf dem Boden lag, ich dachte, es wäre ein Teppich, meine Aufmerksamkeit auf sich. Als ich mich näherte, bemerkte ich einen faulen Gestank, der die Luft tränkte. Unmittelbar davor stehend, konnte ich meinen Augen nicht trauen. Ein eisiges Zittern ergriff meinen Körper, als ich erkannte, was da auf den sandigen Straßen meines Schulwegs vor mir lag. Die Leiche eines Mannes! „Was ist mit ihm passiert?", fragte ich mich, als ich sie näher inspizierte. „Wurde er vielleicht angefahren?" Diese Frage erübrigte sich, als ich bemerkte, dass der Kopf vom Rumpf abgetrennt wurde. Und tatsächlich, man hatte den Armen überfallen. Seine Kleidung geraubt, nur die Sandalen steckten noch an seinen Füßen und den Kopf hatte man sicherlich aus Zwecken der schwarzen Magie abgetrennt. „Grauenhaft!", dachte ich. Das getrocknete Blut aus dem Torso der Leiche bannte sich sein Weg über den zerstörten Gehweg und sammelte sich in einer großen Pfütze am Straßenrand. „Was für ein Mensch würde so etwas tun?" Diese schaurige Tat muss in der vergangenen Nacht passiert sein, denn am Tag zuvor hatte ich den gleichen Weg genommen. Ein wenig verwirrt verließ ich den Tatort und ging meines Weges. In so einer Situation nichts zu machen erschien mir irgendwie falsch. Aber was konnte ich denn tun? Zur Polizei gehen? Das würde nichts bringen. Die interessierten sich nicht für so etwas. Den ganzen Tag ließen mich die Bilder nicht los. Ich dachte an die Familie des Mannes. „Er hatte bestimmt eine Frau mit kleinen Kindern. Ob sie schon davon weiß?" Den ganzen Unterricht hindurch verbrachte ich in Gedanken. Es graute mir schon vor dem Nachhauseweg. Um vier Uhr war es dann so weit. Als ich an der Stelle vorbeikam, lag er immer noch dort. Ich bemerkte aber, dass seine Sandalen fehlten. Tränen schossen in meine Augen. „Noch nicht mal davor haben Menschen Demut, entsetzlich." Als ich am nächsten Tag das Haus morgens verließ, hoffte ich, dass er nicht mehr dort liegen würde, dass seine Angehörigen ihn gefunden und weggebracht hätten. Ich hoffte vergebens. Er lag immer noch dort. Die Leiche war jetzt deutlich aufgeschwollen und der penetrante Geruch erschien mir noch schlimmer. Tage vergingen und es kümmerte niemanden, was mit dem Herrn passiert war. So kam es mir auf jeden Fall vor. Man bemerkte schon die Geier, die morgens um die Leiche ihre Kreise zogen. Am Boden hatten Hunde schon große Stücke aus ihm herausgerissen und die Maden fraßen sich ihren Weg durch die Bauchdecke. Es war einfach ein unerträglicher Anblick. Er hatte anscheinend niemanden, der ihn vermisste. „Oh Gott, lass mich nie so enden!", betete ich. Am vierten Tag nach der Tat konnte ich nicht mehr vorbeigehen, ohne etwas zu unternehmen. Am Tag zuvor hatte ich noch einen blutverschmierten Hund von dem zerfleischten Körper vertrieben. Statt zur Schule zu gehen, lief ich zum Markt und kaufte eine große Plastikplane, mit der ich dann die Leiche abdeckte. Dies sollte ihm wenigstens ein wenig Schutz geben. Es dauerte zwei lange Wochen, bis jemand die Reste des Mannes schließlich entfernte. Für ihn hoffte ich, in meinem tiefsten Inneren, dass sein Tod schneller und schmerzloser gewesen war als die zwei Wochen danach.

Der 6. November 1990. Dies war ein Tag in meinem Leben, der mein weiteres Dasein prägen sollte. Ich erfuhr, dass ich einen Bruder bekommen hatte. Gladys, meine werdende Stiefmutter, hatte einen Jungen zur Welt gebracht. Sein Name, Ifeanyi. Während der Zeit der Schwangerschaft war ihr Verhalten mir gegenüber noch schlimmer geworden, aber die Beziehung zwischen ihrem Sohn und mir war von seiner Geburt an eine sehr innige. Ich musste sehr oft auf ihn aufpassen während seine Mutter weg war und so entwickelte sich eine tiefe Bindung zwischen uns. Er war einfach ein süßes Baby. Morgens, bevor ich das Haus verließ, musste ich ihn noch baden und füttern. Dass er sich bei mir wohl fühlte, gefiel Gladys gar nicht. Obwohl er noch ein Baby war, redete sie immer auf ihn ein. Einmal, während wir uns zu dritt im Zimmer befanden und ich Ifeanyi für sein Abendbad vorbereitete, fing sie an mit ihm zu sprechen. „Anatol ist ein Teufel", sagte sie. „Er ist ein schlechter Mensch. Ich verbiete es, dass du irgendwas von ihm abguckst oder dass du ihn wie einen Bruder liebst." Während sie dies sagte, schaute sie in meine Richtung und ein kaltes Lächeln überzog ihr Gesicht. In solchen Momenten wusste ich immer, wenn es das abgrundtiefe Böse im Menschen gäbe, dass es in ihr stecken würde. Ich ließ nicht zu, dass solche Äußerungen meine Gefühle für ihn beeinflussten.

Jeden Morgen und Abend, nach seinem Bad, wusch ich sein Bettzeug und die Windeln. Dies war keine einfache Zeit, aber mein Herz sagte mir, der Junge ist etwas Besonderes.

Die Zeit verging schnell und ich kam in die zweite Klasse. Trotz der Belastung zu Hause hatte ich am Ende des Schuljahrs gut abgeschnitten und befand mich unter den besten zehn Schülern aus den gesamten fünf Klassen in meiner Stufe. Mein Verhältnis zu den meisten Lehrern konnte nicht besser sein, abgesehen von Mister Abu, der immer noch böse auf mich war wegen der Sache mit dem Zeugnis. Dazu kam noch, dass eine Lehrerin, die noch ziemlich jung war, es anscheinend auf mich abgesehen hatte. Immer wenn sie an mir vorbeiging, musste ich sie grüßen und mich respektvoll verbeugen. Sie nannte mich immer Oyibo, ein Schimpfwort. Dies war dem Benehmen eines Lehrers nicht würdig. Einmal erwischte sie mich, wie ich gerade Kaugummi kaute. Sie befahl mir es herauszunehmen, es auseinanderzuziehen und mir selbst mit beiden Händen in meine Haare zu drücken. Da ich zu dieser Zeit einen ziemlichen Lockenkopf abgab, war es sehr schmerzvoll, das Kaugummi wieder herauszubekommen. Dies musste ich natürlich vor dem Nachhausegehen erledigt haben um den Ärger mit meinem Vater zu entgehen. Während des schmerzhaften Versuchs riss ich mir etliche Haare aus dem Kopf. Miss Efenudu, der Schrecken meiner Schulzeit, war aber nur eine unter vielen Lehrern und so ging ich ihr zukünftig immer aus dem Weg.

Schulisch erschien mir die zweite Klasse einfacher. Wir waren nun nicht mehr die Jüngsten und somit nicht mehr die Prügelknaben der Älteren. Zu Hause aber verschlimmerte sich die Lage von Tag zu Tag. Ich hatte bemerkt, dass Gladys mich, seit Ifeanyis Geburt, noch viel schlimmer behandelte. Der Fels an Hausarbeit war inzwischen zum unbezwingbaren Berg mutiert und meine tägliche Essensration schrumpfte. Für mein Alter war ich ohnehin schon ziemlich dünn und seit ihrem Einzug bei uns, ähnelte meine Figur tag täglich mehr die eines Eritrea Flüchtlings, aber der Herr des Hauses, mein Vater, nahm von alldem keine Notiz. Außer mich ständig anzuschreien und, wenn Gladys es forderte, zu verprügeln, waren seine Aufgaben zu Hause ziemlich übersichtlich geworden.

Tante Joe

Ich erinnere mich an einen späten Nachmittag, während ich gerade dabei war, unser Essen vorzubereiten. Ich hörte, wie ein Auto vor unserem Grundstück in der Eruke Street No. 7 stehen blieb. Ich war aus der Schule zurückgekommen und befand mich alleine zu Hause. Ifeanyi, den ich sonst immer bei Gladys im Restaurant abholen musste, sollte an diesem Tag bei seiner Mutter und Ndidi bleiben. Ich ging aus dem Haus und traf auf meine Tante Joe, die Schwester meines Vaters. Sie war die sechste von sieben Kindern meiner Großeltern und lebte in Enugu, einer Stadt in Anambra State, eines der 30 Bundesländer Nigerias. Sie lebte bis vor Kurzem zusammen mit ihren Eltern im nicht weit von Enugu entfernten Amaubia, dem Geburtsort meines Vaters. Amaubia aus der Oka Provinz, auch in Anambra State, lag in einiger Entfernung von uns und so war ich ziemlich überrascht sie an dem besagtem Tag zu sehen. Seitdem Gladys bei uns eingezogen war, hatte sie sich nicht mehr bei uns blicken lassen. Überhaupt, seit der Liaison meines Vaters mit ihr hatte das Verhältnis zwischen den Geschwistern sehr gelitten.

Sie nahm mich herzlich in den Arm und fragte: „Wo ist denn Nneka?“ Ich antwortete: „Sie muss jeden Moment zurückkommen.“ „Und dein Vater?“ „Er ist nicht zu Hause“, kam meine Antwort. Dass sie darüber ziemlich erleichtert zu sein schien, ließ sich nicht verbergen. In dem Moment kam Nneka durchs Tor und dann ging alles plötzlich ziemlich schnell. Sie forderte uns auf, ein paar Klamotten zu packen und ins Auto zu steigen. Verstehen konnte ich ihr Verhalten irgendwie nicht. Sie sagte mir, sie habe mit meiner Mutter in Deutschland gesprochen und dass sie auf uns in Amaubia warten würde. Daraufhin stellte ich keine Fragen mehr, sie hatte mich damit überzeugt und so bestieg ich, zusammen mit Nneka das Fahrzeug. Wir fuhren sieben Stunden lang, ohne anzuhalten. Zum Essen hatten wir zu Hause nicht mehr die Zeit gehabt, und als wir endlich in Enugu, spät nachts, eintrafen, waren wir vom Hunger gezeichnet. Es war schon zwei Uhr am Morgen des nächsten Tages und wir brauchten dringend Schlaf.

Enugu, dies war eine Stadt, die zirka 50 Kilometer entfernt von Amaubia lag. Sie lag in einem Teil Nigerias, wo es noch trockener war und wo die Tagestemperatur mühelos 50 Grad im Schatten erreichen konnte. Zudem kam noch die knallrote Erde. Man sagte, das Rot der Erde stamme vom Blut der gefallenen und getöteten englischen und portugiesischen Soldaten, die vom 16. bis zum 19. Jahrhundert diese Städte erobern wollten, jedoch scheiterten. Sie war die Hauptstadt des Igbo Stammes, von dem wir abstammten. Die Igbos waren generell in Nigeria ein sehr ungeliebtes Volk, seit den späten 60er-Jahren des vergangenen Jahrhunderts. Genauer gesagt, seit dem Biafra Krieg, der zwischen 1967 und 1970 im Süden Nigerias tobte. Er war der blutige Bürgerkrieg, der Tausenden von Menschen das Leben kostete, in dem sich die Igbos von Nigeria abkapseln wollten. Sie wollten damals eine freie und unabhängige Biafrarepublik gründen, sie scheiterten. Zu diesem Zeitpunkt befand mein Vater sich in Hamburg, wo er an der Universität Architektur studierte und wo er auch meine Mutter kennen lernte. Tragischerweise verlor er während des Krieges einen seiner jüngeren Brüder. Samuel wurde damals von einer Gruppe nigerianischer Soldaten auf dem Weg zum Brunnen erschossen. Er war sofort tot. Mein Vater erfuhr erst Jahre später von dem tragischen Unglück. Seine Eltern begründeten dies damit, dass sie ihn bei seinem Studium nicht stören wollten. 1971 heiratete mein Vater meine Mutter in Berlin, gegen den Willen ihrer Eltern und sie kehrten gemeinsam, nach vielen Versuchen der deutschen Verwandtschaft dieses doch so ungleiche Bündnis zu sprengen, nach Nigeria, im Jahre1974, zurück.

Hastig kochte meine Tante uns etwas zu essen. Ich schlug mir so den Bauch voll, bis ich kurz vorm Platzen war. Spät nachts musste ich mich übergeben, weil mir das viele Essen nicht bekam. Nneka war die ganze Zeit bei mir und hielt meine Hand. Die Beziehung zu ihr war immer schon eine besondere. Weil wir alles zusammen durchstehen mussten. Ebele, meine ältere Schwester, befand sich während der meisten Zeit im Internat und bekam von all dem Leid meistens nichts mit.

Um acht Uhr, am nächsten Tag, fuhren wir mit meiner Tante in eine Schule, die, wie es sich später herausstellen sollte, zu unserer neuen Schule wurde. Ich verstand dies alles nicht. Wir waren doch hier, um meine Mutter zu sehen, die meine Tante angeblich gesprochen hatte. Später stellte sich heraus, Tante Joe hatte nie mit meiner Mutter Kontakt gehabt. Es war alles eine Lüge.

Die Entführung

Wieder mal vertrauten wir auf einen Menschen, der unser Vertrauen ausnutzte. Man könnte sagen, wir wurden entführt. Tante Joe, so wie alle Angehörigen der Egbuna Familie, war mit der Entscheidung ihres Bruders, Gladys zur Frau zu nehmen, nicht einverstanden. Darüber hinaus konnte sie ihre Augen vor den ganzen Gräueltaten, welche diese Frau über uns brachte, nicht verschließen. Im ersten Moment nahm ich ihr diese Tat übel, aber je mehr ich darüber nachdachte, desto mehr merkte ich, dass sie uns nur vor dem Schlimmsten beschützen wollte.

An der Schule angekommen wurde ich einfach in eine Klasse gesetzt und Nneka kam in eine niedrigere Stufe. An diesem Tag verstand ich natürlich nichts von alldem, was der Lehrer mir erzählen wollte. Die ganze Zeit plagten mich die Gedanken: „Was erzähle ich meinem Vater?“ Dazu kam auch, dass ich in meiner eigentlichen Schule, in Warri, gerade alle Klausuren verpasste. Es gab an dem Tag ein paar Klassenaufgaben, die ich alle verhaute. Alle Schüler, die nicht mehr als die Hälfte richtig hatten, bekamen sechs Stockschläge auf den Po, auch ich. Als die Schule zu Ende war, traf ich mich mit Nneka vor dem Haupttor und wir warteten auf meine Tante. Eineinhalb Stunden saßen wir dort, verzweifelt, bis sie dann endlich auftauchte. Sie war aber nicht alleine, mein Vater war bei ihr. Er muss die ganze Nacht durchgefahren sein, um jetzt vor uns stehen zu können. Ängstlich und unsicher bewegten wir uns auf sie zu. Wir wussten, dass er uns nicht ohne Bestrafung davonkommen lassen würde denn wir waren einfach so mit Tante Joe mitgegangen. Es gingen so viele Gedanken durch meinen Kopf. Ich sagte mir immer: „Wenn meine Mutter hier gewesen wäre, hier bei mir, hier bei uns, wäre das alles nicht passiert." Ich fragte mich, wieso sie damals einfach weggegangen war, ohne uns mitzunehmen. So viele Fragen, zu viele Fragen, die keiner mir beantworten konnte. Es schmerzte. „Ob Nneka all dies verkraften würde? Sie ist schließlich noch jünger. Es muss ihr ja noch schlimmer ergehen."

Vor den beiden stehend, nahm mein Vater uns an sich, drückte uns an seine Brust und fragte: „Geht's euch gut?" In diesem Moment spürte ich, es sollte noch was auf uns zukommen. Trotz alldem überkam mich das Gefühl, mein Vater sei uns wegen dieser Geschichte gar nicht böse. Mit Tante Joe redete er, als wäre nichts passiert. Sie hatte uns ja einfach mitgenommen, entführt. Alles schien in bester Ordnung. Wir blieben dann noch den restlichen Tag bei ihr und traten erst am nächsten Tag die Heimreise an. Dieses Verhalten meines Vaters bestätigte meine Vermutung: „hatte die Action doch noch etwas Gutes?" Bevor wir ihre Wohnung in Enugu verließen, nahm unsere Tante uns, Nneka und mich, zur Seite. „Der Fehler seines Lebens", sagte sie. „Dein Vater wird diese Entscheidung sein Leben lang bereuen. Sie wird sein Leben zerstören. Wie kann er Gladys eurer Mutter vorziehen? Und dann auch noch ihr Verhalten euch gegenüber ignorieren? Unglaublich! Gladys stammt aus einem Dorf, dessen Bewohner bekannt dafür sind, Hexen zu sein", bemerkte sie. „Sie beten Mächte der Unterwelt an. Ich bin mir sicher, dass auch sie deines Vaters Namen dort unten gerufen hat. Ich will damit sagen, dass sie euren Vater verhext hat! Wenn er nicht täglich zu dem allmächtigen Gott betet und um Vergebung bittet, wird er nie mehr aus diesem Labyrinth der Hölle herausfinden. Wenn sie einmal seinen Namen dort unten gerufen hat, erfordert es drastische Maßnahmen, um ihm wieder die Augen zu öffnen, deswegen solltet ihr bei mir bleiben. Leider hat das nicht geklappt. Ich musste euch anlügen, um überhaupt Gehör zu finden. Entschuldigt, dies tut mir entsetzlich leid." Das was sie uns sagte, beunruhigte mich noch mehr.

Später, auf der Fahrt nach Hause, sprach mein Vater sehr wenig. Es schien ihn etwas zu beschäftigen. Schließlich kamen wir, spät abends, in Warri an. Gladys wartete schon, zusammen mit Ndidi und Ifeanyi, auf uns. Als wir, vorbei an ihnen, ins Haus gingen, warfen sie uns einige sehr grimmige Blicke entgegen. Mir wurde ziemlich flau im Magen. Später nachts hörte ich, wie die beiden, mein Vater und Gladys, sich laut stritten. Es ging stundenlang weiter und hörte einfach nicht mehr auf. Ich konnte leider nicht verstehen, worum es ging, aber es hörte sich nicht gut an. Am nächsten Tag gingen wir wieder normal in die Schule, als ob nichts passiert wäre. Meine Klausuren musste ich noch am gleichen Tag wiederholen. Sie verliefen einigermaßen gut. Als wir an diesem Tag aus der Schule zurückkehrten, befand sich mein Vater zu Hause. Ziemlich ungewöhnlich. Ich war zuerst daheim und bemerkte, dass irgendetwas in der Luft lag. Als Nneka nach Hause kam, rief er uns zu sich und sagte: „Ich habe eure Stiefmutter gebeten auszuziehen. Sie kommt nicht wieder, Ndidi und Ifeanyi gehen mit ihr." Es war ein komisches Gefühl, dies aus seinem Mund zu hören. Er war immer derjenige, der uns unbedingt einbläuen wollte, wir hätten jetzt eine neue Mutter und dass wir ihr den Respekt entgegenbringen müssten, der ihr gebührt. „Wir sind sie los!", dachte ich. Innerlich war mir danach zu schreien: „Es wird jetzt alles wieder gut werden!" Als Nneka dann dazukam, erzählte ich ihr die guten Neuigkeiten; wir hatten es geschafft. Ich ging in mein Zimmer, kniete mich auf den Boden hin und dankte Gott, dass er meine Gebete erhört hatte. „Du hast das Böse aus meinen Leben vertrieben und dafür werde ich dir auf ewig dankbar sein." Es war ein gutes Gefühl.

Die Tage vergingen und es hatte sich tatsächlich etwas getan. Mein Vater war wie ausgewechselt. Wenn wir aus der Schule zurückkamen, befand er sich immer schon zu Hause und wartete bereits mit dem Mittagessen auf uns. Es war toll! Eine Woche war nun vergangen, seitdem Gladys und meine Stiefgeschwister ausgezogen waren und das Leben, welches ich all die Zeit so vermisst hatte, schien wieder in greifbarer Nähe.

Ebele war aus der Internatschule gekommen, sie hatte Ferien und war somit bei uns. Ich freute mich sehr. Wir waren jetzt wieder eine kleine Familie.

Die Einbrecher

Ohne Gladys und Ndidi war das Leben einfach besser. Es gab keine Intrigen, keine abendlichen Rechtfertigungen und Schläge von meinen Vater, nein, dies verschwand alles mit ihr. Einzig und allein Ifeanyi vermisste ich. Ich dachte oft an ihn aber ich wusste, wenn das Schicksal es so wollte, würde ich ihn bestimmt wieder sehen.

Unser Glück dauerte an. Dann aber, in der letzten Woche, bevor die Schulferien endeten, passierte es. Es war Samstagnacht. Wir lagen schon alle im Bett und mein Vater war auf dem Sofa, vorm Fernseher, eingeschlafen. Es muss ungefähr zwei Uhr morgens gewesen sein. Ich verließ mein Bett, geisterte den dunkeln Flur hinunter, um aufs Klo zu gehen. Plötzlich hörte ich mehrere Stimmen. Sie flüsterten einander zu. Verstehen konnte ich sie nicht, aber es waren keine, die ich je zuvor gehört hatte, ich kannte sie nicht. Ohne aufs Klo gegangen zu sein, lief ich ins Wohnzimmer, wo mein Vater noch im Sessel vor sich hinschnarchte, und schüttelte ihn wach. „Papi, Papi", flüsterte ich. „Ich habe hinterm Haus Stimmen gehört." Er öffnete langsam die Augen und warf mir einen ungläubigen Blick entgegen. „Du hast sicherlich geträumt", sagte er. „Geh wieder schlafen." Als ich versuchte ihn davon zu überzeugen, dass die Stimmen, die ich gehört hatte, real waren, er aber mir immer noch keinen Glauben schenken wollte, hörten wir einen lauten Knall. Einen Schuss. „Schnell!", sagte er. „Hole deine Schwestern und versteckt euch in eurem Zimmer!" Ich rannte in Nnekas Zimmer, schnappte sie mir und wir verkrochen uns, zusammen mit Ebele, unterm Bett. Mein Vater, der inzwischen wie ein aufgescheuchtes Huhn durchs Haus lief, tauchte plötzlich im Zimmer auf und sagte: „Ihr müsst sehr leise sein. Es sind Einbrecher!" Ich hatte dies befürchtet. Als er das sagte, ergriff mich ein schauerliches Gefühl, Angst überkam mich. Nneka und Ebele, die mit weit aufgerissenen Augen neben mir lagen, fingen an zu zittern. Im Haus herrschte völlige Dunkelheit. Die Männer draußen kappten die Stromzufuhr. Nur ihre, ums Haus schleichenden Gestalten konnte man dank des Mondlichts, welches durchs Fenster schien, als Schatten auf dem Fußboden vor unseren ängstlichen Gesichtern erkennen. Mein Vater hatte alle Türen, die nach draußen führten, verriegelt. Für solche Fälle besaß jede Tür im Haus eine extra starke Gittertür aus Eisen. Das Gleiche tat er mit der Tür im Flur, die ins Innere des Hauses, zu uns, führte. Mit seiner Pistole in der Hand betrat er das Zimmer und flüsterte zu uns: „Jetzt können wir nur hoffen und beten. Daraufhin fing Ebele an zu weinen. Nneka war wieder neben uns eingeschlafen. Es vergingen zirka zehn Minuten, Minuten der Stille. Dann hörten wir, wie sie versuchten, die Eingangstür durchzubrechen. Wir krochen unterm Bett hervor und hockten uns darauf. Uns blieb noch die Hoffnung, unser Nachbar würde die Polizei rufen. Unser Telefon funktionierte nicht mehr. Die Einbrecher hatten draußen einfach das Kabel durchtrennt. Die Leitung war tot. Trotz Eisengittertür, trotz doppelten Schutzes, die Eingangstür hatten sie schnell durchbrochen. Dies war für mich ein Rätsel. Diese Tür bestand aus sehr massivem Eisen und besaß ein dreifach gesichertes Sicherheitsschloss. Im Wohnzimmer drin hörten wir, wie sie Sachen umwarfen. Die Korridortür, die zu uns führte, würde sie jetzt auch nicht mehr aufhalten können, zu uns durchzudringen. Sie machten sich an der Tür zu schaffen. In diesem Moment hoffte ich nur, mein Vater würde nicht durchdrehen. Mit der Pistole, die er in der Hand hielt, konnte er sie höchstens erschrecken, schießen konnte er damit nicht. Es war nämlich nur eine mit Gaspatronen. Er bewegte sich sehr aufgeregt, ruhelos, von einer Ecke des Zimmers zur anderen. Ein schrecklicher Anblick.

Dann waren sie durch!!!

Sie stürmten gleich in unser Zimmer. Wenn ich heute wie damals an diese Situation denke, kommen mir schon einige Zweifel. Diese Einbrecher kannten das Haus nicht. Woher wussten sie, wo wir uns befanden? Immerhin gab es im Haus fünf weitere Zimmer und alles war stockduster. Dazu kam, dass wir uns absolut leise verhielten, man hätte eine Nähnadel auf den Boden fallen hören können. Sehr merkwürdig!!!

Jetzt standen sie vor uns im Raum. Sechs Mann. Alle maskiert, mit Gewehren und Macheten bewaffnet. Mein Vater, der sich schützend vor uns gestellt hatte, fragte: „Was wollt ihr? Ist es Geld? Ich schreibe euch einen Scheck! Ich habe nie Geld im Haus!“ Einer der Maskierten trat einen Schritt vor, hob die Hand, in der er die Machete hielt, und schlug meinen Vater, mit einem gewaltigen Schlag der stumpfen Seite der Klinge, zu

Boden. Ein anderer sagte im gleichen Moment: „Dein scheiß Geld brauchen wir nicht!" Das, was er danach sagte, verstand ich nicht, aber ich merkte mir einige Wörter. Nach einer Weile verließen sie das Haus, ohne etwas mitzunehmen, zerstörten aber viel. Mein Vater, der sich in der Zwischenzeit von dem Schlag erholt hatte, stand auf, schaute nach uns und verließ etwas benommen das Zimmer. In seinen Augen nahm ich etwas Beängstigtes wahr, wollte er uns etwas sagen? Er tat es aber nicht. Er ging nach draußen, um unseren Nachtwächter zu suchen. Die Männer hatten den Mann geknebelt, gefesselt und unter unseren Wagen gelegt. In dieser Nacht verstand ich vieles nicht. Mich beschäftigten viele Fragen: „Warum waren sie bei uns eingebrochen? Warum haben sie nichts verlangt oder gar mitgenommen?" Am Tage nach dem Einbruch mussten wir das ganze Haus aufräumen. Es war ein einziges Chaos. Eine höllische Arbeit, denn es lag sehr viel Beschädigtes nur so auf dem Boden herum. Es fiel mir auf, fast alle Objekte, die meiner Mutter gehörten, wurden bei dem Einbruch zerstört. Es lag irgendwas in der Luft, ich wusste zu dem Zeitpunkt aber nicht, was. Ich konnte es mir einfach nicht erklären. Ich versuchte meinen Vater auf diese Tatsache aufmerksam zu machen, aber mit ihm konnte ich einfach nicht reden, er hörte mir nicht zu. Zwecklos.

Mittlerweile waren zwei Tage seit dem Überfall vergangen und meine Vermutungen ließen mich nicht los. Dann, am Abend des zweiten Tages, als Gladys und ihre Kinder plötzlich wieder einzogen, ging mir ein Licht auf. Mein Vater rief uns zusammen und verkündete die „gute Nachricht", wie er sie nannte. „Es ist ein Zeichen Gottes gewesen. Der Herr will, dass Gladys bei uns ist." Er sagte, Gladys sei unser aller Schutzengel. Ein Engel, der seinen Segen über das ganze Haus legte. Die Einbrecher seien nur gekommen, weil sie nicht bei uns gewesen ist. In dem Moment hatte ich die Antwort zu allen meinen Fragen. Gladys. Sie war schuld. Sie hatte dies alles inszeniert, um meinem Vater Angst zu machen. Ich war mir sicher, sie hatte den Einbrechern alles erzählt und erklärt, wie sie ins Haus gelangen konnten und wo wir uns aufhalten würden. Ich war mir so sicher mit meiner Vermutung, dass ich meinen Vater damit konfrontierte. Er drehte sich um und schlug mich mit voller Wucht ins Gesicht. „Wie kannst du es wagen, so etwas zu behaupten?" Ich fiel vor ihm zu Boden, als er mich weiter anschrie. „Geh mir sofort aus den Augen du dummer Junge, bevor ich es mir anders überlege." Weinend verließ ich das Zimmer. Ich konnte es nicht glauben, er glaubte mir nicht. Eine wahre Flut der Verzweiflung überkam mich, ich konnte nichts mehr an seiner Meinung ändern. Verstehen konnte ich es auch nicht. Es lag doch alles so klar auf der Hand. Offensichtlicher ging es wohl kaum. Wie sollte ich ihm zu verstehen geben, dass die Frau, die er für unser aller Schutzengel hielt, in Wahrheit unser aller Untergang bedeutete?! Beweisen konnte ich es nicht und so musste ich mit dieser Gewissheit leben. Am Abend dieses Tages gab mein Vater eine große Party, Gladys zu Ehren, und wir mussten alle natürlich nett und respektvoll ihr gegenüber auftreten.

Die Heirat mit Gladys

Tage vergingen, ohne dass sich etwas am Verhalten meines Vaters änderte. Er behandelte Gladys wie ein rohes Ei. „Es ist nun die Zeit gekommen", verkündete er eines Tages, „dass ich um die Hand unseres Schutzengels bei ihrem Vater bitte." Der nigerianische Brauch schrieb vor, dass der Mann beim Vater der Braut um die Hand seiner Tochter anhielt und ihm Geschenke machte. Als meine Schwestern und ich dies hörten, brach eine Welt für uns zusammen, eine Vermählung mit Gladys bedeutete das Ende.

Die Hochzeit sollte ein riesiges Ereignis werden. 150 geladene Gäste, eine Liveband und traditionelle Tänzer wurden eingeladen. Meine Schwestern und ich mussten natürlich alles vorbereiten. Ebele war extra aus der Schule gekommen, um Nneka und mir bei den Vorbereitungen behilflich zu sein. Es war sehr viel Arbeit, das ganze Kochen und Bedienen der Gäste. Zu diesem Zeitpunkt war Ifeanyi schon zwei Jahre alt. Die Hochzeit stand kurz bevor. Irgendjemand musste doch was dagegen unternehmen! Ich wollte mir nicht vorstellen, was nach diesem Tag passieren würde. Die Angehörigen meines Vaters hatten diesen Event boykottiert. Zwar hielten die Brüder meines Vaters zu ihm und unterstützten ihn bei seiner Entscheidung, aber solange Opa Michel, ihr Vater, der dieser Heirat nie seinen Segen erteilen würde, noch lebte, würden sie nie Farbe bekennen. Es war nicht einer von ihnen gekommen. Später erfuhren wir, dass Opa Michael meinen Vater für diese Tat enterbt hatte, dies schien dem Bräutigam aber egal zu sein, denn seine Frau war ihm wichtiger. Für meinen Vater und Gladys war die Hochzeit trotzdem ein voller Erfolg. Ebele, Nneka und ich bekleideten an diesem Tag nur den Bedienstetenposten. Den ganzen Tag über mussten wir Essen servieren, da Getränke einschenken, hier Teller abräumen und abwaschen. Gladys Verwandtschaft scheuchte uns nur so herum. „Geh und hol mir dies und dann noch das. Nein, komm zurück, du Oyibo, ich bin noch nicht fertig! Besorg mir jenes.“ Dies hielt bis vier Uhr am Morgen des nächsten Tages, als der letzte Gast sich verabschiedete, an. Wir waren so müde und kaputt von dem anstrengenden Tag. Wir mussten schon um drei Uhr morgens aufstehen, um alles vorzubereiten. Ndidi hatte man natürlich von jeglicher Arbeit befreit, schließlich sei es ja ihre Mutter, die den Ton im Hause Egbunas von jetzt an bestimmte. Die Aufräumarbeiten gingen am nächsten Tag weiter. Dann schließlich, am späten Nachmittag, konnten wir endlich aufatmen. Die ganze Zeit sträubte ich mich gegen den Gedanken, ich hätte jetzt eine neue Mutter. Eine neue Mutter, die mich hasste. Eine neue Mutter, die Gladys hieß. Während ich auf den Knien hockte und einen Teller nach dem anderen abtrocknete den Nneka mir überreichte, Momente an denen ich Ruhe hatte, bat ich Gott um Hilfe. Dies waren die einzigen Augenblicke an denen ich sie fand, die Ruhe. Ich befand mich in einer anderen Welt.

Die Tage vergingen und ich hatte mich anscheinend mit meinem Schicksal abgefunden. Es war hart, aber ich sagte mir immer, es gebe irgendwo auf der Welt bestimmt ein anderes Kind, dem es viel, viel schlimmer ging. In solchen Zeiten versuchte ich mir vor Augen zu führen, wie es gewesen wäre, wenn meine Mutter noch hier wäre oder wir bei ihr. Die Vorstellung, dass dies irgendwann mal der Fall sein könnte, kam mir vor wie das Paradies. In meiner Gedankenwelt trug ich dieses Bild immer bei mir. Es beruhigte mich. Beim Versuch, meine Trauer und Enttäuschung zu verarbeiten, kam ich zum Zeichnen. Meistens, spät nachts, wenn alle schon schliefen, holte ich ein Stück Papier und zeichnete. Ich versuchte, die Bilder aus meinem Kopf auf das Papier zu bringen. Ich zeichnete nie Trauriges, nur fröhlich lächelnde Gesichter. Auch Bilder meiner Mutter, die aus meiner Erinnerung. Sie war wunderschön und so versuchte ich sie auch darzustellen. Ihr blondes, langes Haar, welches ihren zarten Schultern hinunter hing. Ihre tiefblauen Augen, sie erinnerten mich an den blauen Himmel an einen wunderschönen, sonnigen Tag. Wenn ich ein Bild fertig hatte, versteckte ich es unter meinem Bett, damit Gladys es nicht finden würde. Einmal, als ich gerade ein weiteres Bild meiner Mutter fertigte, überraschte sie mich. Sie stürzte ins Zimmer, riss mir das Papier aus der Hand und schlug mich mit der anderen Hand nieder. „Wehe, ich erwische dich noch mal dabei. Als Strafe machst du jetzt eines von mir und wehe, es ist nicht schön!" Und so verbrachte ich die ganze Nacht damit, ein Bild von Gladys zu zeichnen. Am nächsten Tag sollte ich ihr es präsentieren. Natürlich war es nichts geworden und so bekam ich an diesem Tag kein Frühstück und kein Abendessen. Das Geld für die Fahrt in die Schule gab's auch nicht und so musste ich zusehen, wie ich zur Schule kam. „Und vergiss nicht", fügte sie noch hinzu, als ich das Haus verlassen wollte: „Ich werde in der Schule anrufen und wenn du nicht dort ankommst, dann gnade dir Gott!" Ich befand mich zu der Zeit in der dritten Klasse und sie war schon schwer genug. Gladys tat einfach alles, um mich vor meinem Vater und auch in der Schule zu diskreditieren. Bei diesem Druck den sie auf mich ausübte würde es bestimmt nicht lange dauern bis sie dies auch fertig brachte.

Das Sprungbrett

Die Prüfungszeit war nun angebrochen. Sie waren besonders wichtig. Würde ich sie erfolgreich beenden, so wäre ich befugt mich Mitglied der Seniorenstufe der D. S. C. Technical Highschool zu nennen. Der zu bewältigende Stoff war sehr umfangreich. Ich belegte Fächer wie Mathematik, Englisch, Geografie, Religion, Naturwissenschaften, Kunst und einige andere. Ich musste mich sehr anstrengen, um überhaupt mit den meisten in der Klasse mitzuhalten. Zu Hause versuchte ich jede freie Sekunde mit Lernen zu verbringen, die Zeit dafür fehlte allerdings. Für meinen Vater gab es keine Alternative. Ich sollte lernen, lernen und noch mal lernen. Er stand das erste Mal nach einer sehr langen Zeit wieder, ohne Kompromisse eingehen zu wollen, hinter mir und wollte, dass ich mehr Zeit mit meinen Büchern verbringe als mit den Hausarbeiten. Dies sollte aber nur eine theoretische Bedeutung haben, da es in der Praxis heftige Konflikte zwischen Gladys und meinem Vater verursachte, da sie nichts davon hielt. Manchmal stritten sie stundenlang. Nachher wurde ich dann von beiden wie Dreck behandelt. Der eine wollte, dass ich lerne, und die andere wollte, dass ich meine Hausarbeit erledige. Wenn ich mich mit Lernen beschäftigte, bekam ich Ärger mit Gladys und umgekehrt mit meinem Vater. Ein Teufelskreis. An diesen Abenden gab es meistens nichts zu essen, als Bestrafung weil ich den Weg meines Vaters wählte. Nach der Schule musste ich sehr oft direkt zur Gladys ins Restaurant kommen. Dort gab sie mir Geld, um auf dem Markt Lebensmittel aller Art für sie zu besorgen. Der Markt lag in einiger Entfernung und Transportgeld gab es nicht. „Du hast doch noch zwei gesunde Beine, dann kannst du auch laufen, aber wehe du bist zu spät." Um wenigstens etwas nach der Schule gelernt zu haben, nahm ich meine Bücher auf den Fußmarsch mit. Um vier Uhr traf ich bei Gladys ein und um sechs machte der Markt dicht. Hintrödeln war also nicht drin. Dort angekommen raste ich von einem Stand zum nächsten. Zurück bei ihr im Laden, nahm sie mir die Sachen ab und schickte mich weg. „Wenn du zu Hause bist, vergiss nicht unser Abendessen vorzubereiten." Dort angekommen bat ich Gott, meinen Vater nicht anzutreffen, er würde durchdrehen wenn er bemerkte ich sei erst jetzt von der Schule zurück. Nneka, die meine verzweifelte Lage erkannt hatte, tat alles, um mir zu helfen. Ndidi und sie gingen nun auf die gleiche Schule und kehrten auch zusammen zurück. Meistens legte sich Ndidi nach dem Mittagessen schlafen und in der Zeit übernahm Nneka einiges an Arbeit, die ich hätte machen müssen. So konnte ich einen Blick auf meine Notizen werfen. So viel Stoff wie nur möglich versuchte ich in der kurzen Zeit in meinen Kopf zu bekommen. Es half enorm. Wenn Ndidi wieder aufwachte und bei mir vorbeischaute, um mich in Abwesenheit ihrer Mutter zu kontrollieren, war alles schon fix und fertig. Später am Abend, wenn Gladys wieder zu Hause war und ich ihr und meinem Vater das Essen serviert hatte, versuchte sie mich immer im Beisein meines Vaters in Bezug auf meine Schule zu testen, obwohl sie ganz genau wusste, dass ich gar keine Zeit dafür hatte. „Hast du auch heute genug gelernt?“, fragte sie immer. Aus Angst, sie würde mich wieder zusammenschlagen, antwortete ich: „Natürlich, Mam.“ Sie tat dies, um meinem Vater weiszumachen, sie gebe mir genug Zeit, um zu lernen, und wenn ich doch schlechte Noten bekam, sie keine Schuld treffe. Sie war einfach skrupellos, mit allen Wassern gewaschen. Von Nnekas Hilfe erfuhr sie Gott sei Dank nie etwas. Meine Trauer kannte keine Grenzen. Es musste sich dringend etwas an meiner Lage ändern. Auf der Suche nach Hilfe stieß ich eines Tages auf Oghale. Oghale Chunu war eine Schülerin aus der sechsten Stufe. Ein wunderschönes Mädchen. Sie hatte ein Engelsgesicht, und wenn sie lächelte, schmolz ich dahin. Man könnte sagen, ich hatte mich in sie verguckt. Ich lernte sie durch Tejiri, ihren Bruder, der in meine Klasse ging, kennen. Mir war von Anfang an klar, ich könnte niemals bei ihr landen. Nicht nur war sie viel älter als ich und drei Stufen über mir, sie war auch noch das Headgirl unserer Schule. Das Headgirl war ein Posten, der jährlich an eine andere Schülerin ging. Diese Schülerin war sozusagen die ranghöchste Schülerin der Schule, direkt hinter jedem Lehrer. Sie besaß von der Schulleitung die Befugnis, jeden beliebigen Schüler zu bestrafen, wenn dieser sich nicht nach den Regeln verhielt. Daher gehörte es auch zu ihren Aufgaben, uns, die unter ihr stehenden Klassen, zu kontrollieren und in jeder Situation ein Vorbild zu sein. Wenn wir uns mit irgendeinem Problem überfordert fühlten, suchten wir sie auf und sie half, wo sie nur konnte. Ich glaube, für mich verkörperte sie die Mutter, die mir jetzt so fehlte. Einmal, als ich von meinem Lehrer beauftragt wurde, einen Stapel Bücher in die sechste Klasse zu bringen, kamen wir ins Gespräch. Es war die Klasse 6a. Als ich dort ankam, war die Klasse lehrerlos. Die älteren Schüler saßen teilweise auf den Tischen und unterhielten sich lautstark. Ich klopfte an der Tür und bat um Erlaubnis einzutreten. Durch den Lärm hatte aber keiner von mir Notiz genommen. Mit dem Stapel Büchern in der Hand wiederholte ich das Prozedere, aber auch dieses Mal ohne Erfolg. Ich entschied mich dafür, einfach hineinzugehen, die Bücher auf den Lehrertisch, der vor der Klasse stand, hinzulegen und die Klasse wieder zu verlassen. Meine nächste Stunde würde in Kürze beginnen und ich wollte natürlich keinen Ärger mit dem Lehrer für das Zuspätkommen bekommen. Ich betrat also die Klasse, legte die Bücher ab, drehte mich um und wollte die Klasse gerade verlassen, als mir jemand zurief: „Wer hat dir erlaubt, die Klasse einfach zu betreten? Du Knirps!“ Verängstigt beantwortete ich seine Frage. Durch seinen Aufschrei waren plötzlich alle Schüler aufmerksam geworden und ihre bösen Blicke fokussierten sie auf mich. „Ich habe zweimal geklopft und um Erlaubnis gebeten, aber ihr habt mich durch den Lärm nicht gehört.“ „Was!?“, schrie er empört. „Willst du sagen, dass wir Lärm gemacht haben? Wie kannst du es wagen, uns, die wir älter sind als du, zu beschuldigen?“ Ich versuchte es ihm zu erklären. „So hatte ich es nicht gemeint.“ Aber er ließ mich nicht ausreden. „Als Strafe wiederholst du das Prozedere zehnmal und wehe, du betrittst die Klasse, ohne dass ich dich hereingebeten habe du Oyibo, denkst du bist was besseres, Heh?“ Ich musste ihm gehorchen. Ich nahm die Bücher, die bereits auf den Tisch lagen, an mich und fing wieder von vorne an. Ich tat, was er verlangte, und wiederholte das Prozedere zehnmal. Beim dritten Mal war es schon so, dass die ganze Klasse im Chor „Herein!“ schrie, als ich um Erlaubnis bat sie zu betreten. Man darf dabei nicht vergessen, ich war der einzige weiße Schüler im Raum und dies erschwerte die Situation für mich. Ich hatte das Gefühl, es machte ihnen Spaß, mich zu demütigen. Oghale, die alles genau beobachtet hatte, verließ ihren Platz, ging hinüber zu dem Jungen, der alles angefangen hatte, und sprach mit ihm. Ich konnte sie nicht verstehen, aber daraufhin konnte ich die Klasse wieder verlasen. Bevor ich ging, wandte sie sich mir zu und so kamen wir ins Gespräch. „Du bist doch in Tejiris Klasse, oder? „Ja“, kam meine Antwort, ein wenig verlegen. „Bist ein gut aussehender Kerl.“ Jetzt hatte sie es geschafft. Mein Gesicht färbte sich knallrot. „Danke“, erwiderte ich. „Hast du öfter solche Probleme mit anderen Schülern?“ Ich versuchte zu lügen, da es mir peinlich gewesen wäre, wenn sie erführe, dass ich regelmäßig von Mitschülern beziehungsweise älteren Schülern, herumgeschubst wurde und ich dagegen hilflos war. „Du brauchst gar nicht erst zu lügen, ich habe von Tejiri schon einiges gehört. Du kannst mir vertrauen.“ Gerade dies fiel mir so schwer. Einem Menschen zu vertrauen. Nichtsdestotrotz erzählte ich ihr die Wahrheit.

Wir standen jetzt vor meiner Klasse, mein Unterricht hatte schon begonnen. Oghale hatte mich den ganzen Weg zurück begleitet. Sie verabschiedete sich, wollte aber, dass ich mich, bevor ich nach Hause gehe, bei ihr noch mal melde. Sie klopfte höflich an der Klassentür und der Lehrer bat uns herein. Wir gingen beide nach vorne zu ihm. „Verzeihung, Herr Odonko, für Anatols Verspätung. Ich habe ihn aufgehalten. Er hat mir schon gesagt, dass er gleich noch Unterricht habe, aber ich wollte, dass er mir noch bei einer Aufgabe behilflich ist. Es wird nicht wieder vorkommen." Mister Odonko winkte ab und ich durfte mich heilfroh auf meinem Platz setzen. Die Schule näherte sich an diesem Tag seinem Ende, und bevor ich nach Hause ging, suchte ich Oghale noch auf. Sie hatte noch Unterricht und so wartete ich draußen. Der Gong kam, der Lehrer verließ die Klasse und sie kam heraus. „Du", fing sie an, „ich habe mir überlegt, du hast es eh so schwer, da du anders als die anderen Schüler bist. Wenn du es möchtest, würde ich gerne deine Schulmutter sein." Ich war sprachlos. Schulmutter. Diesen Begriff benutzte man, wenn eine ältere Schülerin sich verpflichtete, sich um einen einzelnen, jüngeren Schüler zu kümmern und ihm in gewissen Situationen beizustehen. Auf meine Antwort musste sie eine Weile warten. „Na, sag schon, möchtest du?" „Ja!!!", kam sie mir dann wie aus einer Pistole geschossen. „Super, gerne, danke." „Okay, dann bist du ab heute mein Schulsohn. Wenn du irgendwelche Probleme hast, sei es zu Hause oder hier, kannst du mit mir darüber reden und wir finden eine Lösung. Und jetzt, ab nach Hause." Der Tag hatte sich gelohnt. Ich drehte mich um und verließ das Schulgelände. Aus dem Eingangstor heraus drehte ich mich um und sie warf mir noch ein Lächeln zu. Es tat gut, sie tat mir gut.

Igbudu Market

Es war ein Traum. In der Schule konnte dank Oghale nun fast gar nichts mehr schiefgehen, dies dachte ich zumindest. Zu Hause aber, wurde es nur noch schlimmer. Nach der Schule fand ich mich sehr oft auf den Weg zum Igbudu Market wieder, Besorgungen für meine Stiefmutter machen. So nannten die Bewohner Warris den Markt. Das Areal, auf dem er sich befand, umfasste ein riesiges Gebiet. Man erzählte uns, dass dort kleine Kinder sehr oft gekidnappt würden, um sie den Göttern zu opfern. Nur Gerücht oder Realität, dieser Gedanke jagte mir Angst ein. Auf dem Mark angekommen, schrien die Händler mich von allen Seiten an. „Oyibo! Oyibo!", riefen sie mir zu, als ich vorbeieilte. „Komm, Oyibo, komm und kaufe frische Tomaten und Pfefferschoten, die sind so rot wie du!", lachten sie. Sie beleidigten mich. Ich fühlte mich dann immer wie ein Außerirdischer. Ein weißes Kind unter Millionen von Schwarzen. Wieso ließen sie mich nicht einfach eines der ihren sein?

Tausende von Leuten eilten hin und her. Mir kam es so vor, als seien sie alle Riesen, die auf mich herabschauten. Der faule Gestank von Müll und Abfall lag in der Luft und ich konnte die Ratten von einem Tisch zum anderen springen sehen. Der Boden war von Schlamm und blutigem Wasser nur so bedeckt und die kleinen Kinder, deren Mütter damit beschäftigt waren, ihre Ware loszuwerden, spielten darin. „Gott", dachte ich „Wo bist du nur? Komm und hilf diesen armen Kindern." Weiter gings, Tomaten, Pfeffer, Reis, Okra, Egusi (Melonenkerne), Crayfish (getrocknete Garnelen) und andere Lebensmittel hatte ich schnell zusammengekauft. Das, wovor ich mich am meisten ekelte, hob ich mir für den Schluss auf. Meine Stiefmutter servierte in ihrem Restaurant ihren Gästen ein Gericht namens Isiewu. Unter anderen Zutaten bestand es aus Ziegenköpfen, die zerkleinert wurden, und mit allem inklusive der Augen, der Zunge und des Gehirns, in einer kleinen Schale auf dem Tisch landete. An diesem Tag musste ich vier Ziegenköpfe kaufen. Der Ort, an dem ich sie besorgen musste, lag ein wenig außerhalb des Marktzentrums, auf einem Hügel. Dort wurden auch andere Tiere wie Kühe und Schweine geschlachtet, einfach so in der

Öffentlichkeit. Ihr Blut strömte dann den Hügel hinunter und bahnte sich seinen Weg durch die stampfenden Füße der Marktbesucher. Die Köpfe wurden den Ziegen einfach abgeschlagen. Da sie noch frisch waren, als ich sie kaufte, strömte das Blut noch aus der Halsschlagader heraus und die Zunge hing noch aus dem Maul. Grausig!!! All das schleppte ich in großen Tüten immer hinter mir her. Mit dem Einkauf musste ich den ganzen Weg zurücklaufen. Ein schrecklich langer Weg. Ich sehnte mich danach, endlich im Restaurant einzutreffen. Zugleich fürchtete ich mich aber auch vor Gladys Reaktion, da ich beim Kauf der Ziegenköpfe vielleicht ein wenig mehr bezahlen musste, da ich spät dran war. Nach einer halben Ewigkeit, so kam es mir auf jeden Fall vor, erreichte ich das Restaurant. Erschöpft trug ich den Einkauf in die Küche. Gladys wartete schon auf mich. Sie saß in der Ecke des Vorzimmers und zeigte auf ihre Uhr. Bevor ich irgendetwas sagen konnte, schrie sie mir entgegen: „Stelle die Sachen ab und komm wieder hierher!“ Mit den Sachen eilte ich in die Küche, wo ich sie abstellte und in den Vorraum zurückkehrte. „Gib mir das restliche Geld! Es muss doch einiges übrig geblieben sein“, schrie sie nochmals. Zitternd steckte ich meine Hände in die Hosentaschen und holte das Restgeld hervor. 10 Naira und 50 Kobo. So viel war übrig geblieben von dem Geld, welches sie mir am Nachmittag mitgegeben hatte. „Wie kommt das denn?“, schimpfte sie. „Wie kommt es, dass so wenig übrig ist?“ In meiner Verzweiflung fing ich an, ihr alles vorzurechnen. Vor lauter Nervosität verlor ich die Stimme, und wenn doch ein Wort herauskam, dann nur stotternd. Zum Schluss, als ich ihr den Preis der Ziegenköpfe nannte, sprang sie von ihrem Hocker hoch, stürzte sich auf mich und schlug mir ins Gesicht. Ein Schlag mit der linken, dann mit der rechten Hand. Wie im Wahn prügelte diese Frau auf mich ein. „Lügner! Dieb! Taugenichts!“, brüllte sie. „Du hast doch sicherlich etwas von dem Geld eingesteckt!“ Mit den Händen vorm Gesicht versuchte ich ihr alles zu erklären, aber es war zwecklos. „Du wirst jetzt nach Hause gehen und als Strafe wirst du die Regentonne auffüllen. Und wehe, sie ist nicht voll, wenn ich zurückkomme!“

Wir besaßen zu Hause eine Tonne, die als Reservoir für Zeiten der Wasserknappheit diente. „Bevor ich zurückkomme, muss sie voll sein!“, wiederholte sie. „Ja, Madam“, antwortete ich weinend und drehte mich um zur Tür. Da rief sie noch mal: „Du wirst dafür den kleinen Eimer nehmen! Wenn du einen anderen nimmst, erfahre ich es sowieso!“ Das Wasser besorgte ich beim Nachbarn, der einen Brunnen besaß. Der kleine Eimer, den ich benutzen sollte, fasste kaum mehr als 15 Liter und die Tonne mit mehreren 100 Litern damit aufzufüllen, würde Stunden dauern. Als ich die Tonne halb voll hatte, brach ich neben dem Brunnen erschöpft zusammen und verletzte mich dabei an der Stirn. Es tat so weh.

In meinem Inneren sah es nicht anders aus, ich war verletzt und gedemütigt. Ein paar Kinder hatten mich dabei beobachtet, wie ich mich mit der Tonne abquälte. „Sufferhead Oyibo!“, riefen sie, was so viel wie Sklavenweißer bedeutete, weil ich Arbeit verrichten musste, die noch nicht mal ein armes schwarzes Kind zu erledigen hatte. Sie lachten, schupsten mich hin und her und als sie genug hatten, gingen sie schließlich weg. „Eines Tages“, dachte ich mir, „wird keiner es wagen, mich schief anzugucken, geschweige denn auszulachen, eines Tages ...“ An diesem Abend bemerkte Gladys, dass ich es nicht geschafft hatte, die Tonne vollzumachen. „Anatol“, rief sie. Jedes Mal, wenn ich meinen Namen aus ihrem Mund hörte, überkam mich ein heftiges Zittern, so, als hätte man mir ohne Vorwarnung einen Eimer eiskaltes Wasser über den Leib gegossen. Als ich ängstlich vor ihr stand, holte sie aus, um mir den Rest zu geben. Ohne jegliches Mitleid stürzte sie sich auf mich und schlug mir mit der Hacke ihres Schuhs, den sie in der Hand bereithielt, mitten ins Gesicht. Sie traf mich an der Stirn. Höllische Schmerzen überkamen mich, als ich sie am Boden heulend um Gnade anflehte. „Das war es noch nicht. Ich habe ausdrücklich gesagt, du sollst sie vollmachen, aber du meinst, du müsstest dich mir widersetzen. Ich will auch gar keine Erklärung aus deinem Mund hören, es wäre sowieso nur eine Lüge.“ Sie rief Ndidi ins Zimmer und fuhr fort: „Ab heute verbiete ich dir, Zahnpasta und Klopapier zu benutzen! Dies soll deine Strafe sein. Es wird dich immer daran erinnern, wer hier das Sagen hat, nämlich ich. Ndidi, du sorgst dafür, dass der Taugenichts dies auch einhält. Solltest du ihn doch dabei erwischen, komm sofort zu mir.“ Sie drehte sich in meine Richtung und sprach: „Jetzt verschwinde aus meinem Blickfeld du stickendes Etwas, bevor ich mir noch Weiteres für dich ausdenke.“ Ich humpelte aus dem Zimmer und verschwand irgendwo im Haus. Ich erinnerte mich an die Wörter der Jungen, die mich zuvor am Tag beim Wasserholen beobachtet hatten. „Sklavenweißer“, ja, so fühlte ich mich auch.

Der fallende Baum

Die Schule ging voran und der Tag, an dem ich meine Prüfungen schreiben sollte, kam. Sie fanden an insgesamt drei Tagen statt, und obwohl ich durch die Schwierigkeiten mit Gladys zu Hause nie Zeit zum Lernen fand, ging doch noch alles gut für mich aus. Ich belegte insgesamt elf Fächer. In neun davon bekam ich eine Eins und in denn anderen beiden eine Zwei. Die zehn besten Schüler wurden vom Schulleiter, am Tag nach der Bekanntgabe der Ergebnisse, vor der ganzen Schule aufgerufen und ihnen wurde von ihm persönlich gratuliert. Ich gehörte dazu, sehr zur Gladys' Ärgernis. Für mich hätte es nicht besser laufen können. „Endlich mal wieder ein Erfolgserlebnis", dachte ich mir. Oghale, meine neue Schulmutter, war von meinem Abschneiden sehr beeindruckt. Ich glaube, sie hatte mir die Kraft gegeben, dies, trotz all dem Stress zu leisten. An dem Tag nach dem Aufruf traf ich mich mit ihr und sie gratulierte mir sehr herzlich.

Nach den Prüfungen standen nun unsere Sporttage kurz bevor. Unsere Schule veranstaltete einmal jedes Jahr ein Sportfest. Sie waren immer ein großes Ereignis und es kamen Gäste von vielen anderen Schulen aus Warri und Umgebung. Die Vorbereitungen gingen wochenlang und jeder Schüler wurde mit bestimmten Aufgaben beauftragt. Eine Zeit des Spielens. Ja, dies war eine Zeit des Spielens auch für mich, der nicht allzu oft dazu kam. Alle Schüler erledigten ihre Aufgaben mit Eifer. Wir, die Schüler der D. S. C. Technical High School, wurden bei unserer Einschulung in verschiedene Sporthäuser eingeteilt. Es gab das blaue, grüne, rote und gelbe Haus, die im Wettbewerb gegeneinander antraten. Ich gehörte zu den Gelben. Eine Gruppe Jungs, zu den ich auch gehörte, wurde beauftragt Palmwedel aus dem Dschungel hinter unserer Schulfarm für den Bau eines Zeltes zu besorgen. Für den Bau und die Form des Zeltes gab es noch extra Punkte die am Ende der Veranstaltungen mit in dem Gesamtergebnis mit einberechnet wurden. Über diese Aufgabe freuten wir uns sehr. Es gab uns die Gelegenheit, mal aus dem Schulalltag herauszukommen. Außerdem wirkte dieser dunkle, tiefgrüne Urwald magisch und geheimnisvoll. Er zog uns förmlich an. Allerdings war diese Aufgabe nicht ohne Risiken. Das Gebiet, aus dem wir die Palmwedel besorgen wollten, lag mitten in dem Mangrovensumpf. Ein ziemlich gefährlicher Ort für Jungen wie uns. Keiner von uns kannte sich dort wirklich aus. Wir marschierten einfach drauflos. Wir machten uns auf den Weg. Unterwegs erzählten wir uns gegenseitig Geschichten rund um den mystischen Dschungel. Sie handelten von singenden Vögeln und kreischenden Affen. Von riesigen Schlangen, die ohne zu zögern ein Kind verschluckten, oder von Leoparden, die vom Baum fielen und dich zerfleischten. Von den ganzen Gruselgeschichten wurde mir richtig flau im Magen. Als wir schließlich vor dem Dschungel standen, konnte man die Nervosität in meinen Augen ablesen. Eine riesige grüne Wand, die vor uns aus dem Boden ragte. Man hörte schon in der Ferne einige Geräusche, die wir nicht zuordnen konnten. Ein entsetzter Blick wanderte von einem zum anderen, als wir uns umschauten. Unsere Gruppe bestand aus sechs Leuten. Fünf davon gingen mit mir in die gleiche Stufe. Der Sechste, ein Junge, der Yisa hieß, gerade mal in die erste. Er war zwei Jahre jünger als die meisten von uns und ziemlich klein gewachsen für sein Alter. Über einen alten Jägerpfad gelangten wir schließlich hinein ins grüne Dickicht. Ich fühlte mich wie in einem tiefen Tunnel, der immer dunkler wurde, je weiter wir uns hineinwagten. Unser Weg, der immer schmaler wurde, führte uns zu einem geeigneten Ort, an dem wir die Objekte unserer Begierde abschlagen konnten. Eine Lichtung mitten im Wald. Das Sonnenlicht, welches ich auf dem Marsch hinein vermisst hatte, drang durch die riesigen Bäume zu uns durch. Ein zugleich atemberaubender und unheimlicher Ort. In der Ferne konnten wir die schrillen Schreie einiger Affen wahrnehmen, beunruhigend. Wir schnitten die Wedel von Stamm und brachten sie abwechselnd zurück zur Schule. Die Prozedur dauerte einige Stunden. Jedes Mal, wenn wir zum Wald zurückkehrten, wagten wir uns tiefer hinein. Die Luft dort kam mir heilig vor. So frisch und rein. Anders als die der Stadt, wo es nach Qualm und Abgasen der Autos stank. Dieser Ort begeisterte mich. Er hatte mich in seinen Bann gezogen. Wir arbeiteten sehr hart und kamen schnell voran. Plötzlich durchbrach ein lautes Geräusch die Urwaldstille. Wir konnten es nicht einordnen. Gerade in letzter Minute bemerkten wir, wovon es stammte. Fast zu spät. Eine andere Gruppe Jungs, die auch im Wald zugange waren, hatte einen Baum gefällt. Diesen wollten wir als Stützpfeiler für das Zelt benutzen. Er raste direkt auf uns zu. Wir flüchteten in alle Richtungen. Er kam mir so riesig und lang vor. Vier Jungs aus unserer Gruppe liefen in die eine Richtung, Yisa und ich in die andere. Es war die falsche, wie sich später herausstellen sollte. Wir rannten um unser Leben und schauten uns nicht mal um. Dann war er da. Einer der oberen Äste des Baums erwischte mich noch an der Schulter, als ich im gleichen Moment versuchte ihm auszuweichen. Die Wucht des Schlages warf mich zur Seite und ich landete in einer etwa zwei Meter tiefen Erdgrube. Dem Himmel sei dank, denn es gelang mir, mich an einer Baumwurzel, die am Grubenrand aus dem Boden wuchs, festzuhalten. Ich schaute mich um und bemerkte dass die Seiten der Grube, in der ich mich befand, ziemlich gleichmäßig abgetragen worden waren. Es handelte sich also nicht um ein natürliches, sondern ein von Menschen gegrabenes Loch. In meiner Not riskierte ich einen Blick nach unten und glaubte meinen Augen nicht. Fünf oder sechs angespitzte Holzpfeiler ragten aus dem Boden der Grube hervor. Es war eine Falle. Ich war in einer Falle gefangen. In dieser Gegend gab es sehr viel Wild und ich vermutete, dass die Falle von Jägern gegraben worden war. Yisa, der die ganze Zeit vor mir gelaufen war, hatte mein plötzliches Verschwinden bemerkt und war umgekehrt. Er entdeckte mich und half mir heraus. „Oh Gott, das war knapp!“, sagte er zu mir, als ich erschöpft neben ihm auf dem Urwaldboden saß. „Die Spieße hätten dich schwer verletzen, gar umbringen können!“ Wir befanden uns sehr tief im Waldesinneren und von den anderen fehlte jede Spur. Wir hatten uns, während wir vor dem Baum flüchteten, nicht gemerkt, in welche Richtung wir gelaufen waren und hatten uns jetzt anscheinend verirrt. Wir riefen verzweifelt nach den anderen, aber es waren nur unsere eigenen Stimmen die als Echo antworteten. Wir waren hoffnungslos, hier mitten im Nirgendwo. Da ich der ältere von uns beiden war, ergriff ich die Initiative und entschied dass wir uns Richtung Sonne durch den Dschungel durchschlagen sollten. Es war schon ziemlich spät und die Sonne streifte im Westen schon den Horizont. Auf unseren Weg nahmen wir seltsame Geräusche wahr, die uns Angst einjagten. Hand in Hand marschierten wir aber weiter. Nach ungefähr einer halben Stunde trafen wir auf einen Mann. Er war ziemlich groß und sehr muskulös. Er trug ein langes Gewehr in der rechten Hand, eine Machete in der anderen. Zuerst erschreckten wir. Als er uns aber in Englisch ansprach, löste sich unsere Anspannung einwenig. „Was macht ihr hier, so tief im Dschungel? Hier treiben sich sehr gefährliche Tiere herum.“ Wir erzählten ihm unsere Geschichte und fragten nach dem Weg zurück. Ohne viel Mühe gelang es ihm, uns den Weg zu beschreiben, und er warnte uns ausdrücklich vor weiteren Fallen. Trotzdem misstrauisch, machten wir uns davon, auf dem von ihm beschriebenen Weg. Als ich mich umdrehte, um mich für seine Hilfe zu bedanken, war er schon verschwunden. Wie vom Erdboden verschluckt. Wir durchquerten ein dichtes Mangrovengebiet. Ich bemerkte Pfotenabdrücke im weichen Schlamm vor unseren Füßen. Sie ähnelten denen einer Katze, allerdings um einige Nummern größer. „Ein Leopard“, dachte ich mir. Dies beunruhigte mich. Yisa, der neben mir stand, fing an zu weinen. „Er wird uns aufessen.“ „Nein, wird er nicht“, antwortete ich. „Er jagt nur nachts.“ Damit versuchte ich ihn zu beruhigen, obwohl ich mir schon Gedanken machte. Nach einiger Zeit stießen wir auf einen Pfad, der den Dschungel in zwei Hälften teilte. Wir folgten ihm und nach einer Weile erblickten wir das Dach eines Hauses in der Ferne. Unglaublich froh und mit den Nerven am Ende liefen wir die letzten Meter in die Freiheit. Ab dort kannten wir uns aus und unsere Schule würden wir nun ohne Probleme erreichen. Bis dorthin dauerte es nicht mehr lange. In der Schule angekommen. Die meisten Schüler waren schon daheim. Nur ein paar Lehrer gingen noch herum. Ich brachte Yisa zu seiner Klasse und ging fort, um meine Sachen aus der Meinen zu holen. Eine Lehrerin hatte uns bemerkt und sprach mich an. Miss Aworanti. Sie war eine meiner Lieblingslehrer. Sie unterrichtete Literatur und Musik. „Wie siehst du denn aus?“, fragte sie mit einem entsetzten Gesichtsausdruck, als sie meine Uniform, die vom Schlamm der Grube verschmutzt war, erblickte. „Wo kommst du her?“ Ich versuchte, ihr das Ganze so gut wie nur möglich zu erklären. „Da hast du aber ein riesiges Glück gehabt und einen Schutzengel dazu!“, sagte sie, als ich mit dem Erzählen zu Ende war. „Hol deine Sachen, ich fahre dich nach Hause.“ Ich war ziemlich froh dies zu hören, da es schon sehr spät war und ich es nie vor Gladys rechtzeitig nach Hause schaffen würde. Sie würde meine Geschichte nie glauben, also war ich beruhigt und überglücklich Miss Aworanti dabei zu haben. So schnappte ich die Sachen und wir fuhren nach Haus. Yisas Vater hatte ihn in der Zwischenzeit in seiner Klasse aufgefunden und abgeholt. Dieser Mann hatte die ganze Zeit auf seinen Sohn gewartet. Am nächsten Tag erzählte er mir noch, wie besorgt sein Vater gewesen sei und sich auch nach meinem Befinden erkundigt habe. Ich fühlte mich für eine Sekunde geehrt, wichtig. Innerlich wünschte ich mir auch so sehr einen verständnisvollen Vater, der sich wirklich Gedanken um seinen Sohn machte. Der sich mit den alltäglichen Problemen seiner Kinder befasste und deren Geschichten gerne hörte. Einer, der einfach für sie da war. Damals hatte ich gedacht, den meisten Kindern ergehe es so wie mir. Wenn ich aber unter ihnen war und wir uns über unser Zuhause beziehungsweise unsere Eltern unterhielten, merkte ich dann doch schnell den Unterschied. Mir fehlte was. Etwas, was meinen Alltag und meine Zukunft prägen sollte. Als ich nämlich den Tag zuvor endlich zu Hause erschien, war mein Vater wieder mal nicht dort. Diesmal zu meinem Glück. Ich bedankte mich bei Miss Aworanti, lief schnell, wie der Blitz, in mein Zimmer, wo ich mich meiner Uniform entledigte. Ich musste sie so schnell wie möglich waschen. Einige Flecken gingen nicht sofort heraus und so dauerte es, bis ich fertig war. Eilig begab ich mich nach draußen, wo ich sie aufhängte, allerdings dort, wo Gladys sie nicht sofort entdecken konnte, wenn sie zurückkam. Wieder im Hause kehrten Nneka und Ndidi schon von Gladys Restaurant zurück. Das Essen hatte ich schon vor dem Waschen aufgesetzt und es stand schon bereit, als sie eintrafen. Innerlich strahlte ich vor Glück. Vor ein paar Stunden wusste ich noch nicht mal, ob ich wieder lebendig aus dem Chaos herausfinde, jetzt aber hatte sich alles zum Guten gewendet. Ich hatte mir darüber Gedanken gemacht, was ich Gladys und meinem Vater für eine Erklärung geben könnte, und dies schien jetzt alles nicht mehr nötig zu sein. Jetzt musste die abendliche Sonne meine Uniform noch trocknen, bevor Gladys sie fand, und mein Tag wäre gerettet. Insbesondere freute ich mich über das Geld, welches ich durch die Heimfahrt mit Miss Aworanti gespart hatte. Behalten könnte ich es ja, um davon am nächsten Schultag Essen oder Zahnpaste zu kaufen. Ich war hin- und hergerissen. Sollte ich es Gladys erzählen und ihr das Geld zurückgeben oder behielt ich es einfach? Schließlich entschied ich mich dafür, es zu behalten, und als in den darauffolgenden Tagen nichts von ihr bezüglich des Geldes kam, wusste ich, dass alles gut war.

Der restliche Tag verlief relativ entspannt. Meine Stiefmutter betrat gut gelaunt das Haus und es gab kein Gemecker. Zuvor beschäftigte ich mich mit der Vorbereitung ihres und meines Vaters Abendessen. Am darauffolgenden Morgen stand ich wie üblich auf, erledigte meine Aufgaben und durfte ohne Weiteres das Haus verlassen.

Die Thermoskanne

Jetzt stand das große Ereignis kurz bevor. Unser Schulsportfest klopfte schon an die Tür. Wir waren alle ziemlich aufgeregt und gespannt auf die Festivitäten. Diejenigen, die ihr Sporthaus in verschiedenen Wettkämpfen repräsentierten, besonders. Ich gehörte dazu. Der Hochsprung und der 800-Meter-Lauf waren meine Disziplinen. Ich wurde von den Mitgliedern meines Hauses mit dem Namen „Federball" getauft, weil ich ähnlich wie ein Federball durch die Luft segelte beim Ausführen eines Sprunges. Außerdem spielte ich noch im Schulorchester Bass. Eines meiner Lieblingsinstrumente. Immer in meinen Gedanken, die schreckliche Lage zuhause. Deshalb versuchte ich mich mit so vielem wie nur möglich abzulenken, so auch mit dem Sport. Am Tag der Veranstaltungen würden wir die Spiele mit einer Hymne eröffnen. Auch während und zum Schluss würden wir immer wieder für gute Musik sorgen.

Ein paar Tage vor dem großen Ereignis, am Mittwoch genau, als Gladys vom Restaurant nach Hause kam, passierte etwas Schlimmes.

Ich sollte an diesem Abend Ifeanyis Abendessen zubereiten. Akamu, eine Art Haferbrei, der aus gemahlenem Mais hergestellt wurde und Akara (Bohnenbällchen). Zur Herstellung der Bällchen benötigte man Schwarzaugenbohnen, die ich auf dem Boden kniend, auf einem Mahlbrett, mühsam zu Mehl bearbeitete. Gerade als ich mit allem fertig war und es Ifeanyi servieren wollte, betrat der Schrecken meines Daseins wieder die Szenerie. „Du bringst aber auch nichts Vernünftiges zustande, heh?!" Sie schimpfte und fluchte. Ihrer Meinung nach hatte ich absichtlich das Essen, welches ich für sie und meinen Vater vorbereitet hatte, versalzen. „Das war doch deine Intention, oder? Du willst mir wieder extra Arbeit machen!“ Meine verzweifelten Versuche, ihr das Gegenteil zu beweisen, scheiterten. Sie machten sie nur noch wütender. „LÜGNER!!!“, brüllte sie mir entgegen. Der Laut ihrer Stimme klang wie der eines wütenden Elefantenbullen, der voller Testosteron in der Savanne umherirrte und mit seinem gewaltigen Gebrüll seine Rivalen vertrieb. „LÜGNER!!!“, schrie sie nochmals. „Willst du mir sagen, dass ich der Lügner bin?“, folgte von ihr auf meine Antwort zu dem Vorwurf. Ohne mir jeglichen Fluchtraum zu lassen, hatte sie nach etwas gegriffen und mich damit niedergeschlagen. Mein Kopf blutete. Um mein Gesicht zu schützten, hob ich die Hände. Da traf mich der nächste Schlag direkt am Ellbogen. In dem Moment spielten meine Musikknochen eine Symphonie der Schmerzen. Ich spürte, wie ein schreckliches Ziehen sich seinen Weg vom Ellbogen bis hin zu meiner Schulter erschlich. Ich gab einen stummen Aufschrei von mir, als ich auf den nächsten Treffer wartete. Eine gewaltige Beule hatte sich jetzt schon auf meinem Kopf gebildet, nicht aushaltbare Schmerzen! Ich bemerkte den Küchenlöffel, den sie in der Hand hielt und den sie anscheinend benutzte, um mich zu bearbeiten. Da hockte ich nun in der Ecke des Zimmers. Ich traute mich nicht mehr aufzustehen. „Was machst du da auf dem Boden? Geh und versorg meinen Sohn und wehe dir, es bekommt ihm nicht. Dann lernst du mich aber kennen!“ Ich flüchtete auf allen vieren aus der Küche. Als hätten die Götter sich gegen mich verschworen, es kam noch schlimmer. Mit dem Essen, welches ich extra vorher in eine Thermoskanne getan hatte, damit es nicht kalt wurde, stolperte ich unglücklich über meine eigenen Füße und fiel mit der Kanne voraus dem Boden entgegen. Das Essen und die Kanne fielen zu Boden und sie zerbrach. Ich konnte es nicht glauben. „Warum habe ich verdammt noch mal so ein ‚Glück‘?“, fragte ich mich. Begreifen konnte ich es nicht, was sich gerade da abspielte. Zerstört, sowohl die Kanne als auch ich, auf dem Küchenboden vor Gladys Füßen liegend. Jetzt fand das Brüllen kein Ende mehr. „Du Idiot! Scheiß Oyibo!“ Ich fing mir noch ein Paar Schläge ein und musste mich dann draußen in den strömenden Regen stellen. Während der eiskalte Regen auf mich herunterfiel, fragte ich Gott, wieso er mich so bestrafte. Was hatte ich im Leben falsch gemacht, um so etwas zu verdienen? Die Beule auf meinem Kopf war schon erschreckend groß und schmerzte furchtbar. Es verging zirka eine halbe Stunde, da wurde ich von Gladys wieder ins Haus gerufen. Ich sollte zu meinem Vater gehen, ihm sagen, was ich angerichtet hatte, und ihm um Geld bitten, um eine neue Kanne zu besorgen. „Papi ist aber nicht zu Hause“, flüsterte ich in ihre Richtung mit zum Boden gerichteten Blick. „Ja, ich weiß!“, kam die Antwort. „Er ist im Klub und du begibst dich jetzt dorthin.“ Der Regen dort draußen hämmerte jetzt richtig gegen die Asbestplatten unseres Daches. Es schien ihr egal zu sein. Ich hatte sie richtig verstanden. Ich sollte mich sofort, um halb zehn nachts, zum Warri Klub, welcher 20 Kilometer weit entfernt lag, begeben und meinen Vater nach Geld für eine einfache Thermoskanne bitten. Ich versuchte mich mit aller Kraft dagegen zu sträuben, aber sie warf mich aus der Tür ohne Geld für den Bus. So lag ich dort am Boden, im Dreck und vom Schlamm bedeckt. Ich hatte noch nicht einmal Schuhe an. Mit einer kurzen Hose, einem T-Shirt bekleidet und voller Schmerzen auf meinem Kopf und in meinem Herzen machte ich mich auf den Weg. Etwas in meinem Inneren trieb mich weiter und weiter. Ich spürte es deutlich. Ich bahnte meinen Weg durch die vom Wasser durchfluteten Straßen Warris. Der Regen hörte einfach nicht auf und es donnerte gewaltig. Die Straßen waren in dieser Nacht, zu der Zeit, ungewöhnlich leer. Es war für die Uhrzeit nicht üblich. Dies konnte ich mir zuerst nicht erklären, aber dann fiel mir ein, wir befanden uns mitten im August. Dies war die Zeit der Agbasa, eine urkultische Gruppe von Individuen, die eine Gottheit anbeteten, welche angeblich immer Blutopfer forderte. Zu dieser Zeit feierten sie ihre Festivitäten und brachten dem Gott die Opfer. Wir hatten in den Wochen zuvor, auf dem Weg zu Schule, mehrere geköpfte Menschenkörper am Straßenrand gesichtet. Dies schien ihr Werk gewesen zu sein. Mich überkam eine unheimliche Panik, als ich mich durch den auf mich herabfallenden Regen kämpfte. Ich wurde von Gedanken und Bildern der kopflosen Leichen begleitet. Riesige Regenwolken bedeckten den dunklen Himmel und sie machten die Nacht stockdüster. Ich konnte nicht einen Stern am Firmament erblicken. Alles schwarz und trostlos. Ab und zu wurden die Straßen von einem Blitz erleuchtet. In diesen Momenten drehte ich mich angstgetränkt um, um mich zu vergewissern, dass niemand sich von hinten an mich heranschlich. In Nigeria besaßen die meisten Straßen keine Straßenbeleuchtung, und auch wenn welche vorhanden gewesen wäre, würde sie mir jetzt nichts bringen, da N. E. P. A an Regentagen die Stromzufuhr unterbrach. An den meisten Stellen waren die Lichter sowieso beschädigt oder von der armen Bevölkerung Warris geklaut. Diese zerlegte sie dann in Einzelteile und verkaufte sie für wenig Geld auf dem Markt, um sich und ihre Familien zu versorgen. Geklaut oder einfach kaputt, ich musste im Dunkeln weiter. Der Weg, der vor mir lag, war noch lang und ich musste mich sehr oft vor Erschöpfung auf einen Stein setzen, um mich auszuruhen. Ich hatte mein Zeitgefühl verloren. Es kam mir schon sehr spät vor.

Da lief ich also die Straße entlang. Gedanken schossen durch meinen Kopf, als das Regenwasser auf dem Boden mir entgegenlief. Es hatte schon so viel geregnet, dass sich kleine Bäche auf den im sehr schlechten Zustand befindlichen Straßen Warris gebildet hatten. Diese strömten mir entgegen. Es kam mir so vor als müsste ich durch sie hindurch schwimmen. Plötzlich spürte ich, wie der Boden unter meinen Füßen nachgab und ich mitten in einer Wassergrube versank. Von Kopf bis Fuß war ich nun mit dem braunen Braun der Straßen bedeckt. Ich sah vermutlich aus wie der letzte Dreck und so fühlte ich mich auch.

Der Fußmarsch zum Warri Klub

Ich setzte meinen Weg fort. Ich fühlte mich wie ein Korken, der auf der Oberfläche des von Wellen gepeitschten Meeres hin- und hergestoßen wurde. Meine Füße fühlten sich an wie Blei. Warris Straßen waren bekanntlich in einem sehr schlechten Zustand und von Müll und Abfall nur so übersät. Da ich ohne Schuhe unterwegs war, war es nur eine Frage der Zeit, wann ich mir eine Verletzung zuziehen würde. So kam es auch. Nach kurzer Zeit hatte ich sie wund gelaufen. Nachdem ich mich aus der Wassergrube hatte befreien können, merkte ich, wie, je weiter ich ging, jeder Schritt, wenn meine Füße den Boden berührten, schmerzvoller wurde. Der Regen goss unerbittlich weiter, als ich meinen Weg durch das Labyrinth des Ungewissen fortführte. Vorbei an kleinen Blechhütten, die in der Dunkelheit, wie stumme Zeugen des Geschehens, sprachlos an mir vorbeischlichen. Ich bemerkte ihre Anwesenheit nur durch den heftigen Regen, der sich unermüdlich auf ihren Wellblechdächern austobte. Es verursachte ein lautes, unangenehmes Geräusch. Blitz und Donner und jetzt auch noch heftiger Wind. Die Palmen, die am Straßenrand wuchsen, bogen sich von links nach rechts, als der Wind an ihnen vorbeizog. Ich wurde das Gefühl nicht los, sie wollten mir was sagen.

Schließlich kam ich am Okere Market an. Natürlich waren die einzelnen Verkaufsstände um diese Uhrzeit verlassen. Ein geisterhafter Dunst umgab diesen unheimlichen Ort. Er lag im Mittelpunkt des Gebiets, in dem die Agbasa ihr Unwesen trieben. Der Markt war umgeben von mehreren Reisfeldern, die im Mangrovensumpf mündeten. Diese Region war unter ihren Einwohnern sehr umkämpft, da sie die Grenze zwischen dem Ijaws und den von den Itsekiris bewohnten Gegenden bildete. Diese Volksstämme trugen erbitterte und blutige Kämpfe aus, um sich dieses Gebiet, welches bekannt war für seine reichen Ölvorkommnisse, zu sichern. Es herrschte hier ab zehn Uhr abends bis drei Uhr morgens eine Ausgangssperre, verhängt von der Regierung, um die Krise in den Griff zu bekommen. Es hatte in den Tagen zuvor hier mächtige Auseinandersetzungen gegeben und Spuren dessen machten sich trotz der Dunkelheit bemerkbar. Abgerissene Verkaufsstände, verbrannte Autos, abgefackelte und eingestürzte Häuser überall. Dieser Ort erinnerte an einen Kriegsschauplatz. Sich hier alleine, zu Fuß, als Weißer, wie ich in Nigeria betrachtet wurde, um diese Uhrzeit aufzuhalten, grenzte an kompletten Wahnsinn! Ich war mir sicher, Gladys wusste von den Hindernissen und den Gefahren, die dieser Weg beherbergte, aber sie hatte mich trotzdem losgeschickt. Bei jedem Geräusch ergriff mich ungeheure Angst. Es wurde immer erzählt, diese Trophäenjäger würden sich von hinten an ihre Opfer anschleichen, um sie dann mit einem Schlag der messerscharfen Machete zu enthaupten. Ihre Gottheit verlangte, dass der Kopf des ausgewählten Opfers schon abgetrennt sein musste, bevor der verbliebene Körper den Boden berührte. So erging es vielen ahnungslosen Menschen. Obwohl ich in dieser aussichtslosen Lage steckte, hatte Gott mir anscheinend einen Schutzengel geschickt, der mich unter seinem Zauberumhang vergrub und mich so vor den Augen dieser Schlechter verbarg.

Es war schon sehr spät, als ich beim Warri Klub eintraf. Es hatte aufgehört zu regnen und die Luft war schwül warm. Es hing ein dichter Nebelschleier in der Luft, trotzdem sah ich den Wagen meines Vaters auf dem Parkplatz, vorm Klub, stehen. Erschöpft schaffte ich es bis zum Eingang, traute mich, so verdreckt und verwundet, meines Vaters wegen, nicht hinein. Halb eins las ich auf der Uhr, die die Wand der Empfangshalle schmückte. Ich setzte mich auf die Treppe vorm Gebäude und wartete, bis jemand herauskam. Es dauerte nicht lange, da kam schon ein Mann auf mich zu. Ich kannte ihn. Es war Johnah. Er arbeitete im Klub und war ein guter Bekannter meiner Mutter gewesen. Eine sehr nette Person. Zugegebenermaßen zutiefst überrascht, mich um diese Uhrzeit und in so einer Verfassung dort zu sehen, sprach er mich an. „Anatol", rief er mir zu. „Was machst du denn hier, mein Junge? Du bist ja ganz durchnässt und zitterst ja am ganzen Körper! Was ist denn passiert?" Zögernd versuchte ich, ihm die Geschichte zu erzählen. „Komm!" Er nahm mich an die Hand und führte mich in einen Raum hinter der Bar. „Setz dich doch." Er verließ das Zimmer und kehrte wenige Minuten später zurück, mit einem Handtuch und trockenen Sachen zum Anziehen für mich. Dankend nahm ich sie entgegen. Kurz darauf betrat ein leicht aufgeregter Vater, sein Blick fragend, den Raum. „Was hat dies zu bedeuten?", schrie er, als er auf mich zukam. „Was machst du hier? Und wie bist du hierhergekommen?" Voller Angst erzählte ich ihm, warum ich den weiten Weg gemacht hatte und wie ich zu ihm gelangt war. Er setzte sich neben mich, beugte sich nach vorne und hielt seine Hände offen vor sich. Er sagte minutenlang nichts. Ein tiefes Schweigen herrschte im Zimmer. Johnah stand regungslos in einer dunklen Ecke. In einem Moment trafen sich unsere Blicke und ich bemerkte das Mitleid, welches er für mich empfand, in seinen Augen. Trost, den ich jetzt brauchte. Allmählich ließ mein Vater die Hände fallen, drehte sich in meine Richtung und sagte: „Dies muss aufhören." „Es wird alles gut, Oga", fügte Johnah hinzu. (Das Wort Oga bedeutete so viel wie Meister. Es war üblich, dass Arbeiter oder Bedienstete ihren Arbeitgeber so nannten. Es ist eine Art der Anrede, durch die der Sprechende seinem Gegenüber Respekt erweist). Mein Vater erhob sich und verließ das Zimmer, ohne irgendetwas zu sagen. Ich konnte nicht nachvollziehen, was in jenem Moment in ihm vorging. Zum einen verkörperte er eine Person, die ich fürchten gelernt hatte. Zum anderen aber jemanden, der in gewissen Situationen, in solchen Situationen wie jetzt, mir das Gefühl gab, er kümmere sich um mich und dass ich ihm was bedeutete. Ungewöhnlich ruhig und mit einer Mimik, die nichts von dem, was noch passieren sollte, erahnen ließ. Zwischenzeitlich kümmerte sich Johnah um die Verletzungen an meinen Füßen. Zudem brachte er mir noch etwas Eis, um die Schwellung auf meinem Kopf zu versorgen. Später bekam ich aus der Klubküche etwas zu essen und zu trinken. Ich hatte ihm vorher erzählt, dass ich seit dem Mittag nichts mehr gegessen hatte, und so verschlang ich dankbar das, was er mir brachte. Gebratene Eier mit Reis und Hähnchen. Es schmeckte vorzüglich und war für mich eine willkommene Abwechslung zu dem, was ich sonst zu essen bekam. Nachdem ich gegessen und mein Vater sich noch ein Bier an der Bar genehmigt hatte, machten wir uns auf den Heimweg. Es war eine sehr stille Fahrt und mein Vater saß sehr angespannt, in Gedanken versunken, hinterm Steuer. Es war nun schon kurz nach drei Uhr morgens. Nervös saß ich neben ihm. Ich konnte sehen, wie die Wut ihm förmlich aus den Augen strahlte. Die Fahrt war kürzer, als ich sie mir erhofft hatte. Wir waren da …

Ins Gesicht gespuckt

Zu Hause angekommen sprang ich aus dem Auto und öffnete das Tor. Dann ging alles so schnell. Der Wagen war geparkt, mein Vater war schon im Haus und ich lief hinterher. Das Haus war immer noch stockdunkel, da der Strom noch nicht wieder eingeschaltet worden war. Nur eine Kerze brannte im Zimmer meiner Stiefmutter. Ohne ein Wort zu sagen, bewegte er sich auf sie zu, packte sie am Hals und zerrte sie nach draußen.

Draußen vor der Tür fiel sie vor ihm zu Boden, gleichzeitig schreiend: „Dein Scheiß Sohn ist schuld, deine Missgeburt war es!" „Wie konntest du?", kam die Antwort meines Vaters, der außer sich zu sein schien. Dann passierte etwas, was ich nicht glauben konnte. Ich war den beiden nach draußen gefolgt, um mich verteidigen zu können, würde sie ihm wieder Lügen erzählen. Gladys sprang auf und griff mich an. Ich versuchte mich aus ihren Krallen zu befreien, aber schaffte es nicht, denn ihre Nägel hatten sich tief in meine Haut gebohrt. Mein Vater, der noch in der Nähe war, holte aus und schlug mehrmals auf sie ein. Gladys gab einen lauten Schrei von sich und ließ mich los. Es war ein schreckliches Bild, ich stand einfach völlig neben der Rolle und versuchte das zu verarbeiten, was sich vor meinen Augen die ganze Zeit abspielte. Wieder mal schossen Gedanken durch meinen Kopf. „Dies passiert alles meinetwegen. Hatte ich sie falsch verstanden, was sie ja behauptete. Wollte sie nicht, dass ich meinen Vater in der Nacht aufsuchte?" Dies waren alles Fragen, die mir durch den Kopf gingen, auf die ich aber keine Antworten bekam. Ich war wie weggetreten, wurde dann aber wieder in die Realität zurückgeholt, als mein Vater mich ins Haus zerrte und die Tür hinter uns zuschloss. Er ließ mich im Flur stehen, rannte in Gladys Zimmer, zog einen großen Koffer unterm Bett hervor und schmiss alles, was mit ihr zu tun hatte, dort hinein. Als er fertig war, warf er den Koffer einfach vor die Tür. Zwiespältig beobachtete ich das Szenario. Vor ein paar Wochen hieß es noch, sie sei unser aller Schutzengel und würde ihren Segen übers Haus legen. Jetzt aber sollte sie uns wieder verlassen. Gladys schnappte ihre Sachen und murmelte noch ein paar Wörter, als sie sich umdrehen wollte. Mein Vater, der noch in der Tür stand, ging unbeirrt auf sie zu und spuckte ihr einfach ins Gesicht. Ich traute meinen Augen nicht! War dies alles tatsächlich vor meinen Augen abgelaufen oder träumte ich bloß? Ich war müde und erschöpft von dem Tag, von den Geschehnissen, von meinen Gedanken und Fragen, auf die ich keine Antworten bekommen hatte. Dieser Tag endete so wie die meisten: Ich in meinem Bett liegend, mein Kopf voller Fragen zu denen die Antworten im Gewirr meines Lebens verschollen zu sein schienen.

Ndidi und Ifeanyi blieben bei uns, mein Vater hatte Gladys verboten, sie mitzunehmen. Ifeanyi tat mir leid. Er war noch so jung und verstand dies alles bestimmt nicht.

Die Tage und das Wochenende darauf waren lang und still. Wir, die Kinder des Hauses, waren alle vorsichtig in allem, was wir taten, um meinen Vater, der immer noch vor Wut leicht in Rage geriet, nicht aufzuregen. Es war eine drückende Situation, vor allem, weil ich mir einredete, ich sei für all dies verantwortlich.

Erneut war das Böse aus unserem Leben fortgegangen. Die Bilder der besagten Nacht verfolgen mich bis heute. Liebe und Hass, Zärtlichkeit und Brutalität, sie liegen alle meist erschreckend eng beieinander, nämlich im Herzen eines Menschen. Die Frage „Wie schafft es ein Mensch, diese verschiedenen charakteristischen Merkmale miteinander zu vereinen?" wird wohl immer ungeklärt bleiben. Tatsache ist, mein Leben wurde von diesen geprägt. Ich lebte oft hin- und hergerissen, zwischen zwei Welten. Wo lag der Grund dafür? War es der, dass ich von Eltern abstammte, die ihren Ursprung grundverschiedenen ethnischen Gruppen verdankten? Wieder eine Frage, eine ohne Antwort. Liebe und Hass, ich empfand sie damals als wären sie das Gleiche, nur wurden sie jedem auf eine andere Art und Weise kenntlich gemacht.

Die Tage danach vergingen schnell. Gladys war nun wieder mal weg und wir konnten uns auf unser Leben freuen. Gladys Fehlen machte sich auch am Verhalten meines Vaters, uns gegenüber, deutlich bemerkbar. In seinem Eifer und seiner Entschlossenheit, alles wiedergutzumachen, überschütteter er uns förmlich mit Gefühlen und Fürsorge. Dieses ständige Auf und Ab, wir litten darunter. Wenn wir aus der Schule kamen, wartete er mit dem Mittagessen auf uns. Nach dem Essen durften wir uns meistens ein wenig ausruhen. Später am Abend war er dann zur Stelle und half uns bei den Hausaufgaben. Es war eigentlich so, wie ich es mir schon immer erträumt hatte. Irgendetwas in meinem Inneren sagte mir aber, die augenblickliche Situation werde nicht von Dauer sein. Ich nahm also das, was diese glücklichen Tage so hergaben, und dies schien perfekt. Die Wunden an meinem Körper ließ er im Hospital behandeln. Es tue ihm alles so furchtbar leid, betonte er immer wieder. Im Nachhinein erlaubte er Gladys Ndidi und Ifeanyi zu sich zu holen. Es sei auch besser für uns. Mir wurde deutlich, ich konnte jetzt mit ihm reden. Mit ihm reden, wie ein Sohn es mit seinem Vater tun würde. Ich erzählte ihm, dass ich seit einer geraumen Zeit keine Zahnpaste und kein Klopapier benutzen durfte. Er schaute mir tief in die Augen, als die Wörter meinen Mund verließen, und schüttelte nur mit dem Kopf. „Wie konnte ich nur so blind sein? Anatol, ich bin dein Vater und du kannst doch zu mir kommen und mit mir reden." Er schien es nicht begreifen zu wollen, dass er damals ein ganz anderer Mensch gewesen war und ich mich nie im Leben getraut hätte, ihn auf so etwas aufmerksam zu machen. Es solle aber jetzt alles besser werden, gelobte er und ich, naiv wie ein kleines Kind nun mal ist, glaubte das was er mir versprach.

Das Sportfest

Seit dem schrecklichen Mittwochabend waren schon zwei Tage vergangen und meinen Arm konnte ich wieder normal benutzen. Der große Tag traf endlich ein. Die Unruhen in der Gegend um Warri hatten beinahe zum Absagen des Ganzen geführt. Warri wurde von Anini heimgesucht. Er war ein Dieb, der den Reicheren der Gegend höllische Angst einjagte. Er und seine Bande überfielen und beraubten sie. Man sagte, er würde nicht zögern, einen Menschen umzubringen. In den vergangenen Wochen hatten die Zeitungen immer wieder über seine Raubzüge durch ganz Nigeria berichtet. Unter dem ärmeren Volk galt er als Retter, eine Art Robin Hood. Einiges von dem, was er erbeutete, schenkte er dem Not leidenden Volk. Für die einen ein Retter in der Not, für die anderen ein Dorn im Auge, der schnellstens beseitigt werden musste. An der Hetzjagd auf ihn beteiligte sich sogar die Armee, aber es gelang ihm immer wieder, sie hereinzulegen. Obwohl Anini sehr viel Blut an den Händen kleben hatte und die meisten Menschen ihn niemals begegnen hätten wollen, bewunderten sie seinen Mut. Er kämpfte gegen die korrupten Beamten, Regierungsvertreter und das System.

Unser Sportfest fand trotzdem statt. Ich belegte im Hochsprung den dritten Platz und war sehr stolz darauf, weil ich einer der Jüngsten im Starterfeld war. Während des gesamten

Tages blieb die Spannung, wer zuletzt den Gesamtsieg für sich entscheiden würde, aufrecht. Immer wieder hatten es die Roten geschafft, uns auf der Zielgeraden zu überholen. Zu den Highlights des Tages zählte natürlich der 100-Meter-Lauf der Jungs. Für unser Haus startete ein Junge Namens Akpofure, er war gut, einfach schnell, der Schnellste, den wir seit Langem hatten. Er lief die 100 Meter in knapp über zehn Sekunden. Aus ihm würde irgendwann bestimmt ein Großer werden. Er belegte natürlich den ersten Platz, während er das gesamte Feld hinter sich ließ. Mit ihm als Trumpf kassierte unser Haus natürlich jede Menge Punkte und somit gewannen wir auch die Spiele mit einem angenehmen Abstand zu unserem Hauptkonkurrenten, dem roten Haus. Zum Abschluss des Abends gab es noch einen Auftritt der Schulband. Wir legten uns mächtig ins Zeug. Die Lieder, die wir spielten und zu deren Rhythmus wir uns synchron bewegten, waren voller Melodie und Leidenschaft. Ein geniales Ende. Die Preise wurden vergeben und wir traten den Heimweg an. Es war schon sehr spät und ich hatte gehofft, dass mein Vater mich abholen würde. Aber er war nicht gekommen. Ich wunderte mich, wir hatten doch abgemacht, dass er mich abholt. Ich wartete ca. 30 Minuten und dann machte ich mich, zusammen mit zwei meiner Klassenkameraden, auf den Heimweg. Wir mussten erst eine Strecke zu Fuß zurücklegen, um dann eine geeignete Stelle zu finden, wo wir auf den Bus warten konnten. Nicht ohne Bedenken und Furcht machten wir uns auf den Weg durch die Dunkelheit. Es kam so, wie es kommen musste. Kurz nachdem wir die Umgebung der Schule verlassen hatten und durch ein kleines Feld gingen, passierte es. Wir waren umgeben von meterhohem Gras. Der Wind fegte an uns vorbei. Es war eine stockdüstere Nacht, an die ich mich noch lange erinnern sollte. Obi, der mit mir ging, war kurz davor umzukehren. Plötzlich, so plötzlich wie der Wind aufgehört hatte zu wehen, hörten wir mehrere Stimmen. Sie kamen von überall. Es waren männliche Stimmen. Kenneth, Obi und ich drehten uns zitternd um, um in die Augen eines kräftig gebauten jungen Mannes zu blicken. Er trug ein zerrissenes Hemd, eine kurze Hose, und so weit ich sehen konnte, keine Schuhe. „Siehe mal da, was macht ein kleiner Oyibo um diese Uhrzeit alleine hier draußen? Gibt mir alles, was ihr habt sofort!“, schrie er. Ich hatte mir am Abend zuvor die Uhr meiner Schwester Ebele geliehen und die trug ich jetzt immer noch. Ich versuchte sie zu verstecken, aber als ich meinen Arm hinter mir verschwinden ließ, packte mich jemand von hinten, warf mich zu Boden und riss mir die Uhr, ohne sie aufzumachen, vom Arm. Kenneth schaffte es irgendwie, davonzukommen. Er verschwand im hohen Gras. Die beiden Jungs fokussierten sich ganz und gar auf Obi und mich. Ich verlor an dem Abend die Uhr meiner Schwester, meine schönen Schuhe, die ich nur zu besonderen Anlässen trug, mein Taschentuch und das Geld für die Busfahrt nach Hause. Zudem ließen die Jungs mich mit ein paar Prellungen und einer Schnittwunde am linken Handgelenk, an dem ich die Uhr getragen hatte, zurück. Obi hatten sie ebenfalls Geld und mehrere Sachen weggenommen. Sie verschwanden dann so plötzlich, wie sie aufgetaucht waren. So lagen wir da, in der Mitte von Nirgendwo. Ich blickte mich um in die Richtung in der sie verschwunden waren und versuchte ihnen hinterherzulaufen, die Wut in meinem Inneren verdrängte jedes Gefühl der Vernunft. Sie waren aber ziemlich schnell. Obis Versuche, mich davon abzubringen, scheiterten. Ich lief los. Quer durch das Gras, vorbei an vielen dunkeln Ecken. Ich war sehr naiv. Was versprach ich mir davon? Sie waren ja zu zweit und viel kräftiger als ich. Vielleicht quälte mich nur der Gedanke, ohne die Uhr nach Hause zurückzukehren. Ich hatte sie nämlich ohne Erlaubnis meiner Schwester an dem Abend mitgenommen. Uhren waren was Besonderes. Es konnten sich nicht viele Schüler eine leisten und so würde ich damit bestimmt bei den anderen für Aufmerksamkeit sorgen. Das tat ich auch aber zu meinen Pech bei den falschen Leuten. Einer der beiden Jungs bemerkte, dass ich ihm dicht auf den Fersen war. Er blieb stehen, drehte sich um und lief auf mich zu. Das Erbeutete ließ er fallen und es überkam mich ein ungutes Gefühl. Auf einen Kampf könnte ich mich nicht einlassen, der Sieger stünde jetzt schon fest. Panik ergriff mich. Ich war mutig, aber nicht mutig genug ihm die Stirn zu bieten. Ich machte mich im Eilgang davon. Als ich mir sicher war, ich werde nicht mehr verfolgt, blieb ich einen Moment stehen, um nach Luft zu schnappen. Mit den Händen auf den Knien und auf den Boden blickend, schaute ich den Tatsachen ins Auge. Ich hatte verloren. Ich musste mich geschlagen geben. Die Uhr und alles andere waren weg und ich musste mir eine glaubwürdige Geschichte für zu Hause ausdenken. Taumelnd, mit dieser Last auf meinen Schultern, versuchte ich den zurückgelassenen

Obi wieder zu finden. „Obi! Obi!!!“ rief ich, als mein Suchen nicht fruchtete. Zu viel Interesse wollte ich nicht erregen, da es noch mehr von diesen Banditen hätte geben können. Umso mehr war ich dann von seinem entfernten Aufschrei erfreut. Wieder vereint, und als ob das nicht für die Nacht genügte, zog auch noch ein heftiges Gewitter auf und goss auf uns herunter wie aus Eimern. Ausgeraubt, gedemütigt, verletzt und durchnässt. Ich ohne Schuhe und wir ohne Geld. Wir beschlossen, den Weg nach Hause zu Fuß anzutreten. Die Angst davor, was mich zu Hause erwarten könnte, wenn ich gar nicht nach Hause käme, war größer als die loszumarschieren. Es dauerte eine halbe Ewigkeit und wir verloren unser Zeitgefühl. Die Angst trieb uns weiter. Wir bewegten uns wie zwei Zombies durch die düstere Nacht. Der Regen peitschte auf uns hinunter, die Straßen waren schnell überschwemmt. Der Müll, der sich in den Abflüssen gesammelt hatte, zog im Wasser an uns vorbei, als wir unseren Weg durch das Wasser fortsetzten.

Die unheimliche Brücke

Nach einem langen Marsch gelangten wir endlich zur Brücke. Hier mussten wir hinüber. An dieser Stelle war der gewaltige Udu Fluss am schmalsten, aber nichtsdestotrotz konnte ich in der Dunkelheit nur vage das andere Ufer ausmachen. Die Udu Brücke, so wurde sie von den Einheimischen genannt. Udu bedeutete „gigantisch“ in deren Sprache.

Gigantisch, ja, das war sie. Ich stand jetzt zum ersten Mal in meinem Leben zu Füßen dieses Kolosses. Vor uns ragte sie schräg in den Himmel. Ein ziemlich altes Relikt aus der Kolonialzeit Nigerias, über die Jahre von mehreren Unfällen und Auseinandersetzungen gezeichnet. In dieser Zeit wurde sie nie renoviert. Man munkelte, sie sei auch schon von Rissen im Beton nur so übersät, einsturzgefährdet! Wir konnten nur den höchsten Punkt, in der Mitte dieses Giganten im nächtlichen Dunst, erkennen. Ab da würde es dann wieder steil nach unten gehen. Ich erinnerte mich daran, dass vor einigen Tagen genau hier ein schrecklicher Unfall stattgefunden hatte. An dem Tag fuhr ich mit dem Bus zur Schule, als wir an Autos vorbeizogen, die den Weg nach oben, wegen der extremen Steigung der Brücke, nicht schafften und anfingen rückwärts herunterzurollen. An den heftigen Unfall mit Okadas, den Passagiermotorrädern, als die Passagiere einfach von einem überladenen Laster überrollt worden waren, weil die Last auf den so steilen Hang sie nach unten drückte, sodass die Bremsen versagten. Noch deutlicher erinnerte ich mich an das laute Quietschen und das Geschrei der vielen Menschen, als der Fahrer des Lasters versuchte die Bremsen auf dem nassen Asphalt einzusetzen, ohne Erfolg. Die Angst begleitete uns, als wir die ersten Schritte nach oben wagten. Bei jedem gemachten Schritt bildete ich mir ein sie würde sogar unter meinem Fliegengewicht erbeben. Das Blut schoss durch meine Adern und mein Puls in den Himmel. Die Dunkelheit war nicht gerade behilflich auf unseren Weg nach oben. Das Fehlen jeglicher Beleuchtung auf der Brücke erschwerte unseren Weg an die Spitze zusätzlich. Entlang der Brücke, zu beiden Seiten, gab es Stellen, an denen die Schutzreling durchbrochen war. Es entstanden so mehrere Meter lange Unterbrechungen in der Leitplanke, an die wir uns ängstlich klammerten. An diesen Stellen schaute ich nach unten in die Düsterkeit und konnte nur erahnen, wie tief es nach unten gehen würde, wenn ich hier herunterfiel. Wir wären verloren, ohne jegliche Hilfe uns selbst überlassen. Dies waren wir ohnehin. Wir hielten uns fest im Griff. Der Regen goss unerbittlich weiter. Mir kam es so vor, als würde die Brücke sich zum Takt des an uns vorbeiziehenden Windes bewegen. Immer von links nach rechts, hoch und runter. Und wieder eine Lücke in der Reling brachten wir hinter uns. Die Autos, die ab und zu an uns vorbeisausten, ließen unsere Lage nicht einfacher werden, denn sie hatten ein höllisches Tempo drauf und die paar Millimeter zwischen ihnen und uns gaben noch mehr Grund zur Besorgnis. Ich konnte schon Stimmen hören, die mir meinen Untergang vorhersagten. Ich versuchte sie aus meinem Kopf zu verdrängen. Ich dachte an Oghale, an Nneka und Ebele. Ich dachte an meine Mutter im fernen Deutschland. Sie würde mich bestimmt nie in solch eine Lage bringen.

Es regnete unermüdlich weiter. Unsere Kleidung, unsere Uniformen waren verdreckt und durchnässt. Wir schafften es, trotz aller Hindernisse, trotz aller Furcht, irgendwann, heil auf der anderen Seite anzukommen. Die letzten Schritte waren wir vor Freude gelaufen. Dieses Erlebnis war eines unter vielen, die mich bis heute begleiten sollten. Auf der anderen Seite stehend, hatte N. E. P. A mal wieder den Strom abgestellt und die Straßen, die noch vor uns lagen, waren stockdunkel. In der Dunkelheit erkannten wir die kleinen Lichter, lauter Kerosinlampen, die entlang des Straßenrands aufleuchteten. Sie flackerten aus kleinen Kiosken, in dem noch einige Anwohner des Ortes versuchten, um diese Zeit ihre Waren zu verkaufen. „Diese armen Menschen", dachte ich mir, „mein Leben sei hart? Was ist mit deren?"

Der Weg von dort aus würde nicht mehr allzu weit sein. Es dauerte nicht mehr lange und wir kamen an Obis Zuhause vorbei. Ich nahm ihn in den Arm, drückte ihn und machte mich alleine auf den Weg nach Hause, wo ich nach einiger Zeit schließlich eintraf. Ungefähr zehn Minuten: So lange überlegte ich, bevor ich endlich den Mut zusammenbrachte und mich hineintraute. Der Regen hatte jetzt nachgelassen und in dem Moment, als ich die Tür anrührte, schaltete N. E. P. A wieder das Licht an. Deutlich verschreckt wagte ich mich hinein. Ich drückte die Türklinke vorsichtig nach unten und öffnete langsam die Tür. Meine Schwestern waren schon lange im Bett. In der Hoffnung, unentdeckt zu bleiben, machte ich mich schnell auf den Weg in mein Zimmer. Vorbei an der Küche, durch das Esszimmer und quer durchs Wohnzimmer. Plötzlich rief mir eine Stimme zu: „Anatol!!! Komm hierher!" An dem Ton in der Stimme meines Vaters konnte ich schon seine Laune erkennen. Das Licht im Wohnzimmer war sehr hell und so hatte er keine Mühe, meine verdreckte Uniform zu erkennen. „Was ist mit dir denn passiert? Wie siehst du denn aus? Und wo zum Teufel hast du deine Schuhe gelassen?", rief er mir entgegen, bevor ich überhaupt die Zeit fand, die erste Frage zu beantworten. Ich blieb in der Tür stehen und fing an die Geschehnisse des Abends zu schildern. Zu meinem großen Erstaunen ließ er mich zu Ende reden, stand auf und kam auf mich zu. Nun, dicht vor mir stehend, observierte er mich eine ganze Weile und sagte schließlich: „Zieh dir die Sachen aus, lege sie mir ins Badezimmer. Geh dich waschen und dann nimm dir aus der Küche etwas zu essen. Deine Schwestern haben dir etwas übrig gelassen." Ich traute meinen Ohren nicht. Ich konnte einfach nicht glauben, was er da gerade gesagt hatte. Diese Wörter klangen für mich wie die eines Engels. Ich hielt für einen kurzen Moment die Luft an und atmete mit großer Erleichterung aus. „Geh jetzt“, rief er mir zu. Ich verschwand sehr schnell, zog meine Kleidung aus, legte sie in einen Eimer und brachte sie in sein Badezimmer. Nachdem ich mich gewaschen hatte, betrat ich die Küche, wo er schon mein Essen vorbereitet hatte. Hungrig verschlang ich alles. Danach wusch ich den Teller, bedankte mich bei ihm und legte mich in mein Bett. Das Liegen fühlte sich so gut an. Als ich dort lag, gingen mir die Bilder des Tages noch einmal durch den Kopf. Aus Angst zuckte ich jedes Mal zusammen, wenn in meiner Erinnerung eines dieser Autos auf der Brücke an Obi und mir vorbei fuhr. Erschöpft und von den Strapazen des Tages gezeichnet, dauerte es nicht lange und ich fand einen tiefen, ruhigen Schlaf.

Der Schein trügt

Die Tage nach diesem Vorfall waren kurz, aber schön. Das Gefühl, wieder ein richtiges Zuhause zu haben, beflügelte mich. Auch in der Schule ging es wieder aufwärts.

In Warri selbst waren dies sehr gefährliche Zeiten. Anini war wieder da. Er war zurückgekehrt, um sich an denjenigen zu rächen, die ihn verraten hatten. Alle Anwohner Warris erfüllte eine tiefe Angst. Anini in solch einer Situation zu begegnen, verhieß nichts Gutes. Erbarmungslos und ohne jede Ausnahme, noch nicht mal vor Kindern würde er auf seinem Rachefeldzug Halt machen. „Zum Verräter wird man nicht, man wird schon als solcher geboren.“ Dies waren seine Wörter. Ganze Familien wurden so ermordet. Meistens Arme. Sie hatten ihn, in der Hoffnung auf Polizeischutz oder auf etwas Geld zum Überleben, verraten. Dies sollten sie bitter bereuen. Sie bezahlten mit ihrem Leben und dem ihrer Kinder und Verwandten. Der Name „Anini“ verbreitete somit Angst und Schrecken, nicht nur bei den Reichen. Kreuz und quer, über ganz Nigeria, führte er seine Anhänger in diversen Überfällen auf Banken und Häuser des nigerianischen Regimes an. Seine Tage des jahrelangen Entkommens waren aber gezählt. Vor dem Blut, welches an seinen Händen klebte, konnte schließlich nicht mal seine Familie die Augen verschließen. So geschah eines Tages das Unvermeidbare. Er wurde verraten, verraten von denjenigen, denen er am meisten vertraute. Seiner Familie. Er wurde überlistet, zu einem Treffen mit seinen Verwandten überredet. Dies sollte sich aber als Falle entpuppen! Es geschah alles in Ekiti, einem kleinen Dorf an der Grenze zwischen Warri und Aladja. Die Polizei, sie schlugen erbarmungslos zu. Zehn seiner Anhänger wurden vor Ort, in einem blutigen Gemetzel, erschossen. Anini selbst überlebte den Überfall und konnte mit neun engen Vertrauten den Ort verlassen. Am Abend des gleichen Tages wurden sie jedoch auch, nach einer stundenlangen Hetzjagd durch Warri City, gefasst. Das Auto, ein Peugeot 504, war mit Einschusslöchern nur so übersät. Wochenlang nach der Tat und der Hinrichtung Aninis stand dieser noch an der Kreuzung zwischen der Airport- und Enerhenroad als stummes Mahnmahl der Geschehnisse. Die Hinrichtung selbst fand an einem frühen Montagmorgen statt. An diesem Tag befand ich mich auf meinem gewohnten Schulweg, als ich einen meiner Klassenkameraden traf. Emeka überredete mich, ihn zum Ort der Hinrichtung zu begleiten. Zuerst sträubte ich mich dagegen. Die Vorstellung, einem Menschen beim Sterben zuzusehen, erfüllte mich mit Furcht und Ekel. Emeka ließ aber nicht locker und so ließ ich mich nach minutenlanger Überredungskunst seinerseits auf den Vorschlag ein. Der Ort der Hinrichtung, ein offenes Feld, welches sich auf dem Grundstück der örtlichen Polizeiakademie befand, lag genau an der Hauptstraße. Hunderte von Schaulustigen und Trauernden hatten sich ringsherum versammelt. Ich erinnere mich an neun hölzerne Pfähle, im Abstand von zwei Metern zueinander, stehend in einer Reihe. Da standen sie nun, Anini und seine acht verbliebenen Anhänger, und blickten den starren Gesichtern der Henker entgegen. Alle waren präsent und sichtlich erfreut. Der Gouverneur von Delta State sogar, der Bischof der katholischen Kirche, alle waren sie vor Ort, in prachtvollen Gewändern gekleidet, als gebe es einen triftigen Grund zu feiern. Mir gefiel dies alles nicht. Es war geschmacklos. Mir war klar, wir würden definitiv zu spät in der Schule erscheinen, aber dies spielte angesichts der Geschehnisse vor meinen Augen keine Rolle. Dem Tode ganz nah. Ich konnte ihn förmlich riechen. Der Gouverneur ergriff das Mikrofon und fing an zu reden. Irgendwie schien mich das, was er zu sagen hatte, nicht zu interessieren. Meine Gedanken waren bei den neun Todgeweihten. Wir erfuhren, dass Johnny, das jüngste Mitglied der Anini Bande, bei der Razzia entkommen konnte und sich noch auf der Flucht befand. In meinem tiefsten Inneren hoffte ich, er würde weiterhin den Polizisten durch die Lappen gehen. Für seine Kameraden, die jetzt schon dem Tod in die Augen blickten, war nun der Zeitpunkt gekommen, in dem sie uns verlassen sollten. Der Polizeikommandant brüllte ein paar Salven und das Erschießungskommando stellte sich auf und zielte mit ihren Gewehren auf die vor ihnen stehenden Männer. Der Befehl kam und sie schossen. Eine Sekunde, zwei, drei und die meisten Köpfe hingen schon leblos herunter. Anini blickte immer noch mit erhobenem Haupt Richtung Himmel. Sein Gesicht strahlte etwas Unverletzbares aus. Weitere sechs Kugeln trafen seine Brust und seinen Kopf, bis er dann endlich aufgab. Die Menge tobte und schrie ihm zu. Ich konnte sie nicht verstehen. Es war Urhobo, die Stammessprache der Ekiti Gemeinde. Emeka erklärte mir, was einige von ihnen sagten. „Sie sprechen ihm Mut zu“, fing er an. „Die meisten hier sind seine Anhänger und verachten seine Familie zutiefst für das, was sie ihm antaten.“ Ich befand mich also inmitten eines kochenden Kessels, der jede Minute überzukochen drohte. In dem Moment, als sein Kopf fiel, wurde ein Märtyrer geboren. Durch seinen Tod sollte er unsterblich werden. Die öffentliche Hinrichtung Aninis stellte sich als fataler Fehler heraus. Die Menge war nicht mehr zu bändigen und die Situation eskalierte. Eisenstangen, Holzpfähle und Sonstiges, welches lose herumlag, flog in Richtung Polizei, die verzweifelt versuchte, dem Gouverneur den nötigen Schutz zu geben. Emeka und mir wurde das Ganze zu heiß und wir versuchten einen Weg aus dem Strom aufgebrachter Menschen hinauszufinden, nicht ohne Hindernisse. Plötzlich fielen Schüsse. Die Polizei hatte das Feuer eröffnet und fing an wahllos in die Menge zu schießen. Einige Mitflüchtende wurden getroffen. Der Morgen, der blutig begonnen hatte, sollte auch ein blutiges Ende nehmen. An dem Tag sollten noch 22 Menschen, unter ihnen Jüngere wie Ältere, den Tod finden. Emeka und ich waren noch rechtzeitig entkommen. Knapp dem Tode entronnen. Als ich den Ort verließ, blickte ich noch mal zurück. Ich sah, wie eine Frau sich dem toten Anini näherte. Den Aufforderungen der schießenden Polizei zum Trotz fiel sie vor ihm auf die Knie, weinte und brüllte zugleich. „Seine Mutter", dachte ich mir. Ich hatte recht. Mit der Tatsache, dass sie für seinen Tod mit verantwortlich war, konnte Aninis Mutter anscheinend nicht leben. Es war ein trauriger Anblick. Sie im Blut ihres eigenen Sohnes hockend. Mit seinem Blut an den Händen. Er, der einst mächtige Anini, hatte sein Leben verloren, wir flüchteten um das Unsere.

Später, in der Schule angekommen, dachte ich an nichts anderes. Ich erzählte die Geschichte Oghale. „Was, du warst dabei?", schrie sich mich an. „Das war sehr dumm von dir! Du hättest auch verletzt werden können!" Sie hatte verdammt recht. Es war eine Schnapsidee. Diese Bilder, sie verfolgen mich bis heute. Jedes Mal, wenn ich die Augen schließe. Die Toten, sie sind immer präsent und rufen mich. Sie trachten mir nach dem Leben. „Wie soll ich sie bloß wieder loswerden?" Ich konnte es nicht. Jetzt war ich also nicht mehr nur im wahren Leben auf der Flucht vor dem Bösen, welches mich umgab, sondern sogar in meinen Träumen. Es gelang mir immer, ihnen in letzter Minute zu entkommen. Johnny erging es anders. Zwei Wochen nach Aninis Erschießung wurde er gestellt, direkt auf der Straße mit Benzin übergossen und angezündet. Mitten in der Stadt. An dem Ort mussten wir jeden Morgen auf den Weg zu Schule vorbei. Dieser furchtbare Gestank. Die Überreste des verbrannten Johnnys lagen tagelang danach noch über der ganzen Kreuzung zerstreut.

Gladys Rückkehr

Ich hatte nun inständig gehofft, dass das Thema „Gladys" sich jetzt ein für alle Mal erledigt hatte. Ich war der Ansicht, mein Vater hätte es endlich begriffen. Diese Frau bedeutete für uns, für seine Kinder, früher oder später, den sicheren Tod. Würde er sie wieder ins Haus holen beziehungsweise wieder in unser

Leben lassen, wäre es ein fataler Fehler, den er bestimmt irgendwann mal bereuen würde. Gladys war nämlich die Sorte Mensch, der man alles zutrauen konnte! Sie wäre bereit, alles für sich und ihre Kinder, Ndidi und Ifeanyi, zu machen, ohne auf irgendetwas oder irgendwen Rücksicht zu nehmen. In meiner Erinnerung, als wir noch ganz klein waren, blickte ich zurück auf die Zeit, in der sie noch als Sekretärin meiner Eltern gearbeitet hatte, einer Zeit, in der unser Leben sich auf einer sehr harmonischen Welle bewegte, auf jeden Fall schien es in Ordnung zu sein. Dies endete abrupt, als Gladys sich in das Leben meines Vaters, der dies auch zuließ, drängte. Er, ein damals reicher, gut aussehender Mann. Ein Nigerianer aus gutem Hause, der ein hohes Ansehen in der Gemeinde und unter seinen Freunden genoss, ein erfolgreicher Architekt.

Dies sollte der Anfang vom Ende sein. Dieser Fluch sollte sich wie ein Schleier über alle Gesichter unserer Familie legen. Wie ein Krebsgeschwür, das langsam den letzten Lebenssaft aus seinen Opfern heraussaugte. Zu uns gekommen um zu zerstören und zu vernichten. Auf den niedergerissen Ruinen der Egbuna- Ehe, baute sie sich ein neues Imperium auf.

Sie war wieder da …

Es dauerte nur eine Woche und sie hatte meinem Vater wieder fest in ihrer Umklammerung, ihrem Würgegriff. An dem Abend ihrer Rückkehr hörte ich, wie er sich bei ihr entschuldigte, wohl wissend, ihre Rückkehr würde für mich auch gewisse Folgen beherbergen.

Es war schon sehr spät am Abend dieses Tages und die Sonne hatte das Bühnenbild verlassen, um ihrem Bruder die Vorherrschaft am Himmel zu überlassen. Die Vögel sangen ihre Abendlieder. Ich rollte von einer Seite meines Bettes zur anderen. Verstehen wollte ich die neuen Entwicklungen nicht. Gladys war wieder da. Dabei hatte mein Vater mir doch so einiges versprochen. Alles nur Lügen? Ich musste an all die Wörter denken, welche mein Vater ihr in der vergangenen Woche an den Kopf geschmissen hatte. Alles Gründe, mich noch mehr zu hassen, besonders zu hassen, da ich fast ihre Zukunft und die ihrer Kinder, an der Seite meines Vaters, zerstört hatte. Ich fand einfach keinen Schlaf. „Was wird der Morgen nun für mich bringen? An Bestrafung hatte ich ja schon einiges durch. Was wird sie sich jetzt für mich ausdenken?“ Die Gespenster jagten mich durch die Nacht, als ich verzweifelt versuchte, mich vor ihnen in den Schlaf zu retten. Vergebens, ich bekam Besuch vom größten Gespenst überhaupt, Gladys. „Du!!!", schrie sie in mein Ohr. „Du Narr! Wie konntest du es wagen, mir die Stirn zu bieten?!" Sie packte mich am Kopf und zerrte mich nach draußen. „Du schläfst heute hier und lass dich nicht vor dem Haus blicken." Sie verschwand und schloss die Tür des Hauses hinter sich ab. Da stand ich nun, mitten in der Nacht. Vor lauter Wut und Angst fing ich an zu weinen. In jeder einzelnen solcher Minuten dachte ich an meine Mutter in Deutschland und war mir sicher, sie hätte ein anderes Leben für mich ausgewählt. Ich dachte an meine Klassenkameraden und fragte mich, ob sie auch so ein Leben lebten, sicherlich nicht. Ich blickte hinauf in den klaren Himmel dieser Nacht und entdeckte einen schönen, hellen Stern. Mir kam es so vor, als würde er für mich, nur für mich ganz allein vom Firmament hinunterscheinen. Sein strahlendes Licht und sein wunderschöner Anblick gaben mir Kraft und schenkten mir Geborgenheit. Ich setzte mich auf einen Stein, legte den Kopf auf meine Knie und schloss die Augen.

Mein Unfall

Mal wieder Ferien. Normalerweise freute sich jedes Kind darauf, ich aber nicht. Schließlich musste ich mehr Zeit mit Gladys zu Hause verbringen. Mir graute schon vor den sechs langen Wochen. Von ihrer Seite gab es natürlich mehr Hausarbeit. Zusätzlich zu meinen alltäglichen häuslichen Pflichten musste ich noch früh auf dem Wochenmarkt Fleisch, Fisch, Eier und andere Sachen kaufen. Danach musste ich mit dem gekauften Gut noch zum Igbudu Markt, um Tomaten, Pfefferschoten, Yams, Reis zu besorgen, die Gladys für ihren Laden brauchte. Nach dem Einkauf brachte ich die Sachen für gewöhnlich in ihren Laden und machte mich dann auf den Weg nach Hause, zu Fuß. Zu Hause angekommen durfte ich mich in die Küche begeben, wo ich sämtliche Gerichte für meinen Vater und seine Frau vorbereitete.

Eines Morgens, ich glaube, es war genau der Samstag in der letzten Woche vor den Schulbeginn, sollte ich für Gladys Milch besorgen. Es war der erste Samstag im Monat. Der Tag, welcher von der Regierung als Aufräumtag angeordnet worden war. Dies bedeutete, dass man vor zehn Uhr sein Grundstück nicht verlassen durfte. Um neun Uhr dreißig hatte Gladys mich trotzdem losgeschickt. Ich verließ also unser Haus, ging durch unsere Wohnanlage zur Straße, an der ich ausnahmsweise mal ein Taxi nehmen durfte. Mein Weg bis zur Straße sollte etwa zehn Minuten dauern. Auf dem Weg dorthin stieß ich auf eine Nachbarin, Omenawos Mutter. „Anatol", sagte sie, „weißt du nicht, dass sie dich ins Gefängnis bringen könnten, wenn sie dich jetzt erwischen würden? Und dann bist du auch noch weiß!" Sie bat mich die verbleibende Zeit, bis zur Aufhebung der Ausgangssperre, bei ihr im Haus zu warten. Kurz nach zehn begab ich mich dann wieder auf den Weg. Als ich an der Straße ankam, schien sie noch ziemlich leer. Vereinzelt fuhren ein paar Autos an mir vorbei. Es handelte sich hier aber um Privatfahrzeuge und so, endlich, nach zirka einer halben Stunde, hielt das erste Taxi für mich an. Es war in einem furchtbaren Zustand. Die Karosserie, überall mit Rost bedeckt, schaukelte hin und her, als wir uns auf den Weg machten. Ich kam mir so vor wie auf einem Trampolin. Die hintere Glasscheibe fehlte ganz. An ihrer Stelle klebte eine alte, undurchsichtige, zerlöcherte Plastiktüte, von einem Ende des Rahmens zum anderen gespannt. Das Heckteil des Wagens stand ungewöhnlich tief, so als liege es auf dem Asphalt, und die Scheinwerfer, ach so!?, es gab gar keine! Eine Weile überlegte ich, ob ich jetzt in dieses Wrack einsteigen sollte oder nicht. An der Stelle zwischen den nicht vorhandenen Scheinwerfern strahlte mir ein abgebrochener Mercedesstern entgegen, vielleicht ein Souvenir aus besseren Zeiten. Wenigstens ein Glanzpunkt im schäbigen Gesamtbild des Wagens. Da ich aber schon fast eine Stunde in den Sand gesetzt hatte, entschied ich mich doch einzusteigen. „You dey go?", schrie der Fahrer ungeduldig mir entgegen. Ich setzte mich zu ihm nach vorne, die hinteren drei Plätze des Wagens, ich glaube, es war ein alter Toyota Corolla, waren schon besetzt. Eine Frau, die vielleicht auch zum Markt wollte, und zwei Männer. Kaum war ich drin, schon humpelte und stotterte der Wagen los. Während der Fahrt fühlte ich mich wie auf einem Karussell. Der Wagen hüpfte von einer Seite zur anderen. Der

Fahrer, ein sehr ungepflegter, junger Typ, murmelte in einer Sprache, die ich nicht verstand, ich glaube, es war Esan, andauernd dieselben Wörter vor sich hin, als wir die Straße nicht gerade langsam herunterbretterten. Nach zirka einem Kilometer bogen wir an einer scharfen Linkskurve auf die Hauptstraße ab, an dessen Ende sich der Supermarkt befand. Die Geschwindigkeit des Wagens war so schnell, dass die Frau, die hinter mir saß, sich an meinem Sitz festhalten musste. „Softfree!!!", schrie sie. „Softfree nowoh!!!" Dies bedeutete so viel wie: „Langsam, langsam, mein Freund!" Der Fahrer, der sich von diesem Aufschrei nicht beeindrucken ließ, fuhr einfach ungebremst weiter. Plötzlich bemerkte ich, wie irgendwas auf der Fahrerseite herunterfiel. Es hatte sich was im unteren Bereich des Lenkrads gelöst. Statt auf den Verkehr, der jetzt schon ein wenig reger war, zu achten, suchte der Fahrer danach. Ich bemerkte auch, dass sich das Fahrzeug nicht mehr lenken ließ. Wie ein Irrer drehte der Fahrer am Lenkrad herum. Der Wagen geriet außer Kontrolle. Ich höre heute noch die Stimme der Frau, die hinter mir saß. „Jehovah Chineke! (mein Gott!)", schrie sie mehrmals hintereinander, ununterbrochen. Der Wagen war nicht mehr zu bremsen. Mit voller Wucht fuhren wir über ein Schlagloch in der Straße und gerieten ins Schleudern. An das, was danach passierte, erinnere ich mich nur noch bruchstückhaft. Ein weißer Bus. Ich erinnere mich an einen weißen Bus, der uns auf der gleichen Seite der Straße entgegenkam. Ich quetschte mich auf den Boden des Wagens, dort, wo sich normalerweise die Füße befanden, legte die Arme über den Kopf und schloss die Augen. Dann spürte ich eine heftige Erschütterung. Ein lautes Krachen. Dann war alles still und ich erblickte ein helles Licht. „Bin ich nun im Himmel?" Ich wusste nicht, was passiert war, aber ich konnte mir denken, dass wir den Bus frontal gerammt hatten. Das Licht erlosch so plötzlich, wie es erschien, als ich wieder zu mir kam. Eine Stimme rief mir zu: „Steig aus, Junge, steig aus!" Wie in Trance, alles leicht verschwommen, öffnete ich die Augen und tastete nach dem Türgriff, fand ihn aber nicht. Die ganze Tür fehlte. Ich kroch also auf den Knien aus dem Wagen heraus und gelangte auf die Straße. Der Mann, welcher mir zurief, half mir auf und begleitete mich zum Straßenrand. Dort stehend, die Knie wackelig, der Körper zitternd und der Kopf brummend, drehte ich mich um. Der Wagen, in dem ich bis vor Kurzem gesessen hatte, erinnerte mich an eine zusammengequetschte Konservendose. Die Frau, die auf der Rückbank gesessen hatte, lag mit den Armen nach vorne gestreckt, regungslos auf dem, was mal die Motorhaube war. Überall Wrackteile, Scherben und Blut. Ich vermutete, sie sei tot. Von oben nach unten mit Blut verschmiert, fühlte ich aber keinen Schmerz. Meinen Körper tastete ich mit den Händen ab. Ich war unversehrt. Der Fahrer unseres Wagens hatte schwer verletzt überlebt. Aus seinem rechten Ohr schoss eine Blutfontäne. Das Blut, welches mich bedeckte, stammte womöglich von ihm. Die anderen beiden Männer, die sich hinten im Wagen befanden, lagen bereits, schreiend, auf der von Glassplittern und Motoröl verschmutzten Straße. Es war ein furchtbarer Anblick. Vom weißen Bus war auch nicht mehr viel übrig geblieben. Ich stand dort regungslos am Straßenrand und beobachtete die Leute, die den Verletzten zur Hilfe eilten. Einer von ihnen, ein älterer Herr, kam auf mich zu, kniete sich vor mir hin und fragte: „Are you alright? Do you have any pains?“ Ich schüttelte nur mit dem Kopf und setzte mich in den Sand. Die Bilder des gerade Geschehenen spielten sich, in der Repeatfunktion, wirr, immer wieder, in meinem Kopf ab, die letzten Wörter der Frau, als Überschrift des Ganzen. Ich dachte nur: „Gott, du hast mich gerettet!“ Ich war tatsächlich unverletzt aus dem Ganzen herausgekommen.

Nach einer Weile, noch völlig benommen, stand ich auf und marschierte die Straße, in meinen blutverschmierten Klamotten, hoch. Jetzt setzte mich ein anderer Gedanke in Bewegung. „Gladys will Milch haben!!!“

Der Sonntag danach

Die Airport Road, die Straße, auf der ich mich befand, erstreckte sich noch ein ganzes Stück Richtung Stadtinnerem, weswegen ich schließlich noch so lange brauchte, bevor ich endlich die ersehnte Milch in den Händen hielt.

Die Menschen, denen ich auf dem Weg begegnete, bemerkten das Blut, welches meine Arme und mein Hemd bedeckte, und sprachen mich darauf an. Ich erzählte ihnen von dem furchtbaren Unfall. „Ja, ja, ich habe davon gehört. Du befandest dich in einem der beiden Wagen!? Unglaublich! Und dir ist nichts passiert, sagst du, bist du dir sicher?“ Ich nickte einfach jedes Mal und begab mich weiter auf meine Milcheinholaktion.

Als ich wieder nach Hause kam, musste ich mir von Gladys erst mal wieder Gemecker anhören. „Wieso kommst du jetzt erst? Hast dich bestimmt wieder irgendwo herumgetrieben! Ich habe selbst welche besorgt und bin schon seit einer Stunde wieder zurück!“, prahlte sie. „Geh und erkläre dies deinem Vater.“ Von meiner Erscheinung und meinen blutverschmierten Klamotten nahm sie nicht einmal Notiz. Ohne die Milch entgegenzunehmen, meine Augen mit Tränen gefüllt, schickte sie mich zu meinem Vater, der draußen im Garten, hinterm Haus, zugange war. „Tol!!!, was ist denn mit dir passiert?“ Ich erklärte ihm alles, was sich abgespielt hatte, auch das, was ich von Gladys sagen sollte. Das Letztere ignorierte er einfach. Er ließ alles liegen und nahm mich näher in Augenschein. „Gott sei Dank, dass dir nichts passiert ist! Gehe dich erst mal waschen.“ In Momenten wie diesen spürte ich seine väterliche Fürsorge, die ich sonst so vermisste. Mit meinem Kopf voller Gedanken verließ ich verstört den Garten und ging wieder ins Haus. Bevor ich überhaupt einen Fuß ins Haus setzen konnte, brüllte mich Gladys, die sich immer noch in der Küche befand, an. Sie wollte unbedingt erfahren, was mein Vater zu alldem zu sagen hatte. Das, was er äußerte, ließ ich sie wissen, stellte die Milch in den Kühlschrank und bat sie darum, mich umziehen zu dürfen. „Nein“, kam die empörte Antwort. „Wir haben kein Wasser mehr. Nimm dir einen Eimer und mach die Tonne voll.“ Das angetrocknete Blut, welches sich auf meinem Hemd befand, interessierte sie nicht die Bohne. Trotz alldem, obwohl ich an dem Tag noch nichts zu essen bekommen hatte, trotz meiner schrecklichen Erlebnisse des Tages und dass ich dem Tod so nah in die Augen geschaut hatte, musste ich Wasser holen. Es würde wieder Stunden dauern, bis die Tonne, die ziemlich leer war, aufgefüllt sein würde. Dieses sollte ihre Art sein, mich zu bestrafen. Die Reaktion meines Vaters hatte sie völlig enttäuscht und so war es eine Genugtuung für sie meinen holprigen Gang zu beobachten, während ich unter der Last des Eimers, welcher sich auf meinem Kopf befand, schwitzte.

Am nächsten Tag, am Sonntag, gingen wir alle in die Kirche. Die Saint Peters Anglican Church. Eine riesige Kirche mit über 500 Mitgliedern. Wir waren schon früh zur Messe aufgebrochen. Gladys, mein Vater, Ebele, Ifeanyi und Ndidi nahmen den Wagen. Nneka und ich mussten mit einem Taxi oder auch manchmal zu Fuß hinterher. Als ich an diesem Tag meine Opfergabe in den Gabenteller warf, bedankte ich mich bei dem allmächtigen Vater für seine schützende Hand. Dass er mein Leben verschont hatte und dass ich den Tag ohne weitere Schläge überstanden hatte. Ich dankte ihm auch dafür, dass die Ferien nun endlich vorbei waren und dass die Schule wieder losging.

Ich sehe es heute noch so deutlich, als wäre dieses alles gestern passiert. Die meisten Menschen handeln, ohne über die Konsequenzen ihres Handelns nachgedacht zu haben, die Auswirkung ihrer Taten zu verstehen. Von meiner frühsten Kindheit an wurde mir dies immer eingebläut, also lernte ich mich mit dem, was möglicherweise passieren würde, schon bevor es geschah, auseinanderzusetzen. Gladys konnte dies aber nicht. All das, was sie mir und meinen Schwestern antat, tat sie, weil sie uns hasste. Dachte sie, wir würden all dies nicht überleben? Dachte sie, wir würden nicht irgendwann erwachsen werden, dass wir nicht, wenn die Zeit gekommen war, zurückschlagen könnten? Nein, all dies hatte sie nicht in Betracht gezogen. Für euch, die genau so handelt wie sie, ich sage euch: „Seid nicht töricht, denn auch das kleinste aller Kinder wird mal zum Erwachsenen um dann vom euren Schandtaten zu berichten." Gladys war ja die Herrin, unsere Herrin. Sie dominierte alles, alles, aber nicht unseren Willen weiterzuleben und all dies zu überstehen …

Die Kirche

Zu Zeiten meiner Mutter, die darauf bestand, dass wir nach katholischem Brauch aufwuchsen, war der Besuch in einer evangelischen Kirche undenkbar. Sie hatte bei unserer Geburt darauf geachtet, dass wir eine katholische Taufe bekamen. Sie, eine Tochter von strenggläubigen Katholiken, musste in ihren jungen Jahren jeden Sonntag ihre Eltern zur Messe begleiten. Dies sollte bei uns nicht der Fall sein. Überhaupt, ich kann mich nicht daran erinnern, in der Zeit, als sie noch präsent war, eine Kirche von innen gesehen zu haben. Trotz heftiger Proteste auf familiärer Seite meines Vaters gegen unsere katholische Taufe nahm mein Vater dies damals alles nicht so ernst und willigte ein. Abstammen tat er nämlich auch aus einem sehr gläubigen Haus, allerdings einem evangelischen. Die Zeiten, in denen wir ohne Wenn und Aber jeden Sonntag zur Kirche gehen mussten, kamen erst in den frühen 90er-Jahren. Meine Mutter, schon lange fort. Mein Vater, der sich in einer Lebenskrise befand, da es in seinem Privatleben, aber auch im Job, nicht so funktionierte, wie er es sich erhoffte, flüchtete damals vor allem und fand seinen Seelenfrieden in den Armen eines evangelischen Priesters namens Pastor Arawo. Dieser, Kirchenoberhaupt der evangelischen Saint Peters Kirche in Igbudu, Warri, schenkte ihm die Kraft, die er benötigte, um sein Leben weiterführen zu können. Es war auch dieser gleiche Pastor, der damals einwilligte, die Hochzeit zwischen Gladys und meinem Vater durchzuführen, obwohl dieser zu der Zeit rechtmäßig noch mit meiner Mutter verheiratet war. Nichtsdestotrotz, ich lernte Pastor Arawo als eine nette, aufgeschlossene und gottesfürchtige Persönlichkeit kennen.

Die evangelische Saint Peters Kirche war eine der vielen Standorte in Warri und Umgebung, in der die evangelische Kirche ihren heimlichen Machtkampf gegen ihre katholische Schwester austrug. Ein riesiges Gebäude. Zu Hauptmessezeiten, zwischen sieben und elf Uhr morgens, zählten wir über 500 Mitglieder, die jeden Morgen eifrig ihren Weg ins Gotteshaus fanden, um Danksagungen und Opfergaben darzubringen. Das Gebäude, eines von den vielen Designs meines Vaters, strahlte im Licht der morgendlichen Sonne etwas Heiliges aus. Im Inneren schmückten wunderschöne goldene Ornamente und diverse Tafeln, auf denen die Weissagungen aus dem Gottesbuch niedergeschrieben waren, die Wand. Der Altar, ein sehr heiliger und himmlischer Ort, schoss meterhoch über die Köpfe des jeden Sonntag singenden und klatschenden Chores empor. Jedes Mal, wenn ich in ihre lächelnden Gesichter blickte, vergaß ich eine Zeit lang mein furchtbares Leben und begab mich in eine andere Welt, weit, weit weg.

Die Menschen versammelten sich hier, um für einen kurzen Moment ihre Sorgen hinter sich zu lassen. Dieser Ort war ihr Fels in der Brandung, ihr Leuchtturm in einer dunklen, düsteren, vom Nebelschleier bedeckten Nacht. Wir, diejenigen, die ihren Weg hierher fanden, hatten alle etwas gemeinsam. Wir kamen und beteten zum allmächtigen Gott in der Hoffnung auf ein besseres und leichteres Leben ohne Schmerz und Leid.

Gladys' Sekte, Mammy Water (die Mutter des Wassers)

Wir vermuteten immer, Gladys gehöre einer dieser okkultistischen Sekten, die bestimmte Gottheiten anbeteten, an. Es stellte sich heraus, ihre Verehrung galt einer Göttin namens Mammy Water, der Mutter des Wassers. Diese wurde in verschiedenster Weise dargestellt, meistens aber als eine weiße Meeresjungfrau mit sieben Köpfen. Bei diesem Kult ging es nur um Glück beziehungsweise Unglück des Einzelnen. Es kam oft vor, dass diese Gottheit von einem Besitz ergriff und so angeblich die Handlungen ihres Opfers lenkte.

Man sagte ihr eine extreme Rachsucht nach, vom Charakter passend zu dem meiner Stiefmutter. In diesem Fall erlitt eine betroffene Person eine Art von Persönlichkeitsspaltung. Für einen gewissen Zeitraum verlor die mit dem Mammy Water Fluch versehene Person jeden Bezug zur Realität. In dieser Zeit konnte man alles mit ihr anstellen, denn sie war komplett willenlos, wie ein Zombie.

Es war nur möglich, über ein Zwischenmedium, einen Priester, mit der Göttin in Kontakt zu treten. Dieser rief sie und trug ihr die menschlichen Sorgen und Nöte vor. Dieses ging aber meistens nur im Zusammenhang mit der Darbringung von Opfergaben, um die Göttin gut zu stimmen und um möglichst vorteilhafte Konditionen und Kompromisse auszuhandeln. Die Höhe und die Art der Opfergaben bestimmte der Priester alleine. Man sagte, Mammy Water, die Mutter und Göttin des Wassers, welches das Leben ermöglichte, gebiete über eine größere Macht als Jesus Christus selbst. Deshalb seien die meisten ihrer Anhänger auch gläubige Christen, so auch Gladys. Sie entstammte einer mächtigen Kultfamilie. Ihr Vater, ein sehr fanatischer, alter Mann mit mehr als elf Frauen und 50 Kindern, genoss bis zu seinem Tod im Alter von über 100 Jahren ein sehr hohes Ansehen im Kreis der Mammy-Water-Anhänger. Er war ihr Priester. Man fürchtete seine Macht, welche ihm Mammy Water verlieh. Es wurde gesagt, er könne dich verfluchen oder gar dein Augenlicht, in spiritueller Sicht, erlöschen lassen. Dies bedeutete, die betroffene Person wäre nun nicht mehr in der Lage das Richtige von dem Falschen zu unterscheiden. Wir befürchteten, dass er seine Macht, auf Bitten von Gladys, sein zehntes Kind, auf unseren Vater hat wirken lassen. So erklärten wir uns dessen Charakterschwankungen jedes Mal, wenn Gladys ins Spiel kam. Wir fürchteten ihre Macht, aber beteten zugleich, ihre Kraft würde nicht von unseren Seelen Besitz ergreifen. Wir, meine Schwestern und ich, glaubten an das Gute, welches sich nur im Licht bewegte, öffentlich, wo jeder es bemerkte, und nicht an das, welches in der Dunkelheit, hinter verschlossenen Türen und bei rot flackerndem Kerzenlicht stattfand.

Priester Peter, das örtliche Sektenoberhaupt

Die meisten Anhänger dieses Kultes stammten aus der ärmeren Bevölkerungsschicht Nigerias, denn diese waren viel leichter zu beeinflussen. Klammern taten sie sich an jeden noch so kleinen Funken Hoffnung, der ihnen ein besseres, helleres Leben versprach. Die Kulte, von den Mitgliedern auch Kirchen genannt, nutzten die Naivität und Hilflosigkeit ihrer Anhänger schamlos aus. In weiten Regionen Nigerias waren sie überall zerstreut. Sie predigten von einem Leben in Zufriedenheit. Ein Leben, welches das Streben nach weltlichen Genüssen und Reichtümern untersagte. Reichtum und weltlicher Erfolg seien nur den Göttern und ihren Priestern vorbehalten. So schien dies eine sehr lukrative Art zu sein, ein Leben, welches sonst ohne jegliche Perspektive zu sein schien, zu finanzieren. Alles, was der Priester zum Leben brauchte, wurde von seinem Gefolge besorgt. So kam es sehr häufig vor, dass in einem Stadtteil mehrere Kultstädten beziehungsweise Kirchen ihre Botschaften an das von Not und von Armut geplagte Volk verkündeten.

Die Priester, meistens gut aussehende Männer mittleren Alters, besaßen, zumindest im Ort, wo sie die Kirchen etablierten, keine Vergangenheit. Sogenannte unbeschriebene Blätter, die von den Gottheiten dazu berufen worden waren, genau an jenem Ort ein Gotteshaus zu errichten. So auch Priester Peter, das Oberhaupt der ortsansässigen Mammy-Water-Kirche. Er war ein gut aussehender, muskulöser Mann, so um die 40. Man sagte, er sei von Mammy Water selbst gezeugt worden. Er stammte aus einem Dorf im östlichen Teil Nigerias. Eltern, Geschwister oder Verwandte waren nicht bekannt. Die meiste Zeit seines Lebens soll er im Dschungel, im Exil, verbracht haben. Als Junge wäre er fast von einem Jäger, der ihn mit Wild verwechselte, getötet worden. Dieser Jäger hätte ihn angeblich, nach einer Begegnung mit Mammy Water, zu sich genommen und aufgezogen. Es gab aber auch andere Behauptungen, er sei einfach nur ein Verbrecher, einer von verschiedenen Gemeinden im Osten Nigerias gesuchter Dieb, der jetzt sein Leben von anderen finanzieren ließ, indem er behauptete, ein Priester, ein Sohn Mammy Waters, zu sein. So oder so, seine Aura wirkte auf die ortsansässige Bevölkerung und so musste er nicht lange suchen, bevor er die Narren fand, die seinen Traum des Priestertums beziehungsweise den Traum von einer Mammy Water-Kirche verwirklichten. Die Nachricht von Mammy Waters Sohn sprach sich schnell herum und so strömten die Leute nur so herbei. Gladys schien von diesem jungen Mann auch sehr angetan gewesen zu sein. Sie, die fast 30 Jahre jünger war als mein Vater, ließ nichts aus, um die besondere Aufmerksamkeit des Priesters Peter auf sich zu ziehen.

Celestral Church of Christ (die himmlischen Christen)

So kam es auch, wie es kommen musste. Die Streitereien zwischen Gladys und meinem Vater bezüglich des Eintretens in diesen Kult wurden immer heftiger. Die evangelische Kirche Saint Peters sei nicht ihr Ding, sie möge den Priester nicht und der Messeablauf gefiel ihr auch nicht. Eines Sonntags ließ sie uns, meinen Vater, Nneka und mich, zu unserer Kirche gehen und entschied sich für eine andere. So machte sie sich auf den Weg dorthin zusammen mit ihren Kindern.

Die Celestral Church of Christ, die himmlischen Christen, so nannten sich die Mitglieder dieser Gemeinde. Mir war in der Vergangenheit viel Merkwürdiges über diese sogenannte Kirche zu Ohren gekommen. Als wir im Laufe der Zeit dann den Priester kennenlernten, schien mir alles klar. Es war Priester Peter, der gleiche Priester Peter. Er spielte also eine Doppelrolle. „Er soll imstande sein, Dämonen und böse Geister auszutreiben", behaupteten die einen. „Er spricht in verschiedenen Sprachen gleichzeitig", sagten die anderen. „Die himmlischen Christen sind das letzte Rettungsboot aller Sünder. Diejenigen, die es nicht besteigen, werden im tiefen Wasser dieser Welt hilflos ertrinken." So lautete die zentrale Botschaft der Glaubensgemeinschaft, mit der der Priester jeden Messetag begann und beendete. Ähnlich der Geschichte des Priesters Peter war die des Samuel Bilehou Oschoffa, des Gründungsvaters der himmlischen Christen. Er war zu seiner Zeit, etwa um 1947, Zimmermann und kam oft auch alleine in den Wald. Eines Tages, als er in der Nähe von Toffin, einem Dorf in den Mangrovensümpfen der Region Garvie im Osten Nigerias, tief in Gedanken in die Arbeit versunken war, soll er eine Erscheinung gehabt haben. Die Botschaft aus dieser Begegnung sei, er solle alles fallen und liegen lassen, seinem alten Leben den Rücken kehren und eine Kirche gründen. Der Prophet Oschoffa hatte großen Erfolg, da er eine starke charismatische Persönlichkeit besaß. Bereits drei Jahre nach der Berufung war es ihm gelungen, in weiten Teilen Nigerias und Ghanas die Menschen für sich zu begeistern. Im Zentrum des Kultes der neuen Kirche standen Gebete, Beichten, welche der Priester im Namen Gottes entgegennahm, und Prophezeiungen, Visionen, Träume und Zungenreden, die als Offenbarungen des Heiligen Geistes oder von Schutzengeln angesehen wurden. Obwohl diese Kirche sich zur Hauptaufgabe gemacht hatte die Menschen vom Satan, den Fetischpriestern und anderen Gottheiten zu befreien, so praktizierten viele ihre Mitglieder, so auch Priester Peter, immer noch die Religion ihrer Ahnen. Mitglieder dieser Kirche, die zu 90 Prozent aus Frauen bestand, trugen alle weiße Gewänder, wie es auch Mammy Water verlangte und gingen barfuss. Sie praktizierten merkwürdige Rituale, bevor sie die Messe am Sonntag anfingen. Später fanden wir noch heraus, dass der merkwürdige Priester Peter, der Vater von zwei der Kinder, welche Gladys als ihre Neffen bezeichnete, war. Obwohl der Glaube es den Priestern untersagte, eine weltliche Beziehung mit einer Frau einzugehen, hatte dieser es getan. Mir erschien dieses Verhalten nicht gerade vorbildlich für einen Priester. Es blieb auch nicht nur bei den zwei Kindern. Rose, die Schwester von Gladys, bekam noch drei weitere Kinder von diesem Mann. Die Menschen fingen schon hinter vorgehaltener Hand an über das Ganze zu diskutieren. Gladys machte dies alles nichts aus. Sie ließ extra Gewänder für sich, Ifeanyi und Ndidi anfertigen, die ich jeden Sonntag bügeln musste. Gladys versuchte auch meinen Vater davon zu überzeugen, Nneka und mich dorthin zu bringen, damit die bösen Geister, welche von uns Besitz ergriffen hatten, ausgetrieben werden konnten. Fürs Erste war er immer strikt dagegen. Von diesen

Methoden hielt er absolut nichts. Umso mehr überraschte es mich, dass er eines Sonntags Gladys zustimmte und wir mit ihr gehen sollten. Ein grauenhaftes Erlebnis. Beim Eintreffen am Gemeindeort mussten wir uns vorne, vor der ganzen Kirche, auf den Boden legen, mit den Gesichtern nach unten und die ganze Zeit, stundenlang, irgendwelche Ritualsprüche über uns ergehen lassen. Es war schrecklich. Mir kam es so vor, als seien alle die, die um uns herumtanzten, von bösen Geistern befallen, da sie sich wie Zombies benahmen. Unmengen von scheußlich schmeckenden Getränken mussten wir trinken. Das eine haute mich einfach von den Socken. Ich fiel um und erwachte erst einige Stunden später. Ich befand mich im vorderen Bereich des Gebäudes. Ich lag auf einer roten Decke vor dem Altar. Die Kirche war menschenleer. Meine Hände und Füße, sogar mein Mund, waren verbunden. Ich bemerkte, die Mitglieder der Kirche hatten sich draußen um das Gebäude versammelt. Ein kalter Schauer ging mir durch den Körper, als ich regungslos dort lag. Nach einiger Zeit betrat der Priester wieder die Kirche und befreite mich von meinen Fesseln. Jetzt durfte ich nach Hause gehen. „Du bist jetzt vom Teufel, welcher deine Seele in Besitz genommen hatte, befreit“, richtete er mir, mit einem Lächeln im Gesicht, aus. Gladys und die anderen waren schon nach Hause gegangen, und als ich endlich um vier Uhr nachmittags ankam, konnte ich nicht verstehen, was mit mir so lange geschehen war. Immerhin waren wir schon morgens um zehn dort gewesen. Sechs Stunden. Sechs Stunden, von denen ich mich an höchstens zwei oder drei erinnerte.

Die nächsten Sonntage mussten wir jetzt immer mit Gladys gehen und obwohl die Messe der evangelischen Saint Peters Kirche mir ein wenig zu lange dauerte, sehnte ich mich danach, wieder dorthin gehen zu dürfen. Dort war ich mir jedenfalls sicher, ich bete Gott an und nicht etwas anderes.

Priester Peters Verhältnis mit Gladys, Rose und Faith

„Meine Geschichte scheint sogar mich selbst, denjenigen, der sie schreibt, in Mitleidenschaft zu ziehen, wie soll es dann Ihnen dabei gehen?

Einige Geschehnisse kann ich selber noch nicht ganz fassen. Die einen wirken fast irreal, die anderen schier unglaublich. Sie entsprechen aber der Wahrheit, meiner traurigen Wahrheit, wie ich sie als Kind und heranwachsender Jugendlicher erfahren musste.

Heute wiege ich mich in Sicherheit, aber wenn ich mich nachts zum Schlafen hinlege, jagen mich die Bilder der Vergangenheit immer noch. Sosehr, wie ich mir wünsche, dies würde alles ein Ende finden, so deutlich wird mir, dass es niemals aufhören wird. Zwar bin ich jetzt gewachsen, sowohl körperlich als auch geistig und habe aus meiner Kindheit gelernt, aber in meinen Träumen werde ich wohl immer der kleine verletzliche Junge bleiben."

Peter, der angebliche Sohn der Mammy-Water-Sekte und Priester der himmlischen Christen, entpuppte sich als schamloser Frauenheld.

Nach einigen Monaten fand man heraus, dass er ein Verhältnis mit Faith, Roses Nichte, hatte. Als wäre dies nichts, um ihn als Kirchenoberhaupt zu diskreditieren, schwängerte er sie auch noch und verließ Rose mit ihren jetzt fünf Kindern. Sie war am Boden zerstört. Man munkelte, er habe auch etwas mit Gladys gehabt, da sie nach dem Vorfall mit ihrer Schwester immer noch fest an seiner Seite stand. Dies blieb aber nur eine vage Vermutung. Die Kirchengemeinde wuchs und wuchs. Verstehen konnte ich dies nicht. „Waren die alle blind?", fragte ich mich sehr oft. Es passierten so viele merkwürdige Dinge in und um diese Kirche herum, welche anscheinend niemandem außer Nneka und mir auffielen.

Die Taufe im Fluss

An einem Sonntag, allerdings spät nachts, mussten wir, Nneka und ich, uns in rote Gewänder kleiden. Es sollte eine Taufe werden. Zuvor hatten wir den ganzen Tag nichts zu essen bekommen. Der Hunger trieb mich fast in den Wahnsinn. Gladys nannte dies Fasten. Dieses Ritual sollte unsere Körper reinigen. Uns beunruhigte das Ganze ein wenig, schließlich hatten wir schon etliche Taufen mitbekommen und diese fanden nicht um Mitternacht an einem unheimlichen Flussufer statt, sondern in der Kirche, vor den Augen der Gemeinde. Ich versuchte meinen Vater davon in Kenntnis zu setzen, aber wieder mal schien er mir von Gladys komplett verhext worden zu sein. „Dies geschieht zu eurem Besten", betonte er noch, als ich unter Tränen das Zimmer, in dem er sich befand, verließ. Mir war in den Wochen zuvor sein enorm gestiegener Alkoholkonsum aufgefallen. Der Glaube an meinen Vater ließ mich aber immer hoffen, er würde irgendwann aufwachen und bemerken, was diese Frau mit ihm und seiner Familie anstellte. Dies sollte aber nur das abendliche Gebet eines verzweifelten, 14-jährigen Jungen bleiben.

Die nächtliche Prozession sollte um elf Uhr beginnen. Etwa 20 Mitglieder, alle Visionäre, wie sie genannt wurden, sollten dem Priester behilflich sein. Die himmlischen Christen besaßen eine strenge hierarchische Ordnung in ihren Mitgliedsreihen, welches auch ihre Kleidung zum Ausdruck brachte. Die Priester trugen meist ein weißes Gewand mit einer schwarzen Schärpe. Die sogenannten Visionäre, denen nachgesagt wurde, sie könnten anhand der Gebete Offenbarungen und Prophezeiungen mitgeteilt bekommen, trugen auch weiße Gewänder, allerdings mit blauen Schärpen gekennzeichnet. Sie waren des Priesters rechte Hand. Beim Beten gerieten die Visionäre in einen ekstaseähnlichen Zustand. Sie begannen mit Zungen, das heißt in mehreren Sprachen, gleichzeitig zu sprechen. Eine Assistentin griff jedes Mal zum Papier und notierte das wirre Geschwafel. Ich verstand nichts von dem, was sie von sich gaben, dabei sollte doch jeder es verstehen können. Ich tat es jedenfalls nicht.

Um Punkt elf Uhr ging es dann los. Mir sollten die Augen verbunden werden. Es sollte alles an einem geheimen Ort im Dschungel stattfinden. Wieso sie nur mir die Augen verbanden, vermag ich nicht zu sagen. Bevor der rote Schleier meine Augen traf, erblickte ich Priester Peter und sein Gefolge. Mich überkam eine höllische Angst. „Oh Gott, hilf mir!!!“, schrie ich, als ich versuchte mich gegen all das zu wehren. Ich flüchtete aus ihrer Reichweite, kam aber nicht weit. Sie rissen mich nieder, knebelten meine Hände und bedeckten meine Augen mit dem roten Schleier. Wir sollten knapp eine Stunde marschieren, allerdings kam es mir viel länger vor. Während der ganzen Zeit hatte sich Nneka zu meiner Seite durchgekämpft und hielt meine, auf meinem Rücken gebundenen Hände, fest im Griff. Sie sollte heute meine Leitperson sein. Sie erzählte mir später alles, was noch vor sich ging. Nach einer kurzen Fahrt mit dem Auto, in dem die gesamte Zeit über heftig und unerträglich laut gesungen wurde, waren wir am Rand des Okere Dschungels angekommen. Unser Weg führte uns tief in des Waldes Innere hinein. Der Geruch von Weihrauch füllte die nächtliche Luft unter dem undurchdringlichen Blätterdach des Dschungels, gefolgt von dem Läuten der Glocken, welche in bestimmter Reihenfolge, immer wieder, hintereinander, bimmelten. Plötzlich blieben alle stehen. Ich stolperte und fiel zu Boden. Meine Hände versanken im vom Regen aufgeweichten Urwaldboden. Wir waren angekommen. Mein Puls schoss in die Höhe. „Was haben die mit mir vor?“, fragte ich mich immer wieder. Ich betete zum allmächtigen Gott, er sollte mich aus dieser schrecklichen Lage befreien. Nach unzähligen Prophezeiungen und Visionen, gefolgt von minutenlangem Aufschrei der Anwesenden, packte mich Priester Peter am Hals und schliff mich die Böschung hinunter, bis zum Flussufer. Während er mich hinunterzog, wurde ich ständig von zwei anderen Männern mit Palmwedel geschlagen. Dies sollte mich von sämtlichen Dämonen befreien. Das Wasser des Okere Flusses war sehr verdreckt und es stank nach verdorbenem, verwestem Fleisch. Nicht weit von hier entfernt befand sich der Okere Markt, dessen Müll und Abfall im Fluss landete. Diesen penetranten Geruch sollte ich mein Leben lang nicht mehr vergessen. Er durchbrach meine Nasenhüllen und nahm von meinem Sinnen Besitz.

Unten am Ufer angekommen, packte er mich nochmals und stieß mich mit voller Wucht ins Wasser. Die beiden Männer folgten mir hinein und standen nun, jeweils einer auf jeder Seite, neben mir. Auf Priester Peters Anweisung wurde ich dann ziemlich lange rückwärts mehrmals nacheinander unter Wasser gehalten. Die Erschöpfung nahm von meinem Körper Besitz. Ich konnte einfach nicht mehr. Die Luft blieb mir verwehrt. Ich schnappte trotzdem danach, aber spürte nur einen stechenden Schmerz, als das Wasser sich durch meine Atemwege bahnte. Siebenmal wurde ich eingetaucht. Schließlich brachten sie mich ans Ufer. Erschöpft brach ich zusammen. Zitternd und immer noch von Angst befallen, half Nneka mir wieder auf die Beine. Sie führte mich heraus aus dem Urwald. Wir durften nach Hause gehen. Wir waren jetzt nach den Bräuchen der himmlischen Christen getauft worden. Mir kam es eher so vor als hätte ich mit dem Teufel persönlich ein Rendezvous gehabt.

Die Ära der himmlischen Christen und die des Priesters Peters sollte aber nur von kurzer Dauer sein. Nach nur einem Jahr brach die Kirchengemeinde zusammen. Die Gerüchte über Priester Peter häuften sich. Von sexueller Belästigung über Diebstahl bis hin zur Gotteslästerung. Irgendwann abends standen ein paar bewaffnete Männer vor seiner Tür. Er versuchte noch zu fliehen, aber es gelang ihnen, den Priester noch zu erwischen. Nach einer guten Tracht Prügel gaben sie ihm den gut gemeinten Rat, zu verschwinden. Das Kirchengebäude wurde mit bloßen Händen niedergerissen und zu Schutt und Asche verbrannt. Peter, der Sohn der Mammy-Water-Sekte, verschwand spurlos, so wie er einst aufgetaucht war.

Dieses Bild zeigt meine Mutter Eva-Marie Egbuna mit meinen beiden Schwestern, Chinelo und Ebele im Jahr 1981.

Dieses Bild zeigt im Jahr 1979 meine Eltern: Architekten G.C. Egbuna und Eva-Marie Egbuna im Warri Club, wo er als Präsident fungierte.

Dieses Bild zeigt die Ausicht aus meinem Zimmer in unser Zuhause in Warri.

Dieses Bild zeigt die Mauer, welche unser Zuhause umrandete. Zu sehen ist auch der Stacheldraht.

Dieses Bild zeigt meinen Vater, Architekt Gilbert Chukwunweike Egbuna. Auf seinen Schoß, Ebele und ich (1979).

Dieses Bild zeigt mich zusammen mit meinen Schwestern Chinelo, Ebele und Nneka.

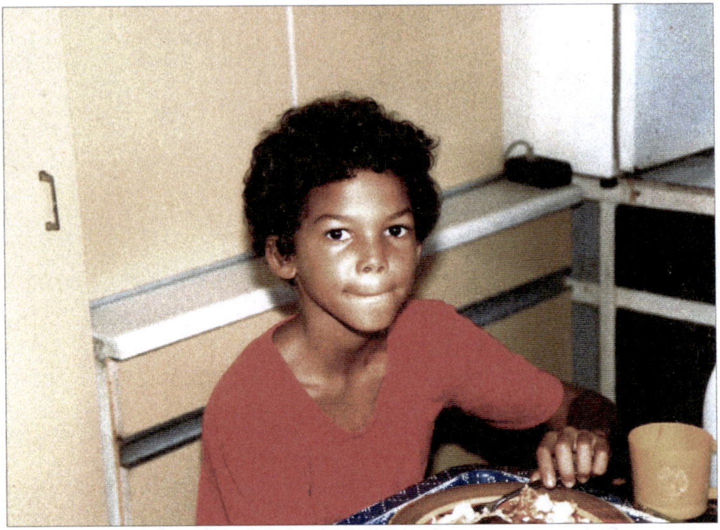

Dieses Bild zeigt mich im Jahre 1988 in Warri..

Dieses Bild ist ein aktuelles von mir (2007).
Im Hintergrund eins meiner Zeichnungen.

Dieses Bild zeigt meinen Klassenblock im Jahr 2002, als ich zu Besuch in Nigeria war.

Dieses Bild zeigt mich im Klassenzimmer (2002).

Dieses Bild zeigt mich in Deutschland mit meinen Klassenkameraden während meiner Ausbildungszeit.

Dieses Bild zeigt eine Szene aus dem alltäglichen Leben. (Effurun, Delta State)

Szenen aus dem Leben in Lagos (2002).

Ifeanyi, taubstumm?

Zu Hause zeichnete sich kein Wechsel ab. Die Zeit verging, die Jahreszeiten kamen und gingen, aber unsere trostlose Situation daheim sollte bleiben, vielleicht sogar noch schlimmer werden.

Wir befanden uns jetzt im Jahr 1993. Ich wurde gerade in die Seniorenstufe der Delta Steel Technical Highschool versetzt und fühlte mich, zumindest in der Schule, sehr wohl. Zwar gehörte ich nun zu den Senioren der Schule, etwas, worauf ich, im Hinblick auf die Lage zu Hause, sehr stolz hätte sein müssen, dies eine gewisse Zeit lang aber nicht war. Oghale, meine Schulmutter, diejenige, die mich durch so manche schwierige Situationen durchgeboxt hatte, sollte mich nun verlassen. Sie hatte ihr Abschlussexamen bestanden und wurde an einer Universität im anderen Teil Nigerias angenommen. Dies bedeutete wohl oder übel, Abschied von ihr zu nehmen. An einem Schultag, während der großen Pause, trafen wir uns und nahmen Abschied voneinander. Bevor sie endgültig aus meinen Leben verschwand, gab sie mir noch ein paar Wörter mit auf den Weg: „Anatol", fing sie an. „Ich habe dich als einen guten, respektvollen und verantwortungsbewussten Jungen kennengelernt. Mir sind deine Probleme zu Hause durchaus bewusst, aber ich denke, du wirst all dies eines Tages hinter dir lassen. Die Zeit wird kommen. Vergiss nicht, die Schule ist ein Weg aus der Misere hinaus. Gebe hier dein Bestes und überlass das zu Hause Gott. Er wird sich darum kümmern." Ihre Wörter schenkten mir Zuversicht. Ich hoffte, sie würde recht behalten. Die Zeit ihres Abschieds war nun gekommen. Sie nahm mich in den Arm, schaute mir dabei tief in die Augen und lächelte. Es verzauberte mich. Sie ließ mich los und ging fort. Obwohl sie mir versprach, gelegentlich vorbeizuschauen, hatte ich das Gefühl, dies sollte das letzte Mal sein, dass ich ihr wunderschönes Gesicht erblicken durfte. Sie war fort und ein Teil von mir ging mit ihr. Ein trauriger Tag näherte sich seinem Ende.

Der Schleier des Unheils, welcher sich über unser Leben gelegt hatte, sollte sich nun, mehr als je zuvor, entfalten. Unsere Beziehung zu Gladys verschlechterte sich von Tag zu Tag. Dies erreichte eines Tages seinen traurigen Höhepunkt. Ebele befand sich gerade zu Hause. Die Lehrer ihrer Schule befanden sich wieder mal im Streik. Gladys hatte sie damit beauftragt, Ifeanyi während ihrer Abwesenheit zu hüten. Wir, Nneka, Ndidi und ich, befanden uns zu der Zeit noch in der Schule. Nach Ebeles Erzählung ist Ifeanyi, während er auf der Schaukel, welche sich im Garten hinterm Haus befand, spielte, heruntergefallen. Es geschah während eines kurzen Moments der Unaufmerksamkeit. Er schrie und hörte einfach nicht mehr auf zu weinen. Dieser Zustand hielt eine Weile an. Ebele machte sich sehr große Sorgen und so brachte sie ihn zu Gladys ins Restaurant. Nachdem Ifeanyi sich beruhigt hatte, begaben Gladys und er sich ins Krankenhaus, wo er vom Arzt gründlich durchgecheckt wurde. Alles schien in bester Ordnung zu sein. Wir freuten uns, Ebele besonders Als Ifeanyi aber älter wurde und nicht sprechen lernte, machten wir uns große Sorgen. Zudem stellten die Ärzte fest, dass sein Gehör nicht funktionierte. Er gab einfache Laute von sich, die aber nichts bedeuteten. Gladys' Wut und Verzweiflung kannten nun keine Grenzen. „Sollte Gladys Sohn etwa taubstumm sein?“ Sie suchte nach einem Schuldigen. Sie beschuldigte uns, uns, die weißen Kinder meines Vaters, ihren Sohn verhext zuhaben. Insbesondere aber galt ihre Wut Ebele. Immerhin habe die ihren Sohn mal von der Schaukel herunterfallen lassen. Ebele, die immer wieder ihre Unschuld beteuerte, blieb untröstlich. Dies war eine schreckliche Zeit. Nach mehreren Besuchen von meinem Vater, Gladys und Ifeanyi bei verschiedenen Ärzten, die alle keinen Defekt, weder in seinem Gehör noch in seinem Sprachzentrum, feststellen konnten, hing unser Haussegen nun endgültig schief. Gladys war nicht mehr zu bremsen. Nachdem sie uns jeglichen Kontakt zu ihren Kindern untersagte, beschuldigte sie meinen Vater. Er sei an alldem schuld, schließlich hätte er eine weiße Frau geheiratet und mit ihr vier Bestien gezeugt. Sie stritten sich fast jeden Tag. Unter anderem sei auch das Haus, in dem wir lebten, von meiner in Deutschland lebenden Mutter verflucht worden. Ihr Hass kannte keine Grenzen. Sie drängte meinen Vater, dieses Haus zu verlassen. Als die Nachricht von Ifeanyi die Verwandtschaft meines Vaters erreichte, waren diese fest von einer weiteren Bestrafung Gladys durch die Hand Gottes überzeugt.

Diese Zeiten zu Hause waren nun einfach der blanke Horror für uns alle. Gladys wandte sich an einige Kulte, unter ihnen auch der Mammy-Water-Kult, die ihr Hilfe versprachen. Die Hilfe blieb ihr aber verwehrt. Ifeanyi tat mir leid. War dies wirklich eine Strafe Gottes? Und sollte er nun für die Sünden anderer bestraft werden? Dies erschien mir falsch. Die Tage gingen vorbei und Ifeanyi blieb das Sprechen schuldig. In dieser Zeit war er mir noch mehr ans Herz gewachsen. Ich sah in ihm einen unschuldigen, kleinen Jungen. Einen Jungen, dem das Leben einen Streich spielte. Ich sah mich in ihm …

Nneka und ich alleine

Bis zu dem Tag, als uns gesagt wurde, Ebele würde noch weiter weg zur Schule gehen. Bis zu diesem Tag hatten wir gehofft, sie würde einen Studienplatz in der näheren Umgebung bekommen.

Ebele, die jetzt vom Gymnasium graduierte, bekam eine Zusage auf einer Universität in Benin City. Benin lag zwar auch im Süden Nigerias, aber die Entfernung zu Warri betrug etwa drei Autostunden. Der Schock saß tief. Nneka und ich wären Gladys' Zorn nun ganz alleine ausgeliefert.

Das Leben nahm seinen Lauf. Wir waren gezwungen, mit diesen Umständen fertig zu werden. Bisweilen hatte Ebele, wenn sie mal zu Hause war, versucht als Vermittler zwischen den Fronten zu agieren. Jedes Mal, wenn mal wieder, auf Gladys' Seite, ein Grund bestand zu meckern, trat Ebele in die Rolle des Schlichters. Dies nahm einiges an Luft aus dem Ballon, der bereits zu platzen drohte. An eine Situation kann ich mich noch sehr gut erinnern. Ich war wie gewohnt aus der Schule zurückgekehrt und hatte Gladys am Morgen zuvor darum gebeten, mir zu sagen, was ich an Essen für sie und meinen Vater am Abend vorbereiten dürfte. An diesen Morgen bekam ich eine Antwort, über die ich in der Hektik nicht nachdachte.

Also, von der Schule zurück, befasste ich mich mit der Vorbereitung des Dinners. „Rice and Stew with Meat“, meine Antwort vom Morgen. Im Vorfeld der Vorbereitungen erschien mir dies, bei längerer Überlegung, nun ein wenig merkwürdig, denn am vorherigen Tag hatten sie genau das Gleiche bekommen. Sonst aßen sie niemals das Gleiche zweimal hintereinander. Ich befand mich also in einer misslichen Lage. Bereitete ich jetzt das von ihr Geforderte vor oder sollte ich etwas anderes zubereiten? Der Griff zum Telefon, obwohl wir dazu nicht befugt waren, es zu benutzen, war meine letzte Rettung. „Was willst du, du hältst mich von meinen Kunden ab!", nörgelte sie am anderen Ende der Leitung. „Madam", sagte ich, „ich bin mir nicht sicher, was ich für Papi und dich vorbereiten soll, kann ich es nochmals wissen?" „Deswegen rufst du mich auf dem Telefon an und verschwendest das Geld von deinem Vater und mir, nur weil du heute Morgen nicht richtig zugehört hast? Ich sage dir gar nichts!" Weg war sie. Noch bedrückter als zuvor legte ich den Hörer zur Seite. Ich entschied mich für den Reis mit Soße. Der Reis war schnell gekocht, die Soße, aus gemahlenen Tomaten und roten Pfefferschoten, mit gebratenem Fleisch dauerte ein bisschen länger. Alles schien perfekt. Als Gladys schließlich ankam, merkte ich schnell, dass ich mich geirrt hatte. „Wie, Reis und Soße? Heh? Das hatten wir doch gestern schon!" Ich stand regungslos, wie am Boden festgewachsen, in der Küche. Ich hatte ehrlich mit einer anderen, zufriedeneren Reaktion gerechnet, immerhin hatte ich mir besondere Mühe gegeben. Diese sollte auch belohnt werden. Ich wagte es, sie an das, was sie am Morgen gesagt hatte, zu erinnern. Ohne Vorwarnung griff sie nach dem Soßentopf und goss dessen Inhalt über meinen Kopf. In dem Moment wusste ich nicht, ob ich lachen oder weinen sollte. Im gleichen Moment erschien mein Vater und blieb hinter mir stehen. Ich, von Kopf bis Fuß mit Soße bedeckt. Mit meinem mit Tomaten verschmiertem Gesicht drehte ich mich um und blickte zu ihm herauf. Ich erwartete eine Reaktion von ihm. Vielleicht ein Machtwort, überhaupt ein Wort, welches die Situation bereinigen konnte. Er blieb einfach nur stehen und schüttelte mit dem Kopf. Seine Augen erschienen mir ohne jeglichen Ausdruck, ohne ein wenig Mitleid für mich. „Geh und öffne mir das Tor." „Nein", dachte ich mir, als ich den Kopf Richtung Boden sinken ließ, „das war alles, was er dazu zu sagen hatte." Ich begriff es nicht. Mit einem Herzen voller Schmerzen, den Augen voller Tränen und in meinen mit roter Soße bedeckten Klamotten tat ich, was er sagte. Ich öffnete das Tor und er fuhr fort. Kaum war er weg, schon brüllte Gladys nach mir. „Anatol, ich sage dies nur einmal, komm sofort hierher und mach den Dreck weg!“ Der ganze Flur war mit Tomatensoße verschmutzt. Als ich hereinkam, hatte Ebele, die alles beobachtet hatte, schon einen Eimer geholt und half mir beim Säubern. Dank ihrer Hilfe hatten wir alles schnell erledigt. Danach sollte ich mich in mein Zimmer begeben und durfte es für den restlichen Tag und die darauffolgenden nicht mehr verlassen. Zwei ganze Tage bekam ich nichts zu essen. Ich durfte gar nichts machen, noch nicht einmal aufs Klo gehen. Ich sollte büßen für das, was ich getan hatte, betonte Gladys immer wieder. Die ganze Zeit über versuchte Ebele Gladys milde zu stimmen. Der Hunger erreichte eine unerträgliche Grenze. Ich kaute mir alle Fingernägel ab und verschluckte sie. Wenn Gladys dann das Haus verließ, schloss sie mein Zimmer hinter sich ab. Die Schule konnte ich auch vergessen. Am Morgen des zweiten Tages, bevor Ebele mit Gladys das Haus verließ, schlich sie sich davon und schmuggelte eine Scheibe Brot und ein paar Erdnüsse in mein Zimmer. Ich fiel darüber her wie eine hungrige Natter, die ihr Opfer ohne zu kauen, einfach verschlang. Ohne dies bisschen Nahrung wäre ich wahrscheinlich durchgedreht. Dann endlich am Abend des zweiten Tages durfte ich das erste Mal, nach über 20 Stunden, mein Zimmer verlassen. In all der Zeit konnte ich nicht die Toilette benutzen. Man stelle sich nun die Erleichterung vor, welche mich schließlich überkam, als ich es dann endlich durfte.

Der Umzug

Bendel Estate, dies war ein Häuserkomplex ungefähr eine Fußstunde von unserem alten Haus entfernt. Hier hatten meine Eltern, bevor meine Mutter uns in Richtung Deutschland verlassen hatte, ein Stück Land gekauft. Das Grundstück sollte als Bauland für ein zweistöckiges Familienhaus für uns dienen, da wir im aktuellen Haus nur zur Miete wohnten. Die Pläne für den Entwurf des Gebäudes hatten sie gemeinsam angefertigt. Die ursprüngliche Idee des Hauses stammte von meiner

Mutter. Es sollte ein wunderschöner Bau im modernen Design werden. Das Grundstück umfasste fast 10000 Quadratmeter. Dies war die übliche Größe für so einen Bau in Nigeria. Anfangs gingen die Bauarbeiten zügig voran. Als meine Mutter schließlich abreiste, geriet das Ganze ins Schwanken. Sie war schon immer die treibende Kraft des Unternehmens gewesen. Nicht nur fürs Unternehmen, sondern auch für meinen Vater symbolisierte sie den stetig andauernden Erfolg. Alles, was sie sich in den Kopf setzte, versuchte sie durchzusetzen, komme, was wolle. Meistens glückte ihr Vorhaben. So strömten damals sehr viele große Aufträge ins Haus. Als sie uns verließ, ließen auch diese länger auf sich warten. Langsam, aber sicher sank der Geldpegel des Unternehmens, welcher zu Zeiten meiner Mutter fast überschwappte. Die Bauarbeiten am Haus ließen nach und wurden um 1985 schließlich ganz eingestellt. Ab und zu, in den darauffolgenden Jahren, ließ mein Vater immer wieder Kleinigkeiten machen. Durch den Verlust meiner Mutter, des Rückgrats des Unterfangens, und den Rückgang seines Einkommens, durch sinkende Kundschaft verlor mein Vater den Glauben an dessen Fertigstellung.

Jetzt, unter dem stetig steigenden Druck, welchen Gladys auf ihn ausübte, das verhexte alte Haus so früh wie nur möglich zu verlassen, und dem Geldmangel entschied er sich dafür, den ehemaligen Entwurf zu ändern. Er machte aus dem ehemals zweistöckigen Haus einen einfachen Bungalow. Dies sei nicht so komplex vom Bau her und er könne dadurch Geld und Zeit sparen.

So kam es dann, dass wir im September des Jahres 1994 das neue Haus beziehen konnten, obwohl die Bauarbeiten noch nicht vollendet waren. An den Wänden im Inneren und außen am Haus fehlte die Farbe. In den Badezimmern, in denen die Fußböden mit Fliesen bedeckt sein sollten, lagen noch die nackten Betonböden. Es war ein komisches Gefühl für uns, unser altes Zuhause aufzugeben, immerhin hatten wir unser ganzes Leben dort verbracht. Die ganzen Erinnerungen und Bilder meiner Mutter erschienen dort noch so lebendig. So ließen wir sie alle zurück. Wir blickten auf eine ungewisse Zukunft. Meine Kindheit und die guten Tage mit meiner Mutter, als unsere Familie noch intakt gewesen war, sollte ich jetzt endgültig zurücklassen.

Der Umzug selbst ging ziemlich schnell. Das meiste passierte, während Nneka und Ndidi in der Schule waren. Ich musste einige Tage in der Schule fehlen, um mitzuhelfen. Meinem Vater schien dies egal zu sein. Gladys hatte angeordnet die restlichen Sachen meiner Mutter, die damals nicht bei dem Überfall auf unser Haus zerstört worden waren, zu vernichten. Sie wollte nichts von alldem mehr in ihrem Haus, wie sie es nannte, haben. Einige Kleinigkeiten, wie Schmuck und ein paar Bilder, konnte ich noch retten. Sie sollten mir in den auf mich zukommenden schwierigen Zeiten Trost spenden. An den Abenden nach dem Umzug war ich so müde, dass ich fast im Stehen hätte einschlafen können. Noch das Abendessen vorbereiten, es servieren, warten, bis sie aufgegessen hatten, die Teller abräumen, abwaschen und dann durfte ich mich endlich ins lang ersehnte Bett legen, aber für wie lange?

Celestine

Die Schule ging voran. Wir bekamen wieder mal neue Klassenkameraden. Unter den 40 Mitschülern meiner Klasse befand sich ein Junge namens Celestine. Ich verstand mich auf Anhieb sehr gut mit ihm. Es entwickelte sich eine sehr innige und gute Freundschaft zwischen uns. Die meisten Fächer hatten wir zusammen. Er war der Sohn des lokalen N. E. P. A Direktors, ein sehr hoch angesehener Posten. Celestine wurde jeden Tag von einem persönlichen Fahrer zur Schule gebracht und bei Schulschluss wieder abgeholt. Meistens wartete ich morgens auf dem Schulweg an einer abgemachten Stelle, wo er mich dann mitnahm. So konnte ich einiges an Geld, welches ich sehr gut gebrauchen konnte, sparen und im Laufe des Tages entweder Essen oder sonstige Sachen, die ich brauchte, für die mir Gladys aber kein Geld gab, besorgen. Seit unserem Umzug betrug mein Weg zur Schule die doppelte Distanz. Trotzdem bekam ich das gleiche Geld wie vorher. Die Strecke von unserer Wohnung zum Tor des Komplexes ging ich zu Fuß. Von dort hätte ich einen Bus nehmen müssen, der mich nach Enerhen Junction (Kreuzung) bringen würde, wo ich den nächsten Bus Richtung

D. S. C. Wohnkomplex nehmen müsste, in dem meine Schule sich befand. Da Gladys es nie gut mit mir meinte, gab sie mir nur das Geld, welches ich für einen der beiden Busse benötigte. Ich konnte mir aussuchen, welchen Weg ich zu Fuß ging. Dank Celestine konnte ich mir beides sparen und hatte dann meistens noch ein paar Naira übrig fürs Essen.

Die Freundschaft zu ihm war toll. Es war, als hätte ich plötzlich einen Bruder bekommen. Hier in unserer Freundschaft spielte die Herkunft keine Rolle. Weiß oder schwarz, Ibo oder Urhobo, dies waren unbedeutende Nebenerscheinungen, die uns nicht im Geringsten interessierten. In meinem Leben hatte ich noch nie so einen Freund gehabt. Sei es im Schulischen, er war da. Meine Probleme zu Hause, ich konnte mit ihm reden. Über Mädchen, darüber sowieso. Wir waren schier unzertrennlich. Man nannte uns schon die ungleichen Brüder. Immer wenn er auftauchte, stand ich nicht weit weg. In der Klasse saß er direkt neben mir. Die Schultage verbrachten wir zusammen und auf der Heimfahrt hatten wir uns immer viel zu erzählen. Manchmal, wenn seine Mutter ihn abholte, machten wir halt an der Emu Backery, eine der besten Bäckereien im Ort. Dort durften wir uns ein paar leckere Brötchen aussuchen. Die Zeit mit ihm, eine Zeit, die ich nie vergessen werde. Nach einiger Zeit lernte ich auch seine Familie kennen. Sein Vater, ein sehr netter Mann. Sie waren von Benin hierher gezogen. Ursprünglich stammten sie aus Edo State, welcher ein wenig weiter weg im Süden Nigerias lag.

Mit Celestine verging die Zeit wie im Flug. Die erste Klasse der Seniorenstufe rauschte nur so an uns vorbei. Die Tage in der Schule mit Celestine kompensierten die Zeit, die ich ohne ihn zu Hause verbrachte. Kaum daheim freute ich mich schon auf unseren nächsten gemeinsamen Tag.

Ich war fast schon 16 Jahre alt. Auf unserer Schule war ich eines der wenigen Mischlingskinder und so fiel ich besonders auf, nicht nur den Lehrern, sondern auch den Mädchen. Dies schmeichelte mir. Für einen nigerianischen Jungen in meinem Alter war es nicht üblich, seine Gefühle für das andere Geschlecht öffentlich zu zeigen. Es hieß immer in Nigeria: „Einmal ein Kind, immer ein Kind.“ Dies bedeutete, solange man unter dem Dach der Eltern wohnte, was in den meisten Fällen der etwas besser situierten Familien bis zum Abschluss des Studiums dauerte, musste man nach den Regeln der Eltern leben. Erst die Bücher und das Studium und dann konnte man sich nach einer passenden Frau, die man dann gleich auch noch heiraten sollte, umschauen. In den ärmeren Familien, wo vielleicht nur eines der zehn Kinder zur Schule ging, verlief dies meistens anders. Hier wurden die Mädchen schon mit einem Alter von nur zwölf Jahren zur Hochzeit freigegeben. Ein Maul weniger zu füttern. Jetzt würde sich der Ehemann um seine Braut kümmern. Der war meistens viele Jahre älter und teilte sein Leben mit mehreren Frauen, die alle unter einem Dach lebten. Dies war die schreckliche Wahrheit wie sie sich in den meisten Heimen Nigerias abspielte. Die Vorstellung, dass ich schon die erste Frau, die mir über den Weg lief, heiraten sollte, gefiel mir gar nicht. So blieben sie immer das Lieblingsthema von Celestine und mir während der Pause, mehr aber, als über sie zu reden und tuscheln, taten wir nicht. So war ich sehr überrascht, als ich eines Tages einen Brief in meinem Fach in der Schule fand. An diesem Tag befand ich mich mit Celestine alleine in der Klasse. Er war von einem Mädchen Namens Omesiri, die in meine Parallelklasse ging. Eine sehr hübsche Nigerianerin, ich glaube, sie war vom Stamm Urhobo, der in Warri und näherer Umgebung ansässig war. Ich wusste nicht, was ich machen sollte. Aufgeregt und voller Emotionen, von den Wörtern des Briefes, welche in so einer leidenschaftlichen Art und Weise übers Papier glitten, mitgerissen, zeigte ich den Brief Celestine. Zuerst fing er an mich zu piesacken. „Du hast eine Verehrerin! Sie liebt dich!“ Den ganzen Tag über, während des Unterrichts, wenn unsere Blicke sich trafen, hatte er wieder einen Scherz auf Lager. Es machte mir nichts aus, schließlich wusste ich, er meinte es nur gut. Über Omesiri hatten wir schon des Öfteren geredet und wir fanden sie beide toll. Dass sie mir allerdings jetzt einen Brief geschrieben hatte, damit hätten noch nicht mal wir gerechnet. Wir beschlossen erst einmal auf Nummer sicher zu gehen und zu überprüfen, ob der Brief wirklich von ihr stammte. Am Tag darauf schlichen wir uns in ihre Klasse, als sich die ganze Klasse im Biologielabor befand, und nahmen eines ihrer Schulhefte aus ihrer Tasche, um die Schrift im Heft mit der auf dem Brief zu vergleichen. Die Spannung stieg, als Celestine das Heft durchblätterte, um eine geeignete Probe zu finden. Nervös blickten wir uns dauernd um. „Wenn uns jetzt jemand sehen würde!“, rief ich immer. Endlich, er hatte eine gute Seite gefunden und wir legten beide, den Brief und das Heft übereinander. Die Schriften waren identisch. Mir wurde ganz warm ums Herz. Meine Beine fühlten sich komisch an, als würden sie das Gewicht meines Körpers plötzlich nicht mehr tragen können. Ich glaube, es hatte mich erwischt. Omesiri kannte ich schon länger, aber wir hatten nie ein Wort miteinander gewechselt. Durch ihre umwerfende Schönheit war sie mir schon immer aufgefallen. Sie sah stets gut aus und hatte eine tolle Figur. Ich hatte mich nie getraut, sie anzusprechen. Vielleicht war ich einfach zu feige. Umso mehr verwundert war ich dann, als sie die Initiative ergriff und mir diesen Brief hinterließ. Ein neues Kapitel in meinen Leben sollte jetzt aufgeschlagen werden. Es gab jetzt neben den Büchern, der Schule, Gladys, meinen täglichen Schlägen und Sorgen, meinem Vater und all dem anderen, etwas, das mir mit der Zeit meine ganzen Gedanken raubte, etwas ganz Wichtiges, Omesiri …

Omesiri

Nicht nur in der Schule, während des Unterrichts, sondern auch zu Hause konnte ich einfach nicht mehr aufhören an sie und die Wörter aus ihrem Brief zu denken. Sie waren so zart und gefühlvoll, Wörter, die bis jetzt in meinem Leben völlig fehlten. So was hatte ich noch nie gespürt.

Ich erinnere mich heute noch an die eine Zeile:

„I can't sleep Baby, I can't eat Baby, I can't live Baby without having you on my mind. I can't go on Baby, this is my Song Baby and I don't want anything else than to be with you …“

„Wow“, dachte ich mir, sie waren so voller Leidenschaft, so voller Liebe. Ich trug den Brief immer bei mir.

Am nächsten Tag setzten wir, Celestine und ich, uns zusammen und besprachen nun mein weiteres Vorgehen. Ich musste etwas tun, schließlich wollte ich auf keinen Fall, dass sie sich ignoriert fühlte. Wir überlegten, wie ich sie am besten ansprechen könnte. Dies sollte schwieriger sein, als es eigentlich war. Ich war ziemlich schüchtern und zurückhaltend Menschen gegenüber, den Mädchen sowieso. Jedes Mal, wenn wir meinten, die Strategie endlich zu haben, haperte es dann an einer Kleinigkeit.

Wenn ich heute zurückblicke, frage ich mich, wie ich trotz meines Lebens solche Momente noch haben beziehungsweise genießen konnte. Ich glaube, sie sind es gewesen, die mich jeden Tag aufs Neue von den Wunden des Vortags heilten. Sie waren es, die mich lebendig machten. Sie gaben mir die Hoffnung, dass das Leben nicht nur aus Schmerzen, Schlägen und Brutalität bestand.

Ich sagte irgendwann zu Celestine: „Hey, lassen wir es, es wird sich schon die richtige Gelegenheit ergeben." Und von dieser Sekunde an lauerte ich. Ich wartete auf den passenden Moment, Omesiri endlich anzusprechen.

Während der Schule erwies dies sich als äußerst schwierig. Es war fast unmöglich, mit ihr zu sprechen, da sie erstens nicht in meiner Klasse war, und zweitens, da sie sich nie alleine in der Pause aufhielt. Nach Schulschluss ging es auch nicht, da ich zusehen musste, so schnell wie möglich nach Hause zu kommen, um Ärger von Gladys zu vermeiden. Dazu kam noch, dass Omesiri immer pünktlich zurück in den Schlafsaal musste. Es gab dort sehr strickt einzuhaltende Regeln und jedes der Mädchen musste sich danach richten. Tat sie dies nicht, flog sie im hohen Bogen raus. Es erschien mir alles wie verhext, aber ich gab die Hoffnung nicht auf. Am vorletzten Tag der Woche passierte es schließlich. Ich saß gerade mit Celestine und ein paar anderen Klassenkameraden während einer freien Stunde in der Bücherhalle unserer Schule, als Omesiri und zwei ihrer Freundinnen auftauchten. Ich saß dort wie gelähmt, die Wörter ihres Briefes kreisten in meinen Gedanken. „Jetzt ist der Zeitpunkt gekommen", dachte ich mir. Sie näherten sich uns, und als sie mich bemerkte, sah ich, wie ein leichtes Lächeln ihre sanften Lippen traf. Sie setzten sich ein paar Plätze weiter weg, aber so, dass ich sie jedes Mal angucken musste, sobald ich den Kopf hob. So passierte es, dass unsere Blicke sich andauernd trafen und einer den Kopf, grinsend, sehr schnell wieder senkte. Die

Spannung, schier unerträglich, es musste etwas geschehen. Und wieder mal trafen unsere Blicke sich und jetzt ließ keiner von uns diesen Augenblick mehr los. Obwohl weit voneinander entfernt, waren wir beide uns in diesem Moment doch so nah. Ihre dunklen, schwarzen Augen hatten mich in ihren Bann gezogen, ich konnte dieser süßen Versuchung nicht mehr widerstehen. Sie zwinkerte einmal und ich wusste, dass ich dies alles nicht träumte. Wir waren in unsere eigene Welt eingetaucht. Nach einiger Zeit stand ich auf und, ohne den Blick von ihr zu nehmen, verschwand ich hinter den Bücherregalen. Ich hoffte so sehr, dass sie mir folgen würde. Als ich da stand und überlegte, was ich sagen würde, wenn sie tatsächlich neben mir stünde, fühlte ich eine leichte Berührung im Nacken. Ich drehte mich um und sie stand wirklich vor mir. Omesiri, das Mädchen meiner Träume, stand direkt vor mir. Ich war wie verzaubert. Sie war noch schöner, als ich mir, aus der Entfernung, hätte erträumen lassen. Ihre wunderschönen Augen leuchteten wie die Sonne an einem wolkenfreien Tag und sie strahlte mich an. Ihre Wärme durchdrang meinen ganzen Körper. Ein Moment der absoluten Stille folgte. Wir sagten einfach gar nichts, aber schließlich brach ich das Eis. „Hi", meine Stimme, ich glaube mich packte das Lampenfieber. Schüchtern antwortete sie und so fielen wir in eine tiefe, innige Konversation. Wir waren so in unser Gespräch vertieft und merkten nicht, dass die anderen irgendwann fortgingen. Auch Celestine, der mir zurief, bevor er verschwand, ließ mich dort aber in guter Absicht. Er wusste genau, wie sehr ich mir diesen Moment gewünscht hatte. Die letzten beiden Schulstunden ließen wir sausen, hatten dafür aber etwas viel Besseres gelernt. Ich hatte Omesiri kennengelernt. Die Tage nach meiner ersten Begegnung mit Omesiri vergingen wie im Flug. Kaum am Freitag angelangt, freute ich mich schon auf den nächsten Montag, dann konnte ich endlich wieder nach Luft schnappen, denn sie war die Luft, die ich zum Leben brauchte.

Beschuldigt

Der nächste Montag kam schnell. Das ganze Wochenende hatte ich mir nichts sehnlicher gewünscht. Es gab jetzt für mich einen triftigen Grund besonders gut in der Schule auszusehen, Omesiri. Ich bemühte mich, stets auffallend sauber und chic zu erscheinen. Meine Uniform, die ich jeden Tag nach der Schule wusch, bügelte ich fünfmal die Woche. Die Uniform und meine Socken konnte ich waschen, die Schuhe mit der Hilfe von Vaseline aufpolieren. Was aber sollte ich mit meinen Haaren machen, die wie eine Löwenmähne herangewachsen waren? Meine großen Locken sahen ziemlich ungepflegt aus, da es mir durch Gladys verboten worden war, sie mehr als einmal alle halben Jahre zu schneiden. Um ihnen einen guten Look zu verpassen, machte ich sie jeden Morgen nass und rieb dann ein wenig Vaseline ins Haar. So wurden sie vom Volumen kleiner und ließen sich leichter kämmen. So erreichte ich auch eine passable Form. Mit meiner Erscheinung immer zufrieden verließ ich das Haus. Omesiri sollte jeden Morgen von meinem Aussehen imponiert sein. Für eine gewisse Zeit vergaß ich mein anderes Leben und kreierte mir ein besseres mit ihr. Das schreckliche, mit Schmerzen und Leiden gefüllte, versteckte ich unter dem von Leidenschaft und Liebe geprägten Leben. All dies blieb aber nicht unbemerkt. Meine Zufriedenheit und die entspannte Art und Weise, mit der ich das Gemecker und manchmal die Schläge von Gladys und meinem Vater entgegennahm, erregte Aufsehen. Gladys, mit ihrer boshaften Persönlichkeit, hatte schon längst von alldem Notiz genommen und lauerte nur auf die passende Gelegenheit, mir den berühmten Stoß zu verpassen. So passierte es eines Morgens. Ich hatte meine Hausarbeiten für den Morgen vor der Schule erledigt und betrat ihr Zimmer, um nach meinem Transportgeld für die morgendliche Fahrt zur Schule zu bitten. Nneka und Ndidi gingen vor und ich hinterher. Ich tat dies meistens, damit sie sich nicht so auf mich fixieren konnte. Als wir schließlich alle im Zimmer standen, zog Gladys das Geld aus der Tasche, machte Ndidi die Haare, stupste noch hier und da liebevoll an ihrer Uniform herum und gab ihr, der jüngeren der beiden, dann das Geld. Sie sollte es nach ihrem Ermessen aufteilen. Meistens bekam Nneka, die Gladys noch nicht mal eines Blickes würdigte, viel weniger. Sie verließen beide das Zimmer und ich blieb der vollen Aufmerksamkeit Gladys ausgeliefert. Sie warf einen genervten Blick in meine Richtung, begleitet von lautem Zischen und Kopfschütteln. Sie wusste genau, was ich an diesem Morgen in ihrem Zimmer suchte, ich brauchte nämlich das Geld, aber geben wollte sie es mir trotzdem nicht und tat einfach so, als würde sie nicht wissen, was ich dort von ihr wollte. In meiner Verzweiflung, da mir die Zeit davonlief, versuchte ich sie höflich darum zu bitten, sie daran zu erinnern, dass sie mich wahrscheinlich nicht absichtlich vergessen hatte, aber ich erntete nur böse Beschimpfungen. „Du Dieb, Gauner, Taugenichts und Betrüger!“, schrie sie die ganze Zeit. Ich stand einfach nur da und versuchte mir ihre plötzliche Feindseligkeit zu erklären. Ich war mir an diesem Morgen keiner Schuld bewusst. Ich stand da und konnte nur an eines denken, Omesiri. Gladys ließ mich nach einer Weile stehen und verschwand im Badezimmer. Nach zirka einer halben Stunde rief sie: „Geh und sag deinem Vater, was du wieder gemacht hast!!!“ In diesem Moment verstand ich die Welt nicht mehr. Meine Versuche, von ihr eine Erklärung oder den Grund ihres Ärgernisses zu erfahren, scheiterten kläglich. Nach einer zweiten Aufforderung, zu meinem Vater zu gehen, machte ich mich zögernd auf den Weg in sein Zimmer, bemerkte aber nicht, dass sie mir hinterhergeschlichen war. Ich blieb vor seiner Tür stehen und klopfte. Die Tür gerade geöffnet, spürte ich einen heftigen Tritt von hinten, der mich durch den Türrahmen drückte. Ich fiel förmlich ins Zimmer hinein, wo mein Vater schon auf mich wartete. Im Zimmer packte Gladys mich an den Haaren und drückte mich zu Boden. „Warum tut sie das?“, fragte ich mich immer wieder. „Gott, warum lässt du dies alles zu?“ Der Allmächtige blieb stumm. „Warum stylst du deine Haare so?“, fragte mein Vater dann. Ich kam noch nicht mal dazu, die Frage zu beantworten, die richtigen Wörter zu finden, schon schrie Gladys dazwischen: „Nicht nur das, Chike!“, so nannte sie meinen Vater. „Nicht nur das, Chike, frage ihn, warum er eine zweite Hose und ein zusätzliches Hemd unter seiner Uniform trägt!!!“ „Was!!!?“, erwiderte er empört. „Was macht er?“ Gladys zerrte an meinen Haaren. „Ja!!!“, schrie sie, „er trägt doppelte Hosen und Hemden, damit er, wenn er aus dem Haus geht, die Uniform ausziehen und auf Partys gehen kann. Dort vergnügt er sich dann mit Mädchen." „WAS!!!???", die Stimme meines Vaters donnerte durch den Raum wie ein mächtiges Gewitter, welches mich erschrocken und verängstigt auf die Knie fallen ließ. Sie wurde immer lauter und ich befürchtete jetzt schon das Schlimmste. Ich versuchte, ihm das Ganze zu erklären. Ja, ich trug ein weißes T-Shirt unter meiner Uniform, aber erstens, nur damit sie noch weißer erschien und zweitens, wegen meinen hageren Schultern. Und ja, ich trug auch eine andere Hose unter meiner Uniformhose, aber nur, weil ich so dünn war, dass ich mich dafür schämte! Ich kam gar nicht erst dazu, das alles zu sagen. Die Vorwürfe, die Gladys mir vorhielt, waren einfach zu groß, zu deutlich die Beweise meiner Schuld. Ohne Vorwarnung schnappte er nach meinem Gürtel, löste diesen und entdeckte die Jeans darunter. Man konnte die Rage in seinem Inneren förmlich riechen. Er verschwand im Bad und stürmte wieder auf mich zu. In dem Moment riss ich mich aus Gladys Fängen und flüchtete zur Tür. Ich hatte es fast hinausgeschafft, als mich ein heftiger Schmerz zu Boden fallen ließ. Gladys hatte mit ihrer ganzen Kraft die Zimmertür zugetreten und dadurch meinen Fuß zwischen der Tür und dem Rahmen eingeklemmt.

Meine abgeschnittenen Haare

Da lag ich nun, halb im Zimmer mit ungeheuren Schmerzen, halb im Flur, weinend am Boden. Gladys hatte meinen Knöchel erwischt und es hatte sich in Sekundenschnelle eine dicke Beule gebildet. Mein Vater, der sich noch im Zimmer befand, riss die Tür auf, packte mich am Kopf und zog mich ins Badezimmer, wo er meine Haare mit einer Schere bearbeitete. „Ich bezahle deine Schule nicht dafür, dass du mir irgendwelche Mädchen aufreißt!!!", schrie er, als er wahllos die Haare von meinem Kopf scherte. Mal links, dann mittig und hinten. Schnipp, schnapp und er schnitt einfach weiter, sehr zum Vergnügen Gladys, die amüsiert in der Ecke stand. „Chike, ich habe es dir schon immer gesagt, der Junge ist zu nichts zu gebrauchen.“ Gladys’ Wörter wirkten wie Benzin in einem schon brennenden Feuer. Mein Vater, immer mehr in Rage, seine Wut konnte man in dem engen, kleinen Zimmer klar und deutlich wahrnehmen. An einigen Stellen schnitt er die Haare so tief, dass ich dort gar keine mehr besaß. In wenigen Sekunden hatte er es vollbracht, aus mir die größte Lachnummer der Schule zu machen, würde ich dort so auftauchen. Als er fertig war, brüllte er: „Du gehst sofort deine Partyklamotten ausziehen und bewegst deinen Arsch zu Schule!!!“ Es war alles so schnell gegangen. Es spielte sich alles vor den überraschten Augen Ifeanyis ab. Vor ein paar Stunden hatte ich mich noch einigermaßen wohlgefühlt. Eine Stunde später und alles schien vom Erdbeben verschluckt worden zu sein. „Hätte er mir nur zugehört. Hätte er mir nur die Chance gegeben, all dies zu erklären, dann wäre das alles nicht passiert. „Anatol, so kannst du niemals in die Schule, was würde Omesiri von dir denken? Sie weiß doch nichts von deinem Leben. Würde sie es verstehen? Würde sie dich noch lieben, wenn sie wüsste, aus was für einem Elternhaus du stammst, oder wäre es ihr egal?“ Diese Fragen schossen durch meinen Kopf. „Oh, Mami, meine geliebte Mutter, wo bist du nur, dein Sohn braucht dich. Komm bitte und befrei mich von diesem Leben, welches ich mir leider nicht aussuchen durfte. Hilf mir, ich flehe dich an.“ „Hol sofort einen Besen und räum den Scheiß hier weg oder meinst du, ich werde es für dich machen?“ Gladys ließ einfach nicht locker. Es schien ihr sehr großen Spaß zu machen, mich in dieser Lage zu sehen. „Du siehst aus wie der letzte Dreck, wäre ich ein Mädchen, ich würde dir nicht einmal mit dem Hintern einen Blick zuwerfen, du hässlicher Oyibo. Hahaha!!!“ Die Tränen liefen mir das Gesicht hinunter, als ich vor ihr auf dem Fußboden hockte und meine auf dem Boden liegenden Haare zusammenfegte.

Ifeanyi, der das Ganze beobachtet hatte, lief verschreckt davon.

Das alte Gebäude

Ich flüchtete aus dem Zimmer, zog die Sachen, die ich untendrunter trug, aus, zog die Uniform wieder an und lief aus dem Haus. Gladys hatte mir beim Herausgehen noch zehn Naira in die Hand gedrückt. Zehn Naira, die reichten noch nicht mal für die halbe Fahrt zur Schule. Körperlich und seelisch verletzt und in meinem Stolz zutiefst gekränkt, verließ ich humpelnd das Haus. Die Uhr, die in der Küche hing, zeigte jetzt schon acht Uhr an und dies bedeutete, dass der Unterricht schon längst begonnen hatte. „Du kommst doch eh zu spät, also kannst du auch langsam zur Schule gehen", bekam ich noch von ihr zu hören, als ich die Küche verließ. Den ersten Abschnitt meines Weges zur Schule humpelte ich zu Fuß. Enerhen Juncktion war ziemlich weit entfernt und so brauchte ich eine ganze Weile. Anschließend benutzte ich die zehn Naira und nahm den Bus, welcher mich nach D. S. C. brachte. Während der Fahrt konnte ich nur an eines denken, Omesiri. Sie durfte mich auf keinen Fall so sehen. Ich kam mir so schäbig vor. Mit meinem verschandelten Haarschnitt, meinen Verletzungen, einer dicken Beule am Knöchel und einer kaputten Sandale fühlte ich mich wie der letzte Dreck. „Nein, so darfst du Omesiri niemals unter die Augen treten." Vor lauter Scham hatte ich mir beim ersten Lachen der Passanten, die an mir vorbeigingen, ein Taschentuch über den Kopf gebunden, welches die Schandtat meines Vaters so gut wie möglich bedecken sollte, um lästige Fragen zu vermeiden. Ich hoffte so sehr, dass der Bus niemals an seinem Ziel ankommen würde, dass er irgendwo eine Böschung herunter stürzen würde und ich so dem Lachen und Spot meiner Mitschüler entgehen könnte. Aber als ich noch tief in Gedanken versunken dort saß, war es schon so weit. Zögernd stieg ich aus dem Bus aus und überlegte mir, wie ich den restlichen Tag in der Schule überstehen sollte. Das Auslachen und das Lästern könnte ich nicht ertragen. Mir kam auch schon der Gedanke, gar nicht erst hinzugehen. Ich hatte natürlich Angst, dass Gladys in der Schule anrufen könnte. Ratlos machte ich mich auf den Weg, aber kurz vor der Schule kam mir der Einfall. Mein Stolz und der Schmerz, den ich im Herzen trug, waren einfach größer als die Angst vor Gladys oder meinem Vater.

Unsere Schule war umgeben von Wohnhäusern und einem Waldgebiet. Einige der Häuser waren nicht bewohnt, sie standen also noch leer. Ich entschied den restlichen Tag bis zum Schulschluss in einem der Häuser zu verbringen. Ich suchte mir eines, ein wenig abseits der Schule, eines ganz nah am Waldrand. Beim Versuch, mir durch die Eingangstür Eintritt ins Haus zu verschaffen, merkte ich, dass diese abgeschlossen war. So machte ich mich auf die Suche nach einem offenen Fenster, um auf diesem Wege ins Haus gelangen zu können. Ich hatte Glück. Ich fand eines. Es war zwar nicht offen, aber kaputt geschlagen. Die Glasscherben lagen noch überall entlang der Fensterbank. Einige steckten noch im Rahmen fest. Beim Versuch, sie herauszuziehen, schnitt ich mich am Daumen. Es blutete wie verrückt und hörte einfach nicht mehr auf. Alles erschien mir wie verhext, war dieses Leben wirklich noch lebenswert? Irgendwie gelangte ich trotzdem ins Innere des Hauses. Es war leer, aber eine unheimliche Stille füllte alle Räume. Überall am Boden lagen Blätter, die in kleinen Wasserpfützen vom Wind, der von Zimmer zu Zimmer zog, hin- und hertrieben. An den Wänden und an der Decke hingen riesige Spinnennetze. Ich vergewisserte mich, dass das ganze Haus leer stand, und suchte mir eine saubere, trockene Stelle, wo ich mich auf den Boden setzen konnte. Ich schätze, es war gerade mal zehn Uhr, also hatte ich noch ungefähr fünf Stunden vor mir. Fünf lange und einsame Stunden, in denen ich über alles nachdenken könnte, fünf Stunden, in denen ich von Omesiri träumte. Was sie jetzt wohl machte? Ob sie mich vermisste? Ich hoffte es so sehr. Ich schnappte mir ein Blatt Papier und schrieb einen Brief, einen Brief an Omesiri:

Anatol Chukwunweike Ezra Egbuna, loved, loves and will always love this girl, and …

Anatol Chukwunweike Ezra Egbuna will always care for this girl, and …

Anatol Chukwunweike Ezra Egbuna will always cherish the love he has for this girl, and …

Anatol Chukwunweike Ezra Egbuna will always think of this girl, and …

Anatol Chukwunweike Ezra Egbuna will always be there for this girl, and …

Anatol Chukwunweike Ezra Egbuna will never love another like he loves this girl, and …

Anatol Chukwunweike Ezra Egbuna will lie for this girl, and …

Anatol Chukwunweike Ezra Egbuna will cry for this girl, and …

Anatol Chukwunweike Ezra Egbuna will walk a mile for this girl, and …

Anatol Chukwunweike Ezra Egbuna will die for this girl, …

The scorpion and the cancer will remain one forever.

I love you Omesiri.
A.c.e

Als ich dort saß, gingen mir die wildesten Gedanken durch den Kopf. Ich dachte an meine Mutter. „Oh, Mami, wenn du nur hier wärst, dann wäre alles ganz anders." Mit diesem Gedanken im Kopf und den Stift noch in der Hand fiel ich in einen tiefen Schlaf, wurde aber einige Stunden später von einem lauten Scheppern wieder aus dem Schlaf gerissen. Erschrocken starrte ich in Richtung Fenster. Mein Herz raste und mein Puls war hoch. „Hatte Gladys mich gefunden?" Aber dann bemerkte ich, dass durch den heftigen Wind, der draußen tobte, sich eine Glasscherbe aus dem Rahmen gelöst hatte und zu Boden gefallen war. Beruhigt lehnte ich mich wieder zurück und überlegte, wie spät es nun sein könnte. In dem gleichen Moment hörte ich in einiger Entfernung den Schulgong. Es war das Läuten zur großen Pause. Dies bedeutete, wir hatten genau 13.00 Uhr. Mir blieben also noch zwei Stunden. Noch in der gleichen Position am Boden holte ich ein paar meiner Bücher aus meiner Tasche hervor und las ein wenig. Mein Knöchel war jetzt erschreckend angeschwollen. Dies machte mir zusätzliche Sorgen.

Die zwei verbleibenden Stunden vergingen schnell und als ich endlich den lang ersehnten Schlussgong hörte, wusste ich, dass ich den Tag überstanden hatte, machte mich aber nicht sofort auf den Weg, um das Zusammentreffen mit anderen Schülern zu vermeiden. Ich wusste, das Celestines Fahrer immer später auftauchte als die anderen. Er kam dann, wenn die meisten schon weg waren. Ich schlich mich also nach zirka zehn Minuten aus meinem Versteck hervor und begab mich in die Schule. Dort sah ich schon Celestine an der gewohnten Stelle warten. Ich schilderte ihm die Geschehnisse des Morgens, er konnte all dies einfach nicht glauben. Er schüttelte nur mit dem Kopf und sagte schließlich: „Deine Zeit, mein Freund, deine Zeit wird kommen. Du bist nicht umsonst ein Mischlingskind, und obwohl dir dies bis jetzt nur Kummer und Leid bereitet hat, bin ich mir dessen ganz sicher, dass dir dies auch irgendwann die Türen zur Freiheit öffnen wird. Du musst derweilen einfach noch stark bleiben und nicht aufgeben." Seine Wörter waren wie Balsam für meine verwundete Seele. Bald erschien auch schon der Wagen und wir fuhren davon. Nach Hause!?

Mister Ukwuaba

An diesem Tag passierte nicht mehr viel, meine Abwesenheit in der Schule wurde nicht bemerkt. Am nächsten Tag durfte ich wieder genau so in die Schule. Ich konnte aber nicht noch einmal in das leere Haus, da ich dann zwei Tage hintereinander fehlen würde und dies auffallen könnte. Nach minutenlangem Grübeln kam mir ein guter Gedanke.

Es gab einen sehr netten Lehrer, namens Mr. Ukwuaba, an meiner Schule. Er lehrte technisches Zeichnen, einer meiner Lieblingslehrer. Er hatte ein eigenes Büro mit einem abgegrenzten Sitzbereich, wo ich mich eventuell den Tag über aufhalten konnte. So entschied ich mich dafür, durch den Hintereingang ins Schulinnere zu gelangen. Dort wartete ich, bis er kam, und folgte ihm unauffällig ins Büro. Er entdeckte mich. „Was ist denn mit dir passiert?", fragte er entsetzt mit weit aufgerissenen Augen. Ein wenig eingeschüchtert erzählte ich ihm die Geschichte. Er hörte aufmerksam zu. Ich erzählte ihm alles, auch vom Vortag und vom leeren Haus. Als ich fertig war, schaute er mich an und sagte: „Hmmm, so kannst du auf gar keinen Fall unter deine Mitschüler, mir fällt schon was ein. Du bleibst erst mal hier." Dann verschwand er und kam nach zirka einer halben Stunde zurück. Gespannt wartete ich auf das, was er sich ausgedacht hatte. „Anatol", rief er, als er den Raum wieder betrat. Ohne zu zögern, eilte ich ins Vorderzimmer und er erzählte mir seinen großartigen Plan. „Ich habe deine Lehrer benachrichtigt. Ich habe ihnen gesagt, dass du ein wenig kränkelst, es gehe dir nicht so gut und dass du erst mal bei mir bleiben würdest. So werden sie nicht auf die Idee kommen, bei deinem Vater anzurufen." Voller Begeisterung sprang ich auf und wollte ihm schon danken. Aber er unterbrach mein Vorhaben. „Warte, das war noch nicht alles. Ich habe mir einen Rasierapparat besorgt und mit dem schneiden wir jetzt sofort deine wilde Frisur, damit du wieder wie ein Mensch aussiehst. Um den Ärger zu Hause zu vermeiden, erzählen wir deinem Vater und Gladys, dass ich dir deine Haare zur Strafe, weil sie zu lang und ungepflegt waren, abgeschnitten habe." Ich konnte mein Glück kaum fassen. Tausend Mal, auf Knien, bedankte ich mich herzlich bei ihm. „Ist ja schon gut und jetzt nimm das Taschentuch ab und setze dich hierher." Er begann meine Haare zu schneiden, bis der Schaden fast behoben war. Nachdem er dies erledigt hatte, sagte er dann noch: „So, jetzt holst du dir einen Besen, räumst hier ein wenig auf und dann holen wir dir aus der Kantine etwas zu essen." So froh wie in diesem Moment war ich in den letzten Tagen schon lange nicht mehr gewesen. Er war einfach meine Rettung. Mit einer neuen, pfiffigen Frisur hatte ich blitzschnell sauber gemacht und anschließend mir aus der Kantine ein paar Sandwiches und Eis für meinen Knöchel geholt. Nach dem gemeinsamen Mahl meinte Mr. Ukwuaba anschließend: „Und damit du heute nicht umsonst zur Schule gekommen bist, machen wir jetzt ein wenig technisches Zeichnen."

Meine guten Noten lassen nach

Dieser Tag sollte noch ein schönes Ende nehmen. Ein Tag, welcher so düster und in Ungewissheit angefangen war. Er verlief ziemlich ruhig. Mister Ukwuaba und ich arbeiteten einiges an Stoff durch, dies half mir enorm. So konnte ich doch noch etwas vom Tagespensum mitnehmen, ohne alles verpasst zu haben. Kurz vor Schulschluss hatte ich noch eine kurze Begegnung mit Omesiri. Ich erzählte ihr aber nichts von der ganzen Geschichte. Überhaupt wusste sie nichts von den Verhältnissen, in denen ich lebte. Auch Celestine schaute in der Pause vorbei. Wir amüsierten uns prächtig. Er verstand es, mich von all meinen Sorgen abzulenken. Auf der Nachhausefahrt sprachen wir noch ausführlich über das Thema, welches mein Leben so prägte. Ich trug seine klugen Wörter stets in meinem Inneren. „Mein Freund, wenn es mit dir so weitergeht, kann ich nicht einfach so tun, als würde mich das Ganze nicht interessieren. Du könntest eine Weile bei uns wohnen, meine Eltern hätten bestimmt nichts dagegen." „Meine aber", fügte ich hinzu, „mein Vater würde niemals zugeben ein unlösbares Problem in seinem Hause zu haben, wobei alle die Lösung des Problems erkannt haben und nur er der derjenige war, der noch die Augen davor verschloss." Celestine gab nicht auf: „Lass mich wenigstens mit ihnen reden, dann sehen wir weiter." Er sollte sich als treuer Freund erweisen. Als ich seinen Wagen an dem Tag verließ, wusste ich, ich würde immer in seiner Schuld stehen. Auf dem Heimweg bereitete ich mich auf das, was mich zu Hause erwartete, vor. Gladys' Empörung, meiner Haare wegen, brauche ich gar nicht zu erwähnen.

Die Schwellung an meinem Fuß ging nach einigen Tagen langsam wieder zurück. Ich hatte schon das Schlimmste befürchtet. Zu meinem Glück handelte es sich nur um eine Prellung. Ich erinnere mich noch an Gladys' Sprüche, jedes Mal, wenn ich an ihr vorbeihumpelte. „So was passiert nur Dieben und dummen dazu, dass sie sich noch mit einem Fuß erwischen ließen." Ich versuchte, ihre Beleidigungen einfach zu ignorieren.

Die Prüfungszeit stand wieder vor der Tür und ich hatte für meine Bücher und das Lernen einfach keinen Kopf. In den

Tests zuvor hatte ich gerade mal durchschnittliche Ergebnisse erreicht. In einigen Fächern, wie Mathematik, Chemie und Religion, erhielt ich trotz allem passable Werte. Es gelang mir, einen Platz unter den ersten zehn Schülern zu ergattern. Als aber schließlich die Endergebnisse vorlagen, hatte ich nur den 20. Platz gemacht. Es war natürlich eine herbe Enttäuschung. „Egal, wer sollte es denn unter den gegebenen Umständen auf die Eins schaffen?", sagte ich mir und versuchte mir selbst gut zuzureden. Alle diejenigen, die unter die ersten zehn kamen, wohnten nicht zu Hause, sondern besuchten das Internat unserer Schule. Als ich nach Hause kam und mein Vater das Zeugnis sah, sagte er einfach: „Du weißt, dass du es besser kannst, zeige es mir das nächste Mal." Nneka und Ndidi bekamen an diesem Tag auch ihre Resultate. Nneka hatte ziemlich gut abgeschnitten, besonders in Mathematik und Erdkunde. Ndidi dagegen war einfach schlecht. Dies war sie aber schon immer gewesen. Mein Vater schimpfte andauernd mit ihr. Sie war eine, die nie ein Buch in die Hand nahm, geschweige denn, dass sie eines las. Sie machte nie ihre Hausaufgaben und in der Klasse nahm sie meistens nicht am Unterricht teil. Viele Lehrer hatten sich schon zu Hause bei meinem Vater über sie beschwert, was aber zu nichts führte. Er war es leid, immer mit ihr zu reden. Er beschimpfte sie nur. „Geh mir aus den Augen. Ich will dich heute nicht mehr sehen." Ndidi lief dann schnurstracks in die Arme ihrer Mutter, wo sie all das Lob erntete, das sie brauchte.

Gladys noch schlimmer

Das Leben in Bendel Estate verlief irgendwie anders. Ich glaube, mir fehlte die gewohnte Umgebung, meine Nachbarn und all die bekannten Gesichter, die ich all die Jahre täglich gesehen hatte. Alles war einfach anders, ohne Ausnahmen, auch das Leben im Haus selber. Das Haus strahlte etwas Unheimliches aus, welches mir nicht zusprach. Dessen Räume waren so dunkel und leblos, mit gespenstischem Dunst gefüllt. Egal zu welcher

Uhrzeit, dieser geisterhafte Nebel löste sich nie. Das Herunterfallen einer Nadel ertönte wie Blitz und Donner durch das gesamte Haus. Im alten Haus schmückten Bilder und Gemälde die Wände. In bunten Farben gestaltet, wirkten mein Zimmer und das meiner Schwestern immer freundlich und bewohnt. Hier dagegen blieben die Wände kahl. Nur der nackte Beton erwiderte, in seinem kaltem, trostlosen Dasein, die verzweifelten Blicke eines Kindes auf der Suche nach etwas Liebe und Zuwendung, auf der Suche nach Menschlichkeit und Leben, auf der Suche nach Kindheit.

Das Grundstück, welches sich über ein ziemlich großes Areal erstreckte, bestach ebenfalls durch diese gleiche Kälte. Im alten Haus hatte meine Mutter alle Pflanzen, Bäume und sogar den Rasen liebevoll angelegt und gepflegt, bevor sie ging. Hier hatte ich versucht, ein paar Vegetationen aus dem alten Garten einzupflanzen. Bäume und Zierbüsche transportierte ich in meiner freien Zeit in einer Schubkarre den ganzen Weg zum neuen Grundstück und gab mir die größte Mühe bei der Bepflanzung. Jeden Morgen, bevor ich das Haus zur Schule verließ, holte ich Wasser für die Blumen. Es bereitete mir immer sehr große Freude, sie wachsen und gedeihen zu sehen. Gladys nannte meine Bemühungen nur verschwendete Zeit. Sie sah es nie gern, wenn ich die Zeit, welche sie mir für sämtliche Hausarbeiten zur Verfügung stellte, dafür benutzte, um meine Pflanzen zu pflegen. Sie genoss es, mir immer mehr Aufgaben aufzutischen, welche ich in der Zeit vor und nach der Schule erledigen sollte. Trotz meiner Bemühungen immer sehr gründlich und fleißig zu sein, gab es für sie immer wieder einen Grund zu klagen, das hieß, wieder einen Grund, warum ich abends vor meinem Vater Rede und Antwort stehen musste. Ich stand immer regungslos dort, wie ein Angeklagter im Gerichtssaal, der auf das Urteil des Richters wartete, und hörte nur zu, wenn sie die Anklägerrolle übernahm und meine angeblichen Taten der Frechheit und Unverschämtheit meinem vor Wut und Ratlosigkeit kochenden Vater aufzählte. Das Strafmaß stand schon meist vor dieser ungerechten Verhandlung fest, Prügel und Essensentzug, mehr Hausarbeit und weniger Taschengeld für den Weg zur Schule, nur dass ich nie wusste, welches es von diesen sein könnte.

Papis Besessenheit

Was ist Besessenheit? Die meisten Menschen konnten in meinem Alter auf diese Frage keine Antwort geben, ich schon. Hätte jemand mir die Frage gestellt, so hätte ich vermutlich gesagt: „Es ist die Unfähigkeit eines oder mehrerer Menschen, das, was richtig ist, von dem Falschen zu unterscheiden, da er oder sie durch gewisse Sachen beziehungsweise durch Personen geblendet oder davon abgehalten wird. Die Person, im Falle meines Vaters wäre Gladys und die Sachen im Falle Gladys wären Geld, Hass und Habgier. In unzähligen Situationen, in denen es eigentlich glasklar hätte sein müssen, entschied er sich immer für das Falsche, gegen mich, für Gladys. Allerdings könnte man dann fragen: „Woher willst du wissen, was richtig oder was falsch ist?" Nun gut, hierauf hätte ich geantwortet: „Nicht alles, was glitzert, ist Gold und nicht alles, was wahr erscheint, ist wirklich die Wahrheit, in einigen Situationen, kann der Schein trügen. Im Falle des Falles muss man ganz tief in sich hineinhorchen und die Wahrheit wird sich einen offenbaren."

Mein Vater war besessen. Besessen von Gladys und in dieses Loch fiel er, von Tag zu Tag, immer tiefer hinein. Schlimm, dies waren sehr schlimme Zeiten für uns. Wir konnten seit Neustem noch nicht mal mehr zu ihm gehen, um ihn etwas zu fragen oder ihn um etwas zu bitten, ohne dass er erwiderte: „Was sagt eure Mutter Gladys dazu?" Er besaß allem Anschein nach keine eigene Meinung mehr. Alles sollte vorher mit ihr abgesprochen worden sein. Sie raubte ihm den Verstand. Ein Phänomen, welches ich mir nicht erklären konnte. In schulischer Hinsicht besaß sie keine besondere Bildung, sie hatte einen schlechten Charakter und, was noch am meisten den Ausschlag gab, sie war grottenhässlich als Frau. All dies schien ihm aber egal zu sein. Es störte ihn nicht die Bohne, obwohl er sonst so darauf achtete. Die am häufigsten gestellte Frage, die mir ständig durch den Kopf ging: „Wonach sollte man eine Frau fürs Leben auswählen, wenn nicht nach diesen Kriterien?" Es war und sollte mir ein Rätsel bleiben.

Ofure und Juliet

Gladys stammte aus einer großen Familie. Sie hatte sehr viele Geschwister, unter ihnen einen gewissen Friday. Ihr Bruder war fünf Jahre jünger als sie und hatte bisweilen im Norden Nigerias mit seiner Frau und deren beiden Töchtern, Ofure und Juliet, gelebt. Nach dem Verlust seines Arbeitsplatzes und einem bitteren Ausgang seiner Ehe zog er nach Warri. Da ihm auch hier die Jobsuche nicht so leicht fiel, entschied sich Gladys dafür, seine Kinder bei uns aufzunehmen. Ofure war genau so alt wie Ndidi und ihre jüngere Schwester, Juliet, zwei Jahre jünger. Mein Vater hatte dem nichts entgegenzusetzen und so stand ihrem Einzug nichts mehr im Wege. Für ihn völlig in Ordnung, für Nneka und mich bedeutete dies aber, dass wir noch mehr in die Ecke gedrängt würden. Jetzt waren wir ja in der Unterzahl. In den meisten Fällen durften wir nicht an demselben Tisch wie die anderen sitzen, und auch wenn wir uns im gleichen Raum aufhielten wie sie, sprachen sie immer ihre Stammessprache, Esan, welche wir nicht verstanden. Wir fühlten uns sehr unerwünscht, wie Oyibos, wie Fremde im eigenen Land, im eigenen Zuhause. Ich dachte sehr oft an die Situation im weit entfernten Südafrika, wo der Freiheitskämpfer und Mentor der meisten Schwarzen Afrikas, Doktor Nelson Mandela, gegen die Rassentrennung und die Unterdrückung von Minderheiten und benachteiligten Menschen kämpfte und dafür ins Gefängnis gehen musste. Durch Gladys und ihre Kinder lernten Nneka und ich, zum ersten Mal in unseren Leben, die Bedeutung des Wortes „Rassismus“ kennen. Jetzt wussten wir, was es bedeutete, ein Oyibo zu sein.

Ofure war ein Hitzkopf. Obwohl Nneka und ich älter waren als sie, besaß sie keinen Respekt vor uns. Sie behandelte uns wie Dreck, sehr zu Ndidis Freude. Während wir beide, täglich, all die Hausarbeit erledigten, saßen Ndidi, Ofure und Juliet einfach nur faul herum und verbrachten die ganze Zeit draußen, mit Ifeanyi, beim Spielen. Wenn ich dann meinen ganzen Mut zusammennahm und Gladys damit konfrontierte, sagte sie nur: „Du wagst es, mich anzusprechen und irgendwas zu bemängeln? Was glaubst du, wer du bist?“ Dies bedeutete, dass ich für den restlichen Tag draußen hinterm Haus verbringen musste oder ich durfte mich nicht mehr in der Küche blicken lassen, was automatisch das Ausbleiben meiner restlichen Mahlzeiten für den Tag nach sich zog. Obwohl ich in solchen Momenten, vor Hunger und Schmerz, nicht mehr klar denken konnte, freute ich mich auf die paar Stunden Ruhe ohne Gladys und die anderen. Heraus aus der Welt, voller Leid und Neid, wie ich sie kannte, hinein in eine der Ruhe und Harmonie.

Der Vorfall mit Ofure

Eines Tages, abends, nach dem Essen, saßen Ofure, Ndidi und Ifeanyi zusammen und spielten. Ich kam gerade aus der Küche und war froh endlich einen anstrengenden Tag geschafft zu haben. Ich ging an den dreien vorbei in Richtung meines Zimmers. Ifeanyi, der sich am Boden mit einem Stein beschäftigte, stand auf und warf diesen nach mir. Er traf mich am Kopf, es tat ziemlich weh. Voller Wut drehte ich mich um und rannte auf ihn zu. Ich packte ihn am Arm: „Wieso hast du das denn gemacht?", und gab ihm einen Klaps auf den Po. „So was macht man nicht", sagte ich. Ifeanyi, der dies nicht böswillig gemacht hatte, fing ganz laut an zu weinen und er tat mir leid, aber ich vertrat weiterhin die Ansicht, dass man so etwas einfach nicht macht. Immer noch beim Versuch ihn zu trösten, bemerkte ich nicht, dass Ofure plötzlich aufsprang und mir mit der Faust mitten ins Gesicht schlug. Vollkommen überrascht und perplex versuchte ich sie zu fassen, aber sie machte sich davon und verschwand in Gladys' Zimmer. Ich war fassungslos. Ich lief ihr hinterher und blieb im Zimmer stehen. Ofure hatte sich hinter Gladys gestellt und schrie wie am Spieß: „Anatol hat Ifeanyi geschlagen, Anatol hat Ifeanyi geschlagen, ich hab es gesehen." Ich schilderte Gladys die Situation, aber sie sagte einfach: „Das hat man davon, wenn man meinem Sohn was Böses will, hast du gut gemacht, Ofure." Gedemütigt und verärgert verließ ich das Zimmer und machte mich auf die Suche nach meinem Vater. Ich traf ihn im Wohnzimmer. „Sir, Ofure hat mir ins Gesicht geschlagen“, sagte ich. „Wieso?“, kam die energische Antwort. Ich schilderte nochmals die Geschichte, wie sie sich abgespielt hatte, aber schon kam meine Stiefmutter dazu, um Ofure und Ifeanyi zu verteidigen. „Chike, er lügt, die beiden haben nichts gemacht.“ „Was!“, schrie ich und deutete auf die Beule auf meinem Kopf. „Das war er nicht, Lügner. Chike, der Junge wird von Tag zu Tag schlimmer.“ Mein Vater warf einen bösen, ernsten Blick in meine Richtung. „Geh mir aus den Augen und lass dich heute Abend nicht mehr blicken.“ Ich hatte Glück, dass er sich mehr für den Boxkampf, der im Fernsehen lief, interessierte, als sich mit Gladys' „Wahrheit“ zu befassen. Ich rannte enttäuscht davon. So endete mein Abend. Sie hatte es wieder mal geschafft, mich als Lügner und Betrüger vor meinem Vater darzustellen. Sie machte mir sehr deutlich, sie werde in Zukunft solches Benehmen nicht mehr tolerieren. Obwohl Ifeanyi derjenige gewesen war, der das Ganze verursacht hatte, musste ich mich bei ihm entschuldigen. Ich konnte das alles nicht glauben. War es nicht mein Vater, der uns immer lehrte, das Alter zu respektieren. Einem älteren Menschen sollte man immer mit dem gebührenden Respekt entgegentreten. Komisch, in diesem Fall zählte es allem Anschein nach nicht. Verbittert verkroch ich mich in meinem Zimmer, vergewisserte mich, dass es keiner bemerkte, und schrieb:

Wieso ich? Wieso muss es ausgerechnet ich sein? Aber die Frage kann nur von dir selbst beantwortet werden und niemandem anders. Wäre es möglich? Wäre es nur möglich, diese Welt nach deinen Wünschen zu gestalten! Aber es funktioniert einfach nicht, sosehr du es dir auch wünschen magst. Du versuchst es, du weinst Tränen, nicht Tränen der Freude, sondern des Schmerzes und Leidens. Diese Welt wurde nicht für dich gemacht. Die schrecklichen Sachen werden weitergehen, bis du diese Welt verlässt.

A. c. e
1995

Die Vergewaltigung

Was würde der nächste Tag bringen? Wo würde ich sein? Würde ich überleben?

Mit diesen Fragen lernte ich mich in meiner Kindheit auseinanderzusetzen. Ich musste es lernen. Täte ich es nicht, hätte dies meinen sicheren Untergang bedeutet, da war ich mir verdammt sicher. Andere Kinder träumten von Geschenken oder Lob. Sie träumten davon, dass ihre Eltern sie in dem Alter als Erwachsene sehen würden, das hieß, die Eltern ließen sie ihre eigenen Erfahrungen machen, wobei die Meinung des Kindes im Vordergrund stand. Dies konnte ich alles nicht. In meinem Fall wäre es unvorstellbar gewesen. Ich fragte mich sehr oft, wie es dazu kommen konnte. Ich war mittlerweile 16, fast 17 und fühlte mich behandelt wie ein kleines Kind, das noch nicht einmal ohne Erlaubnis nach draußen gehen durfte. Am schlimmsten empfand ich das Gefühl zu wissen, dass mein Vater mich wie einen kleinen Jungen behandelte, der andauernd irgendetwas falsch machte, sodass er wieder schimpfen musste. Traurig, dabei hätte ich doch alles gemacht, um ihn stolz auf mich zu machen. Verzweifelt machte ich mich auf die Suche nach einer Lösung, es gab keine. „Wartet, oder doch? Gladys musste weg!" Mein Vorhaben sollte nach dem folgenden Vorfall noch schwieriger zu verwirklichen sein, als es jemals hätte sein können.

Es war ein Samstag, ich glaube, der 20. Juli, eine Woche nach meinem Geburtstag. Der Tag verlief bis dahin ziemlich ruhig. Wegen des Vorfalls mit Ofure und Ifeanyi redete Gladys nicht mit mir. Die ganze Situation war anscheinend eskaliert. Gladys machte mir sehr deutlich, dass die Sache noch ein Nachspiel haben würde, nur ich konnte mir nicht vorstellen, welches. In dieser Woche war ich besonders vorsichtig bei allem, was ich tat. „Würde sie mir wieder Essensverbot erteilen?", fragte ich mich, „oder bekomme ich wieder ein paar Schläge verpasst? Würde sie mir die Haare wieder abschneiden?"

An das alles hatte ich gedacht und mich darauf vorbereitet, mit dem, was aber kommen sollte, hatte selbst ich niemals gerechnet.

Zurück zu dem besagten Tag. Die anderen waren schon ins Bett gegangen. Kurz bevor ich mich auch schlafen legen wollte, fiel mir auf, dass Ifeanyi sein Lieblingsspielzeug, eine Puppe, auf dem Flur hatte liegen lassen. Der Kopf der Puppe fehlte. Ich erinnerte mich daran, dass er den ganzen Tag im Zimmer von Ndidi und Nneka mit der Puppe gespielt hatte. Ich entschied mich daraufhin ihn zu suchen, obwohl die beiden und Ofure schon im Zimmer schliefen. Ich tat dies mit dem Hintergedanken, es am nächsten Tag nicht machen zu müssen, da ich morgens immer genug zu tun bekam. Dieses sollte sich aber als fataler Fehler entpuppen. Ich machte mich also auf die Suche. Im Zimmer angekommen, suchte ich überall. Das Licht im Zimmer ließ ich absichtlich aus, um die drei nicht zu stören. Der Kopf blieb aber verschwunden. Nachdem ich in jeder erdenklichen Ecke des Zimmers nachgeschaut hatte, machte ich mich dann an die Betten. Ofures durchsuchte ich zuerst. Sie schlief auf einer Matratze, die auf dem Boden im Zimmer lag. Unter Nnekas Bett schaute ich dann als Nächstes. Dort war er auch nicht. Als ich dann schließlich die Suche aufgeben wollte, fand ich ihn unter Ndidis Bett. Ich war überglücklich. Auf den Knien kroch ich dann unter das Bett und griff nach ihm. In all der Zeit, bemerkte ich nicht, dass Ndidi mich beobachtete. Mit dem Kopf in der Hand zog ich mich wieder unter dem Bett hervor. Plötzlich fing eine im Zimmer ganz laut an zu schreien. Es war Ndidi. „HILFE!!!, MAMI, HILFE!!!“ Ich wusste gar nicht, was los war. „Vielleicht hatte sie gerade einen Albtraum gehabt“, dachte ich mir und versuchte sie zu beruhigen. Plötzlich hieß es dann „VERGEWALTIGER!!!“ Ofure war jetzt auch wach und läutete den nächsten Hilferuf ein: „Anatol will sie vergewaltigen, HILFE!!!“ Ich traute meine Ohren nicht und flüchtete aus dem Zimmer, schaffte es aber nicht mehr hinaus, weil Gladys schon in der Tür stand und mich zu Boden riss. Ohne mich zu befragen, fing sie an wahllos auf mich einzuschlagen. Sie packte mich am Hosenbund und zog mich aus dem Zimmer, ließ mich dann dort verstört in der Ecke liegen und eilte zurück in das Zimmer, um die besorgte Mutter zu spielen. „CHIKE!!! CHIKE!!!“, wie sie meinen Vater oft in solchen Situationen nannte, rief sie dann. In der Zwischenzeit erwachte auch er, der aus seinen Zimmer schoss, an mir vorbeisauste und wütend im Zimmer verschwand. „Was ist hier los?“, fragte er dann. Gladys, die noch nicht mal ihre Tochter befragt hatte, antwortete ihm.

„Dein verdammter Sohn hat versucht, mein kleines Mädchen zu vergewaltigen." „WAS?", schrie er dann. Das konnte doch alles nicht wahr sein. Ich wollte doch nur diesen verdammten Puppenkopf finden. Ich fragte mich, ob dies alles von Gladys geplant wurde. Sie erwähnte doch am Tag zuvor, es würde noch ein Nachspiel geben. „NEIN!, NEIN!!!, NEIN!!!, ich habe doch gar nichts gemacht." Mit Müh' und Not versuchte ich mit meinem Vater zu kommunizieren, aber er hörte mir nicht zu. Nneka, die auch im Zimmer schlief, wurde von dem ganzen Geschrei wach und saß verwirrt auf ihrem Bett, die Situation spitzte sich zu und nahm dramatische Züge an. Alle hockten um Ndidi herum und redeten wirr durcheinander. Sie stellten ihr alle möglichen Fragen. „Wo hat er dich angefasst? Hat er dir wehgetan?" Ich weiß nicht, was Ndidi auf diese Fragen antwortete, aber als Gladys plötzlich aufsprang, mich am Hals packte und fast erwürgte, konnte ich mir vorstellen, was sie gesagt hatte. Nur das Eingreifen meines Vaters verhinderte noch Schlimmeres. Ich blieb draußen, nach Luft schnappend, im Flur auf einer Stelle stehen, so erstarrt wie ein Eiszapfen, der von der Decke einer Hölle nach unten ragte. Meine Hände rieben meinen schmerzbefallenen Hals an dem sich Gladys zuschaffen gemacht hatte. Nneka schlich sich aus dem Chaos unbemerkt heraus, und als sie sicher war, dass keiner guckte, nahm sie meine Hand und sagte: „Das wird alles wieder gut, Gott ist für dich da." Ich wünschte es so sehr, dass sie recht behalten würde und sich die ganze Sache wieder aufklären ließe, dass Ndidi sich entschuldigen würde, dass Gladys und mein Vater nicht mehr so böse auf mich wären und mir die Schläge und Tritte erspart werden könnten, aber auf diese Illusion, wie sie mir damals erschien, musste ich umsonst warten. Nach einigen Minuten, die mir allerdings wie eine halbe Ewigkeit vorkamen, hatte sich die Situation ein wenig gelegt, nur Gladys wollte von ihrer Hysterie nicht ablassen. Sie schrie und fluchte hin und her, sah dabei aus wie eine wütende Hyäne, die ihr armes Opfer umkreiste und dabei noch dieses fiese Lachen von sich gab. Nachdem sie mich dann nach draußen beordert hatte, ging sie mit Ndidi und Ofure in ihr Zimmer und schloss die Tür hinter sich ab. Zurück blieb Nneka, die sich, nachdem sie mich nach draußen begleitet hatte, wieder in ihr Bett legte. Manchmal, wenn ich heute auf diese Zeit zurückblicke, denke ich an das, was uns widerfahren ist, und muss feststellen, dass dies alles Nneka viel mehr belastete, als ich damals wahrgenommen hatte. Sie nahm alles zur Kenntnis und verzog dabei keine Miene. Sie war stark, stark im Glauben, dass das Gute irgendwann die Oberhand gewinnen würde, dass wir zu guter Letzt wieder frei leben könnten ohne Angst oder Furcht vor dem Morgen. Sie war meine geheime Kraft, meine Quelle, mein Licht in der Dunkelheit …

Die Lichter in Gladys' Zimmer erloschen, aber in der Ferne hörte ich noch ein kurzes Auflachen, ich glaube, es war Ndidi. In dem Augenblick ging mir ein Licht auf. Ndidi hatte dies alles geplant. Wie abgrundtief böse musste ein Mensch sein, um so was einem anderen antun zu können? Dort saß ich, draußen in der Finsternis, und etliche Fragen strömten durch meinen Schädel. Mein Vater, der die ganze Zeit im Zimmer der Mädchen saß, den Kopf zwischen seine Händen gesenkt, sodass man sein Gesicht nicht sehen konnte, begab sich zu mir nach draußen und sagte „Was soll ich bloß mit dir machen?" Ich gab keinen Laut von mir. Er fragte nochmals: „Anatol Chukwunweike Ezra Egbuna, sag mir, was ich mit dir machen soll?" In dem Moment sammelte ich all meinen Mut und antwortete: „Sir, ich habe Ndidi nicht angerührt." Ich erzählte ihm von dem Puppenkopf, den ich immer noch in den Händen hielt, und beteuerte nochmals meine Unschuld. Weitere Schläge gab es an diesem Abend nicht mehr. „Glaubt er mir?", fragte ich mich andauernd, als er mich verließ und ins Haus zurückkehrte, ich wusste es nicht. Als ich aber dann am nächsten Tag Pastor Arawo, dem Kirchenoberhaupt unserer Gemeinde, einen Besuch abstatten sollte, wusste ich, dass er mir keinen Glauben schenkte.

Pastor Arawo war eine besondere Persönlichkeit. So hatte ich ihn auf jeden Fall bis zu dem besagten Tag gesehen. Wie jemanden, den man in Zeiten der Not hätte konsultieren können. Wie einen Menschen, dem man fast alles hätte anvertrauen können, auch die Wahrheit. Wie eine Person, die mir hätte helfen können, aus dieser verzweifelten Lage herauszufinden. Ich sah in ihm einen gottesfürchtigen Mann, der alles in die Wege leiten würde, um einem seiner Mitmenschen das Leben zu erleichtern, ob er dies auch bei mir schaffen könnte? Ich hoffte es. Der nächste Tag kam schnell. Das Treffen mit ihm war ungewöhnlich. Wir trafen uns in einem Raum hinter dem Altar der Kirche. Er kam ins Zimmer und setzte sich auf einen Hocker, der in einer Ecke des Zimmers stand. Ich durfte den Raum erst betreten, nachdem er ein paar Silben geflüstert und sich auf den Hocker platziert hatte. „Stell dich dorthin“, sagte er, als ich den Raum betrat. Der Raum besaß sehr hohe Wände mit jeweils einem Fenster. An diesem Tag war es schon Abend und das Licht der untergehenden Sonne strahlte hinein, wo es sich mittig im Zimmer traf. Nachdem ich meinen Namen und den Namen meines Vaters gesagt hatte, sollte ich mich direkt im Lichtstrahl auf dem Boden hinknien. Ich tat es. Dann fing er an, mich zu belehren. „Weißt du, was eine Stiefschwester ist?“, fing er an. „Weißt du auch, dass vor Gott eine Stiefschwester das Gleiche wie eine Schwester ist und dass jede Art von körperlichem Kontakt zu einem Verwandten im Christentum verboten ist?“ „Das kann alles doch nicht wirklich passieren“, dachte ich mir. Ich konnte meinen Ohren nicht glauben. Ich hatte gehofft, er würde mir dabei helfen, die Wahrheit ans Licht zu bringen, stattdessen hatte er schon, ohne ein Wort von mir gehört zu haben, sein Urteil gefällt. Bitter, es war bitter für mich. Ich wurde wieder mal beschuldigt. Das Ganze ging so noch lange weiter. Die ganze Prozedur dauerte stundenlang. Währenddessen, das heißt vom Anfang bis zum Ende, befand ich mich auf Knien. Mittlerweile konnte ich meine Knie auf dem harten Betonboden nicht mehr spüren. Es stellte sich heraus, dass er ein Geständnis von mir hören wollte. Ich hatte doch gar nichts gemacht, noch nicht mal daran gedacht, also was sollte ich zugeben? Die Situation verschärfte sich dann, als er meine Antwort hörte. „Sir, ich bin unschuldig, unschuldig vor Ihnen und vor Gott.“ Er verbot mir den Namen Gottes in den Mund zu nehmen. „Gott schätzt es nicht, wenn du lügst, und wenn du so weitermachst, bleibst du die ganze Nacht hier!“ Jetzt schon mit Tränen in den Augen, beteuerte ich meine Unschuld. Die Tränen liefen meine Wangen hinunter und fielen auf den Boden vor mir. Nach einer gewissen Zeit gab er auf, aber bevor er den Raum verließ, gab er mir noch ein paar Wörter mit auf den Weg nach Hause. „Vergiss niemals“, fing er an, „ein Sünder, der sich zu seinen Sünden nicht bekennt, kann niemals das Reich Gottes betreten oder von ihm Gnade erhalten.“ Dann war er weg. Ich hatte es überstanden. Stolz darauf, dass ich die Tat nicht gestanden hatte, verließ ich den Raum und machte mich auf den Weg nach Hause. Was der ehrwürdige Pastor meinem Vater erzählte, vermag ich nicht zu wissen, aber nach seiner Reaktion zu urteilen, war es die Wahrheit, meine Wahrheit …

Das Abschließen ihrer Zimmertür und die der Mädchen war nicht das Einzige, was Gladys unternahm, um mich zu demütigen und der Welt und meinem Vater zu zeigen, dass sie nicht die Ansicht des Pastors teilte. Alle zogen zu ihr ins Zimmer außer Nneka und trugen nun doppelte Unterwäsche. Ich fand dies alles krank, krank, weil sie alle, genauso wie ich, wussten, dass gar nichts vorgefallen war, aber sie ließen nichts aus, um meinen Vater von meiner Schuld zu überzeugen. Dazu kam, dass ich nachts mein Zimmer nicht verlassen durfte, noch nicht mal, um auf die Toilette zu gehen. So passierte es, dass ich nachts sehr oft wach wurde, weil ich wieder mal musste, es aber nicht durfte. Eines Tages, als ich dann von der Schule zurückkam und niemand zu Hause war, versteckte ich eine Flasche unter meinem Bett, in die ich dann urinierte, wenn es nachts gar nicht mehr ging.

Nneka, die Hexe?

Gladys' Frechheit und Dreistigkeit nahmen jetzt von Tag zu Tag zu. Sie hatte es immerhin geschafft, mich vor der ganzen Verwandtschaft und der Gemeinde als Vergewaltiger dazustellen. Sie erzählte es jeder erdenklichen Person. Ob auf den Weg zum Markt oder in ihrem Restaurant, sie sagte es einfach jedem. Dies reichte ihr aber anscheinend alles nicht, da war immerhin noch ein Kind dieser Saat, Nneka. Jetzt sollte sie daran glauben.

Wie ich zuvor schon mal erwähnte, war Nneka ein sehr unauffälliges Kind. Sie nahm jede erdenkliche Qual auf sich, ohne ein Wort zu äußern. Ab und zu, wenn sie einen Schlag von Gladys bekam, kam noch nicht mal in so einer Situation ein Laut über ihre Lippen. In solchen Augenblicken herrschte eine so unheimliche Stille im Raum, dass Gladys vor Wut noch mal zuschlug, ohne Erfolg. Auch bei der Hausarbeit war Nneka superfleißig. Während ich mich vor Wut und Ärger nicht mehr beherrschen konnte, bewahrte sie immer die Contenance und beendete die Aufgabe nahezu in Perfektion, sodass sogar Gladys Mühe hatte, etwas zum Meckern zu finden. „Hexe", hieß es dann von Gladys' Seite. „Du bist einfach eine Hexe, nur Hexen benehmen sich so", sagte sie. Bei solchen Sprüchen trat ein Schmunzeln in Nnekas Gesicht, und wenn wir mal alleine waren, versuchte sie mich immer zu beruhigen. Obwohl sie zwei Jahre jünger war, gab sie mir Kraft, Kraft, um das Ganze zu überstehen. Für mich war sie ein Bote, ein Bote des Allmächtigen, gesandt, um mich auf meinem schwierigen Weg zu begleiten und zu beschützen. Dies gelang ihr sehr gut. In den meisten aussichtslosen Situationen, in denen ich mich von Tag zu Tag befand, gönnte ich mir immer eine ruhige Minute, um an Nnekas Worte zu denken, und plötzlich fühlte ich mich besser. Gladys' sogenannte Hexe war mein Engel. Zwischen diesen beiden besteht manchmal keinen Unterschied. Es liegt meistens nur im Auge des Betrachters.

Die merkwürdige Kirche

Die Diskrepanzen zwischen meinem Vater und Nneka waren im Vergleich zu denen zwischen mir und ihm unwesentlich, dafür gab es aber viel Stress mit Gladys. Dies lag bestimmt daran, dass ich ein Junge war und in Abwesenheit meines Vaters nach afrikanischer Tradition als Familienoberhaupt galt. Dieses Privileg wollte Gladys mit aller Macht an ihren Sohn Ifeanyi weitergeben. Er wäre dann nicht nur Oberhaupt, sondern auch Erbe meines Vaters. Gladys' Versuche, uns bei meinem Vater zu diskreditieren, reichten in alle Richtungen. Dies führte dazu, dass wir sie eines Sonntags wieder mal in eine geheimnisvolle Kirche begleiten mussten.

„GODISM", so nannten die Anhänger ihre Kirche. Was ich mitbekam, vertraten die Mitglieder dieser Kirche die Ansicht, dass Jesus nicht existierte. Demzufolge glaubten sie auch nicht an ihn. Sie glaubten an die heiligen Zwei, den Vater und den Heiligen Geist, seinen Vertreter auf Erden. Während der Predigt erwähnten sie deshalb niemals den Namen Jesus. Dies war für uns sehr ungewöhnlich, da wir in einer protestantischen Kirche aufwuchsen, mit der Lehre Jesu Christi. Jedes Gebet endete mit seinem Namen, hier aber nicht. Es war sehr verwirrend, und als wir zwischen den Hunderten von Menschen saßen, versuchten wir so gut wie nur möglich uns vor diesem Bösen, wie wir, Nneka und ich, es empfanden, nicht in Besitz nehmen zu lassen. Plötzlich packte uns eine Hand!!! „Ich habe eine Vision, eine Vision, in der uns der Herr Jehova Engel in der Gestalt von zwei Menschen hinunterschicken wird. Ihr seid es!", sagte die Pastorin und führte uns sanft zum Altar. Gladys, die neben mir saß, versuchte sie davon zu überzeugen, dass ihr ein Fehler unterlaufen sein musste, aber die Pastorin ließ sich nicht beirren. Sie schaute in Gladys' Richtung und sagte: „Die Zeit des Leidens für dich naht, wenn du dich zu deinen Sünden nicht bekennst und dich änderst." Ich konnte meinen Ohren nicht glauben. Hatte sie das gerade wirklich gesagt? Mein Puls stieg in die Höhe, als sie uns der Gemeinde vorstellte und wir ihren Segen entgegennahmen. Es war eine Erfolgsmeldung für uns. Wir bekamen die Bestätigung von einer fremden Person, dass das Böse in Gladys sein Unwesen trieb und dass sie bald für ihre Schandtaten zur Rechenschaft gezogen werden würde. Der Gottesdienst ging noch ein paar Stunden, während dessen wir Ehrenplätze, an der Seite der Pastorin, bekamen. Gladys war vor lauter Scham und Wut in der Menge vor uns untergegangen. Ich konnte sie gar nicht mehr sehen. Sie hatte die Kirche heimlich verlassen. Sie nahm Ndidi und Ifeanyi und war nach Hause zurückgekehrt. Der Gottesdienst näherte sich seinem Ende, aber kurz bevor sich die Gemeindemitglieder erhoben, um das Abschlussgebet zu sprechen, wandte sich die Pastorin nochmals an uns und sprach: „Ihr seid gute Kinder, Kinder, die sehr viel Leid gesehen und gespürt haben, aber der Herr hat euch nicht vergessen oder übersehen. Er ist bei euch, immer an eurer Seite. Er wird euch aus den dunkelsten Nächten zurück ins Licht führen, seid nur geduldig." „Oh gnädige Frau", sagte ich, „begleiten Sie uns nach Hause uns sagen Sie dies auch unseren Vater." „Der Herr hat einen anderen Plan", antwortete sie. „Ich kann euch leider nicht begleiten. Gott hat diesen Weg für euch erwählt. Seine Wege sind für uns manchmal unverständlich, aber sie sind immer die richtigen. Nun geht, macht euch auf den Weg und er wird mit euch sein." Wir verließen die Kirche, betrübt, aber gestärkt in unserem Inneren durch ihre Worte und kehrten zu Fuß zurück nach Hause.

Zu Hause angekommen, zerrte Gladys uns beide in die Küche und sagte: „Gnade euch Gott, wenn ein Wort darüber euren Vater erreicht, dann bringe ich euch beide um.“ Sie klang sehr ernst und ich glaubte ihr. Wir erzählten unserem Vater kein einziges Wort von alldem, was an diesem Sonntag geschehen war, und behielten alles für uns, bis heute. Alles, was uns blieb, waren die tröstenden Wörter der Pastorin. So hofften wir von Tag zu Tag, dass sie sich eines Tages bewahrheiten würden und endlich der Tag kommen würde, an dem Gladys' letzte Stunde gekommen war und sie für all das bezahlen würde, für alle ihre Schändungen uns gegenüber büßen sollte, aber er kam und kam nicht. „Heute ist der Tag, nein, morgen, wann wird er kommen? Gott, wann?“ „Er wird kommen“, antwortete eine Stimme in unserem Inneren.

Ebeles erster Freund, Onome

Und so lebten wir weiter mit der Hoffnung, die wie ein helles Licht in unserem Herzen aufleuchtete. Wir trugen sie mit uns, wo auch immer wir uns befanden, sie war fester Bestandteil unseres Alltags geworden. In den dunkeln, düsteren und einsamen Nächten, sie war da. In jenen Momenten, als alles uns aussichtslos erschien, sie war präsent. An den Tagen, an denen wir uns nach dem Tagesende sehnten, war sie dort und ließ uns nicht im Stich. Diese Worte der Pastorin hatten in unserem Herzen Wunder bewirkt. Sie hatten diesen unbesiegbaren Berg bezwungen. Ja, wir hatten diesen Berg bezwungen und standen nun an der Spitze.

Tage vergingen, Wochen.

Ebele war zu Besuch. Nach einigen Wochen war dieses das erste Treffen seit Langem. Jedes Mal, wenn sie uns verließ, brach mein Herz. Sie war nun 19 Jahre alt und zu einem sehr attraktiven jungen Mädchen herangewachsen. Es erfüllte mich mit großem Stolz, ihr Bruder zu sein. Jeder Junge in Warri City redete über ein bildschönes Mädchen mit hellbrauner Hautfarbe und wunderschönen Augen. Sie redeten alle über meine Ebele. „Kennst du dieses wunderhübschen Mischlingsmädchen? Die, die auf die Universität in Benin City geht?“, fragten sie sich alle untereinander und ich war fast immer zur Stelle, um diese Frage zu beantworten: „Ja, sie ist meine Schwester.“ Einige von ihnen lachten mich aus und sagten: „Ne, das kann nicht sein.“ Andere versuchten über mich an sie heranzukommen. Bei den meisten blieb dies aber ohne den erhofften Erfolg. Alle, bis auf den einen, einen Jungen namens Onome Edewor, dem ich eines Tages begegnete. Ein sehr großer, gut gebauter junger Mann. Ich glaube, er war 22 Jahre alt und studierte auch in Benin.

Es geschah eines Abends, als ich Kerosin für Gladys besorgen sollte. Es war schon ziemlich spät am Tag und der Kanister mit dem Kerosin drückte jeden meiner Schritte tiefer in dem vom Regen aufgeweichten Boden, als ich versuchte das Gewicht zu balancieren, eine ungeheure Last trug ich da auf dem Kopf. Ich musste eine lange Strecke zurücklegen, um es besorgen zu können. An den gewohnten Tankstellen bekam ich zu dieser Stunde keines mehr. Endlich, nach stundenlanger Suche, konnte ich an einem kleinen Kiosk im Enehren Village, etwas von dem kostbaren Zeug besorgen, aber leider zu einem viel zu hohen Preis. „Frechheit“, schimpfte ich, „wie kann es sein, dass Kerosin bei Ihnen so teuer ist?“, fragte ich, ziemlich aufgebracht, den Verkäufer. Er grinste einfach und warf mir die Wörter „Kauf oder verschwinde“ entgegen. Mir blieb keine andere Wahl. Ich musste das Kerosin von diesem Ekelpaket kaufen. Ich gab ihm Geld, so viel, wie er gefordert hatte, das Geld für den Bus zurück legte ich noch mit drauf. Ich zog mein Hemd aus, rollte es zu einem Bündel zusammen, legte es auf den Kopf und ließ mir den 30-Liter-Kanister von ihm auf meinen Kopf platzieren. Dann marschierte ich los. Die Straßen waren ziemlich dunkel, N. E. P. A. hatte wieder mal den Strom abgestellt. Zehn Minuten, 15, 20, 30, 60 vergingen und ich befand mich immer noch auf dem Heimweg. Als ich dann gerade von der Hauptstraße ins Bendel Estate einkehren wollte, erblickte ich die schlechten Straßen, im Scheinwerferlicht, vor mir. Es fuhr ein Wagen an mir vorbei. Er war mir aufgefallen. Ein ziemlich teurer und luxuriöser Wagen. Ich glaube, es war ein deutsches Fabrikat, ein Mercedes. Plötzlich hielt er an und setzte wieder zurück, blieb neben mir stehen. Die hintere Tür ging auf und ich hörte meinen Namen. „Anatol“, rief eine Stimme aus dem Inneren des

Wagens. Ich wunderte mich, dass eine Person, die in so einem Wagen saß, meinen Namen kannte. Ich blieb skeptisch stehen, als ein junger Mann aus dem Wagen stieg. „Du kennst mich nicht“, fing er an. „Ich heiße Onome, Onome Edewor.“ Dieses war meine erste Begegnung mit dem zukünftigen Freund meiner Schwester Ebele. Der Edeworklan war eine sehr mächtige Familie, nicht nur in Warri und Umgebung, sondern in ganz Nigeria. Sein Vater, Chief Peter Edewor, war ein sehr reicher Industrieller, der mehrere Hektar Land, viele Industrie- und Häuserkomplexe besaß. „Was kann ich für dich tun?“, fragte ich ihn höflich, den Kerosinkanister noch auf dem Kopf. Er half mir erst mal, mich dieser Last zu entledigen. „Setzen wir uns doch in den Wagen.“ Ich konnte mir schon denken, wohin dies alles fuhren sollte. Ebele. Im Laufe des Gesprächs stellte sich heraus, dass ich recht hatte. Was mich aber beeindruckte, war die Art und Weise, wie er über sie redete. Diese war anders als alle anderen vor ihm, die versuchten an Ebele durch eine Freundschaft mit mir heranzukommen. Ich hörte ihm aufmerksam zu, und als er schließlich fertig war, sagte ich: „Es tut mir leid, dass ich jetzt nicht länger bleiben kann. Ich werde Ebele von dir berichten.“ Ich erklärte ihm, in welcher Lage ich mich gerade befand, und dazu noch einiges von Gladys. Onome schenkte mir seine ganze Aufmerksamkeit. „John“, rief er seinem Fahrer zu. „Nimm den Kanister und stell ihn in den Kofferraum. Wir fahren Anatol nach Hause.“ „Yes Sir“, kam die Antwort des Fahrers, der aus dem Wagen sprang, den Kanister schnappte und ihn im Stauraum des Wagens verschwinden ließ. Wir rasten davon. Auf dem Weg, kurz vor unserem Grundstück, holte Onome seine Brieftasche hervor und gab mir 1000 Naira, fügte aber hinzu: „Dies ist nicht dafür gedacht, dich zu kaufen, sondern viel mehr dafür, dass du in deiner schwierigen Situation trotzdem Zeit fandest und mir zugehört hast. Danke.“ Sein Charme und Charakter beeindruckten mich zutiefst. Als wir dann ankamen, bat ich ihn, mich kurz vor dem Nachbarhaus herauszulassen, sodass Gladys nichts mitbekam. Dies tat er. Ich stieg aus dem Wagen, ließ mir den Kanister von John wieder auf den Kopf setzen, das Geld versteckte ich in meiner Unterhose und begab mich wieder in die Höhle des Löwen.

Gladys' Intrige

„Wo bist du die ganze Zeit gewesen!!!? Du Taugenichts!" Gladys' Geschrei hörte man durch die Wände unseres Hauses hindurch, bis zum Nachbarn. Sie schrie mir entgegen, bevor ich überhaupt die Chance hatte das Haus zu betreten. In meiner Not erzählte ich ihr von den unverschämt teuren Kerosinpreisen, wodurch ich gezwungen worden war, mein Transportgeld zu opfern. Von Onome und den von ihm stammenden 1000 Naira erzählte ich dagegen nichts, nicht ein Wort. Bevor ich das Haus betrat, hatte ich diese sicher unter einem Steine im Garten versteckt. „Noch mehr Lügengeschichten?", fragte die jetzt schon vor Wut kochende Gladys. „Nein, Madam", erwiderte ich, „jedes einzelne Wort entspricht der ganzen Wahrheit." Damit sie mir Glauben schenkte, beschrieb ich ihr haargenau, wo ich das Kerosin besorgt hatte, den unfreundlichen Händler dazu. Nachdem ich ihr das alles in der Anwesenheit meines Vaters vorstotterte, konnte sie nichts mehr dazu äußern.

Der Abend näherte sich endlich seinem Ende, und als Gladys und die anderen in ihren Zimmern hinter verschlossen Türen verschwanden, fand ich nun die nötige Zeit, Ebele von ihrem großzügigen Verehrer zu berichten. Ich versuchte ihn ihr so gut wie möglich vorzustellen, in seiner netten und zuvorkommenden Art. Ebele, die zuerst einen ein wenig irritierten Eindruck machte, schien von diesem jungen Herren auch ein bisschen beeindruckt zu sein, und obwohl sie es sich nicht direkt anmerken ließ, erkannte ich schon eine gewisse Neugier in ihren Augen.

Die Ferien, für uns, gingen nun langsam zu Ende, Ebele aber sollte noch länger bei uns bleiben. Die Universitätsprofessoren hatten wieder mal zu einem Nationalstreik aufgerufen. Dies passierte mindestens einmal pro Studienjahr, was bedeutete, dass die Studenten für mehrere Wochen, manchmal gar Monate, zu Hause festsaßen. Hierdurch konnte sich die normale Zeit, welche für ein Studium geplant wurde, leicht verdoppeln, typisch für das nigerianische System. Die Regierung scherte sich einen Dreck um die Not leidende Bevölkerung. Sie war viel mehr mit der Bekämpfung und Zerschlagung von protestierenden Dorfbewohnern beschäftigt, die es wagten, gegen die von der Regierung praktizierte unverschämte und korrupte Ölpolitik ihre Stimme zu erheben. Manche Familien hatten jahrelang gespart, um eines ihrer Kinder auf die teueren Universitäten des Landes zu schicken. So blieben die Forderungen der Professoren lange ungehört. Natürlich kam es nach einer gewissen Zeit auch zu Unruhen auf dem Universitätsgelände, weil wütende Studenten sich diesem Kampf gegen die Unterdrückung und Ignoranz angeschlossen hatten. Diese sehr instabile und aufgeheizte Lage endete dann meist mit dem Tod unzähliger Studenten, Lehrer und einfacher Dorfbewohner.

In den Tagen nach meiner ersten Begegnung mit Onome hielt ich immer Ausschau nach einem silbernen Mercedes, jedes Mal, wenn ich das Haus verließ, um für Gladys Einkäufe zu tätigen. Einige Tage danach traf ich ihn wieder und erzählte ihm von meiner Unterhaltung mit Ebele. Er schien sehr erfreut über diese guten Neuigkeiten zu sein und fragte auch gleich, wo er sie mal treffen könne. „In Gladys' Restaurant", sagte ich. Jetzt wo Ebele länger bei uns war, verbrachte sie sehr viel Zeit im Restaurant. So passierte es dann, dass er einfach eines Tages dort erschien und sich nach ihr erkundigte. Gladys' Interesse an diesem jungen Mann war von Anfang an sehr groß. Die Familie Edewor war immerhin im ganzen Land bekannt. Sie witterte die einmalige Chance, aus der Beziehung Ebeles zu ihm Kapital zu schlagen. „Ich bin ihre Mutter", betonte sie immer ganz stolz. Obwohl Onome über ihre grässliche Art uns gegenüber Bescheid wusste, schenkte er ihr immer den Respekt, den ein Junge der Mutter seiner Freundin entgegenbringen würde, um zu vermeiden, dass es zwischen Gladys und Ebele zu Streitigkeiten kam, ein wahrer Gentleman. So konnten die beiden sich immer bei ihr im Restaurant treffen, ohne dass mein Vater davon Wind bekam. Gladys hatte er gut um den Finger gewickelt. Mit Geschenken und Versprechungen kaufte er ihre gierige Seele und sie bewahrte das Schweigen meinem Vater gegenüber.

Omesiris Geburtstag

Wieder einmal war es schließlich so weit. Die Schule hatte wieder angefangen und ich durfte die Liebe meines Lebens wiedersehen, ich durfte Omesiris liebliches Gesicht wieder erblicken. Es waren seit unserer letzten Begegnung sechs lange Wochen vergangen. Sechs lange Wochen, seitdem ich ihr nettes Lächeln zuletzt gesehen hatte. In dieser Zeit fehlte sie mir sehr, und als der Moment sich näherte, in dem ich sie endlich wiedersehen durfte, überkam mich eine beruhigende und angenehme Wärme. Ein wunderschönes Gefühl, welches ich nur in ihrer Anwesenheit spürte. Der Gong zur kleinen Pause kam zögernd. Als es endlich so weit war, ging ich auf sie zu, leichte Schweißperlen tropften von meiner Stirn vor Aufregung, als ich ihr meine Hand entgegenstreckte. Es war in Nigeria nicht gern gesehen, wenn Jugendliche Zärtlichkeiten in der Öffentlichkeit austauschten. So blieb es bei einem zärtlichen und zutiefst emotionalen Händedruck, gefolgt von minutenlangem Schweigen. Wir erzählten uns die Geschichten der vergangenen Sommerferien. Sie war zusammen mit ihrer Familie, einem jüngeren Bruder und zwei Schwestern, weggefahren. Die Zeit verging so schnell. „Schade", dachte ich nur, als der Gong zum Pausenschluss läutete. „Ich sehe dich in der nächsten Pause", sagte sie, als ich mich von ihr trennte. Ich ging in Richtung Klasse, drehte mich aber ein letztes Mal um, um nach ihr zu blicken. Im gleichen Moment hatte sie sich auch gedreht und unsere Blicke verschmolzen miteinander. In diesem Moment schien nichts anderes mehr zu existieren, nur sie und ich, in unserer Welt der Gefühle, in einer Welt der Liebe und Zuneigung. Als aber dann mein Mathematiklehrer plötzlich hinter mir stand, mussten wir uns aus unserer Umklammerung lösen.

Omesiri hatte in zwei Wochen Geburtstag und ich wollte ihr ein besonderes Geschenk machen. Von irgendwo musste ich unbedingt ein bisschen Geld herbekommen, um mein Vorhaben zu finanzieren. Es sollte ein Geschenk sein, welches sie nicht mehr vergessen könnte. Ich hatte ja schon von Onome die 1000 Naira bekommen, von denen aber nur noch ein Bruchteil übrig geblieben war. Von diesem Geld hatte ich mir bei jeder

Gelegenheit, die sich mir bot, etwas zu essen gekauft, jetzt blieb mir also nur die Hälfte. In der ersten Woche vor ihrem Geburtstag versuchte ich verzweifelt Geld aufzutreiben. Meine Versuche schlugen fehl. Onome zu kontaktieren war mein nächster Gedanke gewesen, aber es kam leider zu keinem Treffen zwischen uns. Kaum hatte die Woche angefangen, schon war sie vorbei und so blieben mir nur noch sieben Tage.

Das unglaubliche Geschenk Gottes

Am Mittwoch in der letzten Woche, als ich gerade meiner Hausarbeit nachging und das Wohnzimmer aufräumte, passierte Folgendes:

Ich hatte gerade den Flur gefegt und mit dem Wohnzimmer begonnen. Ich nahm mir ein Staubtuch und wischte die unzähligen Bücher meines Vaters ab. Die meisten von ihnen stammten noch aus seiner Zeit in Deutschland. Ich interessierte mich sehr für sie, für eines davon besonders. „Der Gelbe Stern", ein Buch über die Nazivergangenheit Deutschlands. Mein Vater hatte uns strikt verboten, in nur eines der Bücher hineinzuschauen. Dies hielt mich aber nicht davon ab, einen Blick hinein zu riskieren. Ich las über das Schicksal der Juden und deren Nachkommen. Unzählige Bilder von halb toten, verhungerten Menschen zierten die Seiten des Buches. Ich las von grausamen Taten der SS. Mich faszinierte die Entschlossenheit einiger Gefangener, trotz all dem Schmerz, Leid und Elend, trotz des Verlusts von vielen Angehörigen und Menschen, die ihnen nahestanden, trotzdem den Willen, in Freiheit zu leben, nie aufgaben und es schafften.

Ich blätterte also durch dieses furchterregende Buch, als ich etwas entdeckte. Es handelte sich um einen Briefumschlag, der hinten im Buch, zwischen den Seiten steckte. Verunsichert und mit einem Gefühl, beobachtet zu werden, blickte ich mich um, aber es war niemand zu sehen. Ich zog ihn hervor und warf einen Blick hinein. Im Inneren des Kuverts befand sich eine

Seite aus einer nigerianischen Tageszeitung, „The Gaurdian“. Diese Seite wurde benutzt, um etwas zu umwickeln. Es fühlte sich ein wenig weich an. Zögernd faltete ich es auf und es kamen lauter 100-Naira-Noten zum Vorschein. Ich traute meinen Augen nicht. Wessen Geld es wohl sei, fragte ich mich, und ob die Person es vergessen hatte? Nervös schaute ich mich um, ich war umgeben von Stille. Der erste Gedanke, der mir kam, war Omesiri. Ich konnte doch etwas davon entwenden und ein tolles Geschenk für sie kaufen. Die Sache war schnell entschieden. Ich nahm fünf Scheine aus dem Umschlag. Das waren weitere 500 Naira, welche ich zu meinen fünf addierte. So ergab sich eine tolle Summe, die für ein Supergeschenk genügte. Bevor ich den Umschlag wieder ins Buch legte, schaute ich noch aufs Datum der Zeitung, „5. Mai 1988“ stand im Zeitungskopf. Es handelte sich also um eine sehr alte Zeitung und wir besaßen, soweit ich wusste, nirgendwo im Haus noch solche alten Zeitungen. Mir kam der Gedanke, dass derjenige, der das Geld dort versteckt hatte, es über die Jahre vergessen hatte. So fiel es mir leichter, etwas davon herauszunehmen, aber mit dem Gedanken, es schnellst möglich wieder zurückzulegen, wenn ich es von meinem Transportgeld zusammengespart hatte. So stand dem Besorgen des Geschenks für meine Omesiri nur noch eines im Wege. Das Geld besitzen, war die eine Sache, losgehen und etwas Passendes suchen die andere, und da ich nirgends hingehen konnte, ohne dass Gladys es mitbekam, sollte sich das Besorgen des Geschenks zum nächsten Problem entwickeln. Ich dachte zuerst an Nneka. Aber dann realisierte ich, dass Ndidi sie immer begleitete. Würde diese davon Wind bekommen und herausfinden, dass ich das Geld entwendet hatte, würde dies einer Katastrophe für uns nahekommen. Es musste also eine andere Person infrage kommen. Ich durfte mir keinen Fehler erlauben und überlegte, wie ich es am besten machen konnte. Nach langem Grübeln fiel mir Celestine ein. Mir kam es zwar ein wenig komisch vor, meinen besten Freund in dieser Sache um Hilfe zu bitten, aber ich hatte einfach keine andere Wahl. Die Tage liefen mir davon und dies war die einzige Lösung. Als ich ihn in der Schule am nächsten Tag schließlich fragte, sagte er sofort zu, ohne zu zögern. Ein toller Freund. Er wusste genau, wie viel es mir bedeutete. Ich gab ihm also das Geld und beschrieb genau, was ich mir für sie vorstellte. „Eine oder zwei wunderschöne Karten, ein Bündel roter Rosen, ein Parfum und ein Kuscheltier." Das hatte ich im Sinn und so ging er und machte sich auf die Suche nach etwas Passendem. Am Freitag, als ich in der Schule ankam, wartete ich schon aufgeregt und sehr gespannt auf das, was er mir besorgen konnte. Ich hatte mir an diesem Morgen besondere Mühe bei der Hausarbeit gemacht, um einen unerwarteten Zwischenfall zu vermeiden. Endlich war es so weit. Celestine hatte die Sachen in einem großen Rucksack versteckt. Wir verließen den Trubel im Klassenzimmer und gingen in eine ruhige Ecke, wo uns niemand überraschen würde und ich das Kaufgut in Ruhe betrachten konnte. Celestine überreichte mir die Tasche und ich holte den Inhalt heraus. Trommelschläge und Applaus, ich war überwältigt. „Genau das, was ich mir für Omesiri vorgestellt hatte", sagte ich, als alles in Augenschein genommen war. Er hatte zwei Wunschkarten gekauft, eine in Rosa mit ein paar Rosen darauf, die andere war in Form eines Herzens. Ich schrieb alle meine Gefühle dort hinein und steckte sie wieder in den Briefumschlag. Unter den Sachen war auch ein Parfum von Ralph Lauren. Es roch einfach himmlisch. Sogar der Teddy entsprach meinen Wünschen. Er hatte meine Erwartungen bei Weitem übertroffen. Wir packten alles ein und setzten alles vorsichtig wieder in den Rucksack. „Vielen, vielen Dank, mein Freund, ich bin dir was schuldig", meine Dankbarkeit kannte keine Grenzen. „Ach, Anatol", erwiderte er, „es gibt nicht viele wie dich, ich habe dies sehr gern gemacht." Mein Tag war gerettet. Nun konnte ich meiner Geliebten voller Stolz entgegentreten. Jede Minute, die verstrich, dachte ich an sie, ob ihr die Sachen gefallen würden? Die erste Schulstunde verging schnell. Dann kam die kleine Pause. Sie dauerte nur 15 Minuten, und da ich dabei sein wollte, wenn sie die Sachen auspackte, wartete ich auf die große, hatte Omesiri aber schon vorbereitet. Sie hatte zwar erst am nächsten Tag Geburtstag, aber da es ein Samstag war und ich sie nicht sehen konnte, sollte sie mein Geschenk schon vorher bekommen.

Die lange Pause kam schnell. Mein Puls war hoch und mein Herz schlug einen Salto nach dem nächsten. Ich packte den Rucksack und machte mich auf den Weg in Richtung ihrer Klasse. Sie wartete schon auf mich und war sehr erfreut, mich zu sehen. Wir ließen uns Zeit. Langsam wurde die Klasse leer und bald waren wir für uns alleine. Der große Moment war gekommen und ich überreichte ihr die Tasche. Mit viel Gefühl und Emotionen öffnete sie diese und nahm zuerst die Karten heraus. Sie löste den Umschlag und las, dabei füllten sich ihre Augen mit Tränen. Ich war zutiefst gerührt. Mit noch mehr Gefühl und Dankbarkeit warf sie einen weiteren Blick auf die anderen Sachen im Rucksack und ein Lächeln streifte ihre wunderschönen, vollen Lippen. Uns blieb nicht mehr viel Zeit. Die Klasse wurde allmählich wieder voll. „Ich schaue mir die Sachen später noch genauer an", sagte sie, als sie im gleichen Moment meine Hand nahm und sie zärtlich streichelte. Die Schmetterlinge in meinem Bauch hatten sich anscheinend zum Sommerfest versammelt und feierten wild. Ich war verliebt und sie auch. Dies war ein Gefühl, das ich nicht beschreiben konnte. In der Lebenslage, in der ich zu dieser Zeit steckte, war dies einfach etwas Unglaubliches. Dieses Gefühl überwältigte mich, wir schwebten zusammen durch den endlosen dunkelblauen, von Sternen bedeckten Himmel. In den düsteren Momenten in meinem Leben gab Omesiri mir, ohne es zu wissen, ein Gefühl der tiefen Zuneigung und Zugehörigkeit. Sie gab mir eine Versicherung, dass das Leben auch etwas anderes für mich bereithielt, und obwohl sie nichts von meiner schwierigen Situation zu Hause wusste, konnte ich mir sicher sein, sie würde mich durch jede dieser schrecklichen Momente begleiten und ins Licht führen.

Der Diebstahl

Von dem Geld blieb nichts mehr übrig. Meine Absicht war es, das herausgenommene Geld so schnell wie möglich wieder zurückzuzahlen, bevor irgendjemand davon Wind bekam. Ich hoffte so sehr, die Person, welche das Geld dort versteckt hatte, möge es dort vergessen haben. Es kamen nur zwei Leute in Frage, Gladys oder mein Vater. Bei Gladys konnte ich mir aber nie im Leben vorstellen, dass sie so eine große Summe Geld einfach vergessen würde. Außerdem wusste ich genau, sie verschanzte ihr ganzes Vermögen nirgendwo anders als in den vier heiligen Wänden ihres Schlafzimmers. Die andere Variante, nämlich die mit meinem Vater, erschien mir viel wahrscheinlicher. Ich ging also davon aus, es sei sein Geld, da dieses aber in einer älteren Tageszeitung versteckt lag, stieg meine Hoffnung auf eine göttliche Fügung.

In den darauffolgenden Wochen versuchte ich verzweifelt, meine Schulden zusammenzusparen, aber vergeblich. Es gelang mir einfach nicht, da die Aussichten, mehr Geld von Gladys zu bekommen, gleich null waren. Viel wahrscheinlicher war es, dass sie mein tägliches Taschengeld kürzen würde als Strafe für ein wieder mal von mir begangenes Delikt. Es blieb ein aussichtsloses Unterfangen. Die Chancen standen schlecht und so schrieb ich es ab. An jedem Tag, der vorbeiging, verließ ich das Haus in der Hoffnung, dass das Verschwinden des Geldes unbemerkt bliebe, und kehrte mit einem noch schlechteren Gefühl nach Hause zurück. Wenn ich aber in der Schule auf Omesiris strahlendes Gesicht stieß, wusste ich, ich hatte all dies nicht umsonst getan.

Eines Nachts, als ich noch den Boden unserer Küche schrubbte und die anderen schon in ihrem Zimmer verschwanden, stieß ich auf die Lösung meines Problems. Mit dem Schwamm in der Hand, den Knien auf dem harten Beton und die Stirn voller Schweißperlen, sagte ich zu mir selbst: „Du, Anatol, bist schon als Vergewaltiger und als Lügner abgestempelt. Als Dieb und Betrüger bist du bezeichnet worden, obwohl du rein gar nichts gemacht hattest. Dir, Anatol, wurde schon so manches Schlechtes angedichtet, alle möglichen Vergehen dieser Welt, obwohl du immer mit reinem Herzen handelst. Warum gibst du ihnen nicht einfach recht und bist dieses eine Mal genau das, was sie behaupten, nämlich ein Dieb?“ Und so entschied ich mich, ihnen recht zu geben. Ich beschloss, einfach das ganze Geld verschwinden zu lassen. Mein Magen krümmte sich bei dem Gedanken, etwas zu stehlen, aber die Gründe, es doch zu tun, überzeugten mich und so nahm ich das restliche Geld an mich. Es erschien mir eher besser, die ganze Summe verschwinden zu lassen als nur einen Teil davon.

Es passierte also dann eines Morgens, nachdem ich schon Rede und Antwort bei Gladys im Zimmer gestanden hatte und sie mich in die Schule entließ. Ich versicherte mich, dass es keiner bemerken würde, machte einen schnellen Abstecher ans Regal, schnappte den Zeitungsumschlag, versteckte ihn in meinen Socken und verschwand aus dem Haus. „Was, wenn dies nur eine Falle war und du bist nun darauf reingefallen“, plagte mich den ganzen Marsch zur Schule mein Gewissen, aber die Gründe meines Handelns und der Moment für meinen ersten Diebstahl schienen perfekt.

Endlich in der Schule angekommen, setzte ich mich erst einmal aufs Klo und zählte die Scheine. Es befanden sich genau 2500 Naira in meinen Händen, eine Menge Geld. „Wohin damit jetzt?“ Zu Hause konnte ich es nicht verstecken, vor Angst, es könnte doch noch von jemandem entdeckt werden. Ich beschloss, es Celestine anzuvertrauen. Es erschien mir die beste Lösung. „Bei ihm ist es sicher aufgehoben.“ Sie hätten seine Augen sehen sollen, als ich ihm das ganze Geld in die Hand drückte. Fragend blickte er in meine Richtung: „Was zum Henker soll ich damit?“ Ich erklärte ihm meine knifflige Lage und wartete nun gespannt auf seine Reaktion. „Du bist mein bester Freund“, fing er an, „und ich sehe, dass es für dich keine andere Möglichkeit gibt, ich hätte an deiner Stelle genauso gehandelt. Ich bin sehr stolz darauf, dein Vertrauen zu haben, und werde gut auf das Geld aufpassen.“ Erleichtert und beruhigt, dass ich richtig gehandelt hatte, überließ ich es ihm und er nahm es mit nach Hause. Wenn ich mal etwas davon benötigte, brachte er es mir einfach mit. Diese Tage waren einfach genial und halfen mir über meine schwierige Zeit hinweg. An einigen davon suchten wir uns ein ruhiges Plätzchen und genossen dann in der Pause ein paar eiskalte Softdrinks zusammen.

Celestines Vater stirbt!!!

Celestine. Das Leben erschien mir wesentlich leichter mit ihm an meiner Seite. Über die Zeit war er mir so ans Herz gewachsen wie ein Bruder. Wir verstanden uns blind, und wenn wir die Schule freitags fürs Wochenende verließen oder wir uns in den Ferien nicht sahen, gab es beim Wiedertreffen immer massenhaft viel zu erzählen. Er war ein Freund, ein guter Freund.

Genau die Art von Freund, welche die meisten ein Leben lang suchten. Wenn er an gewissen Tagen schlecht drauf war, konnte er sich auf mich verlassen, ich baute ihn auf. Ging es mir mal wieder beschissen und drohte das Firmament auf mich herabzustürzen, so war er zur Stelle und wir verhinderten das Schlimmste zusammen. So traf es mich besonders schwer, als wir eines Schultags, während einer Mathematikstunde, die schreckliche Nachricht vom unerwarteten Tod seines Vaters erfuhren. Celestine brach neben mir zusammen. Es hieß, sein Vater sei während eines Tennismatches einfach umgekippt. Tot sei er gewesen, bevor man ihn ins Krankenhaus bringen konnte. Die Gerüchteküche brodelte. Die meisten munkelten, er sei verhext worden. Andere sahen die Ursache in der schwarzen Magie, jemand wolle ihn tot sehen. In Wirklichkeit hatte der arme Mann einen Herzinfarkt erlitten. Verstehen konnte ich dies allerdings nicht, er war doch erst 48 Jahre alt gewesen. Fürchterliche Angst und blankes Entsetzen breiteten sich in mir aus. Ich hatte Angst, Angst um Celestine. Unser gemeinsames Glück sollte nun abrupt enden. Mit ihm hatte ich einige der schönsten und aufregendsten Erlebnisse meiner Jugend, aber nun sollte uns noch etwas verbinden, leider nichts Gutes.

An diesem besagten Tag verließ er verstört die Schule und ich hörte erst wieder nach einer Woche von ihm. Er kam mich in der Schule besuchen. In der Woche zuvor blieben meine Gedanken und Gebete bei ihm. So sehr hatte ich mich nach einer Nachricht von ihm gesehnt. Nun freute ich mich natürlich riesig ihn zu sehen, aber ich bemerkte sofort, dass dieses Treffen nichts Gutes mit sich brachte. Er war gekommen, um mir etwas Schlimmes mitzuteilen.

„Anatol“, fing er an, nachdem wir uns umarmten. „Ich weiß nicht, ob ich noch in Warri bleiben werde. Es sieht so aus, als müsste ich, zusammen mit meiner Mutter und den beiden Schwestern, zurück nach Eku.“ Ich hatte schon das Schlimmste erwartet, aber dies wollte ich mir einfach nicht vorstellen: ein Leben ohne ihn!!! Eku war eine kleine Stadt, zwar auch in Delta State, aber schon mehrere Autostunden von Warri entfernt. Die Straßen dorthin waren in einem sehr schlechten Zustand und es wimmelte nur so von Banditen und Räubern. „Was!!!“, schrie ich auf, „das kann deine Mutter nicht machen.” „Es ist nicht ihre Entscheidung, sondern meine. Ich muss jetzt für sie und meine Schwestern da sein. Ich kann sie nicht im Stich lassen. Sie brauchen mich, ich muss einfach mitgehen." Wir verließen beide das Klassenzimmer und er drückte mir ein Kuvert mit den übrig gebliebenen Scheinen in die Hand. „Ich wollte dich aber noch vorher sehen." Tränen liefen seine Wangen hinunter, als er redete. „Es wird ohne dich nicht mehr dasselbe sein, dessen bin ich mir bewusst, aber dies ist meine Entscheidung, ich muss diesen Weg einschlagen, und zwar ohne dich an meiner Seite. Die Zeit ist gekommen, dass unsere Wege sich trennen, aber glaub mir, ich trage dich mit mir und hoffe auf ein baldiges Wiedersehen." Er drehte sich um und verschwand.

Dies sollte ein herber Rückschlag für mich sein, immerhin hatte ich nun etwas sehr Wichtiges verloren. Ich hatte einen guten Klassenkameraden verloren, aber vor allem meinen besten Freund.

Dieser Tag näherte sich nur schleppend seinem Ende. Während des Unterrichts, dem Blick auf seinen nun leeren Platz gerichtet, waren meine Gedanken stets bei meinem fortgegangenen Freund. In der Pause traf ich auf Omesiri und sie bemerkte sofort, dass etwas mit mir nicht stimmte. Ich erzählte ihr diese traurige Geschichte. Mit aller Mühe versuchte sie mich aufzubauen, aber ohne jeglichen Erfolg.

Die darauffolgenden Schultage ohne ihn waren für mich einfach eine Qual, etwas fehlte, Celestine fehlte. Seine Präsenz hatte auf mich immer wie ein Regentropfen gewirkt, der nach einer langen dürren Periode den trockenen, spröden Boden traf und diesen aufweichte. Er hatte das Leben in mir erweckt. Dies sollte aber nach dem besagten Tag nie mehr so sein. Omesiri wich zwar nie weit weg von meiner Seite, aber sie konnte diese Einsamkeit, diese leere Stelle einfach nicht auffüllen. Er und ich hatten einfach zu viel gemeinsam erlebt. Gemeinsam hatten wir die ersten Lebenserfahrungen gemacht, und obwohl wir uns nur knapp über ein Jahr gut verstanden hatten, hatte ich das Gefühl, ihn schon ein Leben lang zu kennen. Ach, das tat ich auch, mein Leben hatte schließlich erst begonnen, als ich ihn traf.

Mein Besuch

Meine Befürchtungen sollten sich bewahrheiten. Nach dem Tod seines Vaters war Celestine kaum noch wiederzuerkennen. Abgesehen von seiner spärlichen Anwesenheit in der Schule fehlte einfach jegliches Interesse am Lernen. Überhaupt, ihm fehlte die Lust auf einfach alles. Er tat mir so leid. Sein Lächeln, verschwunden. Seine Spontaneität, wie vom Winde verweht. Diese besondere Lebensfreude, welche meinen Freund so auszeichnete, einfach weg. Ich unternahm alles Erdenkliche, seine Lust am Leben wiederzubeleben, aber die Zeichen standen schlecht.

Manchmal, wenn er nach einer längeren Absenzphase wieder mal in der Schule erschien, ließ ich ein paar Stunden sausen, um mit meinem Freund ein wenig reden zu können. Unsere Gespräche taten ihm sichtlich gut, aber ich bemerkte den unaufhaltbaren Wandel, welcher sich seiner bemächtigte. „Du musst es einfach weiter versuchen", sagte Omesiri zu mir, als ich mit ihr über die Situation sprach. „Er braucht dich jetzt mehr als je zuvor." Wir waren uns beide einig und so entschied ich mich eines Tages, ihm zu Hause einen Besuch abzustatten. Dort hätten wir bestimmt mehr Zeit, über einiges zu reden. Natürlich musste ich dies unter einem Vorwand tun, da Gladys es mir nie erlauben würde. So verließ ich morgens das Haus in Richtung Schule, wie gewöhnlich, aber machte mich auf den Weg zu ihm nach Hause. Ich machte mir große Sorgen, irgendjemand könnte mich sehen, erkennen und es Gladys erzählen. „Egal", ich musste zu ihm. Ich nahm also die nächste Taxe und fuhr in Richtung Warri Klub. Als ich dann endlich vor dem Haus der Arotures, Nummer Sieben, Okunmaba Avenue, stand, schlug die Uhr schon acht. Ich sammelte all meinen Mut und klingelte. Es dauerte nicht lange und der Tageswächter eilte herbei und öffnete mir das Tor. „Wen suchst du, Oyibo?", fragte er mich. „Meinen Freund Celestine", erwiderte ich ihm. Sofort ließ er mich hinein und führte mich durch den riesigen Garten, welcher das Haus umgab, zum Eingang des Hauses, wo er einmal laut an der Tür klopfte. Einen kurzen Moment später hatte Celestines Mutter mir die Tür geöffnet. „Anatol, nicht wahr?", und bat mich hinein. „Celestine hat schon sehr viel von dir erzählt." Sie führte mich ins Wohnzimmer. „Schön, dass du dich um ihn sorgst, nimm Platz, ich hol ihn." Celestine kam heruntergestürmt und wir fielen in eine tiefe Konversation. Mehrere Stunden redeten wir. Wir sprachen über die Zukunft, über die Schule, über uns. Unser Kummer und unsere Sorgen begleiteten unsere Gespräche. Später machte seine Mutter uns noch etwas zu essen, es schmeckte vorzüglich. Der Tag neigte sich seinem Ende entgegen und so verging mein Tag mit meinem besten Freund. Wir waren uns an diesem Tage näher als je zuvor und wir wussten genau, dies sollte unser letztes Aufeinandertreffen sein. So kam es auch. Es war das letzte Mal, dass ich meinen Freund sah. Ein paar Tage, nachdem ich sein Haus an diesem Tag verlassen hatte, hörte ich, dass er und seine Familie nach Eku gezogen waren.

Ich hoffte so sehr, dass es ihm dort nun besser gehen würde und dass er seinen Seelenfrieden wiederfände.

Ebele in Deutschland

Meine Abwesenheit in der Schule an diesem Tag hatte niemand bemerkt. Als ich schließlich zur üblichen Zeit zu Hause eintraf, gab es für mich keinen Grund mehr, mir Gedanken zu machen. Während des Abends dachte ich nur an eines, meinen guten Freund Celestine. Ich wusste, wir würden uns nie wieder sehen. Wir waren an dem berühmten Punkt angelangt, an dem die meisten menschlichen Beziehungen endeten, an dem Punkt, an dem jeder von uns seinen eigenen Weg gehen sollte. Nichtsdestotrotz trug ich die Erinnerungen an ihn tief in mir. Sie wurden zu meinem ständigen Begleiter und nahmen eine feste Stelle in meinem Herzen ein.

Die Tage und Wochen vergingen. Ebele war immer noch bei uns zu Hause. Der Streik an den Universitäten im Lande hielt an. Man munkelte, sie würden noch mindestens ein halbes Jahr geschlossen bleiben. Die nigerianische Regierung stellte für den Bereich der Bildung sehr wenig Geld zur Verfügung und so blieben die Schreie der Lehrer und Professoren der diversen Unis im ganzen Land ungehört. Einige wenige Kinder, deren Glück es war, mit einem goldenen Löffel im Mund geboren worden zu sein, blieben von dem ganzen Tumult verschont. Sie besuchten nämlich private Universitäten, die nicht auf die Almosen von Vater Staat angewiesen waren. So sollte Ebele noch eine ganze Weile bei uns in Warri bleiben. Mir war dies gerade recht, aber meinem Vater gefiel es gar nicht. Seine Tochter würde ihre ganze Zeit mit unsinnigem Zeug vergeuden. Ebele verbrachte sehr viel Zeit im Restaurant, ein zusätzlicher Dorn im Auge meines Vaters. So wunderte es mich nicht, als ich eines Tages aus der Schule zurückgekehrt war, zu erfahren, dass Ebele meiner richtigen Mutter in Deutschland einen Besuch abstatten sollte. Zuerst fand meine Freude für sie keine Grenzen, dann aber schlichen sich schon die ersten Gedanken der Traurigkeit und vielleicht des Neides ein. „Warum nicht ich?“, dachte ich, „ich hätte es genauso verdient. Was würde ich dafür geben, mitfahren zu dürfen.“ Aber es blieb ein stiller, unerfüllter Wunsch eines verletzten Jungen. Noch am selben Abend, als wir diese Nachricht zu hören bekamen, rief mich Gladys zu sich ins Zimmer. Eilig ließ ich die Töpfe fallen und rannte in Richtung ihres Hofes. Stehend im Zimmer bewegte sie sich auf mich zu und blieb links von mir stehen. Sie flüsterte mir ins Ohr: „Siehst du, diejenigen, die sich mit mir gut stellen und die mir gehorchen, haben nichts zu befürchten. Im Gegenteil, sie werden belohnt. Andere aber, wie du und deine Hexenschwester Nneka, werden niemals, solange ich das Sagen in diesem Haus habe, das dunkle Loch, in dem ihr steckt, verlassen, das schwöre ich dir!“ Mit diesen Worten entließ sie mich. „Verschwinde!“

Ich verließ verängstigt, mit der Last, welche durch ihre schrecklichen Wörter auf meiner Seele lastete, das Zimmer und begab mich zurück in die Küche, wo ich meine zurückgelassene Arbeit wieder aufnahm. Später am gleichen Abend erzählte ich Ebele von Gladys' Wörtern. „Nimm sie nicht so ernst“, sagte sie nur, „es sind die Wörter einer verbitterten Frau, die nichts im Leben zustande gebracht hat.“ Mit dieser Antwort kehrte aber der erhoffte Seelenfrieden nicht ein. Ich nahm ihre Drohungen sehr, sehr ernst, schließlich hatte ich schon einiges am eigenen Leib gespürt.

Die Vorbereitungen für Ebeles Abreise waren nun im vollen Gange. Und als der Tag ihrer Abreise immer näher und näher rückte, schien die Chance, dass ich sie vielleicht wie durch ein Wunder doch noch begleiten dürfte, sich allmählich in Luft aufzulösen. Nun war der Tag da. In den Tagen zuvor hatte Ebele von nichts anderem geredet. Ich freute mich so sehr für sie, aber umso mehr auf ihre Rückkehr. Es war so weit. Ebele verabschiedete sich von uns und machte sich, zusammen mit meinem Vater, auf den weiten Weg nach Lagos. In einem Moment der Stille zog sie mich zu sich und sagte: „Passt gut auf euch auf und tut das, was sie von euch verlangt, um ihrem Zorn zu entgehen.“ Sie nahm mich noch mal in den Arm, drückte mich und ging fort.

Die Uhr

Die Reise von Warri führte sie über Benin nach Lagos, wo sie in den letzten Wochen öfter waren, um die Formalitäten mit der deutschen Botschaft zu regeln. Ich erinnere mich, Ebele erzählte, als sie zurückkehrten, immer von einem netten, deutschen Herrn namens Stache. „Ein sehr netter, geduldiger, charmanter Herr, der für diesen Bereich in der deutschen Botschaft zuständig war“, erwähnte sie immer. „Auf den kann man sich verlassen.“ Mir blieben diese Wörter, vor allem der Name, immer im Hinterkopf. Als wüsste ich, sie würde meine einzige Rettung sein, eines Tages. „Niemals“, dachte ich immer, „wie auch? Ich darf noch nicht mal ohne Erlaubnis ins Nachbarhaus, geschweige denn nach Deutschland, ins Land meiner Mutter.“ Der Gedanke, Nigeria irgendwann verlassen zu können, ließ mich einfach nicht mehr los. „Wenn es mal so weit ist, dass ich auf die Universität könnte, würde ich ein Studiengebiet auswählen, welches man in den hiesigen nicht anbietet.“ Luftfahrtsingenieur war so ein Gebiet. So bliebe meinem Vater nichts anderes übrig, als mich auf eine ausländische Universität zu schicken, vielleicht eine deutsche. So kam es, wann auch immer die Frage gestellt wurde „Anatol, was willst du in Zukunft werden?“

antwortete ich immer „Luftfahrtsingenieur“. Meine Antwort ließ einen erstaunten und fragenden Blick im Gesicht meines Vaters zurück. „Warum ausgerechnet dieses Gebiet?“, fragte er, wenn wir mal alleine waren und er gut gelaunt war. Ich hatte mir schon etliche Gründe ausgedacht, um meine Entscheidung zu begründen. Und sie klangen für ihn alle plausibel. So hoffte ich, wenn es dann in zwei Jahren so weit war, mich auf eine Universität zu schicken, dass er mich gehen lassen und es auch bezahlen würde.

Es war nun schon eine Woche vergangen, seitdem Ebele aus Nigeria nach Deutschland abgereist war. Ich hoffte, es ging ihr gut, und noch mehr hoffte ich auf ihre baldige Rückkehr. Drei lange Wochen dauerte es noch, bis endlich der Tag gekommen war. Nneka und ich waren so aufgeregt. Sogar meinem Vater, der schon früh an diesem Tag losfuhr, um pünktlich in Lagos zu sein, wenn ihre Maschine ankam, war die Freude deutlich anzumerken. Die Fahrt nach Lagos dauerte sechs Stunden und barg einige Gefahren. Die Maschine sollte um 22.00 Uhr landen und Ebele würde um 23.00 Uhr den Flughafen, nach etlichen Kontrollen, verlassen können. Sie sollten dann zwei Tage bei meinem Onkel in Lagos, dem Bruder meines Vaters, verbringen und wieder zurückkommen.

Nneka und ich gingen währenddessen weiterhin zur Schule und als wir eines Tages wieder zurückkamen, waren wir sehr froh den Wagen meines Vaters in der Auffahrt stehen zu sehen. Sie waren zurück, Ebele war zurück. Die wildesten Spekulationen schossen durch unsere Köpfe: „Vielleicht ist Mami auch mit zurückgekommen“, sagte Nneka aufgeregt zu mir. Ich konnte mir dies aber nicht vorstellen. Hauptsache Ebele war zurückgekehrt, mit vielen, vielen Geschenken aus Deutschland. Wir liefen aufgeregt ins Haus, um sie beide zu begrüßen. Sie saßen zusammen im Wohnzimmer, redeten und packten einige Koffer aus. „Anatol, Nneka!“, schrie sie erleichtert und umarmte uns herzlich. Wir waren nun wieder vereint. „Erzähl, was hast du alles gesehen? Wie geht es Mami und Chinelo? Wie ist es dort drüben? Gab es ehhh …“ „Wartet!“, unterbrach sie uns. „Ich erzähle euch alles, immer mit der Ruhe.“ Wir waren so gespannt auf ihre Geschichten, wir hatten so viele Fragen. „Ist ja gut, ich laufe ja nicht weg, ich erzähle schon, hört einfach zu.“ So berichtete sie von meiner Mutter, von ihrem neuen Mann, Jean Claude, mit dem sie zusammenlebte, und von Chinelo, die inzwischen als Journalistin beim Axel Springer Verlag tätig war. Es hörte sich alles so toll an. Sie erzählte und erzählte und die Zeit verging wie im Fluge. Wir lauschten den herrlichen Wörtern ihrer Stimme, unterwegs auf farbenprächtigen Regenbögen, als uns bewusst wurde, dass wir noch einiges vorzubereiten hatten, bevor Gladys nach Hause kam. In letzter Minute konnten wir uns von den wunderschönen Geschichten losreißen und sprangen auf. Es war gerade mal wieder gut gegangen, und als Gladys kurz vor sieben eintraf, erstrahlte alles im neuen Glanz. Wohnzimmer, Küche sowie etliche Zimmer waren aufgeräumt, der Hof war gefegt und das Essen befand sich noch brodelnd auf dem Herd. „Warum bist du noch nicht damit fertig!?", nörgelte sie aber. Als sie bemerkte, dass alles andere perfekt aufgeräumt war, blieb es nur bei dieser Nörgelei. Sie ließ mich den restlichen Abend in Ruhe verbringen. Dann war es schließlich so weit. Der Moment, auf den alle gespannt gewartet hatten, war nun gekommen. Meine Mutter hatte Ebele für uns alle ein Geschenkpaket mitgegeben, sogar eines für Gladys. Wir scharten uns alle um Ebele herum und warteten gespannt auf unser Paket. „Hier Anatol. Dieses hier ist für dich", sagte sie. Als ich es aber aufgeregt entgegennehmen wollte, funkte Gladys dazwischen. „Hast du mich überhaupt gefragt, ob du es haben darfst?!", schrie sie hysterisch. „Nein, Madam", sagte ich mit gesenktem Kopf und fragte zugleich, ob ich es durfte. Meine Frage blieb unbeantwortet. So musste ich warten, bis alle ihres bekommen und ausgepackt hatten. Endlich durfte Ebele mir mein Packet überreichen. Ich stürzte mich darauf wie ein ausgehungerter Leopard auf seine Beute. Es roch so gut und fühlte sich noch besser an. Ich ließ mir Zeit mit der Verpackung. Ein Paar wunderschöne neue Stiefel aus Leder, drei T-Shirts, zwei Paar Jeanshosen, ein paar Sachen für die Schule und am besten von allem, eine Swatchuhr. Die sah so gut aus! Ein Lächeln traf mein Gesicht, als ich sie umband. Sie passte wie für mich gemacht und ab diesem Tag hütete ich sie wie eine Löwin ihr Neugeborenes. Mir wurde von Gladys verboten, sie zur Schule mitzunehmen. Nur in der Kirche durfte ich sie tragen. Und so versteckte ich sie jedes Mal, wenn ich das Haus in Richtung Schule verließ, dort, wo keiner sie finden konnte. Auf jeden Fall dachte ich, es würde sie keiner dort finden können. Sie war mein Ein und Alles und ich wusste damals nicht, dass mir diese Uhr eines Tages zum Verhängnis werden sollte …

Die zwölfte Klasse

Ich befand mich nun schon in der zwölften Klasse. Vorbei waren die Tage, an denen wir ständig von den Senioren in der Schule gehänselt und bestraft wurden. Wir gehörten ja jetzt selbst nicht mehr zum Fußvolk, sondern waren ein stolzer Teil der älteren, erfahrenen Schüler. Dies war eine lockere Zeit, was das anging. Das D. S. C Secondary School Areal war in zwei Sektoren aufgeteilt. Ein Sektor, in dem sich die Klassen der Junioren, das Lehrerzimmer und das des Schulleiters befanden, und der Teil, der Seniorenteil, in dem sich auch meine Klasse befand. Es erfüllte uns, diejenigen, die sich in diesem Sektor bewegten, mit besonderem Stolz, es so weit gebracht zu haben.

Die zwölfte Klasse, das hieß für uns büffeln, unendlich viel büffeln. Das Abitur stand kurz vor der Tür und jede noch so kleine Zensur, sei es bloß in einem kleinen Zwischentest, wurde mitgerechnet und so gehörte das Lernen unweigerlich dazu. Meine ersten Klausuren im neuen Jahr verliefen blendend und es schien so, als würde ich langsam wieder zur alten Bestform zurückkehren. Zwar bescherte mir die unbeschwerliche Zeit in der Schule einen wahren Aufschwung in meiner schulischen Leistung, sie konnte mich aber nicht vor dem steigenden Chaos zu Hause retten.

Das Verschwinden der 3000 Naira hatte zu Hause, zu meinem Glück, keiner bemerkt, und da mein guter Freund nicht mehr bei mir war, vertraute ich das restliche Geld Omesiri an, die es in ihrem Spind im Schlafsaal aufbewahrte. Dieses Geld half mir durch so manche schwierige Zeit hindurch. Trotzdem bewegte ich mich auf sehr dünnem Eis. Ich musste höllisch Acht geben, um zu verhindern, dass Gladys Wind davon bekam. Ab und zu schmuggelte ich auch meine geliebte Uhr aus dem Haus und nahm sie mit in die Schule. An solchen Tagen versteckte ich sie in meinem Socken und band sie, sobald ich das Haus verlassen hatte, um. In der Schule wurde ich dann immer von allen bewundert und bestaunt. Es fühlte sich gut an.

Ebele hatte jetzt schon insgesamt ein ganzes Jahr durch das permanente Hin und Her im Streik der Lehrerverbände verloren und eine Änderung der Lage schien nicht in Sicht, auf jeden Fall nicht in absehbarer Zeit. Gladys nutzte dies natürlich schamlos aus. So musste Ebele von früh morgens bis spät abends im Restaurant Bedienung spielen, natürlich ohne ein Dankeschön. Mir gegenüber verhielt Gladys sich von Tag zu Tag immer merkwürdiger. Immer mehr Nörgeln und Beschwerden. Immer mehr Bestrafung und Anschuldigungen, obwohl ich mein Bestes gab, um sie zufriedenzustellen. Ich konnte mir einfach nicht erklären, woran es lag. Nach einem langen Gespräch mit Omesiri eines Schultags wurde mir schließlich einiges klar. Ich war jetzt nun fast erwachsen und somit, nach afrikanischen Gebräuchen, der offizielle Vertreter meines Vaters als Familienoberhaupt und dies schmeckte ihr gar nicht.

Meine Nominierung

Im Großen und Ganzen ließ ich mich von ihren Launen nicht beirren und somit wurde die zwölfte Klasse eine erfolgreiche für mich. Es gelang mir, irgendwie mit Gladys und ihren ständigen Intrigen umzugehen. Dieses war ihr natürlich ein Dorn im Auge und so versuchte sie, auf Teufel komm raus, mich aus der Bahn zu werfen. In der Schule aber blieben meine guten Leistungen nicht unbemerkt. Mr. Ukwuaba, der immer hinter mir stand und mich überall unterstützte, wo er nur konnte, schlug mich beim Schulrat als Prefect vor. Ein Prefect ist ein Lehrerstellvertreter, der in der Abwesenheit des Lehrers die Befugnis hatte, die anderen zu kontrollieren beziehungsweise das Sagen hatte. Der Prefect vertrat nicht nur die Lehrer, sondern bekam auch die Erlaubnis vom Schulleiter, andere Schüler zu bestrafen, wenn diese nicht nach den Schulregeln handelten. Mit anderen Worten, der Prefect verkörperte den wahren Musterschüler. Eines Tages rief mich Mr. Ukwuaba zu sich ins Büro und erzählte mir von seinem Vorhaben. Die Aufregung war mir natürlich ins Gesicht geschrieben. Geschmeichelt und geehrt fühlte ich mich. „Danke“, sagte ich, „Sie waren immer sehr gut zu mir.“ „Ach Anatol“, antwortete er, „ich honoriere deine schulischen Leistungen und deine menschlichen Qualitäten. Für mich bist du einer der fähigsten Schüler der gesamten Schule und hast dies mehr als verdient." Seine Worte berührten mich zutiefst, als ich mich zugleich freute und bedankte.

So kam es dann schließlich auch. Eine Woche nach diesem Gespräch wurde ich gemeinsam mit zwölf anderen Schülern vom Schulleiter zusammengerufen. Wir versammelten uns alle in seinem Büro und erhielten von ihm unsere Posten als Schoolprefects. Am Tag darauf wurden wir nochmals herausgerufen, aber diesmal vor der ganzen Schule und der versammelten Lehrerschaft. Es ertönte jedes Mal ein großer Applaus, als der Schulleiter einen Namen aufrief. Dann war der Moment gekommen. „Prefect for workshops and laboratories, Anatol Egbuna." Mein Name erklang durch die Halle, gefolgt vom tobenden Applaus, während ich mich nach vorne begab und er mir seine Hand reichte. Es war ein großartiges Gefühl. Ich fühlte mich, das erste Mal in meinem Leben, geehrt und anerkannt. Abends, am gleichen Tag, bekam ich nochmals Lob von meinem Vater und so endete für mich ein erfolgreicher Tag. Nicht nur erfolgreich, sondern ein guter weißer Tag unter vielen, vielen, schlechten schwarzen Tagen, zu vielen!!!

Der Taschenrechner

Als Belohnung für meine hervorragenden schulischen Leistungen durfte ich mir von meinen Vater etwas, welches ich in der Schule benötigte, wünschen. Ich freute mich riesig und wusste auch schon ganz genau, was ich wollte, einen Taschenrechner, mit dem man alle Winkelfunktionen berechnen konnte. Er würde mir nicht nur zu Hause bei den Hausaufgaben, sondern auch in der Schule gute Dienste leisten. Allerdings war dies nicht gerade ein billiger Wunsch. 1000 Naira kostete er damals. Ein ganzer Batzen Geld. Aber meinem Vater machte der Preis nichts aus. „Wer gut in der Schule ist, darf sich auch was Gutes aussuchen", pflegte er immer zu sagen. In solchen

Momenten erstrahlte der Glanz vergangener Tage wieder auf. Genau in solchen Momenten dachte ich, ich hätte eine richtige Familie, einen richtigen Vater, der hinter mir stand und mich förderte. Einen Vater, den sich jeder Junge in meinem Alter wünschte, weil er mir sein Ohr lieh und mich verstand. Unsere Differenzen und die Schimpferei waren beiseitegelegt, Gladys verdrängt und es gab nur ihn und mich.

Und so durfte ich mir kurz danach auch einen aussuchen. Meine Wahl fiel auf den Fx-828x von Casio. Dieses Gerät war für die damalige Zeit ziemlich modern und besaß alle Funktionen, die ich benötigte. Er war perfekt und mein Vater schien mit meiner Wahl zufrieden zu sein. Er bezahlte den Verkäufer und ich durfte mein Präsent mit nach Hause nehmen. Es war das teuerste Geschenk, das ich je von meinem Vater bekommen hatte, und es bedeutete mir sehr viel. Nicht nur weil es so teuer war, sondern auch weil ich es als Beweis dafür sah, dass mein Vater mir vertraute.

Er ist weg!!!

Die meisten Schüler in meiner Stufe konnten sich einen eigenen Taschenrechner nicht leisten. Dieser sollte aber in den kommenden Examen eine sehr wichtige Rolle spielen, denn hatte man etwa keinen, so musste man sich mit Tabellenbüchern abquälen. Einige hatten das seltene Glück, mit Mühe und Not, einen Taschenrechner von einem Freund in der Parallelklasse ausleihen zu können. Für die anderen blieb nur noch die Alternative mit den Tabellenbüchern, stimmt nicht ganz, es gab noch eine andere, sie stahlen einfach einen. Dessen bewusst, hütete ich meinen so gut, wie ich nur konnte. An den Tagen, an denen ich ihn in der Schule brauchte, trug ich ihn stets bei mir. In der Brusttasche meiner Uniform. Dies war der sicherste Ort. Ab und zu ließ ich ihn während des Unterrichts kurz auf dem Tisch liegen, um von einem Klassenkameraden etwas auszuborgen, und dies wurde mir eines Tages zum Verhängnis.

Es passierte an einem frühen Montagmorgen. Wegen der Abwesenheit unseres Lehrers wurden wir aufgefordert uns in der 12B, meiner Parallelklasse, einzufinden, um dort den Tagesunterricht zu bekommen. Die Klassen waren sowieso schon überfüllt. Mit knapp 40 Mann zogen wir also rüber ins nächste Zimmer. In der 12B angekommen, war es nun fast unmöglich, dem Unterricht zu folgen. Die Klasse war fast doppelt so voll wie sonst und wir, die Schüler, hockten zusammen wie Sardinen in einer Dose. Sich in dieser Menge zu konzentrieren, konnte ich getrost vergessen. Überall wurde getuschelt und gelacht, bis der Lehrer ein Machtwort sprach. Er fing mit der Physikstunde an. Es war gerade mal eine halbe Stunde vergangen, als ich mich für einen Augenblick an einen meiner Klassenkameraden wandte, der sich auf einem Platz hinter mir befand. Ich drehte mich also kurz herum und zurück und glaubte meinen Augen nicht zu trauen. ER WAR WEG!!! Mein Taschenrechner war verschwunden. „Dieb!!!", schrie ich empört. Der Lehrer, Mister Akinwa, drehte sich um, hörte auf zu reden und starrte mich böse an. „Anatol, was soll das werden? Hast du vor den Unterricht zu stören?" „Nein Sir, jemand hat meinen Taschenrechner gestohlen." „Bist du dir da sicher?", kam die Antwort. „Hast du ihn auch wirklich dabei gehabt?" „Ja Sir", antwortete ich ihm. „Beschreibe ihn mir." Ich tat dies so gut, wie ich konnte. „Nach dieser Stunde werde ich alle durchsuchen", kündigte Mister Akinwa an und fuhr fort. Eine ganze Stunde verging, in der ich natürlich nur an eines denken konnte. Misstrauisch schaute ich in die Gesichter um mich herum. Nachher unternahm Mister Akinwa die angekündigte Durchsuchung, aber ohne Erfolg, mein Taschenrechner blieb verschwunden. „Es tut mir sehr leid, dein Vater wird sicherlich nicht darüber erfreut sein, aber das nächste Mal musst du einfach besser auf deine Sachen aufpassen." Er verließ die Klasse. Verzweifelt und verloren ließ er mich zurück. „Wie im Himmel kann ich es meinem Vater erklären?" Ich suchte überall und flehte denjenigen, der ihn genommen hatte, an, ihn mir zurückzugeben, alles aber ohne Erfolg. Zurück in meiner Klasse suchte ich verzweifelt in meinen Sachen, in der Hoffnung, mich doch getäuscht zu haben. Alles umsonst. Er war weg und sollte dies auch bleiben. Ich fragte alle, ob sie irgendwas gesehen oder beobachtet hatten, aber sie alle verneinten, auch nur das Geringste gesehen zu haben. Eine fürchterliche Angst überkam mich, als ich an die Reaktion meines Vaters dachte, wenn er dies erfahren sollte. Ich konnte es ihm niemals im Leben erklären, das er mich nur ansatzweise verstehen und mir glauben würde. Was könnte ich also machen? Ich entschied mich dafür, es ihm zu verheimlichen, so lange, wie es nur ging. In der darauffolgenden Pause erzählte ich es Omesiri, die mir auch nicht gerade begeistert entgegenkam. „Du", sagte sie mit einer eher bedrückten Stimme, „ich habe auch eine schreckliche Nachricht für dich. Mein Spind im Internat wurde aufgebrochen und die übrigen 800 Naira sind weg." Ich glaubte dies alles einfach nicht. „Nein", schrie ich auf, „das kann doch alles nicht wahr sein." „Es tut mir so entsetzlich leid", fügte sie hinzu. „Du kannst doch gar nichts dafür", erwiderte ich und versuchte sie zu trösten. Mir war klar, ich musste irgendwoher einen neuen Taschenrechner bekommen und das Geld dafür fehlte mir zu allem Übel auch noch. Das Geld für den Neukauf musste ich also woanders bekommen, aber wo? Nach der Schule berichtete ich Nneka von meinem überaus „erfolgreichen" Tag. Wir entschlossen gemeinsam, auf einen neuen Taschenrechner zu sparen. Mit dem geringen Verpflegungsgeld, welches wir von Gladys bekamen, sollte dieses Unterfangen ziemlich lange dauern, aber es war nicht unmöglich. Ich betete und hoffte so sehr, dass mein Vater von alledem nichts mitbekommen würde! Immerhin sollte unser Vorhaben einige Zeit in Anspruch nehmen. Ab dem nächsten Tag setzten wir unseren Plan in die Tat um.

Jeden Tag konnten Nneka und ich zusammen 20 Naira weglegen. Ich war ihr so dankbar. Nach zwei Wochen hatten wir schon die stolze Summe von 200 Naira zusammen. Es fehlten zwar noch jede Menge Naira, aber wir gaben nicht auf. Drei Wochen, vier, fünf, sechs und schon waren es 600 Naira. Das Geld versteckte Nneka unter ihrer Schlafmatratze. Dort war es sicherlich vor Gladys' Neugier gut aufgehoben. Meine Klausuren absolvierte ich immer mit dem Tabellenbuch. Dies war sehr mühsam und zeitraubend, aber ich bestand sie alle. Nach zehn langen Wochen des Hoffens, mein Vater würde niemals nach dem Taschenrechner fragen, hatten wir nun das Geld zusammen. In dieser Zeit hatten Nneka und ich in der Schule auf jegliches Essen und Trinken verzichtet. 1000 Naira, wir hatten es geschafft. Und so machte ich mich nach der Schule auf und davon und besorgte einen neuen Taschenrechner. „Oh, du hast aber ein Glück", sagte der Verkäufer zu mir, „wir haben gerade noch einen von der Sorte, die ist hoch im Kurs", als er mir gleichzeitig das begehrte Stück über den Tresen reichte. Die Freude, ihn in meinen Händen zu halten, übertraf alles. Ich hielt ihn in meiner Hand. „Gott sei Dank!", dachte ich nur. Nneka und ich, wir hatten wieder mal eine Prüfung bestanden. Als ich an jenem Tag nach Hause kam, zeigte ich Nneka den neuen Rechner und bedankte mich nochmals bei ihr. „Wenn wir zusammenhalten, dann kann uns nichts schaden", sagte sie. Später am gleichen Tag rief mein Vater nach mir. „Toll!", schrie er. Er saß gerade mit ein paar Freunden draußen. „Bring mir doch mal deinen Taschenrechner, ich brauche ihn." Als ich dies hörte, blieb mein Herz für einen kurzen Moment stehen, aber wieso? Ich hatte doch gerade einen neuen gekauft. Und so blieben das Verschwinden und der Neukauf ein Geheimnis zwischen Nneka und mir. Nachts, am gleichen Tag, bevor ich dann ins Bett ging, brachte mein Vater mir den Taschenrechner zurück und lobte mich, dass ich so gut mit ihm umging. „Er sieht ja noch aus wie neu!"

Mein General Common Entrance Examinations

Für uns, diejenigen, die sich in der zwölften Klasse befanden, war es üblich, sich für einige externe Prüfungen einschreiben zu lassen, welche außerhalb der eigenen Schule stattfanden. Wir taten dies, um die Chance auf einen der begehrten Studienplätze an nigerianischen Universitäten, die sonst nur die Schüler der 13. Klasse bekamen, zu verbessern. Gegen eine nicht geringe Gebühr konnten wir uns also als Schüler der 13. Klasse einer anderen Schule für dieses Examen einschreiben lassen, die Aufnahmeprüfung für diverse Universitäten absolvieren und so das Verfahren, einen Studienplatz zu bekommen, um ein Jahr verkürzen. Die eigene Schule sah dies natürlich nicht gerne, da die meisten Schüler, nach Bestehen der Aufnahmeprüfung, nicht mehr bis zur 13. Klasse warteten und somit die Schule vorher verließen. Hinzu kam, dass andere beim Bestehen dieses Examens sich nicht mehr auf den der eigenen Schule konzentrierten und somit die Chance stieg, dass die Schule im bundesweiten Vergleich schlechter abschnitt. Somit war es uns, den Zwölftklässlern der Delta Steel Company Technical High Shool, an solchen Examen teilzunehmen. Obwohl jeder von uns dies wusste, riskierten es einige und meldeten sich trotzdem für das General Common Entrance Examen an. Ich gehörte dazu. Viele hatten dies schon vor unserer Zeit gewagt, die Strafe bis jetzt, ein paar Stockhiebe vor der ganzen Schule und mindestens eine ganze Woche Farmarbeit auf der Schulfarm. Dieses hielt uns trotzdem nicht davon ab, weil wir es, unserer Ansicht nach, zu unserem Besten taten. Die Vorstellung, ein Jahr vor den anderen einen Studienplatz zu bekommen, trugen wir jedes Mal mit uns, wenn wir uns heimlich aus der Schule schlichen, um an den verschiedensten Orten am General Common Entrance Examen teilzunehmen. Natürlich mussten wir morgens erst mal in unsere eigene Schule, wo die Anwesenheitslisten, morgens um Viertel nach acht, geführt wurden, gleich nach dem morgendlichen Appell, um uns schließlich, im Laufe des Tages, heimlich davonzumachen. Bei einigen blieb es unbemerkt. Sie hatten einfach Glück. Sie hatten einfach mehr Glück als ich, bei mir flog es auf. Dieses sollte sehr schlimme Konsequenzen für mich haben. Ich hatte mir doch so viel Mühe gegeben, unentdeckt aus der Schule zu kommen, aber dies reichte einfach nicht. Eine Lehrerin hatte es anscheinend auf die Prefects abgesehen, und da ich einer von ihnen war, tappte ich in ihre Falle hinein. Sie hatte es sich freiwillig, freiwillig wohlgemerkt, zur Aufgabe gemacht, jeden Tag, an beliebigen Uhrzeiten, nach uns zu sehen. Manchmal traf sie uns tatsächlich in der Klasse an, des Öfteren aber auch nicht und dann halfen auch nicht die Ausreden der anderen Anwesenden, die natürlich versuchten uns zu decken. Viele der Entlarvten bekamen dann die vorgesehene Bestrafung und „durften" eine ganze Woche auf der Schulfarm verbringen.

Meine Bestrafung

Als würde der ganze Stress in der Schule nicht ausreichen, um einem Jungen wie mir den Rest zu geben, gab es auch zu Hause jede Menge davon. Gladys wusste genau, der G. C. E wäre keine leichte Aufgabe für jeden Schüler, und auch für mich war er alles andere als ein Spaziergang. Da sie mir aber den Erfolg eines bestandenen Examens nicht gönnte, ließ sie keinen Versuch aus, mich noch zusätzlich unter Druck zu setzen. Meistens sah es dann so aus, dass sie meine Bewegungsfreiheit einschränkte. Sie ließ alle meine Bewegungen von Ndidi kontrollieren. Jedes Mal, wenn ich zu spät nach Hause von einem geschriebenen Examen zurückkam, berichtete sie dieses ihrer Mutter und ich bekam eine für sie angemessene Bestrafung. Ob es die große Frischwassertonne war, die ich mit dem kleinsten Eimer, den sie im Hause finden konnte, auffüllen musste, oder für den restlichen Tag kein Essen mehr bekam, hierüber entschied sie allein, mit großem Vergnügen wohlgemerkt. Manchmal kam es auch vor, dass sie mir das Fahrgeld für den nächsten Tag einfach ganz strich, und so musste ich alleine zusehen, wie ich zur Schule und zu dem nächsten Austragungsort des anstehenden Examens kam. Von Tag zu Tag wuchs ihre Begierde, mich endgültig fertigzumachen. Es reichte nicht mehr aus, dass Ndidi mich ständig kontrollierte, jetzt sollte ich mich jedes Mal nach der Schule bei Gladys im Restaurant zeigen, um dann wieder den ganzen Weg zu Fuß nach Hause zurückzugehen. Da dieser Weg nicht gerade eine kurze Strecke war, verbrachte ich eine weitere Stunde auf dem Weg nach Hause und so verschwand die kostbare Zeit, welche ich zum Lernen hätte nutzen können. Mein Vater bekam von den ganzen Geschehnissen natürlich nicht das Geringste mit, und wenn er es doch tat, drehte er sich einfach um und sagte nichts, gar nichts, so, als wäre es ihm völlig egal, was mit mir geschah. Es sollte ein Kampf sein, den ich alleine führen musste, das Ziel weit außer Reichweite und der Gegner übermächtig. Um mir Mut zuzusprechen, sagte ich mir immer, dass in den Momenten, wenn es fast unmöglich erschien, zu triumphieren, vielleicht ein Wunder passieren würde, so wie bei David und Goliath in der Bibel. Ich trug diesen

Gedanken stets bei mir. Das imaginäre Bild, als David mit dem winzigen Stein in der Schleuder den mächtigen Goliath zu Fall brachte in den Bergen von Gath, gab mir Hoffnung. Er hatte nur den richtigen Moment abgewartet, und als der Augenblick gekommen war, streckte er ihn mit einem einzigen Wurf nieder. Dieses war mein Ziel, mein Sieg, mein Traum. Aber es sollte auch nur ein Traum bleiben, für den Moment.

Als die meisten von uns, die sich für den G.C.E eingeschrieben hatten, schon durch waren, während wir dachten, dass alles gut gegangen sei und wir es geschafft hätten, unbemerkt und glimpflich davonzukommen, passierte etwas. Wir wurden alle aus der Klasse herausgeholt und mussten den ganzen Tag auf der Schulfarm verbringen. Diese Prozedur zog sich über zwei ganze Wochen hin. Zusätzlich zur körperlichen Arbeit, wie zum Beispiel anderthalb Meter hohe Erdhügel aus gelockerter Erde mit der Hacke aufzuhäufen, in den später Yam gepflanzt wurde, kam noch hinzu, dass wir den für uns so wichtigen Unterricht verpassten. Von insgesamt 25 bestraften Schülern waren zehn von uns Prefects. Dieses bedeutete natürlich, dass wir für die anderen Schüler, die uns unterstellt waren, eine Vorbildfunktion einnahmen. Das verhielt leider Gottes in diesem Fall nicht so und es sollte schlimme Konsequenzen für uns haben.

Eines Tages, während wir wieder mal den Schultag auf der Schulfarm verbrachten und unsere Strafe verbüßten, suchte Mister Ukwuaba mich dort auf. Wir verließen die anderen und gingen gemeinsam ein Stück. „Anatol“, fing er an. „Du befindest dich in einer sehr ernsten Lage und es wird für euch Prefects noch schlimmer. Ich habe mich erkundigt, aber noch nicht in Erfahrung bringen können, was sie vorhaben. Man munkelt aber, dass ihr zehn, als Exempel für die anderen, von der Schule verwiesen werden sollt.“ Als ich dies hörte, musste ich mich erst einmal hinsetzen. Ich setzte mich auf einen umgefallenen Baum und schrie laut auf. „Das können die doch nicht machen, ich war bis jetzt immer ein guter Schüler und habe nie irgendwelche Regeln missachtet. Mister Ukwuaba, Sir, das können Sie nicht zulassen. Bitte helfen Sie mir noch einmal.“ Er versuchte mich zu beruhigen: „Es ist ja noch nicht definitiv, aber ich glaube, es handelt sich nur um einen Bluff.“ Das half mir recht wenig. Er hatte es mir nun mal gesagt und dieser Gedanke, die Schule, Omesiri verlassen zu müssen, blieb in meinem Kopf. Als er mich schließlich verließ, rannte ich entsetzt zu den anderen und erzählte von der schrecklichen Nachricht. Wir waren sechs Jungs und vier Mädels. Eines der Mädchen, Toghwemu, kannte ich schon aus meiner Grundschule und unsere Eltern waren befreundet. Wir beschlossen, unseren Eltern von der Geschichte nichts zu erzählen, bis es wirklich feststand.

In den Tagen danach gingen wir immer mit dem Gefühl in die Schule, dass dieses unser letzter Tag sein könnte.

Meine Degradation

Im Endeffekt kam es dann so, wie es kommen musste. Obwohl Mr. Ukwuaba und die anderen Prefects, die nicht am G.C.E teilgenommen hatten, sich für uns einsetzten, half dies recht wenig. Am Morgen, kurz nach der Ansprache des Schulleiters während der Schulversammlung, gab er bekannt, dass wir von unseren Positionen als Prefects herabgestuft werden und dass dies erst der Anfang sei. Die Schulleitung sei sich noch nicht einig, was mit uns geschehen sollte. Daraufhin wurden unsere Namen alle aufgerufen, wir mussten uns vor der ganzen Schule hinknien und wurden als Schande der ganzen Schule bezeichnet. Als würde diese Demütigung nicht genügen, ging er noch weiter, indem er unsere Nachfolger, gleich vor unseren Augen, ernannte und ebenfalls nach vorne bat, wo sie das Lob und die Gratulation des Schulleiters entgegennahmen. Es war schlimm, wir hatten unser Gesicht verloren und waren jetzt der Spott der ganzen Schule. Sogar die Jüngeren zeigten keinen Respekt mehr vor uns.

Als ich da vor der Schule auf dem Boden kniete, meinen Kopf gesenkt und die Augen geschlossen, betete ich. Ich bat Gott um Gnade, Gnade für uns, dass wir Gnade vom Schulleiter erfahren würden und dass er uns nicht der Schule verwies. Ich hob den Kopf und schaute mich um. Ich suchte Mr. Ukwuaba in dem ganzen Getümmel und entdeckte ihn. Er stand ganz hinten in der Ecke, sein Blick getrübt und seine Augen voller Trauer.

Der Schulverweis

Dies war einer der schlimmsten Tage meiner schulischen Laufbahn. Für den Rest des Tages und der Woche „durften" wir wieder auf die Schulfarm und arbeiten. Jede erdenkliche Schmach nahmen wir auf uns, ohne das Geringste zu sagen oder aufmüpfig zu sein. Unsere Lehrer, mit denen wir nun gut sechs Jahre verbracht hatten, behandelten uns wie Fremde. Wenn wir mal doch, ausnahmsweise in der Klasse waren, mussten wir jedes Mal hinaus, wenn der Lehrer die Klasse betrat. In solchen Momenten bereute ich unsere Entscheidung, den G. C. E gegen allen Trotz gemacht zu haben. Ich zweifelte, dass es wirklich zu unserem Vorteil war, dieses Examen vor den anderen gemacht zu haben, schließlich handelte es sich nur um ein Jahr. Nachdem der Lehrer die Klasse verlassen hatte, ging ich dann meistens zu meinen Klassenkameraden und verbrachte die Pausen damit, den verlorenen Stoff des Tages wieder aufzuholen. Zu Hause angekommen, nach getaner Hausarbeit und an Tagen, an denen es keinen Ärger mit Gladys beziehungsweise meinem Vater gab, konnte ich alles nachholen, was ich an dem Tag und den Tagen zuvor verpasst hatte. Der Schulalltag glich einem einzigen schweren Kreuz, welches auf meinen Schultern lastete, das von Tag zu Tag schwerer wurde und drohte mich unter seiner ungeheuren Kraft zu erdrücken.

Das Gerede und Getuschel nahm einfach kein Ende, es wurde gemunkelt, dass noch etwas Schlimmeres auf uns zukommen sollte. Dies wurde schließlich eines Tagen zur traurigen Gewissheit. An einem Schultag, gerade auf dem Weg zur Farm, rief uns der Lehrer zurück. „Kommt her, zurück!" Zuerst dachten wir, es gebe wieder mal ein paar Stockhiebe, aber als wir schließlich vor Mr. Okonkwo standen, merkten wir, dass er etwas ganz anderes im Sinne hatte. „Wer von euch war mal ein Prefect?", fragte er. Diejenigen meldeten sich, auch ich. „Geht sofort zum Schulleiter!", befahl er in einem Ton, der uns einen ziemlichen Schrecken einflößte. Wir brachten die Macheten zurück ins Farmhaus und machten uns auf den Weg zum Büro des Schulleiters. Die anderen standen schon versammelt im Flur vor dem Büro. Es ging ein unheimliches Flüstern durch die Menge, als jeder versuchte den Grund der Versammlung zu erraten. Plötzlich überzog ein Moment der Stille den Raum, als die Tür des Büros aufging und Mr. Okoduga, unser Schulleiter, vor uns stand. In seiner Gegenwart wagte man es kaum zu atmen. Er war eine unheimliche Gestalt und strahlte eine beängstigende Strenge aus. „Ich verkünde“, fing er an „da ihr, die ich als Vorbild und Repräsentanten der Schule auswählte, mich verspottet und zum Narren gemacht habt, indem ihr trotz des Verbots und gegen meinen Willen das G. C. E Examen gemacht habt, sehe ich keine andere Alternative als die Konsequenz aus dieser Affäre zu ziehen und euch der Schule zu verweisen! Hiermit und mit sofortiger Wirkung seid ihr alle aus der Schule entlassen! Lasst euch hier nicht mehr blicken, ihr seid nicht mehr Schüler der Delta Steel Technical Highschool! Mein Entschluss steht fest und es wird sich nichts mehr daran ändern! Geht jetzt, nehmt eure Sachen, ihr habt zwei Stunden, d. h., diejenigen, die im Schulcampus wohnen, guten Tag!“ Mit diesen Worten ließ er uns stehen, drehte sich um und schloss die Tür hinter sich. Er hinterließ uns gelähmt und wie auf dem Boden festgefroren, wir wussten nicht, was wir machen sollten. Sollten wir gehen? Sollten wir bleiben? Sollten wir um Gnade flehen? Oder sollten wir all dies als üblen Scherz betrachten? Das konnte er einfach nicht tun! Uns einfach im letzten Schuljahr, kurz vor dem Abitur, von der Schule schmeißen! Wir entschieden uns zu bleiben und kehrten in Richtung Klasse zurück. Dort angekommen fragten die anderen neugierig, was nun mit uns geschehen sollte. Völlig verwirrt, nach Wörtern suchend, erzählten wir von der Ansprache des Schulleiters. „Mein Gott!“, schrie einer auf. „Warum habt ihr dieses blöde Examen nur gemacht? Ist es all dies wert gewesen?“ Wir wussten es nicht. Wir blieben erst einmal dort, und obwohl die Stunden schneller vorbeigingen, als wir es erhofften, verharrten wir hartnäckig im Klassenzimmer. Mister Okoduga und sein Gefolge ließen nicht lange auf sich warten. Zehn Lehrer, sie trugen alle sehr ernste Gesichter und in den Händen hielten sie Stöcke. Nun war die Zeit gekommen zu fliehen. Einige von uns entkamen durch die Fenster. Andere mussten an den Lehrern vorbei, durch die Klassentür, wo sie sich noch ein paar Schläge einfingen. Das war unser Abgang am schlimmsten Tag unserer Schulära. Aber er war noch nicht zu Ende. Bei Gott, wie sollte ich meinem Vater erklären, dass man mich, seinen Sohn, den

Stolz der ganzen Schule, den Prefect, der Schule verwies, ich konnte es nicht. 16.00, 17.00, 18.00, 19.00 Uhr und ich hatte mich noch nicht getraut. Dann endlich kam der Moment. Jetzt oder nie. Mein Vater und Gladys hatten sich gerade fein gemacht, um auf eine Party zu gehen, als ich es ihnen beichtete. Ich musste es tun, schließlich sollte ich ja am nächsten Tag raus, zur Schule. Ich betrat sein Zimmer mit äußerster Vorsicht, den Kopf zum Boden gesenkt und sprach. Ich erzählte ihm alles und wie es dazu kommen konnte. Er schaute mich mit einem entsetzten Gesicht an, der Blick erstarrt, mir schoss das Blut durch die Adern, als ich darauf wartete, von ihm geschlagen zu werden. Dies tat er aber nicht. Zu meinem Erstaunen blieb er sogar ganz ruhig, setzte sich aufs Bett und sprach: „Warum hast du es mir nicht schon früher gesagt?" „Ich hatte Angst", meine Antwort. „Was mache ich jetzt? Wie können sie so was machen? Oder gibt es da noch einen anderen Grund dich von der Schule zu werfen?", fragte er. Aber ich versicherte ihm, dass es nur den einen gab. Den G. C. E „Nun gut", sagte er, „ich werde morgen mit dir zur Schule fahren und bestimmt kann ich Mr. Okoduga zur Vernunft bringen, immerhin habe ich immens viel für die Schule getan. Außerdem war ich ja auch mal im Eltern-Lehrer-Komitee." Er war sich sicher am morgigen Tag etwas bewegen zu können und ich hoffte er könne es tatsächlich...

Das Gericht

Am Tag darauf machten wir uns beide auf den Weg zur Schule. Gladys hatte in der vergangenen Nacht meinen Vater davon überzeugen wollen, dass es andere Gründe für meinen Rausschmiss geben musste, schließlich existierten jede Menge anderer Schüler, die auch den G. C. E geschrieben hatten. Den ganzen Weg zur Schule sagte mein Vater keinen Ton, und als wir endlich ankamen, verließen das erste Mal an diesem Morgen Worte seinen Mund. „Anatol Chukwunweike Ezra Egbuna", fing er an. „Wir gehen jetzt gleich dort zusammen rein, wenn es irgendetwas gibt, was du mir noch vorher beichten willst, ist nun die Zeit gekommen, denn wenn ich dort drin irgendwelche anderen Geschichten zu hören bekomme, dann gnade dir Gott." Ich zögerte einem Augenblick, aber dann antwortete ich: „Es gibt etwas." Ich konnte förmlich spüren, wie sein Puls in den Himmel stieg, seine Hände die Form einer Faust einnahmen, wohlmöglich glaubte er, ich würde ihm nun den wahren Grund meines Rauswurfs nennen. „Was, willst du mich auf den Arm nehmen?", brüllte er mich an. Beeindruckt und eingeschüchtert führ ich fort. „Ich und die anderen mussten schon seit über zwei Wochen jeden Tag auf der Schulfarm arbeiten, den ganzen Schultag, und wir wurden auch zusätzlich noch degradiert und vor der ganzen Schule verhauen." Obwohl er im höchsten Maße empört reagierte, bemerkte ich seine Erleichterung. „Gut, dass du mir das gesagt hast, aber dies hättest du vorher machen sollen, vielleicht wäre es dann gar nicht so weit gekommen." Schnell stellte er den Wagen ab und wir machten uns auf den Weg zum Büro des Schulleiters. Dort angekommen trafen wir schon auf andere Schüler, die auch mit ihren Eltern gekommen waren und dort vor dem Büro warteten. Mister Okoduga ließ sich alle Zeit der Welt. Nun war schon eine halbe Stunde ins Land gegangen und er hatte sich noch nicht mal blicken lassen. Mein Vater verlor langsam die Beherrschung und ich befürchtete, er wurde einfach im nächsten Moment das Zimmer stürmen. In diesem Augenblick öffnete sich die Tür und wir durften einzeln, Schüler und Elternpaar, eintreten. Lächerliche zehn Minuten, dies war die Zeit, welche er uns jeweils gab, um uns schließlich alle zu enttäuschen. Mein Vater verließ drohend und brüllend das Zimmer: „Wie können sie nur so engstirnig sein?" Die Eltern versammelten sich alle auf dem Parkplatz und beschlossen gerichtlich dagegen vorzugehen. So stand es fest, sie würden die Schule verklagen, und obwohl einige von ihnen, wie mein Vater, nicht gerade im Geld schwammen, blieben sie entschlossen.

So traf das Unvermeidliche ein. Nach etlichen gescheiterten Bemühungen, die Schulleitung zur Vernunft zubringen, fing zwei Wochen danach der Gerichtsprozess an. In der Zeit zuvor hatte Gladys versucht, meinen Vater davon abzuhalten. „Er ist es doch gar nicht wert, dass du wieder so viel Geld aus dem Fenster schmeißt." Aber mein Vater blieb standhaft und wandte sich nicht von mir ab und so zogen wir es, gemeinsam mit den anderen Eltern und Schülern, durch. Glück im Unglück, wir erwischten einen Richter, dessen Sohn selbst am G.C.E teilgenommen hatte. Er war vom Anfang an der Meinung, dass wir im Recht waren, und so gewannen wir schließlich nach zwei langen Wochen den Prozess. Wir sollten alle wieder in der Schule aufgenommen werden. Der Schuldirektor und die Schule willigten ein und so nahm alles wieder seinen gewohnten Lauf, nur dass ich jetzt einer der einfachen Schüler war und nicht mehr einer der Prefects. Abgesehen davon behandelten uns die meisten Lehrer ein wenig anders als alle anderen. Mister Ukwuaba, seinerseits, war außerordentlich erfreut über das Urteil des Gerichts und betrachtete mich weiterhin als seinen Prefect. Omesiri und ich konnten unser Glück kaum fassen. Wir hatten schon befürchtet, dies sei das Ende unserer Liaison gewesen.

Die 13. Klasse fing nun an und unser Abitur stand kurz bevor. Die Ergebnisse des G.C.E standen noch aus und so begann unser letztes Jahr in der Secondary School.

Mein letztes Jahr

Die Anspannung in den Schülerreihen stieg von Tag zu Tag, da unser Abitur immer näher und näher rückte. Omesiri und ich waren immer noch sehr ineinander verliebt und ihre Freude über den Ausgang des Prozesses ließ sich kaum in Worte fassen. Wir sahen uns jetzt viel öfter als früher und verstanden und vertrauten einander blind. Meine schulischen Leistungen waren wieder auf ein Rekordhoch gestiegen und ich konnte mich wieder mit den Besten der Schule in einer Reihe aufstellen lassen. Mathematik war eines meiner Lieblingsfächer und in Kunst zählte ich zu den Besten der Schule.

Ein paar Wochen vor dem Ende des Schuljahrs hatte ich von meinem Kunstlehrer, zusammen mit einem Klassenkameraden

Kenneth Erikume, den Auftrag erhalten, eine Hintergrundleinwand für eine Schulvorführung fertigzustellen. Kenneth war ein begnadeter Zeichner. Ich nannte ihn immer Kenny G., so wie der berühmte Saxophonist, weil er mit einer ähnlichen Leidenschaft mit dem Pinsel umging wie der Musiker mit seinem Saxofon. Es sollte eine riesige Leinwand werden. Ganze drei mal sechs Meter in der Fläche. Dies bedeutete, dass wir uns während der Fertigstellung meistens mittig im Bild befanden. Es machte höllisch viel Spaß und war für uns eine willkommene Ablenkung von der Prüfungsvorbereitung. Inmitten der Schulversammlungshalle breiteten wir uns auf dem Boden aus und malten, was das Zeug hielt. Wir kamen uns vor wie Michelangelo, als er der Sixtinischen Kapelle ihren Namen gab. Langsam nahm das Bild Gestalt an. Die Leinwand zeigte eine Dorfszenerie mit einem Fluss. Den Hintergrund des Bildes bildete ein tiefgrüner, dunkler Dschungel. Ein paar Mädchen trugen Gefäße auf den Köpfen, während andere Wasser aus dem Fluss schöpften. Im Ganzen ein sehr gelungenes Bild. In den Pausen versammelte sich eine ganze Schülerschar um uns herum und schaute gespannt zu, wie das Bild allmählich entstand. Als es schließlich so weit war und die Vorführung stattfinden sollte, hatten Kenny G. und ich eine wunderschöne Hintergrundleinwand in prächtigen Farben, die in einem harmonischen Bild zusammengetragen worden war, fertiggestellt. Die Vorführung war ein voller Erfolg und wir wurden nach der Vorstellung extra nochmals auf die Bühne gebeten und erhielten das Lob aller, auch des Publikums, welches aus sehr vielen hohen Offiziellen der Schulbehörde und der Delta Steel Company bestand. Wir waren glücklich, ich war glücklich und sehr stolz wieder positiv in dieser Schule aufzufallen.

Mein Verschwinden

Am Abend, nach der Schulvorstellung, traf ich mich noch heimlich mit Omesiri in einem der Klassenzimmer. Die abendlichen Sonnenstrahlen bahnten sich ihren Weg durch die Fenster des Zimmers und es herrschte eine beruhigende Stille im Raum. Nur Omesiris zärtliches Gelächter brach diese mit Liebe und Leidenschaft gefühlte Atmosphäre. Im abendlichen Licht der Sonne saßen wir dort, Hand in Hand, und küssten uns. Ihre zärtlichen Lippen, die die meinen berührten, und das Gefühl, wenn ich mit meinen Fingern über ihre weiche Haut glitt, beförderten mich in eine andere Welt. In dieser Welt gab es nur uns beide und wir vergaßen alles andere um uns herum. „Oh Baby, ich wünschte, dieser Tag würde nie zu Ende gehen." Meine Wörter brachten uns wieder in diese Welt zurück und ich bemerkte, dass ich allmählich nach Hause zurückkehren musste. „Ja, du musst mich jetzt verlassen, aber noch nicht einmal diese Trennung kann mich von dir fernhalten. Ich bin bei dir und sehne mich schon nach dem morgigen Tag", stimmte sie zu. Ich brachte sie noch zum Tor des Mädchencampus' und kehrte nach Hause zurück, wo ich meinem Vater von dem erfolgreichen Tag berichtete. Ich war fest davon überzeugt, er würde mich genauso loben, wie es die anderen früher am Tag getan hatten. Ich nahm den nächsten Bus Richtung Warri und kam auch rechtzeitig zu Hause an. Mein Vater befand sich auch im Haus und bemerkte mein Kommen gar nicht. Er befand sich gerade im vorderen Bereich des Hauses und besprach mit Onkel Vincent, einem seiner Mitarbeiter, die Details einer Zeichnung. Ich begab mich zu ihnen, und obwohl ich zuerst zögerte, fing ich einfach an vom Tag zu erzählen. Mitten im Satz drehte er sich zu mir und schaute mich böse an. „Siehst du nicht, dass ich gerade eine Besprechung habe?" Ich zuckte zusammen und hörte sofort auf zu reden. „Entschuldigung, Sir", murmelte ich noch und verließ mit gesenktem Kopf den Raum. „Irgendetwas hatte ihn schon wieder aufgeregt", dachte ich mir, aber ich wusste einfach nicht, was es sein konnte.

Der restliche Abend verlief ziemlich ruhig und von dem, was ich meinem Vater so dringend erzählen wollte, dass ich, sein Sohn, der vor Kurzem noch der Schule verwiesen war, derselbe, der vor versammelter Schüler- und Lehrerschaft gedemütigt und beschämt worden war, jetzt wieder das Lob aller erfahren hatte, erfuhr keiner etwas. Traurig und verzweifelt ging der Abend für mich zu Ende, dazu kam noch Gladys' und Ndidis ständiges Geflüster und Gelache, dessen Grund ich in dem Moment einfach nicht zuordnen konnte, ich es aber am nächsten Morgen am eigenen Leibe erfahren sollte. Am eigenen Leibe und am eigenem Leben …

Zurück in der Gegenwart

So saß ich da, zusammengekauert, in der Ecke des Zimmers, als mir einiges deutlich wurde. Mir leuchtete alles ein. Gladys, das Biest, hatte mein Leben ruiniert, sie hatte alles systematisch geplant. Sie wollte, dass ich zerstört am Boden liege, dass ich alles verlor, dass der Name „Anatol" endgültig vernichtet wird. Sie hatte alles erreicht. Alles hielt sie fest im Griff. Das Leben, das sie mir in meinen jungen Jahren beschert hatte, war eines, das ich keinem anderen Menschen wünschte, noch nicht mal meinem schlimmsten Feind. Plötzlich fanden meine Gedanken ein abruptes Ende. Ein lautes Quietschen war der Grund. Es war die Zimmertür, die aufging, als er wieder das Zimmer betrat, mein Vater. Die Tür zum Zimmer ließ er diesmal auf. Er bewegte sich langsam auf mich zu. Da saß ich nun hilflos in der Ecke des Zimmers wie ein kleines Äffchen, gefangen im Käfig, gefangen in meinem eigenen Zimmer. Mein Herz schlug schneller, als er sich näherte, eine Gestalt wie ein mächtiger Löwe, der sich langsam, aber bedrohlich auf sein Opfer zu bewegte, um es zu überwältigen, zu zerstückeln, zu töten!!! Gedanken schossen durch meinen Kopf. In den Händen hielt ich ein Teppichmesser versteckt. Mir wäre es lieber, mir selbst die Pulsadern aufzuschneiden, als dass ich mich noch mal schlagen lasse, die Schmerzen könnte ich nicht mehr ertragen. Aber es kam anders. Mein Vater setzte sich langsam aufs Bett, neben mir, hielt die Hände vor sich weit geöffnet und flehte mich noch mal an: „Anatol, mein Sohn, sage mir bitte die Wahrheit. Nur so kann ich noch etwas für dich tun, anderenfalls werde ich dich an Gladys übergeben und das wird für dich nicht schön. Du kannst die Situation, wie sie jetzt ist, noch ändern, indem du mir jetzt sofort die Wahrheit erzählst. Wenn du es aber vorziehst, weiterhin deine unmögliche Geschichte zu verteidigen, dann kann es für dich nur noch schlimmer werden. Ich bin dein Vater und mir kannst du es erzählen. Ich habe dich schon genug bestraft, komm, sag es endlich!!! Gladys ist auf dem Weg, ein paar Jungs von der Straße aufzutreiben, die dir die Wahrheit aus der Seele prügeln werden, dagegen ist das, was ich mit dir gemacht habe, ein Witz, also fang endlich an zu reden und rette dich vor der Qual deines Lebens. Die Jungs kennen dich nicht, also ist denen dein Schmerz unwichtig, für Geld würden die dich sogar totprügeln." Ein Augenblick der tiefen Stille füllte den Raum, als er vergeblich auf eine Antwort wartete. „Rede jetzt!!!", schrie er, als ich im gleichen Moment erwiderte: „Sir, ich habe sie nicht verkauft." „Dann kann ich dir nicht mehr helfen." Er verließ das Zimmer und drehte sich nicht mal um. Es sollte das letzte Mal für eine sehr lange Zeit sein, dass ich mit ihm redete. Die Luft im Zimmer war dünn und schwül, Schweißperlen rollten meine Wange herunter. Ich bemerkte, dass ich mir vor Angst in die Hose gemacht hatte. Wirre Gedanken schossen durch meinen Kopf. „Was machen? Was tun? Wohin kannst du fliehen? Wenn fliehen, was ist mit Schule, Omesiri, Freunde, Nneka, deiner Zukunft? Gibt es überhaupt für dich eine?" Als ich dann verzweifelt dort saß, in einer Pfütze meines Urins, das Blut aus meinen Wunden quellend, bat ich den allmächtigen Herrn um ein Zeichen. Plötzlich, als hätte er mich erhört, ging das Licht im Haus aus und ich bemerkte einen Spalt in der Tür. Das war mein Zeichen. Mein Vater hatte in seiner Rage vergessen, die Zimmertür abzuschließen. Dies war meine Chance. Da war sie, ohne nur einen Moment zu zögern, rannte ich zur Tür, steckte meinen Kopf durch die Öffnung und blickte den Flur hinunter. Die Luft war rein. Ich verließ unbemerkt das Zimmer und begab mich durch den Flur ins Wohnzimmer. „Was willst du hier? Du begibst dich in große Gefahr." Es fiel mir wieder ein. Meine Mutter hatte deutsche Kinderpässe für uns machen lassen, bevor sie uns verließ. Ich musste sie finden. Durch jede Schublade kämpfte ich mich, bis ich sie endlich fand. Ich schnappte meinen und schlich durch die Küche zum Hinterausgang des Hauses. Ich machte mich davon. Im Hinterhof angekommen stand ich nun vor dem nächsten Problem. Eine fünf Meter hohe Mauer bestückt mit Stacheldraht und zerbrochenen Flaschen umgab unser Grundstück, eigentlich dazu gedacht, uns vor Einbrechen zu schützen. Ich hätte nie gedacht, dass sie mich mal selbst vor der Freiheit fernhalten würde. Verzweifelt stand ich in der Dunkelheit nun davor: „Wenn du in die Freiheit willst, dann musst du da rüber", erklang eine Stimme in meinem Inneren. „Anatol! Anatol!", schrie plötzlich eine andere, es war mein Vater, „beweg dich und mach endlich Licht oder soll ich dich holen kommen?" „Jetzt oder nie", dachte ich mir und kletterte los. Bei dem Versuch, sie zu übersteigen, zog ich mir eine tiefe Verletzung am Arm zu, ich ließ mich fallen und landete in einem tiefen Loch auf der anderen Seite und verlor dabei einen Schuh. Ein wenig benommen gelang es mir, mich aus dem Loch zu befreien, und raste davon. Das war es. Ich machte mich mit etlichen Verletzungen, einem zerrissenen Hemd, einem linken Schuh, meinem abgelaufenen deutschen Kinderpass und fünf Naira auf den Weg in die Freiheit, meine Freiheit, wohin? Ich wusste es nicht. Das Blut aus der Wunde an meinem Arm strömte nur so hinaus und bald bedeckte es mein ganzes Hemd. Zu wem konnte ich gehen? Er sucht mich bestimmt schon. Ich konnte nicht mehr zurück.

Der unheimliche Mann

„Wohin nun?", fragte ich mich andauernd, als ich wie ein Irrer die matschigen Straßen überquerte. Die gewohnten Wege mied ich bewusst, vor Angst von meinem Vater entdeckt zu werden. So irrte ich umher, bis ich schließlich am Rande eines Maisfelds stand.

Ich zögerte zuerst, aber dies war der einzige Weg. Es gab nur den einen Weg und der sollte mich durch das Feld führen. Meterhohe Maispflanzen zu meiner Linken, Rechten, hinter mir und vor mir, als ich meinen Weg durch die Front presste. Es kam mir wie eine halbe Ewigkeit vor, aber schließlich gelang ich ans andere Ende des Feldes. Erleichtert erblickte ich die aufgehende Sonne, deren Licht sich durch die noch verbleibenden Wolken am Himmel kämpfte. Ich blickte mich um, hier war ich noch nie gewesen. Alles erschien mir so anders. „Anatol“, sagte die Stimme in meinem Inneren, „du hast dich verlaufen.“ Orientierungslos und von Schmerz befallen stand ich nun in der Mitte von nirgendwo, als ich fühlte, wie meine Augen sich mit Tränen füllten. Hinter mir das riesige Maisfeld, vor mir ein Fluss, an dessen dunklem Ufer ein Urwald mit Mangrovenbäumen eine unheimliche Angst in mir auslöste. Verzweifelt, verloren und mit dem Gedanken aufzugeben brach ich zusammen. Schluchzend kniete ich im Dreck, als plötzlich das Zerbrechen eines Astes die morgendliche Stille brach. Es bewegte sich was ein paar Meter vor mir. Ich hob erschrocken den Kopf und sah eine Gestalt, die mir irgendwie bekannt vorkam. Die Umrisse eines leicht bekleideten Mannes zeichneten sich in der Dämmerung ab. Er trug in der einen Hand ein langes Gewehr und in der anderen eine Machete. Dieses Bild hatte ich doch schon mal gesehen. Er stand am gegenüber liegenden Ufer des Flusses und rief mir zu: „Weißer Junge! Oyibo! Wo willst du hin?“ „Oh, guter Herr“, schrie ich zurück: „Ich habe mich verirrt und weiß nicht wohin.“ „Wo soll dich dein Weg denn hinführen, sicherlich nicht hierhin, in eine so gefährliche Region?“, antwortete er. „Oh, nein, guter Herr, ich möchte zur Hauptstraße gelangen.“ „Bleib am Rande des Maisfelds, bis du zu einem Fußpfad gelangst, folge diesem und am Ende die Straße rechts und du kannst von dort die Airportroad schon erkennen.“ Freudentränen schossen aus meinen Augen, als ich dies hörte. Erfreut und befreit begab ich mich auf den von ihm beschriebenen Weg, aber als ich mich umdrehte, um mich erneut zu bedanken, war der unheimliche Mann wie vom Dschungel verschluckt, er war weg. Während ich an seine Wörter dachte und den Weg heruntertaumelte, fiel es mir wieder ein. Der gleiche Mann, dieser Mann, war derselbe wie der aus dem Dschungel hinter der Schulfarm, am Tag vor dem Sportfest, aber wie kam er hierher, warum wieder zu mir? Und wieso gerade jetzt? Es schien mir alles so irreal, so unglaublich und mysteriös.

Omenawos Mutter

Tief in Gedanken versunken, machte ich mich weiter auf den Weg, immer im Hinterkopf, dass ich auf der Flucht vor meinem Vater und Gladys, meiner schrecklichen und herzlosen Stiefmutter, war. Viele Gedanken schossen mir durch den Kopf: „Was mache ich, wenn ich an der Hauptstraße angekommen bin? Wo soll ich bloß hin? Wohin soll meine Flucht in die Freiheit mich führen?" Ich konnte nirgendwohin, wo mich die beiden nicht finden würden. Mir gingen unendlich viele Namen durch den Kopf, aber keiner von denen konnte mir ein sicheres Versteck bieten. Die Zeit verging und endlich gelangte ich zum Fußpfad am Rande des Maisfelds. Dann fiel mir die Lösung plötzlich ein. „Omenawos Mutter!" Sie würde mir in dieser bedrohlichen Situation sicherlich Unterschlupf bieten. Sie war unsere Nachbarin in der alten Wohnung und hatte vehement gegen Gladys und ihre schrecklichen Methoden uns gegenüber protestiert. Mit neuem Mut und großer Entschlossenheit machte ich mich auf den Weg dorthin. An der Hauptstraße angekommen versuchte ich so schnell wie nur möglich sie zu überqueren, um mich von der anderen Seite durch eine Nebenstraße, die weniger Gefahr für mich bot, da sie nicht so befahren war und somit die Wahrscheinlichkeit, von einem Bekannten entdeckt zu werden, sich verringerte, zu Mama Omenawo durchzuschlagen. Die morgendliche Sonne hatte sich inzwischen ihren Platz am Himmel erobert und ihre heißen Strahlen brachten mich zum Schwitzen. Es brannte jedes Mal, wenn der Schweiß durch die unzähligen Schnitte an meinem Körper floss. Ich war gezeichnet, als ich mich durch die Menschenmengen, die ihren morgendlichen Geschäften nachgingen und mich voller Entsetzen anguckten, bewegte. Mein Gefühl für die Zeit hatte ich verloren. Sechs, sieben, acht Uhr, ich wusste es nicht. Als ich dann schließlich an Mama Omenawos Residenz ankam, befand sie sich gerade zu Hause und empfing mich mit offenen Armen. Ohne eine Frage zu stellen, nahm sie meine Hand und führte mich in ein Hinterzimmer. Dort zeigte ich ihr dann meinen verletzten Körper und unter Tränen erzählte ich ihr meine Geschichte.

„Ich wusste schon immer, dass diese Frau ein Biest ist", fügte sie jedes Mal hinzu, als ich aufhörte zu erzählen, um nach Luft zu schnappen, „aber dass dein Vater ihr so hoffnungslos verfallen ist, hätte ich nie im Leben geglaubt. Du bleibst erst mal hier und erholst dich ein wenig. Hat dich jemand gesehen?", fragte sie dann nach einiger Zeit. „Nein, ich glaube nicht", antwortete ich mit zitternder Stimme. „Gut, ich mach dir jetzt was zu essen und du nimmst erst mal ein wohltuendes Bad, die Klamotten legst du einfach zur Seite." Später an dem Tag, gebadet, in frische Sachen gekleidet, die Osa, ihrem ältesten Sohn gehörten, und nach einer guten Mahlzeit konnte ich mich wieder ein bisschen beruhigen.

Plötzlich stürmte Omenawo in die Küche. „Anatol!", flüsterte sie, „du musst sofort ganz leise sein, dich nicht vom Fleck bewegen, denn dein Vater ist draußen vor der Tür und fragt nach dir." Eine wahnsinnige Panik brach in mir aus, als ich verzweifelt versuchte mich zusammenzureißen. „Geh raus und ergib dich, ehe er dich selbst rauszerrt, er hat dich sowieso gefunden, jetzt wird er dich umbringen." „Anatol!", ich wurde wieder aus meiner Gedankenwelt gerissen, „er weiß nicht, dass du hier bist, er fragt nur, ob wir dich gesehen haben, er weiß nicht, dass du hier bist, und wird es auch nie erfahren", sagte sie. Omenawos Mutter, die sich draußen mit ihm unterhielt, ließ sich nichts anmerken. Er war in Begleitung von drei jungen Männern, die ich nicht kannte, aber so schnell, wie sie aufgetaucht waren, rauschten sie wieder davon. Sie waren weg und die Gefahr war erst mal wieder gebannt. Nach einiger Zeit betrat sie wieder die Küche, griff einen Hocker, setzte sich an meine Seite und erklärte mir, dass er zum alten Haus gefahren war, denn er vermutete, ich würde mich dort aufhalten. Das Kerzenlicht flackerte, als wir später am Abend alle zusammen beim Abendmahl saßen und Omenawo mir erzählte, was sie vorhatten. „Anatol", sagte sie „dein Vater und Gladys haben so viele Bekannte und Freunde hier in der Stadt. Früher oder später wird einer von denen dich bei uns entdecken und dann sind wir geliefert. Wir haben uns überlegt, dass du die Stadt verlassen musst. Ich muss sowieso in ein paar Tagen nach Lagos und, so wie Gott es will, sollst du mich dorthin begleiten, um vielleicht bei deinem Onkel, dem Bruder meines Vaters, um Rat zu fragen." Ich hörte ihr aufmerksam zu, bei der Idee mit meinem Onkel ließ ich sie aber wissen, dass dies keine gute Idee sei, da er seinem Bruder niemals in den Rücken fallen könnte. Ein Moment der Stille füllte den Raum, als mir die Erleuchtung kam. Ich hatte doch meinen deutschen Pass und in Lagos befand sich auch die deutsche Botschaft, ich könnte doch um Asyl bitten. Ja, das schien mir perfekt! Sie stimmten zu und wir besprachen ab dann zusammen unsere weitere Vorgehensweise.

Die Flucht nach Lagos

Am Tag nach dem Morgen war es schließlich so weit. Omenawo und ich verabschiedeten uns von ihrer Familie. Ich bedankte mich noch herzlich bei ihrer Mutter, sie sollte für immer einen Platz in meinen Herzen bekommen. Wir gingen fort, unsicher, was die Zukunft bringen würde. Die Fahrt nach Lagos würde sechs Stunden dauern. An einem Fahrzeugpark in der Nähe unserer Kirche mieteten wir einen Wagen, der uns nach Lagos bringen sollte. Bis wir Warri endlich verlassen hatten, vergingen wieder ein paar Stunden wegen der Formalitäten, während denen ich mich die ganze Zeit im Wagen versteckt halten musste, um kein Risiko einzugehen entdeckt zu werden. Die Zeit verging und ich verharrte immer noch in meiner unangenehmen Lage, bis ich vor Erschöpfung einschlief. „Hey, Schatz, komm setz dich richtig hin, wir sind außer Gefahr, wir haben Warri verlassen", rief ihre sanfte Stimme. Die Fahrt nach Lagos sollte ab Warri über Benin durch Oyo State nach Lagos führen. Diese Strecke führte überwiegend durch dichten Regenwald und Mangrovensümpfe. Sie war in einem sehr schlechten Zustand und flößte den meisten Reisenden derbe Angst ein, da sie von Banditen nur so wimmelte. Um sieben Uhr hatten wir Warri verlassen und um acht weit hinter uns gelassen. Die Landschaft zu beiden Seiten bestach durch ihre atemberaubende Schönheit. Täler, Flüsse, tiefgrüner Dschungel und kleine Dörfer huschten an uns vorbei, als wir entlangfuhren. Nach etwa drei Stunden erreichten wir dann endlich Benin City, eine sehr alte geschichtsreiche Stadt. Sie war vor 500 Jahren das Zentrum des berühmten Beninreichs gewesen. An einem kleinen Markt mit vielen bunten Verkaufsständen hielt der Fahrer dann an, damit wir Proviant für die Weiterfahrt besorgen konnten. Obwohl wir jetzt schon fast 300 Kilometer von Warri, meinem Vater und Gladys entfernt waren, wurde ich das Gefühl nicht los, dass wir verfolgt werden. Omenawo versuchte mich die ganze Fahrt über zu beruhigen. „Sie werden dich niemals finden, wir schaffen es nach Lagos und in die Botschaft und was dann passiert, liegt nur in Gottes Händen.“ Ihre Wörter schenkten mir Zuversicht, Kraft und gaben mir Geborgenheit. Sie hielten meinen Willen, die Freiheit zu erlangen, am Leben und so verließen wir nach dem kurzen Aufenthalt Benin und fuhren weiter Richtung Oyo State.

Der Weg vor uns war noch lang, aber die Freude, bald in Sicherheit zu sein, ließ mich jetzt nicht mehr los. Während der gesamten Strecke wurden wir mehrmals an sogenannten Checkpoints von der Polizei angehalten. Diese durchsuchten dann meistens den ganzen Wagen und auch, wenn es gar nichts zu beanstanden gab, ließen sie einem erst gegen einen Obolus gehen.

Kurz vor der Grenze zu Ogun State durchquerten wir ein Dorf. „Dies ist kein gewöhnliches Dorf“, erzählte mir der Fahrer. Er hatte uns ausdrücklich gebeten alle Fenster und Türen geschlossen zu halten, den Grund sollte ich bald erfahren. „Es ist ein Lepradorf“, sagte er dann nach einer Weile. „Die hier wohnenden Menschen sind alle leprakrank und wurden von ihren Familien und der Gemeinde hierher verbannt, um zwischen Autobahn und Dschungel ihr Überleben zu sichern. Einige von ihnen verbringen den ganzen Tag damit, an der Straße von den vorbeifahrenden Autos Almosen zu erbetteln.“ Unter ihnen auch Kinder. Ich konnte bei einigen von ihnen erkennen, wie die Krankheit sämtliche Gliedmaßen angegriffen und abgefressen hatte. Es war ein grauenhafter Anblick, den ich heute noch sehr deutlich vor Augen habe.

Um zirka 15.00 Uhr Ortszeit trafen wir schließlich in Lagos ein. Den ganzen Weg über begleitete mich nicht nur die Furcht vor meinem Vater und Gladys, sondern auch die Gewissheit ich würde meine Omesiri nie wieder sehen. Lagos Stadt, eine riesige Handelsmetropole mit Millionen von Menschen, die aber zum größten Teil in Armut lebten. Diese verbarg sich aber meistens hinter pompösen und glamourösen Fassaden der Promenaden, die in Form von Wolkenkratzer und riesigen Marmorbauten aus den Boden ragten.

An ein bestimmtes Bild kann ich mich noch sehr gut erinnern. Ein etwa 20-stöckiges Hochhaus, von oben bis zum Flur im Eingang des Gebäudes mit Marmor und Glas bedeckt, schoss förmlich vor uns in den Himmel. Unmittelbar daneben ein riesengroßer Müllberg, auf dem sich einige der Ärmsten der Armen ihre Hütten aus dem Müll der Reichen gebaut hatten.

„Oh Gott", dachte ich, „lass sie auch einen Weg aus diesem Elend finden, bitte." Bis wir dann durch den dichten Verkehr auf Lagos' Straßen durchkamen und vor der Botschaft parkten, standen die Tore geschlossen. „Kommt morgen wieder", schrie uns ein Security-Mann von der anderen Seite des Tores entgegen, „am besten so früh wie nur möglich", mit einem leichten Grinsen auf seinem Gesicht. Niedergeschlagen von den Strapazen der vergangenen Tage und der langen Reise machten wir uns auf den Weg zu unserem Nachtquartier. Bei einer guten Freundin von Omenawo kamen wir unter, die nur eine Viertelstunde mit dem Auto von der Botschaft entfernt wohnte. Dort verbrachten wir die Nacht und warteten auf den morgigen Tag.

Die Botschaft

Diese Nacht verging wie im Flug. Es regnete wie aus Eimern. Blitz und Donner verursachten immer wieder einen kurzen Moment des Schreckens bei mir, bis ich irgendwann vor Müdigkeit einschlief. Um fünf Uhr morgens am nächsten Tag wurde ich dann bereits von Omenawo geweckt. Wir aßen etwas gemeinsam und machten uns auf zur Botschaft. Ich hatte schon so viel von ihr gehört, es sollte bewaffnete Türwächter geben, die einen sofort erschießen, sobald man sich verdächtig verhält, und die Angestellten der Botschaft sollten sehr streng mit denjenigen umgehen, die es schafften, durchs Haupttor zu gelangen. Sie würden auch nur deutsch mit einem sprechen, hieß es. All dies erzählte ich Omenawo, aber sie winkte ab. „Wir haben es bis hierhin geschafft und den Rest kriegen wir auch noch hin, obwohl es nicht schaden könnte, würdest du deutsch sprechen." So verbrachte ich die 15 Minuten Fahrt zur Botschaft damit, mein bisschen Deutsch aufzupolieren. Ich hatte noch nicht mal den ersten Satz zusammen, schon standen wir vor dem Tor. Wir waren um sechs Uhr losgefahren und kurz darauf da, konnten aber vor lauter Menschen noch nicht mal den Eingang sehen. „Was wollen die alle hier?", fragte ich Omenawo. „Sie wollen genauso wie du Asyl beantragen." Meine Nerven lagen blank, als wir das Taxi verließen und uns unter die wartende, schreiende Menschenmenge mischten. Überall nur Geschrei. Jeder versuchte so nah wie nur möglich ans Tor zu gelangen, wo die schwer bewaffnete Security einen wieder zurückdrängte. Die Masse tobte und der Lärmpegel erreichte eine fast unerträgliche Höhe. „Wie soll ich bloß da durch?", fragte ich mich. Jedes Mal, wenn ich versuchte, ein wenig nach vorne zu kommen, erntete ich nur Tritte und Ellbogenchecks. Es war sinnlos. Um etwa sieben Uhr waren wir aus dem Taxi ausgestiegen und jetzt um zehn waren wir unserem Ziel keinen Schritt näher gekommen.

Die Lage eskalierte dann plötzlich, als zwei aus der Menge sich in die Haare bekamen. Sie gingen aufeinander los wie wilde Tiere und kämpften erbittert. „Um was oder weswegen?", fragte ich mich. Vielleicht war der Grund, dass sie erkannt hatten, wie aussichtslos ihre Bemühungen waren, aus dieser Misere rauszukommen. Die Wächter, die dieses Szenario von der anderen Seite des Tores beobachteten, blieben nicht tatenlos. Dies waren ihre Landsleute und sie verstanden sie nur allzu gut. Zwei von ihnen griffen ein, trennten die Streithähne und versuchten die aufgebrachte Menge mit einem Appell zu beruhigen. Zwischenzeitlich war einer der Botschaftsangestellten auf den draußen stetig steigenden Lärm aufmerksam geworden und verließ das Gebäude, um sich ein Bild der Lage zu machen. Er war ziemlich groß und wirkte recht entspannt. „Wir alle wollen heute was erreichen, oder?", sprach er zu der Menge. „Wenn dies der Fall sein sollte, dann gebt uns eine Chance, jeden Einzelnen zu erhören. Mir ist klar, dass einige bessere Chancen besitzen im Vergleich zu anderen, aber ich verspreche, dass wir unser Bestes tun werden, um alles gerecht zu handhaben." Auf seine Worte hörten die Menschen und es wurde deutlich ruhiger.

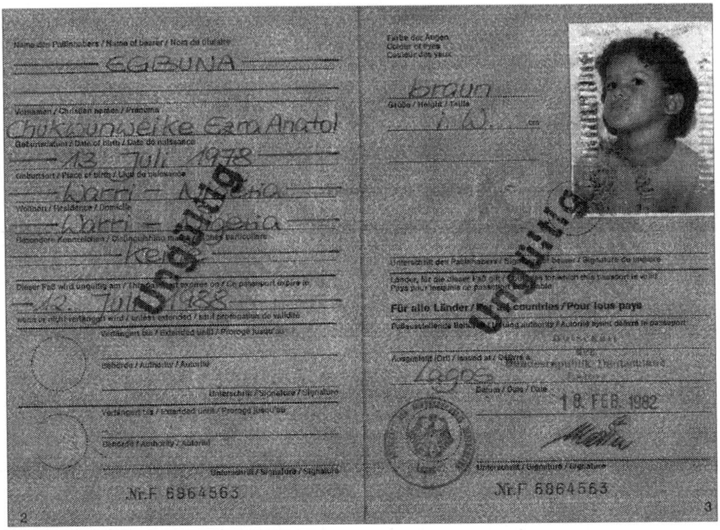
EGBUNA
Chukwunweike Ezra Anatol
13 Juli 1978
Warri – Nigeria
Warri – Nigeria
keine
12. Juli 1988
Ungültig
Nr.F 6864563
2
braun
i. W.
Für alle Länder / For all countries / Pour tous pays
Lagos
18. FEB. 1982
Ungültig
Nr.F 6864563
3

Wir wurden dann in Gruppen aufgeteilt. „Diejenigen mit einem deutschen Pass nach links und alle anderen nach rechts", hieß es dann. Ich guckte Omenawo mit großen Augen an und fragte, ob er damit auch meinen Kinderpass meinen könnte. „Bestimmt", antwortete sie und wir teilten uns auf. Omenawo und ich standen plötzlich ganz alleine auf der linken Seite. Irgendwie fühlte ich mich unwohl. Ich besaß zwar schon einen deutschen Pass, aber dieser war bereits seit etlichen Jahren abgelaufen. Einer der beiden Wächter bewegte sich dann in unsere Richtung und sprach uns an. „Lass mal sehen, Knabe." Ich zeigte ihm den Pass. Er nahm ihn an sich, blickte in Omenawos Richtung: „Sie gehört zu mir", sagte ich im gleichen Moment. Er schmunzelte und ließ uns durch. „Geht zum Empfang", kam dann die Anweisung, wobei er gleichzeitig in Richtung einer großen Glastür zeigte. Ich konnte es nicht fassen, wir waren drin, ich war drin!!! Mir war so, als hätten wir gerade das Tor zu einer anderen Welt geöffnet. Wir blickten hinein und gingen hindurch. Das Grundstück, welches die Botschaft umgab, strahlte etwas Heiliges aus. Überall ragten Palmen in den Himmel. Entlang den Fußwegen, die zum Eingang führten, wuchsen Hunderte von bunten Blumen, die Wege selbst bestachen durch ihre Sauberkeit. Noch nie in meinen Leben hatte ich so einen

Ort gesehen. In meinen Träumen hatte ich mir sehr oft das Paradies vorgestellt und dieser Ort kam dem ziemlich nah. Wir bewegten uns auf die riesige Glastür zu, vor der zwei weitere bewaffnete Soldaten die Stellung hielten. Aufgeregt blieb ich vor ihnen stehen und wartete auf die nächste Anordnung. Sie tasteten uns mit Metalldetektoren ab. Bei Omenawo ging alles glatt, bei mir nicht. Es piepte unaufhörlich, jedes Mal, wenn sich der Detektor über meine Hosentaschen bewegte. „Scheiße!!!", dachte ich. Am Tag meiner Flucht von Zuhause hatte ich fünf Naira eingesteckt. Das bisschen Geld, welches ich zum Überleben benötigen hätte können. Fünf Naira in Ein-Naira-Münzen, jeweils eine in jeder Hosentasche, um zu verhindern, dass sie alle auf einmal verloren gingen. So kam es, dass ich mich ihrer entledigen musste vor den Augen der beiden amüsierten Wächter. Wir durften passieren und nun standen wir in einem großen Saal. Es roch da drin so frisch. „Gleich zu mir", kam eine Ansage auf Englisch über Lautsprecher. Wir bewegten uns in Richtung Tresen. Eine gut aussehende weiße Frau saß mir gegenüber. „Was können wir für Sie tun?", fuhr sie fort. Ermutigt alleine durch die Art und Weise, wie sie mich anredete, antwortete ich: „Mein Name ist Anatol Egbuna, wohnhaft in Warri, Delta State, und wir sind hier, um Herrn Stache zu sehen." (Herr Stache, dies war der Botschaftsangestellte, der damals, 1995, für meine Schwester Ebele die Ausreise nach Deutschland ermöglichte. Seitdem hatte ich mir diesen Namen eingeprägt.) „Wer weiß, ob er dir irgendwann mal von Nutzen sein wird", hatte ich mir damals gedacht und jetzt war dieser Zeitpunkt gekommen. Später wurde mir klar, ohne diesen Namen wäre ich bei jemand anderem gelandet und dies hätte für mich bestimmt andere Konsequenzen gehabt. Anscheinend beeindruckt davon stellte sie keine weiteren Fragen und schickte uns mit einem Boten in den zweiten Stock. Wir benutzten einen Fahrstuhl, für mich das erste Mal. Ich kannte sie aus Filmen, ein komisches Gefühl, und obwohl die Fahrt in den zweiten Stock nur von kurzer Dauer war, genoss ich sie. In zweiten Stock angekommen, verwies der Bote uns in ein Wartezimmer und verschwand um die Ecke. Im Raum hingen tolle Bilder von Rembrandt an der Wand, einem meiner Lieblingsmaler. Seine Bilder strahlten immer eine unglaubliche Realität aus. Als dann der Bote wieder zurückkam, stand ich immer noch vor einem von ihnen. „Herr Stache", fing er an, „bat mich dir zu sagen, dass er für dich nicht zuständig ist, bitte folge mir wieder nach unten." „Nein", dachte ich, „dies kannst du nicht zulassen, du musst zu Herrn Stache." Ich hatte es jetzt schon in den zweiten Stock geschafft und war nicht bereit wieder in den ersten hinunterzugehen. So flehte ich ihn an. „Bitte, sagen Sie ihm, dass er mich nicht kennt, aber dass er meiner Schwester mal geholfen hat und ich aufgrund von gewissen Umständen unbedingt zu ihm muss." Zuerst blieb er ein wenig irritiert stehen, aber nach einer Weile drehte er sich misstrauisch um und verschwand wieder und kehrte kurz darauf zurück: „Folge mir bitte, aber alleine." Omenawo nahm meine Hand und drückte sie. Ich verließ mit ihm das Zimmer.

Herr Stache

Ich wusste nicht, was mich im Zimmer erwarten würde, aber ich war fest entschlossen nicht herauszukommen, bis ich etwas erreicht hatte. Ich betrat das Zimmer. Herr Stache war ein nett aussehender Deutscher mit einem sympathischen Lächeln auf den Lippen, als ich hereinkam. Es gab mir den Mut, den ich brauchte, meine Geschichte erneut zu erzählen. „Was kann ich für dich tun, Junge?" Ich schoss los. Zwischenzeitlich stehend hatte er sich wieder hingesetzt und hörte mir aufmerksam zu. Der Ausdruck in seinen Augen hätte Berge versetzen können und als ich ihm dann meinen verschandelten Körper zeigte, rastete er aus. „Verdammter Scheißkerl", schrie er dann. Der Bote, der vor der Tür postiert war, raste ins Zimmer. „Ist schon gut, Samuel", beruhigte ihn Herr Stache, „alles in bester Ordnung." Samuel warf einen strengen Blick in meine Richtung und ließ uns wieder alleine. Eher ich mich versah, hatte Herr Stache zum Telefon gegriffen, bestellte jemanden ins Zimmer und wandte sich zu mir. „Ich habe eine nette Dame hoch bestellt. Sei so nett und beantworte alle ihre Fragen", und dann verließ er das Zimmer.

Kurz darauf kam sie schon. Eine bildhübsche Frau. „Ich bin die Tanja", fing sie an, die Hand in meine Richtung ausgestreckt.

„Sei so nett und zieh mal dein Hemd aus und lass mich mal deine Wunden sehen.“ Ein wenig beschämt tat ich es. „Das hat bestimmt sehr weh getan“, sagte sie dann, als sie jede einzelne Stelle akribisch in Augenschein nahm. „Es tut mir so leid, jetzt bist du sicher“, fügte sie hinzu. Sie machte dann noch ein paar Fotos, fragte mich dann nach meiner Schuh- bzw. Kleidergröße und brachte mich in die Botschaftsküche, wo ich mir was zu essen nehmen durfte. Dann machte sie sich davon. Als ich ins Zimmer zurückkehrte, führte Herr Stache gerade ein Gespräch mit Omenawo. „Komm, setz dich hierher“, sagte er. Es war klar, von diesem Moment an sollte ich bei ihm bleiben. Zusammen brachten wir sie dann zum Ausgangstor. Er hatte ihr zuvor noch genug Geld gegeben, um ihre Kosten für mich zu decken. Sie nahm mich in den Arm, drückte mich fest an ihre Brust und flüsterte in mein Ohr: „Dein Leiden hat hier nun ein Ende gefunden. Geh und flieg frei wie ein Vogel.“ Tränen liefen ihre Wangen hinunter. Ich wollte sie nicht gehen lassen. Jede Sekunde der vergangenen Tage war sie für mich da gewesen. Nun flossen auch die Tränen aus meinen Augen, als ich anfing zu weinen. „Ich werde dich vermissen und nie vergessen, danke.“ Sie drehte sich um und ließ mich dort. Ich sollte sie nie wiedersehen. Wir blieben dann noch eine Weile stehen, bis ich sie aus den Augen verlor. Herr Stache, der die ganze Zeit hinter mir stand, nahm meine Hand und sagte: „Mach dir keine Gedanken, du bist hier in guten Händen und ich werde dafür sorgen, dass du so schnell wie möglich zu deiner Mutter nach Deutschland kommst.“ Wir kehrten dann wieder in sein Büro zurück, wo dann schon ein paar Hemden, Jeans und ein paar nigelnagelneue Boots für mich bereitlagen. Ich traute meinen Augen nicht. „Für mich?“, fragte ich erstaunt. „Natürlich“, kam die Antwort, „deine alten Klamotten sehen aus wie die eines Bettlers. Du kannst dich jetzt erst mal umziehen und dann fahren wir zu mir nach Hause, wo du meine Frau kennenlernen wirst.“ Ich sollte bis zu meiner Abreise nach Deutschland bei den beiden zu Hause wohnen. Sie ließen mich in ihren vier Wänden hausen, obwohl sie mich nicht kannten, und schenkten mir ein Vertrauen, das mir andere in meinem ganzen Leben nicht entgegengebracht hatten.

Uns so verbrachte ich den Rest des Tages mit den beiden, Herrn Stache und seiner Frau Gertrud, die übrigens auch gerne zeichnete, und erzählte ihnen nach dem Abendessen meine ganze Geschichte.

Diese Nacht verbrachte ich im Zimmer seiner Tochter Lisa, die gerade in Deutschland war. Als ich dann später in ihrem weichen Bett lag, dachte ich das erste Mal an all das, was ich zurückgelassen hatte. „Nneka, wird sie es ohne mich schaffen?“ Im Laufe das Abends erzählte ich Herrn Stache von ihr und er versprach mir, sie von meinem Vater wegzuholen. Ich dachte an all meine Freunde aus der Schule, an Omesiri. OH! Tat das weh, daran zu denken, sie niemals wiederzusehen, ihre Lippen zu berühren, ihre Stimme zu hören. Ich muss stundenlang wach gelegen haben, das Kissen mit Tränen getränkt haben, als ich dann irgendwann eingeschlafen bin.

Nneka und Ebele

Eine Woche würden die Formalitäten und das Besorgen der benötigten Papiere dauern, um meine Reise nach Deutschland zu ermöglichen. In dieser Zeit versuchte er auch meine Mutter zu kontaktieren, was ihm aber nicht gelang. Immerhin erreichten wir schließlich meine älteste Schwester, Chinelo, die seit Jahren im Ausland wohnte. Durch sie erfuhren wir dann, dass meine Mutter zurzeit in Florida ihren Urlaub verbrachte und dass sie erst in der nächsten Woche zurückkehren sollte. Mit Chinelo, die wir Chini nannten, zu reden war für mich schon alle Mühe wert. „Hallo Tölchen, geht's dir jetzt gut? Herr Stache hat mir alles geschildert und ich hole dich da raus.“ Diese Wörter klangen wie eine unübertrefflich schöne Melodie in meinen Ohren. Wie der ersehnte Freispruch vom Richter, den der Angeklagte zu hören bekam.

Die Woche raste nur so an mir vorbei. Herr Stache und seine Frau unternahmen sehr viel mit mir. „Ich zeige dir, dass es auch eine andere Welt gibt als die, die du bis jetzt kanntest.“ In der Tat, es gab eine andere. Und obwohl ich fast 18 Jahre alt war und mein ganzes Leben in Nigeria verbracht hatte, lernte ich mit diesen beiden ein ganz anderes Nigeria kennen. All die schönen Sachen im Leben, die ich zuvor nie zu Gesicht bekommen oder nur aus dem Fernseher gekannt hatte, sie lagen jetzt alle zum Greifen nah.

Der Freitag ließ nicht lange auf sich warten. So saßen wir dann an dem besagten Tag gemeinsam beim Abendessen, als ich eine sehr gute Nachricht zu hören bekam. „Anatol“, sagte er zu mir, „ich habe heute einen Anruf von deiner Schwester bekommen.“ „Welche?“, fragte ich ganz aufgeregt. „Ebele“, kam die unerwartete Antwort. „Sie ist auf dem Weg hierher“, fügte er hinzu, „und sie kommt nicht allein. Nneka ist auch dabei.“ Ich glaubte meinen Ohren nicht. „Wie bitte, einfach unglaublich“, schrie ich durch den Raum. „Nneka und Ebele kommen hierher?“ „Sie werden wohl übermorgen hier sein und dann werdet ihr die Reise nach Deutschland gemeinsam antreten“, sagte er noch. Diese Nachricht war die Beste seit Langem und so schlief ich in dieser Nacht wie ein Baby im siebten Himmel, nachdem wir noch zu dritt einen Film gesehen hatten.

Am nächsten Tag unternahmen wir dann einen Ausflug mit dem Motorboot. Die beiden besaßen eine kleine Bambushütte am Privatstrand entlang Nigerias Südküste, den man nur erreichte, indem man das Festland verließ und mit dem Boot die Lagune überquerte. Dann noch ein Fußmarsch durch dichten Mangrovenwald und man war in seinem privaten Paradies. Auf Anweisung von Gertrud hielt ich mich sehr viel im Meer auf, welches ganz reich an Mineralien und Salzen war, die meinen Wunden sehr guttaten. Die Aussicht vom Strand aus war einfach atemberaubend schön. Überall entlang des weißen Sandstrands wuchsen Kokosnussbäume. So verbrachten wir den Samstag, mit ein paar von ihren Freunden, zwischen dem kühlen, erfrischenden Wasser des Atlantischen Ozeans, herrlicher Musik, Speis und Trank. Am Ende des Tages blickte ich zurück auf einen himmlischen Tag, den ich in vollen Zügen genießen konnte, mit den Gedanken, dass ich Ebele und Nneka bald in die Arme schließen würde.

In Lagos mit Ebele und Nneka

Ebele und Nneka trafen dann um ca. 20.00 Uhr am Abend des nächsten Tages ein. Wir feierten dann erst mal zu dritt eine Wiedersehensfeier und insgeheim auch den Triumph über Gladys und deren Niederlage. Die vergangen Tage waren Tage wie keine anderen. Da saßen wir nun in Lagos, fernab von Zuhause, all dem Unheil, und unterhielten uns über unsere abenteuerliche Flucht aus Warri und die Zukunft.

Jetzt klärte sich alles auf. Es beschäftigte mich sowieso, wie Ebele und Nneka diese Flucht nach meinem Verschwinden gelingen konnte. „Herr Stache“, hieß die Lösung. Er hatte Himmel und Hölle in Bewegung gesetzt, um mit Ebele Kontakt aufzunehmen. Er hatte hierzu all seine Beziehungen eingesetzt und sie schließlich erreicht. Ebele war zu der Zeit auf der Universität in Benin gewesen, wo sie BWL studierte. Sie hatte Benin verlassen, war dann nach Warri gereist und hatte Nneka einfach von der Schule mitgenommen. „Genial“, dachte ich mir. Es war so einfach.

Die nächsten vier Tage verbrachten wir dann alle drei bei Herrn Stache und warteten auf eine Nachricht von meiner Mutter, die jetzt aus ihrem Urlaub zurückgekehrt war und in Deutschland auf uns wartete. An einem Donnerstag sollten wir dann Nigeria verlassen. Die Spannung und das Glück waren uns dreien förmlich ins Gesicht geschrieben. Es war für mich einfach unfassbar, dass wir nun zu dritt in Lagos, bei Herrn Stache, waren, wo es vor nicht allzu langer Zeit noch völlig unmöglich war, unser Zimmer zu verlassen, ohne dass Gladys dies mitbekam. Sie wachte über alles, aber trotz alldem war es uns gelungen, mit der Hilfe von Menschen, die uns wohlgesinnt waren, vor ihrem wachenden Auge zu fliehen und zu entkommen.

Der entscheidende Tag

Vier Tage. Im Vergleich zu 14 Jahren war dies natürlich lächerlich. Trotzdem kamen sie mir unendlich lang vor. In all der Zeit, seit wir von zu Hause verschwunden waren, konnten mein Vater und Gladys einfach nicht herausfinden, wo wir uns versteckt hielten. Wie sollte er auch darauf kommen, dass wir in die deutsche Botschaft flüchten würden. Dadurch, dass die ganze Geschichte auf Zufällen beruhte, hatten wir drei nie davon gesprochen, ihm und seiner Frau den Rücken zuzukehren und nach Deutschland abzuhauen. Er dachte sich bestimmt, wir seien wahrscheinlich bei Freunden untergekommen, deren Eltern sich auch dann bald melden würden. Sie warteten beide vergebens! Kurz vor der Abreise sollte er einen Anruf von Herrn Stache persönlich bekommen, der ihn in Kenntnis davon setzte, dass wir, seine Kinder, sich nun in der Obhut der deutschen Botschaft befanden. Des Weiteren erwähnte Herr Stache auch, dass ihm eine Anklage wegen gefährlicher Körperverletzung und Kindesmissbrauchs drohe. „Sie müssen für Ihre schrecklichen Taten ins Gefängnis. Guten Tag." So beendete er das Gespräch. „Bo!", dachte ich. Noch nie hatte ich mitbekommen, dass jemand meinem Vater so die Stirn bot.

Nun, es war jetzt schon 23.00 Uhr am Donnerstag, 21. März 1996. Wir, Ebele, Nneka und ich, verabschiedeten uns von Gertrud, ihrem Mann und allem, was uns bis zu diesem Tag begleitet hatte. All der Schmerz und Kummer, das unbeschreibliche Leiden, die schlaflosen Nächte und vor allem der Horror unseres bisherigen Lebens, GLADYS. „Küsse und viel, viel Glück", hieß es zum Abschied, als wir die Wohnung verließen und den Wagen, der uns zum Moritala Muhammed Flughafen in Lagos bringen sollte, bestiegen. Wir drehten uns um und winkten noch, als der Wagen in der Dunkelheit verschwand.

Der Flieger, der uns in unser neues Glück bringen sollte, wartete schon auf uns. Im Flughafen angekommen brauchten wir uns um nichts zu kümmern. Herr Stache hatte sich im Voraus um alles gekümmert. Kaum am Check-in, wurden wir von einer Flughafenangestellten umsorgt. Sie begleitete uns überall hin und führte uns durch alle Kontrollen. Es war ein tolles Gefühl. Wie Popstars. Früher, am Abend des gleichen Tages, kriegten wir noch zu hören, wir sollten uns warm anziehen, da es um diese Jahreszeit in Deutschland ziemlich kalt sein würde. Ich konnte mir das nicht vorstellen und so zog ich mir einfach noch ein Hemd über. Dies war bereits bei der Ankunft am Flughafen nass geschwitzt.

Unmengen von Treppen, zahlreiche Kontrollen und dann standen wir vor dem Tor zu unserem Glück. Als der Moment immer näher rückte, in dem wir den Flieger betreten durften, wurde mir einiges bewusst. Händchen haltend zwischen Ebele und Nneka, hatte ich mir in diesem Moment vorgenommen mein altes Leben hinter mir zu lassen, all den Schmerz zu vergessen und ein neues Leben anzufangen. „Egal, wie es ausgehen wird, Anatol, du wirst das Beste daraus machen und du darfst ohne Erfolg niemals Nigeria wieder betreten. Du wirst deine Schule beenden, etwas studieren und aus deinem Leben, mit der Fülle an Erfahrungen, die den meisten Menschen erspart geblieben sind, lernen dein zukünftiges Leben zu führen. Lass deine Erlebnisse dir ein Licht im Dunkeln sein. Sie sollen dich leiten und vor Fehlern schützen. Befindest du dich in einer Situation, in der es anscheinend keinen Ausweg gibt, denke an deine Vergangenheit und du wirst jede noch so schwierige Phase deines Alltags mit Bravour meistern“, sagte mir meine innere Stimme.

„Tölchen“, sagte eine andere Stimme und riss mich aus meiner Gedankenwelt. Es war Nneka. Der Moment war gekommen. Gate 13B des Flughafens wurde freigegeben. Zwei nette Flughafenangestellte forderten uns auf, unsere Bordpässe und Passports bereitzuhalten und dann den Flieger zu betreten. Durch eine Art von Tunnel ging es dann weiter, bis wir im Flugzeug angekommen waren. Mit der rechten Hand klammerte ich mich an Nneka. In der linken trug ich ein Bild, das ich am Tag zuvor für meine Mutter gezeichnet hatte. Das Bild zeigte eine Löwenmutter, die sich nach der Jagd zum Ausruhen ins schattige Gebüsch legte. Wir bekamen unsere Plätze zugewiesen. Mein Fensterplatz bescherte mir, als wir uns endlich in der Luft befanden, eine herrliche Aussicht. Zu unseren Füßen lag die Stadt Lagos, deren bunte Lichter sich aus der Dunkelheit hervorhoben. Ich starrte auf sie hinab, während sie durch unseren Steilflug immer kleiner wurden. Irgendwann konnte ich sie nicht mehr sehen und mir wurde in diesem Moment klar, ich habe meine Sorgen zurückgelassen. Ebele, Nneka und mir war es gelungen, meinem Vater zu entkommen. Vor allem aber hatten wir es geschafft, Gladys, die sich für so schlau und erhaben fühlte, auszutricksen. Abgehoben waren wir in Fesseln, landen sollten wir in Freiheit. Mein Vater pflegte immer zu sagen: „Sohn, du musst nicht der Größte sein, um Großes zu leisten. Du musst auch nicht der Schnellste sein, um das Rennen zu gewinnen. Teile deine Kräfte immer sorgfältig ein und sie werden dir im richtigen Moment den Sieg schenken."

Dieses Mal gehörte der Sieg uns, uns ganz alleine. Aber wer kann schon in die Zukunft blicken? Welcher Mensch vermag zu sehen, was noch auf ihn zukommen wird? Definitiv zu sagen, was morgen geschehen wird, das kann keiner. Ich kann es auch nicht. Und so bleibt mir nur die Hoffnung, dass nach jeder Nacht ein Morgen folgt. Nach jedem Sturz ich meine Kräfte sammeln und wieder aufstehen werde. Mein Lebensmotto: „Lebe für heute und lass den Morgen sich um sich selber kümmern." Dieses Buch ist in diesem Augenblick zu meiner Vergangenheit geworden, was wird die Zukunft sein?

ENDE

Der Autor

Anatol Egbuna lebte bis 1996 unter brutalsten Bedingungen in Nigeria bei seinem Vater und seiner Stiefmutter, nachdem seine Mutter das Land 1982 verlassen hatte. Nach seiner dramatischen Flucht, mit Hilfe der deutschen Botschaft, kam er nach Hamburg wo er seine Lehre und sein Studium beendete.

novum EIN HERZ FÜR AUTOREN

Der Verlag

Der im österreichischen Neckenmarkt beheimatete, einzigartige und mehrfach prämierte Verlag konzentriert sich speziell auf die Gruppe der Erstautoren.
Die Bücher bilden ein breites Spektrum der aktuellen Literaturszene ab und werden in den Ländern Deutschland, Österreich, Schweiz und Ungarn publiziert.
Das Verlagsprogramm steht für aktuelle Entwicklungen am Buchmarkt und spricht breite Leserschichten an.
Jedes Buch und jeder Autor werden herzlich von den Verlagsmitarbeitern betreut und entwickelt.
Mit der Reihe „Schüler gestalten selbst ihr Buch" betreibt der Verlag eine erfolgreiche Lese- und Schreibförderung.

Manuskripte herzlich willkommen!

novum publishing gmbh
Rathausgasse 73 · A-7311 Neckenmarkt
Tel: +43 (0)2610 43111 · Fax: +43 (0)2610 43111 28
Internet: office@novumpro.com · www.novumpro.com

AUSTRIA · GERMANY · SWITZERLAND · HUNGARY

PATRICE FAUCHIER

PALMIERS

d'intérieur et d'extérieur

Comment les cultiver facilement

ULMER

SOMMAIRE

INTRODUCTION

« Les palmiers ont rendu tous les services à l'humanité, lorsque celle-ci débarqua toute nue sur la planète Terre, il y a trois millions d'années. Ils lui donnèrent à manger, à boire, de quoi s'habiller, construire des huttes, ...
Aujourd'hui, dans nos pays, ils ne sont plus là que pour apporter de la beauté dans nos paysages. Mais que peut-on donner de plus précieux que la beauté ? »

Alain Hervé

Si les palmiers fascinent nombre d'entre nous, c'est bien sûr en raison de la pureté de leurs lignes et la grâce de leurs palmes. Mais c'est aussi parce qu'ils évoquent immanquablement les tropiques d'où la plupart proviennent. Adopter un palmier, chez soi ou dans son jardin, c'est déjà voyager un peu.

On trouve aujourd'hui dans le commerce de plus en plus de beaux palmiers d'intérieur. Les fiches qui leur sont consacrées vous permettront de bien les choisir et de leur donner les soins appropriés.

Par ailleurs, les palmiers qu'il est possible de planter en pleine terre, sont plus nombreux qu'on ne pense généralement. Les techniques qui permettent d'améliorer leur résistance au froid et les fiches de culture qui leurs sont consacrées constituent une des originalités de ce livre.

Ci-dessous, *Washingtonia robusta*

CONNAÎTRE

On les confondrait presque avec des fougères géantes, des Yuccas, ou encore des Cycas, pour qui connaît un peu la nature. Il n'en est rien. Les palmiers actuels sont plus proches du lys ou du narcisse que de la fougère et du cyprès. Ce sont des plantes à fleurs, ou angiospermes, qui portent des étamines, des pistils, et produisent des graines... Allez donc chercher une étamine chez une fougère ! Les palmiers appartiennent tous à la même famille, aujourd'hui rebaptisée famille des *Arecacées.* On en compte environ 2800 espèces, réparties sur les 5 continents. Seule une soixantaine d'espèces résiste à des températures de -5°C. Les palmiers acclimatables en intérieur sont, bien sûr, plus nombreux, la difficulté étant de recréer de véritables conditions tropicales.

Les palmiers sont des monocotylédones : leur tronc ne croît pas en épaisseur avec l'âge. Les irrégularités du diamètre (1), produites en années défavorables, ne s'estompent jamais.

PALMIERS RECORDS

On peut citer de nombreux palmiers détenteurs de records. Le plus vieux palmier exploité par l'homme est le dattier, cultivé depuis plus de 6.000 ans. Le palmier à cire des Andes, *Ceroxylon quindiuense*, forme un tronc non ramifié atteignant 60 m de haut. Le palmier à échasses de Nouvelle Calédonie, *Campecarpus fulcitus*, pousse extraordinairement lentement : les jeunes plants produisent une feuille tous les 14 mois, et certains sujets développent plus de 80 feuilles avant de former un tronc (c'est-à-dire pas avant 90 ans!). Certains *Calamus*, les palmiers rotins, forment des troncs rappelant les lianes, qui atteignent 200 m de long. Les feuilles du *Raphia regalis* mesurent 25 m de long. Le plus grand fruit du monde est une noix, le coco-fesse, produite par *Lodoicea maldivica* des Iles Seychelles. Elle peut peser jusqu'à 25 kg. Le plus vieux palmier du monde, dont on connaît l'âge avec certitude, est le *Chamaerops humilis* du jardin botanique de Padoue. Il fut planté en 1585.

Certains palmiers présentent un intérêt économique évident. Parmi ceux-ci, les espèces suivantes peuvent être cultivées sous nos climats et seront décrites en détail dans cet ouvrage pour leur attrait ornemental.

PALMIERS ALIMENTAIRES

Le dattier, le cocotier, et *Euterpe* (le cœur de palmier) sont exploités à grande échelle. Les troncs de *Caryota* fournissent du sucre, du sagou (fécule de palmier) et du vin de palme. On extrait du

Détail du tronc du palmier chanvre, *Trachycarpus fortunei.* Ces fibres, qui protègent le tronc du froid, étaient utilisées pour fabriquer des cordages ou des tissus grossiers.

miel de palme de la sève du cocotier du Chili et du dattier des Canaries, de façon industrielle mais à petite échelle. Les fruits du cocotier du Chili ont le goût de la noix de coco. Ceux du *Butia* sont excellents tels quels, en confiture ou en vin de palme, mais ne font pas l'objet d'une exploitation industrielle.

PALMIERS VESTIMENTAIRES

Nannorrhops, Trithrinax, Trachycarpus servent, dans leurs pays, à confectionner espadrilles et capes.

PALMIERS PHARMACEUTIQUES

Les fruits du Sérénoa rampant sont utilisés industriellement pour lutter contre l'adénome prostatique.

STRUCTURE ET FORMES

LES FEUILLES

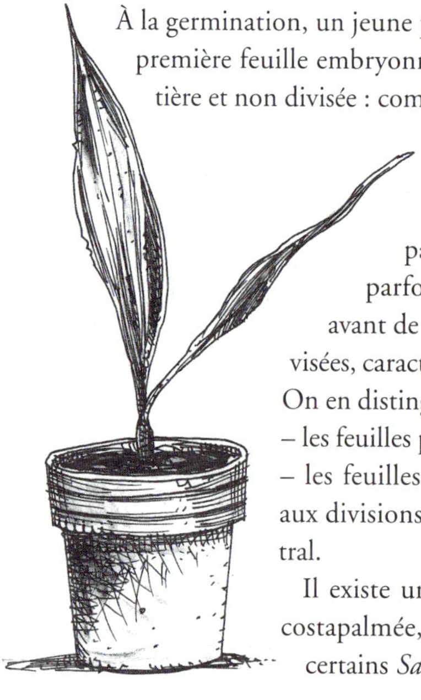

À la germination, un jeune palmier ne développe qu'une première feuille embryonnaire, appelée cotylédon, entière et non divisée : comme le bambou ou la tulipe, il est dit monocotylédone. Les feuilles suivantes sont de dimensions croissantes, mais pas toujours divisées. Il faut parfois attendre plusieurs années avant de voir apparaître les feuilles divisées, caractéristiques de la plante adulte. On en distingue deux types :

– les feuilles palmées, en éventail
– les feuilles pennées, en longue plume, aux divisions échelonnées sur un axe central.

Il existe une forme intermédiaire, dite costapalmée, présente, par exemple, chez certains *Sabal*.

A gauche : feuilles palmées. A droite : feuilles pennées.

LE TRONC

La base du jeune palmier s'élargit d'abord progressivement jusqu'à atteindre un diamètre suffisant et définitif. Ce n'est qu'ensuite que la plante commence à produire un tronc dont le diamètre ne variera quasiment plus jusqu'à sa mort. Cette particularité propre aux monocotylédones, est due à l'absence de tissus de croissance secondaire sous l'écorce. C'est elle qui leur permet de bien mieux résister au feu que les autres arbres (dicotylédones) : l'écorce brûle superficiellement mais si le bourgeon terminal, situé tout en haut du tronc, n'est pas atteint, le palmier repart. Ce type de tronc particulier est également nommé " stipe " par les botanistes. Sous nos climats, on observe un allongement annuel du stipe de 1 à 40 cm selon les espèces. La croissance la plus rapide, chez les jeunes plants, est observée chez *Washingtonia,* qui peut s'élever sur sa jeune tige dès 2 ou 3 ans après le semis. À l'opposé, *Jubaea* attend parfois 20 ans pour développer son fameux tronc pachydermique.

L'organe vital du palmier est le bourgeon terminal, on l'appelle aussi cœur du palmier. Il se situe au sommet du stipe, à la base des jeunes feuilles. Ce bourgeon est à l'origine du tronc et des feuilles. S'il meurt, de froid ou d'affection parasitaire par exemple, la plante ne forme plus de feuilles et s'épuise sur ses réserves si la souche ne forme pas d'autres troncs.

Les palmiers forment à la base du tronc, des racines adventives. Lorsque le sol est rocheux, ou en pot, elles peuvent parfois soulever l'ensemble de l'arbre (*Euterpe precatoria*, forêt amazonienne).

LES RACINES

Le système racinaire du palmier est comparable à celui d'un poireau, toutes proportions gardées : de très nombreuses racines, fines et non ramifiées, organisées en faisceau. Elles peuvent pousser jusqu'à plus de 6 m de profondeur, particulièrement chez les espèces d'oasis comme le dattier ou le *Washingtonia*, à la recherche de poches d'eau.

LES REJETS

Certaines espèces produisent naturellement des rejets. On les dit « cespiteuses ». Leur croissance se fait alors en touffe, et non en hauteur. Sur les 30 palmiers détaillés dans les fiches, 10 ont la capacité de produire des rejets, en plus ou moins grand nombre (Voir aussi le tableau « Caractéristiques générales des Palmiers » p.93). Cette potentialité n'est pas négligeable : c'est une chance supplémentaire de survie après un gel destructeur. C'est aussi un atout ornemental, garantissant une hauteur réduite et une forme bien garnie à la base.

RÉGIONS D'ORIGINE

Les palmiers sont originaires des 5 continents, mais on les trouve en majorité entre tropiques et équateur. Pour réussir la culture de vos palmiers, il est indispensable de connaître leurs régions d'origine, afin de comprendre et de recréer au mieux leurs exigences climatiques. (Le tableau en annexe p.94 indique le climat d'origine de chacun des palmiers cités dans le livre.)

CLIMATS ARIDES

Caractérisés par une pluviométrie faible et irrégulière, des étés torrides et des gels hivernaux parfois intenses (forêts sèches du Chaco argentin, déserts de Californie et du Moyen-Orient), les palmiers s'y développent principalement à proximité de nappes phréatiques et des cours d'eau.

Ces palmiers nécessitent beaucoup de chaleur estivale, et supportent le froid sec en hiver. Il leur faut beaucoup de soleil, des sols bien drainés, secs en période froide et, pour certains, des arrosages ou une source d'eau en été. Très résistants aux conditions extrêmes en extérieur, ils peuvent se révéler délicats en dehors de ces situations.

Washingtonia filifera, dans leur milieu d'origine, en Californie. Remarquez les troncs carbonisés, qui attestent de l'adaptation au feu de ces palmiers.

CLIMATS MÉDITERRANÉENS

Les étés y sont chauds et secs, les gels hivernaux plus ou moins fréquents. Les sols sont pauvres, drainants et secs, souvent rocailleux (bassin méditerranéen, une partie de la cordillère chilienne).
Les palmiers de ces régions supportent assez bien le froid sec. On note une préférence pour les expositions ensoleillées, ou en ombre légère. Ils tolèrent assez bien les écarts de culture, mais pas l'excès d'eau.

CLIMATS DE TRANSITION ENTRE SUBTROPICAL ET TEMPÉRÉ HUMIDE

Situées au-delà du tropique, ces régions subissent les pluies tropicales en été et des froids pouvant être intenses en hiver (sud-est des Etats-Unis, Chine orientale).
Les palmiers y sont très rustiques, mais supportent mal les vents secs. En extérieur, ils se développent bien en ambiance de sous-bois clair.

CLIMATS SUBTROPICAUX

Selon l'altitude et la latitude, les hivers y sont plus ou moins froids.

Livistonia chinensis, palmier de climat subtropical sec, dans son milieu d'origine.

– Saison sèche peu marquée : l'ambiance y est humide (montagnes du Mexique et de l'est du Brésil, îles au large du Japon et de l'Australie, côte sud–est de l'Australie, sud-est Madagascar).
Ce sont des palmiers plus ou moins rustiques, mais plutôt de sous-

bois, ils tolèrent mal l'air très sec de certains intérieurs ou les sols trop drainants en extérieur.

– Saison sèche importante : des inondations temporaires peuvent y survenir en saisons des pluies ; la saison sèche prolongée limite la croissance des autres végétaux (savanes arborées du sud du Brésil).
Ces palmiers supportent assez bien le gel et des périodes de sécheresse entre deux arrosages estivaux.

CLIMATS TROPICAUX

Pas de saison froide, sauf en altitude ; prédominance des pluies et d'une forte hygrométrie. Ambiance chaude et humide, généralement sous couvert végétal dense, parfois au soleil (rives du Mékong, extrême sud de la Chine, Indonésie, forêt amazonienne, îles océaniennes).
Ce sont des palmiers d'intérieur ou de sous-bois à l'abri du gel.

***H**owea forsteriana*, à l'état naturel sur l'île de Lord Howe, au large de l'Australie. C'est sous ses tropiques natales que notre Kentia d'intérieur prend toute son envergure.

Cultivez vos

Le palmier symbolise la plante tropicale par excellence. À ce titre, on le croit souvent trop exigeant en chaleur, ou trop sensible au froid pour oser le cultiver. C'est vrai si l'on n'écoute que son cœur et qu'on achète, sur un coup de tête, un palmier sans se préoccuper des conditions de culture qu'on va pouvoir lui offrir. Mais à l'inverse si l'on commence par définir les conditions qui règnent dans son jardin, (climat régional, microclimats de certains emplacements,...), ou à la maison (luminosité, température,...), un grand nombre de palmiers pourront être acclimatés avec succès. Les facteurs à prendre en compte sont exposés ci-dessous par ordre décroissant d'importance.

Les espèces originaires des sous-bois tropicaux sont parmi les plantes d'intérieur qui supportent le mieux l'ombre. (*Chamaedorea pinnatifrons*, forêt amazonienne).

LA LUMIÈRE

Comme pour toutes les plantes, la lumière est vitale pour les palmiers : son insuffisance cause toujours le dépérissement de la plante. Cela dit, il ne faut pas confondre luminosité et ensoleillement. Entre les palmiers d'intérieur, originaires des sous-bois ombragés, qui ne supportent pas l'ensoleillement direct, et les palmiers extrêmement exigeants en soleil, comme le *Jubaea chilensis*, chaque cas doit être étudié séparément.

Les palmiers originaires de zones tropicales sont les plus exigeants en lumière. Le cocotier reste l'exemple le plus fameux ... par le nombre d'échecs qu'il suscite. Il est en effet très rare de pouvoir lui offrir en hiver la quantité de lumière nécessaire à sa survie.

Les palmiers de sous-bois montagneux présentent les plus faibles exigences en lumière *(Chamaedora, Rhapis).* Ce sont parmi les plantes d'intérieur les plus tolérantes à l'ombre.

Les espèces de climats méditerranéen ou aride réclament un

fort ensoleillement estival, mais supportent les hivers sombres (court hivernage à la cave en dernier recours).

C'est en intérieur que le manque de lumière risque de poser le plus de problèmes. Les palmiers devront être choisis en fonction de la luminosité que vous pourrez leur offrir. Le tableau suivant vous aidera à faire le choix. Les palmiers sont classés en trois groupes :

– Espèces à faibles besoins : pour les appartements relativement sombres, les fenêtres orientées au nord, ou les fenêtres est ou ouest, un peu à l'écart.
– Espèces à besoins moyens : pour les appartements lumineux, les fenêtres orientées à l'est et à l'ouest, ou les fenêtres au sud, un peu à l'écart.
– Espèces à besoins élevés : pour les vérandas, les fenêtres au sud, éventuellement à l'est ou à l'ouest.

BESOINS EN LUMINOSITÉ DES PALMIERS

Palmiers à faibles besoins	Palmiers à besoins moyens	Palmiers à besoins élevés
Archontophoenix cunninghamiana	Euterpe edulis	Brahea armata
Caryota mitis	Chamaerops humilis	Butia capitata
Chamaedorea elegans	Licuala grandis	Cocos nucifera
Chamaedorea microspadix	Livistona chinensis	Hyophorbe lagenicaulis
Dypsis decaryi	Phoenix canariensis	Jubaea chilensis
Dypsis lutescens	Ravenea rivularis	Nannorrhops ritchiana
Howea forsteriana	Syagrus romanzoffiana	Phoenix dactylifera
Lytocaryum weddelianum	Trachycarpus fortunei	Rhapidophyllum hystrix
Phoenix roebelenii		Sabal minor
Rhapis excelsa		Serenoa repens
		Trithrinax campestris
		Washingtonia filifera

CE QU'IL FAUT RETENIR SUR LA LUMIÈRE

- Pour les palmiers d'intérieur, la luminosité de la pièce que vous leur destinez est le critère de choix le plus important.
- Dans tous les cas, évitez l'ensoleillement direct, qui brûle le feuillage, mais recherchez un rapprochement maximal des fenêtres non ensoleillées.
- Au-delà de 1,5 m d'une fenêtre, ou derrière un rideau, ainsi qu'en hiver, la luminosité devient très faible. Seules quelques espèces le supportent vraiment à long terme.
- Exposez progressivement au soleil les espèces d'intérieur mises au jardin en été.
- Pour les palmiers d'extérieur, respectez les exigences en ensoleillement de chaque espèce (voir fiches).

LA TEMPÉRATURE

Voici un autre facteur important de croissance. Il faut distinguer chaleur estivale et froid hivernal.

LA CHALEUR ESTIVALE N'EST JAMAIS NUISIBLE AUX PALMIERS

Ceux-ci sont pour l'essentiel des plantes de zones chaudes, tropicales ou intertropicales. On distingue néanmoins trois groupes :

LES MOINS EXIGEANTS

Ils requièrent peu de chaleur en été. Leur développement se poursuit avec pratiquement la même vigueur, à 20 °C comme à 30 °C, en intérieur ou en extérieur. Celles–là conviennent aux zones océaniques et aux intérieurs frais ; ce sont essentiellement des espèces de zones montagneuses subtropicales : *Trachycarpus*, et certains *Chamaedorea.*

LES MOYENNEMENT EXIGEANTS

Une grande majorité tolère les étés frais (20 °C) mais a besoin de chaleur (25 à 30 °C, ou plus), pendant plusieurs semaines, pour acquérir leur vigueur et leur rusticité maximales. Ces palmiers-là proviennent de zones méditerranéennes à tropicales. En zone côtière, on peut les placer à l'abri d'un mur, captant la chaleur du soleil, et protégeant des vents marins ou froids. Les étés chauds des climats plus continentaux conviendront aux plus rustiques, les autres seront à protéger l'hiver.

LES PLUS EXIGEANTS

Ce sont les espèces des zones tropicales chaudes, comme le cocotier, qui exigent de la chaleur toute l'année ; celles des zones arides, qui nécessitent de longues périodes de chaleur estivale pour fructifier et résister à l'hiver : *Brahea, Nannorrhops, Phoenix dactylifera, Trithrinax, Washingtonia.* Sous nos climats, ils se développent mais ne fructifient pas forcément.

En été, il est possible de sortir en plein air la plupart des espèces d'intérieur, plutôt à l'ombre dans un premier temps. Cela n'est pas toujours facile à réaliser. Pourtant, un bain de chaleur et de grand air leur fait beaucoup de bien !

LES FROIDS HIVERNAUX SONT PLUS PROBLÉMATIQUES

On peut établir trois catégories de comportements hivernaux vis-à-vis du froid :

LES PLUS FRILEUX

Ils ne supportent pas le froid. Pour ces palmiers tropicaux, plusieurs jours en dessous de +10 °C peuvent compromettre la survie de la plante, même en intérieur.

LES MOYENNEMENT FRILEUX

Pour eux, un hivernage en pièce non chauffée est possible. Peu exigeants en chaleur hivernale, ce sont essentiellement des espèces d'ombre, c'est ce qui permet de les vendre comme plantes d'appartement. En Corse, sur la Côte d'Azur, parfois même ailleurs

(zone 10 de la carte de rusticité présentée p. 32), on peut les installer en plein air moyennant certaines précautions.

LES RUSTIQUES

On compte 15 palmiers plus ou moins courants qui résistent à des températures inférieures à -5 °C.

Ce sont eux que nous avons regroupés dans les fiches « Palmiers d'extérieur » p 61. Il faut y rajouter toutes les espèces voisines, moins faciles à se procurer, citées à la fin de chaque fiche. Elles passent l'hiver en plein air ailleurs que dans les zones douces précédemment citées, avec ou sans protection. On trouve des *Trachycarpus fortunei* jusque sur les côtes norvégiennes ; on signale des *Rhapidophyllum hystrix* rustiques dans la région de Chicago !

A condition de le protéger en hiver, *Phoenix roebelenii* fait partie des palmiers d'intérieur qui peuvent être installé en pleine terre sur la Côte d'Azur.

Il est possible d'augmenter la résistance de ces palmiers au gel, grâce à des techniques particulières que nous aborderons dans le chapitre « La rusticité des palmiers d'extérieur » (p. 30).

CE QU'IL FAUT RETENIR SUR LA TEMPÉRATURE :

- Pour les palmiers d'extérieur, la capacité à résister aux températures hivernales de votre région est le critère de choix le plus important (voir chapitre p. 30)
- La chaleur estivale est toujours appréciée par les palmiers. Certains ont cependant besoin de plus de chaleur que d'autres pour fructifier ou acquérir une résistance au froid (voir fiches).

L'EAU

L'eau dans le sol est nécessaire à tous les palmiers. Les plus assoiffés se trouvent d'ailleurs parmi les palmiers de déserts, qui ne se développent que dans les oasis, les canyons humides, et partout où peut exister une nappe phréatique. Un *Washingtonia* adulte peut consommer plus de 100 litres d'eau par jour. S'il est en bac, il peut très vite mourir de soif.

Il faut être observateur. Lorsqu'un palmier souffre de sécheresse, ses feuilles ne se ramollissent pas, comme chez de nombreuses autres plantes. Leurs bords commencent à se replier, puis jaunissent et enfin brunissent : il est alors trop tard.

La qualité du sol ou du substrat joue un rôle important dans la fréquence des arrosages.

EN PLEINE TERRE, ATTENTION AUX JEUNES PLANTS

LE MANQUE D'EAU

La sécheresse n'est inquiétante que pour les espèces de climats humides (*Sabal, Trachycarpus...*), en région méditerranéenne, et dans les mois qui suivent la plantation. Il faut alors les arroser pendant cette période sensible. Par la suite, tous les palmiers développent un système racinaire suffisant. Toutefois en hiver, en région méditerranéenne, le mistral froid et sec, peut dessécher les jeunes sujets, aux racines encore superficielles. Il peut être nécessaire de les arroser.

Les excès d'eau peuvent, par contre, poser des problèmes plus importants, surtout l'hiver en climat pluvieux. Il faut le prévoir au moment de la plantation (voir p. 35).

L'EXCÈS D'EAU

Le voisinage d'une pelouse ne convient pas aux palmiers de régions sèches (*Phoenix, Washingtonia, Butia, Trithrinax,* etc.). Les systèmes d'aspersion humidifient constamment le tronc, l'humidité finit par provoquer une moisissure fatale. Au contraire, les espèces de régions tropicales humides (*Sabal, Rhapidophyllum, Ravenea...*) s'accommodent bien d'une pelouse.

EN POT, SURVEILLEZ LES EXCÈS D'EAU HIVERNAUX

En pot, l'arrosage est une affaire plus délicate. Tous les palmiers sont de grands buveurs d'eau : il faut veiller à ce que le substrat soit toujours humide, mais sans excès, car les racines ont besoin de respirer. Seules quelques espèces tropicales ou subtropicales, en particulier *Sabal* et *Serenoa* tolèrent des excès d'eau estivaux. L'arrosage est une affaire de bon sens et d'observation. Sa fréquence dépend de la soif des palmiers, qui varie en fonction de la saison, de la lumière et de la température. D'une façon générale, il faut effectuer un arrosage copieux par le dessus du pot, jusqu'à ce que l'eau s'écoule par le trou d'évacuation, et ne jamais laisser d'eau stagner dans la soucoupe sous le pot : cela asphyxierait les racines du fond.

Les excès d'eau sont particulièrement à craindre en hiver ! Les palmiers vivent au ralenti et leurs besoins sont moindres : si vous n'y prenez garde, l'eau risque de stagner dans le fond des pots, ce qui est souvent fatal à certains palmiers (*Jubaea, Nannorrhops*...).

La majorité des espèces de palmiers réclame alors des périodes de sécheresse relative du terreau, entre deux arrosages. En cas de doute, il est préférable de sauter un arrosage.

On retiendra que dans des pots de grand volume, le substrat sèche moins vite. Lorsqu'il paraît sec en surface, le mélange est encore suffisamment humide en profondeur, au niveau des racines. Il faut alors se méfier de ne pas arroser trop souvent. En pots de petites dimensions, le terreau sèche plus vite, et s'il est sec en surface c'est qu'il est temps d'arroser.

C*hamaedorea radicalis* est un petit palmier d'intérieur qui craint les excès d'eau, surtout en hiver

Les mélanges argileux, lourds, retiennent plus longtemps l'humidité. Au contraire, les sols sableux drainent l'eau, on les arrosera plus fréquemment mais en quantités moindres, pour éviter les gaspillages.

LA QUALITÉ DE L'EAU

Les palmiers d'intérieur s'accommodent généralement bien de l'eau de ville, même calcaire. Il faut veiller à ce que l'eau soit à température ambiante. Il est recommandé, mais pas obligatoire, de laisser s'évaporer le chlore que l'eau de ville contient souvent, en la laissant reposer quelques heures dans une bassine. Naturellement si vous avez la possibilité d'arroser vos palmiers avec de l'eau de pluie, c'est mieux.

Les eaux trop calcaires risquent cependant d'entraîner des dépôts à la surface du terreau et sur les racines, ce qui à la longue peut être préjudiciable. Il est préférable dans ce cas d'utiliser l'eau de pluie, ou d'adoucir l'eau en la filtrant dans des carafons échangeurs d'ions qu'on trouve aujourd'hui facilement dans le commerce (type *Brita*, ou autres).

CE QU'IL FAUT RETENIR SUR L'EAU

- En pleine terre,

– l'arrosage est important dans l'année de plantation et pour les jeunes sujets, dans les zones à étés secs pour les espèces de climat humide.
– préférez un arrosage localisé (tuyau, arrosoir, goutte-à-goutte) aux systèmes par aspersion.

- Pour les palmiers d'intérieur et en bacs :

– en hiver, jamais d'excès d'eau prolongé.
– en été, surveillez particulièrement les palmiers en petits pots, plus séchants.
– respectez entre deux arrosages des périodes de relative sécheresse pour que les racines respirent.
– si possible, l'eau courante doit reposer quelques heures à température ambiante avant l'arrosage.

L'HUMIDITÉ DE L'AIR

Il n'existe pas de relation systématique entre les besoins en eau d'arrosage et les besoins en humidité atmosphérique.

LES ATMOSPHÈRES TROP HUMIDES

Une hygrométrie élevée ne convient pas aux espèces de climats méditerranéen ou désertique. Les plus sensibles ne peuvent pas se développer en zone tropicale humide : les *Chamaerops* et *Jubaea* sont quasiment inexistants en Floride, et le palmier dattier n'y fructifie pas, ou mal. En Europe, à l'extérieur, l'atmosphère est rarement saturée en humidité et n'est pas un facteur limitant. En intérieur, seules les serres tropicales offrent une atmosphère réellement étouffante pour ces espèces.

LES ATMOSPHÈRES TROP SÈCHES POSENT DAVANTAGE DE PROBLÈMES

EN EXTÉRIEUR

Pour les palmiers de climat subtropical frais, *Trachycarpus* et *Chamaedorea*, le climat méditerranéen n'est pas idéal. On les plantera à l'abri du vent, ou sous une frondaison d'arbres protecteurs.

EN INTÉRIEUR

Les atmosphères rendues trop sèches par un chauffage inadapté rendent improbable à long terme la survie des espèces les plus exigeantes : le cocotier et le *Lytocaryum* souffrent généralement d'un air trop sec. Ils résistent difficilement plus de quelques mois. Les autres survivent, mais les pointes de leurs feuilles sèchent : c'est le cas du *Dypsis decipiens*, du *Licuala*, et de tous les palmiers aux feuilles fines et non protégées par une pellicule cireuse ou cotonneuse. Le premier réflexe consiste à vaporiser de l'eau douce sur le feuillage. C'est une erreur ; les feuilles n'ouvrent que lentement leurs stomates, minuscules pores superficiels. Lorsque ces derniers se sont ouverts, l'effet de la pulvérisation s'est déjà estompé, l'effet inverse se produit. Les stomates ouverts constituent des

Licuala grandis, avec ses superbes feuilles palmées entières, a absolument besoin d'une forte hygrométrie.

portes de sortie pour l'eau de la plante. On peut placer une soucoupe remplie d'eau à proximité du feuillage, mais jamais directement sous le pot de façon à ne pas noyer les racines du fond. L'effet reste cependant limité. Il est préférable d'entourer la plante d'une atmosphère tropicale, avec la proximité de végétaux à grandes feuilles, comme des bananiers. La salle de bain, si elle dispose d'un éclairage naturel suffisant, est un emplacement idéal.

CE QU'IL FAUT RETENIR SUR L'HUMIDITÉ DE L'AIR
- Il est difficile de recréer une ambiance humide.
- En intérieur, éloignez les palmiers des sources de chaleur en hiver
- Évitez de brumiser les feuillages : c'est plus néfaste qu'utile.

LE SOL

La qualité du sol est un facteur plus important qu'on ne le pense pour la réussite de la culture d'un palmier, surtout en pleine terre.

EN PLEINE TERRE À L'EXTÉRIEUR

LA QUALITÉ DU SOL

Les grands palmiers ont des racines qui plongent bien au–delà de la couche organique superficielle. En zones désertiques, elles rencontrent des sols sableux, légers, drainants et pauvres. Il s'agit particulièrement du dattier. Il existe d'autres palmiers de sols sa-

Brahea dulcis fait partie des palmiers qui exigent des sols bien drainants.

bleux et pauvres, en tout cas drainants : *Brahea, Butia, Jubaea, Nannorrhops, Syagrus romanzoffiana, Trithrinax, Washingtonia.* Ces espèces redoutent les sols gorgés d'eau en hiver.

On allégera ces types de sols (sols trop argileux) avec du sable grossier de rivière avant plantation ou rempotage.

Les sols calcaires sont diversement appréciés, selon le milieu d'origine du palmier (voir fiches de culture). Ce n'est pas un facteur réellement limitant en Europe, à l'exception des sols de garrigue, saturés en calcaire actif.

LA PLANTATION

Elle doit être effectuée à la belle saison, lorsque le sol s'est suffisamment réchauffé : la meilleure saison se situe entre mai et la mi- juillet sous nos climats. Les racines détériorées par les manipulations doivent être renouvelées par la plante, leur croissance n'est active qu'en sol chaud. Une racine endommagée en hiver cicatrise mal, c'est la porte ouverte aux agents pathogènes. De plus, les organes aériens du palmier sont actifs même en hiver, par beau temps, et doivent être alimentés par les racines. Si celles-ci sont endommagées, le palmier s'épuise et peut dépérir rapidement.

Pour maintenir cet équilibre indispensable entre feuilles et racines, il faut donc tailler le feuillage. On supprime les vieilles feuilles, les plus basses, improductives, et les plus jeunes, trop tendres, qui évaporent trop d'eau. On conserve donc quelques feuilles intermédiaires.

Il est important d'observer le système racinaire du palmier, lors de la plantation. Un plant récemment acheté et cultivé sous serre, en substrat neutre tourbeux, forcé à l'engrais, a développé un système racinaire réduit, pour un feuillage important. Planté en substrat ou en sol ingrat, le système racinaire se révélera insuffisant à nourrir la plante, qui pourra souffrir, s'affaiblir. Il faut une période d'adaptation d'un ou deux ans, avec des soins et une surveillance constante : pas d'engrais azotés mais plutôt potassiques, arrosages si nécessaire, protection en hiver.

Trachicarpus wagnerianus serait une variété de *T. fortunei*, aux feuilles plus petites. Comme ce dernier, il s'adapte très bien en bac.

LE REMPOTAGE DES PALMIERS D'INTÉRIEUR

LA QUALITÉ DU SUBSTRAT

Les espèces de petite taille, de sous–bois et de climats humides s'enracinent généralement dans des terreaux riches, de couleur sombre. Elles apprécient les substrats pourvus en matière organique, tel le terreau. La tourbe pure, par contre, n'est pas un substrat suffisamment nutritif. Les palmiers d'intérieur pourront être rempotés dans des mélanges pour plantes vertes du commerce, ou dans des substrats composés d'un tiers de terre argileuse, d'un tiers de tourbe et d'un tiers de sable grossier de rivière. Pour les sujets plus âgés on pourra augmenter la proportion de terre argileuse.

LE REMPOTAGE

D'une façon générale, il faut éviter de rempoter les palmiers le plus longtemps possible, leur système racinaire étant fragile. C'est également une erreur de vouloir les rempoter dans des pots de trop grande taille en se disant qu'on les rempotera ainsi moins souvent : les racines atteindront aussi rapidement le fond du pot où elles commenceront à se gêner.

Quand faut-il rempoter ? Quand les racines commencent à occuper tout le volume du pot, qu'elles s'échappent par le trou d'évacuation de l'eau, ou forment un chignon. Il faut également y songer quand le terreau présente un aspect inhabituel : dépôts ou croûtes en surface, révélatrices d'un excès de calcaire ou d'engrais, odeurs de moisi, signe d'une asphyxie éventuelle. Le palmier doit être en période de croissance et commencer à développer de nouvelles feuilles : la meilleure période se situe généralement entre avril et juin.

Au moment du rempotage, il faut couper les racines mortes et démêler le chignon qui s'est éventuellement formé dans le fond du pot. Il faut également couper quelques feuilles en proportion des racines qu'on aura éliminées, afin de maintenir une alimentation en eau équilibrée.

Le rempotage lui-même se fait comme pour d'autres plantes d'intérieur, en prenant un pot de plus grande taille qu'on garnira dans le fond de tessons d'argile au–dessus du trou d'évacuation, puis d'une couche de quelques centimètres d'argile expansée, puis du substrat de rempotage.

CE QU'IL FAUT RETENIR SUR LE SOL ET LE SUBSTRAT

- En pleine terre, certaines espèces tolèrent les sols pauvres, toutes apprécient les mélanges riches. Il faut un sol drainant, sableux, aux palmiers de climats secs. Un sol plus riche, tourbeux, convient mieux aux espèces de climats humides.
- En intérieur, les substrats trop légers des palmiers récemment achetés seront remplacés au moment du rempotage par un mélange riche et sableux.
- Toute opération de rempotage ou d'arrachage se fait en période de poussante, avec taille des palmes proportionnelle à la quantité de racines détériorées par la manipulation.

L'ENGRAIS

Il n'est réellement nécessaire que pour les palmiers cultivés en pot, dont le substrat s'épuise rapidement, et dans une moindre mesure pour les sujets en terrain sableux, drainant et pauvre.

CAS GÉNÉRAL

L'expérience des nombreux amateurs américains de palmiers aboutit à la conclusion suivante : l'équilibre18-6-18-6 (ou proportions équivalentes, comme 6-2-6-2, ou encore 3-1-3-1, ...) serait le plus adapté aux besoins de la majorité des espèces. Il désigne respectivement les proportions d'azote, phosphore, potassium et magnésium de l'engrais. Cet équilibre reste assez rare dans le commerce, mais il n'est pas à suivre à la lettre. Un équilibre approchant conviendra parfaitement et sera suffisant dans la majeure partie des cas.

En pot, utilisez des engrais liquides (engrais " plantes vertes " de type " équilibrés " ou " universels "), plus pratiques d'emploi, dans l'eau d'arrosage, et risquant moins de brûler les plantes. Par contre il est important de respecter les doses prescrites sur l'emballage, tout du moins approximativement. Il est faux de croire qu'on va accélérer la croissance de son palmier en doublant les doses. Tout ce qu'on risque de faire c'est de le brûler ! Pour la même raison, il ne faut jamais faire d'apport d'engrais sur un substrat sec. Il faut le faire précéder d'un arrosage à l'eau claire.

CAS PARTICULIERS

Les perfectionnistes pourront aussi utiliser des engrais différents selon les cas.
– Un engrais plus riche en azote favorisera le développement foliaire des espèces à croissance rapide, et à feuilles plutôt vertes, comme Washingtonia ou Phoenix, et pourra aider un palmier fatigué au début du printemps. Les apports seront cependant à proscrire à l'approche de l'hiver, pour ne pas stimuler la croissance des palmiers : cela pourrait leur être fatal en cas de gel soudain.
– Un engrais plus riche en potasse et magnésie conviendra mieux

aux espèces à croissance modérée et à feuillage gris, bleu : Brahea, Butia... Ils renforcent également la résistance des plantes, à l'approche de l'automne.

CE QU'IL FAUT RETENIR SUR L'ENGRAIS

- Un apport d'engrais est indispensable pour les palmiers en pots : un engrais liquide équilibré couvre bien leur besoins.
- N'apportez jamais d'engrais sur un substrat sec.
- En pleine terre, un engrais n'est indispensable qu'en sols pauvres ou pour les palmiers affaiblis par l'hiver, avec un engrais azoté au printemps.
- En pleine terre, évitez dans tous les cas un apport avant l'hiver.

LA TAILLE

La taille est, chez les palmiers, un simple toilettage qui consiste à éliminer les palmes mortes. Certaines espèces s'en débarrassent naturellement, tel *Jubaea*, d'autres les conservent quelques années. D'autres encore, le *Washingtonia* reste le plus connu, accumulent le long de leur tronc les vieilles palmes, qui forment ainsi un manchon protecteur, jugé tour à tour inesthétique ou décoratif. Dans la nature, seuls les incendies peuvent

En zones peu gélives, les troncs des *Trachycarpus* peuvent être mis en valeur de façon originale, en les taillant à ras pour les débarrasser de leurs fibres. Il faut alors les protéger du soleil quelques temps. (A droite, avant la taille. A gauche, après)

détruire ca manchon. Le tronc reforme rapidement de nouvelles feuilles, dans ce cas.

La suppression des feuilles se fait en deux temps. Pour les moins vieilles, qui peuvent être encore vertes, on laisse 10 à 20 cm de pétiole, pour éviter la propagation de maladies au tronc et au bourgeon terminal. Plusieurs années après, on peut raccourcir ce pétiole.

Pour les palmiers cespiteux, on peut intervenir sur les rejets, en supprimer certains, défeuiller leur base ; tout dépend de l'effet souhaité. Le plus courant est le palmier nain d'Europe, *Chamaerops humilis.* Le gel opère parfois une taille naturelle, tous les troncs qui repartent de la base ont alors une dimension identique et formeront par la suite une masse compacte, homogène. Sans ce " recépage " naturel, la hauteur des troncs s'échelonne en fonction de leur âge.

Dans tous les cas, toute intervention sur un palmier doit se faire prioritairement dès les premières chaleurs, entre mai et juillet selon les régions. Avant, les racines du palmier sont encore engourdies par le froid, il peut mal réagir aux agressions pathogènes consécutives à ces plaies. A la fin de l'été l'activité du palmier ralentit, et il est déjà trop tard pour intervenir.

Les pétioles des feuilles du *Sabal palmetto* restent sur le tronc. On peut les supprimer lorsqu'ils sont secs.

La rusticité des

La majorité des palmiers proviennent de régions situées entre les tropiques et l'équateur, où le gel, et même le froid, sont inconnus à basse altitude. Ces espèces–là, c'est un fait entendu, réclament une chaleur constante. Il existe, cependant, plus d'une centaine d'espèces de palmiers capables de résister au froid.

Les espèces qui résistent au froid

Ce sont elles qui nous intéressent en premier lieu pour nos jardins. D'où viennent-elles ?

– Certaines espèces de *Sabal*, qui vivent sous des tropiques où le froid est inconnu, sont, contre toute attente, particulièrement résistantes au gel.

– Plusieurs dizaines de palmiers, qui vivent dans des zones tropicales montagneuses, parfois à plus de 2000 m, résistent également au froid (montagnes du Mexique ou de Chine).

– Les palmiers vivant dans les déserts subissent également en hiver des nuits glaciales (déserts de Californie et du Moyen-Orient).

Le *Chamaerops* est, avec le dattier de Crête, originaire du Bassin méditerranéen. Il résiste jusqu'à -8 à -12 °C

– Sans oublier « nos » palmiers des zones tempérées : le *Chamaerops* et certains *Phoenix* méditerranéens, le *Jubaea* chilien.

Ces palmiers résistent donc à des températures limites qu'on exprime sous forme de fourchettes, car d'autres fac-

teurs que la température, en elle–même, jouent un rôle important :
– *La durée du gel*, qui affaiblit plus ou moins le palmier, et atteint ou pas les racines dans le sol.
– *L'entrée en repos végétatif du palmier.*
Un gel précoce, en fin d'automne, fera plus de dégâts qu'un gel hivernal, car il surprendra le palmier encore en activité.
Un palmier planté en plein soleil, à l'abri, poursuivant son développement en hiver, sera plus sensible.
– *L'âge du palmier* : un sujet juvénile est toujours beaucoup plus sensible.
– *L'hygrométrie* : les espèces de climat sec redoutent les hivers humides, et peuvent geler bien plus vite que prévu (comme, par exemple, le dattier ou le *Nannorrhops*).
– *L'origine des graines*, pour les espèces à vaste distribution géographique. Certains sujets s'avèrent plus rustiques parce qu'originaires de zones d'altitude ou de latitudes plus élevées. C'est le cas des *Caryota, Livistona* ou *Syagrus.*

QUEL PALMIER PLANTER DANS VOTRE RÉGION ?

On classe les régions en différentes zones de rusticité, exprimées par les moyennes des températures minimales annuelles. Celles-ci représentent la probabilité moyenne que la température descende à ce niveau dans votre région. Ce qui ne veut pas dire que la température, lors d'hivers exceptionnels, ne descendra pas plus bas, mettant à mal vos plantations. C'est un risque que tout jardinier doit accepter, en connaissance de cause. À l'inverse, ces cartes ne rendent pas compte des microclimats locaux, des situations urbaines, et des emplacements particuliers dans le jardin qui permettent de gagner de précieux degrés. Nous verrons comment les utiliser plus loin.

CARTE DES ZONES DE RUSTICITÉ *

En France, seule la Côte d'Azur, Biarritz, Perpignan et le littoral corse atteignent la zone 10.

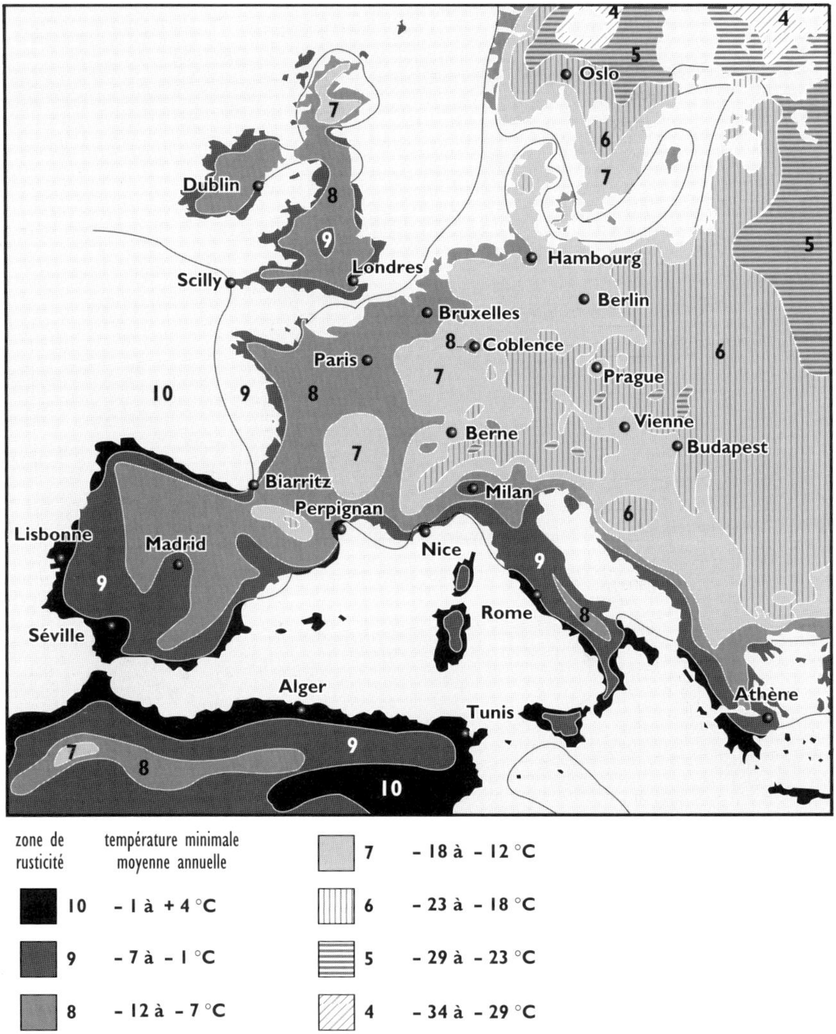

* *(d'après Bärtels, Roloff "Garten Flora Bd 1 : Gehölze", Verlag Eugen Ulmer, 1996, modifié)*

Le tableau suivant vous permettra d'établir quelles espèces ont une bonne probabilité de survie dans votre région.

RÉSISTANCE DES PALMIERS AU FROID EN FONCTION DE LA ZONE DE RUSTICITÉ

	zones de rusticité				
	6	**7**	**8**	**9**	**10**
Palmiers rustiques					
Rhapidophyllum hystrix	●	■	◆	◆	◆
Nannorrhops ritchiana	●	●	◆	◆	◆
Sabal minor		●	◆	◆	◆
Trachycarpus fortunei		●	■	◆	◆
Chamaerops humilis		●	●	◆	◆
Serenoa repens		●	●	◆	◆
Brahea armata			●	◆	◆
Butia capitata			●	◆	◆
Jubaea chilensis			●	◆	◆
Trithrinax campestris			●	◆	◆
Chamaedorea microspadix			●	■	◆
Phoenix canariensis			●	■	◆
Phoenix dactylifera			●	■	◆
Washingtonia filifera			●	■	◆
Livistona chinensis			●	●	◆
Syagrus romanzoffiana			●	●	◆
Palmiers frileux					
Chamaedorea elegans				●	■
Archontophoenix cunninghamiana				●	■
Dypsis decaryi				●	■
Howea forsteriana				●	■
Lytocaryum weddelianum				●	■
Phoenix roebelenii				●	■
Ravenea rivularis				●	■
Rhapis excelsa				●	■
Caryota mitis					●
Cocos nucifera					●
Dypsis lutescens					●
Euterpe edulis					●
Hyophorbe lagenicaulis					●
Licuala grandis					●

Les chances de survie
- ◆ aucun risque de gel
- ■ risques de gel sans protection
- ● protection hivernale nécessaire

Zones de rusticité, température minimale moyenne annuelle

6	–23 à –18 °C
7	–18 à –12 °C
8	–12 à –7 °C
9	–7 à –1 °C
10	–1 à +4 °C

TECHNIQUES À LA PLANTATION

Dès la plantation de vos palmiers, pour les espèces de pleine terre, il faut procéder à des choix vitaux pour leur survie hivernale. On doit donc bien connaître le jardin et son microclimat, mais aussi le comportement des masses d'air froid.

En premier lieu, il faut se souvenir qu'un palmier nécessite sous nos climats entre un et deux ans pour s'installer parfaitement dans son nouvel emplacement. Il reste plus fragile pendant cette période d'adaptation, il est plus gélif.

JOUER AVEC LES NIVEAUX

L'air froid coule à la manière d'un torrent. Le plus souvent en provenance du Nord ou de l'Est sous nos climats européens, il glisse le long des pentes et s'accumule en bas de vallée ou derrière tout obstacle ralentissant sa course.

SI LE TERRAIN EST VALLONNÉ

Les espèces fragiles seront plantées à flanc de colline, et non en bas de vallon. Les palmiers de petite taille pourront être protégés par un mur, situé en amont par rapport à la plante. Ce mur sera disposé de façon à procurer de l'ombre, ou à capter et réfléchir le soleil, selon les exigences du palmier.

SI LE TERRAIN EST PLAT

Un mur ou une haie peuvent également protéger des courants d'air froids. Mais cet effet protecteur ne se fait sentir que sur une courte distance, égale à 3 ou 4 fois leur hauteur, tout au plus. En outre, un mur maçonné provoque des tourbillons d'air, ce qui ne sera pas le cas d'une haie qui forme un écran semi–perméable.

SOIGNER LE TROU DE PLANTATION ET LA QUALITÉ DE LA TERRE

Évitez la plantation en creux pour les espèces de sols secs (ici *Trithrinax campestris*).

L'effet du froid est accentué par un terrain de nature inadéquate.

Avant la plantation, un travail d'ameublissement du sol est nécessaire : la profondeur et la largeur du trou de plantation doivent être, au moins, du double des dimensions de la motte.

Il faut en profiter pour incorporer du sable grossier en sol trop lourd, argileux, et pour des palmiers qui redoutent les excès d'humidité. C'est en particulier indispensable pour les espèces de régions sèches.

Un apport de matière organique, sous forme de tourbe par exemple, peut être nécessaire pour les espèces de sols riches. Elles affronteront mieux l'hiver.

Un tel apport sera également bénéfique aux espèces de climats humides, principalement les *Rhapidophyllum, Serenoa, Sabal.*

On peut accentuer l'effet de ce travail du sol par une plantation en butte pour les espèces de sol sec, et en creux pour les palmiers exigeant un sol toujours humide.

UTILISER LES SOURCES NATURELLES DE CHALEUR

Il faut savoir composer avec l'environnement pour gagner quelques degrés : d'une part avec les restitutions de chaleur diurne et nocturne, d'autre part avec la présence habituelle de la neige en hiver.

LE RAYONNEMENT TERRESTRE, LA NUIT

Notre planète dégage en permanence une douce chaleur, perceptible les nuits froides d'hiver. La présence d'une couverture nuageuse, captant ce rayonnement, adoucit considérablement l'atmosphère, on peut gagner plus de 5 °C. Une canopée de hauts arbres persistants joue le même rôle. Les palmiers de petite taille peuvent être plantés sous cette frondaison protectrice, en s'assurant qu'ils bénéficieront de l'ensoleillement ou de l'ombre qui leur est nécessaire.

LE RAYONNEMENT SOLAIRE, LE JOUR

Un mur ou un bâtiment protecteur se révèlent de précieux alliés pour les palmiers de petite taille et qui supportent un fort ensoleillement. Il stoppe les courants d'air, et concentre la chaleur des rayons solaires. Un palmier de grande taille et de croissance lente, comme le *Jubaea*, pourra également bénéficier de cet effet protecteur pendant de longues années. Mais des difficultés surgiront lorsqu'il aura dépassé la hauteur du mur, et que son bourgeon terminal se trouvera exposé aux vents froids.

LA NEIGE EN HIVER

Elle offre une excellente protection thermique aux feuilles qu'elle recouvre et permet de cultiver sous des climats froids mais neigeux des palmiers plutôt gélifs : *Phoenix* ou *Washingtonia*. Elle protège le cœur du palmier, s'il a suffisamment neigé. En contrepartie, elle casse les grandes feuilles, et peut se transformer en glace au dégel, la nuit. Or la glace est un piège mortel pour les végétaux. Les *Chamaedorea* détestent la neige, elle grille leurs feuilles.

CE QU'IL FAUT RETENIR SUR LES TECHNIQUES À LA PLANTATION :

- Avant plantation, travailler le sol, éventuellement incorporer sable, tourbe ou argile selon les besoins
- Éviter les situations basses, en cuvette, sauf pour les espèces rustiques de sols humides
- Favoriser la présence d'abris : un mur captant le soleil, une canopée captant la chaleur de la terre

TECHNIQUES DE PROTECTION HIVERNALE

Il peut être nécessaire de protéger un palmier qui hiverne au froid, en plein air ou en orangerie non chauffée. Certaines techniques, ont prouvé leur efficacité. Dans ce domaine, une règle s'impose : rechercher la simplicité, car le mieux est l'ennemi du bien.

TECHNIQUES FACILES À METTRE EN ŒUVRE

REGROUPEMENT DU FEUILLAGE

C'est la solution la plus simple, la moins dangereuse, elle suffit dans la plupart des cas. On regroupe sans les casser autant de feuilles que possible. Le tout est maintenu par une ficelle non coupante, et sans forcer. Il se crée un microclimat plus chaud de 5°C voire plus, à l'abri de l'air froid. On a recours à cette technique dès les premières gelées, on défait les palmes lorsque les risques de gels importants sont passés.

UN MULCH ÉPAIS DE FEUILLES MORTES

Il peut partiellement ou entièrement recouvrir les espèces de petite taille. Dans tous les cas, le cœur du palmier doit être recouvert, et le mulch de feuilles abrité de la pluie. Si certaines palmes dépassent, elles peuvent geler, ce n'est pas grave. C'est un excellent moyen de protéger un palmier en dehors de sa zone probable de rusticité, comme un *Jubaea* ou un *Trachycarpus* en climat à tendance continentale.

UNE PALETTE

Elle peut être placée sous les palmiers en pots les plus rustiques, dans les régions où de longues périodes froides peuvent provoquer le gel du sol et des racines en contact.

ÉLIMINER LA COUVERTURE DU SOL

L'herbe, mais aussi une simple toile hors-sol ou tout matériau isolant, empêchent le réchauffement des premiers décimètres d'air au–dessus du sol, et des plus basses feuilles du palmier. Pour les espèces de petites taille, dont le cœur se situe à moins d'un mètre du sol, on pourra supprimer la proximité immédiate d'un gazon ou d'une protection quelconque du sol. Cela permet de gagner 3 à 5 °C, voire plus, si l'atmosphère est calme, sans vent. Le travail superficiel du sol, à la binette, permet à ce dernier de se réchauffer plus vite.

TECHNIQUES MOINS FACILES À METTRE EN ŒUVRE

■ ENTOURER LE PALMIER D'UN VOILE PROTECTEUR

Si ce voile est placé autour du bourgeon terminal, sans trop serrer, la protection est réelle. Si tout le palmier a été ainsi ligoté, si le voile est imperméable, il y a risque de moisissure, et condensation d'eau, en particulier les jours de soleil. Les *Trachycarpus* sont assez tolérants, les *Washingtonia* et *Phoenix* ne pardonnent pas de tels excès de protection.

■ UNE RÉSISTANCE THERMIQUE

Certaines municipalités utilisent parfois cette technique pour protéger le cœur de palmiers de valeur. La ville de Nîmes possède dans ce domaine une expérience d'une dizaine d'années. La technique, aisée à comprendre, est délicate à mettre en œuvre. Les feuilles supérieures sont regroupées en faisceau, encapuchonnées d'un grillage ; les feuilles restantes sont regroupées autour de cet amas. Le grillage porte en spirale une résistance thermique qui se déclenche dès que la température ambiante s'abaisse à quelques degrés au dessus de 0 °C. Cette technique est la plus efficace pour protéger de gros sujets de valeur en dehors de leur zone de rusticité.

■ UNE TOITURE PROTÉGEANT DES INTEMPÉRIES

À bricoler soi-même, elle restera à demeure tout l'hiver ou pourra être posée puis ôtée selon les prévisions météorologiques. Il est cependant plus facile de déplacer les plantes en pot sous un abri. À conseiller pour les palmiers rares, plantés en pleine terre, qui ne supportent pas le froid humide (*Jubaea, Nannorrhops, Trithrinax*...).

CE QU'IL FAUT RETENIR SUR LA PROTECTION HIVERNALE :

- La meilleure protection est le regroupement du feuillage
- Pour les petits palmiers, souvent en touffe, un mulch de feuilles mortes et sèches est efficace, ainsi qu'un binage du sol
- Pour les grands sujets, placer autour du cœur un voile d'hivernage, pas trop serré
- Pour les espèces qui redoutent le froid humide on pourra, en cas d'hiver pluvieux, placer un abri imperméable au dessus du feuillage

SAUVER UN PALMIER APRÈS LE GEL

Il n'est pas toujours trop tard pour agir. Par ignorance, on aggrave parfois l'effet dévastateur du gel.

SI LES FEUILLES ONT GELÉ

Il faut impérativement se garder de les supprimer immédiatement, et attendre le printemps, ou l'été ! De façon générale, on n'intervient sur un palmier qu'en période chaude, lorsqu'il est le plus apte à réagir aux agressions. Toute taille provoque une plaie, porte ouverte aux infections, aux champignons. En outre, on laissera au moins 10 cm de pétiole attaché à la plante en supprimant les feuilles. Si la plaie de taille s'infecte, la partie atteinte sera moins proche du cœur du palmier, si vulnérable.

SI LES FEUILLES N'ONT PAS GELÉ

Tout n'est pas gagné pour autant. De nombreuses espèces ne manifestent des signes de faiblesse qu'au redoux. On voit alors les plus jeunes feuilles sécher : en les tirant, on constate que le cœur du palmier vient aisément, et dégage une odeur de moisissure inquiétante. Les genres les plus sensibles à cette pourriture du cœur sont *Livistona, Phoenix, Washingtonia,* et d'autres encore. On ne l'observe que très rarement chez *Trachycarpus,* décidément bien rustique.

Les *Washingtonia* sont très sensibles, au moment du dégel, à la pourriture du cœur.

Pour l'éviter, on pulvérisera sur le cœur, sitôt le gel passé, un fongicide à base de sulfate de cuivre ou de bénomyl.

Cette pulvérisation doit être répétée 3 ou 4 fois, à 1 ou 2 semaines d'intervalle, pour éviter tout risque de moisissure du cœur.

Certains palmiers possèdent l'étonnante capacité de reformer un cœur lorsque celui-ci a gelé ou moisi, sans pour autant produire de rejets à la base. C'est le cas des *Livistona* et *Butia*. Pour les aider, on peut ôter ce cœur moisi en tirant sur les feuilles sèches adjacentes, sans forcer si elles résistent.

Les palmiers cespiteux, qui possèdent la capacité de produire des rejets, sont moins vulnérables. Si le tronc principal a gelé, si son cœur est mort, les rejets prendront le relais. Si toute la partie aérienne a gelé, de nouvelle tiges naîtront dans l'année, parfois seulement l'année suivante. Un *Chamaerops humilis,* entièrement gelé à Paris en 1985, a pu reformer de nouvelles pousses, c'est aujourd'hui un beau sujet, bien touffu.

CE QU'IL FAUT RETENIR APRÈS LE FROID :

- Ne pas condamner trop vite un palmier en apparence mort, attendre les mois d'août ou septembre pour l'éliminer. Pour les palmiers à rejets, attendre l'année suivante : on a parfois vu des repousses après un an de mort apparente
- Au printemps, pulvériser un fongicide sur le cœur du palmier, même si aucun dégât n'apparaît encore, et même si l'hiver n'a pas été rude
- En début d'été seulement, supprimer les feuilles gelées, ou abîmées

PALMIERS

D'INTÉRIEUR

Ces palmiers ont en commun de pouvoir se développer même sous de faibles luminosités, à l'exception du cocotier qui constitue un cas particulier. Certains, légèrement moins frileux que les autres, pourront être plantés en pleine terre dans les régions peu gélives. Les autres devront être confinés à l'intérieur des habitations, ou élevés en bac et rentrés en hiver. Les conditions d'hivernage seront alors précisées.

PALMIER ÉLÉGANT
ARCHONTOPHOENIX CUNNINGHAMIANA

On le trouve fréquemment dans les lieux publics lumineux, pour son allure exotique et sa facilité de culture. C'est le palmier idéal pour les jardiniers débutants qui disposent d'un espace suffisant.

CARACTÉRISTIQUES GÉNÉRALES

– *Synonyme* : *Seaforthia elegans*
– *Aptitudes en pot* : les jeunes sujets forment d'excellentes plantes de grands bacs, mais aussi de jardins intérieurs.
– *Aptitudes à l'extérieur* : en zones abritées, où les gelées restent limitées (la variété 'Illawara', originaire de la région de Sydney, a résisté en plein air à -7 °C).
– *Croissance* : bon développement, plus modéré en pot. Croissance supérieure en conditions de serre ou en pleine terre : 30 à 50 cm de stipe et 3 feuilles par an. Hauteur maximale 20 m.

CONDITIONS PARTICULIÈRES DE CULTURE

– *Lumière* : plutôt exigeant. En appartement, à proximité d'une baie vitrée. Un toit translucide permet une croissance verticale. Pas de soleil direct pour les jeunes plants.
– *Température* : très adaptable. Préfère les ambiances chaudes, mais un hiver frais, non gélif, est possible.
– *Eau, hygrométrie* : l'arrosage est proportionnel à la température ; tolère mieux la sécheresse que l'excès d'eau, mais préférence aux sols frais. N'exige pas d'ambiance très humide, mais l'air sec favorise l'apparition de parasites, et provoque un dessèchement des extrémités de feuilles, en particulier à proximité des sources de chauffage.
– *Rempotage, substrat* : lorsque le substrat s'est trop tassé ou épuisé, tous les 3 à 5 ans selon le pot. Substrat plutôt riche, mais bien drainé : mélange riche en matière organique, voire en tourbe. Répond bien aux apports d'engrais, en période chaude.
– *Hivernage* : en serre froide ou chaude, voire pleine terre sous climat peu gélif.

PALMIER QUEUE DE POISSON
CARYOTA MITIS

■ CARACTÉRISTIQUES GÉNÉRALES

– *Aptitudes en pot* : serre tempérée, ou appartement lumineux pour les jeunes sujets. Forte capacité à former des rejets.
– *Aptitudes à l'extérieur* : Les *Caryota* n'aiment pas le froid. Certaines espèces supportent quelques degrés de gel, *C. mitis* fait triste mine même après une très brève gelée, c'est un des moins rustiques.
– *Croissance* : rapide en conditions optimales ; il atteint 5 à 7 m au maximum. Privilégier la forme en touffe en appartements (plafonds bas). Dans un hall bien éclairé, on peut supprimer les rejets pour favoriser la croissance du tronc.
– *Caractères distinctifs* : les *Caryota* se reconnaissent à leurs feuilles bipennées, à divisions caractéristiques, en queue de poisson.

Ses feuilles découpées de façon caractéristique le distinguent de tous les autres. Il forme de belles touffes et s'adaptera dans un appartement si l'air n'y est pas trop sec.

■ CONDITIONS PARTICULIÈRES DE CULTURE

– *Lumière* : tolère la pénombre, mais préfère une bonne luminosité, sans ensoleillement direct.
– *Température* : comme tout palmier tropical, il apprécie la chaleur. A défaut, développement ralenti.
– *Eau, hygrométrie* : préfère les hygrométries élevées. Ne supporte pas de longues périodes de sécheresse, mais pas plus l'excès d'eau en permanence, surtout en hiver.
– *Rempotage, substrat* : nécessaire lorsque les racines ont exploré tout le substrat. Celui-ci sera plutôt riche et drainant, de préférence acide. Ne pas augmenter le volume du pot si on souhaite ralentir le développement du palmier.
– *Hivernage* : supporte les températures hivernales fraîches, mais une ambiance chaude toute l'année lui convient mieux.

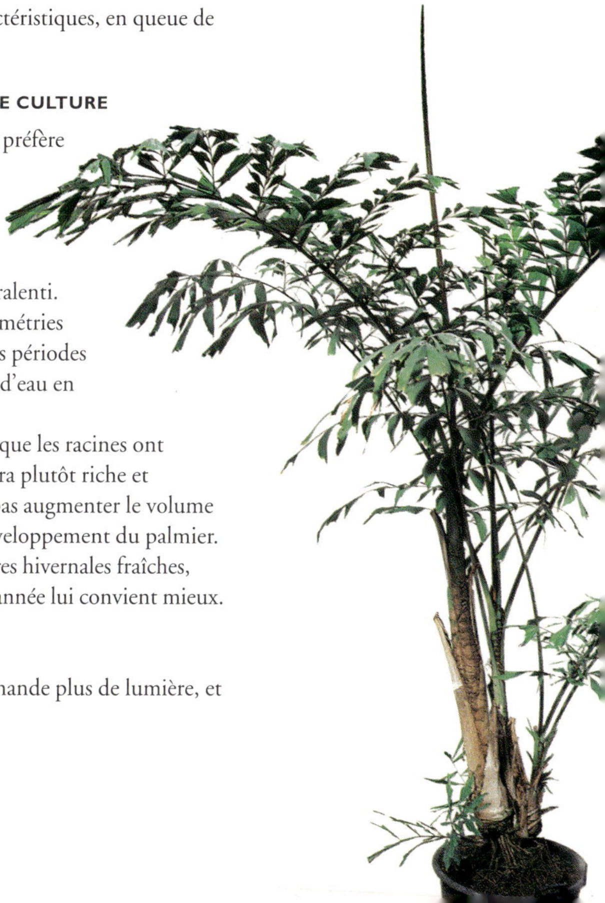

■ AUTRES ESPÈCES PROCHES

– *C. urens* ne forme pas de rejets, demande plus de lumière, et peut supporter de très brèves gelées.

Palmier de salon
Chamaedorea elegans

C'est le plus courant des petits palmiers d'intérieur, c'est aussi le plus tolérant. Il forme de petites touffes fréquemment associées à d'autres plantes vertes, c'est le champion de la longévité en appartement.

Caractéristiques générales

– *Aptitudes en pot* : très utilisé en association avec d'autres plantes d'intérieur, c'est généralement le dernier à dépérir. Rempotez le avant ! Eviter les pots de grandes dimensions, qui facilitent les excès d'arrosages. Très sensible aux araignées rouges en atmosphère trop sèche.
– *Aptitudes à l'extérieur* : pour former des ambiances de sous–bois exotique et luxuriant, contre un mur abrité, à l'ombre ou en sous–bois, et en zone peu gélive : il tolère quelques brefs degrés de gel.
– *Croissance* : il forme de nombreuses feuilles, mais la croissance en hauteur est lente. Il peut atteindre 2 mètres avec l'âge. Ne se ramifie pas, souvent vendu en groupes de plusieurs pieds pour un effet de masse.
– *Caractères distinctifs* : on le croit cespiteux, à tort : il ne forme pas de rejets, les sujet achetés en touffes dans le commerce sont issus de plusieurs graines mises à germer dans le même pot. C'est le plus petit des *Chamaedorea* courants.

Conditions particulières de culture

– *Lumière* : très adaptable, éviter le soleil direct. Probablement le palmier tolérant le mieux l'ombre.
– *Température* : indifférent ! La température accélère son développement, mais sa croissance n'est réellement stoppée que dans une pièce fraîche, en hiver.
– *Eau, hygrométrie* : arrosages modérés, surtout avec des pots de grandes dimensions. Laisser légèrement sécher la motte. Supporte bien les atmosphères sèches, mais attention aux araignées rouges.
– *Rempotage, substrat* : lorsque la touffe est devenue trop imposante ou si le substrat s'épuise. Un pot de dimensions supérieures n'est pas toujours nécessaire. Sol drainant, plutôt riche et acide.
– *Hivernage* : en appartement ou serre tempérée, mais aussi dans une pièce plus fraîche, voire en extérieur sous climats très doux.

AUTRES ESPÈCES PROCHES

Très nombreuses autres espèces présentant des caractéristiques et potentialités assez voisines. *C. elegans* reste toutefois le plus résistant au manque de lumière et aux intérieurs déssechés par un chauffage excessif en hiver.

PALMIER BAMBOU
CHAMAEDOREA MICROSPADIX

Un joli palmier très adapté aux conditions d'intérieur, dont il supporte le manque de lumière et la sécheresse. On peut même le planter en jardin de centre ville, en situation abritée.

CARACTÉRISTIQUES GÉNÉRALES

– *Aptitudes en pot* : superbe plante décorative, qui forme rapidement de beaux sujets.
– *Aptitudes à l'extérieur* : trop mal connu comme palmier d'extérieur, à planter à l'abri du soleil et du vent. Il supporte des gels brefs de -5 °C ; on connaît certains exemplaires en pleine terre dans un jardin protégé de Londres !
– *Croissance* : chaque stipe forme plusieurs feuilles dans l'année, et gagne assez rapidement en hauteur, jusqu'à 3 m. Un sujet acheté jeune deviendra en 2 ou 3 ans un exemplaire décoratif, s'il bénéficie de conditions optimales (engrais, luminosité correcte). Formation continue de rejets.
– *Caractères distinctifs* : parmi les *Chamaedorea* courants, c'est un des rares cespiteux.

CONDITIONS PARTICULIÈRES DE CULTURE

– *Lumière* : peu exigeant, s'adapte aux intérieurs sombres. N'apprécie pas le soleil direct.
– *Température* : très adaptable. Sa croissance est assurée au dessus de 15 °C environ.
– *Eau, hygrométrie* : besoins hydriques faibles, craint l'excès d'eau. On recommande d'arroser copieusement, mais de bien laisser sécher le substrat ensuite, surtout si la température s'abaisse. Sensible aux araignées rouges si l'air est trop sec.
– *Rempotage, substrat* : après plusieurs années, lorsque le terreau s'épuise, ou pour diviser la touffe (opération délicate). Substrat drainant, léger, mais riche.
– *Hivernage* : indifféremment en intérieur ou en extérieur pour des gels peu prononcés.

AUTRES ESPÈCES PROCHES

– *C. radicalis*, (photo p. 20) palmier de sous-bois assez proche du palmier bambou, il s'en distingue par sa taille plus réduite, il ne forme pas de rejets. Excellente rusticité, -6 à -9 °C, voire au-delà, mais également joli palmier d'intérieur.

COCOTIER
COCOS NUCIFERA

Essentiellement vendu jeune, avec sa noix, sa longévité n'excède malheureusement pas quelques mois en conditions courantes d'appartement.

CARACTÉRISTIQUES GÉNÉRALES

– *Aptitudes en pot* : mieux vaut considérer le cocotier comme une jolie plante en pot à sacrifier après quelque temps, à défaut de pouvoir la planter en pleine terre sous les tropiques !
– *Aptitudes à l'extérieur* : Pratiquement impossible en Europe.
– *Croissance* : lente dans son jeune âge. Rapide, sous serre chaude. Jusqu'à 30 m dans son milieu d'origine.
– *Caractères distinctifs* : les jeunes sujets portent encore à leur base la noix dont ils sont issus, il ne faut pas l'enlever, elle nourrit la plante pendant près de trois ans. Les feuilles juvéniles sont entières ou bifides.

CONDITIONS PARTICULIÈRES DE CULTURE

– *Lumière* : très exigeant. Placer juste derrière une fenêtre non ensoleillée, jeunes plants sensibles aux forts ensoleillements. Croissance nulle en situation moins lumineuse, la plante dépérira après quelques mois.
– *Température* : exige une température constante et élevée toute l'année : 25 à 30 °C. En appartement frais, dépérit l'hiver.
– *Eau, hygrométrie* : arrosages copieux et très forte hygrométrie sont indispensables, les réduire si la température ne dépasse pas 20 °C.
En appartement, éloigner des sources de chaleur desséchantes, favoriser l'hygrométrie.
– *Rempotage, substrat* : au bout de quelques mois, la jeune plante a épuisé son substrat, rempoter avec précaution, sans séparer la graine, encore nourricière, de la plante. Mélange drainant et léger (sable) ou tourbeux. Des apports d'engrais compenseront la pauvreté d'un substrat trop léger.
– *Hivernage* : période difficile, surveiller la luminosité, la température, et le mode de chauffage, souvent trop desséchant.

Palmier triangle
Dypsis decaryi

Voici un palmier original et esthétique à la portée de tous. Il s'adapte aux atmosphères sèches et sombres de nos appartements, qu'il égaie de sa forme architecturée et de ses palmes claires.

Caractéristiques générales

– *Synonyme* : *Neodypsis decaryi*
– *Aptitudes en pot* : un très beau palmier en pot, mais aussi en pleine terre sous climat peu gélif. En appartement, sa croissance est généralement réduite, il devient rarement très envahissant. Sous serre tropicale, il forme rapidement un beau sujet.
– *Aptitudes à l'extérieur* : en situation abritée du gel uniquement.
– *Croissance* : généralement lente en appartement, quelques feuilles par an ; beaucoup plus en jardin tropical, jusqu'à 6 m.
– *Caractères distinctifs* : on ne peut le confondre. C'est le seul palmier dont les feuilles sont disposées en trois séries écartées à 120° l'une de l'autre, donnant ainsi une base triangulaire.

Conditions particulières de culture

– *Lumière* : très adaptable, des intérieurs peu lumineux sous nos climats, jusqu'en pleine terre et plein soleil sous climat tropical. Préfère le soleil s'il hiverne au frais.
– *Température* : c'est en climat chaud qu'il se développe le mieux. Mais il tolère bien les intérieurs peu chauffés, sa croissance reste alors réduite.
– *Eau, hygrométrie* : là encore, les arrosages seront proportionnels à la température. En hiver, laisser sécher le substrat régulièrement, pas d'excès permanents d'eau. En période chaude, arroser copieusement. Il tolère les atmosphères sèches, mais un chauffage central en hiver peut favoriser acariens et cochenilles.

– *Rempotage, substrat* : après l'achat, s'il a été forcé en substrat tourbeux, rempoter en terreau plus nutritif, mais sans excès d'argile pour éviter une trop grande rétention d'eau en hiver. La plante préfère les sols sains, drainants, plutôt riches. Répond bien aux fertilisations printanières et estivales.
– *Hivernage* : possible en pièce fraîche, ou en appartement plutôt loin d'une source de chaleur desséchante. Il supporte des brèves gelées à -2 °C s'il est en pleine terre et au soleil.

Palmier d'Arec, " Aréca "
Dypsis lutescens

On a tous admiré un jour ou l'autre ses touffes gracieuses, dans une serre ou un hall d'exposition. Ce superbe palmier de Madagascar, à tort nommé Aréca, s'adapte facilement dans les intérieurs lumineux, moyennant quelques soins.

Caractéristiques générales

– *Synonyme* : *Chrysalidocarpus lutescens*
– *Aptitudes en pot* : tolère bien la culture en grands bacs, pour décoration de lieux lumineux et spacieux. Il ne grandira vraiment qu'en pleine terre ou en serre tropicale. Il est généralement vendu en groupes de plusieurs pieds avant que la ramification naturelle ne se produise.
– *Aptitudes à l'extérieur* : Très frileux ; même sous climat très peu gélif, il ne passe pas l'hiver sans quelques dégâts aux feuilles.
– *Croissance* : rapide en conditions optimales, pleine terre ou ambiance chaude et humide, jusqu'à 9 m. En appartement lumineux, croissance de 20 cm par an.
– *Caractères distinctifs* : on reconnaît aisément les troncs annelés, vert clair à jaunes. Les feuilles sont dépourvues de fibres à leur base.

Conditions particulières de culture

– *Lumière* : le moins possible de soleil direct, qui peut brûler les feuilles des jeunes plants. Bonne luminosité appréciée, particulièrement s'il subit une période froide. En appartement peu lumineux, rapprocher de la fenêtre. En pleine terre, tolère le soleil direct.
– *Température* : apprécie la chaleur. Mais attention, en hiver, chauffage rime avec sécheresse de l'air, mieux vaut alors réduire le thermostat pour diminuer les risques phytosanitaires, 15 °C peuvent suffire
– *Eau, hygrométrie* : arrosages généreux, laisser sécher la motte avant un nouvel arrosage. Eviter l'eau stagnant longtemps dans la soucoupe, et diminuer les fréquences d'arrosage si le substrat est lourd, ou argileux.

Craint les ambiances trop sèches, en particulier en été si le soleil rentre dans l'appartement ou en hiver avec chauffage excessif.

- *Rempotage, substrat* : un rempotage s'impose 6 mois ou 1 an après l'achat, car souvent cultivé dans de la tourbe, avec nombreux apports d'engrais. A la maison, cette solution ne durera que quelques mois. Rempoter dans un mélange riche mais drainant et léger, contenant sable ou tourbe mais non exclusivement.
- *Hivernage* : possible en pièce fraîche, ou en appartement si l'ambiance n'est pas trop sèche.

EUTERPE COMESTIBLE
EUTERPE EDULIS

Les sujets adultes, au Brésil, fournissent les fameux cœurs de palmier. Les jeunes plants, de plus en plus courants dans le commerce, sont gracieux et de culture assez aisée. On les trouve semés par groupes, vendus en potées touffues pour l'intérieur.

CARACTÉRISTIQUES GÉNÉRALES

– *Aptitudes en pot* : un joli palmier tropical décoratif pour intérieur et bacs, à placer près d'une fenêtre sans soleil direct, et loin d'un chauffage central. Peut s'acclimater en appartement, au moins les premières années de sa jeunesse. Pour un développement complet, nécessite une ambiance de serre tropicale.
– *Aptitudes à l'extérieur* : ne supporte pas le froid.
– *Croissance* : intéressante, rapide, en conditions de bonne luminosité. En Amazonie, jusqu'à 20 m et plus.

CONDITIONS PARTICULIÈRES DE CULTURE

– *Lumière* : préfère une bonne luminosité, sans soleil direct.
– *Température* : élevée pour une bonne croissance, surtout en été. Il tolère des hivers frais, mais ce n'est pas recommandé pour une culture en intérieur.
– *Eau, hygrométrie* : une atmosphère trop sèche favorise les araignées rouges. Arrosages copieux en ambiance chaude, mais le substrat ne doit pas être trop humide en permanence.
– *Rempotage, substrat* : après l'achat, pour augmenter la dimension du pot, sans excès, et remplacer la tourbe d'origine. Mélange plutôt riche, humifère, à base de tourbe, terreau. Apports d'engrais appréciés.
– *Hivernage* : préférable en pièce tempérée. En pleine terre, a survécu à -1 °C en Californie.

KENTIA
HOWEA FORSTERIANA

CARACTÉRISTIQUES GÉNÉRALES

– *Aptitudes en pot* : excellente plante en pot, pour appartements et serres froides à tempérées. Très appréciée pour sa robustesse et la grâce de son feuillage ; on regrette une croissance plutôt lente qui justifie un prix d'achat élevé : tous les plants sont issus de semis, et proviennent pour partie de son île d'origine, Lord Howe, au large de L'Australie.
– *Aptitudes à l'extérieur* : en zones protégées des grosses gelées, les plants de 2 m et plus tolèrent brièvement -2 à -4 °C.
– *Croissance* : lente en appartement, plus soutenue en serre chaude. En conditions classiques, chaque stipe produit 1 à 3 palmes en moyenne par an. Le plus souvent vendu par groupe de plusieurs pieds. Hauteur de 15 m au maximum.

Depuis plus d'un siècle, il s'intègre très bien aux intérieurs de nos demeures. L'élégance de ses palmes et sa robustesse se compensent largement une croissance jugée un peu lente.

CONDITIONS PARTICULIÈRES DE CULTURE

– *Lumière* : pas de soleil direct pour les jeunes sujets, qui supportent même les situations de pénombre ; préférence aux pièces claires, non loin d'une fenêtre.
– *Température* : peu exigeant, croissance plus faible en ambiance fraîche.
– *Eau, hygrométrie* : arrosages parcimonieux en hiver. Arroser 1 à 2 fois par semaine lors des chaudes journées d'été, voire plus en petits pots. Hygrométrie moyenne à importante.
– *Rempotage, substrat* : nécessaire mais non fréquent, lorsque le substrat s'appauvrit et la croissance des palmes diminue. Mélange drainant, léger, mais riche.
– *Hivernage* : en pièce chaude, le plus loin possible des radiateurs ; supporte la fraîcheur, 10 °C ou moins, mais pas le gel.

Palmier bouteille
Hyophorbe lagenicaulis

Originaire de l'île Maurice, on le trouve maintenant couramment en vente comme plante d'appartement. De culture assez aisée, il ornera les intérieurs lumineux de son feuillage fin. Les sujets adultes se caractérisent par leur stipe étrangement renflé.

CARACTÉRISTIQUES GÉNÉRALES

– *Synonyme* : *Mascarena lagenicaulis*
– *Aptitudes en pot* : sous nos climats, essentiellement plante en pot, en bac ; en pleine terre sous serre chaude. Peut se conserver plusieurs années en appartement, mais on n'obtiendra jamais le tronc ventru caractéristique des adultes.
– *Aptitudes à l'extérieur* : En climat subtropical (Floride) ou méditerranéen chaud, possibilité de culture en plein air si aucun gel n'est à craindre. *H. verschaffeltii*, espèce voisine originaire de l'île Rodrigues, tolère mieux le froid et manifeste moins de dégâts jusqu'à -2 °C.
– *Croissance* : bonne en conditions optimales, au maximum 6 m. Formation de feuilles de plus en plus grandes, le stipe n'apparaît que beaucoup plus tard, sauf sous serre tropicale.

– *Caractères distinctifs* : le genre se caractérise par des troncs ventrus.

CONDITIONS PARTICULIÈRES DE CULTURE

– *Lumière* : tolère mal le manque de lumière, placer non loin d'une fenêtre, même sans soleil direct
– *Température* : espèce de climat chaud, appréciant la chaleur en toute saison. Minimum hivernal : 15 à 20 °C.
– *Eau, hygrométrie* : laisser légèrement sécher les substrats lourds entre deux arrosages. Surveiller particulièrement les jeunes plants, en conteneurs de petites dimensions, dont la motte sèche vite mais s'asphyxie aussi rapidement en cas d'excès d'eau.
– *Rempotage, substrat* : En fonction de la croissance de la plante, en substrat plutôt riche, mais bien drainé.
– *Hivernage* : en lieu lumineux, chaud et plutôt humide, sans excès.

LICUALA
LICUALA GRANDIS

Ce superbe petit palmier d'intérieur et de serre chaude est réservé aux jardiniers avertis. Il réclame une forte hygrométrie, mais vous récompensera par son extraordinaire feuillage pouvant atteindre un demi mètre de diamètre.

CARACTÉRISTIQUES GÉNÉRALES

– *Aptitudes en pot* : son petit développement lui permet de bien s'accommoder à la culture en pot. Les conteneurs trop petits facilitent le dessèchement de la motte de substrat, qu'il faut éviter.
– *Aptitudes à l'extérieur* : ne supporte pas le froid.
– *Croissance* : plutôt lente, surtout en appartement, jusqu'à 5 feuilles par an. Hauteur maximale 3 m.
– *Caractères distinctifs* : palmes caractéristiques, en grand éventail plein, non divisées (voir photo p. 23).

CONDITIONS PARTICULIÈRES DE CULTURE

– *Lumière* : pénombre, pas de soleil direct.
– *Température* : chaleur toute l'année, 15 à 20 °C minimum en hiver.
– *Eau, hygrométrie* : maintenir la motte presque toujours humide, avec quelques périodes d'assèchement léger en hiver. Forte hygrométrie nécessaire, ambiance de serre tropicale. A déconseiller en ambiance sèche (chauffage par convection sèche).
– *Rempotage, substrat* : lorsque le substrat est épuisé ou dégradé, en présence de croûtes blanches à la superficie par exemple (si arrosage à l'eau courante) : tourbe et humus, mais ni lourd ni drainant.
– *Hivernage* : en ambiance chaude et humide.

AUTRES ESPÈCES PROCHES

Nombreuses autres espèces. On trouve de plus en plus couramment :
– *L. spinosa*, Licuala épineux, à feuilles composées et épineuses. Il supporte le soleil et un air plutôt sec.

Ci-dessous, *L. spinosa*

COCOTIER NAIN
LYTOCARYUM WEDDELLIANUM

CARACTÉRISTIQUES GÉNÉRALES

- *Synonyme* : *Microcoelum weddellianum*
- *Aptitudes en pot* : excellente plante en pot par son petit développement.
- *Aptitudes à l'extérieur* : s'adapte aux jardins de climat doux, peu gélifs, à l'abri de plus grandes plantes. Tolère assez bien quelques degrés de gel.
- *Croissance* : lente, particulièrement en appartement, par manque de chaleur et d'humidité. Au maximum 1,5 m.
- *Caractères distinctifs* : feuilles pennées, fines, au revers blanchâtre caractéristique.

CONDITIONS PARTICULIÈRES DE CULTURE

- *Lumière* : en appartement, situation plutôt lumineuse, non ensoleillée. En extérieur, à l'ombre.
- *Température* : nette préférence pour les atmosphères tropicales, chaudes, toute l'année si possible.
- *Eau, hygrométrie* : très exigeant sur l'hygrométrie en appartement. Les systèmes de chauffage desséchants ne lui conviennent pas. Ne pas laisser la motte se dessécher, mais éviter les excès d'eau permanents (en particulier dans la soucoupe).
- *Rempotage, substrat* : nécessaire seulement lorsque la plante s'est bien développée, après plusieurs années. Mélange riche, drainant.
- *Hivernage* : le plus facile est en pièce chaude et humide. Possibilité en pleine terre, jusqu'à -4 °C.

Il partage avec son cousin le cocotier la grâce, et le goût des atmosphères tropicales. Mais il s'adapte bien en appartements, pourvu que l'atmosphère y soit suffisamment humide. Il reste de petites dimensions et ne produit pas de fruits sous nos climats.

DATTIER DU LAOS
PHOENIX ROEBELENII

C'est un des palmiers les plus répandus et les plus décoratifs en intérieur : le seul qui développe facilement un tronc, jusqu'à 1 ou 2 m en appartement, en pot. Il s'adapte assez bien aux intérieurs lumineux et pas trop secs.

CARACTÉRISTIQUES GÉNÉRALES

– *Aptitudes en pot* : excellentes. C'est le seul *Phoenix* réellement facile à cultiver en appartement.
– *Aptitudes à l'extérieur* : en zones douces, peu gélives, à mi-ombre.
– *Croissance* : lente en comparaison des autres *Phoenix*, jusqu'à 3 m, mais production importante de feuilles en bonnes conditions.
– *Caractères distinctifs* : il présente les caractères généraux des autres *Phoenix*, en dimensions réduites : feuilles pennées jusqu'à 1m, folioles devenant épineuses à la base du pétiole, tronc reconnaissable aux cicatrices laissées par la base des anciennes feuilles, fruits en dattes minuscules.

CONDITIONS PARTICULIÈRES DE CULTURE

– *Lumière* : également adaptable, supporte un ensoleillement partiel comme les ambiances peu lumineuses, mais alors croissance ralentie.
– *Température* : très adaptable, préfère la chaleur, peut supporter brièvement jusqu'à -4 à -5 °C.
– *Eau, hygrométrie* : besoins proportionnels à la température, supporte des excès temporaires d'eau comme une certaine sécheresse si elle ne se prolonge pas.
– *Rempotage, substrat* : peu fréquent, lorsque le terreau s'est dégradé et appauvri. Mélange plutôt riche, et rétenteur d'eau (avec tourbe ou humus). Apprécie les fertilisations en été.
– *Hivernage* : indifféremment en pièce chaude ou fraîche, même en extérieur si les gelées restent faibles.

RAVENEA DES BERGES
RAVENEA RIVULARIS

CARACTÉRISTIQUES GÉNÉRALES

- *Aptitudes en pot* : avec une bonne luminosité, sa culture en pot est aisée. Sa croissance peut être spectaculaire en conditions optimales. Très décoratif.
- *Aptitudes à l'extérieur* : peut être planté en pleine terre si les gels n'excèdent pas -2 °C.
- *Croissance* : très rapide en conditions tropicales. Satisfaisante en appartement sous hygrométrie correcte.
- *Caractères distinctifs* : il se rapproche du *Dypsis decaryi* par la robustesse de ses feuilles, dont la base forme une large gaine. Mais elles ne sont pas disposées aussi régulièrement, et sont plutôt recouvertes d'une pellicule grisâtre.

CONDITIONS PARTICULIÈRES DE CULTURE

- *Lumière* : en appartement, placer près d'une fenêtre, en situation lumineuse, mais pas forcément ensoleillée. En extérieur, jeunes plants à l'ombre.
- *Température* : nos étés sont suffisamment chauds. En hiver, une pièce fraîche ou chauffée peuvent convenir indifféremment, on adapte alors les arrosages.
- *Eau, hygrométrie* : plutôt exigeant, comme le suggère son nom. Préfère les ambiances humides, attention aux pièces surchauffées à l'atmosphère desséchante. Ne pas laisser sécher la motte en appartement. Si l'hivernage se fait au frais, diminuer les arrosages.
- *Rempotage, substrat* : à ne pas négliger pour assurer une bonne croissance, lorsque la plante s'est bien développée. Mélange riche, léger. Les fertilisations en période chaude sont appréciées. Les plants achetés dans le commerce, cultivés avec des apports fertilisants excessifs, possèdent souvent un système racinaire peu développé. Une réacclimatation à des conditions moins artificielles est nécessaire, en particulier avant rempotage ou plantation en pleine terre
- *Hivernage* : en pièce chaude ou fraîche, hors-gel.

Adaptable et de bonne croissance, cet élégant palmier malgache devrait rapidement devenir populaire : de culture aisée en appartement lumineux ou en jardin abrité du gel, il peut atteindre 5 à 20 m de haut si l'eau ne lui fait pas défaut.

RHAPIS
RHAPIS EXCELSA

Cet habitué des ambiances de sous-bois forme avec l'âge de larges touffes qui restent feuillues jusqu'à leur base.

Ci-dessous,
R. humilis

CARACTÉRISTIQUES GÉNÉRALES

– *Aptitudes en pot* : un des meilleurs palmiers en pots, le seul cultivable en forme bonsaï. Grands sujets à élever en bacs.
– *Aptitudes à l'extérieur* : excellente plante d'ambiances de sous-bois, sous le couvert d'autres végétaux. Tolère jusqu'à -5 °C, mais il repart lentement en végétation ensuite.
– *Croissance* : modérée en hauteur, jusqu'à 4 à 5 m après des décennies ; mais forme continuellement des rejets.
– *Caractères distinctifs* : tous les Rhapis se distinguent aisément des autres palmiers par leurs nombreuses tiges très fines, et leurs petites feuilles palmées, profondément divisées en 5 à 20, voire 35, segments.

CONDITIONS PARTICULIÈRES DE CULTURE

– *Lumière* : se développe bien en appartement lumineux, croissance réduite en pièces plus sombres.
– *Température* : adaptable, supporte les ambiances fraîches à chaudes.
– *Eau, hygrométrie* : arrosages modérés en hiver, plus importants en été. Ne supporte pas les excès d'eau prolongés ni les sécheresses excessives. Préfère les fortes hygrométries. En ambiance trop sèche, les pointes des palmes sèchent.
– *Rempotage, substrat* : lorsque le substrat paraît dégradé, tassé, épuisé ; lorsque la touffe a beaucoup grandi ou au contraire se développe mal (mauvais substrat). Mélange riche et drainant, terreau humifère et tourbe ou sable.
– *Hivernage* : en pièces chauffées, loin des sources de chaleur, ou encore en véranda fraîche. Supporte quelques degrés de gel.

AUTRES ESPÈCES PROCHES

Une douzaine d'autres espèces, toutes d'apparence voisine, en général assez peu rustiques (-2 °C env.). *R. humilis* est le plus rustique, environ -7 °C.

FICHES DE CULTURE PAR ESPÈCE

PALMIERS

D'EXTÉRIEUR

Les palmiers présentés dans cette partie sont ceux qui résistent le mieux au froid. Même dans le nord de l'Europe de nombreuses espèces peuvent être installées en pleine terre. Nul doute que vous y trouviez celles qui conviendront à votre jardin.

PALMIER ZINC
BRAHEA ARMATA

Il s'en dégage puissance et élégance. Cet habitué des déserts de Basse Californie, au Mexique, se caractérise par des palmes coriaces bleutées, d'immenses hampes florales, et une grande résistance, qui font oublier sa désespérante lenteur de croissance.

Ci-dessous, *B. edulis*

CARACTÉRISTIQUES GÉNÉRALES

– *Synonyme* : *Erythea armata*
– *Aptitudes à l'extérieur* : magnifique sujet isolé ; palmier d'alignement ou de groupe s'il est planté déjà grand.
– *Résistance au froid* : -10 voire -15 °C, en conditions optimales. Jeunes plants pouvant geler vers -5 °C, à protéger sur ses 10 à 15 premières années (correspond à 10 à 20 cm de tronc). On trouve de beaux sujets jusqu'au bord des lacs suisses et italiens, ou dans le sud de l'Angleterre.
– *Aptitudes en pot* : de croissance lente, c'est un sujet idéal pour la culture en bac pendant quelque temps.
– *Croissance* : lente, il atteint 10 m en un siècle. Production annuelle de 8 à 15 palmes et de 8 à 10 cm de tronc par an en conditions optimales pour un sujet de 10 ans et plus.
– *Caractères distinctifs* : on peut confondre sa silhouette avec celle des *Washingtonia*, mais il s'en distingue aisément par ses palmes sans fils, très bleutées, coriaces, au bruit presque métallique lorsqu'on les secoue. Le pétiole est pourvu d'épines émoussées, peu dangereuses. Les hampes florales dépassent largement la couronne de palmes.

CONDITIONS PARTICULIÈRES DE CULTURE

– *Chaleur et ensoleillement* : étés très chauds et plutôt secs. Soleil direct nécessaire au moins lorsqu'il est au zénith, au plus chaud de la journée. Nécessite une longue période chaude (25 à 30 °C minimum) pour se développer, se préparer à l'hiver et mûrir ses fruits. En climat océanique, un mur ensoleillé peut aider à gagner quelques degrés.
– *Emplacement* : une espèce recommandée pour les zones méditerranéenne et atlantique (sauf microclimats trop pluvieux). A essayer en régions plus continentales aux étés chauds,

avec protection lors d'hivers prolongés et humides. Il ne craint pas le vent, mais ne produit jamais de rejets, le gel du cœur est donc fatal. Un mur au sud réverbérant la chaleur peut être bénéfique. Dans tous les cas, protéger et arroser l'été dans les 2 années suivant la plantation.

– *Sol* : léger, drainant, sec. Plutôt sableux qu'argileux, ne craint pas le calcaire. Apprécie les fertilisations essentiellement magnésiennes et potassiques.
– *Eau, hygrométrie* : faibles besoins hydriques ; quelques apports complémentaires estivaux pour jeunes sujets à enracinement récent. Après quelques années, un apport d'eau n'est pas utile, voire néfaste. Craint l'hygrométrie excessive.
– *Hivernage* : si possible en pleine terre, pour une meilleure protection des racines. Protection en zones froides par un voilage entourant le cœur et la base des palmes. Pour les jeunes plants, une épaisse couche de feuilles sèches. Sous climat trop humide, sol drainant, plantation en butte, et toit amovible protégeant des précipitations glacées.

AUTRES ESPÈCES PROCHES

– *B. edulis*, Brahea comestible : grandes palmes vertes, croissance plus rapide, particulièrement en sols riches : jusqu'à 25 cm de tronc et plus de 20 feuilles par an. Une alternative pour les zones littorales : sa rusticité est inférieure, mais il peut résister à des gels brefs de -8 à -10 °C. Un beau palmier de pleine terre, en voie de disparition sur son île californienne d'origine (île de Guadalupe). Ses palmes sont vert franc.
– *B. dulcis*, Brahea doux : un proche parent du palmier zinc, qui produit des rejets, augurant d'une possibilité de reprise après le gel. Mêmes exigences, mais il semble tolérer un léger ombrage. Paraît tout aussi rustique, cependant assez rare en Europe, on manque d'expérience.

Ci-dessous, *B. armata* avec ses hampes florales

BUTIA
BUTIA CAPITATA

Un genre sud américain à faire connaître : peu exigeant, rustique et gracieux. L'espèce capitata reste la préférée des gourmands, par ses fruits en petits abricots, excellents en confitures, gelées, ou même en apéritif alcoolisé

CARACTÉRISTIQUES GÉNÉRALES

– *Aptitudes à l'extérieur* : Pour sa taille réduite et sa silhouette sphérique régulière, souvent utilisé en isolé, centre de massifs fleuris. Egalement apprécié pour ses fruits.
– *Résistance au froid* : réellement rustique, en général jusqu'à -10 à -15 °C pour des plants déjà grands et en sol drainé. Mais la durée du froid est plus à redouter que les températures atteintes.
– *Aptitudes en pot* : tolère bien la culture en bac, avec un substrat drainant et riche.
– *Croissance* : plutôt rapide en sol riche, 10 à 20 cm annuels. Produit annuellement jusqu'à plus de 10 feuilles pour des sujets de 10 ans et plus. Il atteint 3 à 5 m.
– *Caractères distinctifs* : les *Butia* forment des pennes vert-bleuté, généralement arquées à leur extrémité, surtout chez *B. capitata*. Rien à voir avec les pennes des *Phoenix* ou du *Jubaea*.

Ci-contre,
B. capitata

CONDITIONS PARTICULIÈRES DE CULTURE

– *Chaleur et ensoleillement* : préfère les étés chauds, mais nettement moins exigeant que le palmier zinc, *Brahea*.
– *Emplacement* : croissance modérée les premières années. Forme un beau sujet à isoler, on

mettra en valeur son feuillage gracieux. La couronne ne dépasse pas 3 m de diamètre, peu exigeant en superficie. A éloigner des pelouses et de leurs asperseurs à jet.

– *Sol* : nette préférence pour les sols drainés, sa croissance est assurée si le substrat est plutôt riche. Réagit bien aux fertilisations. Craint le calcaire.
– *Eau, hygrométrie* : meilleur développement avec des arrosages réguliers en période chaude. Toutefois, résiste bien à la sécheresse. S'adapte aux atmosphères sèches ou plus humides. Tolère mieux l'excès temporaire d'eau que *Brahea.*
– *Hivernage* : la protection ne s'impose qu'en zones à hivers rigoureux et prolongés. L'idéal est alors la culture en bac, à rentrer sous abri froid. En pleine terre, les feuilles coriaces se regroupent difficilement : passer un voile d'hivernage autour du cœur, à la base des feuilles, en période froide. Protéger par un toit si un hiver froid et pluvieux est à craindre.
– *Taille, particularités* : Taille des feuilles similaire à celle du *Phoenix.*

AUTRES ESPÈCES PROCHES

– *Butia yatay* : tolère encore mieux le sec. Feuilles plus courtes, et stipe pouvant dépasser les 10 mètres. De vieux spécimens commencent à être introduits, après réadaptation en bac, en provenance d'Argentine et d'Uruguay.

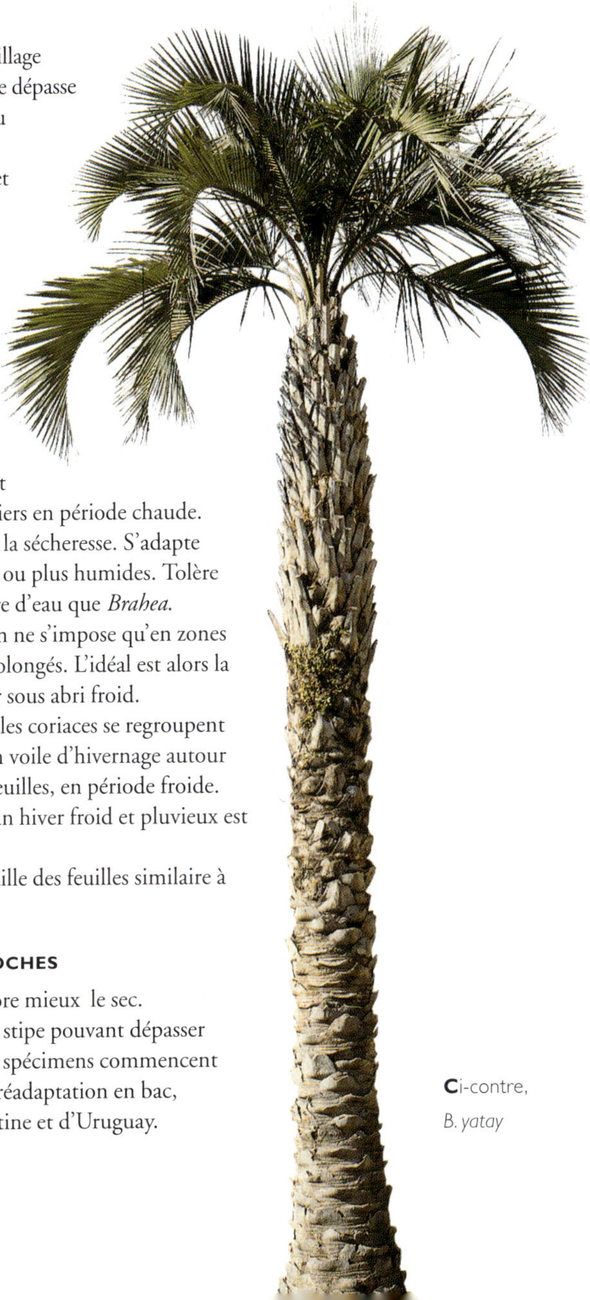

Ci-contre,
B. yatay

PALMIER NAIN
CHAMAEROPS HUMILIS

Robuste et frugal, c'est un palmier sans soucis. Il se développe en touffes assez basses et résiste bien au gel. En voilà assez pour garnir bien des jardins, même au-delà du bassin méditerranéen dont il est originaire.

CARACTÉRISTIQUES GÉNÉRALES

– *Aptitudes à l'extérieur* : excellent sujet de grand bac. En pleine terre : à isoler contre un mur, ou dans un angle ; à mettre en valeur, mais voisine mal avec l'irrigation intégrée d'une pelouse, préfère les surfaces minérales. Peu conseillé en alignement par l'importance du diamètre de la touffe, en perpétuel accroissement.

– *Résistance au froid* : rustique jusqu'à -8 à -12 °C. Au-delà, brûlures sur feuilles, puis gel des parties aériennes. Les sujets adultes, bien enracinés, repartent généralement à partir de la souche après un gel sévère (-15 °C) mais bref (quelques jours).

– *Aptitudes en pot* : très bonnes, ne pas oublier l'arrosage estival et une éventuelle protection hivernale selon les régions.

– *Croissance* : rapide en bonnes conditions, mais en diamètre plutôt qu'en hauteur (3 à 5 m maximum). Un tronc peut émettre plus de 20 feuilles dans l'année.

– *Caractères distinctifs* : les rejets apparaissent sur des plants âgés de 3 à 5 ans. Les palmes sont petites, coriaces, leurs pétioles garnis de fortes épines, et elles portent des groupes de poils blanc cotonneux à leur revers. Leur couleur vert brillant sur le dessus les distingue du *Nannorrhops* ou du *Serenoa*. Il existe des variétés à feuilles plus grises, d'autres sans rejets, ou encore sans épines, très forte variabilité.

CONDITIONS PARTICULIÈRES DE CULTURE

– *Chaleur et ensoleillement* : nécessaire à un bon développement, mais les besoins ne sont pas aussi importants que ceux des palmiers américains. Un emplacement ensoleillé et l'abri d'un mur réflecteur suffisent en général pour les régions moins méridionales.

– *Emplacement* : les jeunes sujets peuvent être plantés en pleine terre, à protéger des grands froids. Prévoir immédiatement un emplacement large, tenant compte des futurs rejets.

– *Sol* : indifférent pourvu qu'il soit bien drainé. Tolère très bien le calcaire, les sols superficiels, rocailleux, ingrats, pauvres.

– *Eau, hygrométrie* : besoins très faibles, sensibilité au froid humide et aux atmosphères saturées en hygrométrie. Quelques arrosages estivaux en pot ou en région méditerranéenne permettent d'éviter un ralentissement de croissance, quoique non préjudiciable.
– *Hivernage* : en régions côtières, protection à installer au cas par cas à l'annonce d'un froid sévère. En zones plus continentales, protection facile par installation d'un voilage, la plante n'atteignant pas de grandes dimensions. Possibilité de recouvrir totalement d'un mulch épais de feuilles pendant les mois les plus rudes en régions très gélives. Protéger des excès d'humidité.
– *Taille, particularités* : On peut laisser les touffes fournies telles quelles, sans tailler. On peut aussi mettre en valeur les plus belles tiges en supprimant à leur base les premières palmes, ou même en éliminant certains rejets. Attention aux pétioles très épineux.

COCOTIER DU CHILI
JUBAEA CHILENSIS

Imposant, solitaire, pachydermique. Le géant de la cordillère chilienne cumule les records : rusticité, lenteur de croissance, diamètre du tronc, fruits comestibles. Il a failli disparaître de son habitat, surexploité pour sa sève sucrée, donnant le miel de palme.

CARACTÉRISTIQUES GÉNÉRALES

– *Aptitudes à l'extérieur* : forme des alignements majestueux. Très attractif en isolé, mais pour des sujets déjà âgés et grands. Espacement 8 m et plus.
– *Résistance au froid* : le plus rustique des grands palmiers : jusqu'à -15 à -18 °C en conditions optimales, plus sensible en zones fraîches et humides. Jeunes sujets plus gélifs, tant que le stipe n'a pas formé une véritable base (10 à 20 ans). Mortalité parfois observée dès -5 °C.
– *Aptitudes en pot* : comportement en pot très aléatoire, forte mortalité inexpliquée des jeunes sujets. Après 10 à 15 ans, ils deviennent plus résistants et peuvent être transplantés. Les exemplaires de cet âge sont rares mais sont à préférer pour une reprise assurée. Les grands sujets sont trop imposants pour être cultivés en pots.
– *Croissance* : très lente au début. Production annuelle de 5 à 12 palmes ensuite. Croissance s'accélérant après plusieurs décennies, mais dépassant 20 cm par an après 15 ans. Hauteur maximale 15 à 20 m.
– *Caractères distinctifs* : les sujets adultes se reconnaissent à leur énorme stipe, gris et lisse, rappelant un pied de pachyderme, se rétrécissant à son sommet. Les feuilles rappellent celles du Phœnix canariensis, mais présentent la particularité rare de porter des divisions dont la section est en L et non en V. Elles cliquètent entre elles lorsque le vent souffle.

CONDITIONS PARTICULIÈRES DE CULTURE

– *Chaleur et ensoleillement* : un amateur de chaleur, mais tolérant les étés plus frais. Supporte mal l'ombre d'un arbre ou d'un mur, palmier de plein soleil.
– *Emplacement* : plusieurs sujets centenaires de Nice à Montpellier, au pays basque et jusqu'en Bretagne. En Normandie, les dernières vagues de froid humide ont eu

raison des vieux spécimens. Son introduction est réussie en zones plus continentales, lac de Constance ou lac Majeur. Au delà, il faut lui assurer une bonne protection hivernale. Ne craint pas le vent.

– *Sol* : une préférence pour les sols riches, mais sa seule exigence est d'avoir un excellent drainage. Ne supporte pas l'humidité excessive et permanente du sol. En climat frais, préférer un substrat sableux, moins lourd.
– *Eau, hygrométrie* : préfère les étés secs, quelques arrosages ne s'imposent que pour aider les jeunes sujets à démarrer. Nécessite une atmosphère sèche.
– *Hivernage* : habillage (voiles, ou mulch de feuilles) des jeunes sujets en zone continentale. Mais après 30 à 50 ans, sa croissance s'accélère et expose les parties les plus hautes, que l'on ne peut plus atteindre, à des gels définitifs. Dans ce cas, mieux vaut le déplacer à cet âge en zone plus douce.
– *Taille, particularités* : Inutile, et parfois source d'infection cryptogamique. Les vieilles palmes tombent d'elles mêmes (longues et lourdes cependant).

LIVISTONA DE CHINE

LIVISTONA CHINENSIS

C'est le palmier préféré des petits jardins exubérants de climat doux. Appréciez-le pour la grâce de ses palmes, son stipe fin et sa résistance à l'ombre : il vous le rendra bien. Son nom ne l'indique pas, il provient des îles Bonin et Ryu-Kyu au large du Japon

CARACTÉRISTIQUES GÉNÉRALES

– *Aptitudes à l'extérieur* : un palmier d'ambiance, pour les petits espaces, patios, terrasses. Il supporte bien la présence de grands arbres persistants, voire leur ombrage. Le stipe est fin, ce n'est pas le palmier idéal pour un alignement imposant.

– *Résistance au froid* : résiste à des gelées modérées, et de brève durée, entre -5 et -8 °C parfois au-delà pour des sujets de 2 m et plus (-10 à -15 °C avec seulement les feuilles roussies). Plantation à encourager, il peut réserver de bonnes surprises.

– *Aptitudes en pot* : bon sujet de bac ou de grandes potées ; culture possible en appartement lumineux, avec bassinage des feuilles en ambiance trop sèche.

– *Croissance* : Variable, au maximum 10 à 15 cm par an, malgré son développement maximal en Europe de 6 à 8 mètres. Le rythme de formation des palmes est de 5 à 10 feuilles par an.

– *Caractères distinctifs* : Les *Livistona* se reconnaissent à leurs palmes, dont les longs segments retombent gracieusement à la manière de lanières.

Les palmes de ce *Livistona* sont moins grandes que celles de son cousin australien *L. australis*.

CONDITIONS PARTICULIÈRES DE CULTURE

- *Chaleur et ensoleillement* : Préfère les atmosphères chaudes et à l'ombre. Supporte la fraîcheur, mais pas le soleil direct sur jeunes plants. Tolère le soleil levant ou couchant.
- *Emplacement* : éviter le plein soleil (jaunissement du feuillage), ainsi qu'une ombre trop prononcée. Sa taille adulte modérée le rend idéal pour apporter une touche d'exotisme dans un petit jardin urbain. A protéger des situations ventées, son feuillage est gracieux mais facilement endommagé par le vent.
- *Sol* : riche, plutôt frais. Répond bien aux apports d'engrais.
- *Eau, hygrométrie* : Des ambiances humides, tropicales, lui sont bénéfiques : quelques arrosages en période chaude conseillés, même s'il peut supporter une certaine sécheresse. On peut compenser un air ambiant sec par une situation à mi-ombre.
- *Hivernage* : possibilité de rentrer les sujets en pots dans une orangerie ou une pièce fraîche. En extérieur, si des gels de -8 à -10 °C sont à craindre, protection par regroupement de palmes et voilage autour du coeur. Protection des jeunes sujets sous un mulch de feuilles sèches.
- *Taille, particularités* : Suppression des palmes sèches, en période chaude.

AUTRES ESPÈCES PROCHES

- *L. australis*, Livistona d'Australie : très comparable à *L. chinensis*, ce palmier atteint cependant une vingtaine de mètres de haut dans son pays d'origine, et plutôt 10 m en Europe : croissance plus soutenue, développement plus important en tous sens. On le recommande pour de grands espaces ombragés, voire en alignement sous climats abrités. Rusticité légèrement supérieure, -10 °C voire au-delà.

Palmier Mazari
Nannorrhops ritchiana

C'est un objet de convoitise pour collectionneurs, par sa rusticité et sa rareté à l'état adulte. Seul palmier originaire du Moyen-Orient, il nécessite patience et chaleur, et se développe avec parcimonie.

CARACTÉRISTIQUES GÉNÉRALES

– *Aptitudes à l'extérieur* : sujets adultes d'un bel effet, mais rares en pépinière. Si possible, cultiver quelques années en serre chaude l'été pour améliorer la croissance. Les jeunes sujets requièrent de longues années avant de former des palmes de 1 mètre. Une espèce de collection !

– *Résistance au froid* : importante, mais variable selon les individus : la forme à feuilles vertes semble beaucoup plus rustique que celle à feuilles bleues. La première a pu résister à -20 °C, la seconde à peine -5 à -10 °C. L'idéal serait de pouvoir vérifier l'origine géographique de la souche dont il est issu.

– *Aptitudes en pot* : bon sujet en grand pot ou bac, ne pas oublier quelques arrosages en été.

– *Croissance* : dans tous les cas très lente, améliorée par chaleur, soleil, quelques arrosages parcimonieux et engrais. Hauteur maximale 3 à 5 m, le tronc se couchant avec l'âge, sur une longueur de 5 m et plus après un siècle.
– *Caractères distinctifs* : les jeunes sujets n'ont pas de tronc. Celui des vieux spécimen s'incline et rampe sur le sol. Ses palmes sont très coriaces, vert argenté, non épineuses.

CONDITIONS PARTICULIÈRES DE CULTURE

– *Chaleur et ensoleillement* : indispensable en été, sur une longue période, et pour assurer une bonne rusticité.
– *Emplacement* : l'abri d'un mur captant le soleil améliore la croissance. Choisir les sujets les plus grands et âgés si possible.
– *Sol* : indifférent pourvu qu'il soit parfaitement drainé, donc plutôt sableux.
– *Eau, hygrométrie* : besoins très faibles, ne supporte pas l'excès d'eau en hiver. Un minimum toutefois en été pour assurer la croissance.
– *Hivernage* : Protéger des hivers humides et des froids sévères et prolongés : isoler les pots, recouvrir le feuillage d'un léger voilage, sans excès.
– *Taille, particularités* : Les sujets âgés développent leur inflorescence dans le prolongement du tronc. Celui-ci forme alors souvent deux nouvelles têtes. Pas de taille particulière, suppression des palmes sèches en été.

DATTIER DES CANARIES
PHOENIX CANARIENSIS

Sa popularité a largement dépassé son archipel d'origine. C'est désormais le palmier d'extérieur le plus populaire des zones tempérées chaudes. On apprécie son panache, sa robustesse, et sa croissance hâtive.

En haut : tronc agé (cicatrices en ellipses).
En bas : jeune tronc (taille « en marguerite »).

CARACTÉRISTIQUES GÉNÉRALES

– *Aptitudes à l'extérieur* : en solitaire, pour grands espaces (longues pennes et épines à leur base). Excellent en alignement ; espacement 8 m et plus. Forte sensibilité à certaines maladies cryptogamiques, éviter de tailler des feuilles encore vertes.
– *Résistance au froid* : rustique jusqu'à -8 à -10 °C. Sensible aux vagues de froids subites et prolongées, surtout lors d'hivers doux qui ne ralentissent pas sa croissance.
– *Aptitudes en pot* : se développe bien en bac avec un bon volume de substrat. L'idéal reste une caisse, à panneaux démontables pour remplacements partiels de substrat. Les jeunes sujets supportent un temps les conditions d'appartement.
– *Croissance* : rapide dès le plus jeune âge. Ralentie par un sol pauvre ou trop sec. Hauteur maximale de 15 à 20 m. Développement accéléré par des apports azotés.
– *Caractères distinctifs* : de tous les *Phoenix*, il forme les plus grandes feuilles, les plus fournies et les plus luxuriantes aussi, d'un vert franc. Les cicatrices de leur base forment sur le tronc des ellipses.

CONDITIONS PARTICULIÈRES DE CULTURE

– *Chaleur et ensoleillement* : sa popularité s'explique par ses faibles exigences en chaleur estivale. Idéal pour les climats océaniques, tempérés peu gélifs. S'accommode aussi bien d'étés frais à chauds.
– *Emplacement* : plutôt ensoleillé et dégagé. Couronne dépassant 5 m de diamètre, croissance moyenne à rapide, il dépasse en quelques années murs et abris. Système racinaire à développement très important. A réserver en pleine terre aux zones littorales moyennement gélives.
– *Sol* : croissance maximale en sol riche, drainant, plutôt acide. Mais grande adaptabilité aux sols les plus ingrats pourvus d'un bon drainage.
– *Eau, hygrométrie* : résistant aux étés secs, mais se développe

mieux avec quelques apports d'eau. Peu exigeant sur l'hygrométrie.
- *Hivernage* : protection possible par regroupement du feuillage en hiver, installation d'un voile protecteur voire d'une résistance thermique antigel. Des essais en cours à Nîmes ont donné de bons résultats depuis 10 ans, en zones peu abritées. Peut dépasser sa zone de rusticité avec l'abri d'un bâtiment.
- *Taille, particularités* : On taille souvent trop les palmes, pour des raisons de pure esthétique. Opération estivale, et non hivernale, sur des feuilles dont la base est sèche. Si on souhaite éliminer des feuilles vertes, laisser plus de 40 cm de pétiole sur le tronc, pour prévenir la progression des maladies à partir de la plaie de taille. Lorsque cette base est sèche, après quelques années, on peut la raccourcir, cette taille est parfois dite « en marguerite ».

AUTRES ESPÈCES PROCHES

Un genre riche d'une douzaine d'espèces. Les deux suivantes en sont proches :
- *P. reclinata*, dattier du Sénégal, espèce gracieuse, plus petite et plus fine que les autres dattiers. Remarquable propension à former des rejets et à pousser en touffe. Exigeant en chaleur, en arrosages, et moins rustique (-5 à -7 °C). Pour les zones littorales ensoleillées.
- *P. sylvestris*, dattier d'Inde, très proche par son développement et ses exigences du *P. canariensis*, dont il se distingue par ses fruits rouges et ses feuilles plus courtes.

PALMIER DATTIER
PHOENIX DACTYLIFERA

Adoptez ce prince du désert dans votre jardin, le dattier saura vous récompenser : point de dattes sous nos climats, mais une très belle silhouette et une réelle résistance en climats doux bien ensoleillés.

CARACTÉRISTIQUES GÉNÉRALES

– *Aptitudes à l'extérieur* : le feuillage, est moins fourni que celui du dattier des Canaries. Mais il est décoratif par sa teinte bleu-gris. Trop peu reconnu pour ses qualités esthétiques, en particulier lorsqu'on sait entretenir (tailler) le feuillage et dégager le tronc. Excellent sujet d'alignement, également en isolé car forte propension à former des rejets en touffe.

– *Résistance au froid* : excellente rusticité, mais variable selon les cultivars. Les sujets obtenus à partir de dattes importées (Deglet Nour principalement) tolèrent parfois jusqu'à -8 voire -10 °C pour des sujets déjà adultes. Il sont également sensibles aux vagues de froids subites et prolongées, surtout lors d'hivers doux où la croissance n'a pas été stoppée. Par comparaison, les palmeraies irakiennes supportent chaque hiver de -10 à -15 °C, il s'agit d'autres variétés de dattiers.

– *Aptitudes en pot* : une bonne plante de bac, se référer à l'exemple historique de l'orangerie de Versailles. Veiller à un substrat drainant, plutôt riche, renouvelable. Non recommandé pour l'appartement.

– *Croissance* : rapide avec de la chaleur et un fort ensoleillement, assortis de bons arrosages espacés en été. Jusqu'à 20 m et plus en oasis.

– *Caractères distinctifs* : on pourrait le confondre avec son cousin *Phoenix canariensis*, mais il s'en distingue pourtant aisément : il forme quelques rejets avec l'âge, ses feuilles sont moins nombreuses, gris-bleutées et ont un aspect plus aéré. Les cicatrices sur le tronc sont plus minces.

CONDITIONS PARTICULIÈRES DE CULTURE

– *Chaleur et ensoleillement* : très exigeant en chaleur estivale, principalement pour la fructification. Même en Afrique du nord, certains étés sont insuffisamment chauds pour une production de qualité. S'accommode d'étés frais, mais la floraison est alors compromise, et le développement moins vigoureux.
– *Emplacement* : lui réserver un emplacement très ensoleillé et dégagé. Développement et croissance sont fonction de la chaleur ambiante, dimensions comparables à celles atteintes par le dattier des Canaries. En pleine terre, il s'accommode de tous les climats à étés chauds et hivers moyennement gélifs.
– *Sol* : préférence aux sols sains, bien drainés, même pauvres ou légèrement salins. Réagit bien aux apports d'engrais, mais non indispensables.
– *Eau, hygrométrie* : besoins hydriques importants, mais uniquement par absorption racinaire : retenir que le sous-sol d'une oasis n'est jamais sec. En région méditerranéenne, tout dépend des possibilités laissées aux racines de trouver

une nappe phréatique. Arrosages possibles, mais plutôt espacés, il résiste malgré tout à la sécheresse. En outre, ne supporte pas les fortes hygrométries, qui gênent son développement.

– *Hivernage* : l'abri d'un mur est idéal. Pour protéger lors d'hivers rigoureux et prolongés, regroupement du feuillage, protection des feuilles par un voilage antigel. Pour les petits sujets, un toit abritant des pluies hivernales est conseillé. En régions très froides, assortir d'un mulch de feuilles sèches. L'idéal reste de s'assurer de l'origine génétique et géographique du plant.
– *Taille, particularités* : se rapporter aux instructions du *P. canariensis.*

AUTRES ESPÈCES PROCHES

– *P. theophrasti*, dattier de Crète, espèce plus rare, très voisine par sa morphologie et ses exigences : proche parent du palmier dattier. C'est une des deux espèces de palmiers spontanées en Europe : Crète et côtes turques. Culture et rusticité, se reporter au palmier-dattier. Il s'en distingue par son développement moins important : hauteur 10 m, feuilles et fruits plus petits.

P. *theophrasti*,
le dattier de Crête

Palmier porc-épic
Rhapidophyllum hystrix

Caractéristiques générales

– *Aptitudes à l'extérieur* : excellent sujet à isoler sur une pelouse, tenir éloigné des enfants à cause de ses longues épines acérées. Joli feuillage foncé et luisant.
– *Résistance au froid* : probablement le plus rustique de tous. A pu résister jusqu'à -25 à -30 °C, rustique dans la plupart des cas au-delà de -20 °C et pour des hivers prolongés, avec un minimum de précautions.
– *Aptitudes en pot* : bonnes, mais croissance plus lente.
– *Croissance* : réputée lente (2 à 3 feuilles par an). En réalité, développement satisfaisant en conditions chaudes mais en diamètre de touffe plutôt qu'en hauteur de stipe. Hauteur maximale 50 cm à 1 m en Europe, voire 2 m en climat plus chaud.

Une curiosité intéressante à plus d'un titre : pour sa rusticité, exceptionnelle sous de nombreux climats. Pour ses palmes coriaces et luisantes, pour son stipe et ses nombreux rejets garnis de longues aiguilles noires et acérées.

Conditions particulières de culture

– *Chaleur et ensoleillement* : Chaleur nécessaire pour une bonne croissance, mais non indispensable : un des rares palmiers de zone tempérée. Soleil en régions froides, indifférent ailleurs. Mi-ombre pour jeunes sujets.
– *Emplacement* : tolère de nombreuses situations. Développement optimal avec chaleur et soins. Forme une touffe compacte mais peu haute, à mettre en valeur en conséquence.
– *Sol* : préfère les substrats riches pour un développement optimal.
– *Eau, hygrométrie* : apports d'eau nécessaires en été pour assurer sa croissance, mais ne craint ni la sécheresse ni une forte hygrométrie.
– *Hivernage* : protection généralement inutile. Voilage et/ou mulch de feuilles sèches en cas d'hiver sévère et prolongé (climat continental).
– *Taille, particularités* : taille non nécessaire, attention aux aiguilles garnissant le tronc.

SABAL NAIN
SABAL MINOR

Le seul palmier nain réellement inerme, sans danger, et rustique. Idéal pour les petits jardins de nombreuses zones où ses qualités le feront apprécier de tous.

CARACTÉRISTIQUES GÉNÉRALES

– *Aptitudes à l'extérieur* : bon sujet de bac, de serre, ou à isoler en parc ou sur une pelouse.
– *Résistance au froid* : excellente, jusqu'à -15 à -20 °C en général, mais supporte moins bien les froids prolongés, surtout si les étés sont trop tempérés.
– *Aptitudes en pot* : excellentes, bonne croissance s'il bénéficie de soins (eau, chaleur, fertilisation).
– *Croissance* : développement réduit en hauteur. Il peut former 5 feuilles et plus par an, mais sa taille varie peu. Hauteur maximale 2 m pour les sujets formant un tronc, 1 m pour les spécimens acaules.
– *Caractères distinctifs* : il ne forme que très rarement un vrai tronc. Les palmes, assez petites, plutôt bleutées, sont légèrement fendues en leur milieu. Les inflorescences dépassent largement le feuillage en hauteur.

CONDITIONS PARTICULIÈRES DE CULTURE

– *Chaleur et ensoleillement* : appréciés pour la croissance en été, mais non indispensables. Plutôt à mi-ombre, mais supporte le soleil s'il dispose d'eau.
– *Emplacement* : à mettre en valeur sur une pelouse par exemple dès la plantation sous peine de passer inaperçu. Totalement inerme, sans danger.
– *Sol* : plutôt riche, mais palmier très adaptable.
– *Eau, hygrométrie* : résistant à la sécheresse, mais apprécie beaucoup les arrosages estivaux. La présence d'eau garantit

Ci-dessous,
S. minor

une bonne croissance. Préfère une hygrométrie élevée, mais tolère l'air sec.
- *Hivernage* : la protection d'un voilage et/ou d'un mulch de feuilles sèches ne s'impose qu'en cas d'hivers prolongés et réellement rigoureux. Certains sujets ont pu geler à des froids moins intenses sous climat continental à étés frais.
- *Taille, particularités* : on peut supprimer les vieilles palmes sèches, inesthétiques.

Ci-dessous :
S. palmetto,
encore appelé
Chou palmiste,
voir aussi p. 28

AUTRES ESPÈCES PROCHES

Le genre est riche de plus d'une dizaine d'espèces, dont plusieurs remarquablement rustiques. En particulier : *S. palmetto* qui peut dépasser 10 m de haut, mais sous climat subtropical. En Europe, croissance très modérée, atteignant 5 à 7 m. Il ne forme un stipe qu'en plein soleil. Ceci est compensé par une bonne rusticité (-10 °C voire au-delà).

SÉRÉNOA RAMPANT
SERENOA REPENS

On le compare à juste titre au *Chamaerops humilis* pour son développement en petites touffes denses. Il s'en distingue par l'absence d'épines, et une meilleure tolérance aux excès d'eau. C'est le meilleur palmier pour jardinières en lieux fréquentés.

CARACTÉRISTIQUES GÉNÉRALES

– *Aptitudes à l'extérieur* : une note d'exotisme dans les petits jardins, dans les grands bacs, en association avec d'autres espèces de pays tropicaux. Appréciable dans les lieux publics, où on le trouve encore trop peu. Les extraits huileux de ses fruits sont utilisés à l'échelle commerciale pour le traitement de l'adénome prostatique.
– *Résistance au froid* : comparable à celle du *Chamaerops humilis*, jusqu'à -10 °C environ. La souche peut reformer de nouveaux rejets si le gel a été sévère mais pas durable.
– *Aptitudes en pot* : excellentes, par son faible encombrement. Culture en pot conseillée dans son jeune âge, si les arrosages ne sont pas négligés : un beau conteneur peut mettre en valeur un petit sujet qui passera inaperçu en pleine terre.
– *Croissance* : ne pas s'attendre à une croissance significative à court terme, se procurer un plant déjà présentable, on en

trouve maintenant dans le commerce. Tronc souterrain, s'élevant rarement jusqu'à 3 ou 4 m.

– *Caractères distinctifs* : les jeunes plants, de petite dimension, sont très rapidement pourvus de rejets. Les palmes portent un nombre réduit de segments, au contraire du *Chamaerops humilis*. Adulte, il forme des touffes très denses mais jamais hautes.

CONDITIONS PARTICULIÈRES DE CULTURE

– *Chaleur et ensoleillement* : c'est un atout pour un meilleur développement, et non pas une exigence absolue.
– *Emplacement* : développement lent, il faut 5 à 10 ans pour obtenir un beau sujet, porteur de feuilles de dimensions acceptables (40 cm et plus). Les premiers rejets apparaissent rapidement, après 4 ans et plus. Croissance accélérée sous serre.
– *Sol* : plutôt riche et sableux, drainage hivernal (froid et humidité cohabitent mal pour les palmiers).
– *Eau, hygrométrie* : forts besoins en eau pour un développement optimal, mais tolère la sécheresse. N'apprécie pas l'excès d'eau en hiver. Hygrométrie indifférente.
– *Hivernage* : protection très facile, pour les plantes en pots, et par mulch épais de feuilles sèches en régions froides.

COCOTIER PLUMEUX
SYAGRUS ROMANZOFFIANA

On l'apprécie de plus en plus, pour sa croissance très vigoureuse et son feuillage souple et hirsute. Rustique en zones douces, il mériterait de devenir plus commun.

CARACTÉRISTIQUES GÉNÉRALES

– *Synonyme* : *Arecastrum romanzoffianum*
– *Aptitudes à l'extérieur* : plante de jardin ensoleillé ou à mi-ombre sous climat doux. Palmier d'orangerie ailleurs. Quelques municipalités de l'ouest de la France tentent son acclimatation à l'extérieur. Il faut rester lucide et savoir profiter de son exceptionnelle croissance, ses chances de survie à long terme restant faibles.
– *Résistance au froid* : il a montré une bonne résistance à des gelées moyennes, mais de brève durée : jusqu'à -8 à -10°C pour des sujets adultes. Mais les grandes vagues de froid, durables et intenses, ont toutes eu raison des nombreux sujets plantés de Hyères à Nice.
– *Aptitudes en pot* : fréquemment vendu en grands bacs, il ne se développe vraiment bien qu'en pleine terre.
– *Croissance* : très rapide si les conditions lui conviennent, jusqu'à 40 cm de tronc par an. En quelques années, il peut dépasser 3 à 4 m de hauteur, 10 à 15 m maximum. Mais il produit peu de feuilles, en moyenne 3 par an sous nos climats, ce qui donne un tronc peu garni, tout en hauteur.
– *Caractères distinctifs* : on ne peut le confondre. Un grand tronc gris et annelé ; de longues feuilles à l'aspect plumeux, par l'implantation des folioles tout autour de leur axe et non dans un plan comme pour la majorité des autres palmiers.

CONDITIONS PARTICULIÈRES DE CULTURE

– *Chaleur et ensoleillement* : pas particulièrement exigeant en chaleur estivale, mais demande des hivers doux.
– *Emplacement* : se développe rapidement en hauteur, le tronc devient vite massif (20 cm de diamètre et plus).
– *Sol :* drainant, plutôt sableux et riche, frais.
– *Eau, hygrométrie* : arrosages copieux en été pour une bonne croissance, éviter les excès d'eau en hiver.
– *Hivernage* : à protéger des premières gelées en regroupant le feuillage, qu'il est possible d'entourer d'un voile d'hivernage. En cas d'hiver rude (-10 °C et au-delà) et

prolongé, cultiver en grand bac à rentrer sous serre ou véranda froide. Mais il faut prévoir un toit très haut

– Taille, particularités : les vieilles palmes tombent d'elles mêmes, taille généralement difficile, en raison de la hauteur rapidement atteinte par le tronc

AUTRES ESPÈCES PROCHES

Plusieurs autres espèces sont candidates potentielles à l'acclimatation mais restent encore rares en culture, en particulier *S. coronata* et *S. flexuosa.*

x *Butiagrus nabonnandii* est un hybride entre *Butia capitata* et *Syagrus romanzoffiana* : il possède des caractères intermédiaires entre ces deux genres botaniquement voisins. Très rare, mais potentiellement intéressant par sa bonne rusticité et sa grande vigueur.

PALMIER CHANVRE
TRACHYCARPUS FORTUNEI

Protégé par son épais manchon de fibres, c'est le favori des climats difficiles. Rustique, adaptable, c'est le plus septentrional des palmiers. De croissance modérée, il peut atteindre 10 mètres et dépasser le siècle. Qui dit mieux ?

CARACTÉRISTIQUES GÉNÉRALES

– *Synonyme* : *Chamaerops excelsa*, un nom erroné mais encore trop utilisé.
– *Aptitudes à l'extérieur* : en isolé pendant sa première phase de vie, stipe dégarni et trop élancé pour les sujets âgés. Excellent en groupes de tailles variées, même plantés très serrés. Espacement 5 m et plus en alignement.
– *Résistance au froid* : Les adultes de 1m et plus supportent jusqu'à -15 à -18 °C ; mais il faut surtout retenir qu'il accepte les hivers humides, neigeux, sans dommages pour son bourgeon terminal. On peut l'introduire jusqu'en Scandinavie (bord de mer) ou en Europe centrale, moyennant quelques précautions. Protection des jeunes plants, tant que le tronc n'a pas atteint 10 à 20 cm.
– *Aptitudes en pot* : s'adapte très bien à la culture en bac ou pot.
– *Croissance* : lente en atmosphère trop sèche, plutôt rapide à mi-ombre, en situation protégée du vent et des courants d'air froids. Production annuelle maximale de 15 à 18 feuilles et de plus de 30 cm de tronc, même après un hiver ayant endommagé le feuillage, en sol régulièrement fertilisé, ou avec apports superficiels d'humus. Croissance maximale lorsque la hauteur du tronc est comprise entre 1 et 6 m.
– *Caractères distinctifs* : Son tronc garni d'un épais manchon fibreux est caractéristique. Palmes profondément mais irrégulièrement divisées en segments dont l'extrémité se divise légèrement en deux parties. Confusion possible avec *Trithrinax acanthocoma*, mais qui a un tronc épineux.

CONDITIONS PARTICULIÈRES DE CULTURE

– *Chaleur et ensoleillement* : sans doute le moins exigeant de tous les palmiers courants. Les atmosphères fraîches, tempérées, lui conviennent parfaitement.
– *Emplacement* : il pardonnera de nombreuses erreurs de culture. Mais en zone méditerranéenne, l'air sec lui convient mal. Les palmes jaunissent, vieillissent vite, lui confèrent un air malheureux. Le Béarn, et en général les climats océaniques à semi-continentaux lui conviennent mieux. S'adapte bien aux patios, cours intérieures ou à l'ombre.
– *Sol* : préférence aux sols riches ; grande adaptabilité, même en sol lourd et peu drainant (croissance ralentie). Apprécie les fertilisations ou renouvellements superficiels de terreau.
– *Eau, hygrométrie* : préfère les ambiances fraîches, déteste les vents desséchants. Système racinaire à l'aise en sol frais, mais également tolérant aux sécheresses estivales, sans excès.
– *Hivernage* : lors d'hivers très rudes et prolongés, isoler les pots (racines gélives). Un simple regroupement de feuilles suffit généralement. Possibilité de pose d'un voile d'hivernage, voire d'un épais mulch de feuilles.
– *Taille, particularités* : on peut supprimer les vieilles palmes sèches, inesthétiques. On peut également ôter progressivement le chanvre du tronc, laissant apparaître ainsi une silhouette plus exotique, voir p. 28. Protéger du soleil le tronc ainsi dégarni pendant quelques semaines.

Ci-dessus, *T. wagnerianus*, à Kyoto au Japon.

AUTRES ESPÈCES PROCHES

– *T. wagnerianus*, Trachycarpus de Wagner, très courant dans les rues et jardins de Tokyo et Kyoto, réputées pour leurs rigueurs hivernales. Inconnu à l'état naturel, il semble être une variation de l'espèce fortunei. Comportement et exigences identiques, mais dimension des entre-noeuds et des palmes réduites. Développement plus réduit, moins de 10 cm, croissance soutenue de 8 à 15 palmes par an, voire plus ; il atteint jusqu'à 5 ou 6 m.

TRITHRINAX D'ARGENTINE
TRITHRINAX CAMPESTRIS

Rien de tropical dans cette silhouette guerrière mais inoubliable : bardé de longues épines claires, harnaché d'un réseau de fibres coriaces, un toupet de palmes bleutées aux pointes acérées. Récemment importé d'Argentine, il promet une rusticité étonnante.

CARACTÉRISTIQUES GÉNÉRALES

– *Aptitudes à l'extérieur* : silhouette et couleurs particulières, à mettre en valeur, sur butte ou isolé. Un aspect pas franchement exotique, plutôt intrigant, unique. Pas de gazon avec asperseurs à proximité. Epines dangereuses, isoler des lieux fréquentés.
– *Résistance au froid* : réputé rustique jusqu'en Ecosse, -10 °C certainement bien au-delà. Une expérience trop récente en Europe ne permet pas d'affirmer mieux.
– *Aptitudes en pot* : bonne reprise racinaire, à essayer en bacs. Mais on manque d'expérience.
– *Croissance* : Prévoir un développement très lent : 1 à 2 palmes et quelques cm de tronc par an au maximum.
– *Caractères distinctifs* : il forme des rejets, et la touffe dépasse rarement une hauteur de 4 m. Les palmes sont petites, bleutées, très coriaces, et terminées par une pointe acérée. Le tronc est recouvert par un enchevêtrement caractéristique de longues épines plates, pointues, claires, ainsi que des bases des anciennes palmes sèches, recourbées vers la base du tronc.

CONDITIONS PARTICULIÈRES DE CULTURE

– *Chaleur et ensoleillement* : préférence pour les étés chauds, mais semble s'adapter à des saisons plus tempérées.
– *Emplacement* : extraordinaire capacité de reprise après transplantation. Les vieux sujets sont tous importés d'Argentine, bonne reprise. Préférence aux emplacements très ensoleillés.
– *Sol* : préférence aux sols sains, plutôt secs.
– *Eau, hygrométrie* : faibles exigences, effectuer quelques arrosages copieux lors d'étés secs.
– *Hivernage* : en particulier après transplantation, léger

A gauche : *T. campestris*
A droite : *T. acanthocoma*

voilage autour du cœur ; une protection excessive peut provoquer la pourriture du bourgeon terminal par condensation d'humidité.
– *Taille, particularités* : on ôte les palmes sèches en été. Laisser la base des pétioles, qui fait partie intégrante de ce tronc si particulier, garni d'épines claires.

AUTRES ESPÈCES PROCHES

– *T. acanthocoma*, Trithrinax à épines blanches.
Un aspect de *Trachycarpus* dont le stipe fibreux serait garni d'épines brunes longues et acérées.
Moins rustique que *T. campestris* (-5 à -8 °C), plus fragile, mais de croissance légèrement plus soutenue, en moyenne 5 à 10 cm de tronc par an, et moins de 10 feuilles. A réserver aux zones littorales.

PALMIER DE CALIFORNIE
WASHINGTONIA FILIFERA

Employez le superlatif pour qualifier ce natif des déserts de Californie et réservez la place qu'il convient à ce géant : croissance record, dépassant les 20 m de haut, et des palmes gigantesques, il fait l'admiration des jardins de zones abritées des grosses gelées.

CARACTÉRISTIQUES GÉNÉRALES

– *Aptitudes à l'extérieur* : excellent sujet d'alignement en avenues ou parc, en zones à climat doux, ou sur le littoral protégé des embruns. Impressionnant en groupes et en alignement. A éviter pour les petits jardins. Espacement 8 à 10 m, voire plus. On peut tenter son introduction en régions plus continentales, en situation protégée. C'est un pari risqué à long terme mais possible sur 10 à 20 ans.
– *Résistance au froid* : jeunes sujets fragiles les premières années, les adultes dépassant, une hauteur d'homme, peuvent geler au-delà de -8 à -12 °C selon les cas.
– *Aptitudes en pot* : possible les premières années, développement trop important au-delà. Prévoir des conteneurs de gros volumes.
– *Croissance* : très rapide, dès le plus jeune âge, et tout au long de sa vie.
– *Caractères distinctifs* : ses grandes palmes sont prolongées par des pétioles bordés de dents acérées. Elles sont garnies de nombreux filaments blancs, pendants. Chez *W. filifera*, le tronc est massif, les palmes vert légèrement bleutées. Chez *W. robusta*, le tronc est plus élancé, plus fin, la base des palmes brun-rouge.

CONDITIONS PARTICULIÈRES DE CULTURE

– *Chaleur et ensoleillement* : nécessaire en période de croissance, s'adapte aux étés tempérés mais vigueur amoindrie.

– *Emplacement* : prévoir un développement rapide en hauteur, en diamètre de la couronne et du tronc. Système racinaire puissant, asséchant le sol. Pétioles à épines acérées, dangereux.
– *Sol* : peu exigeant sur la qualité du sol, pourvu qu'il soit plutôt drainant, léger, sableux, même pauvre. Surveiller les excès d'eau en hiver. Apprécie les fertilisations.
– *Eau, hygrométrie* : besoins hydriques racinaires importants en période chaude : arroser les sujets en bacs, et ceux de pleine terre seulement si le sol est trop drainant. Excès d'humidité néfastes en hiver (jaunissement du feuillage). Préfère les faibles hygrométries.
– *Hivernage* : surveiller les jeunes plants, plus fragiles. Les plus vigoureux, atteignant hauteur d'homme, peuvent résister à des froids vifs mais brefs et secs. Le feuillage gelé se reconstitue rapidement si le cœur n'est pas mort, attendre l'été pour décider d'arracher un plant apparemment gelé.
– *Taille, particularités* : deux écoles s'opposent. Les américains, partisans de laisser les palmes sèches s'accumuler sur le tronc, formant un jupon caractéristique. Les européens, partisans de la suppression de ces palmes aux pétioles dangereusement épineux. Pour se décider, observer en priorité la fréquentation du lieu où pourraient tomber ces palmes.

Ci-dessus, *W. robusta* (au premier plan : *Butia capitata*). Page précédente : *W. filifera*, en pot. Voir également, pour cette dernière espèce, les photos p.11 et p.40.

AUTRES ESPÈCES PROCHES

– *W. robusta*, Washingtonia du Mexique : très voisin du précédent. Développement encore plus rapide, le stipe est plus élancé, plus fin. Moins rustique, le feuillage gèle à -6 ou -7 °C, mortalité à -8 °C.

ANNEXES

MALADIES ET PARASITES

Les palmiers sont généralement résistants, sauf lorsqu'ils sont affaiblis. Les problèmes les plus fréquents sont alors les suivants :

JAUNISSEMENT DU FEUILLAGE

Les causes peuvent être variées. Les gros sujets en pots sont gourmands ; lorsque le terreau s'épuise, le feuillage pâlit, jaunit, la plante a " faim ". C'est souvent le cas du *Butia*. Rempoter, ou changer superficiellement le terreau. En pleine terre, mais aussi en pot, il peut s'agir d'un terreau asphyxiant, trop compact, ou trop souvent gorgé d'eau. C'est souvent le cas pour *Caryota*. Rempoter en mélange plus léger (sableux), laisser la terre s'assécher ou la drainer.

FEUILLAGE TACHÉ

Là encore, plusieurs causes possibles. Le plus souvent, il s'agit de carence du sol en éléments minéraux : carences en potassium ou en magnésium, mais aussi en oligo-éléments tels que bore, manganèse, zinc pour les espèces en pot. On change le substrat, ou à défaut une fertilisation complète pourra rétablir l'équilibre. Mais une palme jaunie ou tachée l'est souvent à jamais. Les nouvelles feuilles devraient se montrer vertes. Il peut aussi s'agir d'une attaque bactérienne, virale ou fongique. Le réflexe général sera de pulvériser une bouillie cuivrée, du type bouillie bordelaise contenant du sulfate de cuivre, ou un fongicide à base de bénomyl.

COCHENILLES ▲

Protégées par un bouclier brun, ou par une couche laineuse blanche, ce sont des pestes animales difficiles à éradiquer et dangereuses pour les plantes, dont elles prélèvent la sève. Les jeunes sont mobiles, leur carapace plus vulnérable. Si l'attaque n'est pas sévère, un coton-tige trempé dans de l'éther viendra à bout des adultes. Pour une attaque plus sérieuse, on pulvérise à plusieurs reprises un insecticide anti-cochenilles, de consistance huileuse pour adhérer aux carapaces. Elles peuvent se cacher dans la base des feuilles, il faut toutes les éliminer.

ARAIGNÉES ROUGES (TÉTRANYQUES TISSERANDS)

Encore appelées acariens. Microscopiques, leurs piqûres rendent inesthétiques les feuilles envahies, et les plantes infestées dépérissent. Elles se cachent essentiellement à la face inférieure des feuilles. Les jeunes sont blancs, les adultes gris-brun. Les colonies importantes forment de petites toiles. Les araignées rouges apparaissent en intérieur trop sec, et détestent les ambiances humides. On évite leur apparition en bassinant régulièrement le feuillage. On les détruit avec plusieurs pulvérisations espacées d'une à deux semaines de produits spécifiques anti-araignées rouges. Elles reviennent facilement, une vigilance régulière s'impose : retournez les feuilles pour les observer, ou tapotez-les sur un papier blanc. Les adultes qui tombent forment comme des grains de poussière qui se déplacent. On peut encore isoler le pot et le palmier dans un plastique transparent, en pulvérisant, pour créer une ambiance de serre humide que détestent les acariens.

CARACTÉRISTIQUES GÉNÉRALES DES PALMIERS

Espèces de palmiers	hauteur	rejets adulte	épines	parties comestibles
Archontophoenix cunninghamiana	Grand			
Brahea armata	Grand		●	
Butia capitata	Moyen			●
Caryota mitis	Moyen	●		●
Chamaedorea elegans	Petit			
Chamaedorea microspadix	Petit	●		
Chamaerops humilis	Moyen	●	●	
Cocos nucifera	Grand			●
Dypsis decaryi	Moyen			
Dypsis lutescens	Moyen	●		
Euterpe edulis	Grand			●
Howea forsteriana	Grand			
Hyophorbe lagenicaulis	Moyen			
Jubaea chilensis	Grand			●
Licuala grandis	Petit		●	
Livistona chinensis	Moyen		●	
Lytocaryum weddelianum	Petit			
Nannorrhops ritchiana	Petit	●		
Phoenix canariensis	Grand		●	
Phoenix dactylifera	Grand	●	●	●
Phoenix roebelenii	Petit		●	
Ravenea rivularis	Grand			
Rhapidophyllum hystrix	Petit	●	●	
Rhapis excelsa	Moyen	●		
Sabal minor	Petit			
Serenoa repens	Petit	●		
Syagrus romanzoffiana	Grand			
Trachycarpus fortunei	Moyen			
Trithrinax campestris	Moyen	●	●	
Washingtonia filifera	Grand		●	

Petit < 2 m
Moyen 3 à 7 m
Grand 8 à 30 m

CLIMATS D'ORIGINE DES PALMIERS

Espèces de palmiers	climats arides	climat méditerranéen	zones de transition	climat subtropical sec	climat subtropical humide	zones tropicales d'ombre	zones tropicales et soleil
Nannorrhops ritchiana	●						
Phoenix dactylifera	●						
Brahea armata	●	●					
Washingtonia filifera	●	●					
Chamaerops humilis		●					
Jubaea chilensis		●					
Rhapidophyllum hystrix			●				
Sabal minor			●				
Serenoa repens			●				
Trachycarpus fortunei			●				
Butia capitata				●			
Trithrinax campestris				●			
Dypsis decaryi				●	●		
Livistona chinensis				●	●		
Phoenix canariensis				●	●		
Archontophoenix cunninghamiana					●		
Chamaedorea elegans					●		
Chamaedorea microspadix					●		
Howea forsteriana					●		
Hyophorbe lagenicaulis					●		
Lytocaryum weddellianum					●		
Ravenea rivularis					●		
Rhapis excelsa					●		
Syagrus romanzoffiana					●		
Dypsis lutescens					●	●	
Caryota mitis						●	
Euterpe edulis						●	
Licuala grandis						●	
Phoenix roebelenii						●	
Cocos nucifera							●

GLOSSAIRE

acaule : qui ne forme pas de tronc
bifide : fendu en deux, assez profondément (ex. feuille juvénile de cocotier)
cespiteux : se dit d'un palmier qui forme des rejets à la base (ex. *Chamaerops*)
folioles : divisions d'une feuille
hygrométrie : humidité de l'air
mulch : couche de matériaux divers couvrant et isolant le sol
palme : feuille de palmier en forme d'éventail
penne : feuille de palmier en forme de plume
pétiole : partie rattachant la feuille à la tige
rachis : partie du pétiole sur laquelle s'attachent les folioles
stipe : tronc ou tige des palmiers.

OÙ VOIR DES PALMIERS EN EUROPE ?

Quelques jardins botaniques possèdent une collection intéressante de palmiers. On peut citer les serres d'Auteuil à Paris, le parc Phœnix à Nice, le jardin botanique royal de Kew, en Angleterre, les jardins botaniques de Berlin et de Francfort. Il en existe bien d'autres, qu'ils nous pardonnent de ne pas être cités ici.

En plein air, on en trouve au gré des promenades dans des villes aussi surprenantes que Londres, Vienne (Autriche) ou encore en Scandinavie. Mais c'est en Europe méditerranéenne qu'on trouve les plus riches collections. Au Portugal, le jardin botanique et la serre froide de Lisbonne. En Espagne, le jardin marimurtra de Blanès, en Catalogne ; de nombreux jardins publics et privés à Elche, également célèbre pour sa palmeraie. En Italie, la Riviera regorge de beaux jardins, citons les jardins Hanbury. Plus au sud, le jardin botanique de Rome et son spectaculaire *Nannorrhops*, les jardins botaniques de Catane et Palerme. En France, on accède facilement aux collections du conservatoire national botanique de Brest, ou encore à la collection unique du jardin Olbius Riquier, à Hyères. D'autres palmiers au jardin des plantes de Montpellier, au parc Cravero du Pradet (Var), et à l'incontournable jardin de la Villa Thuret, au Cap d'Antibes célèbre pour ses deux *Nannorrhops ritchiana*. Il existe de nombreuses collections privées, la plus belle est au Cap-Ferrat.

On pourra trouver conseils et accueil chaleureux auprès de l'association des *Fous de Palmiers*, chapitre français de *l'International Palm Society*. Adresse postale : B.P. 600, 83411 Hyères les Palmiers, France
Site internet : www.chez.com/palmiers

INDEX

Index des fiches de culture par espèce : en italiques les noms latins des palmiers et leurs synonymes.

Heinrich Fink

Wie die Humboldt-Universität gewendet wurde

Ossietzky

Heinrich Fink

Wie die Humboldt-Universität gewendet wurde

Erinnerungen des ersten frei gewählten Rektors

Mit einem Geleitwort von Daniela Dahn und mit
Nachbemerkungen des damaligen Kanzlers der Universität Karl Schwarz

Ossietzky

Der Theologie-Professor Heinrich Fink war der erste frei gewählte, nicht vom Staat eingesetzte Rektor der Berliner Humboldt-Universität. Am 3. April 1990 erhielt er im Konzil als einer von vier Kandidaten 72 Prozent der Stimmen von 504 Delegierten der Professoren, wissenschaftlichen, administrativen und technischen Mitarbeiter und der Studenten. Seine Amtszeit endete am 21. Januar 1992 damit, dass ihn der damalige Berliner Wissenschaftssenator Manfred Erhardt (CDU) nach falschen »Stasi«-Anschuldigungen absetzte. Heute ist Fink Vorsitzender der Vereinigung der Verfolgten des Naziregimes – Bund der Antifaschistinnen und Antifaschisten (VVN-BdA e. V.). Über seine »Wende«-Erfahrungen hat er 2011 und 2012 in einer vielbeachteten Artikelserie der Zweiwochenschrift Ossietzky *berichtet. Darauf beruht – mit vielen Zusätzen und Ergänzungen – dieses Buch.*

Impressum

Verlag Ossietzky GmbH
Weidendamm 30 B | 30167 Hannover | www.ossietzky.net
1. Auflage 2013

Gesamtherstellung | Interdruck Berger + Herrmann GmbH Hannover
Satz und Titelgestaltung | Katrin Herrmann
Druck | Lothar Hentschke
Buchbindearbeiten | Matthias Berger
Gesetzt aus der Futura Md BT und der Minion Pro, 10 Pt
Gedruckt auf Munken Print 1.8, 80g | Umschlag auf Summertime, 240g

ISBN 978-3-9808137-0-9 | Preis 12,50 Euro

Inhaltsverzeichnis

Dankbar widme ich diese Erinnerungen den StudentInnen und KollegInnen der Humboldt-Universität, die sich zwei Jahre lang unbeirrt für den Fortbestand und die Erneuerung ihrer Alma Mater eingesetzt haben. Wir erlebten freundschaftliche Unterstützung aus der Bevölkerung, ermutigende Solidarität von KünstlerInnen und WissenschaftlerInnen, die uns mit Rat und Tat beigestanden haben. Besonders genannt sei der Schriftsteller Dieter Lattmann (München), vormals SPD-Bundestagsabgeordneter, der mit Freunden einen Fonds »Gegen neues Unrecht« gründete, um die »Un-kosten« des Rechtsstreites tragen zu helfen. Vier Semester dauerte dieser beharrliche Versuch, im Sinne der Gebrüder Humboldt im Hause der Wissenschaft gemeinsam demokratische Verantwortung zu praktizieren.

Ohne die beharrliche Geduld von Eckart Spoo und die unermüdliche Unterstützung von Karin Irmer und Helmut Arndt wäre das Manuskript wohl nicht zustande gekommen.

Demokratisierungsdruck aus dem Osten

Geleitwort von Daniela Dahn

Es war für fast alle im weitesten Sinne bürgerrechtlich engagierte DDR-Bürger die politisch intensivste Zeit ihres Lebens. Alles musste parallel bewältigt werden – das Bisherige analysieren und aufarbeiten, zwischen den allzu gegenwärtigen Terminen von Demos, Protestveranstaltungen, Pressekonferenzen, Versammlungen ein paar Stunden Schlaf finden und Entwürfe für Künftiges nicht aus dem Auge verlieren. Überall schossen Gesetzentwürfe, Programme und Statuten aus dem Boden. Man lernte lauter Leute jenseits des eigenen Berufskreises kennen, denen zu begegnen es zuvor keinen Anlass gab.

Den Theologen Heinrich Fink lernte ich im Oktober 1989 kennen, als sich in Berlin die erste Unabhängige Untersuchungskommission bildete. Zusammengesetzt aus Mitgliedern der Evangelischen Kirche, der neuen Bürgerbewegungen und Parteien, der Künstlerverbände sowie unabhängigen Bürgern. Es galt, die Befehlsstrukturen während der gewaltsamen Übergriffe von Polizei und Sicherheitskräften anlässlich der Protest-Demonstrationen zum 40. Jahrestag der DDR am 7. und 8. Oktober in Berlin aufzudecken. Unsere Untersuchungskommission bekam anfangs gute Plätze in der Hauptnachrichtensendung.

Heinrich Fink und seine erwachsenen Kinder waren, kerzenhaltend, nahe der Gethsemane-Kirche wie viele andere von Polizisten mit Schlagstöcken traktiert worden. Mitte März 1990 beschwor er die vor unsere Kommission geladenen Polizeioffiziere, doch nun Konsequenzen aus dem empörenden Vorgehen gegen die Aktiven der Wende zu ziehen. Mit dem Enthusiasmus der damaligen Tage hielt er ihnen vor: »Meine Freunde haben mir gesagt, am 7. Oktober haste Dresche in Berlin gekriegt, wie wir dich kennen, wirste dich gegen die Kraftwerke in Gorleben einsetzen, und dann wirste ganz andere Dresche kriegen. Wir haben die Zeit und die Möglichkeit, sogar ein neues Verständnis von Polizei in den zusammengewachsenen deutschen Staaten zu erreichen. Das ist im Moment drin, wenn wir nicht verdrängen, sondern aufarbeiten.« Wir lebten damals noch weitgehend in der Illusion, uns würde die Zeit bleiben, aufarbeitend Neues zu schaffen und damit sogar den Westen anzustecken.

Zwei Wochen später wurde der Theologie-Professor Heinrich Fink zum ersten frei gewählten Rektor der Humboldt-Universität. Seine Devise war auch dort: Erneuerung aus eigener Kraft. Und das funktionierte zunächst. Inzwischen waren auch die Studenten aufgewacht, mit unabhängiger Studentenzeitschrift, Studentenrat und Studentenparlament kämpften sie für eine Abkehr von den konservativen Strukturen der Professoren-Universität. Und sie bekamen Zuspruch von den Kommilitonen der Freien Universität, der Technischen Universität, ja der Sorbonne.

Auch wenn es zunächst kein zentrales Motiv war, so wurde es doch zu einem ermutigenden Nebeneffekt: Der Funke sprang in vielen Bereichen auf den Westen über. Auf einem Studientag der theologischen Fakultät der Universität Tübingen wurde eine Resolution verabschiedet, in der es hieß, die bundesdeutsche protestantische Kirche sei auf dem Weg, »ihr staatskonform obrigkeitshöriges Verhalten fortzusetzen … Es ist Zeit, für eine grundlegende Kritik des Kapitalismus.« Die SPD schlug tatsächlich einen Runden Tisch auch für Bonn vor. Und wie die *taz* am 9. Dezember 1989 den Runden Tisch und das Übergangskabinett Modrow für das fürs Volk berechenbare Programm der Demokratisierung lobte, das war keine Einzelmeinung: »Insofern geht die Macht wirklich vom Volk aus und bleibt vor allem bei ihm – in einem Maße, wie es im ehemals freien Westen nie denkbar war und ist … Die repräsentative Demokratie der Bundesrepublik, die im Grunde eine Großparteienherrschaft ist, wehrt nach wie vor alle Ansätze direkter Demokratie und Kontrolle von unten ab. In der DDR hingegen wird inzwischen selbst der innerste Repressionsbereich einer demokratischen Kontrolle von unten unterworfen. Ganz abgesehen davon, dass inzwischen alles, Volkswirtschaft, Volksarmee, Verfassung, der Diskussion unterworfen ist. Schon jetzt beginnen die Impulse der neuen Demokratie DDR in der Bundesrepublik zu wirken. Denkbar, dass Bonn bald den Wiedervereinigungsprozess massiv beschleunigen will, um den möglichen Demokratisierungsdruck aus dem Osten zu brechen."

Diese hellsichtige Prognose hat sich auf der ganzen Linie bewahrheitet. Der Demokratisierungsschub wurde blockiert und ins Gegenteil verkehrt. Entscheidend war die überstürzte Rechtsangleichung. Obwohl es dem Willen vieler Menschen in Ost und West widersprach, wurde keine einzige der verkrusteten westlichen Strukturen aufgebrochen und Ostdeutschland zum Ableger des angeblich siegreichen Modells geklont. Den Parlamentariern wurde in einem beispiellosen Schnellverfahren der tausendseitige Einigungsvertrag zur Zustimmung vorgelegt. Die Regierungsbürokratie hatte sich, unter Federführung der von der »Treuhand«-Anstalt vertretenen Wirtschaft, zum Gesetzgeber gemacht. Kein Ausschuss, kein Abgeordneter hatte das Recht, auf die Gesetze Einfluss zu nehmen, etwa durch Änderungsanträge.

Dass der Widerspruch gegen dieses Vorgehen in Ost und West auf zwar namhafte, aber letztlich zu wenige Politiker und Fachleute beschränkt blieb, lag zum einen an dem unglaublichen Tempo, in dem es für den Einzelnen schwer wurde zu durchschauen, was eigentlich hinter den Kulissen läuft. Es lag zum anderen an den von den Medien gierig aufgegriffenen Gerüchten von bevorstehendem Staatsbankrott und unvorstellbarer DDR-Regierungskriminalität, die zunächst unüberprüfbar waren und die Menschen verunsicherten. Und es lag schließlich an den perfiden Methoden, mit denen die verbliebenen Widerständigen ins Aus gedrängt wurden.

Wie das Unter den Linden, in der traditionsreichen Berliner Humboldt-Universität geschah, davon erzählen die Erinnerungen des letzten DDR-Rektors Heinrich Fink auf detaillierte, bedrückende Weise. Dass die Dogmatiker, die unkreativen Bürokraten abgesetzt werden, war von den Bürgerrechtlern beabsichtigt. Dass aber flächendeckend abgeräumt wird, auch unter politisch unbescholtenen, hochqualifizierten Spezialisten und erfahrenen Fachleuten, sogar unter links gebliebenen Dissidenten wie Rudolf Bahro, das war nicht beabsichtigt. Von der »Elitenrestitution« soll etwa eine Million Menschen betroffen gewesen sein. Unter dem Vorwand, politische Altlasten zu entsorgen, wurden einträgliche Posten an mehrheitlich zweitrangige Westimporte vergeben.

Zwielichtige Gestalten lebten ihre unverhofft gewonnene Macht in Orgien persönlicher Herabwürdigung aus. So der aus Bayern eingeflogene einstige Wehrmachtsoffizier Rudolf Mühlfenzel, nunmehr Rundfunkbeauftragter der Bundesregierung für die neuen Bundesländer. Sein despotisches Wirken unter den Angestellten des DDR-Rundfunks ist legendär: Wochenlang erreichten besonders die leitenden Mitarbeiter aller Redaktionen, auch der nur bedingt politischen wie Sport, Musik oder Hörspiel, Entlassungsschreiben, die zu begründen nicht für nötig befunden wurde.

Wer bis zum Herbst 1990 diesem Los entgangen war, dem wurde großzügig erlaubt, sich für eine Neueinstellung zu bewerben. All diese Bewerber wurden eines Tages vor eine angegebene Tür im 1. Stock von Block A bestellt. Sie wurden einzeln aufgerufen, gelangten über ein Vorzimmer in einen leeren Raum, in dessen Mitte ein Tisch stand, darauf ein Telefon. Der Hörer lag daneben. Die langjährigen Rundfunkmitarbeiter wussten, sie müssen ihn aufnehmen und ihren Namen sagen. Sie wussten, die Stimme, die sie hören würden, sollte die des Herrn Mühlfenzel sein. Sie wussten, diese Stimme würde nur einen Satz sagen: Entweder »Sie werden übernommen« oder »Sie werden nicht übernommen«. Dann hatte man den Raum zu verlassen und der Nächste wurde aufgerufen.

Genau diese Art von Demütigung wollte Heinrich Fink an seiner Humboldt-Universität vermeiden. Er hatte dafür die Studenten und den akademischen Senat hinter sich. Doch das erzählt er viel besser selbst. Wie der damalige Wissenschaftssenator Erhardt (CDU) dennoch einen Abwickler ins Haus schickte: den für den Fachbereich Wirtschaftswissenschaften vorgesehenen Dekan Wilhelm Krelle, ebenfalls einstiger Wehrmachtsoffizier. Wie dieser selbstgerecht verkündete: »Kein Marxist wird seinen Fuß über die Schwelle dieses Hauses setzen, solange ich hier das Sagen habe.« Wie die Humboldt-Universität die einzige war, die es wagte, gegen die sofort einsetzenden Abwicklungen gerichtlich vorzugehen. Auch weil sie die einzige war, an der die demokratisch gleichberechtigte Teilnahme von Studenten in allen Gremien noch nicht zerschlagen war. Wie Heinrich Fink im November 1991 von Mitgliedern des Studentenparlaments gebeten wurde, doch wieder als Rektor zu kandidieren. Wie just in diesem Moment von der damaligen Gauck-Behörde Verdächtigungen lanciert wurden, Fink habe für die Stasi gearbeitet. Ein »bestelltes Ding«, wie Rudolf Bahro sagte.

Es ging um unbewiesene und unbeweisbare Vorwürfe, da es Zeugen der Anklage nicht gab und die eigentliche Akte vernichtet war. Eine von vielen damals zu ertragende Groteske, in der einen nichts so belastet wie verschwundene Akten. Oder gar gefälschte Unterschriften unter Verpflichtungserklärungen wie im Falle des international renommierten Charité-Arztes Peter Althaus, der gegen den Willen seines Rektors und vor allem gegen den Willen seiner Patienten den Hut nehmen musste. Einer dieser Patienten, Stefan Heym, fragte damals: »Was ist das für eine Demokratie, was für ein Rechtsstaat, in dem ein Mann von einer Verwaltungsinstanz für schuldig erklärt und bestraft werden kann, ohne dass ein Beweis seiner Schuld vorgelegt, ohne dass er selber auch nur gehört worden wäre von einem der hohen Herren der Kommission?«

»Unsern Heiner nimmt uns keiner«, skandierten die Studenten. Aber mit Blick auf die Treuhand hatten sie zu lernen, dass noch ganz anderes genommen werden konnte.

Bliebe nachzutragen: 1994 sollten an der Humboldt-Universität erstmals nach der Wende Ehrendoktoren ernannt werden. Vorgeschlagen waren u. a. Günter Grass und Wilhelm Krelle. Dieser hatte inzwischen an der Wirtschaftswissenschaftlichen Fakultät die Struktur- und Berufungskommission geleitet, die von den 180 Hochschullehrern und wissenschaftlichen Mitarbeitern nur zehn übrig ließ. Krelle verlangte den DDR-Dozenten sehr viel mehr ab als sich selbst: Sie hätten Widerstand gegen das herrschende System leisten sollen.

Für die Studenten war dies Anlass, die Arbeit der desinteressierten Presse zu übernehmen und genauer zu erforschen, was seit seiner Zeit an der Bonner Universität bekannt war: Krelle hatte in der Waffen-SS gedient. Und zuvor in der berüchtigten 164. Infanterie-Division des XXX. Armeekorps, die bei Durchbruchskämpfen an der Metaxas-Linie Massaker an griechischen Zivilisten verübte und strategisch bedeutungslose Dörfer in Schutt und Asche legte. Im Wehrmachtsbericht vom 14. April 1941 wurde Krelles Tapferkeit erwähnt, was immer das bedeutete. Als er im August 1944 als Generalstabsoffizier zur Waffen-SS abgeordnet wurde, hätte er dies nach eigener Aussage ablehnen können, hätte das aber als »ehrenrührig« empfunden. Stattdessen pries er seinen gefallenen Standartenführer als »glühenden, fanatischen Vertreter der Idee unseres Führers« und gelobte in seinem Sinne weiter für »unser Großgermanisches Reich« zu kämpfen. Noch in den letzten Kriegstagen forderte er Standgerichte vor versammelter Mannschaft. Eine selbstkritische oder auch nur nachdenkliche Äußerung Krelles zu seiner Rolle in der NS-Zeit hat es nie gegeben.

Ein Gutachten von der Hamburger Bundeswehruniversität kam zu dem Schluss, dass Krelle keine persönlichen Verfehlungen nachzuweisen seien. Auch die etablierte Presse stand unbeirrt hinter ihm und verwies auf die »Vernichtungskraft von Verdächtigungen«. In der inzwischen fast ausschließlich von Westkollegen besetzten Wirtschaftswissenschaftlichen Fakultät hatte man ihm viel zu verdanken und wählte ihn zum ersten Ehrendoktor nach der Wende. In der ebenfalls mehrheitlich mit Westdozenten ausgestatteten Germanistischen Fakultät tat man sich mit dem von einem Ostprofessor vorgeschlagenen Grass schwer. Wer weiß, hätte dieser nicht erst Jahre später beschrieben, wie er als 17 jähriger Rekrut zur Waffen-SS eingezogen wurde, wäre er vielleicht ein ernstzunehmender Konkurrent gewesen. So aber wurden ästhetische Einwände vorgeschoben, aus denen unschwer herauszuhören war, dass Günter Grass ihnen für einen Ehrendoktor einfach zu links war.

Als sich diese die geistige Situation an der Humboldt-Universität und im Lande spiegelnde, kleine Duplizität zutrug, war Heinrich Fink schon zwei Jahre aus dem Rektorenamt gejagt.

Unaufgefordert

Am 16. November 1989, nachts um 1.04 Uhr, war Redaktionsschluss für die erste Ausgabe einer unabhängigen, spontan gegründeten Studentenzeitung an der Humboldt-Universität; sie hieß *noch namenlos*. Eine Gruppe Studenten aus mehreren Fakultäten hatte sich zusammengefunden, um zur Demokratisierung ihrer Alma Mater aufzurufen und schon Geleistetes zu dokumentieren. Wer hätte damals geahnt, dass diese Zeitung die einzige Quelle bleiben würde, die geistreich und witzig, engagiert und kritisch über die Rolle der Studenten in der Universitätswende berichten würde. Die Chronisten der Professoren-Universität hingegen verloren die Studenten immer gleich aus den Augen.

Die beteiligten Studenten hatten sich für ihre Zeitung nicht erst die Erlaubnis der Hochschulgruppe der Freien Deutschen Jugend (FDJ) geholt und belasteten auch keinen Professor mit ihrem mutigen Unterfangen. Sie beanspruchten nicht, die Stimme aller Studenten zu sein, wollten aber wohl alle an ihrem Diskurs beteiligen. Schon in der ersten Ausgabe präsentierten sie als Gedächtnisstütze eine Chronik vom 16. Oktober bis 11. November 1989, die die Dynamik der Ereignisse auch den letzten Träumern vor Augen führen sollte.

Ob bei den Demonstrationen anlässlich der 40-Jahr-Feier zum Selbstlob der DDR, auf denen energisch nach dem verbesserbaren Sozialismus gerufen wurde, oder am 9. Oktober in Leipzig, als 70.000 Demonstranten die Stadt zuversichtlich in Bewegung brachten, immer waren damals Studenten beteiligt. Am 12. Oktober forderte eine »Vereinigte Linke« den Rücktritt des SED-Politbüros und die Bildung einer Übergangsregierung; das Neue Forum forderte seine Zulassung und die Entlassung politischer Gefangener. Am Tage zuvor hatte das Politbüro selber zum sachlichen Dialog aufgefordert. Die Studenten der Humboldt-Universität arbeiteten schon daran. Sie forderten ihre Professoren zum Dialog über konkrete Veränderungen im Hochschulbereich heraus und gaben damit Impulse für demokratischen Wandel. Die auf die Obrigkeit fixierten Chronisten jener Zeit lassen das leider unerwähnt – so auch anlässlich der 200-Jahr-Feier von Berlins ältestem Haus der Wissenschaft im Jahre 2010.

Begonnen hatte alles mit einer Einladung der damals relativ kleinen Sektion »Kulturwissenschaft/Ästhetik und Kunstwissenschaften«. Es sollte eine Resolution erarbeitet werden, dass angesichts der aktuellen politischen Ereignisse die Interessen der Studenten nicht länger nur von der

FDJ vertreten werden könnten. Allein durch Mundpropaganda versammelten sich über 700 Studentinnen und Studenten. Weil in verschiedenen Räumen und auf dem Hof eine gemeinsame Diskussion nicht gelingen konnte, wurde für den 16. Oktober 1989 ein Vorbereitungstreffen und für den 17. eine StudentInnen-Vollversammlung im Audimax beschlossen. Alle stimmten einem Offenen Brief an den damaligen Rektor Dieter Hass mit fünf konkreten Forderungen zu: keine Restriktionen mehr aus politischen Gründen; keine Zensur bei Wandzeitungen; freier Zugang zu Bibliotheken, Archiven und Kopiertechnik; Abschaffung der obligatorischen Vorlesungen und Seminare in Marxismus/Leninismus; Abschaffung der sozialistischen Wehrerziehung.

Die erste Ausgabe der inzwischen beschlossenen Studentenzeitung, die am 16. November 1989 erstmalig erschien, berichtete von dieser ersten Vollversammlung: »Von vielen mit Spannung erwartet, von Krisenstäben fieberhaft vorbereitet: die große Diskussion im Hauptgebäude der Uni. Die FDJ-Kreisleitung hat die Initiative an sich gerissen, das Meeting auf dem Hof ist abgeschmettert, es werden Tausende kanalisierende Handzettel verteilt, Diskussionsleiter vorbestimmt, starke Sicherheitsaufgebote mobilisiert. Das alles zeugt von einer großen Angst vor der freien und ›unkontrollierten‹ Meinungsäußerung der Studenten; Gerüchte westlicher Medien tun das ihrige. Obwohl nirgends ein Plakat hing, kommen circa vier- bis fünftausend Studenten. In zehn Hörsälen werden die verschiedenen Probleme (große Politik bis Mensaessen) diskutiert, es geht hoch her, in einigen Sälen wird konstruktiv an Problemkatalogen gearbeitet und vor allem: Demokratie geübt.«

Bei aller Unzulänglichkeit: Diese Veranstaltung der Studenten war die Generalprobe für eine – damals noch erhoffte – demokratische Erneuerung der DDR-Universitäten und -Hochschulen aus der eigenen Kraft der Studenten und des Lehrkörpers. Schon am 27. Oktober 1989 trafen sich 22 Studenten, als Delegierte von zehn Sektionen gewählt, um ein Konzept zur Demokratisierung der Universität zu erarbeiten. Zuerst ging es ihnen aber darum, die Forderung nach einer unabhängigen studentischen Vertretung zu beschließen, die in die neue Geschichte der Humboldt-Universität als »Interessen-Gemeinschaft Studenten-Vertretung« eingegangen ist (IG Stu-VE). Die Losung »Vorsicht Stu-VE« wurde auf vielen Transparenten bei Demonstrationen und Kundgebungen getragen

Tatsächlich wurden die spontan gewählten Studentinnen und Studenten umgehend vom Rektor zu einem Gespräch eingeladen. Ihre Forderungen wurden akzeptiert, und in der schon erwähnten ersten Ausgabe der

Studentenzeitung hieß es in einem ausführlichen Artikel »Schlachtung der heiligen Kühe«, dass tags zuvor der Rektor persönlich in einer Sitzung der Sektionsdirektoren die Erfüllung der Forderungen der Studenten zugesagt habe.

Das löste nun tagelange heftige Diskussionen aus. Schließlich trafen sich Studenten-Delegierte aus allen Hochschulen der DDR in der Berliner Schauspielschule, und man einigte sich auf ein studentisches Koordinierungsnetz und auf die demokratische Struktur zu wählender Studentenräte. Als der Minister für Hoch- und Fachschulwesen, weil er den Beschlüssen der Studenten zustimmte, eine Urabstimmung für überflüssig hielt, setzten sich die Studenten durch. Sie organisierten Urabstimmungen, um den Studentenrat durch die Basis autorisieren zu lassen. Auf der inzwischen legendären Kundgebung der Hunderttausend auf dem Berliner Alexanderplatz am 4. November präsentierten die Studenten stolz ihre Plakate mit »StuVE – es geht aufwärts«.

Doch statt Erneuerung der Universitäten aus eigenen Kräften wurde alsbald überall in der DDR die »Abwicklung« praktiziert. Die zweite Ausgabe der *noch namenlos* hieß jetzt *Unaufgefordert*, weil die Studenten ihr Ja und Nein, Zustimmung und Widerspruch nicht aufgefordert, sondern in eigener Verantwortung drucken wollten. Optimistisch schrieben sie auf die Plakate, die sie bei Demonstrationen mitführten: »Wessis und Ossis haben die Bundesrepublik Deutschland nur verschieden interpretiert, es kommt darauf an, sie zu verändern.« Doch dann kamen andere Themen auf. Mahnwachen vor dem Haupteingang der Humboldt-Universität richteten sich »Gegen willkürliche Abwicklung« und dann »Gegen den Golf-Krieg«.

Unaufgefordert brachte noch jahrelang den Glanz studentischer Einmischung zu Papier, inzwischen wird die Studentenzeitung auf Glanzpapier gedruckt.

Erwin Chargaffs Mahnungen

Immatrikulationsfeiern, an den Universitäten der BRD von den 1968er Rebellen als verstaubt-patriarchalisch abgeschafft, gehörten in der DDR weiterhin zum akademischen Ritual. Bevor die Mauer gen Westen geöffnet wurde, forderten die Studierenden auch hier öffentlich demokratische Beteiligung und halfen in kürzester Zeit, den in Polen erfundenen Runden Tisch als politisch nützliches Möbelstück einzuführen. Lernende und Lehrende loteten ungewohnt kontrovers, aber immer konstruktiv demokratische Mitverantwortung aus und erprobten sie umgehend. So entstand auch in harten Auseinandersetzungen eine schöpferische Atmosphäre. Karl Marx' Imperativ an der Stirnwand des Foyers der Humboldt-Universität Unter den Linden wurde zur Devise des studentischen Aufbruchs: Sie wollten nicht nur neu interpretieren, sondern verändern! Und alle erlebten auf sehr persönliche Weise, wie erfreulich veränderbar sich auch jahrzehntealte patriarchalische Parteistrukturen erwiesen.

Für die HU gilt als Datum des studentischen Aufbruchs der 17. Oktober 1989. Etwa 5000 StudentInnen im überfüllten Audimax und im Uni-Gelände forderten aktive Beteiligung in den Entscheidungsgremien und präsentierten dem Rektor einen Problemkatalog, der im Wesentlichen den Forderungen der Vorbereitungsgruppe entsprach: Anwesenheitslisten bei Pflichtvorlesungen sollten sofort abgeschafft werden, ebenso Pflichtvorlesungen in Russisch und Marxismus/Leninismus, der obligatorische Sportunterricht und vor allem die militärische Ausbildung im Studium sollten entfallen. Das hieß für die Oberen, heilige Kühe schlachten. In einer Urabstimmung wurde die Konzeption einer unabhängigen Studentenvertretung akzeptiert. Aus spontaner Einmischung wurde binnen Wochen verantwortungsvolle Mitbestimmung.

Bei fortlaufendem Vorlesungsbetrieb diskutierten die gewählten HU-Studentenvertreter die Paradigmen eines neuen demokratischen Statuts einer Gremienuniversität, in der erstmals Studenten auf allen Entscheidungsebenen gleichberechtigt beteiligt werden sollten. Das war auch Hauptthema am Runden Tisch. In Tag-und-Nacht-Marathonsitzungen wurde diskutiert, formuliert, kritisiert, juristisch abgewogen und abgesichert. Der Entwurf wurde alsbald auch öffentlich bekannt, und Studenten der Sorbonne in Paris, der Freien Universität und der Technischen Universität in Westberlin bekundeten ihre Sympathie.

Am 3. April 1990 wurde ich zum neuen Rektor der HU gewählt. Am Runden Tisch hatte ich schon ein ausführliches Praktikum gemacht zu dem gemeinsamen Ziel: Erneuerung unserer Universität aus »eigener Kraft und mit den vorhandenen Menschen«. In den nächsten Monaten erntete unser Statut bissige Kritik bei den Verantwortlichen des Westberliner Senats. Für mich war die ironische – oder fatalistische? – Reaktion der Senatorin für Wissenschaft und Forschung, Barbara Riedmüller, ein desillusionierender Schock. Die ehemals leidenschaftlich engagierte 68erin erklärte mir: »Sie werden sich doch nicht einbilden, dass sich ausgerechnet an der Humboldt-Universität eine radikale Demokratisierung durchsetzt, was wir damals als 68er in einem demokratischen Deutschland nicht geschafft haben …« Und bei einer anderen Gelegenheit sagte mir Gesine Schwan, Professorin für Politikwissenschaften an der FU, wohlwollend tröstend, dass dieses neue Hochschulstatut vor dem bundesdeutschen Verfassungsgericht sowieso keinen Bestand habe. Mir sei doch klar, dass mit der bevorstehenden Einheit Deutschland selbstverständlich im Osten das westdeutsche Hochschulrahmengesetz in Kraft trete.

Der Jubel der Einheitsfeier vom 3. Oktober 1990 lag noch in der Luft, als wir die Immatrikulationsfeier bewusst auf den 17. Oktober legten, damit am Jahrestag des Studentenprotestes an der Humboldt-Uni noch einmal den längst enttäuschten Hoffnungen zumindest eine öffentliche Abschiedsvorstellung gewährt würde. Wir konnten für diesen Festakt die Deutsche Staatsoper Unter den Linden nutzen. Mit dem besiegelten Beitritt war unser leidenschaftlich erkämpftes Statut am 3. Oktober Makulatur geworden. Sorgfältig arrangierten wir den »Schlussakkord« in der Grenzsituation »nicht mehr und noch nicht«. Die Neu-Immatrikulierten hörten viel über die selbstverantwortliche Studentenschaft an dieser Universität der gleichberechtigten Gremien. Ob die Abiturienten verstehen konnten, was die Sprecherin des Studentenrates, die Theologiestudentin Carola Ritter, anmahnte: »Habt Acht auf die Wissenschaft, dass sie nicht mehr die Magd der Macht ist, sie darf auch nicht die Magd des reinen Marktes werden. Lasst Euch nicht mit wissenschaftlichem Fastfood abspeisen, sondern nehmt Einfluss auf Inhalte und Methoden.«

Der Rektor der Universität Warschau sprach ein Grußwort, und der Dekan der juristischen Fakultät der Universität Athen sagte: »Aus eigener Erfahrung kann ich sagen, dass Wirtschaft allein nie Fortschritt bringt. Wirtschaft kann Fortschritt bringen, wenn sie mit Kultur, Zivilisation und Wissenschaft vereint wird.« Auf Wunsch der Studenten sprachen von der Bürgerbewegung »Demokratie jetzt« die beiden Bundestagsabgeordneten Wolfgang Ullmann und Konrad Weiß. Ullmann sagte zu den Studenten: »Wir sind in einer neuen Situation, von der einer, der an dieser Universität auch einmal gelehrt hat – Dietrich Bonhoeffer – sagen würde: Wir sind zurückgeworfen auf die Anfänge der Universität Berlin, jener Stiftung Humboldts, vollzogen in Gemeinschaft mit Fichte, Schleiermacher und Hegel ... Karl Barth hat gemeint, diese Tradition der öffentlich wirksamen und öffentlich verantworteten Wissenschaft sei 1914 beendet worden. Es ist heute nicht Zeit zu kritisch-historischen Reflektionen, sondern es ist Zeit, sich darüber zu freuen, dass die Universität eine Institution ist, die sich erneuern könnte. Das verdankt sie ihrem Kontakt mit der Jugend.«

Am Schluss sprach der greise Genforscher Erwin Chargaff aus New York »über Wandlungen des Begriffs Universität«. Als Jude hatte er 1933 die Universität fluchtartig verlassen müssen. Er sagte, wie Thomas Mann sei er überzeugt, dass der Antikommunismus die Grundtorheit des 20. Jahrhunderts sei. »In meinem Land, den USA, wird zurzeit das Ende des Kommunismus gefeiert, mit Affentänzen und Feuerwerk und unendlichem Geschrei … Gleichzeitig wird das Ende des Marxismus verkündet und sogar das Ende der Weltgeschichte … Wie dumm mir das alles erscheint! Sind wirklich alle Hoffnungen der Menschheit zu Ende gegangen außer der einen, nämlich viel Geld zu verdienen? In Wirklichkeit ist meiner Meinung nach nichts zu Ende … Wenn die Blüte welkt, ist der Baum noch lange nicht tot … Ideale sollten wenigstens unverkäuflich sein … So schließe ich mit der Aufforderung, die das Motto meiner Jugend gewesen ist: Lasst Euch nicht verblöden!«

Ob Bundespräsident Richard von Weizsäcker, der auch Gast der Veranstaltung war, etwa an Chargaff anknüpfte, als er einer Reporterin sagte: »Wer heute zugehört hat bei den Wünschen, Ansprachen und Mahnungen, die dazu geäußert worden sind, der geht mit Zuversicht aus dem Hause.«

Der Jurist Karl Schwarz, den uns damals die Technische Universität Berlin als Kanzler geborgt hat, sagte 20 Jahre später in einem Vortrag: »Die Eliten der DDR haben versucht, sich im Strom der bedingungslosen Kapitulation ihres Systems möglichst unsichtbar zu machen. Die Eliten der Bundesrepublik fühlten sich als Sieger, und am Maßstab des Systemkampfes waren sie es ja auch. Dass die Geschichte weitergeht und einige Grundprobleme der Gesellschaftsordnung nach wie vor nicht gelöst sind, hat jedenfalls als Ahnung gegenwärtig Konjunktur. Vielleicht führt die aktuelle Krise noch dazu, dass in unserem heutigen gemeinsamen Deutschland die Art und Weise der Eingliederung der DDR in die Bundesrepublik nochmals überdacht wird. Die Erinnerung an den Prozess der Überführung der Humboldt-Universität in das unveränderte bundesrepublikanische Hochschulsystem gehört dazu.«

Erinnern im Hause der Wissenschaft

Auf dem festlichen Empfang nach meiner Investitur als Rektor der Humboldt-Universität am 3. Mai 1990 begegnete ich den emeritierten Professoren Maria und Heinrich Simon. Das war für mich ein bewegender Augenblick, denn ich hatte einst als Student bei Maria Simon »Latein, kursorische Lektüre« absolviert, und die Vorlesungen von Heinrich Simon über »Jüdische Philosophie« hatten mir grundlegende Denkanstöße für mein Theologiestudium gegeben. Beide waren Mitglieder der Berliner Jüdischen Gemeinde. Gratulierend legten sie mir ans Herz, dass ich als Rektor endlich »öffentlich« – in einem angemessen akademischen Rahmen – an jene Kolleginnen und Kollegen erinnern solle, die unmittelbar nach dem 7. April 1933 aufgrund der Erklärung des Gesetzes zur Wiederherstellung des Berufsbeamtentums die Universität als »Nichtarier« verlassen mussten – zunächst zwangsbeurlaubt und dann durch »gesetzgemäße« Entlassung. Ich stimmte dem Anliegen sofort zu; wir verabredeten spontan Tag und Stunde und lachten gemeinsam darüber, dass noch während der offiziellen Gratulationscour mein erster »dienstlicher« Termin verabredet worden war. Die Simons hatten Kontakt zu in Berlin lebenden Juden, die damals als »nichtarische« Studenten exmatrikuliert worden waren. Nur wenige hatten den Faschismus durch Emigration überleben können, zu ihnen gehörten: Günter Nobel, der von 1931 bis 1933 Volkswirtschaft studierte, Stefan Heym, Student der Philosophie, Max Kahane, stud. jur., sowie Irene und Klaus Gysi. Wir luden sie in die Universität ein und als Beraterin für die zunächst noch vagen Pläne Marianne Awerbuch, die Judaistik an der Freien Universität lehrte, und Roman M. Skoblo von der Jüdischen Gemeinde West-Berlin, Vorsitzender der »Freunde der Universität Bar Ilan/Tel Aviv«, der sich mit dem Plan beschäftigte, dort einen Lehrstuhl für »Geschichte der Juden in Preußen« zu gründen. Ihm lag daran, ihn Samuel Braun zu widmen. In der lebhaften Diskussion ging es aber zunächst um Vorschläge, wie man an jenes finstere Frühjahr an der Friedrich-Wilhelms-Universität, wie sie damals hieß, angemessen und auffällig zugleich erinnern könne. Schließlich zog diese selbsternannte »Findungskommission« zwei Vorschläge aus der Fülle der Ideen in die nähere Wahl: Im Haupteingang der Humboldt-Universität solle eine Tafel mit der Zahl der entlassenen Professoren, Assistenten, Mitarbeiter und Studenten aufgehängt werden; die Gründe dafür sollten aufgezählt werden und schließlich als Gesetzeszitat die Zuspitzung in den die »Nichtarier« betreffenden Paragraphen. Der andere Vorschlag sah vor, dass die Namen der Berühmtesten genannt werden und jene der verjagten Studenten, die es im Exil zu hervorragenden Leistungen gebracht hatten, wie der Biochemiker Erwin Chargaff, der 1975 in New York mit der höchsten wissenschaftlichen Auszeichnung der USA, der »National Medal of Science«, geehrt worden war. Auch Stefan Heym wurde genannt, war er doch ein weltberühmter Schriftsteller geworden. In jedem Fall sollte die Tafel so gestaltet werden, dass Lehrende und Studierende daran erinnert werden, wie bereitwillig die Berliner Universität sich dem NS-Regime angedient habe und sich bereits im Dezember 1933 als »judenfreie Universität« proklamiert habe. Wichtig war allerdings den Versammelten bei ihren inzwischen mehrmaligen Sitzungen, dass mit einer gesonderten Tafel an die »Bücherverbrennung« am 10. Mai 1933 erinnert werden solle. Denn in fataler Gemeinsamkeit hatten Professoren und Studenten als arische Inquisitoren mit – vor allem jüdische Autoren – diffamierenden »Flammensprüchen« Tausende Bücher ins Feuer geworfen.

Große Zustimmung fand der Vorschlag, ein »lebendiges« Denkmal in Form eines Lehrstuhls zu kreieren, auf dem »jüdisches Denken« (Jewish thinking) Lernen und Erinnern verbinden sollte. Semesterweise sollten Gastprofessoren aus Israel von ihren Forschungen zur »Vorgeschichte und Geschichte des Holocaust«, zu »Wurzeln des Antisemitismus«, zur »Geschichte des Judentums« und zu jüdischer Philosophie und Literatur Vorlesungen halten. Auch der »Geschichte der Juden in Preußen« sollte Platz eingeräumt werden. Heinz Galinski, damals Direktoriumsvorsitzender des Zentralrats der Juden in Deutschland und Vorsitzender der Jüdischen Gemeinde in West-Berlin, dem ich von den Arbeitsergebnissen dieser hochmotivierten Gruppe ehemaliger jüdischer Studenten der Humboldt-Universität zu Berlin berichtete, reagierte spontan: »Ein Lehrstuhl der Erinnerung an jüdische Lehrende und Studenten der Friedrich-Wilhelms-Universität, in der der Nationalsozialismus ab 1933 geradezu getobt hat, wäre für Berlin das beste Denkmal aller Zeiten!« Und er ergänzte unsere Vorschläge um den Hinweis, jährlich zum 10. Mai ein Symposium zur Erinnerung an die Bücherverbrennung von 1933 und zur kritischen Reflektion über zeitgenössische Literatur zu organisieren. Der DDR-Minister für Hoch- und Fachschulwesen, Hans-Joachim Meyer, fand diese Pläne nicht nur akzeptabel, sondern aktuell. Er schlug sogar vor, als Pendant zum Lehrstuhl für »Jüdisches Denken« in Berlin einen Lehrstuhl in Israel zu errichten. Das Bar-Ilan-Projekt von Roman M. Skoblo wurde in diesem Zusammenhang noch einmal gründlich diskutiert. In der Überzeugung, dass gerade der Kontakt zu kritischer Reflektion, speziell des deutschen Nationalsozialismus, zwischen einer israelischen Universität und der Berliner Humboldt-Universität ein Zeichen für Neubeginn sein könnte, flog ich mit vorbereitetem Vertrag nach Jerusalem und fand dort großes Entgegenkommen. Kurz darauf war nicht nur in Jerusalem in der Zeitung zu lesen: Am 22. Juli 1990 wurde »eine Vereinbarung über die wissenschaftliche Zusammenarbeit der Humboldt-Universität (Ost-Berlin) und der Hebräischen Universität Jerusalem geschlossen. Der erste Vertrag zwischen einer DDR- und einer israelischen Universität überhaupt wurde von den beiden Rektoren der Universitäten, Heinrich Fink (Humboldt) und Yoram Ben-Porath (Jerusalem), unterzeichnet ... Eingedenk der Verknüpfung der deutschen und jüdischen Geschichte und der Verantwortung der Deutschen für die vom Naziregime während des Holocaust begangenen Verbrechen ist es vornehmstes Anliegen der Vereinbarung zwischen der Humboldt-Universität zu Berlin und der Hebräischen Universität Jerusalem, die Verständigung zwischen beiden Völkern zu fördern.«

In beachtlich kurzer Zeit war also ein ungewöhnliches Vorhaben nicht nur im Entwurf, sondern auch per Vertrag auf den Weg gebracht worden. Nach dem 3. Oktober 1990, anlässlich einer Zusammenkunft mit der Senatorin für Wissenschaft und Forschung, unterbreitete ich unsere Ideen und die bereits per Vertrag erstellten Pläne. Sie nahm alles freundlich zur Kenntnis und bemerkte lächelnd: »Hatten Sie nicht zu DDR-Zeiten schon genug plakatives Denken? Wozu diese extravaganten Tafeln im Vestibül Ihrer Universität? Übrigens sollten Sie im Kreis der Verantwortlichen darüber nachdenken, wann endlich das Karl-Marx-Zitat an der Stirnwand des Treppenaufgangs entfernt wird. Außerdem: Haben Sie mal die Kosten für Ihre Erinnerungspläne durchgerechnet? Sie haben doch in den letzten Wochen der DDR noch so viele Professoren berufen, dass Sie sich eine so extravagante Doppelprofessur ›Tel Aviv – Berlin‹ sparen müssen ...«

Auf diese kurzschlüssige Härte der Argumentation war ich nicht gefasst und wusste darum auch nicht darauf zu antworten. Schließlich war es erst Ende Oktober – und die neue Einheit Deutschlands war nur wenige Wochen alt.

»Anachronistischer Zug« im Hof

In den neu eingerichteten Studierendenclubs an der Berliner Humboldt-Universität redete man 1990 nahezu rund um die Uhr miteinander über den »Umbruch in Deutschland«. Es dauerte nicht lange, da erweiterten sich die Gesprächsgruppen um Kommilitonen aus der Freien Universität, der Technischen Universität und parteiorientierten Studentengruppen. Aber auch Professorinnen und Professoren – nicht nur aus Berlin – gesellten sich unaufgefordert zu den unermüdlich Diskutierenden. Eine galgenhumorige Aufforderung aus Heft 3 der an der Humboldt-Universität herausgegebenen Studentinnenzeitung *Unaufgefordert* schien der Ansporn zu sein: »... lasst uns gemeinsam über eine andere Zukunft nachdenken – noch müssen wir nicht scheitern wie Don Quichotte.«

Besondere Anziehungskraft hatte der »Studentenclub Wissenschaft«, der gezielt sogenannte Achtundsechziger einlud, die, inzwischen selber im Lehrbetrieb engagiert, einst als widerständige Studenten an den Hochschulen der Bundesrepublik und West-Berlins, den »reaktionären Universitätsbetrieb« politisch aufgemischt hatten.

Am 10. und 17. Mai 1990 fanden sich dort – nicht zufällig – Organisatoren des »Anachronistischen Zuges« ein, die Brechts Gedicht als anschaulichen Protestmarsch auf die Straße gebracht hatten, zuerst 1978 gegen die Kandidatur von Karl Carstens für das Bundespräsidentenamt, dem die Bonner Republik seine aktive NSDAP-Mitgliedschaft längst verziehen hatte. Brecht hatte gleich nach dem militärischen Ende Hitler-Deutschlands erspürt, wie die Nazis in alle Ämter zurückdrängten, nur jetzt mit dem Ruf »Freiheit und democracy!«. 1980 waren politisch Engagierte auf Initiative der Brecht-Tochter Hanne Hiob mit den gut aufbewahrten Requisiten erneut auf die Straße gegangen. Auf dem langen Weg von Sonthofen bis Bonn protestierten sie gegen die »Sammlungsbewegung zur Rettung des Vaterlandes«, die Franz Josef Strauß mit den Slogans »Freiheit statt Sozialismus« und »Freiheit statt Enteignung« in seiner Kandidatur zum Bundeskanzler unterstützte. Hanne Hiob war in Berlin nicht nur als prominente Schauspielerin in Brecht-Stücken bekannt, sie hatte auch unbeirrt gegen die Remilitarisierung der Bundesrepublik und dann folgerichtig gegen den Vietnamkrieg protestiert. Weil ihr die weißgewaschenen Nazibiografien von Regierenden und Prominenten aller Art ein Gräuel waren, hatte sie Brechts Gedicht »Der anachronistische Zug« mit tatkräftiger Unterstützung des Berliner Ensembles in augenfälliger Inszenierung im wahrsten Sinn des Wortes »in Gang gesetzt«. Die HUB-Studenten und Redakteure von *Unaufgefordert* hörten interessiert an, was da über diesen jahrelangen Protest berichtet wurde. Und als die Organisatoren von Plänen erzählten, angesichts der fatalen Brisanz des Wendejahres mit diesem bitter ernsten Politspektakel nach Berlin zu kommen, war eine spontane Einladung durch die Studenten nur folgerichtig.

Schon wenige Tage später bildete sich ein Unterstützerkomitee. Dazu gehörten die Antifaschistin Esther Bejarano, Frank Deppe, Jutta Ditfurth, Bernt Engelmann, Dietrich Kittner, Helmut Ridder, Dorothee Sölle, Gregor Gysi, André Brie, Stephan Hermlin, Jürgen Kuczynski, Hans Modrow, Ekkehard Schall, Steffi Spira, Renate Richter und Manfred Wekwerth, Markus Wolf, Hans-Eckardt Wenzel, Steffen Mensching und Barbara Thalheim.

Am 18. November 1991 starteten dann mit der provokativen Losung »Wir sind das Volk« in Bonn die Gedichtdarsteller mit ihren 50 ausgemusterten Militärfahrzeugen, alten Luxuslimousinen und Motorrädern und kamen im nunmehr ungeteilten Berlin am 2. Dezember nach zweiwöchiger Fahrt an. Beeindruckt von der überzeugenden politischen Forderung und der künstlerischen Gestaltung des Zuges schlugen einige Mitglieder des Studentenrates vor, den Zug für einige Zeit als »Gesamtkunstwerk« im Innenhof der HUB aufzustellen. Den Studenten und der Mitorganisatorin des Zuges, Barbara Friedrich, versprach ich, diese Anregung dem Akademischen Senat vorzutragen, nicht ahnend, welche Kontroverse ich damit auslösen würde. Hier nur einige Argumente, mit denen Senatorinnen und Senatoren ihrer Empörung gegen die Ausstellung der Brecht-Gedicht-Inszenierung im Hof zum Ausdruck brachten: Dieser Zug habe überhaupt nichts mit Wissenschaft zu tun ..., eine künstlerische Leistung sei nicht zu erkennen ..., die Botschaft sei pure kommunistische Propaganda, von der wir doch nach 40 Jahren endgültig genug hätten ..., Brecht sei durch den Zug instrumentalisiert worden. Außerdem sei dieses Spektakel vor den ehemaligen DDR-Bürgerrechtlern nicht zu verantworten, würde dem Geist der Wiedervereinigung schaden, das Ansehen der Universität schädigen, denn für die HUB sei jetzt in einem breiten Bündnis das Wohlwollen der CDU wichtiger. Deshalb solle ich umgehend den Rat von Lothar de Maizière einholen. Große Zustimmung bekam dann die Warnung des Baudirektors Krause, der prophezeite, dass die Betondecke des Innenhofes Risse bekäme, wenn dort so schwere Fahrzeuge geparkt würden. Die drei Studenten im Akademischen Senat wurden nur von den Kollegen der Germanistik und einem Philosophen unterstützt, die respektvoll über die Aktualität des Brecht-Gedichtes sprachen. Angesichts dieser verblüffenden Aufregung ließ ich über den »Anachronistischen Zug« im Senat nicht abstimmen, sondern entsprach als Rektor der Bitte der Studenten und übernahm persönlich die Verantwortung dafür, den ganzen Innenhof der HUB vorübergehend zu einer Mahn- und Nachdenkstätte deutscher Unfriedensgeschichte zu machen.

Am 7. März 1991 wurde dann endlich das ambulante antifaschistische Mahnmal in Anwesenheit von Hanne Hiob mit der Rezitation des Brecht-Gedichtes von 1947 durch Ekkehard Schall eröffnet. Die in großer Zahl teilnehmenden Studenten und Hochschullehrer waren von der Aktualität der Brecht-Verse betroffen. Im »Studentenclub Wissenschaft« wurde ein Begleitprogramm zur Diskussion angeboten: »Brecht statt Deutschland, Deutschland über alles«.

Am 18. und 19. Januar 1992 tagte im Auditorium Maximum der HUB der Kongress »Wohin zieht der anachronistische Zug?« Dazu hatte ich noch als Rektor 20 Referenten aus elf Ländern persönlich eingeladen, die dann mit den etwa 450 Teilnehmern diskutierten. Ich musste die Tagungsteilnehmer allerdings schon als »abgesetzter« Rektor begrüßen, aber schließlich hatten mir der Akademische Senat und die Studenten nach der Entlassung durch den Senator noch einmal ausdrücklich das Vertrauen ausgesprochen. In meiner Einleitung sagte ich unter anderem: »Der ›Anachronistische Zug‹ ist für mich auch eine Metapher dafür, dass man Vergangenheit nicht ›bewältigen‹ kann, denn es gibt keinen Schlussstrich. Diese Vergangenheit ist mit uns bis heute unterwegs, allerdings meistens nicht so ärgerlich sichtbar. Bewältigen müssen wir aber die Gegenwart als Folge dieser Vergangenheit.« Im abschließend formulierten Ratschlag der Referenten heißt es: »... noch nie wurde in den letzten Jahrzehnten so laut nach Freiheit und Demokratie gerufen wie jetzt. Und wie in dem Gedicht stellt sich die Frage: Freiheit für wen und für was?«

Konversion einer Kaserne – eine Wendeposse

Für das Wintersemester 1990/91 rechnete die Humboldt-Universität mit über 3000 neu zu immatrikulierenden Studenten. Ein Grund für diesen Ansturm war, dass die in den Vorjahren bereits vor-immatrikulierten Studenten aus der Armee entlassen wurden. Diese Situation stellte die Raumplaner vor fast nicht zu bewältigende Probleme. Plötzliche Forderungen nach Rückgabe von Gebäuden, die der Universität bis dahin zur Nutzung zugestanden worden waren, bereiteten zusätzliche Sorgen. Eine mögliche Lösung sahen die Studenten in der in unmittelbarer Nähe der Universität gelegenen Kaserne, die in den vorhergehenden Monaten freigezogen worden war. Die Friedrich-Engels-Kaserne war ein 17.500 Quadratmeter großer Komplex, bot also viel Platz für Lehrräume, Laboratorien und Universitätsbüros. Außerdem befand sich dort auch eine Großküche für die Mensaversorgung.

Nach Beratung im Akademischen Senat, im Studentenrat und in der dafür zuständigen Universitätsverwaltung ging ich zum Minister für Abrüstung und Nationale Verteidigung, unterbreitete ihm unseren Vorschlag und bat ihn um Hilfe. Der Minister, Pfarrer Eppelmann, den ich aus meiner kirchlichen Arbeit kannte, fand den Vorschlag verblüffend. Er entsprach seiner Abrüstungspolitik: Schwerter zu Pflugscharen – Kasernen zu Hörsälen. Wir verstanden uns auf Anhieb, was vorher nicht immer der Fall gewesen war. An den Ministerpräsidenten, Lothar de Maizière, schrieb ich unmittelbar nach dem Gespräch: »Wir sind mit unserer Universität in aussichtslosen Raumschwierigkeiten. Ich habe aus diesem Grunde Herrn Minister Eppelmann aufgesucht und ihm die Bitte vorgetragen, uns die Friedrich-Engels-Kaserne für die Nutzung von Vorlesungs- und Bibliotheksräumen zu überlassen. Außerdem steigt durch zusätzliche Zulassungen von Studenten die Zahl der benötigten Studienplätze, die ohnehin sehr knapp bemessen sind. Sie werden verstehen, dass auch der Standort des Gebäudes unmittelbar in der Nähe der Universität uns in die ganz besonders gute Lage bringen würde, einen Teil der insgesamt 550 über die ganze Stadt und Umgebung verstreuten Objekte zusammenzubringen.«

Trotz seiner großen Belastung antwortete Lothar de Maizière bereits wenige Tage später. Er sicherte der Universität seine volle Unterstützung zu und versprach, einen Antrag in die Volkskammer einzubringen.

Die Vereinbarungen mit dem Stab des Abrüstungsministeriums liefen zügig. Am 29. Juli übergab Lothar de Maizière, der sich als ehemaliger Student der Humboldt-Universität bekannte, in einem Festakt im Kasernenhof dem Rektor die Schlüssel zur Kaserne. Es waren viele Prominente aus Politik und Wissenschaft gekommen, zum Beispiel die DDR-Sozialministerin Regine Hildebrandt, der Präsident der Freien Universität, Dieter Heckelmann, die Senatorin für Wissenschaft und Forschung, Barbara Riedmüller-Seel, Studenten und Kollegen sowie viele Medienvertreter. Auf dem Appellplatz spielte eine Militärkapelle zum letzten Mal: Es war ein Friedensfestakt.

Lothar de Maizière, der die Regierungsentscheidung getroffen hatte, sprach bei der Übergabe von einem »Zeichen für konsequente Verwirklichung seiner Regierungserklärung«, in der er die Absicht bekundet habe, Abrüstung in deutlich sichtbaren Schritten zu vollziehen. Er freute sich, dass die Humboldt-Universität vermutlich die erste Alma Mater der Welt sein werde, die einen Teil ihrer Studenten in einer ehemaligen Kaserne ausbilde: »Anstelle von Kasernenhofton sollen nun wissenschaftliche Diskussionen und Auseinandersetzungen in diesen Mauern herrschen.«

Regine Hildebrandt erinnerte an die Geschichte der Kaserne, die auf Befehl des preußischen Königs Friedrich II. für das 1. Garde-Artillerie-Regiment errichtet wurde. Der letzte Namenspatron ab 1971 war Friedrich Engels, der sich seinerzeit freiwillig als Soldat nach Berlin gemeldet habe, um gleichzeitig Gasthörer an der Universität sein zu können. Die Ministerin erwähnte auch, dass am 9. November 1918 Arbeiter diese Kaserne stürmten und leider nach 24 Stunden wieder vom Gelände vertrieben wurden. 1945 befreite die Rote Armee auch diesen Ort. Regine Hildebrandt berichtete, dass von 1951 bis 1956 diese Kaserne schon einmal eine Ausbildungseinrichtung war: die Arbeiter- und Bauernfakultät der Humboldt-Universität. Ab 1971 wurde der Ort aber leider wieder für militärische Zwecke genutzt, als Kaserne für das Wachregiment. Der Staatssekretär für Abrüstung, Werner Ablass, sprach von einem »historischen Augenblick«, einem »Zeichen der Wende«.

Bei der Entgegennahme der Schlüssel brachte ich zum Ausdruck: »Ich sehe in dem, was wir hier gemeinsam tun, nicht nur ein ›Zeichen‹ für Wende. Es ist ein konkreter Augenblick in dem mühsam errungenen, aber fatal zögerlichen weltweiten Abrüstungsprozess: Eine Kaserne wird zu einem Haus der Wissenschaft. Das ist wohl die bewegendste Art neuer ›Verwendung‹ ... In diesem Augenblick, wo ›Schwerter zu Pflugscharen‹ als altbiblische Prophetenforderung in eine winzige Realität gebracht wird, sind Tausende von Friedenskämpfern beteiligt, nämlich alle, die Bertha von Suttners ›unerhörten‹ Ruf ›Die Waffen nieder‹ in persönlichem Engagement nach dem verheerendsten aller Kriege, dem Zweiten Weltkrieg, mit ihrem eigenen Leben sichtbar bezahlt haben ... Heute stehen wir vor der Tatsache, dass der einzige Überfluss, der sich täglich mehrt, Waffen sind, also Rüstung, in der vielfältige Forschungsergebnisse zur Vernichtung von Leben investiert sind. Ich möchte die Forscher unserer Universität, Otto Hahn, Lise Meitner und Fritz Straßmann, die 1938 das unspaltbare Atom zu spalten vermochten, nennen. Sie sind nicht verantwortlich zu machen für das, was aus ihrer Wissenschaft und weltwendenden Erkenntnis folgte. Wir haben aber mit diesen Folgen zu leben und daraus Frieden zu folgern ... Ich danke dieser neuen Regierung unseres Landes, dem Minister für Verteidigung und Abrüstung und unserem Ministerpräsidenten, dass sie diesen Entschluss der Übergabe einer Kaserne an die Universität als eine Entscheidung getroffen haben, die wir in dieser wissenschaftlichen Bewertung neu einzubringen haben in unser Land, in das gemeinsame Deutschland und in das zukünftige gemeinsame Haus – auch der Wissenschaft in Europa.«

Acht Wochen später, am 26. September 1990, beschloss die Volkskammer, die Kaserne der Humboldt-Universität zu verschreiben, in der Überzeugung, dass diese Eigentum der Stadt Berlin sei.

Nun die Wendeposse: Mit dem Inkrafttreten des Einigungsvertrages am 3. Oktober »fiel die Liegenschaft an den Bund, da die Übereignung im Einigungsvertrag nicht schriftlich fixiert worden war. Der Bund (Bundesministerium der Finanzen) seinerseits beauftragte die Oberfinanzdirektion (OFD) mit der Verwaltung. Die Humboldt-Universität bekam einen befristeten Mietvertrag für das sogenannte Haus 10 (westlich der Geschwister-Scholl-Straße).« Der Volkskammerbeschluss wurde ausgetrickst!

Mangels Festlegung im Einigungsvertrag, erlosch der Anspruch der Universität. Alle Anstrengungen der Fraktionen Bündnis 90/Die Grünen, (AL)/UFV und PDS sowie des Wissenschaftsausschusses des Berliner Abgeordnetenhauses blieben erfolglos. Nichts wurde korrigierend berücksichtigt.

Am 3. November 1993 wurden Vertreter der Humboldt-Universität, des Deutschen Historischen Museums und der Stiftung Preußischer Kulturbesitz nach Bonn zu einer Besprechung ins Bundesministerium des Inneren eingeladen. Die Besitzverhältnisse sollten endgültig festgelegt werden, wie sie im Einigungsvertrag festgeschrieben worden waren. Im Ergebnisprotokoll findet sich dann nur die lakonische Aussage, dass die gesamte Innenfläche der Kaserne für eine Fertigteil-Containerhalle vorgesehen ist, welche das Deutsche Historische Museum als Lagerhalle während zehnjähriger Sanierungsmaßnahmen nutzen soll.

Wir hatten gedacht, dass diese Konversion ein demokratisches Lehrstück sei, das demnächst auch in Schulbüchern das Stichwort »Wende« illustrieren würde. Daraus wurde nichts. Die Kaserne stand wieder unter Befehlsgewalt!

Wissenschaftliche Analyse statt Exorzismus

Zurückblickend verstehe ich, dass der Empfang anlässlich meiner Investitur zum Rektor der Humboldt-Universität Berlin doch schon eine Art Dienstbesprechung gewesen sein muss; denn als der spanische Botschafter in der DDR, Alonso Álvarez de Toledo, mir gratulierte, versicherte er mir, dass die Complutense-Universität in Madrid sehr daran interessiert sei, ihre jahrelang gute Zusammenarbeit mit der Humboldt-Universität jetzt erst recht fortzusetzen. Seit 1983 verband uns ein Vertrag über wissenschaftliche Zusammenarbeit. Dazu gehörte auch die regelmäßig veranstaltete »El Escorial-Konferenz«.

Der Botschafter wies darauf hin, dass vor vier Wochen zur Stabilisierung dieser bewährten Beziehung ein neuer gemeinsamer Arbeitsplan nicht nur konzipiert, sondern bereits unterzeichnet worden sei. Ich hörte das mit Interesse und versprach, in dieser Sache umgehend aktiv zu werden. Auf Betreiben der Complutense-Universität wurde die Zusammenarbeit auf die Gebiete Soziologie, Politikwissenschaft, Geographie, Geschichte und auf besonderen Wunsch unsererseits auch auf die Judaistik erweitert.

Während eines Aufenthalts des Rektors der Complutense-Universität, Gustavo Villapalos, in Berlin lud der spanische Botschafter zu einem Gespräch ein, in dem wir ausführlich über die neue Situation des noch geteilten Deutschlands im europäischen Kontext diskutierten. Spontan schlug der spanische Kollege vor, umgehend eine Konferenz zwischen Wissenschaftlern beider Universitäten in Berlin zu organisieren. »Quo vadis Germania?« sollte das Thema sein, zu dem ausdrücklich auch Referenten eingeladen werden sollten, die in der DDR als ausgewiesene Wissenschaftler politische Verantwortung getragen hätten. Dabei nannte Villapalos schon den Namen Dieter Klein. Wichtig war ihm, dass außer Lehrenden der Humboldt-Universität auch Vertreter aus Politik, Kultur und Kirche eingeladen würden. Im Akademischen Senat fand dieser Vorschlag Zustimmung. Konzeption und ein konkretes Programm wurden erarbeitet, mit den spanischen Kollegen diskutiert und schließlich gemeinsam beschlossen. Es war die erste internationale wissenschaftliche Konferenz an der Humboldt-Universität in der Wende. Überraschenderweise fragte die Westberliner Senatsverwaltung in der Vorbereitungsphase der Konferenz an, wer denn diese »kostspielige Konferenz« bezahlen würde. Dabei waren wir doch noch unserem Wissenschaftsminister, Hans-Joachim Meyer, gegenüber verantwortlich! Ob man uns im Senat die Antwort glaubte, dass die Spanier die volle Finanzierung übernehmen, konnte ich nicht beurteilen. Jedenfalls freuten wir uns, als der Bundespräsident, Richard von Weizsäcker, und der Ministerpräsident der DDR, Lothar de Maizière, für den 27. bis 29. Juli 1990 ihre Teilnahme ankündigen ließen.

Auf ein kritisches Presseecho hatten wir sogar gehofft, aber die schlecht informierte *F.A.Z.* empörte uns mit ihrer direkten Einmischung: »Streit um ›Quo vadis Germania‹ – Konferenzteilnehmer gegen SED-Ideologen« titelte man am 24. Juli. Dem Artikelschreiber war entgangen, dass es sich um gemeinsam ausgesuchte Referenten handelte, die die Spanier aus bereits siebenjähriger Zusammenarbeit kannten. Sie wollten sich nämlich nicht am westlichen Exorzismus beteiligen, sondern sich – wie einst auch in der spanischen Inquisition unüblich – mit »Lehre und Irrtum« sachlich und fachlich auseinandersetzen. Deshalb hatten die Spanier auch ausdrücklich gebeten, »Bürgerrechtler« aus dem Universitätsumfeld einzuladen: Wolfgang Ullmann, Kirchenhistoriker, in jenen Tagen Vizepräsident der DDR-Volkskammer und Mitbegründer der Partei »Demokratie jetzt« gehörte dazu, die Schriftstellerin Helga Königsdorf, Mathematikerin, war ausdrücklich von den Spaniern als Diskussionspartnerin erbeten worden, ebenso die Sozialministerin Regine Hildebrandt und Victor Grossmann, der als Journalist mit dem Thema »Spanischer Bürgerkrieg« vertraut war. Dass diese Gesprächspartner alle zugesagt hatten, interessierte die *F.A.Z.* nicht. Es ging eindeutig um die Denunziation dessen, was die Humboldt-Universität unter Erneuerungsprozess verstand und praktizierte.

In der *F.A.Z.* hieß es: »... Kritiker an der Humboldt-Universität sehen in dem von Fink geplanten Ablauf der Veranstaltung einen Missbrauch des Gesprächsangebots der spanischen Wissenschaftler, die den Dialog mit deutschen Geisteswissenschaftlern und nicht mit Parteiideologen suchten ... Die marxistisch-leninistischen Ideologen können aber dennoch ihrer internationalen Aufwertung mit Genugtuung entgegensehen. Vorgesehen sind Referate seitens der Humboldt-Universität zu den Themen ›Über Schwierigkeiten mit Einheit und Recht und Freiheit‹ (Niemann); ›Deutsche Einheit und Dritte Welt – neue Anforderungen an die deutsche Politik‹ (Weidemann) und ›Steht wirklich Deutschland im Frühlingsflor?‹ (Heinrich Heine!); Vertane Chancen, offene Wege‹ (Klein).« Dieser Artikel und die Anfrage von der Freien Universität, ob die Humboldt-Universität allen Ernstes ohne Westbeteiligte diese Konferenz mit den Spaniern durchführen wolle, signalisierten uns, dass die Würfel auf anderem Tisch doch schon gefallen waren ...

Trotz dieses überraschend deutlichen Vorspiels fand die Konferenz in vertrauensvoller Atmosphäre statt. Die Diskussion war offenherzig, und die Referate der Spanier waren hilfreich – nicht nur in ihrer sachlich-kritischen Demokratieanalyse. In einem Interview zu Beginn der Konferenz gegenüber dem *Neuen Deutschland* äußerte sich der Prorektor der Complutense-Universität: »Ich möchte sagen, dass es hier keinen Missbrauch des Vertrauens gab, weil in der Vorbereitung der Konferenz eine perfekte Zusammenarbeit bestand. Mit unserem Rektor wurden Titel, Struktur und Inhalt der Konferenz abgesprochen.« Etwa 20 spanische und 30 deutsche Wissenschaftler hörten die Referate und beteiligten sich an den Diskussionen. Mit großer Aufmerksamkeit wurden die aktuell verantwortungstragenden Politiker gehört und befragt, unter ihnen Lothar de Maizière und Franz Bertele von der Ständigen Vertretung der Bundesrepublik Deutschland in der DDR.

In meinem Schlusswort zur Tagung sagte ich: »Auch was sich heute als Irrtum erweist, darf nicht nur ›verworfen‹ werden. Wir wollen keinen mittelalterlich-moralischen Strafvollzug im Hause der Wissenschaft betreiben. Wir verurteilen keinen zum Schweigen, nur weil er in anderen Strukturen analysiert, gedacht und gehofft hat. – Es sei denn, er hat anderen vorsätzlich an Leib und Leben geschadet. Die für die nächsten Jahre vereinbarte wissenschaftliche Zusammenarbeit unserer Universitäten fühlt sich auch auf jedem Fach- und Sachgebiet verpflichtet – nicht inquisitorisch, wohl aber unermüdlich – analytisch Fehlerquellen aufdecken zu helfen, durch die Ausbeutung von Menschen durch Menschen gerechtfertigt und die internationale Sicherung von Marktvorteilen über den unbedingten Schutz der global gültigen Menschenrechte gestellt wird.«

Es war keineswegs geplant, aber ein glücklicher Zufall, dass die spanischen Konferenzteilnehmer am 29. Juli 1990 auch an dem Festakt zur Übergabe der Friedrich-Engels-Kaserne an die Humboldt-Universität teilnehmen konnten. Mit uns gemeinsam erlebten sie die »Schlüsselübergabe« als einen überzeugenden Akt der Umwidmung eines Militärobjektes zu einem Haus der Wissenschaft in international solidarischer Verantwortung. Leider weiß ich nicht, wie die spanischen Freunde reagiert haben, falls sie es überhaupt je erfahren haben, dass dieses öffentlich besiegelte neue »Eigentumsverhältnis« als kleines Zeichen konkreter Entmilitarisierung leider versehentlich (?) nicht im Einigungsvertrag BRD–DDR aufgeführt worden ist. Die Veranstaltung auf dem Kasernenhof mutierte zur Utopie.

Verbrannt, verbannt – für immer?

Als die Humboldt-Universität Berlin in der Wende 1990 herausgefordert war, sich den »DDR-Altlasten« zu stellen, war ein dringliches Thema, warum unsere Universität in vier Jahrzehnten Sozialismus das 1933 von Studenten zerstörte Institut des Neurologen Magnus Hirschfeld (1868–1935) nicht wiedererrichtet hatte. Es wäre nicht nur für den öffentlich diskriminierten jüdischen Wissenschaftler eine angemessene Würdigung gewesen, sondern zugleich für alle wegen ihrer Sexualität im Faschismus verfolgten und ermordeten Frauen und Männer. Hirschfelds persönliche Verfügung, dass das unabhängige Institutsvermögen zur Errichtung eines unabhängigen Sexuallehrstuhls verwendet werden sollte, wurde schon am

6. Mai 1933 annulliert, als Studenten des »Instituts für Leibeserziehung« auf Trompetensignal hin in Hirschfelds Institut einbrachen, es verwüsteten und die umfangreiche Bibliothek auf den bereitstehenden Lastwagen warfen. Der NS-Studentenführer stud. jur. Gutjahr erklärte das Institut für »endgültig geschlossen«. Sie konfiszierten auch die Büste des streitbaren Wissenschaftlers, um sie am 10. Mai in borniertem Triumph zusammen mit seinen Büchern – auch der »Sittengeschichte des Weltkrieges« – in Asche zu verwandeln. Der Feuerspruch lautete: »Gegen seelenzerfressende Überschätzung des Trieblebens – verschlinge die Flamme auch die Schriften von Magnus Hirschfeld und Sigmund Freud.« Die Studenten, die diesen Scheiterhaufen entzündeten, der lodernden Volkszorn symbolisieren sollte, hatten alle ihr Abitur in der ersten deutschen Demokratie, der Weimarer Republik, gemacht. Professoren – einige sogar im akademischen Ornat – und Goebbels höchst persönlich bewiesen mit ihrer Anwesenheit, dass diese erste Vernichtungsaktion ein politischer Auftakt und kein makaberer Studentenulk war.

In der 1987 von der Magnus-Hirschfeld-Gesellschaft in West-Berlin herausgegebenen Gedenkschrift las ich: »Wir haben zwar erreichen können, dass das frühere Berliner Institut für Sexualwissenschaften mittlerweile der Vergessenheit entrissen wurde, aber mit unserem Anliegen, ein solches Institut in Berlin wiederzuerrichten, sind wir bisher nur auf unverbindliches Wohlwollen gestoßen.« Voller Bedauern habe der Berliner Senat wegen fehlender Gelder immer wieder abgelehnt. Hirschfelds Leitsatz »Durch Wissenschaft für Gerechtigkeit« habe nicht nur Freunde gehabt.

Als der Psychologe Günter Grau, der in der Humboldt-Universität im Institut der Geschichte der Medizin arbeitete, mir sein Anliegen vortrug, ein Institut für Geschlechter- und Sexualforschung in den sich neu gründenden Sozialwissenschaften der HU zu schaffen, fand ich damit das Anliegen der Magnus-Hirschfeld-Gesellschaft aufgenommen und schlug spontan vor, mit dem Namen den historischen Zusammenhang wiederherzustellen.

In der allmonatlichen Beratung der Berliner Universitätspräsidenten und -rektoren brachte ich die Idee umgehend zur Sprache. Die Reaktion der Kollegen war: »Das hätten Sie doch schon zu DDR-Zeiten machen können.« Der Präsident der Freien Universität, Dieter Heckelmann, später Innensenator, ironisierte meine Argumente, die heftig diskutiert wurden, mit der Bemerkung: »Sexualität soll erforschen, wer damit Probleme hat. Wir im Westen haben sie nicht … Außerdem haben Sie an Humboldt sowieso kein Geld. Sie leben von unserem.« Dass es darum ging, wenn auch sehr verspätet, auf einen barbarischen Akt der Universitätsgeschichte zu reagieren, wurde gar nicht wahrgenommen.

Trotz dieser Absage entschieden wir uns im Kontext der Neuordnung der Humboldt-Universität, das im Osten wie im Westen verweigerte Erbe Magnus Hirschfelds endlich anzutreten. Mit einem Memorandum legte ein Vorbereitungskreis, den ich offiziell berufen hatte, dem akademischen Senat der Humboldt-Universität den bis ins Detail formulierten Antrag vor, im Bereich Sozialwissenschaften ein »Institut für Geschlechter- und Sexualforschung« zu gründen. In der Präambel heißt es: »Die Geschichte der Sexualwissenschaft vor 1933 ist eng mit Berlin verbunden. Hier legte Iwan Bloch 1907 das erste Programm des sich neu formierenden Faches Sexualwissenschaft vor. Hier arbeiteten die Sexualforscher Albert Eulenberg (1814–1917), Albert Moll (1862–1938) und Max Marcuse (1877–1936), die Frauenrechtlerin Helene Stöcker (1869–1943), Adele Schreiber-Krieger (1872–1957) und die Psychoanalytikerin Karen Horney (1885–1952). Helene Stöcker begründete mit Max Marcuse 1905 die Zeitschrift *Mutterschutz*, die sie ab 1908 unter dem Titel *Die neue Generation* allein weiterführte. Im gleichen Jahr gab Hirschfeld die erste *Zeitschrift für Sexualwissenschaften* heraus, fünf Jahre später wurden hier die ersten Fachgesellschaften gegründet. 1919 eröffnete Magnus Hirschfeld das erste Institut für Sexualwissenschaften. Seit 1924, getragen von der Magnus-Hirschfeld-Stiftung, war das Institut für seine Zeit ebenso einmalig wie beispielgebend. Es unterhielt unter anderem medizinische, psychologische, ethnologische Abteilungen, eine Ehe- und Sexualberatungsstelle und beherbergte mit dem Wissenschaftlich-Humanitären Komitee eine Institution, die sich beispielhaft für die Rechte homosexueller Frauen und Männer einsetzte. Weitere Schwerpunkte der Arbeit waren die Gleichberechtigung von Frauen, die Familienplanung und die Sexualerziehung.«

Dass Hirschfeld seine Forschung mit einem klaren Antikriegsbekenntnis untersetzt hatte, war schwer als vorbildliche Haltung eines Wissenschaftlers einzubringen.

Eine Vorlesungsreihe mit prominenten Sexualwissenschaftlern aus dem In- und Ausland auf dem Gelände der Charité – unter anderem mit Rüdiger Lautmann (Bremen) über »Konstruktion der Sexualität in der Moderne«, Eberhard Schorsch (Hamburg) über »Sexualität und Aggression«, Irene Dölling (Berlin) über die »Kulturelle Konstruktion von Zweigeschlechtlichkeit« und Claudia Honegger (Bern) über »Die Ordnung der Geschlechter in der Moderne« – wurde in der Universität und in der Stadt interessiert wahrgenommen. Eine turbulente Anhörung unter dem Dach des akademischen Senats brachte den Prozess der Institutsgründung schlagartig an die Öffentlichkeit. Alsbald titelte die *taz*: »Sexualogie im Ost-West-Krampf«. Andere Medien weissagten: »Ein Institut in der Nachfolge des Berliner Sexualforschers Magnus Hirschfeld an der HU bleibt voraussichtlich nur ein Wunsch.«

Die anhaltend heftigen konzeptionellen und ideologischen Bedenken einiger namhafter HU-Professoren gegen ein Institut für Geschlechter- und Sexualforschung führten dazu, dass die Mehrzahl der Befürworter sich irritiert zurückzog. Täglich forderten neue Entscheidungen und Konflikte persönliches Engagement. Letztlich konnte ich mich in der Sache, die mir am Herzen lag, nicht mehr einsetzen, da durch Gerichtsurteil meine Wahl zum Rektor annulliert worden war. Magnus Hirschfeld zu rehabilitieren, bleibt also zukünftigen Universitätsgenerationen als Aufgabe.

Aber ich will hier nicht ohne einen Lesetip schließen: In Magnus Hirschfelds »Sittengeschichte des Weltkrieges«, zwei Bände, brillant geschrieben und mit internationalen zeitgenössischen Karikaturen durchgehend bebildert, steht der knappe denkwürdige Satz: »Krieg heißt Diebstahl, Notzucht, Mord!«

Muss Erkenntnisfortschritt erschlichen werden?

»Wichtiger, als zu betonen, wie unrichtig es ist, Unrecht zu tun, ist es, zu betonen, wie unrichtig es ist, Unrecht zu dulden«. (Bertolt Brecht)

Am Tage des Rektoratsantritts übergab mir mein Vorgänger, Dieter Hass, eine Mappe mit der vielsagenden Aufschrift »Unerledigtes«. Als ich nur beiläufig darin blätterte, stutzte ich bei dem Namen Hermann Klenner. Er hatte einen Brief an den Rektor der Humboldt-Universität zu Berlin (HUB) »betreffs meiner Rehabilitierung« geschrieben; der Eingangsstempel besagte, dass das Schreiben bereits sechs Monate deponiert war.

Als Angehöriger der Theologischen Fakultät war ich seit den 1980er Jahren Mitglied der Synode der Evangelischen Kirche Berlin-Brandenburg. Damals sprach mich der Bauer Alfred Böhme aus Letschin/Oderbruch an, ob ich den Juristen Hermann Klenner kenne. Der sei nämlich keineswegs freiwillig, sondern von höchster Stelle der DDR »strafversetzt« von 1958 bis 1960 bei ihnen Bürgermeister gewesen. Seine politische, aber mehr noch seine menschliche Kompetenz habe die Dorfbewohner zunächst verblüfft, dann begeistert. Selbst die Konservativsten hätten den überzeugten Marxisten und seine Familie schätzen gelernt. Und als eine Gruppe Theologiestudenten der HUB im Dorf ihren Ernteeinsatz ableistete, habe sich dieser ungewöhnliche Bürgermeister viel Zeit zu ausführlichen, durchaus kontroversen Diskussionen genommen. Und die Studenten hätten Klenners umfassende Literatur-, Philosophie- und sogar Bibelkenntnisse ehrlich bewundert.

Das alles fiel mir nach so vielen Jahren angesichts dieses »unerledigten« Briefes wieder ein. Aber den wirklichen Grund für die damalige so drastische Disziplinierung eines Hochschullehrers hatte ich leider nie erfragt. Und dafür wusste ich jetzt keine Entschuldigung.

Am Runden Tisch der HUB waren schon in den ersten Sitzungen zum Thema »Unrecht der DDR-Regierung gegenüber Wissenschaftlern« spontan Namen wie Robert Havemann, Rudolf Bahro und Wolfgang Harich genannt worden. Warum hatten die Juristen den Namen Hermann Klenner nicht gleich auf die Liste der zu Rehabilitierenden gesetzt? Nun hatte er – ohne Bitterkeit – mit seiner Bitte den Runden Tisch wie auch den Akademischen Senat in die Pflicht genommen. Er selbst war 1990 monatelang Vorsitzender des Runden Tisches in der Akademie der Wissenschaft gewesen.

Am nächsten Tag schon gab ich der neugewählten Dekanin der Juristen, Rosemarie Will, den Brief und verabredete kurzfristig ein Gespräch, an dem auch Prorektor Dieter Klein teilnahm. Daraufhin forderte die Dekanin bereits in ihrer Antrittsrede, dass Hermann Klenner unverzüglich zu rehabilitieren sei. Der Akademische Senat fasste dann unter meiner Leitung einen entsprechenden Beschluss, und der damalige DDR-Minister für Hoch- und Fachschulwesen, Hans-Joachim Meyer (CDU), sorgte sofort für die Berufung Klenners, der mit dem Fach Rechtsphilosophie, konkret: Geschichte der Rechtsphilosophie beauftragt wurde.

Was aber war 1958 geschehen? Klenner hat das in seinem Brief ausführlich beschrieben:

»Magnifizenz! Ich wende mich an Sie in folgender Angelegenheit: Ich war von 1951 bis 1958 als Dozent bzw. seit 1956 als Professor an der Juristischen Fakultät der Humboldt-Universität beschäftigt. Im Ergebnis falscher Anschuldigungen, politischer Verdächtigungen und persönlicher Hinterhältigkeiten wurde ich durch einen Brief Ihres Vorgängers im Amt, Prof. Dr. Hartke, vom 1. April 1958 auf Antrag der Juristischen Fakultät mit sofortiger Wirkung von der Ausübung der Dienstgeschäfte und allen Funktionen beurlaubt. Diese Beurlaubung ist in einem weiteren Brief vom

3. Juli 1958, wiederum von Prof. Hartke, aufgehoben, freilich mit dem Hinweis, dass ich mir eine andere Arbeit suchen möge, da die Universität das Arbeitsverhältnis mit mir mit Beginn des neuen Studienjahres auflösen werde. Ich habe dann, politisch gezwungen, tatsächlich als Professor eine Dorfbürgermeisterstelle im Oderbruch angenommen. Die rechtlichen Verhältnisse zwischen der Universität und mir sind nie geordnet gewesen und die ursprünglichen Versprechungen, dass ich nach meiner Bürgermeisterei wieder an die Fakultät zurückkehren könne, nicht eingehalten worden. Das Ansinnen des damaligen Dekans, selber zu kündigen, habe ich abgelehnt und die geforderte Rückzahlung eines Halbmonatsgehaltes erst recht. Dass ich damals nicht den Weg über die offenstehende Grenze in die BRD gewählt habe, entsprach meiner grundsätzlichen Auffassung als Marxist ...

Zehn Jahre später, ich war inzwischen als Professor an der Akademie der Wissenschaften beschäftigt, wurde ich vom damaligen Rektor, Prof. Dr. Würzberger, gebeten, an der Juristischen Fakultät eine Gastprofessur zu übernehmen. Ich habe daraufhin die Vorlesung »Einführung in die Rechtswissenschaft« begonnen zu halten. Und wiederum wurde ich im Ergebnis politischer Verdächtigungen zum Rektor bestellt, der mir mitteilte, dass er die in seinem Besitz befindliche Bestallungsurkunde als Gastprofessor mir nicht aushändigen werde, was ich wohl verstehen würde. Ich habe ihm erklärt, dass ich Marxist sei, er hingegen nicht, und ich ließe mir von einem Nichtmarxisten nicht vormachen, wie sich ein Marxist verhalten soll. Die Vorlesung habe ich nicht weiter gehalten.

Magnifizenz! Ich bitte, mein Schreiben nicht etwa dahingehend misszuverstehen, dass ich wieder an der Juristischen Fakultät (oder Sektion, wie es jetzt heißt) beschäftigt werden wollte. Obschon ich ein leidenschaftlicher Hochschullehrer war und die im Leipziger Reclam-Verlag von mir 1985 herausgegebenen Schriften Wilhelm von Humboldts (»Individuum und Staatsgewalt«) den »juristischen Studentenjahrgängen 1951–1958 an Berlins Humboldt-Universität« gewidmet habe, ist für mich dieses Kapitel insoweit abgeschlossen. Was ich wissenschaftlich bin, hat leider mit der Humboldt-Universität nichts mehr zu tun. Ich bin inzwischen Ordentliches Mitglied der Akademie der Wissenschaften der DDR, deren Nationalpreisträger und Ehrenpräsident der Internationalen Vereinigung für Rechts- und Sozialphilosophie. [...]

Mir ist klar, dass mein Fall geringfügig ist gemessen an anderen Fällen von Wissenschaftlern, die ja teilweise in Haftanstalten unserer Republik gelitten haben, obschon sie weiß Gott bessere Sozialisten waren als die angeblichen Sozialisten in Amt und Würden. Nichtsdestoweniger bin ich es meinem Ruf und dem Ruf der Humboldt-Universität schuldig, darauf zu bestehen, dass die mir gegenüber verübten Ungerechtigkeiten und Ungesetzlichkeiten in einer von der Universität zu bestimmenden Weise wenigstens nachträglich aufgehoben werden.

Mit sozialistischem Gruß

Klenner«

Ausgelöst wurde Ende der 1950er Jahre das veränderte »Nachdenken über den Stellenwert des Rechtes in der Gesellschaft und die Rechte ihrer Bürger vor allem durch die zwei Jahre zuvor vom XX. Parteitag der Kommunistischen Partei der Sowjetunion wenigstens teilweise offengelegten, wenn auch nicht auf ihre Ursachen hin analysierten Verbrechen stalinistischer Gewaltherrschaft in der Sowjetunion«, wie (Klenner in der Zeitschrift *UTOPIEkreativ* 174, S. 292) erläutert. »Das Recht immer nur als ein Mittel, nie aber auch als ein Maß von der und für die Staatsmacht zu begreifen, reduziert es in der Theorie auf seine Instrumentalität und protegiert in der Praxis bürgerrechtswidrige, undemokratische wie unsozialistische Verhaltensweisen des Staates.« (ebenda S. 302)

Solche Stimmen hatte Walter Ulbricht, 1958 als bürgerliche Ideologie hart kritisiert und führende Rechtswissenschaftler wie Uwe-Jens Heuer, Bernhard Gräfrath und Hermann Klenner bezichtigt, »ideologischen Wirrwarr« zu verbreiten. Die zu Reglementierenden waren gar nicht mehr zur Konferenz eingeladen. Die Inquisition hatte schon beschlossen, wozu dann noch Diskussion? Klenner schreibt weiter dazu:

»Statt auf Erfahrungen und Ursachenanalyse, auf Dialog und Meinungsstreit zu orientieren, hatte [die Babelsberger Konferenz; *H.F.*] eine auf autoritären Strukturen basierende, also eine auf Unproduktivität angelegte Staats- und Rechtswissenschaft etabliert, ... so sind die Ursachen vorangegangener Fehlentwicklungen zugedeckt und daher diese reproduziert worden. Erkenntnisfortschritt musste erschlichen werden.« (a. a O., S. 302).

Der akademische Senat musste im schnellen Einigungsprozess lernen, dass Ereignisse wie diese für die DDR folgenschwere Babelsberger Konferenz nicht der »wahre Charakter« des Sozialismus sondern wie die politisch und wissenschaftlich entmündigten Wissenschaftler schon damals sagten, eine fatale Parodie auf den Sozialismus gewesen seien.

Ein akademischer Disput über die Bedeutung der juristischen Kritiker im Sozialismus wurde leider nur im Kontext der jüngsten Erfahrungen von den Bürgerrechtlern der Wende zugelassen. »Demokratischer Sozialismus« war als jahrzehntelang gebrauchtes Kriterium der Kritik an der DDR nicht akzeptiert. Die bürgerliche Demokratie war nun der einzig gültige Trigonometrische Punkt zur bewertenden Vermessung des gescheiterten kontroversen Versuches, in einer deutschen sozialistischen Gesellschaft, sozialistisches Recht zu praktizieren.

Hermann Klenner hat nicht nur an der HUB wieder gelehrt und unermüdlich in der Öffentlichkeit argumentiert, sondern er hat auch ständig seine Überzeugung kenntnisreich zu Papier gebracht. Über 500 Titel tragen seinen Namen. Vielleicht ist sein im Rudolf Haufe Verlag erschienenen Buch, das viel konkreter ist als der Titel »Historisierende Rechtsphilosophie« vermuten lässt, der Beweis dafür, dass Erkenntnisfortschritt nicht mehr »erschlichen« werden muss, sondern lesend erworben werden kann. Darum bleibt: »Lernen, lernen und nochmals lernen« wohl ein politisch nützlicher Rat von einem ebenso unbeirrbaren wie kritischen Marxisten.

Die Abwicklung des Rudolf Bahro

»Alternative« ist ein vieldeutiges Fremdwort. Wenn heute regierungsoffiziell verkündet wird, es gebe keine Alternative zum globalen Finanzkapitalismus, dann bedeutet das: »Basta!« Jede weitere Diskussion rüttelt an den Grundfesten unserer Demokratie und Ökonomie. Nahezu wortgleich reagierte 1977 das Zentralkomitee der SED auf Rudolf Bahros Buch »Die Alternative«. Die regierenden Genossen duldeten keine sozialistische Kritik am real existierenden, aber dringend zu verbessernden Sozialismus. Sie ließen nicht mit sich reden. Basta. Dass er aus der SED ausgeschlossen wurde, schmerzte den kämpferischen Sozialisten Bahro damals mehr als die gerichtliche Verurteilung wegen Geheimnisverrats und anderer Straftaten zu acht Jahren Haft in Bautzen. Alsbald formierte sich in der Bundesrepublik Deutschland ein Komitee zur Befreiung Bahros, tonangebende westdeutsche Politiker taten so, als stimmten sie mit seinen Auffassungen überein. Als er nach zweieinhalb Jahren überraschend aufgrund einer Amnestie mit Frau und drei Kindern in die Bundesrepublik ausreisen durfte, blieb er zunächst ein gefeierter Mann, obwohl er niemals den Kapitalismus als Alternative zum Sozialismus befürwortete. Weniger verblüffend als folgerichtig war, dass Bahro, der erst recht nach dem Mauerfall 1989 eine gründlich reformierte DDR für die notwendige Alternative zum Kapitalismus ansah, sich auf dem Außerordentlichen Parteitag der SED-PDS im Dezember 1989 zu Wort meldete. Das war dann auch das Ende seiner Wertschätzung als »Dissident«. Man brauchte ihn allerdings auch nicht mehr …

Das Wiedersehen mit den Genossen war nicht ungetrübt. Viele wollten immer noch und gerade jetzt nach dem Fall der Mauer von den Fehlleistungen der Partei nichts mehr hören. Und ausgerechnet jetzt trat dieser Westheimkehrer uneingeschränkt für den Sozialismus als nötige Alternative ein und warnte vor der Menschheitskatastrophe, die der ausschließlich auf Profit orientierte Kapitalismus anrichtet! Buhrufe begleiteten seine Rede. Bahro hatte sich seinen Empfang anders vorgestellt …

Am 17. Dezember 1989 stand Rudolf Bahro in meinem Arbeitszimmer in der Theologischen Fakultät der Humboldt-Universität zu Berlin. Die ihn anmeldende Mitarbeiterin hatte noch die Türklinke in der Hand, als Bahro mich bereits wie einen alten Freund herzlich begrüßte: Er habe das dringende Bedürfnis, mich kennenzulernen. Die Delegierten des Sonderparteitages hätten vor lauter nur zu verständlichen Tagesordnungsproblemen noch kein Ohr dafür gehabt, dass der »alternative Sozialismus« durchgekämpft werden müsse. Die Logik der Rettung gelte nicht der DDR, wie sie war, aber die »Elemente einer neuen Politik« seien doch in vielen Köpfen längst vorgedacht. Weil Zeitverlust unverantwortbar sei, komme er jetzt zur Universität.

Auf meine verblüffte Frage, warum er dann zu den Theologen komme, wies er lachend auf die Bilder und die Schleiermacher-Büste in meinem Büro: Schleiermacher hat gemeinsam mit humanistischen Rebellen und Sozialreformern die Universität einst gegründet, Bonhoeffer war ein konsequenter Widersacher des Faschismus auch an dieser Fakultät, und Martin Buber hat den Dialog mit Deutschen nach dem Holocaust nicht abgebrochen. Wie inspirieren sie uns heute? In einem Brief an mich beantwortete er seine Frage selbst: »Von innen ist meine Logik der Rettung eine politische Theologie …«

Bahro war davon überzeugt, dass die Humboldt-Universität sich nicht einfach an den Westen anpassen dürfe. Er jedenfalls traue der schöpferischen Kritikfähigkeit der Lehrenden und Studierenden zu, dass sie aus den vierzig DDR-Jahren wichtige Erfahrungen gerade für die jetzt nötig zu erstellenden Grundlagen internationaler Solidarität in Friedens- und Umweltfragen einzubringen hätten. Darüber hinaus sollten sich Lehrende und Lernende der Humboldt-Universität mit all den Kräften in der Bundesrepublik, aber auch weltweit verbünden, die nicht länger der

»Selbstmordlogik« westlicher kapitalistischer Denkungsart folgen wollen. Bahro traute den Universitäten und Hochschulen, vor allem der Akademie der Wissenschaften der DDR, immer noch zu, dass sie sich in Lehre und Forschung bewusst den zivilisatorischen Prozessen »gegen Krieg und Zerstörung der natürlichen Umwelt« anschließen würden. Damals hoffte ich noch, Bahro könne recht behalten. Er schlug Seminare neuen Typs als interdisziplinäre »scientific community« vor; ein interdisziplinärer Konsens sei entscheidend. Man müsse aus der Todesspirale Wissenschaft und Rüstung wegkommen.

Als Vertreter der Theologischen Fakultät war ich Mitglied des Akademischen Senats, in dem ich mit dem Prorektor Dieter Klein über Bahros Besuch sprach. Er wollte sich dafür einsetzen, dass Bahro an die Universität käme. Schon am 11. Mai 1990, sieben Tage nach meiner Wahl zum Rektor, schrieb mir Bahro: » … heute unterschreibe ich einen irgendwie noch provisorischen Einstellungsvertrag … In der Zeitung der Universität gab's die Koinzidenz Ihrer Kandidatur und meiner Intention mit so einem ›Zentrum für Sozialökologie‹ … Inzwischen sind Sie der Rektor, und ich begrüße die Magnifizenz! Jedenfalls sehe ich's im Ernst als gutes Omen.«

Bahros Vorlesungen und Seminare gehörten zum Studium generale. Nicht nur Studenten, sondern auch Bürger aus West- und Ost-Berlin fanden im Auditorium Maximum oft nur Stehplätze. Bahro lud prominente Kollegen ein und moderierte oft die stundenlangen Diskussionen selbst – mit Kurt Biedenkopf, Carl Amery, Dorothee Sölle und vielen mehr. Dieser ungewöhnliche Zulauf an Hörern wurde auch kritisch beäugt: »Ökologischer Spinner«, »idealistischer Reformer von unten«, »Dissident«, »Mystiker«, »Esoteriker«.

Mit Wirkung vom 15. September 1990 wurde Bahro vom DDR-Minister für das Hoch- und Fachschulwesen, Hans Joachim Meyer (CDU), zum außerordentlichen Professor für Sozialökologie berufen.

Als am 3. Oktober 1990 die Einheit des alten Deutschland besiegelt war, wurden bald auch Bahros gerade gegründetes Institut für Sozialökologie und seine außerordentliche Professur evaluiert. Das Verfahren zog sich hin. Der Brief, den Bahro am 2. November 1993 von der Humboldt-Universität erhielt – ich war inzwischen als Rektor und Hochschullehrer »abgewickelt – traf ihn ebenso wie das Evaluierungsgutachten. Bahro gab mir die Unterlagen seiner Evaluierung mit der ausdrücklichen Bitte, sie als »Lehrtext« der Abwicklung eines zu DDR-Zeiten berufenen Professors zu verwenden. Da heißt es: »Die Entscheidung über Ihre Professur ist in mehrfacher Hinsicht von hoher symbolischer Bedeutung. Sie sind nach der Wende als einer der bekanntesten Dissidenten, der für seine Überzeugung jahrelang in DDR-Gefängnissen saß, in einem Akt der Wiedergutmachung an die Humboldt-Universität geholt worden. ... Bezüglich Ihrer wissenschaftlichen Qualifikation bzw. Arbeitsweise bestanden in der Kommission – das wird Sie gewiss nicht überraschen – erhebliche, durch zwei auswärtige Gutachten gestützte Bedenken.« Dem gelobten DDR-Dissidenten wurde in dem Brief bescheinigt, dass er für eine Universität im vereinigten Deutschland keineswegs leicht zu ertragen sei. Schließlich habe er schon 1980 dazu ermutigt, für die Bundesrepublik »Elemente einer neuen Politik zu suchen«. Aber die Universität werde es mit Bahro wagen. »Die bisherigen Erfolge der von Universität und Senatsverwaltung betriebenen Berufungspolitik haben der Humboldt-Universität ein Selbstbewusstsein verliehen, das es erlaubt, mit den Lasten der Vergangenheit auch einen ausgesprochenen Außenseiter zu ertragen.«

Ich fand den Text unerträglich.

Im Gutachten wird zugestanden, dass es sich aber »bei dem von Herrn Bahro beanspruchten Forschungsgebiet um ein Desiderat erster Dringlichkeit« handelt. »Das Programm Bahros leitet sich aus einer Annahme ab, dass sich der Zustand der Welt als ›Realapokalypse‹ darstellt, in der ›das irdische Gleichgewicht‹ durch eine ›ökologische Krise‹ radikal zerstört sei ... Das Programm Bahros ist auch nach Urteil der externen Gutachter weniger ein Wissenschafts- als ein Bekehrungsprogramm, Bahro selber weniger Forscher als Missionar. Was er behauptet, hat den Charakter von Botschaften, die weniger zur Prüfung als zur Nachfolge einladen. Verpflichtet man Universitäten auf Rationalitätsmaßstäbe, die die theoretischen Entschlussfähigkeiten der Fragestellungen, die Methodik der Beweisführung, die Systematik des Argumentierens und die Revidierbarkeit der eigenen Aussagen vorsehen, erfüllen Forschung und Lehre von Herrn Bahro diese Bedingung nicht ...«

Sein Institut wurde, weil Bahros Denkansätze für sozialökologische Wissenschaft nicht nachvollziehbar seien, Mitte der 90er Jahre geschlossen. Der Dissident hatte schließlich seine Schuldigkeit längst getan ...

Bahro starb am 5. Dezember 1997. In einem Nachruf hieß es treffend, dass er unter Widersprüchlichkeiten der Zeit mehr gelitten habe als unter seiner schweren Krankheit. Das kann ich bestätigen. Vor seinem Tod hat er wiederholt öffentlich seinem Anwalt Gregor Gysi volles Vertrauen ausgedrückt, weil die Verleumder kaum zu bremsen waren. Sein Projekt »Die Idee des homo integralis« oder »Ob wir eine neue politeia stiften können« ist nur dann zum Fragment verurteilt, wenn sich niemand finden sollte, der mit Mut, Verstand und Hoffnung aufs Überleben der Menschheit die Ideen aufnimmt und gemeinsam mit anderen weiterdenkt. Ohne Zeitverlust.

Wer denkt noch an die Studenten

Das öffentliche Gedächtnis weist große Lücken auf. Wer erinnerte zum Beispiel bei den offiziellen Feierlichkeiten zum 200-jährigen Bestehen der Berliner Humboldt-Universität an die HU-Studenten, die sich in der Wende sachkundig, voller Elan und mit unermüdlicher Phantasie für die demokratische Erneuerung ihrer Universität »aus eigener Kraft und mit den vorhandenen Menschen« (wie ich damals unsere gemeinsame Aufgabe benannte) eingesetzt haben? 1992 wurde – so habe ich es erlebt – nach gezielter Täuschung durch Vertreter des Berliner Senats und aufgrund bröckelnder Solidarität, vor allem im Lehrkörper, auch dem studentischen Aufbruch der Lebensfaden »abgewickelt«. Ihr basisdemokratisches Bemühen scheiterte an der politisch längst vorbedachten und vorbereiteten Übernahme in die westdeutsche konservative Struktur der Professoren-Universität. Zumal auch der letzte Wissenschaftsminister der DDR, Hans-Joachim Meyer (CDU), »ultimativ« überzeugt war, dass man selbstverständlich ein ausgereiftes, erprobtes gesellschaftliches System wie das der Bundesrepublik übernehmen müsse. »Wenn Sie das anders sehen, lässt sich das nur aus Sympathie mit dem System, das gerade gescheitert ist, erklären« sagte mir Meyer.

Folgendes möge zur Auffrischung des Gedächtnisses dienen. Vom November 1989 bis 3. Oktober 1990 saßen Studenten, Mitarbeiter und Professoren am Runden Tisch und bereiteten für den Neuanfang der Humboldt-Universität gemeinsam mit dem akademischen Senat ein neues Statut vor.

In der vorgeschlagenen Präambel heißt es: »Von dem Wunsch erfüllt, die Freiheit von Lehre, Forschung und Studium als unveräußerliches Grundrecht zu sichern, die Zusammenarbeit und Solidargemeinschaft aller Forschenden, Lehrenden und Studierenden zu ermöglichen und alle Angehörigen der Universität in sachdienlicher Weise in die Gestaltung der gemeinsamen Arbeit einzubeziehen, haben die frei gewählten Mitglieder des Konzils der HU zu Berlin ein Statut beschlossen: In ihm sind die Aufgaben der Universität, Rechte und Pflichten der Mitglieder und Angehörigen der Universität festgelegt.« Dieses Statut wurde dann vom

Konzil mit der erforderlichen Zweidrittelmehrheit von 70 Hochschullehrern, 60 immatrikulierten Studenten, 50 akademischen Mitarbeitern und 20 technischen Mitarbeitern beschlossen. Mit der gewählten Zusammensetzung aller Gremien, auch in den Fachbereichen, begann die Veränderung an der Universität schon im letzten Jahr der Noch-DDR bis zum 2. Oktober 1990 ohne Einmischung von außen und oben.

Doch Anfang Dezember 1990 äußerte die damalige Wissenschaftssenatorin Barbara Riedmüller-Seel (SPD) in den Medien: Die Erneuerung gehe nicht zügig voran, weil die staatstragenden Fachbereiche Rechtswissenschaft, Erziehungswissenschaft, Geschichte, Philosophie und Wirtschaftswissenschaft nach wie vor von SED-belasteten Professoren und wissenschaftlichen Mitarbeitern besetzt seien. Diese müssten »abgewickelt« werden! Wie ein Gespenst ging dieser Terminus durch die Universität. Was sollte Abwicklung bewirken? Margarita von Brentano, Philosophie-Professorin an der Freien Universität (FU) Berlin, nannte in einer öffentlichen Diskussion im Senatssaal der Humboldt-Universität diesen Begriff »verräterisch«: Mit dem Wort »Abwicklung« hätten die Nazis 1937 in ihrem neuen Aktiengesetz das Fremdwort »Liquidation« eingedeutscht. Diesem richtigen Hinweis ist hinzuzufügen, dass in der juristischen Praxis der Begriff »Abwicklung« zuerst beim »Arisieren« jüdischen Eigentums angewendet wurde. Gesetzliche Grundlage dafür war die »Verordnung zur Durchführung der Verordnung zur Ausschaltung von Juden aus dem deutschen Wirtschaftsleben« vom 23. November 1938.

Große Unruhe verbreitete sich in der Universität. In einem Telefongespräch beruhigte mich die Senatorin und äußerte sogar gegenüber der Zeitung *Neues Deutschland*, es gebe keine Pläne für Abwicklung an der HU. Aber durch die Abgeordnete der Alternativen Liste, Hilde Schramm, erfuhren wir, dass es dazu schon eine Senatsvorlage gebe. Prompt rief der Studentenrat zum Protest gegen diese Pläne auf. Die Studenten beschlossen sofort einen Aktionstag, während die Senatorin nach wie vor von »Abwicklungsgerüchten« und »Spekulationen« sprach. Die Studenten beriefen eine Vollversammlung ein. Am 11.12.1990 freute sich die *taz*: »Studenten in der Ex-DDR sind aufgewacht!« Die studentische Vollversammlung nahm als Motto einen Liedtext der Band »Ton Steine Scherben«: »Das ist unser Haus« und stellte ein erstes vom Studentenrat erarbeitetes Konzept zur »Selbsterneuerung der Universität« vor. Die Senatorin ließ daraufhin durch die Presse mitteilen, die Aufregung der Studenten sei völlig grundlos. Das war allerdings ein übles Schattenspiel der Senatorin. Sie befand sich im Wahlkampf und kämpfte um ihre eigene Wiederwahl.

Die Studenten beschlossen, durch eine Mahnwache vor der Universität den Betrug öffentlich zu machen. Die Aktivitäten der Studenten wurden nun auch von der Berliner Öffentlichkeit zunehmend wahrgenommen. Sie besetzten zum Beispiel mit Spruchbändern eine Viertelstunde lang die Kreuzung Friedrichstraße/Unter den Linden, was erfreulich friedlich verlief. 8.000 bis 10.000 Studenten zogen vor das Schöneberger Rathaus und übergaben dort eine Petition an die Abgeordnetenversammlung. Dort erfuhren sie vom aktuellen Senatsbeschluss, dass fünf Fachbereiche der Humboldt-Universität umgehend »abgewickelt« werden sollen. Viele Berliner Bürger unterstützten die Studenten mit viel Sympathie und sogar mit materieller und finanzieller Zuwendung.

Am 20.12. belagerten Hunderte Studenten die Marienkirche, in der die gerade gewählten Bundestagsabgeordneten sich vor ihrer ersten Sitzung Gottes Segen holen wollten. Dort kam es erstmalig zu heftigen Auseinandersetzungen, denn nur wenige Politiker hatten ein Ohr für das Anliegen der Demonstrierenden. Bundesfinanzminister Theo Waigel (CSU) beschwerte sich in einem Brief an Innenminister Wolfgang Schäuble (CDU) über die miserablen Sicherheitsbedingungen. Ihn habe nur ein Busfahrer vor dem »Mob« gerettet.

Am Abend fand in der HU ein Solidaritätskonzert mit populären Künstlern - wie Barbara Thalheim, Gerhard Schöne, Hans-Eckardt Wenzel und Steffen Mensching statt, zu dem die Studentenaktivisten gegen die Abwicklung einluden. Am 21.12. war in der *taz* zu lesen: »Der Rektor war früh ins Rathaus bestellt worden, um die Senatsentscheidung entgegenzunehmen. Aber erst nach 13 Uhr erfuhr er diese Entscheidung auf einer Pressekonferenz. Nach der nun schon üblichen Demagogie verlässt er unter Protest die Versammlung. Der Rektor gab bekannt, gegen die Abwicklung eine Verwaltungsklage einzureichen.«

Der 24.12.1990 war für mich ein ungewöhnlicher Heiligabend. Eine große Menge von Studenten und auch Kollegen aus dem Lehrkörper versammelten sich im Foyer zu einer Weihnachtsfeier, in der unerwartet der Chor der Friedenskirche von Niederschönhausen auftrat und Teile des Weihnachtsoratoriums von Bach sang.

Am 27.12. bekamen wir dann den offiziellen Beschluss des Senats bezüglich der Abwicklung an der HU zugestellt. Am 28.12. berief auf meine Bitte der akademische Senat eine Vollversammlung ein, an der mehr als 2.000 Universitätsangehörige teilnahmen. Auf ihr wurde der Vorschlag des Studentenrates, zu einem Warnstreik gegen die drohende Abwicklung ganzer Fakultäten aufzurufen, nahezu einstimmig angenommen. Außerdem legte der Studentenrat allen Angehörigen der Universität nahe, die neu angebotenen befristeten Arbeitsverträge nicht zu unterschreiben.

Der Präsident der Technischen Universität (TU) gab mir wertvolle Rückenstärkung, indem er den Juristen Karl Schwarz freistellte, um mir zu helfen. Ich setzte ihn als kommissarischen Kanzler ein. In kluger Vorarbeit konnte er noch am 31.12. bis 12 Uhr eine Klage gegen die Abwicklung fertig stellen und bei Gericht abgeben, die vorerst eine aufschiebende Wirkung der Abwicklung bewirkte.

Auch Silvester feierten wir mit vielen Studenten und Professoren gemeinsam in der Universität, wo an der Wand geschrieben steht: »Die Philosophen haben die Welt verschieden interpretiert, es kommt darauf an, sie zu verändern …« Die Studenten variierten den Marx'schen Text: »Wessis und Ossis haben die Welt verschieden interpretiert, es kommt darauf an, sie demokratisch zu verändern.« Am 1. Januar 1991 starteten viele Studenten zu einem Protestmarsch nach Leipzig. Vor der Universität wurden sie von Professoren wie Kurt Pätzold, Moritz Mebel, Dieter Klein, Frank Hörnigk, Rita Schober, Waltraud Falk und auch von Rudolf Bahro mit guten Wünschen auf den Protestweg geschickt. Ich begleitete sie. An den Abenden wurden wir als politische Pilger von namhaften ostdeutschen Künstlerinnen und Künstlern mit Worten und Musik ermutigt, zum Beispiel von Gisela Kraft, Stefan Körbel, Barbara Thalheim und Käthe Reichel. Unterwegs hörten wir, dass sich auch Studenten anderer Universitäten unserem Protest anschlossen. In Erfurt hatten Studenten den Landtag für Stunden besetzt. Der Rundfunk berichtete von Mahnwachen in Halle und Greifswald. Auf dem Weg nach Leipzig strömte den Studenten viel Sympathie entgegen. In Dörfern und Städten bekamen wir Blumen und wurden mit Verpflegung versorgt.

In Leipzig empfingen uns Studenten, Universitätsangehörige und viel Volks. Die dortige Universitätsleitung dagegen schwieg sich aus. Unangemeldet ging ich in das Büro des amtierenden Rektor-Kollegen. Die Sekretärin empfing mich distanziert und der Rektor begrüßte mich ebenso unmissverständlich kühl. Aber auf dem Universitätshof nahmen rund 1.000 Leipziger Studenten den Protest auf und richteten ihn gegen die auch dort drohende »Abwicklung«; sie forderten die sächsische Landesregierung auf, ihre Entscheidung erneut zu diskutieren.

Diese Studentenaktion war der erste demokratische Protest gegen eigentlich schon verbindliche Regierungsentscheidungen.

Wer hat das 2010 bei den Feiern anlässlich des 20. Jahrestages der Vereinigung Deutschlands auch nur erwähnt?

Befreit, entseucht, reinegemacht

Mechthild Küpper, Journalistin des *Tagesspiegel*, legte 1993 ein Buch über die Humboldt-Universität vor, in dem sie sich mit »Einheitsschmerzen zwischen Abwicklung und Selbstreform« befasst. Im Einleitungstext liest man, die Autorin habe »die unübersichtlichen Schauplätze des gewagten Unternehmens, die Autonomie einer ideologisch verseuchten Hochschule zurückzugewinnen«, treffend beschrieben. »Abwicklung« als Seuchenbekämpfung ...

Gegen die vom neuen Berliner Wissenschaftssenator Manfred Erhardt (CDU) angeordnete Abwicklung hatte der Akademische Senat der Humboldt-Universität beim Verwaltungsgericht geklagt. Voller Wende-Optimismus wollten die Mitarbeiter aller Bereiche und aller Ebenen zusammen mit den Studenten die HU aus eigenen Kräften rekonstruieren, dankbar für freundschaftlich beratende Hilfe aus Universitäten des Westens. Die akademischen Gremien und die Verwaltung zählten längst nicht mehr die Überstunden.

Doch das Verwaltungsgericht Berlin wies am 20. Februar 1991 die Klage der Universität ab. Der Senator war entschlossen, fünf Fachbereiche abzuwickeln: Wirtschafts-, Rechts- und Erziehungswissenschaften, Geschichte und Philosophie. Dafür hatte er je eine Struktur- und Berufungskommission eingesetzt. Diese Kommissionen sollten nicht nur den neuen Zuschnitt und den Personalbedarf der Fachbereiche sowie Lehrinhalte und Prüfungspensen bestimmen, sie sollten auch Berufungsvorschläge machen. Zusammengesetzt waren sie aus drei Professoren aus den alten Bundesländern, drei Professoren aus der Humboldt-Universität, einem wissenschaftlichen Mitarbeiter und einem Studenten. Leiter der Kommissionen waren die vom Senator eingesetzten Neugründungsdekane.

Als Dekan für den neuen Fachbereich Wirtschaftswissenschaften kam Professor Wilhelm Krelle, Emeritus aus Bonn, zu einem Vorstellungsgespräch in das Rektorat. Als erstes teilte er mir mit, dass es für demokratische Bürger und Wissenschaftler unzumutbar sei, immer noch an dem Marx-Zitat im Vestibül vorbeigehen zu müssen: »Die Philosophen haben die Welt nur unterschiedlich interpretiert; es kommt aber darauf an, sie zu verändern.« Sodann wolle er mich nun über die notwendigen »tiefgreifenden Veränderungen« im Bereich Wirtschaftswissenschaften informieren. Ich hatte schon erfahren, dass er ein europaweit anerkannter Mathematiker, Physiker und Wirtschaftswissenschaftler sei. Er betonte, er sei »deutscher« Volkswirt. Er stamme aus einer alteingesessenen Magdeburger christlichen Akademikerfamilie. Mit Überzeugung habe er sich nach dem Abitur für die Offizierslaufbahn entschlossen. Erst nach dem Krieg habe er studiert, in Nationalökonomie promoviert und sich 1956 habilitiert. Nach weltweiter Lehrtätigkeit sei er 1982 emeritiert, aber seinem Freund, Senator Erhardt, habe er die Bitte nicht abschlagen wollen, als Gründungsdekan an der HU noch einmal aktiv zu werden. Er müsse nun von Grund auf »reinemachen«, das heißt, die Mehrzahl der bisherigen Mitarbeiter müsse entlassen werden, denn »marxistische Ökonomie« sei doch das Gegenteil von Wissenschaft. Wie nebenbei erwähnte er seine fünf Ehrendoktorwürden und dass er das Bundesverdienstkreuz erhalten habe. Seinen exorzistischen Eifer bekräftigte er mit der launigen Bemerkung, dass, solange er Gründungsdekan sei, kein Marxist seinen Fuß über die Schwelle seiner Fakultät setzen dürfe.

Aber im Juni 1991 entschied in einem Eilverfahren das Berliner Oberverwaltungsgericht, dass die Abwicklung der fünf Fachbereiche »rechtswidrig« sei. Was nun? Der Senator war blamiert. Aber unter dem massiven Druck von außen waren in den Universitätsgremien inzwischen Risse entstanden, und so ließ der Akademische Senat zu, dass die eingeflogenen Gründungsdekane samt ihren Berufungs- und Strukturkommissionen die fragwürdige Demokratisierung durch Entlassungen fortsetzten. Zudem hatte sich ein Kuratorium als »Aufsichtsgremium« konstituiert, in dem Staats- und Universitätsvertreter über Geld und Stellen entschieden. Als Professor Krelle, wie er selber sagte, dem Senator die Wirtschaftswissenschaftliche Fakultät »besenrein« übergab, waren von den ehemals 180 Hochschullehrern nur noch 20, wenig später sogar nur zehn übrig geblieben.

Zu den 170 Fakultätsangehörigen, die aus politisch-moralischen Gründen wie »Akzeptanz der Diktatur« und wegen des Vorwurfs »wissenschaftlicher Unzulänglichkeit« ihren Arbeitsplatz räumen mussten, gehörte auch der Wirtschaftswissenschaftler Professor Hans Schmidt. Vier Jahre bemühte er sich vergeblich um Rehabilitierung, obwohl ihm die Freie Universität im Berliner Westen ein aktuelles Gutachten über seine umfassende wissenschaftliche Qualifikation ausgestellt hatte. Der Rechtsanwältin Barbara Wilke gegenüber hatte Krelle in der törichten Pose der Inquisitors geäußert, dass er Schmidt unter allen Umständen von der HU entfernen werde ...

Der jahrelang erfolglose Arbeitsrechtsstreit ließ Schmidt dann an den »demokratischen« Rechtsvorstellungen des Einigungsprozesses zweifeln und verzweifeln. Er hatte gelernt, mit seiner langjährigen Körperbehinderung zu leben, die tiefe Verletzung seiner Menschenwürde vermochte er 1996 nicht länger zu ertragen. Er beendete sein Leben – wie auch viele, allzu viele andere Akademiker.

Krelles unerbittlicher antikommunistischer Beichtspiegel hatte sich bewährt. Für seine eigene Biographie ließ er allerdings milde Kriterien gelten. Es war schon bekannt, dass er nicht nur Offizier der deutschen Wehrmacht, sondern seit 1944 Sturmbannführer der SS-Panzergrenadierdivision »Götz von Berlichingen« war. Das hinderte aber die Kommission zur Verleihung der Ehrendoktorwürde nicht, ihm im Jahr 1994 diese Ehre zuzuerkennen. Vorausgegangen war der Vorschlag, Günther Grass zu ehren, der aber bei den Westkollegen in der Kommission keine Zustimmung gefunden hatte. Studenten wurden aktiv, der Biographie Krelles nachzugehen. Es bestätigte sich, dass er zum Generalstab des VIII. SS-Korps gehört hatte. Aber selbst von Krelle unterschriebene Befehle zum Erschießen von Deserteuren und aufgespürten KZ-Häftlingen wurden nicht als belastende Dokumente eingestuft. Sicherheitshalber forderte der Akademische Senat dann doch zu Krelles Verantwortungsgrad bei der Waffen-SS ein Gutachten der Universität der Bundeswehr in Hamburg an. Von einem dortigen Militärhistoriker bekam er eine vage Auskunft, die ihn entlastete. Und so wurde zum ersten Ehrendoktor der befreiten, entseuchten und reinegemachten HU ein Mann ernannt, der an der Okkupation Griechenlands durch die Nazi-Wehrmacht und am Afrikafeldzug beteiligt war und ab 1944 bis zur bedingungslosen Kapitulation Deutschlands sogar seine SS-Panzergrenadierdivision befehligt hatte. Dieser Skandal bewegte vorübergehend die Presse, aber in der Laudatio für den Ehrendoktor wurde Krelle »eine integere Persönlichkeit« genannt, »die als Wissenschaftler und Mensch Vorbild ist für alle heranwachsenden Wissenschaftler«.

Glücklicherweise müssen immer noch alle, die das Vestibül der Humboldt-Universität betreten, die Aufforderung von Marx zur Kenntnis nehmen, dass die Welt verändert werden müsse. Gerechtigkeit, Solidarität und Bereitschaft zu friedlicher Verständigung wären dafür wichtige Kriterien.

Vom Umgang mit Stasiakten

In den Novembertagen des Jahres 1991, bevor mich der Berliner Wissenschaftssenator Manfred Erhardt (CDU) fristlos aus dem Lehrkörper der Humboldt-Universität entließ, waren in der Presse Details aus der »Akte

Fink« der Stasi-Unterlagen-Behörde erschienen, verbunden mit dem Hinweis, dass ich mit dieser Belastung unmöglich noch einmal für das Amt des Rektors kandidieren könne. Die Vollversammlung der Universität beschloss daraufhin am 27. November 1991 folgenden Brief an den Leiter der Behörde, Joachim Gauck: »... Die Vorgänge um Herrn Professor Dr. Heinrich Fink und die durch Ihren Bescheid ausgelösten Verfahren veranlassen uns, Sie aufzufordern, dass mit Archivgut und Aktenbeständen Ihrer Behörde sorgfältiger und entsprechend den diesbezüglichen gesetzlichen Bestimmungen umgegangen wird. Es ist ein unmöglicher Zustand, dass dieses Archivgut unkontrolliert in die Öffentlichkeit gelangen konnte. Dafür tragen Sie die Verantwortung. Die Vollversammlung der Humboldt-Universität zu Berlin erwartet umgehend eine korrekte Aufklärung dieses unverantwortlichen Vorganges. Die Vollversammlung der Humboldt-Universität am 27.11.1991, i. A. Prof. Dr. V. Klemm, Prorektor« Das Präsidium des Konzils berief für den Nachmittag des 29. November 1991 eine außerordentliche Konzilssitzung ein. Spontan erklärten sich 500 Studenten bereit, in einer Demonstration zur Gauck-Behörde dieses Schreiben und eine persönliche Einladung zum Konzil für Gauck zu überbringen. Diese außerordentliche Konzilssitzung, die öffentlich sein sollte, hatte als einziges Thema die fristlose Entlassung des Rektors durch den Wissenschaftssenator, ohne dass er selber »Akteneinsicht« genommen hatte und ohne dass man dem Betroffenen, also mir, Akteneinsicht gewährt hätte.

Weil Gauck nicht in seiner Behörde war, konnte nur sein Stellvertreter, Hansjörg Geiger, die Demonstranten empfangen. Er nahm Brief und Einladung entgegen.

Senator Erhardt folgte der Einladung nicht; Gauck und sein Vertreter Geiger kamen. Und Gauck löste lautstarken Unmut im überfüllten Audimax aus, als er seinen Beitrag mit den Worten begann: »Ich erwarte gelassen und voller Freude die Proteste einer PDS-gesteuerten Hochschulöffentlichkeit.« Alsdann bedauerte Gauck die Abwesenheit des Senators, denn er habe ihm am Vortag ein neues präzises Schreiben zum »Fall Fink« nicht nur mit neuen Fakten, sondern nunmehr mit einer ausführlichen Begründung zur Aktenlage zugänglich gemacht (wohlgemerkt: nach der bereits ausgesprochenen fristlosen Entlassung!). Aber der Senator habe ihn legitimiert, über den Inhalt dieses zweiten Schreibens öffentlich zu informieren. Selbstverständlich müsse die Privatsphäre von Heinrich Fink geschützt bleiben. Deshalb wolle er erst ihn fragen, ob er mit der öffentlichen Verlesung einverstanden sei. Dabei schwang die Hoffnung mit, dass ich der Verlesung dieser mir unbekannten Akten nicht zustimmen würde. Ich begrüßte prompt die Verlesung, denn Studenten und Mitarbeiter der

Uni hätten Anspruch darauf, zu erfahren, was ihrem Rektor vorgeworfen würde. Ich nutzte die Gelegenheit, noch einmal eidesstattlich zu erklären, dass ich zu keiner Zeit als informeller Mitarbeiter für die Stasi tätig gewesen sei und weder mündlich noch schriftlich jemals geheimdienstliche Kontakte akzeptiert hätte.

Daraufhin verlas Geiger das 16 Seiten umfassende Elaborat, das, wie er betonte, aufgrund von zwölf Akten oder Schriftstücken aus dem Aktenbestand, verfasst worden sei. Eine Zusammenarbeit Finks mit der Stasi könne er »nicht ausschließen«, »konkret« gebe es weder Hinweise noch Beweise. Gauck dagegen betonte nach der Verlesung durch Geiger, nicht er als Sonderbeauftragter der Bundesregierung, sondern allein die »personalführende« Stelle könne über Entlassungen entscheiden. Der Senator aber hatte keine Aktenkenntnis, als er mich entließ. Auf eine Anfrage aus dem Auditorium, ob Fink möglicherweise gar nicht gewusst habe, dass über ihn Akten angelegt worden sind, antwortete Gauck: »Ich kann mir durchaus vorstellen, dass Fink, von dessen politischer Haltung ich mich immer abgegrenzt habe, dass gerade ein Mann wie er es nicht gewusst hat.«

Der Schriftsteller Stefan Heym stellte Gaucks Stellvertreter, dem Juristen Geiger, folgende Frage: »Glauben Sie, dass das, was Sie uns hier dankenswerter Weise vorgelesen haben, vor einem ordentlichen Gericht, einem westdeutschen, einem englischen, einem amerikanischen, als Beweis gegen einen Menschen bestehen kann?« Geiger antwortete ausweichend: Prinzipiell könne niemand sagen, wie ein Gericht entscheide. Sein Amt könne nur mit den Akten arbeiten, Einbeziehung der Betroffenen sei ihnen verwehrt, es gebe allerdings auch keine Berufungsinstanz gegen die Feststellungen seiner Behörde. Und ob der Dienstherr eine Anhörung mache, sei persönliches Ermessen...

Nach sechsstündiger Diskussion befand das Konzil, dass meine Entlassung rechtsstaatlich nicht zu halten sei. Man ermutigte mich, gegen die Entlassung zu klagen. Aber da die nächste Rektorwahl und die der Gremien schon Ende Januar 1992 stattfinden musste, hatte der Senator sein Ziel, meine erneute Kandidatur zu verhindern, tatsächlich erreicht.

Am 13.12.1991 schrieb der Staatsrechtler Wilhelm Nordemann daraufhin im *Rheinischen Merkur*: »Der Anspruch auf rechtliches Gehör ist ein von unserem Grundgesetz verbrieftes Grundrecht, das jedermann zusteht (Art. 103 Abs. 1 Grundgesetz), auch wirklichen oder vermeintlichen Stasimitarbeitern. Der Fall Heinrich Fink erhält zusätzliche rechtliche Brisanz dadurch, dass es sich nicht um irgendeinen Universitätsangehörigen, sondern um den vom Konzil gewählten Rektor handelt. Da nur ein Hochschullehrer Rektor sein kann, habe mit der fristlosen Entlassung Finks aus dem Dienstverhältnis als Theologieprofessor auch sein Rektorat geendet, meint der Berliner Wissenschaftssenator. Aber steht die gesetzlich verbriefte Selbstverwaltung der Universität nicht nur auf dem Papier, wenn der zuständige Senator durch dienstrechtliche Maßnahmen gegen den Gewählten dessen Wahl oder erneute Kandidatur zunichte machen kann? Der Akademische Senat der Humboldt-Universität hat die Rektoratswahlen, die für den 11. Dezember geplant waren, einstweilen verschoben. Aber noch vor dem Ende des Wintersemesters wird gewählt werden müssen – aller Voraussicht nach ohne den Kandidaten, den die überwältigende Mehrheit will.«

Und nochmals Stefan Heym vor den Studenten: »... wir waren froh, dass die Volkskammer einen unbescholtenen Mann Gottes und der Bürgerbewegung, eben den Herrn Gauck, zum Hüter der Akten bestimmte. Wer konnte ahnen, dass Herr Gauck selber seine Hand dem fahrlässigen Umgang mit diesen Akten leihen würde. Denn was dem Rektor Fink geschah, ist auch anderen schon geschehen. Ja, es sieht so aus, als stünde jedes Mal, wenn die in Bonn oder Westberlin bei der Abwicklung einer relativ reputierlichen Institution der früheren DDR nicht recht vorankommen, eine entsprechende Akte aus den Gauck'schen Vorräten zur Verfügung, nicht aber dann, wenn es um die Entlarvung von Leuten aus dem Geheimen Apparat geht, die sich um Wohl und Profit der neuen Herren des Landes verdient gemacht haben. Professor Fink mag kein Heiliger sein. Aber auch Professor Fink, wie alle Bürger, verdient Gerechtigkeit. Denn die Studenten dieser Universität verdienen, dass solche Konflikte, die in der Art von Politik beruhen, die heute betrieben wird, nicht auf ihrem Rücken ausgetragen werden, sondern dass sie befähigt werden, sie, die am Anfang ihres Lebens stehen, dass sie mit gutem Gewissen und offenem Blick ihr Leben leben können und uns allen nützen. Ich danke.«

Am 2. Dezember nahm ich die Gelegenheit, in einer Sondernummer der Studentenzeitung *Unaufgefordert* noch ein Abschiedswort an die Studenten zu richten: »Diese hinter uns liegende Woche erregter Diskussionen um Gründe und Methode meiner fristlosen Kündigung als Hochschullehrer halte ich für einen gewichtigen Bestandteil der Erneuerung unserer Universität. Ich danke Ihnen sehr herzlich für Ihr Vertrauen, eine Entscheidung, die den Rektor betrifft, auch zur Sache der Studenten zu machen ... Sie haben die in unserem ersten demokratischen Statut festgeschriebene Mitbestimmung der Studenten noch einmal überzeugend praktiziert: ... Ich jedenfalls habe von diesem Warnstreik den Eindruck, dass er maximal genutzte Studienzeit im Wahlfach Demokratie war. Denn Studenten und Lehrer haben in freundschaftlicher Gleichberechtigung für unsere Universität in einer Non-Stop-Diskussion gestritten und entschieden. Schade finde ich nur, dass es noch Zeitgenossen gibt, die meinen, dass Studenten »unaufgefordert« keinen Warnstreik machen würden, sondern so etwas vom Rektor selber organisiert sei ... Ich danke Ihnen für die heitere Besonnenheit der Aktionen in der Öffentlichkeit. Sie haben nicht nur in unserer Stadt Menschen zum Nachdenken darüber gebracht, dass Demokratie an der Basis praktiziert werden muss ... Die 18 Monate meines Rektorats haben immer dieses Ziel als Thema aller Bemühungen gehabt. Nun haben Sie in einer nicht nur mich ermutigenden Weise bewiesen, dass Sie in der Lage sind, Protest mit dem demokratischen Instrumentarium Ihrer eigenen Universität in Praxis umzusetzen ... Wie auch immer das Bemühen um meine Rehabilitation ausgehen mag, diese gemeinsame Erfahrung im Streit um Demokratie hat uns aufs Neue verbündet.«

Ein Freispruch

Im schriftlichen Urteil vom 1. April 1992 stellte das Berliner Arbeitsgericht fest, »daß das Arbeitsverhältnis des Klägers durch die Kündigung der Beklagten vom 28.11.1991 nicht aufgelöst worden ist, sondern fortbesteht.«

Mündlich hatte der Arbeitsrichter Bernd Kießling bereits im Gerichtssaal verkündet: »Der erste demokratisch gewählte Rektor der Humboldt-Universität, Heinrich Fink, ist mit sofortiger Wirkung als Hochschullehrer weiter zu beschäftigen.« Das Gericht hatte also meiner Klage gegen die Humboldt-Universität stattgegeben. Und die durch den Vorsitzenden der Personalkommission, Senator Erhardt, im November 1991 ausgesprochene außerordentliche Kündigung und die ordentliche Kündigung vom Januar 1992 waren für rechtsungültig erklärt. Die Kündigung aufgrund des Vorwurfes, ich sei als Informeller Mitarbeiter (IM) der Staatssicherheit der DDR tätig gewesen, war ohne Einsicht der entsprechenden Akten und nur aufgrund einer brieflichen Information der Gauck-Behörde erfolgt. Diese Information, so hatte mir der Wissenschaftssenator gesagt, habe für ihn »urkundliche Bedeutung«.

Im Verlauf des Prozesses aufgrund meiner Klage gegen meine fristlose Entlassung als Hochschullehrer und Rektor ging der Arbeitsrichter ausführlich auf die Bewertung von Stasiakten ein: »Zunächst sind die Schreiben des Sonderbeauftragten vom 25. und 27.11.1991 und die nachfolgenden Berichte des Bundesbeauftragten einschließlich ihrer Anlagen, d. h. einschließlich der Aktenstücke aus den MfS-Akten, keine öffentlichen Urkunden, die Beweis für die darin bezeugten Tatsachen begründen könnten. Hierzu fehlt es bereits an einer gesetzlich ›vorgeschriebenen Form‹. Als Privaturkunden begründen sie, ebenso wie die in den Anlagen enthaltenen Stücke aus MfS-Akten, allenfalls Beweis dafür, dass die einzelnen Angaben/Erklärungen/Vermerke von den jeweiligen Ausstellern stammen, was der Kläger gar nicht bestreitet. Die Äußerung des Senators im Kündigungsgespräch am 25.11.1991, das (erste) Schreiben des Sonderbeauftragten sei ein ›Urkundenbeweis‹, ist deshalb rechtlich nicht haltbar.«

Noch am Vorabend des Prozesses waren meinem Anwalt Lutz Seybold Stasiunterlagen zugestellt worden, die belegen sollten, dass ich während des Evangelischen Kirchentages in Berlin 1987 telefonisch Berichte an die Stasi über Veranstaltungen geliefert hätte. Außerdem wurde in diesen Akten berichtet, ich hätte mich mit Manfred Stolpe (später brandenburgischer Ministerpräsident), der von der Stasi als IM »Sekretär« geführt wurde, in einer konspirativen Wohnung getroffen. Darüber hinaus hätte ich von der Nationalen Volksarmee für meine langjährige Tätigkeit einen »Verdienstorden in Gold« bekommen. Über diese mich angeblich überführenden Akten konnte ich mich mit meinem Rechtsanwalt vor Prozessbeginn nicht mehr ausführlich unterhalten. Vor Gericht wies ich die Behauptungen zurück. Unter anderem entgegnete ich, dass ich als Waffendienstverweigerer im Wehrpass registriert sei. Ich forderte, die Schriftstücke erst einmal lesen zu können. Der Anwalt des Senators, der diese Akten bereits kannte, war nach wie vor überzeugt, dass sie doch wie öffentliche Urkunden zu bewerten seien.

Mein Rechtsanwalt, der Westberliner Lutz Seybold, der sich sorgfältig in die für ihn höchst merkwürdigen Stasiakten hatte einarbeiten müssen, war aufgrund seiner erworbenen Kenntnisse überzeugt, dass ich ohne mein »Wissen und Wollen« als IM geführt und durch Dritte »abgeschöpft« worden sei. Zudem lägen die im Stasiunterlagengesetz geforderten Beweise, wie zum Beispiel eine handschriftliche Verpflichtungserklärung oder Berichte, nicht vor. Seybold hielt Erhardt vor, dass es ihm unverständlich sei, wieso der Senator, der selber Jurist sei, auf sein Recht auf Akteneinsicht verzichtet habe. Die Kündigung sei dadurch »leichtfertig«, möglicherweise sogar »grob fahrlässig«.

Dem Gericht lagen schriftlich eidesstattliche Versicherungen von zwei ehemaligen Stasioffizieren vor, die in der Hauptabteilung XX 4 (»Kirchenfragen«) des Ministerium für Staatssicherheit (MfS) zuständig gewesen waren. Sie erklärten, dass ich zu keiner Zeit für das MfS tätig gewesen sei, obwohl es wiederholt Vorschläge gegeben habe, mit Heinrich Fink Kontakte aufzunehmen. Beide hatten eidesstattlich erklärt, nie persönlich mit mir gesprochen zu haben. Das sah und bewertete der Anwalt des Senators, Thomas Kunze, allerdings ganz anders. Er behauptete, die Erklärung der Offiziere sei »meineidig«. Die Senatsseite habe ausreichend belastendes Aktenmaterial vorgelegt, das eine fristlose Kündigung rechtfertige. Man müsse sich nicht auf Zeugen beziehen, die nachweislich die Unwahrheit sagen würden. Seine Ausführungen gipfelten in einer lautstarken Beleidigung gegen mich: Angesichts der vorliegenden Beweislast solle ich nicht länger »lügen«.

Der Vorsitzende Richter ließ sich allerdings nicht beirren. Er würdigte die vorgelegten Akten lediglich als Indizien, die aber im Sinne der Zivilprozessordnung keine Beweise darstellten und deshalb für eine fristlose Kündigung nicht ausreichten. Er jedenfalls hatte die eidesstattliche Erklärung der ehemaligen Offiziere als Zeugenaussage gewertet. Öffentlich widersprach er dem Anwalt Kunze: Man dürfe nicht prinzipiell davon ausgehen, dass Angestellte von Geheimdiensten vor Gericht die Unwahrheit sagen würden. Er sehe einen Widerspruch darin, dass die Senatsseite den Zeugen keinen Glauben schenke, wohl aber von ihnen verfasste Papiere als Urkunden werte: Misstrauen allein könne vor Gericht kein Beweis sein.

Über die Senatsverwaltung heißt es weiter im Urteil: »Die Beklagte wird – unter Zurückweisung des Vollstreckungsschutzantrages der Beklagten vom 26.03.1992 – verurteilt, den Kläger bis zum rechtskräftigen Abschluss des hier anhängigen Kündigungsschutzverfahrens zu den bisherigen Vertragsbedingungen als Hochschullehrer weiterzubeschäftigen.«

Unmittelbar nach der mündlichen Urteilsverkündung kündigte der Anwalt der Senatsverwaltung öffentlich an, Rechtsmittel gegen das Urteil einzulegen. Schon am 3. April 1992 lag dem Berliner Arbeitsgericht die Berufungsklage der Senatsverwaltung vor, mit dem Antrag, den Beschluss zur Weiterbeschäftigung aufzuheben. Am 6. April 1992 übergab Senator Erhardt dem amtierenden Rektor folgende Anordnung: »Sehr geehrter Herr Professor Zschunke, zur Klarstellung der Rechtslage teile ich Ihnen mit, dass die o. g. Rechtsaufsichtsmaßnahme und die Anordnung ihrer sofortigen Vollziehung auch nach dem Urteil des Arbeitsgerichts vom 1.4.1992 gilt und zu beachten ist, da das Urteil noch nicht rechtskräftig ist. Die Humboldt-Universität zu Berlin ist danach weiterhin angewiesen, Herrn Prof. Fink die Amtsausübung als Rektor der HUB zu untersagen.«

Auseinandersetzungen, wie Stasiunterlagen zu bewerten seien, wurden damals an vielen Stellen sachgerecht geführt, scheiterten aber meistens an der Interpretationshoheit der Stasiaktenverwalter. Dass die studentischen Senatoren der Humboldt-Universität zu Berlin schon am 7. April 1992 ihren Widerspruch gegen den Senator formulierten, ist für mich ein erfreulicher Beweis dafür, dass Demokratie erlernbar ist. In der Erklärung heißt es: »1. Mit dem Urteil des Arbeitsgerichtes vom 1.4.92 steht seitdem fest, dass Prof. Heinrich Fink als Hochschullehrer wieder an der HUB zu beschäftigen und damit wieder Mitglied der HUB ist. 2. Die Rechtsaufsichtsmaßnahme des Senators für Wissenschaft und Forschung bezieht sich bei der Begründung für die Aufforderung an den ersten Prorektor, Herrn Prof. Fink die Ausübung des Amtes zu untersagen, auf die Tatsache, dass ein nicht mehr an der HUB beschäftigter Professor nicht die Voraussetzungen für ein Wahlamt erfüllt. 3. Mit der Hinfälligkeit dieser Begründung ist der gewählte Rektor der Universität, Prof. Fink, wieder im Amt ... 4. Die von dem Senator für Wissenschaft und Forschung am 6.4.92 gegebene Begründung für die Aufrechterhaltung der Rechtsaufsichtsmaßnahme – das Urteil des Arbeitsgerichts sei noch nicht rechtskräftig – vermag nicht zu überzeugen, zumal der Senator in der damaligen Rechtsaufsichtsmaßnahme selbst erklärt hatte, der HUB könne bei Wahrnehmung der Geschäfte durch den ersten Prorektor bis zur erstinstanzlichen Entscheidung kein Schaden entstehen. Diese Entscheidung liegt bekanntlich nunmehr vor, so dass der Rechtsaufsichtsmaßnahme die Grundlage entzogen worden ist. 5. Die Tatsache, dass die Universitätsleitung daraus nicht die entsprechenden Konsequenzen gezogen hat, ist aus Sicht der studentischen Senatoren nicht hinnehmbar. Es ist ebensowenig hinnehmbar, dass der Senator den amtierenden Rektor in einem Gespräch am 6.4.92 nur bruchstückhaft über die Schritte informiert hat, die der Senator zur Weiterverfolgung des Rechtsstreits zu diesem Zeitpunkt bereits unternommen hatte. Zudem weisen wir die Äußerungen des Senators in der Presse zurück, die das Ergebnis des Arbeitsgerichtsprozesses verknüpfen mit der Frage der weiteren Existenz der Humboldt-Universität ...«

Von der Brauchbarkeit der Stasi-Akten

Am 22. Juni 1991 erhielt Professor Dr. Peter Althaus, Direktor der Klinik und Poliklinik für Urologie an der Berliner Charité, seine fristlose Kündigung. Grund: informeller Mitarbeiter der Stasi, aktenkundig, bestätigt durch die Gauck-Behörde. Der neue Dekan Harald Mau hatte Althaus weder von dem Antrag zur Überprüfung seiner Stasi-Akten informiert noch zu den Stasi-Vorwürfen befragt. Auch die Humboldt-Universität und ich als ihr Rektor, Arbeitgeber des Kollegen Althaus, wurden übergangen. Ich erfuhr davon über eine Mitarbeiterin von Althaus, die sich bei mir über seine Entlassung beschwerte.

Das Presseecho am nächsten Tag überraschte mich nicht, wusste ich doch, wie erbarmungslos die Humboldt-Universität und ihre Uni-Klinik, die Charité, durch immer neue Stasi-Vorwürfe herausgefordert werden sollte, ihre angebliche Demokratieunfähigkeit zu beichten. Dem mittelalterlichen Sündenspiegel waren Stasi-Kontakte als nicht vergebbare Untaten hinzugefügt worden. War Althaus' fristlose Entlassung als ein Pilotprojekt zu verstehen?

Der Morgen schrieb bereits ausführlich über »die Charité – ein Tummelplatz der Staatssicherheit«, gestützt auf Zitate von Mau und der neuen Personalchefin Zuhrt. In der *Frankfurter Allgemeinen* las man: »Die Selbstreinigungskräfte sind dem roten Filz nicht gewachsen.« Die Charité werde mit dem Erbe der SED nicht fertig. Am 31. Mai titelte der *Berliner Kurier*: »Charité: »Die höchsten Chefs waren Spitzel« und teilte zugleich mit: »Nachfolger werden schon gesucht.« *Der Spiegel* wusste dann in einem fünfseitigen Artikel sogar zu berichten, an der Charité hätten sich Mediziner »gegen jede Standesregel« auch an Menschenversuchen beteiligt. »Der Berliner Wissenschaftssenator Manfred Erhard, CDU, dem die Universitätsklinik untersteht, ist geschockt, mit welcher kriminellen Energie und Phantasie Charité-Mediziner dem SED-Regime zu Willen waren.«

Schon monatelang war in der Presse spekuliert worden, ob in Berlin künftig noch drei Universitätskliniken finanziert werden könnten. Nur mit aktuellen Skandalgeschichten konnte es vielleicht gelingen, die ehrwürdige Tradition der Charité zu lädieren, die bereits 281 Jahre Medizingeschichte geschrieben hatte.

Es blieb nicht beim Fall Althaus. Fristlose Entlassungen weiterer Kollegen der Charité folgten – Schlag auf Schlag. Täglich waren Zeitungen, Hörfunk und Fernsehen mit Skandalgeschichten angefüllt. Andererseits wurden Proteste aus der Bevölkerung und vor allem von Charité-Mitarbeitern laut, die ihren Unmut über die Kampagne unter anderem in einer Veranstaltung der Berliner Ärztekammer zum Ausdruck brachten. Zu dieser Veranstaltung war Joachim Gauck als offizieller Verwalter der Stasi-Akten eingeladen. Er begann seinen Beitrag mit den Worten, dass er gern in die »Stätte der Begünstigten« – so nannte er die Charité – gekommen sei. Die Diskussion mit ihm war hart und manchmal heftig. Politische Ohnmachtsgefühle von Charité-Mitarbeitern machten sich Luft. Dekan Mau und Akten-Verwalter Gauck wurden öffentlich verdächtigt, Stellen in der hoch angesehenen Charité für Professoren aus dem Westen »freizuschießen«. Gauck erwiderte: »Die Bürger haben ein Recht darauf, dass sie in Krankenhäusern, Rathäusern und Chef-Etagen nicht auf Leute stoßen, die sich mit der Stasi gemein gemacht haben.« Mau: »Wer an einer freien und neuen Universität lehrt, muss clean sein.« Die Ordinarien seien aber nicht clean. »Wenn einer, ein Operateur (gemeint war Althaus; *H. F.*), öffentlich behauptet, er habe nichts unterschrieben, dann lügt er.«

Inzwischen protestierten nicht nur Angehörige der Charité gegen Althaus' Entlassung, sondern auch viele dankbare Patienten, denen er durch Nierentransplantationen das Leben gerettet hatte. Unverständnis für die Entlassung bekundeten auch viele seiner Kollegen, prominente Wissenschaftler von europäischen und außereuropäischen Universitäten, aus Russland und aus US-Amerika. Bekannte Schriftsteller wie Stefan Heym, Christa Wolf, Walter Kaufmann und Heiner Müller setzten sich für Althaus ein. Sie forderten Akteneinsicht für seine Anwälte. Eine Bürgerinitiative, die sich montags regelmäßig auf dem Alexanderplatz an der Weltzeituhr traf, angeführt von Käthe Reichel, rief zum öffentlichen Protest gegen die Entlassungen und gegen die Diffamierung der Charité auf.

Auf meinen sofortigen Einspruch beim Senator gegen die fristlose Kündigung von Althaus und gegen den Umgang mit der Universitätsleitung, deren Bitten um ein klärendes Gespräch sowie um eine persönliche Anhörung von Althaus ignoriert worden waren, erhielt ich nicht einmal eine Eingangsbestätigung.

Althaus hatte inzwischen öffentlich erklärt, dass er zu keiner Zeit wissentlich inoffizieller Mitarbeiter der Stasi gewesen sei. Das versicherte er auch gegenüber der *Berliner Zeitung*: Darstellungen in der Presse, wonach er Anfang der 1970er Jahre Stasi-Berichte über den Zustand einer von ihm mit aufgebauten Dialysestation in Halle geschrieben habe, seien falsch. Ihn empöre, dass er zu den gegen ihn erhobenen Vorwürfen weder gefragt noch gehört werde.

Nachdem Klage erhoben war, erhielten die Anwälte Einsicht in die Akten bei der Gauck-Behörde. Dort befand sich eine Verpflichtungserklärung mit der Unterschrift »Peter Althaus«. Ein graphologischer Gutachter stellte fest, dass sie gefälscht war. Die Erklärung war in Maschinenschrift und nicht wie üblich handschriftlich angefertigt worden. Außerdem fehlte ein vereinbarter Deckname. In den Akten waren keinerlei Berichte von Althaus zu finden, auch keine Arbeitsakte eines Mitarbeiters des Ministeriums für Staatssicherheit. Die Anwälte stellten fest, dass Althaus nach bisherigen Erkenntnissen zu keinem Zeitpunkt für das MfS gearbeitet habe. Das Gericht kam bei der Verhandlung zu keinem anderen Ergebnis und sprach den Verleumdeten von der Beschuldigung, für das MfS gearbeitet zu haben, frei – nach anderthalb Jahren.

Das kleinlaute Angebot, bei vollem finanziellen Ausgleich an die Charité zurückzukehren und die alte Aufgabe wieder aufzunehmen, lehnte Peter Althaus nach diesen Demütigungen ab: Er hatte sich nach der verleumderischen Kampagne einen neuen Arbeitsort gesucht und ihn im evangelischen Krankenhaus in Berlin-Lichtenberg gefunden. Dort konnte er eine urologische Chirurgie aufbauen, seine Erfahrungen einbringen und seine kollegiale internationale Zusammenarbeit fortsetzen.

Bevor ich diesen Beitrag schrieb, sprach ich noch einmal mit Althaus über die damalige Hetzjagd. Er sagte: »Die Kampagne gegen mich spricht gegen diejenigen, die die Universität und die Charité politisch ›säubern‹ wollten. Ich habe seitdem in meiner ärztlichen Verantwortung unbeirrt Patienten das Leben erleichtert und manche sogar gerettet. Das war besser als jede Entschädigung (die ich abgelehnt habe).«

Eine Delegation beim Senator

Anfang Januar 1992 reiste auf Initiative des Europäischen Bürgerforums eine internationale Delegation nach Berlin, um sich zu informieren, wie es zu der Entlassung des Rektors der Humboldt-Universität gekommen war. Mit Freude empfing ich sie im Rektoratsbüro. Meine Schreibtischtür war demoliert durch einen nächtlichen Einbruch zwei Tage zuvor, bei dem die Bürotüren spurenlos geöffnet worden waren. Gestohlen waren – offenbar das einzige, woran die Diebe interessiert waren – zwei Ordner mit Hunderten von Solidaritätsbekundungen ehemaliger Studenten, Hochschullehrer und vieler Freunde. Eine vielsagende Kulisse für das erste Gespräch der weither Angereisten.

Leiter der Delegation war Lode van Outrive, Mitglied des Europäischen Parlamentes, Sozialdemokrat, Mitglied des Ausschusses für Recht und Bürgerrechte, Professor der Juristischen Fakultät der Universität von Louvain, zeitweilig Präsident der Flämischen Liga für Menschenrechte. Initiator der Entschließung »zur Verletzung von Freiheit und Unabhängigkeit in Lehre und Forschung der Berliner Humboldt-Universität durch den Berliner Senat und die drohende Entlassung der Mehrzahl der Wissenschaftler und Hochschullehrer zu Beginn des neuen Akademischen Jahres«, die vom Europäischen Parlament im September 1991 verabschiedet worden war.

Weitere Delegationsmitglieder waren: Régine Dhoquois vom Vorstand der Französischen Liga für Menschenrechte, Mitglied der Internationalen Föderation der Menschenrechtsligen, Vertreterin der Vereinigung demokratischer Juristen, Professorin für Rechtswissenschaften und Soziologie an der Universität Paris 7; Erik Göthe, Rechtsanwalt in Stockholm, Vertreter eines Appells aus Schweden, den mehr als Hundert bekannte Professoren, Publizisten und Politiker unterzeichneten, darunter Jan Myrdal und Kjell-Olof Feldt; Cornelius Koch, katholischer Theologe aus der Schweiz, als Menschenrechtler besonders aktiv für die Rechte von Flüchtlingen, Vertreter eines Appells, mit dem 33 Schweizer Kirchenmänner, Schriftsteller und Professoren gegen meine Entlassung protestierten; Jacqueline Soetenhorst, Juristin, Professorin an der Universität Amsterdam, Mitglied des holländischen Senats; Johannes Vogele, Präsident des Europäischen Bürgerforums, und Jürgen Holzapfel, Mitglied des Europäischen Bürgerforums.

Das Europäische Bürgerforum hatte bereits 1991 die Humboldt-Universität unterstützt, als sie sich gegen die »Abwicklung« erfolgreich wehrte und beim Bundesverfassungsgericht gegen das neue Berliner Hochschulergänzungsgesetz Verfassungsbeschwerde einreichte.

Die Delegation führte Gespräche ohne Unterlass: mit mir über die Entwicklung an der Humboldt-Universität seit dem Herbst 1989; mit Hans Jürgen Fischbeck, Abgeordneter des Bündnis 90 im Berliner Abgeordnetenhaus; mit dem Medizinprofessor Peter Althaus, der im Juli 1991 wegen angeblicher Stasi-Mitarbeit fristlos entlassen worden war, und mit Rechtsanwalt Gert Trube, der mich vor dem Verwaltungsgericht Berlin vertrat, aber auch mit Altbischof Albrecht Schönherr über die Entwicklung der Evangelischen Kirche in der DDR und meine Arbeit an der Sektion Theologie der Humboldt-Universität und in der Christlichen Friedenskonferenz. An dem Gespräch waren auch westdeutsche Kirchenvertreter beteiligt. Eine Stunde lang konnte die Delegation den Akademischen Senat der Humboldt-Universität befragen, und sie traf Pfarrer Hans Joachim Gauck und den Juristen Hans Jörg Geiger als Verantwortliche der Gauck-Behörde. Besonders wichtig war es der Gruppe, mit Manfred Erhardt, Senator für Wissenschaft und Forschung des Landes Berlin, zu reden.

Anschließend informierte die Delegation auf einer öffentlichen Veranstaltung der Humboldt-Universität über ihre ersten Eindrücke und hatte danach auch noch ein Treffen mit dem Bundestagsabgeordneten Wolfgang Ullmann (Bündnis 90).

Schon im folgenden Monat, Februar 1992, veröffentlichte die Delegation ihren »Abschlussbericht mit Schlussfolgerungen«, in dem sie die Gespräche zusammenfasste, meine ausführliche persönliche Erklärung zu Stasi-Vorwürfen und Entlassung im Wortlaut abdruckte und auch die Wertung des Besuches der Bürgerrechtler-Delegation durch Senator Erhardt auf einer Pressekonferenz am 8. Januar zitierte: »Sie kannte die primitivsten rechtsstaatlichen Verfahrenswege, die nun einmal gängig sind, nicht. (...) Unter den sogenannten Juristen herrschten zum Teil völlig irrige Vorstellungen über die rechtsstaatlichen Verfahrenswege hier.«

Der Bericht enthält unter anderem folgende Schlussfolgerungen: »Die uns vorgetragenen Unterlagen der Gauck-Behörde enthalten keinen Beweis für eine Tätigkeit von Professor Fink als Informeller Mitarbeiter der Staatssicherheit (...) Die Angaben der Gauck-Behörde bedeuten lediglich: ›Herr Professor Fink wurde in den Akten des MfS als Inoffizieller Mitarbeiter geführt.‹ (...) Die ›Gauck-Behörde‹ erfüllt nicht ihre Aufgabe als unabhängige Behörde mit einem klaren gesetzlichen Auftrag. Herr Gauck und Herr Erhardt schieben sich gegenseitig die Verantwortung für die Entlassung des Rektors der Humboldt-Universität zu (...) Dr. Geiger von der Gauck-Behörde sagt, ›wir haben die Pflicht, darüber zu berichten, eine Entscheidung treffen wir nicht. Der Arbeitgeber muss sich auch überlegen, ob die Informationen als Beweis ausreichen, er muss daraus die Konsequenzen ziehen.‹ Senator Erhardt hingegen sagt, ›... ich verlasse mich hier auf Herrn Gauck, denn Herr Gauck ist die zuständige durch Gesetz eingerichtete Bundesbehörde ...‹ Die Entlassung des Rektors zu diesem Zeitpunkt war eine politische Entscheidung von Wissenschaftssenator Erhardt (...) Nach dem Hochschulrahmengesetz können Hochschullehrer und der gewählte Rektor einer Universität nur von der Hochschule selbst entlassen bzw. abgewählt werden. Die Personalkommission, die die Kündigung von Professor Fink beschlossen hat, ist eine im Juli 1991 geschaffene Einrichtung der Regierung und kein Gremium der Universität. Sie hat die Kündigung von Professor Fink mit vier zu drei Stimmen beschlossen, wobei die Stimme von Senator Erhardt ausschlaggebend war.«

Die Broschüre, in der noch viele Stimmen festgehalten sind, schließt mit einem Redebeitrag von Joachim Höchel, Mitglied des Studentenrats: »Wenn Persönlichkeiten aus mehreren europäischen Ländern hierher kamen, um sich Informationen zu holen, und in ihren Einschätzungen zu ähnlichen Schlussfolgerungen kommen wie wir, dann bestärkt uns das darin, dass wir so falsch nicht liegen können mit unseren Einschätzungen und Ansichten. Dass das, was wir hier denken, auch von Außenstehenden so betrachtet wird, bestärkt uns. Aus diesem Grunde möchte ich allen danken, die Interesse bekundet und Arbeit geleistet haben von Seiten des Europäischen Parlaments, des Europäischen Bürgerforums und anderen Organisationen, die nicht nur in nationalen Grenzen denken, sondern sich für Europa verantwortlich fühlen. Und ich glaube, dass wir als Studenten, als Mitarbeiter dieser Universität in Berlin, uns dieser Verantwortung, die wir als Deutsche haben, immer stärker bewusst werden müssen, bei allem, was wir in Zukunft tun.«

Die Exmatrikulation des Rektors

Anfang November 1991 wurde ich von Mitgliedern unseres Studentenparlamentes gefragt, ob ich bereit sei, für die Wiederwahl als Rektor zu kandidieren. Ich sagte zu, ermutigte aber die Studenten, sich auch um eine Kandidatin für dieses Amt zu bemühen. In dem ausführlichen Gespräch erwähnte ich auch, dass ich im Dezember 1990 bei der Gauck-Behörde beantragt hatte, zu prüfen, ob es über mich irgendwelche Einträge gebe, und dass ich im Februar 1991 die Antwort bekommen hatte, es lägen keine Hinweise vor. Ich wiederholte vor den Studenten meine früheren Aussagen, dass ich nie als Informeller Mitarbeiter für das DDR-Ministerium für Staatssicherheit tätig war und auch nie eine Verpflichtungserklärung abgegeben hatte. Die Studenten waren beruhigt – in einer Zeit, als der Volkskammerbeschluss, nach dem jeder, dem Kontakt oder gar Mitarbeit bei der Stasi nachgewiesen worden ist, fristlos gekündigt werden kann, auch in unserer Universität zunehmend für Turbulenzen sorgte.

Im Studienjahr 1991/92 waren 4.988 Studenten zu immatrikulieren. Eine Anzahl, die die Universität nie zuvor zu bewältigen hatte.

In Diskussionen mit dem Studentenrat und dem Akademischen Senat und in einer Dienstbesprechung bei mir ging es unter anderem darum, die Immatrikulationsfeier vorzubereiten. Dafür wollten wir Festredner finden, die in Fragen von demokratischer Neuordnung, Verständigung und internationalem Engagement ausgewiesen waren.

Wenige Wochen zuvor hatten brutale Übergriffe auf Ausländerwohnheime in Hoyerswerda die Öffentlichkeit aufgeschreckt. Studenten fuhren spontan nach Hoyerswerda und zollten den Betroffenen ihre Solidarität, wenn auch ratlos angesichts des aggressiven Nationalismus. Im August hatte ich in Oslo an einer von dem Friedensnobelpreisträger Elie Wiesel (Boston, USA) initiierten Konferenz »Dialog gegen den Hass« teilgenommen, die mit der Verabschiedung einer »Osloer Erklärung gegen Hass« zu Ende gegangen war. Elie Wiesel fragte mich während der Tagung, ob es in Deutschland im Einigungsprozess aktuelle Fälle von Rassismus gegeben habe. Hatte er doch als Jude bittere Erfahrungen mit deutschem Antisemitismus gemacht. Seine Befreiung hatte er als Siebzehnjähriger im KZ Buchenwald erlebt. Dies erzählte ich den Studenten, und wir sprachen über die » Osloer Erklärung«. Sie schlugen vor, Elie Wiesel als Redner einzuladen. Er sagte zu. Über den Zusammenschluss Deutschlands als Erneuerungsprozess sollte der Naturwissenschaftler Jens Reich als besonnener Bürgerrechtler reden. Der Theologe Philipp Potter (Jamaika), Generalsekretär des Weltrates der Kirchen, Ehrendoktor der Humboldt-Universität, sollte über das Antirassismusprogramm des Weltrates sprechen. Dominique Krössin stand als Vertreterin der Studentenschaft auf dem Programm und ich als Rektor. Ich ahnte nicht, dass diese Rede meine letzte Amtshandlung sein würde.

Am 22. November, drei Tage vor dem Festakt, war in *Die Zeit* zu lesen: »Im Dezember finden an der Humboldt-Universität Wahlen zum Konzil und Senat statt. Der Senat wird einen Rektor wählen, der vermutlich nicht mehr Fink heißen wird.« Begründung: Die Gauck-Behörde habe längst bestätigt, dass Fink informeller Mitarbeiter der Stasi gewesen sei. Die Zeitung berief sich auf den Berliner Wissenschaftssenator Manfred Erhardt (CDU), der konkrete Informationen von der Gauck-Behörde habe. *Die Welt* und die *FAZ* gaben wortgleiche Informationen weiter.

Ich konnte mich nicht sofort gebührend gegen diesen Angriff wehren, weil ich erst einmal für den würdigen Ablauf der Immatrikulationsfeier sorgen wollte und weil für den 26. November die Flugkarte nach Israel schon auf meinem Schreibtisch lag. Trotz unserer beharrlichen Bemühungen hatte Senator Erhardt die Errichtung eines Lehrstuhls für »Jüdisches Denken« an unserer Universität – in Erinnerung an die exmittierten jüdischen Kollegen und Studenten – aus Finanzgründen abgelehnt, aber für den in diesem Zusammenhang gegründeten Samuel-Braun-Lehrstuhl für

»Die Geschichte der Juden in Preußen« sollte jetzt in Tel Aviv die feierliche Inauguration stattfinden. Auch diese Festrede musste noch vorbereitet werden.

Dass der Berliner Senator für Wissenschaft und Forschung sich bei der Immatrikulationsfeier von seiner Staatssekretärin vertreten ließ, war mir sehr recht. Die Sensationsmeldung der Presse hatte mich weniger erschüttert als die Tatsache, dass er vor der Veröffentlichung meine Stellungnahme gar nicht erst erfragt hatte. Meine eidesstattliche Erklärung, nicht für die Stasi gearbeitet zu haben, hätte ich gern ihm gegenüber wiederholt.

An meiner Begrüßungsrede für die Studienanfänger brauchte ich nichts zu ändern, obwohl mich die Wahlprognose der drei Zeitungen beunruhigte. Den Studenten sagte ich: »Ich möchte Ihnen für Ihr Vertrauen danken, dass Sie eine Universität gewählt haben, die sich in einem komplizierten Prozess ihrer Erneuerung befindet. Und weil dieser Prozess noch nicht zwei Jahre währt, erleben die Professoren (leider sehr wenige Professorinnen) genau das Gleiche wie Sie, denn – obwohl ausgewiesene Könner im jeweiligen Fach – sind sie in der Sache der demokratischen Erneuerung Lernende wie Sie. Dieser auf Zukunft orientierte Erneuerungsprozess hat zugleich die Vergangenheit zum Gegenstand. An dieser Vergangenheit sind Sie mit nur wenigen Lebensjahren beteiligt. Ich selbst bestehe beharrlich darauf, dass für uns Vergangenheit nicht nur ›40 Jahre DDR‹ heißt. Wir haben uns der Zeitgeschichte ab 1933 zu stellen, als auch mit den Stimmen von Studenten und Universitätslehrern in Deutschland die noch junge, ungeübte Demokratie abgewählt wurde – zugunsten nationalsozialistischer Herrschaft für ein ›starkes Deutschland‹, das sich nicht länger von Sozialdemokraten, Juden, Homosexuellen und Kommunisten ›zersetzen‹ lassen wollte. Auch unsere Universität hat tiefe Narben aus jener Zeit. Oder sind es vielleicht sogar noch Wunden? Ich bin sehr dankbar, dass Elie Wiesel unsere Bitte, an diesem Beginn Ihres Studiums beteiligt zu sein, angenommen hat. Ich habe bei ihm gelesen: ›Durch Erinnern helfen Sie Ihrem eigenen Volk, die Geister zu bezwingen, die auf seiner Geschichte lasten. Eine Gesellschaft, die mit ihren Toten (deutlicher: sechs Millionen ermordeten Juden) nicht im Reinen ist, wird ihre Lebenden dauernd verstören und traumatisieren. Dagegen hilft nur Erinnern!‹ Das war mir wie eine Deutung auch für Hoyerswerda! ... Ich wünschte mir, dass Sie, mit Überlebenden der Nazi-Zeit verbündet, unsere jüngste Vergangenheit nicht dadurch verschleiern, dass Sie nur wegen Ähnlichkeiten vierzig Jahre DDR mit Faschismus gleichsetzen. Damit verhöhnen wir die Opfer.«

Während der Feier in der Komischen Oper wurde mir folgendes Schreiben des Senators ausgehändigt: »Sehr geehrter Herr Prof. Fink, ich bitte Sie noch heute Abend zu einem dringenden, persönlichen Gespräch in meine Dienstzimmer. Sollte es Ihnen nicht möglich sein, um 19.30 Uhr hier zu erscheinen, so bitte ich unbedingt um Ihren Telefonanruf, noch bevor Sie morgen nach Israel fliegen. Mit freundlichen Grüßen Ihr Manfred Erhardt«.

Laut Aktennotiz hatte der Senator erst an diesem 25. November um 14.50 Uhr die Mutmaßungen der Gauck-Behörde bekommen. Minuten später bestellte er mich per Brief ein.

In seinem Büro händigte er mir das Schreiben der Gauck-Behörde aus – ich fand darin nichts als eine allgemeine Verdächtigung – und teilte mir mit, aufgrund dieses Schreibens erübrige es sich, noch einmal als Rektor zu kandidieren, da mir ja nun die fristlose Entlassung bevorstehe. Nach Israel könne ich reisen, aber nicht mehr als Rektor.

Der Lehrstuhl für »Jüdisches Denken« blieb leer, und auch ich musste den meinen alsbald räumen.

»Reaktivierung der Inquisition«

»Das ist keine ›Affäre des Herrn Fink‹«, sagte Günter Grass im Gespräch mit dem Journalisten Andreas B. Bengsch. »Die eigentliche ›Affäre‹ liegt darin, dass Stasiakten nahezu ungeprüft den Wert von unbestreitbaren Dokumenten bekommen und der jeweils Beschuldigte, ohne Einsicht nehmen zu können in diese Dokumente, von sich aus den Beweis antreten muss, dass das, was dort die Stasi geschrieben hat, nicht stimmt. Es ist eine Ungeheuerlichkeit von einem Ausmaß, das noch kaum zu fassen ist. Wenn ich es auf einen Satz bringen will, hieße der: Nie ist der Staatssicherheitsdienst der ehemaligen DDR so erfolgreich gewesen wie nach seiner Abschaffung. Er wirkt jetzt fort. Das ist ein Gift, das gesetzt worden ist und sich offenbar überträgt. Und das führt zu peinlichen Dingen.«

Grass war einer der vielen, auf die der Berliner Wissenschaftssenator Manfred Erhardt (CDU) nicht hörte. Die Kampagne gegen mich als gewählten Rektor der Berliner Humboldt-Universität und als Kandidaten für eine zweite Amtszeit duldete keinen Widerspruch.

Am Morgen nach der Immatrikulationsfeier und dem abendlichen Termin im Büro des Senators, der mir die fristlose Entlassung ankündigte, meldete die Presse »unzumutbare« Stasi-Verstrickungen des Rektors der HU.

Für 13 Uhr an diesem 26. November berief ich den Akademischen Senat ein. Vor den 20 teilnehmenden Senatsmitgliedern gab ich eine Erklärung ab, in der ich den gegen mich erhobenen Vorwurf als unrichtig zurückwies und folgendermaßen beantwortete: »Ich muss davon ausgehen, dass es sich bei diesem Schreiben der Gauck-Behörde um das Ergebnis einer politisch motivierten Manipulation handelt, die mit der anstehenden Wahl des Rektors der Humboldt-Universität nicht ohne Grund zeitlich zusammenfällt. Ich werde gegen diesen Versuch eines Rufmordes mit allen hierfür gegebenen Rechtsmitteln vorgehen. Ich erwarte, dass mir umgehend Einsicht in die Unterlagen gegeben wird, auf die sich der erhobene Vorwurf stützt... Ich habe die Forderung, mir die vorgenannten Papiere zur Kenntnis zu geben, bereits gestern, am 25.11.1991, gegenüber Herrn Senator Erhardt geäußert ... Es entspricht meinem Verständnis von einem rechtsstaatlichen Verfahren und von den Pflichten des Dienstherren, dass wie immer geartete rechtliche Maßnahmen gegen einen Beschuldigten erst dann ergriffen werden können, wenn diesem die Gelegenheit gegeben worden ist, das als Beweis geltende Material zu sehen und zu den erhobenen Vorwürfen Stellung zu nehmen.«

Der Akademische Senat ermutigte mich mit folgendem Beschluss:

»1. Der Akademische Senat der Humboldt-Universität zu Berlin verurteilt entschieden die nicht rechtsstaatliche Praxis des Senators für Wissenschaft und Forschung, fristlose Kündigungen auszusprechen, und bezieht sich dabei ausdrücklich auf das gegenüber dem Rektor praktizierte Verfahren.

2. Der Akademische Senat der Humboldt-Universität zu Berlin stellt sich voll hinter das Wirken Prof. Heinrich Finks als Rektor dieser Universität. Das Vertrauen in die persönliche Integrität von Rektor Fink ist für den Akademischen Senat durch das Schreiben des Sonderbeauftragten der Bundesregierung für die personenbezogenen Unterlagen des ehemaligen Staatssicherheitsdienstes vom 25.11.1991 nicht in Frage gestellt.

3. Der Akademische Senat der Humboldt-Universität zu Berlin, die Prorektoren und alle anderen Selbstverwaltungsgremien werden alle Kraft einsetzen, um den eingeschlagenen Weg, der durch diese Gremien und diesen Rektor begonnen wurde, fortzusetzen.

4. Der Akademische Senat der Humboldt-Universität zu Berlin beschließt, dass die Wahlen zum Senat und Konzil erst stattfinden, wenn die Vorwürfe gegen den Rektor gerichtlich überprüft worden sind.«

Während dieser Sitzung erfuhr ich, dass Erhardt bereits zu 14.30 Uhr die von ihm gegründete sechsköpfige Personalkommission zu einer

Sondersitzung eingeladen habe. Für ihn hatte die Auskunft der Gauck-Behörde »Tatbestandswirkung«, damit war für ihn erwiesen, dass ich unter dem Decknamen »Heiner« für das DDR-Ministerium für Staatssicherheit gearbeitet hätte; ein Recht auf Akteneinsicht habe er nicht. Die Kommission folgte dem Antrag, mich als Professor fristlos zu entlassen; der Antrag; mich persönlich zu befragen, wurde abgelehnt. An dem gegenteiligen Senatsbeschluss störte sich Erhardt ebenso wenig wie an den Studentendemonstrationen und Solidaritätsveranstaltungen der folgenden Tage. Am 27.11. demonstrierten Hunderte von Studenten vor der Gauck-Behörde, am 28.11. Tausende vor dem Abgeordnetenhaus im Rathaus Schöneberg.

Am 27.11 fand auch eine außerordentliche Sitzung des HU-Konzils statt, zu der Behördenleiter Joachim Gauck und sein juristischer Mitarbeiter Hansjörg Geiger, später Chef des Bundesamtes für Verfassungsschutz und nachher des Bundesnachrichtendienstes, teilnahmen. Hier schließlich verlas Geiger mit meiner Zustimmung die angeblich belastenden Einträge in den Stasi-Akten. Hauptsächlich wurde mir angelastet, das Ministerium für Staatssicherheit habe beabsichtigt, mit mir als »Heiner« zusammenzuarbeiten – was mir neu war –, und ich hätte von einem Kirchentag aus das Ministerium angerufen, was nicht zutraf. Tatsächlich hatte ich mit dem Staatssekretär für Kirchenfragen telefoniert.

Im Abgeordnetenhaus von Berlin hatte der Abgeordnete vom Bündnis 90/Die Grünen, Hans-Jürgen Fischbeck, eine Aktuelle Stunde beantragt, in der er die rechtliche Zulässigkeit der fristlosen Entlassung durch den Senator anzweifelte und zu einer kritischen Bilanz des Umgangs mit Stasiakten aufforderte. Dabei wies Fischbeck über den »Fall Fink« hinaus auf ein »viel weiter reichendes Problem der Aufarbeitung der Vergangenheit« hin: Nicht jeder Kontakt zum MfS könne die gleichen Folgen haben. Vielmehr bedürfe es gewissenhafter Prüfung jedes Einzelfalls. Die Kriterien, nach denen über die »Zumutbarkeit weiterer Zusammenarbeit« entschieden werden könne, müssten öffentlich diskutiert werden. Damit bezog sich Fischbeck auf den Einigungsvertrag, auf den auch der sächsische Ministerpräsident Kurt Biedenkopf (CDU) in einem Interview der *Berliner Morgenpost* hinwies: »Im Einigungsvertrag heißt es, von den informellen Mitarbeitern der Staatssicherheit solle man sich trennen, wenn ihre weitere Verwendung ›unzumutbar‹ sei.« Aber die CDU im Berliner Abgeordnetenhaus war zu gar keiner Differenzierung bereit. Ihr Abgeordneter Liepelt bestritt jeden aktuellen Diskussionsbedarf: »Herr Präsident! Meine sehr geehrten Damen und Herren! Die Gauck-Behörde ist in ihrer

Seriosität zumindest bisher von niemand angezweifelt worden. Sie wird von uns auch nicht angezweifelt, und deswegen – das stelle ich als erstes fest – stößt eine Solidarität mit Herrn Fink auf das vollkommene Unverständnis der CDU-Fraktion. (Beifall bei der CDU) Wir werden uns auch nicht davon beeindrucken lassen, dass hier vor dem Rathaus demonstriert wird. Das ist kein Anlass, um unsere Tagesordnung zu ändern. Die notwendige Aktualität sehen wir hier nicht gegeben. (Beifall bei der CDU)«

Zu den vielen, die dem Senator widersprachen, gehörte, wie schon erwähnt, der konservative Berliner Jurist Wilhelm Nordemann, Honorarprofessor an der Freien Universität, der ihm im *Rheinischen Merkur* vorhielt, von Dienst wegen hätte er jederzeit Zugang zu den Stasi-Akten gehabt. Als Die nstherr hätte er aber auch die Beschuldigten zunächst gegen die Stasi-Akten verteidigen müssen, anstatt im Eiltempo fristlose Kündigungen auszusprechen. Die Gauck-Behörde habe nach dem Willen des Gesetzgebers lediglich zu »ermitteln« und nicht mit »... hat für die Stasi gearbeitet« ein verbindliches Urteil vorwegzunehmen. Dass Fink nicht angehört worden sei, verstoße gegen das verbriefte Grundrecht auf rechtliches Gehör (Art. 103, Abs. 1 Grundgesetz)... Die fristlose Kündigung eines nach der Rektoratsverfassung von Universitätsgremien demokratisch gewählten Rektors sei nicht rechtens.

Die Gewerkschaft Erziehung und Wissenschaft äußerte sich am 29. November »bestürzt über das Vorgehen von Wissenschaftssenator Erhardt gegen den Rektor der Humboldt-Universität, Heinrich Fink. Heinrich Fink steht als Symbolfigur für eine eigenständige Erneuerung der Humboldt-Universität, für einen Weg der Umstrukturierung, dem von Senatsseite aus immer wieder Hürden entgegengesetzt wurden (Beschränkung der Hochschulautonomie durch das Ergänzungsgesetz u. a.). Es überrascht nicht, dass dieses Vorgehen gegen Heinrich Fink zu einem Zeitpunkt geschieht, wo die Wahl eines neuen Rektors und der anderen Hochschulgremien ansteht. Es wird hier offenkundig der Versuch unternommen, alle Ansätze einer selbstbestimmten Demokratisierung der Universität zu ersticken und sie insgesamt unglaubwürdig zu machen.«

Die Berliner Konzernmedien aber und auch der öffentlich-rechtliche Rundfunk berichteten kaum über die Proteste. Sie vertraten Erhardts Position. All das erinnerte mich als Theologen immer wieder an die mittelalterliche Inquisition im christlichen Abendland.

Solidarität

Zugleich musste ich mit wachsender Wehmut an den erst zwei Jahre zurückliegenden Aufbruch in der DDR denken. »Wir sind das Volk« war das Schlüsselwort der protestierenden Massen auf dem Berliner Alexanderplatz am 4. November 1989. Schriftsteller, Künstler, Wissenschaftler, engagierte Bürger protestierten auf einem »Podium des Volkes« gegen unerträgliche politische Zustände, die sie aber keineswegs, wie es westliche Medien gern gehört hätten, als »typisch sozialistisch« brandmarkten, sondern in einigen Beiträgen als »fatal unsozialistisch«. Und bei alledem waren die Massen noch guter Laune! Die Vielzahl der selbst gefertigten Plakate war voller Witz. Es herrschte eine geradezu heitere Zuversicht, dass die verkrusteten Regierungsstrukturen samt den hohlen Politikfloskeln, mit denen die Mauer immer noch als notwendiges Bollwerk verteidigt wurde, veränderbar wären ...

Als man in den Medien bald nur noch »Wir sind ein Volk« gelten ließ, dämpften nach dem Mauerfall konkrete Erfahrungen mit astronomisch steigenden Mieten und verlorenen Arbeitsplätzen die Euphorie. An der Humboldt-Universität erlebten wir jedoch 1990 ein Comeback der Alexanderplatz-Stimmung. Die Studenten hatten schnell begriffen, dass demokratische Rechte gegen Regierende verteidigt werden müssen. Solidarisch mit ihrem vom Senator abgesetzten Rektor, demonstrierten sie selbstbewusst: »Wir sind das Uni-Volk« und skandierten vor dem Abgeordnetenhaus: »Unseren Heiner nimmt uns keiner«.

In dieser Überzeugung luden sie auch zu einer Veranstaltung ins Auditorium Maximum ein, wo sie prominente Künstler und Wissenschaftler (einige von ihnen hatten schon an jenem 4. November auf dem Alex gesprochen) als Volksvertreter befragen wollten, wie sie die überraschende fristlose Absetzung ihres Rektors durch den Wissenschaftssenator beurteilten. Sie konnten in den autoritären Maßnahmen der vergangenen Tage keinen demokratischen Geist erkennen. Sie stimmten dem Offenen Brief zu, in dem Prorektor Ulrich Reinisch geschrieben hatte: »Die Humboldt-Universität ist die einzige Universität der ehemaligen DDR, in der die Selbstverwaltungsgremien noch nicht zertrümmert worden sind. Heinrich Fink steht für diesen Weg. Er ist seit Monaten dafür angegriffen worden. Dieser Selbsterneuerungsweg, für den Heinrich Fink steht, ist mit unendlichen Problemen belastet, inneren und äußeren ... Der Senator Erhardt hat in Berlin einen Interessenkampf ausgelöst: FU gegen TU, TU gegen HU, FU gegen HU – und damit ein Desaster angerichtet, das eigentlich kaum noch reparabel ist. … Nun will er jenen Mann beiseite räumen, der eben nicht das bequeme Angebot angenommen hat, diese Universität wegzuräumen …«

Obwohl der Studentenrat erst wenige Stunden vorher eingeladen hatte, war das Auditorium Maximum schnell überfüllt. Die Studentin der Kulturwissenschaft Dominique Krössin und der Student der Veterinärmedizin Joachim Höchel leiteten die Veranstaltung.

Mit brausendem Beifall wurden die Schriftsteller Christa und Gerhard Wolf, Daniela Dahn, Stefan Heym und Christoph Hein begrüßt, ebenso die Schauspielerin Käthe Reichel, die Wissenschaftler Rudolf Bahro, Jens Reich und Günter Krusche sowie Walter Romberg (SPD), Europaabgeordneter und letzter Finanzminister der DDR. Christoph Hein verlas seinen Brief an die Senatoren Christine Bergmann und Thomas Krüger (beide aus der Bürgerbewegung): »Wenn in der Nachrichtensendung der *ARD* zu dieser Maßregelung der Kommentar gegeben wird: ›Es sieht schlecht für den Rektor Fink aus, denn die Akten, die ihn belasten, wurden gelöscht‹, wird der Rechtsstaat auf den Kopf gestellt, und unsere Demokratie wird weiter ausgehöhlt und bekommt das Gesicht eines McCarthy. Protestieren Sie, und wenn Ihr Protest erfolglos sein sollte, bitte ich Sie zurückzutreten … Wenn Sie sich nicht willfährig erweisen, wird man auch gegen Sie mit einem ominösen Decknamen und einem leeren Aktendeckel als Beweisen Ihrer Schuld vorgehen.« Christa Wolf knüpfte daran an und nannte es eine Groteske, dass einen nichts so sehr belasten könne wie verschwundene Akten.

Walter Romberg warnte: »Es geht darum, dass wir nicht durch Finanzbeamte und Verwaltungsjuristen … unser zukünftiges Miteinander bestimmen lassen, sondern uns im Gespräch gegenseitig stellen und uns für ›fragwürdig‹ halten … Sonst werden wir und unsere Nachbarn in Ost und West eine Wende in Europa erleben, wie wir sie uns nicht gewünscht haben…« Der Theologe Günter Krusche brachte das Auditorium zu hellem Lachen: »In meiner Bibel steht: An ihren Früchten sollt Ihr sie erkennen, nicht an ihren Akten.«

Daniela Dahn bedauerte, dass die Gauck-Behörde, die aus der Bürgerbewegung ihre Legitimation erhalten habe, in Gefahr stehe, ein bürokratisch funktionierender Zulieferer für Stasi-Halbwahrheiten und Aktennummern zu sein, ohne sich für die arbeitsrechtlichen und politischen Folgen »bürgerlich« verantwortlich zu fühlen; das sei das Gegenteil von dem, was die Bürgerbewegung will. Rudolf Bahro brachte die Sorge der

Anwesenden in treffende Worte: »Es ist nicht gut für Deutschland und die Welt, wie mit dem Syndrom Staatssicherheit umgegangen wird, nämlich in einem umfassenden Abschiebe- und Verdrängungsmanöver nach dem Sündenbock-Verfahren, damit wir es nicht gewesen sind. Noch dazu unter systematischem Absehen davon, dass es nach dem Hitlerkrieg in Westdeutschland das nicht gegeben hat, was jetzt hier praktiziert wird ... Die ganze vorherrschende Art und Weise, die DDR zu bewältigen, indem man es hier nicht gewesen ist und sich drüben aufgrund erlebter Demokratisierung Licht ohne Schatten zuschreibt, die macht nur dann Sinn, wenn man verdrängt, dass es die Schlacht von Stalingrad und dass es die Sowjetfahne auf dem deutschen Reichstagsgebäude und darum, mindestens darum, die DDR hat geben müssen.«

Im überfüllten Auditorium war der optimistisch-oppositionelle Schulterschluss geradezu spürbar: Wir erneuern unsere Universität aus eigenen Kräften. Die deutlichen Warnungen in den kritischen Beiträgen der Gäste wirkten ermutigend. Leider war diese Veranstaltung, die mit Vernunft, Einsicht und Einlenken der Regierenden rechnete, die letzte dieser Art in der Humboldt-Universität. Die Revolution entließ nicht ihre Kinder, sondern weil die Revolution zur Mauerfall-Episode geschrumpft war, begriffen nun ihre rebellierenden Kinder, dass demokratische Strukturveränderungen im Universitätsvereinigungskonzept weder vorgesehen noch erwünscht waren. Die ersten Berufungen von Professoren aus den alten Bundesländern auf C4-Stellen waren für die verbliebenen Kollegen ein deutliches Signal, auf was es bei der Prüfung ihrer Eignung für die Neuberufung auf ihre alten Stellen ankam: Ihre »politische Integrität« sollte festgestellt werden. So begann in der Universität die Wende in der Wende. Bis heute dienen die Stasi-Akten als angeblich unanfechtbarer moralischer Maßstab zur Neuvermessung der akademischen Landschaft Ost.

Das Ende einer Alternative

Jeder Rückblick auf Wendeereignisse macht uns ehemaligen DDR-Bürgern aufs Neue deutlich, wie unzulänglich informiert und ungeübt wir Argumentationskünste und Jonglierfähigkeiten als legitime Lebensäußerungen im Rechtsstaat erst verstehen lernen mussten. Für mich war dieser Lernprozess besonders hart. Hatte ich doch gehofft, dass die Humboldt-Universität zu Berlin ein ernstgenommener Partner sei. Aber die zielstrebig von Anfang an verfolgten Interessen des Senators für Wissenschaft und Forschung gegenüber der HUB waren mit unserer Hoffnung auf eine Demokratisierung »aus eigenen Kräften« leider unvereinbar. Dass unser Optimismus nicht ohne Selbsttäuschung war, erwies sich, als 2.500 Mitarbeiterinnen und Mitarbeiter der Humboldt-Universität wegen mangelnden Bedarfs, wegen »Staatsnähe« oder angeblich belastender Stasiakten ihre Arbeitsplätze verloren.

Die Aufbruchstimmung der Wende war zögerlicher geworden, alle Medien wetteiferten in zunehmend pauschaler Verurteilung der DDR. Ernsthafte Bemühungen um demokratische Veränderungen fanden oft wenig Anerkennung bei den westlichen Regisseuren. Aus berechtigter Sorge um den eigenen Arbeitsplatz in der Universität hielten sich anfangs engagiert Beteiligte mehr und mehr zurück.

Am 1. April 1992 hatte das Arbeitsgericht meiner Klage gegen die Entlassung stattgegeben und im Urteil meine sofortige Weiterführung des Rektoramtes bis zu der bereits festgelegten Wahl eines neuen Rektors verfügt.

Schon bevor mir fristlos gekündigt worden war, hatten wahlberechtigte Studenten meinen Namen wieder auf die neue Kandidatenliste gesetzt. Vorher aber musste, weil seine Legislaturperiode abgelaufen war, das Konzil, das höchste Entscheidungsgremium der Humboldt-Universität, neu gewählt werden. Es bestand damals aus 200 Mitgliedern, die auch den Rektor zu wählen hatten.

Am 7. April 1992 forderte der Akademische Senat nach achtstündiger Sitzung aufgrund seiner »Abstimmung in Sachen Fink« den amtierenden Rektor Adolf Zschunke auf, dem nunmehr gerichtlich freigesprochenen gewählten Rektor seinen Platz wieder zu übergeben. Das sei nicht nur das eindeutige Ergebnis der in dieser Sitzung erfolgten Abstimmung, sondern auch die durchweg geäußerte Meinung in der Universität. Zschunke dagegen verblüffte alle anwesenden Senatsmitglieder mit der Nachricht, der Berliner Wissenschaftssenator Manfred Erhardt habe ihm mitgeteilt, dass er seine gegen mich verhängte Rechtsaufsichtsmaßnahme nicht zurückgenommen habe. Sie bleibe für mich persönlich und entsprechend auch für die Gremien der Humboldt-Universität verbindlich. Die Kündigung bleibe also rechtskräftig, denn er habe gegen das ergangene Urteil sofort Widerspruch eingelegt. Ich hätte daher auch weiterhin weder als Hochschullehrer noch als Rektor einen Rechtsstatus in der Humboldt-Universität und könne aus diesem Grunde auch nicht wieder kandidieren.

Zschunke betonte, diese Mitteilung an den Akademischen Senat sei ihm in einem »weisenden Gespräch« vom Senator aufgetragen und in drei unmittelbar folgenden Schreiben bestätigt worden. Für die Forderung, dass er seinen Platz zugunsten von Fink wieder räumen solle, gebe es also keinen rechtlichen Anlass. Vielmehr habe er vom Senator den Auftrag erhalten, dass Fink seinen Personalbogen als Professor auszufüllen und sich umgehend der Evaluierung durch die Struktur- und Berufungskommission der Theologischen Fakultät zu stellen habe. Bei einem negativen Ergebnis der Evaluierung wäre dann auch ein rechtskräftiges Gerichtsurteil hinfällig und Finks Weiterbeschäftigung sowieso ausgeschlossen.

Die Frage studentischer Senatoren, warum Professor Zschunke denn seinen Platz nicht aufgrund der erfolgten Rechtsprechung spontan an den nun wieder »rechtmäßigen« Rektor abgetreten habe, zeigt, wie ungeübt Ostdeutsche noch in westdeutschem Rechtsdenken waren. Verblüfft reagierten sie dann auf Zschunkes Information, er habe zwischenzeitlich ein Rechtsgutachten durch den Berliner Hochschulverband eingeholt, in dem es heiße, dass er die Grenzen seines Amtes überschritte, wenn er als Stellvertreter persönlich das Rektorenamt an Fink zurückgäbe. Er betonte vor dem Akademischen Senat, dass er das vom Senator ihm übertragene Rektorat »juristisch ordentlich« zu Ende führen werde, bis ein neuer Rektor gewählt sei. Der Wissenschaftssenator, der Jurist sei, und er selber seien überzeugt, dass die richterliche Entscheidung der ersten Instanz im Berufungsverfahren hinfällig werde.

In der Zwischenzeit hatte der Akademische Senat den bereits feststehenden Termin für die Rektorwahl verschoben. Aufgrund der »Rechtsaufsichtsmaßnahme« des Senators konnte ich, obwohl offiziell rehabilitiert, doch nicht wieder auf die Kandidatenliste gesetzt werden. Alsbald sprach sich herum, dass unter den Ordinarien der Humboldt-Universität niemand bereit wäre, für das Amt des neuen Rektors zu kandidieren. Deshalb warf Zschunke im Konzil umgehend die Frage auf, ob denn angesichts der unbefriedigenden Kandidatenliste eine Präsidialverfassung nicht viel günstiger wäre. Denn dann könnten sich auch jede Professorin und jeder Professor anderer Universitäten für das Präsidentenamt bewerben. Endlich war damit das vom Senator von Anfang an angestrebte Ziel der Neuordnung der HUB offiziell auf der Tagesordnung des Konzils.

Derweil hatte der Akademische Senat beschlossen, die Zahl von 200 Konzilsmitgliedern bei der bevorstehenden Neuwahl der Gremien auf 54 zu reduzieren. Die Fachbereiche wählten dann für das neue Konzil nur noch 54 Mitglieder. Vor diesen Neugewählten verteidigte Zschunke in seinem Rechenschaftsbericht als amtierender Rektor die Entscheidung des Senators, die »Rechtsaufsichtsmaßnahme gegen Fink« nicht aufzuheben, und bekräftigte erneut, dass er persönlich diese Rechtsauffassung teile. In der dann folgenden lebhaften Debatte um Rektor oder Präsident wurde die Abstimmung auf den 14. April 1992 vertagt. In der entscheidenden Sitzung wurden viele Bedenken geäußert, etwa, dass in einem »Schnellverfahren« jetzt nicht nur die hundertachtzigjährige Tradition der Berliner Universität annulliert, sondern auch das erst nach der Wende hart erarbeitete neue demokratische Statut aufgegeben würde. Eine Präsidialverfassung sei im Vergleich zum neu erarbeiteten Statut ein »struktureller Akt des Vergessens«. Nach der ordnungsgemäßen geheimen Wahl wurde aber die Rektoratsgeschichte der Humboldt-Universität mit knapper Mehrheit zugunsten der Präsidialverfassung beendet. Mit der Entscheidung des Konzils »Präsident statt Rektor« wurde zugleich das unter reger Anteilnahme aller Angehörigen der Humboldt-Universität diskutierte und von den Gremien sorgfältig erstellte neue Hochschulstatut stillschweigend wieder abgeschafft. Dieses Statut war aber das in heftigen Auseinandersetzungen erarbeitete Kernstück der Bemühungen um die Demokratisierung der Hochschule mit eigenen Kräften. Tatsächlich war dieses Statut sogar über die Grenzen Deutschlands hinaus bekannt und übersetzt worden. Es galt als Musterbeispiel für gleichberechtigte Beteiligung von Studenten in allen entscheidungsfindenden Gremien der Uni. Wir wollten nicht nur neu interpretieren, sondern konkret verändern.

Nach zwei Jahren leidenschaftlicher interner und öffentlicher Diskussionen, Protestmärschen gegen Abwicklung und der unermüdlichen Einmischung der Studentenzeitung *Unaufgefordert* musste nach dieser zweifellos demokratisch korrekten Abstimmung im Konzil unsere kurzlebige demokratische Alternative von der Wendebühne abtreten. Der Beschluss erklärt sich weniger aus einem Meinungswechsel von Konzilsmitgliedern als aus der Tatsache dass dem neuen, stark verkleinerten Gremium Hochschullehrer angehörten, die eben erst aus dem Westen gekommen waren.

Erfahrungen mit dem Rechtsstaat

Im ersten Verfahren, das ich als Theologie-Professor und als Rektor der Berliner Humboldt-Universität beim Arbeitsgericht gegen meine Entlassung durch den damaligen Berliner Wissenschaftssenator Manfred Erhardt angestrengt hatte, unterlag der Senator. Aber er legte Berufung beim Landesarbeitsgericht ein und hatte damit Erfolg. War das, was ich da erleben musste, der Rechtsstaat?

Auch in der zweiten Instanz erklärte ich eidesstattlich, niemals wissentlich als Informant für das DDR-Ministerium für Staatssicherheit (MfS) tätig gewesen zu sein, und die vom Gericht geladenen Zeugen, zum Teil ranghohe Mitarbeiter des inzwischen aufgelösten Ministeriums, sagten gleichfalls unter Eid aus, niemals mit mir telefonischen oder gar persönlichen Kontakt gehabt zu haben. Ich sah diese Herren, von denen einer – wie die Gauck-Behörde unterstellte – einst mein »Führungsoffizier« gewesen sein soll, im Gerichtssaal zum ersten Mal.

Energisch widersprach ich der Behauptung, dass ich vom MfS eine mir von Minister Mielke zugedachte Verdienstmedaille der Nationalen Volksarmee erhalten hätte. Dass ich bei einem Ostberliner Kirchentag telefonisch der Stasi-Zentrale über eine der Veranstaltungen berichtet hätte, entkräftete der für die Stasi-Abteilung XX/4 (Kirchenangelegenheiten) verantwortlich gewesene Zeuge Dr. Wiegand unter anderem mit dem Hinweis, dass ich zu der eigens für den Kirchentag eingerichteten Telefonleitung keinen Zugang hatte.

Der Anwalt des Senators überraschte nicht nur mich, sondern viele im Saal mit der Einlassung, alle Aussagen der geladenen Zeugen seien unglaubhaft, sprich erlogen. In erster Instanz war ich von den Behauptungen des Senators freigesprochen worden, weil das Arbeitsgericht die spärlichen Belege aus den Aktenbeständen der Gauck-Behörde als nicht überzeugend wertete. Dass jetzt der Senator diejenigen, die die Akten angelegt hatten, als »Lügner« bezeichnete oder bezeichnen ließ, erschien mir zunächst als günstig; denn auf von Lügnern angelegte Akten würde er sich doch wohl nicht mehr stützen wollen.

Vorsitzender Richter Preis drängte mich wiederholt, einen »Vergleich« anzunehmen; dann müsse kein Urteil gesprochen werden. Ich verstand das nicht. Ich war ja von meiner Unschuld überzeugt – und bin es bis heute.

Am Tag darauf, am 17. Dezember 1992, überschrieb die *junge Welt* ihren Prozessbericht: »Fassungslosigkeit nach Fink-Urteil«. In dem Bericht hieß es, nach diesem Urteil sei Fink zu Recht entlassen worden, weil er »wissentlich für das MfS gearbeitet« habe. Obwohl Richter Preis »der Gauck-Behörde vorwarf, sie habe ihre Funktion als objektive Auskunftsstelle zeitweilig verlassen und sich eindeutig auf die Seite des Senats gestellt (...), schenkte das Gericht schließlich doch zwei Stasi-Aktennotizen Glauben.« Die beiden Notizen belegten angeblich, dass ich während des Kirchentags mit einem Stasi-Mitarbeiter telefoniert und die Verdienstmedaille (in Gold!) bekommen hätte. Nach Angaben der Gauck-Behörde existierten Ton-Aufzeichnungen des Telefongesprächs, die aber dem Gericht ebenso wenig präsentiert wurden wie irgendein Beweis für die Verleihung der Medaille. Ausdrücklich verweigerte mir das Landesarbeitsgericht, gegen sein Urteil in Revision zu gehen.

In der Verhandlung hatte mein Anwalt Lutz Seyboldt, wie die *taz* am 15.12.92 zitierte, dem Gericht vorgehalten, man rüttele an den »Grundlagen des Rechtsstaates«, wenn man vollständige Beweise schuldig bleibe. Seyboldt erinnerte in diesem Zusammenhang an die McCarthy-Ära in den USA.

Nach der schockierenden Urteilsverkündung bekam ich im Flur vor dem Gerichtssaal Blumen und Gratulationen von Studenten und Freunden. Sie alle hatten mit Freispruch von den Vorwürfen der Gauck-Behörde gerechnet.

Im Januar 1993 lud die Hochschulgruppe der demokratischen SozialistInnen zu einem Abschied ins Auditorium Maximum unter dem Motto »Solidarität mit Heiner Fink« ein. Von der Hochschulleitung kam niemand. Es wäre auch schwerlich noch Platz zu finden gewesen. Wissenschaftler, Künstler, Kirchenleute nahmen in kurzen Beiträgen Stellung zu den Ereignissen, unter ihnen Rudolf Bahro, Stefan Heym, Jürgen Holzapfel vom Europäischen Bürgerforum, Käthe Reichel, Barbara Thalheim, Dieter Lattmann, Pfarrer Rolf Wischnath und mein Anwalt Seyboldt. Bahro sagte, der Stasi-Rufmord gegen Fink sei ein »bestelltes Ding«, wie es jetzt auch gegen den Schriftsteller Heiner Müller gehe. Die Brecht-Schauspielerin Käthe Reichel wandte sich, anspielend auf einen früheren Kunsthändler der DDR, mit der für sie typischen Ironie an mich: »Lieber Professor Fink, Ihr Fehler ist, dass Sie nichts über die Stasi verraten können, sonst säßen Sie jetzt am Tegernsee. Wer nichts zum Verraten im Koffer hat, kann die Koffer packen ... der ist verraten.«

Der Schriftsteller Dieter Lattmann (München), der als SPD-Abgeordneter acht Jahre dem Bundestag angehört hatte, setzte sich scharf mit der »Bundesbehörde, die auf diesen Eigennamen ›Gauck‹ hört«, auseinander. Sie setze »die Allmachtsphantasien der Staatssicherheit fort«. Lattmann sagte: »In der geistigen Wüste fortwährender Verdächtigungen ist die veröffentlichte Meinung für jede Verwirrung gut. Denunziation hat sich um die eigene Achse gedreht.«

Noch einige Sätze aus Lattmanns Rede seien hier zitiert: »Wenn politische Interessen die Justiz dominieren, bleibt der Rechtsstaat eine Vision (...) Als Rektor des guten Willens und christlicher Sozialist war Fink chancenlos für mehr als die Übergangszeit der Humboldt-Universität. Als

Theologe auf der Grundlage der Bekennenden Kirche wurde er von einem ideologischen Gegner (Professor Trutz Rendtorff) abgewickelt, den wir in München als Verächter der Friedensbewegung kennen. Als Sprecher der Christlichen Friedenskonferenz der DDR stand Fink im Fadenkreuz uralter Feindschaft. Die alte Bundesrepublik tut in ihrer Mehrheit, als wäre sie nicht an der Teilung beteiligt gewesen und sich auch heute keiner Schuld bewusst (...) In einer wachsenden Zahl von Fällen genügt es in der größeren Bundesrepublik, als heimlichen Zuträger des DDR-Staatsapparats zu verdächtigen, wen man durch öffentliche Vorverurteilung ausschalten will (...) Anstatt heute gemeinsam die deutsche Vergangenheit in West und Ost aufzuklären, praktizieren nicht wenige Politiker und auch Kirchenleute eine Flucht aus der Geschichte (...) Es ist Zeit, dass Zivilcourage wiederkehrt, um Schaden von der Demokratie zu wenden.«

Lattmann hat zusammen mit 36 prominenten Freunden wie Inge Aicher-Scholl, Annemarie Böll, Karl Bonhoeffer, Andreas Buro, Stephan Flade, Friedrich-Wilhelm Marquardt, Wolf-Dieter Narr, Be Ruys, Dorothee Sölle, Martin Walser und Uwe Wesel entscheidend geholfen, die unvorstellbar hohen Gerichtskosten – 35.000 DM –zu bezahlen. Der Fonds »Gegen neues Unrecht« brachte rund 20.000 DM auf. Ihm und allen Spendern bleibe ich herzlich dankbar.

Wohltuend war auch das, was Rolf Wischnath sagte und was dann in der *Jungen Kirche* abgedruckt war: »Ich als Westler kenne Heiner Fink, seit die Evangelische Kirche in der DDR die Losung ausgab ›Vertrauen wagen‹, was ja auch meinte, selbst mit Atheisten, Kommunisten und Feinden zu reden und ihnen unbefangen eben im Vertrauen auf die Kraft des Evangeliums zu begegnen. In der Zeit, als Ost und West bis an die Zähne bewaffnet einander gegenüberstanden und sich gegenseitig durch neue Raketen mit der atomaren Katastrophe bedrohten, lernte ich ihn kennen, damals wie heute als einen Mann des Vertrauens: einer mit offenen Armen, entgegenkommend dem, der ihm in den Weg tritt und das Gespräch zulässt, vielleicht eher vertrauensselig, was aber allemal besser ist als feindselig. Nach der Wende wurde Heinrich Fink der erste frei gewählte Rektor der Humboldt-Universität. Gewollt wurde einer, der die Enden zusammenhalten kann, einer, der weniger in den Akten, dafür mehr in Gesichtern und Lebensbüchern derer liest, die in grundstürzende Krisen geraten waren und für die der Rektor trotz allem Verantwortung hat. Politisch gefordert war dagegen ein Abwickler, ein Kaltblüter. Man kann füglich bezweifeln, ob Fink für diese Erwartung in seiner spannungsvollen Position resistent genug war.«

Tags darauf wurde in der Universität ein Flugblatt von Bärbel Bohley, Reinhard Schult (Neues Forum), Wolfgang Templin und Michael Wartenberg (Bündnis 90) verteilt: »Keine Solidarität mit Heinrich Fink«. Die Studentenzeitung *Unaufgefordert* fragte daraufhin, warum die Bürgerrechtler sich denn nicht bei der Veranstaltung zu Wort gemeldet hatten. Später sagte Bärbel Bohley einmal, sie habe von der Vereinigung Deutschlands Gerechtigkeit erhofft und den Rechtsstaat bekommen. Meine Enttäuschung war wohl noch größer als ihre. Denn war das, was ich erfuhr, wirklich der Rechtsstaat?

Meine Unzumutbarkeit

Am 11. März 1997 tagte das in Karlsruhe ansässige Bundesverfassungsgericht ausnahmsweise in Leipzig, um über die Verfassungsbeschwerde von acht ehemaligen DDR-Bürgern zu beraten, die das vereinigte Deutschland weder in Schulen oder Hochschulen noch in Verkehrsbetrieben weiterbeschäftigen wollte. Die Veranstaltung sollte in dem repräsentativen Gebäude stattfinden, in dem bis 1945 das Reichsgericht getagt hatte. Kurzfristig wurde sie in den Festsaal des Alten Rathauses verlegt. Sicherlich gab es dafür gewichtige organisatorische Gründe, jedenfalls wurde dadurch der weltbekannte Ort gemieden, an dem 1933 die Nazi-Justiz im Dimitroff-Prozess versucht hatte, mittels grandioser Rechtsverdrehung die Brandstiftung im Berliner Reichstag den Kommunisten in die Schuhe zu schieben.

Zwei Instanzen hatten die Stasiakten, die meine angebliche IM-Tätigkeit belegen sollten, höchst unterschiedlich bewertet. Das Berliner Arbeitsgericht hatte mit harscher Kritik an der Unzulänglichkeit der von der Gauck-Behörde vorgelegten Akten auf Freispruch und sofortige Wiedereinstellung als Rektor der Humboldt-Universität entschieden. Der Berufungsrichter Preis dagegen war von der Beweiskraft der Akten überzeugt, erklärte die Zeugen für unglaubwürdig, hielt meine angebliche IM-Tätigkeit für erwiesen und bestätigte sie als Entlassungsgrund. Die Logik seiner Schlussfolgerung wird wohl sein Geheimnis bleiben: Das Gericht habe »in dem komplizierten Prozess der Wahrheitsfindung den Grad an Gewissheit erlangt, der Zweifeln Schweigen gebietet, ohne sie vollkommen auszuschließen.« Damit war der ergangene Freispruch aufgehoben worden und die fristlose Kündigung als Rektor und Professor bestätigt worden. Aber weil mir der alte juristische Grundsatz »Im Zweifel für den Angeklagten« ins Gegenteil verkehrt schien, ließ ich mich von meinem

Anwalt zu einer Verfassungsbeschwerde ermutigen. In der Urteilsfindung der zweiten Instanz sahen wir einen deutlichen Verstoß gegen das Verfassungsgebot eines fairen Prozesses und besonders gegen das Grundrecht auf rechtliches Gehör sowie gegen das Willkürverbot. Zu den acht ehemaligen DDR-Bürgern, deren Verfassungsbeschwerde am 11. März 1997 verhandelt werden sollte, gehörte darum auch ich.

Die Beschwerdeführenden waren unter dem Vorwurf von Stasi-Kontakten entlassen worden oder weil sie diese auf Fragebögen verschwiegen oder sich in der SED als Parteisekretäre engagiert oder sogar höhere Staatsfunktionen übernommen hatten. In allen acht Fällen hatten Arbeitsgerichte die Entlassung für rechtens erklärt. Alle Beschwerdeführenden sahen sich vor die Frage gestellt: Welche Eignung müssen Mitarbeiter des öffentlichen Dienstes in der Bundesrepublik Deutschland vorweisen, wenn sie im öffentlichen Dienst der DDR beschäftigt gewesen sind? Tatsächlich gibt es aber dafür keine verbindlichen Kriterien, meinte jedenfalls die damalige Vorsitzende der Gewerkschaft Erziehung und Wissenschaft, Eva-Maria Stange. Darum erhoffte sie von diesem Verfassungsgericht in Leipzig sowohl klärende als auch verbindliche Argumente.

Das »Sonderkündigungsrecht« war im Einigungsvertrag festgeschrieben worden. Es besagt, dass nach angemessener Einzelfallprüfung Kündigungen aus politischen Gründen zulässig sind, wenn den Entscheidungsgremien die »Zumutbarkeit« für den öffentlichen Dienst nicht gegeben zu sein scheint, weil die Beschuldigten in der DDR Schulleiter, Parteisekretäre oder Pionierleiter waren.

Allein aus Sachsen wurde berichtet, dass dort etwa 5.000 politisch motivierte Kündigungen im Bereich des Kultusministeriums ergangen sind.

Der sächsische Minister für Wissenschaft und Forschung, Hans Joachim Meyer, antwortete auf die Frage, wer denn als politisch vorbelastet gelte: »Wer Mitglied der SED gewesen ist, nach 1980 Abgeordneter in der DDR war, Mitglied im Kulturbund, im FDGB oder in der FDJ, erst recht diejenigen, die als Mitglieder Funktionen übernommen hatten.« Da drängte sich mir die Erinnerung an die überwunden geglaubte Politik der Berufsverbote aus der Bundesrepublik der 1970er Jahre auf.

Zur »Anhörung« am 11. März 1997 hatte das Bundesverfassungsgericht allen Beschwerdeführenden fünf Fragen geschickt, die in Leipzig beantwortet werden sollten, in meinem Fall speziell Frage 3: »Welche verfassungsrechtlichen Maßstäbe sind bei der Entscheidung über die Unzumutbarkeit der Weiterbeschäftigung eines Hochschullehrers zu beachten (vgl. Kap. XIX, Sachgebiet A Abschnitt 3, Ziff. 1 Abs. 5 Nr. 2 der Anlage I im Einigungsvertrag)?« In der öffentlichen Verhandlung bezweifelte mein Rechtsanwalt Klaus Dammann (Hamburg), dass das »Sonderkündigungsrecht« des Einigungsvertrages verfassungskonform sei, auch wenn das Verfassungsgericht dies am 21. Februar 1995 ausdrücklich bestätigt habe. Er betonte, dass damit die Freiheit der Berufsausübung gem. Art. 12, 1 GG eingeschränkt werde. Außerdem argumentierte Dammann, bei der Entscheidung über die Unzumutbarkeit müsse auch das politische Verhalten des Beschwerdeführers im vereinten Deutschland berücksichtigt werden; das Landesarbeitsgericht habe das völlig außer Acht gelassen. »Der Beschwerdeführer ist am 03.04.1990 zum Rektor der Humboldt-Universität demokratisch gewählt worden. Er hat mit großem Engagement und Erfolg sein Amt ausgeübt. Auch nach dem Zeitpunkt der Vereinigung am 03.10.1990 hat sich der Beschwerdeführer jederzeit loyal gegenüber dem Grundgesetz und seinem öffentlichen Dienstherrn verhalten. Er hat sich hervorragend fachlich bewährt und keinerlei Zweifel an seiner persönlichen Eignung aufkommen lassen. Insgesamt bleibt festzuhalten, dass das Landesarbeitsgericht gegen die verfassungsrechtlichen Grundsätze der freien Berufswahl gemäß Art. 12 Abs. 1 und 32 Abs. 2 GG sowie den verfassungsrechtlichen Grundsatz der Verhältnismäßigkeit verstoßen hat. Das Urteil vom 16.12.1992 ist mithin aufzuheben.«

Zur Klärung der politischen Voraussetzungen für eine Anstellung früherer DDR-Bürger im öffentlichen Dienst der Bundesrepublik Deutschland hatte das Gericht Gutachter aus der sächsischen Landesregierung eingeladen: den Minister für Justiz, Steffen Heitmann, und den Kultusminister, Matthias Rößler. Beide äußerten die Überzeugung, dass allein die frühere Tätigkeit und die übernommenen Funktionen ausschlaggebend seien. Das betreffe speziell ehemalige Angestellte im DDR-Schulwesen, das laut Rößler eine »spätstalinistische Hochburg« gewesen war, worauf viele Anwesende mit Gelächter reagierten. Heitmann meinte, dass der große Neuanfang in Sachsen auch einen personellen Neuanfang zur Bedingung haben müsse, sonst würde die friedliche Revolution verraten, die »Friedlichkeit« und »Wahrhaftigkeit« gebracht habe.

Ein weiterer Gutachter und Berater für die Probleme im Umgang mit Angestellten im öffentlichen Dienst der DDR war Hans Bernhard Beus vom Bundesinnenministerium. Er verteidigte die Sonderkündigungsregel und meinte, es wäre eigentlich die sicherste Lösung gewesen, wenn 1990 alle DDR-Angestellten aus dem Schuldienst entlassen worden wären. Stefan Wolle vom neugegründeten Hannah-Arendt-Institut Dresden erläuterte, in der DDR habe jeder auf jeden aufzupassen gehabt, weil die Stasi

Dreh- und Angelpunkt der Gesellschaft gewesen sei. Das habe besonders die Schulen betroffen. Immer wieder taten Prozessbeobachter – es saßen rund 200 im Saal – durch Lachen und Buhrufe ihrem Unmut über die Gutachter kund, was die Richter deutlich irritierte. Doch die Stimmung war eher bedrückt als ermutigend.

Ein Vierteljahr später, am 10. Juni 1997, gab das Gericht in Karlsruhe immerhin drei Beschwerden statt. Ich gehörte ohne Begründung zu den Abgewiesenen.

Das Marx-Zitat

Die Philosophen haben die Welt nur verschieden interpretiert.
Es kömmt aber darauf an, sie zu verändern.
Karl Marx: Elfte Feuerbach-These

Eines Tages im Frühjahr 1992 konnte niemend, der den Haupteingang der Humboldt-Universität Berlin betrat, übersehen, dass Buchstaben der 11. Feuerbach-These von Marx demoliert oder sogar entwendet worden waren. Wer immer das getan haben mochte, hatte den Denkmalschutz missachtet, der keinerlei Veränderungen im ganzen Eingangsbereich erlaubte. In den Gremien der HUB wie auch in der Tagespresse war zuvor schon heftig darüber debattiert worden, ob nach der »Wende« diese »indoktrinierende Losung« weiterhin an der Wand stehen dürfe. Nun aber fehlten das »s« von »sie« und das »x« von Marx, und einige andere Buchstaben hingen gelockert im Marmor.

Bereits das vorhergehende Konzil hatte als demokratisch gewähltes höchstes Entscheidungsgremium eine Denkmalkommission gewählt, der nicht wenige Aufgaben gestellt waren; das Marx-Zitat war nicht die einzige Herausforderung. An vielen Universitätsgebäuden gab es Gedenktafeln. Auf einer stand zum Beispiel, dass Marx hier von 1836 bis 1840 studiert hat; eine andere erinnerte daran, dass hier Friedrich Engels und später Karl Liebknecht »Gasthörer« waren. Viele solcher Hinweise ließen sich problemlos bei Renovierungsarbeiten entsorgen ...

Der ebenfalls heftig umstrittene Wandteppich des Hallenser Künstlers Werner Rataiczyk »Entwicklung der Wissenschaften« war noch im Senatssaal verblieben. Die Karl-Marx-Büste des Bildhauers Will Lammert hingegen, die am Saal-Eingang gestanden hatte, war längst auf einen Platz in der »Kustodie« genannten Kunstsammlung der Universität herabgestuft.

Die Diskussion um das Marx-Zitat im Foyer war hingegen von so grundsätzlicher Art, dass sie unvermindert andauerte, obwohl lange bekannt war, dass der Denkmalschutz zur Eliminierung bereits »nein« gesagt hatte. Das neu gewählte Konzil beschloss trotzdem ein »Stufenprogramm«, nach dem die Marx-These zumindest mit künstlerischen Mitteln so zu relativieren sei, dass sie ihre Bedeutung als »Herrschaftssymbol« verliere. Es gab schon erste Überlegungen, einen Wettbewerb »zur Umgestaltung des Hauptfoyers« auszuschreiben. Schließlich wurde öffentlich dazu aufgerufen, dass sich »alle« mit Ideen beteiligen sollten. Besonders der Theologe Richard Schröder, durch die Übernahme der Evangelischen Kirchlichen Hochschule Ost-Berlin in die Theologische Fakultät der Humboldt-Universität eingegliedert, nutzte jede Gelegenheit, darauf hinzuweisen, dass das Marx-Zitat bleibender Beweis dafür sei, wie der Marxismus in der DDR Wissenschaft und Forschung dominiert habe. Die historisch bedeutsame Lehre sei in Dogmatismus und Intoleranz erstarrt. In diesem Sinne argumentierte auch die Sprecherin der Denkmalkommission, Ursula Werner.

Im *Tagesspiegel* dagegen schlug Michael Karnetzki am 12. August 1992 unter der Überschrift: »Die Professoren haben Marx unterschiedlich kritisiert, es kommt darauf an, ihn zu verstehen« einen erfrischend anderen Ton an: »Über die Oberflächlichkeit in der intellektuellen Beschäftigung mit dem Marxschen Denken könnte man sich wundern, wenn dieses Niveau in der westdeutschen Geisteswissenschaft nicht leider schon immer verbreitet gewesen wäre, und wahrscheinlich ist das für Schröder der Maßstab für die wissenschaftliche ›Erneuerung‹ in der ehemaligen DDR. Wer aber nicht einfach nur eine politisch gewendete, sondern eine tatsächlich wissenschaftlich erneuerte Humboldt-Universität will, muss von ihr auch so viel akademische Würde verlangen, dass sie wissenschaftliche Leitsprüche wie die 11. Feuerbach-These, die Generationen von DDR-Wissenschaftlern und Studenten nur auswendig gelernt haben, (wenn überhaupt) erst dann aus den Hallen (und Köpfen?) verbannt, wenn eine seriöse wissenschaftliche Auseinandersetzung auch mit ihrem tatsächlichen Inhalt stattgefunden hat. Und dazu ist bei Richard Schröder: Fehlanzeige!«

Inzwischen war Professorin Marlis Dürkop zur Präsidentin der Humboldt-Universität gewählt worden. Eines Tages wurde bekannt, dass das Kaiserpaar von Japan Berlin und hier speziell auch die Universität besuchen wolle. Der Berliner Senat ging selbstverständlich davon aus, dass der Tenno die Freie Universität meine. Die für das Protokoll verantwortlichen Japaner korrigierten aber rechtzeitig, dass die Humboldt-Universität gemeint sei: Zu ihr habe Japan seit hundert Jahren sehr gute Beziehungen, wie man zum Beispiel an der kleinen Mori-Ôgai-Gedenkstätte sehen könne, errichtet zu Ehren eines einstigen Medizinstudenten an der HUB, der Goethes »Faust« ins Japanische übertragen hat. Ich fürchtete, der hohe Besuch könne als günstige Gelegenheit missverstanden werden, das Marx-Zitat entgegen den Denkmalschutz-Bestimmungen zu eliminieren. Aber die Präsidentin hatte spontan bereits eine sorgfältige Restaurierung angeordnet. So blieben der Humboldt-Universität die 11. Feuerbach-These und die Endlos-Diskussion darüber erhalten. Das Kaiserpaar konnte der Marmorwand mit ihren repräsentativen Buchstaben den handgreiflichen Angriff nicht mehr ansehen. Die fernöstlichen Besucher äußerten reiches Lob für die Bewahrung großer Traditionen.

Professorin Karin Hirdina (Ästhetik/Kunstwissenschaft), auch Mitglied der Denkmalkommission, kommentierte die inzwischen schon über drei Jahre geführte Diskussion um das Marx-Zitat in der Zeitschrift *Humboldt-Universität* (11. November 1993): »Ein Wort von Marx wird zum Symbol für 40 Jahre, die Entfernung des Zitates soll wiederum Symbol sein – für Erneuerung und Freiheit der Wissenschaft. Ein merkwürdiger Einfall, Freiheit und Pluralismus gerade durch Ausschluss, Ausgrenzung dokumentieren zu wollen! Ich halte die Entfernung von Symbolen für ein untaugliches Mittel der Erneuerung. Was nottut, ist Auseinandersetzung mit der Geschichte, nicht ihre Verleumdung. Keiner, der an dieser Universität gearbeitet hat, gar berufen wurde, sollte meinen, er könne sich aus dieser Geschichte herausnehmen, seine Arbeit war nicht nur Widerstand. Das Marx-Wort könnte uns künftig an die Humboldt-Universität in der DDR erinnern und an die Notwendigkeit, deren Geschichte aufzuarbeiten. Das setzt allerdings voraus, dass da noch Leute sind, die Erinnerungen haben (wollen). Eine durch hundertprozentigen Austausch erneuerte Universität braucht so etwas nicht.« In einer Ringvorlesung zur 11. Feuerbach-These gab die Philosophische Fakultät die Möglichkeit zu sachlicher Diskussion und besserem Verständnis.

Zum 200. Bestehen der Universität wurde dann wie geplant ein Wettbewerb zur »Umgestaltung« des Foyers ausgelobt. Eine junge Engländerin, Ceal Floyer, die international mit ihren Installationen bereits Aufsehen erregt hatte, gewann die Ausschreibung. In einem im Foyer ausgelegten Flugblatt der Universitätsleitung, in dem die 11. Feuerbach-These in zehn Sprachen (seltsamerweise nicht in Russisch) abgedruckt ist und dazu noch in den historischen Zusammenhang gestellt wird, heißt es: »Die Kunstinstallation trägt den Titel ›Vorsicht Stufe‹. Die Künstlerin hat eine Vielzahl von identischen Messingschildern mit dieser Aufschrift anfertigen lassen und montiert diese auf jeden einzelnen der 56 Stufenabsätze des Treppenantritts und der zwei Treppenarme. Es handelt sich um gewöhnliche Warnschilder aus Messing in reduzierter Form ... Das verborgene Potential liegt bei Ceal Floyers Installation nicht in dem einzelnen Warnschild, sondern in der Wahrnehmung der durch die Begriffsreihung erzeugten Situation. Vom Foyer aus betrachtet scheinen sich diese Bilder bis ins Unendliche fortzusetzen. Es entstehen seltsame Achsenbezüge im Raumgefüge des von rotem Marmor und DDR-Design dominierten denkmalgeschützten Foyers ... Am Ende steht ein freier Umgang mit der Intervention – ästhetisches Raumerlebnis, Provokation oder Warnung vor Raum und Zitat? Das muss jeder der Foyerpassanten selbst erfahren.«

Übrigens: »Stuve« hieß, wie zu Beginn meiner Erinnerungen schon erwähnt, die erste Studentenvertretung der Humboldt-Universität. Sie bereitete aktiv die Studentenparlamentswahlen vor und kandidierte auch selber: »Studentenvertretung«. Wer hörte das »v«? Ich finde – wenn auch in leichter »Abwandlung« der Schreibweise –, dass an der Treppe Geschichte festgeschrieben wurde: »Vorsicht, Stufe«. Ohne das kritische Engagement der Studenten hätte es die beiden Jahre intensiver Mitsprache und Entscheidungsfindung nicht gegeben. Ich jedenfalls steige die Treppe hoch und denke: Vorsicht Stuve! Ob Studenten unter den aktuellen Studienbedingungen noch einmal bereit wären, ihre Rechte zu erkämpfen und dann auch Gebrauch von ihnen zu machen? Aber: Wie anders lässt sich die Welt denn verändern? Vielleicht ist diese Installation doch nicht nur ein Treppenwitz. Und mit stillem Vergnügen denke ich daran, dass ich als Rektor dafür sorgen konnte, den Haupteingang der Humboldt-Universität mitsamt dem Marx-Zitat unter Denkmalschutz zu stellen.

Umfassender Elitenwechsel

Ich blicke nicht zurück im Zorn, sondern fühle mich um so mehr denen verbunden, die wegen ihrer Hautfarbe, sozialer Verhältnisse oder religiöser Zugehörigkeit ihren Beruf nicht ausüben dürfen. Und meine solidarische Zugehörigkeit zu denen wächst, die eine gerechte Gesellschaft anstreben, in der alle Menschen gleichberechtigt Platz finden.

*

Unmittelbar nach der Maueröffnung besuchten uns in der Humboldt-Universität viele Wissenschaftler aus der BRD. Wie sie erzählten, waren sie in den 1968er Jahren politisiert worden; sie seien keine Antikommunisten und hielten immer noch »demokratischen Sozialismus« für machbar. Sie ermutigten uns, aber wir überschätzten ihren Einfluss im Einigungsprozess. Ich hoffte auf eine lebhafte akademische Auseinandersetzung und eine bereitwillige Wahrnehmung der leidenschaftlichen Diskussionen, die in den letzten Jahren der DDR in vielen Fakultäten mutig und kontrovers um Modelle des demokratischen Sozialismus geführt worden waren. Vor allem hoffte ich, die Ergebnisse unserer interdisziplinären Friedensforschung auf den Prüfstand stellen zu können. Unter »Transformation« – ein damals oft gebrauchtes Schlagwort – verstand ich nicht Verzicht auf fundamentale sozialistische Strukturen, wohl aber eine kritische Überwindung fundamentalistischer Katechismusprinzipien. Aber die Paradigmen der herzustellenden Einheit waren längst von anderen festgelegt worden. Und leider sahen wichtige Entscheidungsträger allein schon im Scheitern des sozialistischen Ostblocks die Bestätigung für die Richtigkeit der Praxis der neoliberalen kapitalorientierten Marktwirtschaft.

Unter Mitwirkung von DDR-Bürgerrechtlern wurde es zum moralischen Prinzip erhoben, dass DDR-Bürger, die im Verdacht standen, in Parteifunktionen ideologische Stützen der DDR gewesen zu sein, die mit der Staatssicherheit Kontakt gehabt hatten oder gar als »Informelle Mitarbeiter« des DDR-Geheimdienstes geführt worden waren, als ungeeignet galten, im vereinten Deutschland je wieder Verantwortung zu übernehmen. Die Stasi-Akten erlangten dabei hohe Autorität; sie zu entschlüsseln und zu bewerten wurde jedem zugetraut, der an diesem moralischen Sondierungsprozess beteiligt wurde. Damit war die Entscheidung für einen umfassenden Elitenwechsel getroffen, der inquisitorische Züge annahm, besonders an Hochschulen. So wurde zum Beispiel in der Humboldt-Universität zu Berlin die Sektion Geschichte komplett abgewickelt. Von den insgesamt 782 Hochschullehrern der HUB verloren 644 ihre Position. Nur 16 Prozent aller im Jahre 1989 Beschäftigten (einschließlich Verwaltung und Technik) gehörten der HUB im Jahre 1994 noch an. Rund 2.500 waren innerhalb dieses Jahrfünfts entlassen worden.

*

Mit diesen Angaben wollte ich meine Artikelserie über die Wendezeit an der HUB beenden. Aber meine Wendegeschichte geht weiter – noch nach mehr als 20 Jahren.

Im Jahre 2005 rief mich ein *Spiegel*-Redakteur an, der mich fragte, ob ich wisse, dass meine Stasi-Akte aufgefunden worden sei. Sie liege ihm vollständig vor. Ich erfuhr, dass die Akte 1989 auf Veranlassung des Stasioffiziers Roßberg vernichtet worden war. Da die Reißwölfe der Staatssicherheit die Vernichtung nicht mehr schafften, zerrissen Stasi-Mitarbeiter wichtige Akten per Hand. Die Fetzen wurden in 16.000 Papiersäcke gefüllt. 15 Jahre später puzzelten die Wendearchivare der Stasi-Unterlagenbehörde meine Akte aus Sack 307 zusammen. Eine Verpflichtungserklärung oder handschriftliche Berichte von mir fanden sie nicht. Wie hätten sie denn auch finden können, was es nie gab.

Einige Tage später rief ein anderer Journalist an und fragte, ob ich an meiner Stasi-Akte interessiert sei, sie liege auf seinem Schreibtisch. Er habe sie bekommen, weil ich als »Person der Öffentlichkeit« galt. Da die Birthler- (vormals Gauck-)Behörde nur Stasi-Opfern und Journalisten Akteneinsicht gewähre, bot er mir an, sie bei ihm zu lesen. Tatsächlich enthielt die Akte nur ein Papier mit meiner Unterschrift: einen Brief an den DDR-Staatssekretär für Kirchenfragen, an seine Dienstadresse gerichtet, mit Poststempel versehen. Wie sich herausstellte, hatte eben diese Akte bereits in meinem Prozess meinem Anwalt zur Einsicht vorgelegen – was sich einfach daraus erklärt, dass die Akte, mehrfach abgeschrieben, an verschiedenen Stellen archiviert war, zum Beispiel auch in der für Kirchenfragen zuständigen Stasi-Abteilung.

Kurze Zeit danach schrieb Renate Oschlies von der *Berliner Zeitung*, über mich einen Artikel mit der Schlagzeile: »Der Denunziant«. Ich fand den Artikel denunziatorisch, zumal er pünktlich in Vorbereitung zur Bundestagswahl erschien.

Wenn immer wieder dieselben Verdächtigungen verbreitet werden, fragen sich auch irgendwann wohlwollende Zeitgenossen, ob nicht doch etwas Wahres dran sein könne. Aber es gab und gibt nach wie vor keine Beweise für die mir unterstellte Rolle als Stasi-Informant und es kann auch keine geben. Längst geklärte Tatsache ist vielmehr: In unserer Wohnung waren mehrere Wanzen und eine Abhöranlage über meinem Schreibtisch installiert, meine Gespräche wurden aus der über uns liegenden Wohnung eines Stasi-Mitarbeiters rund um die Uhr abgehört. Der Zeuge Dr. jur. Wiegand, Hauptabteilungsleiter der Abteilung Kirchenfragen, erklärte dazu vor Gericht, die auf solche Weise Abgehörten seien in den Akten als IM – in meinem Fall unter dem Decknamen »Heiner« – geführt worden. Die Tonträger hätten als authentische Berichterstatter gegolten.

Aber daran zeigen sich Journalisten der tonangebenden Medien bis heute nicht interessiert. Die Öffentlichkeit wird verführt nach der Devise, solche immer wiederholten Vorwürfe könnten ja nicht einfach aus der Luft gegriffen sein.

…e Gespräche mit einem Mitarbeiter der Abteilung Theo-
…äten im Ministerium für Hoch- und Fachschulwesen der
…zier im besonderen Einssatz (OibE) war, befinden sich als
…hm in der Schnipselakte. Diese Berichte sind erstaunlich
…geben eine fast sachgerechte Darstellung der Theologischen
…ihrer Studierenden und erwähnen ausführlich unsere jährli-
…nischen Symposien zu »Wurzeln des Antisemitismus«, »Kir-
…den, Gerechtigkeit und Bewahrung der Schöpfung« wie zur
…ler Befreiung« mit Ernesto Cardenal aus Nicaragua als Gast.
…Geheimnis der Justiz bleiben, wieso solche Berichte mich als
…en überführen.

…rbulente Rektor-Zeit war unfreiwillige Lehrzeit in bürgerlicher Sieger-Demokratie. Wie bereitwillig sich Journalisten an der Stasi-Kampagne beteiligten und Vermutungen wie Beweise handhabten, hat mich nachhaltig gekränkt. Aber diese bitteren Erfahrungen halfen mir, »Markt-Interessen« schneller zu durchschauen. Das Berufsverbot traf mich härter.

*

In meiner Jugend nach dem Ende des Nazi-Reiches beschäftigte mich die Frage nach den Traditionen, auf die sich ein neues, friedliches, demokratisches Deutschland gründen sollte. Damals war es die Begegnung mit religiösen Sozialisten, mit Martin Niemöller und dem Werk Dietrich Bonhoeffers, die mich zum Theologiestudium motivierten – in einer Zeit, als die Evangelischen Kirchen die aus Konzentrationslagern befreiten oder aus der Emigration zurückkehrenden Antifaschisten keineswegs mit Ehrfurcht begrüßten. Es kostete sie große Mühe, Bonhoeffer oder zum Beispiel auch Jochen Klepper als ihre Märtyrer anzuerkennen.

Kurz vor seinem Tod 1968 bat mich mein verehrter Lehrer Karl Barth in Basel, über die »Bewegung Freies Deutschland« in der Schweiz zu schreiben. Weil er als »neutraler Schweizer« nicht Mitglied dieser Organisation deutscher Emigranten sein durfte, nahm seine deutsche Mitarbeiterin Charlotte von Kirschbaum an allen Sitzungen teil und dokumentierte sie gründlich. Mit Freude sprach er von seiner Unterstützung für die deutschen Antifaschisten und von seiner Freundschaft mit ihnen. Dem greisen Karl Barth lag nun daran, dass seine politische Position bekannt werde. Leider erlebte er es nicht mehr, dass ich die Fülle der Dokumente in meiner Habilitation verarbeitete.

In der Wende-Zeit, über die ich in diesem Buch berichte, suchte ich erneut den Kontakt mit Antifaschisten, zumal mir aufgefallen war, dass die meisten DDR-Bürgerrechtler kaum Verbindung zu den Überlebenden des Widerstands gegen das Naziregime hatten, die so fast zu Außenseitern der Wende wurden. In der Vereinigung der Verfolgten des Naziregimes – Bund der Antifaschisten helfe ich seitdem nach Kräften, dass der Schwur der Häftlinge bei der Befreiung aus dem KZ Buchenwald »Nie wieder Krieg – nie wieder Faschismus!« auch und gerade jüngeren Menschen nicht nur in Erinnerung bleibt, sondern Verpflichtung wird. Und Demokratischer Sozialismus ist nach wie vor meine politische Option.

Karl Schwarz[1]

Erinnerungen an einen abgebrochenen Neuanfang

»Erneuerung aus eigener Kraft und mit den vorhandenen Menschen« – das war die Losung des neuen Rektors der Humboldt-Universität, Prof. Heinrich Fink. Sie faszinierte mich, wie mich die Person faszinierte. Ich hatte Prof. Fink das erste Mal im Dezember oder Januar 1989/90 bei einer Podiumsdiskussion in der Technischen Universität erlebt. Er schien mir Eigensinn zu verkörpern Er bestand darauf, dass man an der Humboldt-Universität selber den Weg der Erneuerung finden müsse. Ich fand das gut. Vielleicht ist es schon an dieser Stelle angebracht, daran zu erinnern, dass es im Winter 88/89 in Westberlin gerade mal wieder eine der sich periodisch wiederholenden Studentenrevolten gegeben hatte – mit allem Drum und Dran: An der Technischen Universität mit Blockade des Ernst-Reuter-Platzes, wochenlangen Vorlesungsstreiks etc. Der Gedanke, das bundesdeutsche Universitätssystem im Maßstab 1:1 auf die Hochschulen der DDR übertragen zu wollen, musste jemandem, der wie ich seit Anfang der 70er Jahre an der Technischen Universität Berlin tätig gewesen war, absurd erscheinen. Dies auch unabhängig von der im Frühjahr 1990 noch lebendigen Hoffnung, dass es bei der Vereinigung der Bundesrepublik mit der DDR insgesamt um den Aufbau von etwas Neuem gehe, das auch die Bundesrepublik verändern würde, und zwar zum Besseren, im Hochschulbereich wie überhaupt.

Auch heute noch meine ich, dass mit dieser Losung der »Erneuerung aus eigener Kraft und mit den vorhandenen Menschen« ein Ansatz, ein Versuch erfasst ist, der als das Interessanteste, wenn nicht Wesentlichste im ganzen Prozess der Überführung der Humboldt-Universität in das westdeutsche und westberliner Hochschulsystem anzusehen ist. Ich denke, die Historiker, die etwa um das Jahr 2050 sich mit den Transformationsprozessen im Zuge der Integration der DDR in die Bundesrepublik Deutschland befassen sollten, werden diesem Ansatz eine besondere Aufmerksamkeit widmen. Jedenfalls ist die Frage, warum dieser Versuch

[1] Der zeitweilige Kanzler der Humboldt-Universität, Karl Schwarz, hielt diesen Vortrag am 19. März 2009 in der Universität. Der Text ist erstmals erschienen in dem Band »Die Humboldt-Universität Unter den Linden von 1945 bis 1990. Zeitzeugen, Einblicke, Analysen«, Leipziger Universitätsverlag 2010

gescheitert ist, ist die entscheidende Frage, die mich an dieser Konferenz interessiert.

Die gängigen beiden Erklärungen dieses Scheiterns: »Wegen der Übermacht und Uneinsichtigkeit des Westens« und »Weil es in dieser DDR nichts gab, woran man vernünftiger Weise anknüpfen konnte« mag ich nicht akzeptieren Die erste Erklärung scheint mir nur die halbe Wahrheit zu erfassen, weil die »Übermacht« ein Resultat des fehlenden Widerstandswillen war und dieser wiederum der Begründung bedarf. Der zweiten will ich nicht folgen, weil das auf die abstrakte Negation eines Pols der ganzen weltgeschichtlichen Entwicklung der Neuzeit hinausliefe. Das wäre m. E. gedanklich nur möglich, wenn man der Überzeugung sein könnte, mit der »Wende« sei die Dialektik des geschichtlichen Geschehens jedenfalls der letzten 200 Jahre aufgehoben, weil das »Gute« gesiegt, jedenfalls von der Dialektik dieser (mindestens) 200 Jahre nichts mehr zu befürchten und nichts mehr zu gewinnen habe.

Also zu meinen Erfahrungen an der Humboldt-Universität als Berater des Rektors und kommissarischer Kanzler:

Ich möchte auf die Zeit von Juli 90 bis Februar 92 drei Schwerpunkte bildend eingehen: Die Phase des **Aufbruchs** in der Zeit vom Juni bis November 90, die noch erfüllt war von Zuversicht und Enthusiasmus; die Zeit des **Kampfes** um die vom Senat von Berlin beschlossene Abwicklung der geistes- und sozialwissenschaftlichen Bereiche; die Zeit der **Neustrukturierung**, von der ich nur die ersten Anfänge noch miterlebt habe. Danach noch ein paar Worte zur Bewertung des Ergebnisses dieser faktischen Neubegründung der Universität.

Schon bevor ich meinen Dienst antrat, hatte ich ein Erlebnis, das ein eigentümliches Licht auf die Frage nach der Möglichkeit einer Erneuerung aus eigener Kraft warf: Es war auf dem Kongress »Quo vadis Germania?«, der von der Complutense Universität Madrid angeregt worden war: Es wurde die Frage aufgeworfen, ob es eigentlich nur ein Vorteil der DDR gegenüber den anderen ehemaligen sozialistischen Bruderstaaten sei, dass sie sich auf die starke Bundesrepublik stützen könne, statt aus eigener Kraft Lösungen für die angelaufenen Probleme finden zu müssen. Auf das Argument, dass jede wirkliche Erneuerung von Innen kommen müsse, antwortete der damalige letzte Wissenschafts- und Kulturminister der DDR, Hans Joachim Meyer, später Sächsischer Staatsminister für Wissenschaft und Kunst: Es sei doch selbstverständlich, dass man ein ausgereiftes, erprobtes gesellschaftliches System wie das der Bundesrepublik übernehmen müsse. »*Wenn Sie das anders sehen, lässt sich das nur aus Sympathie mit dem System, was gerade gescheitert ist, erklären!*«

Zunächst also zur **Phase des Aufbruchs von** Juni bis etwa November 1990: Das Gefühl, die Dinge in die Hand nehmen zu müssen und zu können, fand einen Ausdruck im Bemühen um eine neue Satzung. Im Rückblick mag der Enthusiasmus, mit dem diese Arbeit betrieben wurde, naiv erscheinen. Es war ein Versuch, im Kleinen das zu realisieren, was in dieser Zeit im Großen unter den Stichworten Beitritt oder Vereinigung diskutiert wurde. Beides scheiterte. Dennoch war das Bemühen um eine neue Satzung der Universität nicht ergebnislos. In dem sog. Vorschaltgesetz, in dem schon vor der vollzogenen Vereinigung die künftigen Strukturen der Berliner Hochschullandschaft und in diesem Rahmen auch die Fortexistenz der Humboldt-Universität geregelt wurde – so selbstverständlich wie uns das heute erscheinen mag, war das damals nicht – gab ein besonderer Passus der Humboldt-Universität einen Spielraum, im Rahmen ihrer Satzung abweichende Regelungen zu treffen. Das war eng begrenzt auf Organisatorisches und spielte in der Folgezeit dann auch keine Rolle mehr, aber es war ein symbolisches Zugeständnis, und ich erinnere mich daran, wie heftig darum gekämpft werden musste – in Gesprächen mit Abgeordneten aller Parteien, im einschlägigen Ausschuss der SPD, der dann in dieser Frage mehrheitlich Stellung bezog gegen die eigene Senatorin. Es war nicht ganz bedeutungslos. Unmittelbar nur von Symbolwert. Aber vielleicht beziehen die ganzen Anstrengungen um eine »Erneuerung aus eigener Kraft« in dieser Übergangsphase der Humboldt-Universität ihre Bedeutung für uns heute nur aus ihrem symbolischen Gehalt.

Dieser »Eigensinn« war erfahrbar auch in den Diskussionen um eine Neuordnung des *sozialwissenschaftlichen Bereiches*. Ich erinnere mich nicht mehr im Einzelnen, aber ich weiß, dass Papiere, die damals *Dieter Klein* vorlegte, mich außerordentlich beeindruckt haben. Das war der »Heiße Atem« eines Neubeginns, der beides versprach: Die kritische Aufarbeitung der eigenen wissenschaftlichen Vergangenheit und ein Versprechen, einen eigenen Beitrag zur künftigen gesamtdeutschen Wissenschaftslandschaft leisten zu können. Allerdings sind mir aus dieser ersten Phase auch nicht sehr viele weitere Beispiele für dieses Bemühen um Neustrukturierung ganzer wissenschaftlicher Bereiche in Erinnerung. Der Ansatz »*Humanontogenese*« von *Karl Friedrich Wessel* fiel mir auf. Es war nicht meine Aufgabe, mich näher mit dem wissenschaftlichen Ansatz zu beschäftigen. Aber ich verstand, dass es jedenfalls um einen originellen neuen Ansatz ging. In solchen neuen Ansätzen sah ich eine Chance. Die Bemühungen um eine Neustrukturierung der *Rehabilitationswissenschaften* drangen durch bis zur Rektoratsebene. Der entsprechende Bereich sollte sich zu einem Sammelbecken ehemaliger Stasi-Mitarbeiter entwickelt haben. Einzelheiten sind mir nicht mehr in Erinnerung. Jedenfalls ergriff die Universität auf Aufforderung der Senatsverwaltung administrative Maßnahmen. Die Betroffenen klagten dagegen und bekamen Recht. War man im Bemühen einer »Erneuerung aus eigener Kraft« zu weit gegangen? Die Nervosität steigerte sich mit der Affäre um die »Offiziere im besonderen Einsatz« (OIBES) der Staatssicherheit insbesondere im Bereich Kriminalistik der Humboldt-Universität, die am Ende dieser ersten Periode der Entwicklung stand. Auf Anordnung der Senatsverwaltung – oder war es diese selbst?– wurde der Bereich Kriminalistik aufgelöst. Die Affäre um die OIBES änderte das Klima an der Universität von Grund auf.

In dieser ganzen ersten Phase war innerhalb wie außerhalb der Universität die Losung von Rektor Fink »Es geht um eine Erneuerung aus eigener Kraft und mit den vorhandenen Menschen« die Identifikationsformel, der innerhalb der Universität jedenfalls offen niemand widersprach. Dass hinter dieser scheinbaren Einhelligkeit kein gemeinsamer Wille stand, keine Gemeinsamkeit im Urteil über die Vergangenheit und einer Phantasie betreffend die Zukunft, musste man auch als Außenstehender vermuten, offenbarte sich auch andeutungsweise in einzelnen Momenten, äußerte sich aber noch nicht in zusammenhängenden Positionen.

Mit dazu beigetragen haben mag auch die nachdrückliche Unterstützung dieser Haltung durch die Studierenden. Ich habe Rektor Fink erlebt als jemanden, der stets umringt war von Menschen, die seine Nähe suchten als eine Art Identifikationsfigur. Ich fand es beschwerlich, mit ihm über das Uni-Gelände zu gehen, weil er stets von allen möglichen Menschen angesprochen wurde, bei denen er dann auch stehen blieb, um mit ihnen über das Gelände zu gehen. Aber das Besondere war, dass auch die Studenten in seine Diensträume strömten und hereingelassen wurden. Es fand sich da beinahe jeden Abend, jeden Tag, so etwas wie Wallensteins Lager zusammen, wobei sich Studierende, andere Mitglieder der Universität, Außenstehende, auch Journalisten gelegentlich mischten. Mechthild Küpper, heute bei der *FAZ*, hat darüber geschrieben.

Hierzu ein Vorgriff: Auch dass die Losung »Erneuerung aus eigener Kraft und mit den vorhandenen Menschen« diese erste Phase, wenn auch nicht mehr die frühe Zuversicht verbreitend, bis zum Ausscheiden Rektor Finks überdauert hat, verdankt sie allein den Studierenden. Sie haben sich zweimal in einer Weise zu Wort gemeldet, die in der Öffentlichkeit wahrgenommen wurde, die in der *Frankfurter Allgemeinen Zeitung* Befürchtungen aufkommen ließ, ob es nicht vielleicht doch noch so etwas wie einen Aufstand in der DDR gegen die reibungslose Westintegration geben könne: Zum ersten Mal im Protest gegen den Abwicklungsbeschluss des Berliner Senats im Dezember 1990 und dann im Protest gegen die Entlassung von Rektor Fink. Losung: »*Unsern Heiner nimmt uns keiner*«. Bei der Protestversammlung im Audi-Max hierzu stand ich dicht gedrängt im Vorraum und hörte hinter mir eine hasserfüllt klingende Stimme: »Es ist wie früher« Der Mensch meinte damit »wie früher bei der FDJ oder der Partei« Ich drehte mich um und sah, es war einer derjenigen Menschen, die bei den Zusammenkünften, die ich als »Wallensteins Lager« charakterisiert habe, immer in der Nähe von Fink gesessen oder gestanden hatten. Da wusste ich: Es ist vorbei. Auch Du mein Sohn Brutus.

Zurück zur **2. Phase** vom Dezember 1990 bis Februar 1991: Ich habe sie als die Zeit des **Kampfes um die Abwicklung** bezeichnet. Es war auch schon die Zeit der Zersetzung von Loyalitäten, der Auflösung eines »Wir«-Gefühls im Kampf der Einzelnen, ihre Haut zu retten. Aber es war eine Zeit noch des Aufschubs, und sie endete mit einem Sieg der Kräfte, die für eine Erneuerung aus eigener Kraft kämpften. Sie sei daher von der Phase der dann tatsächlichen Umgestaltung der HU abgehoben.

Mit der Affäre um die OIBES und der sich aus ihr ergebenden allgemeinen Verunsicherung spitzte sich die Frage zu: Wer sollte mit wem die »eigene Kraft« bilden? Rektor Fink versuchte die Flucht nach vorne über zwei große Diskussionsveranstaltungen im Senatssaal zur Geschichte und zur Philosophie an der Humboldt-Universität und mit einem eigenen Ansatz zur personellen Erneuerung. Nach der ersten Diskussionsveranstaltung zur Geschichte hatte ich trotz der Heftigkeit der Zusammenstöße noch Hoffnung, dass es zu einer großen und weiterführenden Aussprache kommen könnte, die auch zu zukunfts- und das heißt auch: durchsetzungsfähigen Konzepten führen würde. Der zweiten fehlte bereits die Leidenschaft, die Voraussetzung jeder Zukunftsfähigkeit ist. Ein Konzept für ein verändertes fachliches Profil in den Geistes- und Sozialwissenschaftlichen Bereichen, das auch das Ausscheiden bestimmter Personen implizierte, wurde als Angebot der Universität zwar noch an die Senatsverwaltung übersandt, fand hier jedoch kein Echo, ging vielmehr unter in den wenige Tage später getroffenen Entscheidungen zur Abwicklung des gesamten geistes- und sozialwissenschaftlichen Bereiches. Dieser Vorstoß der Universität im Sinne einer Erneuerung aus eigener Kraft dürfte heute so gut wie vergessen sein. Ob er archiviert ist, würde ich gerne wissen. Ich erinnere mich nicht mehr an die einzelnen Verfahrensschritte. Ich erinnere mich aber noch gut an die Skrupel und Schwierigkeiten, die alle an den entsprechenden Diskussionen Beteiligten hatten, in einem sehr verkürzten Verfahren selber Entscheidungen über Menschen zu treffen.

Mit den Abwicklungsbeschlüssen des Senats waren die neuen Machtverhältnisse und die Strategie der neuen Macht klar gestellt. Das Ziel war, die Erneuerung der Humboldt-Uni jedenfalls in den ideologierelevanten Bereichen ungestört durch Einfluss von und notwendiger Rücksichtnahme gegenüber dem vorhandenen Personal nach bewährten westlichen Standards und vor allem über einen umfassenden Personaltransfer zu realisieren. Zu diesen Abwicklungsbeschlüssen ist es vielleicht notwendig, etwas in Erinnerung zu rufen:

Das Wort »Abwicklung« wird heute insbesondere von den Betroffenen so verwandt, dass es den Gesamtprozess der personellen Umwälzung an der HU umfasst. Jeder, der in diesem Prozess seine Stelle verloren hat, oder in einen neuen und niederen Status umgestuft wurde, fühlt sich als »Abwicklungsbetroffener«. Das ist verständlich, insoweit der allgemeine Inhalt des Begriffs »Abwicklung« diese Verwendung des Wortes ermöglicht. Aber die »Abwicklung«, die im Dezember 90 vom Berliner Senat beschlossen wurde, war etwas anderes, besonderes. Und diese Abwicklung ist nicht realisiert worden, weil sie auf Grund der Klage der Humboldt-Universität, weil rechtswidrig, vom Verwaltungsgericht aufgehoben worden ist. Dass die Humboldt Universität diese Klage eingereicht hat, ist einer der großen Verdienste von Rektor Fink. Die Humboldt-Universität blieb die einzige Universität der ehemaligen DDR, die es gewagt hat, gegen die entsprechenden Abwicklungsbeschlüsse gerichtlich vorzugehen Die vom Senat von Berlin beschlossene Abwicklung war ein Beschluss, mit dem die Dienstverhältnisse aller Mitarbeiter der im Beschluss bezeichneten Bereiche der Geistes- und Sozialwissenschaften nach Fristablauf automatisch gelöst worden wären, ohne, dass es irgendwelcher individueller Auseinandersetzung und Kündigung bedurft hätte. Dieser Mechanismus stützte sich auf eine Regelung des Einigungsvertrages, gegen deren Anwendbarkeit im vorliegenden Fall die Humboldt-Universität mit ihrer Klage geltend machen konnte, dass sie bezogen war auf die ersatzlose Auflösung bestimmter Bereiche und daher nicht anwendbar sein konnte für Bereiche, die man als solche fortsetzen wollte und für die man sich nur die personelle Umwälzung erleichtern wollte – mit der Abwicklung als einer Art *Neutronenbombe*, die nur die Menschen vernichtet, die Gebäude (hier die Institutionen) aber nutzbar stehen lässt, wie damals formuliert wurde. Dieser Sieg an der Abwicklungsfront bedeutete für die Universität auch so etwas wie eine gerichtliche Bestätigung der Philosophie der Erneuerung mit den vorhandenen Menschen: Man konnte sich dieser jedenfalls nicht global bzw. pauschal entledigen.

Für die tatsächlich dann von einer Kündigung Betroffenen mag es keinen großen Unterschied machen, dass ihre Entlassung nicht im Ergebnis eines globalen Abwicklungsbeschlusses vollzogen, sondern individuell ausgesprochen wurde. Für das Geschehen im Großen spielte es eine erhebliche Rolle. Es hat sicherlich einer erheblichen Anzahl von Personen ein wie immer geartetes Verbleiben an der Humboldt-Uni ermöglicht, das sie bei der Neutronenbomben-Lösung nicht gehabt hätten. Es hat bei den strukturellen Entscheidungen dazu geführt, dass es zu einer gewissen Kooperation zwischen dem von der Wissenschaftsverwaltung eingesetzten externen Planungsinstrumentarium und den Planungsgremien gekommen ist, die sich die Universität in der gewissen Zwischenphase geschaffen hatte, in der die Senatsverwaltung wegen des noch laufenden Prozesses um die Abwicklung sich etwas zurückgehalten hat.

Höhepunkt dieser vom Kampf gegen die Abwicklungsbeschlüsse des Senats von Berlin gekennzeichneten Phase waren die schon angesprochenen Protestaktionen der Studierenden gegen die Abwicklung: Fußmarsch nach Leipzig, Protestveranstaltungen in der Universität, auch über die Weihnachtstage, teilweise – so in der juristischen Fakultät – auch mitgetragen von Gastprofessoren aus der alten Bundesrepublik. Von der Schlussveranstaltung in Leipzig ist mir in Erinnerung, dass hier das Klima schon sehr anders war als an der Humboldt-Universität. Wurde der Klage gegen die Abwicklung an der Humboldt-Universität zumindest offen von niemandem widersprochen, erzeugte sie vielmehr für kurze Zeit erneut ein Gefühl großer Gemeinsamkeit, gab es in Leipzig durchaus Stimmen, die sich mit einer »Grunderneuerung« im Verfahren der geschilderten »Abwicklung« befreunden konnten.

Damit sei die **dritte Phase** meiner Zeit an der HU angesprochen, die Phase der beginnenden Neustrukturierung der Universität. Sie begann etwa Mai 1991, unmittelbar nach der gerichtlichen Aufhebung der »Abwicklung«, und entfaltete sich in einem längeren Prozess. Im Sommer 1991 wurden in Reaktion auf den verlorenen Abwicklungs-Prozess mit dem Ergänzungsgesetz zum Berliner Hochschulgesetz die rechtlichen Grundlagen für die Tätigkeit der Berufungs- und Strukturkommissionen geschaffen und erst im Frühjahr 1992 mit dem Personalübernahmegesetz das rechtliche Instrumentarium für den Personalwechsel vervollständigt. Meine Zeit an der HU endete im Februar 1992.

Die Zielsetzung, die im Ergänzungsgesetz ihren Niederschlag fand, war von Senator Manfred Erhardt schon unmittelbar nach seinem Amtsantritt in einer Vollversammlung deutlich gemacht worden. Rektor Fink hatte bei dieser Gelegenheit seinen nach meiner Erinnerung letzten großen Auftritt als Vertreter der Interessen der vorhandenen Menschen dieser Universität. Mit Begeisterung in der Stimme verkündete der Senator, dass er wisse, viele hervorragende Wissenschaftler in der Bundesrepublik bereit ständen, einem Ruf an die Humboldt-Universität zu folgen. Als es darauf keine Reaktion im Publikum gab und er hinzufügte, dass das doch allen Grund zur Freude gebe, meldete sich Rektor Fink: Der Senator möge bedenken, dass jeder hier im Saale sich bei dieser seiner Ankündigung frage, ob nicht auch sein Arbeitsplatz für diese Neuzukömmlinge frei geräumt werde.

Die Unerbittlichkeit, mit der der Senator darauf bestand, dass allein die von ihm eingesetzte Kommissionsstruktur über irgendwelche Neuansätze zu befinden habe, wurde mir an einer Sache deutlich, von der ich meinte, der Senator könne nichts gegen sie haben. Von zwei angesehenen West-Wissenschaftlern und einem Wissenschaftler der Akademie der Wissenschaften war das Konzept eines Interdisziplinären *Zentrums für Altertumsforschung* entwickelt worden. Es ging um das Aufgreifen von Traditionen des Winkelmann-Instituts, auch der sprachwissenschaftlichen

Inspirationen der Gründungsgeschichte der Universität wie jüngerer kulturwissenschaftlicher Ansätze der Humboldt-Universität. Natürlich ging es dabei um die Frage: Was bedeutet uns das kulturelle Erbe für die Gegenwart? Mir schien das eine Idee zu sein, mit der die Humboldt-Uni groß herauskommen könnte. Nicht zuletzt schienen mir dies erste eifersüchtige Reaktionen aus der Freien Universität zu zeigen. Es war zudem ein Ansatz, an dem m. E. politisch nichts ausgesetzt werden konnte. Ich hatte im Abgeordnetenhaus ein kurzes Gespräch mit dem Senator. Er machte mir klar, dass nichts an der Humboldt-Uni geschehen werde, was nicht von den von ihm eingesetzten Kommissionen vorgedacht und verabschiedet worden wäre.

Die mit diesen Kommissionen dann realisierte faktische Neubegründung der Universität wurde betrieben unter Einbeziehung von Angehörigen der Humboldt-Universität in die Prozedur und in Tolerierung des Fortbestehens einer eigenen Planungsstruktur der Universität mit eigenen Strukturkommissionen und einer Zentralen Planungs- und Strukturkommission durch den Senator. Widerstand gab es nicht.

Für das Klima an der Universität in dieser Phase und damit auch für das mehr oder weniger störungsfreie Funktionieren des Umgestaltungsprozesses nicht unwesentlich war die Tätigkeit des »Ehrenausschusses« zur Untersuchung von Fehlverhalten Einzelner in der DDR-Zeit. Ich bin nicht in der Lage, die Arbeitsweise dieses »Ehrenausschusses« in der eigentlichen Umstrukturierungsphase im Einzelnen zu beurteilen. Sie begann im hier interessierenden Sinne sich zu entwickeln in der Zeit, in der ich zwar noch als Berater des Rektors an der Humboldt-Universität tätig, aber schon nicht mehr kommissarischer Kanzler war. Etwas sagen kann ich aber über die Auswirkungen dieser Tätigkeit. Der »Ehrenausschuss« in Erweiterung der Zuständigkeiten des schon unmittelbar nach der »Wende« eingerichteten »Rehabilitationsausschusses« war von Rektor Fink im Akademischen Senat initiiert worden. In den beiden ersten hier behandelten Phasen stand er im Hintergrund. Parallel zum Aufbau des von der Senatsverwaltung eingesetzten Planungsinstrumentariums wurde er zu einem bestimmenden Faktor der inneruniversitären Auseinandersetzung. Er trug bei zur Zersetzung noch bestehender Gemeinsamkeiten und zur bestimmenden Individualisierung der universitären Öffentlichkeit. Dieser Prozess fand in den studentischen Protesten gegen die Entlassung von Rektor Fink nur eine kurze Unterbrechung. Spätestens mit dem Scheitern der von Rektor Fink gegen seine Entlassung eingereichten Klagen ist sein Ansatz einer »Erneuerung der Humboldt-Universität aus eigener Kraft und mit den vorhandenen Menschen« zur Geschichte geworden.

Wirkt diese Geschichte fort? Gibt es an der Humboldt-Universität heute noch einen auf die seinerzeitigen Anstrengungen Rektor Finks und seiner Mitstreiter – wie vermittelt auch immer – zurückgehenden oder sich zumindest auf diese beziehenden besonderen Geist der Eigenständigkeit aus dem Bewusstsein, in einer Geschichte zu stehen, die auch die Geschichte der DDR umfasst? Und wenn diese Frage zu verneinen sein sollte: Muss nicht jedenfalls festgestellt werden, dass es zur Praxis dieser Neustrukturierung, damit zur angesprochenen Zusammenarbeit der Kräfte innerhalb der Universität mit der von der Senatsverwaltung eingesetzten äußeren Struktur, damit zum Abschied von der Idee der »Erneuerung aus eigener Kraft« keine Alternative gegeben hat?

Dass eine Kooperation auf unterschiedlicher Machtbasis in ihren Auswirkungen immer ambivalent ist, versteht sich. Von klugen Teilnehmern dieses Prozesses werden heute in der Rückschau die positiven Auswirkungen betont. Ein Urteil hierzu setzt ein Urteil über das Resultat dieses Neustrukturierungsprozesses voraus.

Es ist in der Tat eine neue und funktionsfähige Universität mit einem leistungsfähigen Lehrkörper und einzelnen herausragenden Wissenschaftlern entstanden. Ob die Einschätzung der wissenschaftlichen Qualität der Humboldt-Universität heute durch ihre berufsmäßig zum Ruhmreden Verpflichteten den Tatsachen entspricht, sei dabei als Frage dahingestellt.

Wo die Humboldt-Universität bei einer Erneuerung aus eigener Kraft heute stände, ist schwer zu sagen. Jedenfalls hätte sie einen anders zusammengesetzten Lehrkörper, sie hätte wahrscheinlich eine etwas andere Struktur, sicherlich auch andere Forschungsschwerpunkte, wahrscheinlich eine andere Lehr-Kultur und vieles andere. Im Gesamtdeutschen Maßstab wäre es ihr vielleicht lange so ergangen, wie es auch der Freien Universität lange noch nach ihrer Gründung in der bundesrepublikanischen wissenschaftlichen Community ergangen ist: Sie hatte ob besonderer Momente ihrer Struktur und ihrer Entstehung Exoten-Status, respektiert allenfalls als eine Stütze im Kampf gegen den Kommunismus, bis sie dann für anderthalb Jahrzehnte zum Schreckbild der »linken Kaderschmiede« und erst ab den 80er Jahren zur einigermaßen anerkannten normalen Universität wurde. Aber sie war doch die Institution, von der eine Kulturrevolution jedenfalls im westlichen Deutschland ausgegangen ist!

Was die Forschungsansätze einer solchen aus eigener Kraft erneuerten Humboldt-Universität angeht: Sie hätte der Ort sein können

- wo bedacht wird, was an den Erfahrungen und (ja doch:) den »Errungenschaften« des realen Sozialismus vielleicht doch zukunftsfähig sein könnte, was Anknüpfungspunkte hätte geben können für Reformansätze im nunmehr gemeinsamen kapitalistischen System: z. B. im Hinblick auf die Bedeutung eines ausgebauten Systems öffentlicher Güter, öffentlicher Daseinsvorsorge zwecks Ausgleich sozialer Ungleichheiten (von den Polikliniken über einen näherungsweise kostenlosen öffentlichen Nahverkehr bis hin zu der flächendeckenden Versorgung mit Kindertagesstätten mit Ganztagsschulunterricht inklusive Verpflegung etc.);
- für einen Dialog auf gleicher Augenhöhe von Ost- und Westwissenschaftlern über den bleibenden Wert bestimmter kultureller Entwicklungen in der DDR, z. B. des Entstehens einer Literatur, in der erstmals in der Literaturgeschichte der arbeitende Mensch im Mittelpunkt stand;
- an dem Fragen der Geistes und Gesellschaftswissenschaften gepflegt werden, die in der bundesdeutschen Tradition unterbelichtet sind: Politische und Sozialgeschichte unter dem Aspekt der Defensive wie Offensive der jeweiligen Opfer der Entwicklung, also unter einem entdogmatisierten Paradigma »Klassenkampf«. Wenn der Begriff auch nicht als aktuelle Kampfparole taugt, so hat es so etwas wie »Klassenkampf« doch gegeben und dass es weiterhin etwas ähnliches wie »Klassen« gibt, dürfte kaum jemand bestreiten, auch wenn der Begriff neu definiert werden muss.

Was ihre innere Struktur angeht: Sie hätte eine neue Kultur der Lehre vorexerzieren können, dabei u. a. ein Defizit ausgleichend, das beigetragen hat und heute beiträgt zu den Defiziten der Lehre, wie sie sich nicht zuletzt in den hohen Abbrecherquoten in einzelnen Studiengängen ausdrücken: Das Fehlen eines stabilen Mittelbaus fest angestellter wissenschaftlicher Mitarbeiter, die in der Lage sind, eine wissenschaftliche Grundausbildung auf hohem Niveau zu leisten anstelle einer Massenausbildung, in der der tägliche Ansprechpartner des Studierenden ein studierender Tutor ist.

Sie hätte damit auch eine Universität sein können, die in ganz anderer Weise offen ist für die wissenschaftlichen Fragen, die die aktuelle Systemkrise aufwirft, als es die Universitäten der alten Bundesrepublik sind, an deren wirtschaftswissenschaftlichen Fakultäten jene Doktrinen entwickelt, gepflegt und popularisiert wurden und werden, die in die gegenwärtige Krise geführt haben.

Wäre das nicht die *Bestimmung der Humboldt-Universität* gewesen? Eine Bestimmung, die ihrem Anfang entsprochen hätte, einem Anfang, der auch eine Antwort auf einen Zusammenbruch war, den Zusammenbruch des preußischen Staates nach Jena und Auerstädt. Die damalige Elite dieses zusammengebrochen Staates konnte ihren König bewegen, Raum zu geben für eine Freistatt des Geistes. Die Eliten der DDR haben versucht, sich im Strom der bedingungslosen Kapitulation ihres Systems möglichst unsichtbar zu machen. Die Eliten der Bundesrepublik fühlten sich als Sieger, und am Maßstab des Systemkampfes waren sie es ja auch. Dass die Geschichte weitergeht und einige Grundprobleme der Gesellschaftsordnung nach wie vor nicht gelöst sind, hat jedenfalls als Ahnung gegenwärtig Konjunktur. Vielleicht führt die aktuelle Krise auch dazu, dass in unserem heutigen gemeinsamen Deutschland die Art und Weise der Eingliederung der DDR in die Bundesrepublik nochmals überdacht wird. Die Erinnerung an den Prozess der Überführung der Humboldt-Universität in das unveränderte bundesrepublikanische Hochschulsystem gehörte dazu. Ich würde mich freuen, wenn ich Ergebnisse solchen Nachdenkens noch erleben könnte.

Anhang

Der unwegsame Weg der Wahrheit

Rede zur Übernahme des Rektorates der Humboldt-Universität zu Berlin am 3. Mai 1990

Zuerst möchte ich allen danken, die an der Vorbereitung und Gestaltung dieser festlichen Investitur beteiligt sind. Auch bei dieser Gelegenheit danke ich noch einmal allen, die mir ihre Stimme, das heißt ihr Vertrauen, gegeben haben, diese universitätsleitende Verantwortung zu übernehmen. Und dass Sie alle unsere Einladung angenommen haben zum »Dabei-Sein«, ist für mich der ermutigende Ausdruck dafür, dass Sie dieser Universität zutrauen, beim Lernen und Lehren, beim Forschen und verantwortlichen Verwalten einen neuen Anfang zu machen!

I.
In den 180 Jahren ihres Bestehens war unsere Alma Mater wahrlich nie ein Elfenbeinturm! Sie begann mit uns nur allzu gut bekannten Problemen: Dieses Palais (das der König Friedrich II. seinem Bruder Prinz Heinrich geschenkt hatte!) wurde der Universität zugewiesen, war aber von Höflingen und ihrer Dienerschaft bewohnt, die keineswegs die Absicht hatten, auszuziehen! So musste die Eröffnungsfeier ausfallen, weil dafür keine Räume vorhanden waren. Der Vorlesungsbetrieb konnte nur provisorisch beginnen, weil für die vorhandenen Räume noch die Ausstattung fehlte!

Die Charité, nun zu »friedlichen« Universitätszwecken bestimmt, unterstand aber noch dem Kriegsminister! Zwei weitere Kliniken hatten immerhin je zwölf Betten! Es gab weder Statuten noch eine Prüfungsordnung, und als die Statuten endlich vorlagen, zögerte der König bis 1816 die Bestätigung hinaus. Die staatliche Kontrollkommission, die Lehrer und Studenten aufmerksam zu beobachten hatte, funktionierte dagegen recht gut – wohl einer der Gründe, warum Wilhelm von Humboldt den Staatsdienst quittierte.

Unsere Universität war also der Sache nach beteiligt an allen Spannungen, Krisen, an gelungenem Fortschritt und an Niederlagen dieser wichtigen Jahrhunderte europäischer und deutscher Geschichte: Lehrer und

Studenten waren beteiligt am Ringen um befreiende Reformen im feudalmonarchistischen Preußen, aber ihr Eintreten für die politische Wende der Französischen Revolution stand im Schatten der Erfahrung, das Napoleonische Heer als Besatzungsmacht erleben zu müssen ...

Zugleich waren sie aber in der eigenen Universität mit Lehrern und Kommilitonen konfrontiert, die – weil mit den konservativen Kräften verbündet – alles hinderten oder sogar bekämpften, was demokratischer Veränderung und realisierbarer Gerechtigkeit dienen konnte. Im Kampf gegen die Armee Napoleons hatte Preußen mit der Hälfte seines Territoriums auch alle Universitäten westlich der Elbe verloren. Die Neugründer der Berliner Universität hofften, dass mit dem verlorenen Krieg zumindest für die Wissenschaft der Anfang demokratischer Freiheit gewonnen wäre. Sie waren überzeugt, dass erstmalig umfassende Forschung und im demokratischen Elan vermittelte Erkenntnisse folgerichtig zu befreienden Reformen aus feudalen Zwängen führen müssten.

Aber sie mussten bald einsehen, dass auch in diesem neu errichteten Haus der Wissenschaft sich die alten Gegensätze trotzdem wieder platzierten. Und nicht nur demokratische Gesinnung wurde angefeindet, sondern christlich-antisemitisch eingestellte Lehrer und Studenten waren nicht bereit, jüdischen Gelehrten und Studenten die staatlich endlich zugestandene Gleichberechtigung auch im Rahmen der Universität zuzugestehen.

Ich erwähne das in dieser Stunde, weil ich zutiefst dankbar dafür bin, dass der Philosoph Johann Gottlieb Fichte, nach Professor Schmalz der erste gewählte Rektor unserer Universität, sein Amt schon nach Monaten wieder zur Verfügung stellte, weil der Senat nicht bereit war, einen Studenten zu bestrafen, der öffentlich vor der Universität einen jüdischen Kommilitonen zusammengeschlagen hatte. Fichte selber hatte sich noch 1793 öffentlich gegen die Emanzipation der jüdischen Mitbürger in Preußen ausgesprochen. Nun war er bereit, aus seiner neuen, besseren Überzeugung Konsequenzen zu ziehen. (Er hielt den Hals hin für seine Wende!!)

Wenn heute die entscheidenden Stichworte »Wende« und »Reform« nicht zu Alibi- oder Schlagworten entwertet werden sollen, müssen alle unsere kritischen und selbstkritischen Reflektionen zuerst im Kontext der selbst zu verantwortenden Jahre stehen, aber zugleich im Zusammenhang der Geschichte, von der unsere Universität seit ihren Anfängen nicht nur betroffen wurde, sondern deren Entscheidungen sie mit beeinflusst, also mit getroffen hat. An welche moralischen Kategorien bindet zum Beispiel der Doktoreid im Wechsel der Zeiten? Ich spreche jetzt davon, weil ich meine, dass wir die wenigen Antifaschisten unter den Berliner Hochschullehrern, die ihre Überzeugung mit dem Leben bezahlen mussten, gebührend ehren. Aber bis heute ist die Frage unbeantwortet geblieben, warum Lehrer und Studenten unserer Universität nach der Machtübertragung auf Hitler ihre jüdischen Kollegen und Kommilitonen so lautlos bürokratisch, ganz ohne kollegiale Solidarität, sichtbare Trauer oder gar Protest ausgegrenzt haben. Und nach der Befreiung vom Faschismus wurde ohne angemessene Reue das Ausmaß der Gelehrtenausrottung an der eigenen Universität und in den von den deutschen Armeen besetzten Ländern stumm zur Kenntnis genommen. Liegt es vielleicht daran, dass der folgenschwere Satz »die Juden sind unser Unglück« von einem ordentlichen Professor dieses Hauses vor über 100 Jahren zu Papier gebracht worden ist? Der Historiker Professor Treitschke war zudem auch Reichstagsabgeordneter und konnte auf dieser Ebene auf Zustimmung rechnen. Er beriet die Studenten bei ihrer sehr demokratisch anmutenden Unterschriftenaktion 1881 in Berlin, als mit 1 700 Unterschriften 41 Prozent aller Berliner Immatrikulierten gegen die Gleichberechtigung von Juden an der Berliner Universität protestierten. Der »Verein Deutscher Studenten« mit seiner deutlich antisemitischen Überzeugung wurde von Rektor August von Hofmann, einem Chemiker, an der Universität ausdrücklich verboten, dafür beantwortete aber der Reichskanzler Bismarck freundlich ein Schreiben anlässlich ihrer Vereinsgründung.

II.

Ich habe seit 1954 als Bauernsohn selber an dieser Universität denken gelernt, als die Stadt noch die offenen Trümmerwunden des Zweiten Weltkrieges hatte. Für mich wurde Heinrich Vogel durch seine Leidenschaft zum Lehrer, mit der er das theologische Denken offensiv in den Protest gegen atomare Bewaffnung einbezog und zum Unterscheiden der Geister – »ob sie von Gott sind« – herausforderte. Atomwaffen waren für ihn Gotteslästerung, weil alles Lebendige zerstört oder folgenschwer geschädigt wird. Das war mein Lernprozess zur politischen Friedensverantwortung. Der greise Martin Buber, der antifaschistische Theologe Emil Fuchs, Frauen und Männer der Bekennenden Kirche wie Gertrud Staewen, Helga Weckerling, Martin Niemöller, Helmut Gollwitzer, Karl Barth und schließlich der Prager Theologe Joseph Hromádka ermutigten uns, den Schwur von Buchenwald »Nie wieder Krieg, nie wieder Faschismus« auch für die Theologie als verbindliche Herausforderung zu verstehen.

Ein wichtiger Mitbegründer der Bekennenden Kirche, Dietrich Bonhoeffer, war an dieser Universität Privatdozent. Auf Antrag seiner Theologenkollegen wurde ihm 1936 wegen pazifistischer Beeinflussung der Theologiestudenten die Lehrberechtigung entzogen. Noch am 9. April 1945 musste er sein christliches Friedenszeugnis mit dem Tod besiegeln. Aber seine kritischen Gedanken über Machtmissbrauch der Kirche im Faschismus prägen bis heute Theologiestudenten nicht nur in Europa. Wir entdeckten das Friedenszeugnis der Bibel völlig neu im Kontext der kompromisslosen Forderung sozialer Gerechtigkeit, wie sie von Propheten und Evangelisten biblisch überliefert ist. Wir konnten es nicht fassen, wieso die Kirche gegen diese biblischen Grundaussagen den Fürsten und Königen durch Jahrhunderte geholfen hatte, ihre Kriege zu rechtfertigen. Gegen die biblischen Weisungen von sozialer Gerechtigkeit hatte die Kirche die Privilegien der Reichen sanktioniert. Verschwiegen hatte sie die Botschaft von der Sklavenbefreiung Gottes, weil sie längst die Leibeigenschaft im Christlichen Abendland akzeptierte. Jahrhundertelang Feind, hatte die Kirche auch kein Auge für Arierparagraph, Euthanasie und den Überfall auf die Nachbarstaaten. Wahrscheinlich hat uns diese kopernikanische Wende in der Theologie wenig Zeit gelassen, die innerpolitischen Probleme unserer Republik aufmerksamer zu bedenken.

Für den Theologen Daniel Friedrich Schleiermacher, einen der Mitbegründer unserer Universität, war demokratische Emanzipation nur möglich, wenn Thron und Altar aus der sich gegenseitig rechtfertigenden Verklammerung gelöst würden. Diese Erkenntnis hat in der Folgezeit leider die Theologische Fakultät nicht geprägt.

Erst nach 1949 – bei der grundsätzlichen Trennung von Staat und Kirche in der DDR – haben Kirchen und theologische Fakultäten erste Erfahrungen gesammelt.

Nun kommt es darauf an, dass wir noch – oder schon wieder – ausreichend Nüchternheit zur Hand haben beim Nachdenken über das Ausmaß von akademischem Meineid und Zerstörung der Wissenschaft, als sie sich in den Dienst des deutschen Faschismus stellte, und dass die Teilung unserer Stadt und ihrer Universität zuerst im Kontext der bedingungslosen deutschen Kapitulation gesehen werden muss, bevor wir die Spuren des Stalinismus nennen. Darum bleibt für mich der begrüßenswerte Einigungsprozess Deutschlands ein in allen Phasen vor und mit den europäischen Nachbarn zu verantwortender Prozess. Wenn wir vorschnell dem nur zwölf Jahre währenden Faschismus und Krieg die 40 langen Jahre marxistisch-stalinistischer Bevormundung entgegenstellen, brüskieren wir die Opfer der Konzentrationslager und des Zweiten Weltkrieges und die sechs Millionen ermordete Juden Europas.

Lehrer und Studenten müssen jetzt sorgfältige, selbstkritische Arbeit leisten: Es gilt, Irrtum von bewusster Irreführung zu unterscheiden. Und Kritik wird nur dann helfen, Neues hervorzubringen, wenn sie ihre Kriterien darzulegen vermag. Und darum ist es ein wichtiges Ereignis, dass zwischen die Lehrstühle ein Runder Tisch gerückt wurde. Warum und woran die Gesellschaftsordnung unseres Landes scheiterte, wird auch beharrlich wissenschaftlich erfragt werden müssen. Sozialismus als Vision von machbarer Gerechtigkeit und Frieden ist allerdings ebenso wenig durch Korruption, Staatssicherheit und misslungener Planwirtschaft zu zerstören wie durch die jahrzehntelangen Torturen von Presseunfreiheit und Bevormundung durch eine in Dogmatik zunehmend erstarrte Staatspartei, wie auch die Kirche als Gemeinde Jesu Christi nicht gescheitert ist an Machtmissbrauch von Bischöfen, an Kreuzzügen, Inquisition und Antisemitismus.

Und die 15 Millionen jährlich im Kontext des freien Marktes verhungernden Kinder fordern auch eine mit den Mitteln der Wissenschaft zu erbringende moralische Lösung.

Die wichtigen Vertreter der Theologie der Befreiung Philipp Potter (Jamaika) und Ernesto Cardenal (Nikaragua) – beide Ehrendoktoren unserer Universität – haben auch heute noch diese Vision, wenn sie für ihren Kontinent Gerechtigkeit »hoffend« fordern. Solidarisch mit ihnen sind wir ihnen aber eine konkrete Antwort schuldig, weshalb gerade gestandene Antifaschisten der ersten Stunde – dann in Regierungsverantwortung – in Methoden der Macht ihrer Peiniger von damals verfielen. Wie konnte es geschehen, dass sie mit Volkseigentum augenscheinlich skrupellos wie Millionäre umgegangen sind ...

Was hat unsere Universität zum Thema »menschlicher Charakter« erforscht, das uns jetzt helfen könnte, »Charaktere« durchschaubar zu machen: vom Judenhass eines Treitschke und Oberhofprediger Stöcker, von den Ordinarien, die Arierparagraph und Euthanasie als notwendige Konsequenzen zur deutschen Volksgesundheit lehrten, bis hin zur zerstörerischen Machtausübung unserer so schmählich gescheiterten Regierung und ihrer führenden Partei.

Kann man nach dieser – kurzen – 180jährigen Geschichte unserer Universität sagen: Die Fakultäten müssen wieder Ort kompromisslos offener

Diskussion und Platz der freien Forschung werden – weil endlich ohne Bevormundung?

Aber wann wäre das denn schon so gewesen? Wir müssen an dieser Universität nie Dagewesenes schaffen in solider, solidarischer Arbeit, wie es auch unser erstes demokratisch gewähltes Parlament zu leisten hat wie auch alle Gremien, die sich um neuen Anfang bemühen, der im friedlichen Aufbegehren durch Demonstrationen und Diskussionen als Mittel einer unblutigen Revolution ermöglicht worden ist. Auch im Erneuerungsprozess der Universität möchte ich allen danken – die gegen die unrühmliche Gehorsamstradition unserer deutschen Geschichte – nicht geschossen haben. Meine Hoffnung ist, dass wir auch bevorstehende Konflikte und Krisen ohne Gewaltanwendung bestehen. Es geht aber auch um Gewaltabwendung. Noch sind im Hause der Wissenschaft die alten patriarchalischen Strukturen des christlichen Abendlandes stabil. Alle müssen wir uns darum bemühen, dass die bis jetzt noch völlig unzureichenden Ergebnisse der Gleichstellung von Studentinnen und Wissenschaftlerinnen (besonders wenn sie Ausländerinnen sind!) verteidigt und ständig verbessert werden. Wir brauchen keine männliche, sondern endlich eine menschliche Universität.

Wenn ich als Theologe aus- und nachdrücklich für die Gleichstellung der Frauen eintrete, tue ich das speziell für die Männer, damit sie nicht länger der theologisch falschen Bibelinterpretation anhängen, die leider kirchlich jahrhundertelang vertreten worden ist: Da wird behauptet, es sei Gottes Wille, dass die Frau dem Mann untertan zu sein habe...

Nicht erst seit der Herbstwende wird an unserer Universität nach kritischer Anwendung von Erkenntnissen aus bitteren Erfahrungen gefragt. Die Herausforderungen Gorbatschows trafen auf bereitwillige Mitdenker. So entstand zum Beispiel der »Zentrale Arbeitskreis für Friedensforschung« erstmals interdisziplinär, der sehr bald schon im internationalen Gespräch war. Und die Frage der Homosexualität wurde aus der makabren Polit-Prüderie befreit. Aber ich will hier nicht Einzelheiten wie Alibis aufzählen. Wir wissen nur zu gut: Es war zu wenig! Und darum war leider unser Lehrkörper nicht dabei, als Künstler und Kirchenleute aus brennender Ungeduld auf der Straße und in Theatern die Wende wollten: »Stell Dir vor, es ist Sozialismus, und keiner geht weg ...«, »Demokratie jetzt!«! Ich frage mich oft, was würde Erich Fried uns »jetzt« sagen. Seine Gedichte, seine persönlichen Argumente waren mir persönlich immer wichtig. Er starb 1988 auf dem Weg zu unserem Symposium der theologischen

Fakultät »zum Gedenken der Pogromnacht 1938«. Er sagte mir am Telefon, dass er auf eigene Verantwortung das Krankenhaus verlasse und in Berlin mit letzter Kraft lesen wolle. Mit ihm, der in Versen so unerbittlich einübte, nach Vergangenheit zu fragen, lese ich »Wegzeichen«, als ob er sie mir jetzt als Ratschlag setzen würde bei der Übernahme dieser Pflicht auf dem mühsamen Weg unserer Universität zur Gemeinsamkeit der Universitäten Berlins und am Ende meines Rektorats, dann im »gemeinsamen Haus Europa«:

WEGZEICHEN
Wo noch Lügen liegen
wie unbegrabene Leichen
dort ist der Weg der Wahrheit
nicht leicht zu erkennen
und einige sträuben sich noch -
oder finden ihn zu gefährlich.
Die Wahrheit dringt vor
und schickt zugleich ihre Sucher
in die Geschichte zurück
und beginnt aufzuräumen

mit den Verleumdungen
und mit dem Totschweigen der Toten.
Vieles wird wehtun
manches verlegen machen
aber die Wahrheit ist
der Weg der Notwendigkeit
wenn das Reich der Freiheit nicht wieder
nur ein leeres Wort bleiben soll
und nur ein Gespött
für Feinde und für Enttäuschte ...

Machen wir uns gemeinsam auf den noch unwegsamen Weg der Wahrheit.

Rede gegen die Abwicklung von fünf Fachbereichen

Hohes Konzil, sehr verehrte Frau Senatorin, Kommilitoninnen und Kommilitonen!
Meine sehr verehrten Kolleginnen und Kollegen!
Ich habe dieses Konzil zu einer außerordentlichen Sitzung zusammengerufen, weil in diesen Tagen voraussichtlich Entscheidungen fallen werden, die die Existenz der Universität betreffen.

Sie wissen somit, worum es geht. Ich kann mich daher hier darauf beschränken, das Allernotwendigste nochmals zusammenzufassen: »Abwicklung« im Sinne des Einigungsvertrages heißt, dass sämtliche Beschäftigungsverhältnisse der abzuwickelnden Einrichtung mit dem »Abwicklungsbeschluss« »ruhen«. Wenn sich für den einzelnen Beschäftigten nicht innerhalb von sechs Monaten die Möglichkeit einer anderweitigen Beschäftigung ergibt, endet das Arbeitsverhältnis. Für Beschäftigte, die älter als 50 Jahre sind, ist die Frist neun Monate. Dem Senat von Berlin liegt gegenwärtig eine Vorlage vor, die die »Abwicklung« großer Teile der Universität vorsieht. Abgewickelt werden sollen unter anderem die Rechtswissenschaften, die Wirtschaftswissenschaften, ... Es wird uns gesagt, die Abwicklung erfolge nicht mit dem Ziel der ersatzlosen Einstellung der entsprechenden Bereiche, sondern umgekehrt mit dem Ziel ihrer Neustrukturierung.

Wenn ich eben gesagt habe, dies werde uns gesagt, muss ich allerdings hinzufügen, es wird uns keineswegs von der dazu zuständigen Stelle des Senates gesagt, sondern sämtliche Entscheidungen über »Abwicklungen«, über die der Senat von Berlin in der nächsten Woche entscheiden soll, sind nicht nur ohne Abstimmung mit der Universität, sondern unter bewusster Nichtinformation der Universität getroffen worden. Als mir am Dienstag von der zuständigen Frau Senatorin erstmals Einzelheiten zur beabsichtigten »Abwicklung« genannt wurden, betonte sie, dass diese Informationen vertraulich zu handhaben seien. Im Falle eines Verstoßes gegen die Vertraulichkeit würden die Aussagen dementiert.

Ich möchte an dieser Stelle bekennen: Der ganze Vorgang, sein Verfahren wie sein Inhalt machen mich aufs Tiefste innerlich betroffen. Denn dieses Verfahren entspricht Praktiken, von denen ich glaubte, dass wir uns im letzten Herbst von ihnen befreit hätten. Inhalt und Prozedere sind inakzeptabel, sinnwidrig und für unsere Universität zerstörerisch.

Lassen Sie mich hierzu ganz grundsätzlich sagen: Diese Universität bedarf der Erneuerung, einer fachlichen Erneuerung, einer geistig-moralischen Erneuerung. Diese Erneuerung muss sich aber niederschlagen in Erneuerungen des Lehrangebotes, des Fächerprofils, der Personalstruktur sowie der Organisationsstruktur. Sie muss sich niederschlagen in einer kritischen Auseinandersetzung mit persönlichem Fehlverhalten in der Vergangenheit, die in einer Weise geführt wird, dass sie eine Grundlage geben kann für die Entwicklung einer Atmosphäre der Offenheit und des Vertrauens im Umgang untereinander.

Auf all diesen Feldern haben wir in dem zurückliegenden Jahr gearbeitet. Ich glaube, es ist nicht wenig, was wir erreicht haben. Aber dies kann nicht die Stunde der Apologie und der Selbstbestätigung sein. Natürlich ist das, was im Hinblick auf die Größe der Aufgabe erreicht wurde, zu wenig, es ist im Hinblick auf verschiedene dringliche Fragestellungen verzweifelt gering.

Deshalb muss das Thema dieser Konzilssitzung auch die anstehende große Mobilisierung der Universitätsöffentlichkeit für die Aufgaben der inneren Strukturreform sein. Der Senat unserer Universität hat auf seiner letzten Sitzung sich mit diesem Thema befasst. Er hat in der Stellungnahme, die ihnen allen vorliegt, zum Ausdruck gebracht, dass der Universität bewusst ist, dass sie diese Aufgaben nicht allein aus eigener Kraft lösen kann und dass sie bereit ist, in großem Umfange auswärtigen Sachverstand beratend hinzuzuziehen. Die Vorlage, die ich ihnen unterbreitet habe, enthält konkrete Vorschläge. Sie sieht eine zentrale Beratungskommission für übergreifende Strukturfragen vor. Diese Kommission ist zu besetzen mit drei auswärtigen Wissenschaftlern, drei Hochschullehrern der HUB, einem wissenschaftlichen Mitarbeiter und einem Studenten der HUB. In gleicher Zusammensetzung sollen Beratungskommissionen bei den Fachbereichen gebildet werden, deren Aufgabe sowohl die Beratung der strukturellen Fragen sowie die Erarbeitung von Berufungsvorschlägen zur Überleitung der Personalkategorien in die neuen Kategorien nach Hochschulrahmengesetz ist. Das alles funktioniert natürlich nur, wenn es getragen ist von einer realen Bewegung innerhalb unserer Universität. Diese reale Bewegung kann durch kein externes Verfahren der »Abwicklung« ersetzt werden. Im Gegenteil: Der unmittelbarste und darum nachhaltigste Effekt eines Abwicklungsverfahrens würde sein, jedwedes sachbezogene Gespräch in der Universität zu erschweren oder sogar den Kampf aller gegen alle zu institutionalisieren, falsche Solidaritäten ebenso wie Denunziationen zu fördern, mit dem Ergebnis einer dann unvermeidlichen totalen Außensteuerung. Wenn wir diese reale Bewegung innerhalb der Universität in Gang setzen können, haben wir auch am Instrumentarium der »Abwicklung« Eigenes entgegenzusetzen.

Der Einigungsvertrag hat für die Fälle, in denen Einrichtungen übernommen werden, ordentliche Kündigungstatbestände definiert. Es kann gekündigt werden wegen mangelnden Bedarfs, es kann gekündigt werden, weil die bisherige Beschäftigungsstelle aufgelöst oder erheblich verändert worden ist; es kann wegen mangelnder fachlicher Qualifikation oder mangelnder persönlicher Eignung für die neuen Anforderungen gekündigt werden. Dies ist ein Instrumentarium, das sicherlich – weil der rechtsstaatlichen Einzelfallüberprüfung unterliegend – nicht so einfach funktioniert wie die »Abwicklung«. Aber es ist wegen des »rechtsstaatlichen Begründungszwanges in jedem Einzelfall« auch ein Instrumentarium, das in der Lage ist, Vertrauen zu stiften und konstruktive Auseinandersetzungen zu ermöglichen. Der Einigungsvertrag muss für uns der verbindliche Maßstab sein. Wir sollten uns ausdrücklich nur zu diesem Instrumentarium bekennen.

Lassen Sie mich zum Instrumentarium der »Abwicklung« noch das Folgende sagen: Es wird uns gegenüber – im Sinne der Beruhigung – versichert, es gehe beim Einsatz dieses Instrumentariums nur um eine »logische Sekunde«, denn man beabsichtigte ja eine Umstrukturierung und will anschließend mit den Beschäftigten neue Verträge, wenn auch zeitlich befristet, abschließen. Ich kann nicht umhin, zu sagen, dass ich darin den Versuch eines Rosstäuschertricks sehe. Mit dieser »logischen Sekunde« steht nicht nur der individuelle Arbeitnehmer mit seinem derzeit gültigen Beschäftigungsverhältnis zur Disposition, sondern auch die gesamte abzuwickelnde Einrichtung bzw. Teileinrichtung. Wer kann in der gegenwärtigen Situation Berlins der Universität denn garantieren, dass man nach einem halben Jahr oder auch nach einem ganzen Jahr – die Befristungen sollen ja etwas über ein Jahr ausgedehnt werden – nicht aus politischer Notwendigkeit, gedrückt von Finanzsorgen, zu der Einsicht kommt, dass es doch keine Rechtswissenschaft an der Humboldt-Universität geben könne, dass man die Theologische Fakultät doch besser an die Freie Universität verlagern müsse oder was derartige Entscheidungen mehr sind.

Diese Universität muss sich gegen einen ihrer Kernbereiche stellen, weil sie sich mit einer solchen »Abwicklung« preisgeben würde.

Ich hoffe, dass diese Zusammenhänge von allen Angehörigen der Universität diskutiert werden, auch von denen, die wie zum Beispiel die Naturwissenschaft von den aktuellen Abwicklungsplänen noch nicht unmittelbar betroffen sind. Es geht hier um eine große Bewährungsprobe der inneren Solidarität dieser Universität. Ich hoffe, dass wir sie bestehen. Lasst uns zusammenstehen und widerstehen!

Ich danke Ihnen.

Rede vor der Vollversammlung

Mir ist am 25. November 1991 um 19.30 Uhr durch den Senator für Wissenschaft und Forschung ein Schreiben der Gauck-Behörde vom 25.11.1991 zur Kenntnis gebracht worden, in dem es heißt, »Prof. Fink ist seit 1969 als inoffizieller Mitarbeiter des Ministeriums für Staatssicherheit unter dem Decknamen ›Heiner‹ tätig gewesen«.

Ich habe hierzu gegenüber Herrn Senator Erhardt erklärt und wiederhole dies hiermit gegenüber der Öffentlichkeit:

Ich habe mir keinerlei Zusammenarbeit mit der Stasi im Sinne des Schreibens der Gauck-Behörde vorzuwerfen. Das ist für mich wie eine eidesstaatliche Erklärung.

Ich muss davon ausgehen, dass es sich bei diesem Schreiben der Gauck-Behörde um das Ergebnis einer politisch motivierten Manipulation handelt, die mit der anstehenden Wahl des Rektors der Humboldt-Universität nicht ohne Grund zeitlich zusammenfällt. Ich werde gegen diesen Versuch eines Rufmordes mit allen hierfür gegebenen Rechtsmitteln vorgehen.

Ich erwarte, dass mir umgehend Einsicht in die Unterlagen gegeben wird, auf die sich der erhobene Vorwurf stützt.

Das Schreiben der Gauck-Behörde benennt drei vorgebliche Sachverhalte, um den Vorwurf der Tätigkeit für den Staatssicherheitsdienst zu belegen:

- Eine »Bestätigung« des Leiters der Kirchenabteilung des MfS über die Löschung eines »IM-Vorganges Heiner«. Ich verlange, dass mir diese »Bestätigung« einer angeblichen Zusammenarbeit vorgelegt wird.
- Ein Schreiben des Ministerstellvertreters General Mittig an die Be-

zirksverwaltung aus dem Jahre 1984, in dem dieser bestätigt haben soll, dass ich für das MfS »erfasst« war. Ich verlange Vorlage dieses Schreibens.
- Die Tatsache, dass die Registrier-Nummer auf der »Löschanweisung« »mit der Namenskarte von Herrn Fink« identisch sei. Ich verlange umgehend Vorlage der Namenskarte und dieser »Löschanweisung«.

Ich habe die Forderung, mir die vorgenannten Papiere zur Kenntnis zu geben, bereits am 25.11.1991 gegenüber Herrn Senator Erhardt geäußert, als er mir den Brief der Gauck-Behörde persönlich ausgehändigt hat. Es entspricht meinem Verständnis von einem rechtsstaatlichen Verfahren und von den Pflichten des Dienstherren, dass wie immer geartete rechtliche Maßnahmen gegen einen Beschuldigten erst dann ergriffen werden können, wenn diesem die Gelegenheit gegeben worden ist, das als Beweis geltende Material zu sehen und zu den erhobenen Vorwürfen Stellung zu nehmen.

Mir ist demgegenüber heute, am 26.11., auf lediglich indirekte Weise bekannt geworden, dass der Senator für Wissenschaft und Forschung für heute Mittag eine Sitzung der Personalkommission der HUB einberufen hat, um personalrechtliche Maßnahmen gegen mich zu veranlassen. Der getroffenen Entscheidung liegt nur der Brief der Gauck-Behörde zugrunde, also keinerlei Akteneinsicht.

Ich erkläre hiermit gegenüber der Öffentlichkeit, dass ich gegen diese meine Stellung als Rektor der Humboldt-Universität beeinträchtigende Entscheidung der Personalkommission Rechtsmittel einlegen werde. Ich habe mit der Wahrnehmung meiner Interessen Herrn Rechtsanwalt Seybold beauftragt.

Zur politischen Würdigung des Gesamtvorganges nehme ich wie folgt Stellung:

Ich sehe in dem Schreiben und in der Verwendung des Schreibens der Gauck-Behörde den Höhepunkt einer gegen mich geführten Kampagne, in der es darum geht, auch mein Bemühen um eigenständige demokratische Entwicklungen auf dem Gebiete der ehemaligen DDR und damit auch eine eigenverantwortliche Aufarbeitung der Vergangenheit an der HUB zu verhindern. Dabei machen sich diejenigen, die diese Kampagne führen, bewusst die Unkenntnis der Bürger der alten Bundesländer über die tatsächlichen Verhältnisse in der ehemaligen DDR zunutze. Leider erhalten sie dabei Unterstützung von Kräften aus der Gesellschaft der ehemaligen DDR, die hoffen, als Ankläger sich der Auseinandersetzung mit ihrer eigenen Vergangenheit entziehen zu können.

Ich bin zehn Jahre Direktor der Sektion Theologie der HUB gewesen. Wie jeder Sektionsdirektor an dieser Universität, wie jeder verantwortliche Leiter eines Bereiches von nur einiger Bedeutung in der ehemaligen DDR, hatte ich zwangsläufig Kontakte mit der Staatssicherheit. Ich hatte, wie jeder Amtsträger, in vielfacher Hinsicht gegenüber der Staatssicherheit mich zu rechtfertigen.

Diese aus der Amtsfunktion heraus selbstverständlichen Kontakte mit der Stasi waren in meinem Falle in erheblichem Umfange konfliktvoll:

Ich habe als engagierter Hochschullehrer mich stets für meine Theologie-Studenten eingesetzt und bin dadurch bereits 1965 zum ersten Male während eines Ernteeinsatzes in der Nähe von Neubrandenburg einem Staatssicherheitsverhör »zugeführt« worden, weil Studenten abends in der Gaststätte gesungen haben »Auf der Mauer, auf der Lauer sitzt 'ne kleine Wanze ...«. Die Zuführung erfolgte in der Kissingenstraße in Pankow.

Ich versuchte damals, den Sachverhalt zu klären. Es sind mir aber keinerlei Angebote einer Mitarbeit gemacht worden.

Eine weitere Zuführung erfolgte 1967, als der Student Stefan Scheidacker, der sich öffentlich gegen die DDR-Propaganda wandte, Israel sei die Speerspitze des Imperialismus, exmatrikuliert werden sollte. Ich habe den Befragenden im Direktorat für Erziehung und Ausbildung, unter Leitung von Prof. Maetzing, erklärt, dass ich meine Lehrtätigkeit an der Universität aufgeben werde, wenn auch nur ein Student wegen der Beurteilung Israels exmatrikuliert werden würde. Seitdem wurde mir wiederholt der Vorwurf gemacht, eine zionistische Position zu haben.

Sowohl in meiner Dienststelle wie auch bei der Kreisleitung der SED wurde ich zu meiner Einstellung zu Israel und Zionismus befragt, die ich in keiner Weise deshalb modifiziert habe.

Ich habe mich öffentlich ständig weiterhin gegen die in der ehemaligen DDR geübte aggressive Ignoranz in Sachen Staat Israel und Zionismus verwahrt.

Meine Aktivitäten zur Rekonstruktion und Pflege jüdischer Friedhöfe standen ständig unter Bewachung. Theologie-Studenten wurden besonders im Jahre 1988 wegen ihrer engagierten Tätigkeit auf dem Friedhof Adas Jsroel und ihrer Kontakte zu israelischen Bürgern aufgesucht und befragt.

Zu meiner Aktivität als Direktor der Sektion Theologie gehörte die Vorbereitung von neun ökumenischen Symposien unter großer internationaler Beteiligung aus Lateinamerika, Afrika und fast allen europäischen Staaten. Ich wurde ständig als Veranstalter vorher und hinterher von den Sicherheitsbeauftragten der Universität befragt.

Auflagen habe ich nicht akzeptiert. Unter besonderer politischer Beobachtung stand unsere interdisziplinäre wissenschaftliche Arbeitsgruppe zur Integration homosexueller Bürger. Ich bin in der jahrelangen Arbeit nicht einmal um Auskunft über Personen befragt worden.

Keine dieser Bemerkungen gilt als Rechtfertigung, sondern beschreibt die Selbstverständlichkeit, dass jeder engagierte Christ in der DDR die Aufmerksamkeit der Sicherheitsorgane auf sich gezogen hat. Daraus eine Mitarbeit abzuleiten, halte ich für eine nachträgliche Diskriminierung meines Engagements als Christ und Theologe.

Ich gehe davon aus, dass durch Beobachtung dieser Vorgänge Akten von erheblichem Umfang bei der Staatssicherheit zu meiner Person entstanden sind. Wenn diese Akten vernichtet worden sein sollten, so behindert das allerdings meine Möglichkeit, das, was ich wirklich getan habe, und das, was mir unterstellt wird, auf der Grundlage einer Aktenlage zu beweisen.

Aus dieser Schwierigkeit einer Verteidigung allerdings das Recht zu ehrvernichtenden Beschuldigungen herzuleiten, empfinde ich als eine totalitäre Methode. Ich bin überzeugt, dass die mir gegenüber praktizierte Handhabung von Vermutungen als Beweise in einem Rechtsstaat nicht akzeptiert werden können.

Ich bin überzeugt, dass es für unser zu gewinnendes Verständnis von Demokratie wichtig ist, dass dieser auf Denunziation beruhende Vorgang auf dem Rechtsweg geklärt wird.

Dass angeblich über mich existierende Akten vernichtet worden sind, ist mir gegenüber bereits seit einem Jahr wiederholt mit erpresserischem Unterton geäußert worden. Das ist öffentlich bekannt. Für mich ist nach wie vor das Schreiben der Gauck-Behörde vom Februar 1991 verbindlich, in dem mitgeteilt wird, dass aus den vorhandenen, also einsehbaren Akten »keine Hinweise auf eine Zusammenarbeit mit dem ehemaligen Staatssicherheitsdienst sich ergeben haben.«

Nunmehr, vor der Neuwahl der universitätsleitenden Gremien und des Rektors wird eine Vermutung, die sich auf Stichworte und nicht auf inhaltliche Aussagen bezieht, von der Gauck-Behörde in die mich nunmehr belastende Behauptung einer »informellen Mitarbeit« erhoben. Dass aber der wesentliche Inhalt des nunmehrigen Schreibens der Gauck-Behörde (Deckname ›Heiner‹) bereits an die Öffentlichkeit lanciert wurde (siehe Artikel in der »*Zeit*« und der »*Welt*« vom 22. und 23. November 1991), bevor der Brief mir durch den Senator ausgehändigt wurde, lässt mich an der Rechtmäßigkeit dieses Vorganges zweifeln. Ich kann nur jede und jeden Angehörigen dieser Universität bitten, sich nüchtern und sachkundig an der Klärung dieses Vorganges zu beteiligen, von dem ich meine, dass er hart in den Erneuerungsprozess unserer Universität eingreift. So betrachtet, bietet dieser mich allerdings erschütternde Vorgang doch auch eine Chance, wenn er nämlich zum Anlass genommen wird, die Auseinandersetzung mit unserer Vergangenheit, wo sie an den Umgang mit Stasi-Akten gebunden ist, nicht auf die Ebene von Interessengerangel geraten zu lassen.

Ich versichere noch einmal, dass ich mir keine Zusammenarbeit mit der Staatssicherheit im Sinne der Äußerungen der Gauck-Behörde vorzuwerfen habe.

Ich habe nichts zu verbergen. Ich bin bereit, in Universitätsöffentlichkeit aus diesem Anlass alle Aspekte meiner persönlichen Geschichte zu diskutieren, allerdings nicht auf der Ebene belastender Vermutungen, sondern unter Zugang zu den bis jetzt nur in Stichworten angeführten Akten, die der Gauck-Behörde zur Verfügung stehen.

Bisher habe ich von meiner fristlosen Kündigung nur durch die Presse erfahren. Ich fühle mich von meinem am 3. Mai 1990 durch demokratische Wahl offiziell übertragenen Amt des Rektors nicht entbunden. Ich werde mich der Verpflichtung dieses Amtes stellen, solange ich nicht im Ergebnis eines ordentlichen Gerichtsverfahrens dieser Verpflichtung enthoben werde.

Ich danke für Ihr Vertrauen.

Heinrich Fink

Bilddokumentation

Immatrikulationsfeier am 17. Oktober 1990
Erwin Chargaff, Prof. der Bio-Chemie an der Columbia University New York
ehemaliger Student der Friedrich-Wilhelm-Universität jetzt HU
1933 wegen seiner jüdischen Herkunft emigriert
Bundespräsident Richard von Weizsäcker
Dr. Heinrich Fink
Barbara Riedmüller-Seel, Senatorin für Wissenschaft und Forschung
Lothar de Maizière, Bundesminister für besondere Aufgaben,
letzter Ministerpräsident der DDR

Dr. Heinrich Fink weist die von Joachim Gauck vor dem Konzil der HU vorgetragenen Stasivorwürfe zurück 29.11.1991

Protestveranstaltung von Studenten der juristischen Fakultät 21.12.1990

Heinrich Fink solidarisiert sich mit den Studenten der HUB, die aus Protest gegen Abwicklungspläne in den neuen Bundesländern und Berlin einen Marsch nach Leipzig organisieren. Januar 1991

... auf dem Weg nach Leipzig.

Große Demo gegen die Abwicklung auf dem Bebelplatz.
Aus Leipzig waren Studenten mit Fahrrädern gekommen, um sich mit dem Humboldt-Studenten zu solidarisieren. Januar 1991

Personalversammlung wegen der vermeintlichen Stasitätigkeit des Rektors Dr. Heinrich Fink 27.11.1991

Im Anschluss an die Personalversammlung.
Spontane Demonstration zur Gauckbehörde. 27.11.1991

Veranstaltung des Studentenrates mit Berliner Prominenten am 28.11.1991. Jens Reich, Gerhard Wolf, Stefan Heym, (dahinter Sven Vollrath, Sprecher des Studentenrates), Rudolf Bahro, die Sprecher des Studentenrates Joachim Höchel und Dominique Krössin, Käthe Reichel (von links nach rechts).

Generalsuperintendent Günter Krusche, (rechts neben Käthe Reichel), Walter Romberg, Christa Wolf und Christoph Hein.

November 1991

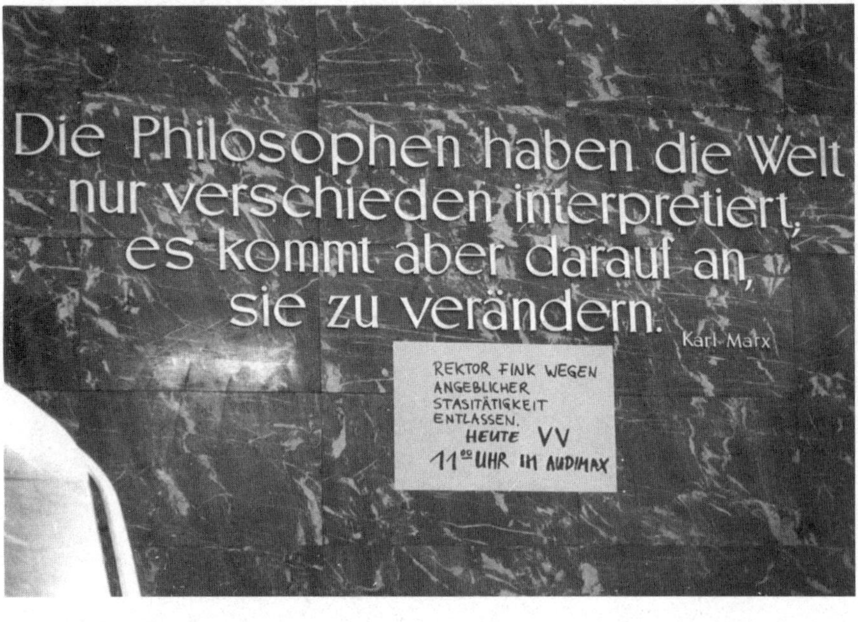

Solidarität mit Dr. Heinrich Fink. Februar 1992

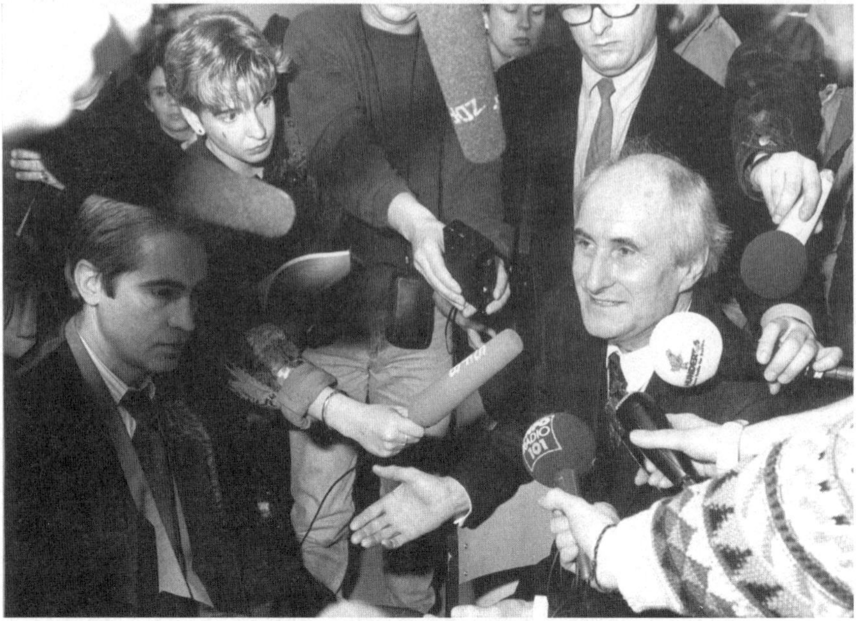

Ex-Rektor Dr. Heinrich Fink mit Rechtsanwalt Lutz Seybold nach dem vernichtenden Urteil aus der zweiten Instanz 16.12.1992

Solidaritätsveranstaltung im Auditorium Maximum der HU
Am Rednerpult Dieter Lattmann (Schriftsteller), Barbara Thalheim (Liedermacherin), Käthe Reichel (Schauspielerin), Jürgen Holzapfel (europäisches Bürgerforum), Gisela Kraft (Schriftstellerin), Rudolf Bahro (Philosoph, Hochschullehrer)

Zu den Autoren

Heinrich Fink, geb. 1935 in Kornthal Kreis Ackermann, Bessarabien. 1940 Aussiedlung infolge des Hitler-Stalin-Vertrages, nach zwei Jahren in verschiedenen Lagern Ansiedlung in Polen, 1945 Flucht der Familie und Ansiedlung in Brandenburg, Abitur; Studium der Theologie an der Humboldt-Universität in Berlin, 1960/61 Vikariat in Halle, 1966 Promotion, 1970 Dozent, 1978 Habilitation an der HU, 1979 Ord. Professor für Praktische Theologie, 1990-92 erster frei gewählter Rektor der Humboldt-Universität, 1992 wegen Stasi-Vorwürfen fristlos entlassen, von 1998-2002 Abgeordneter des Deutschen Bundestages (parteilos auf der Liste der PDS), seit 2003 Vorsitzender der Vereinigung der Verfolgten des Naziregimes – Bund der Antifaschistinnen und Antifaschisten (VVN-BdA e. V.), verheiratet; drei Kinder; sieben Enkel.

Daniela Dahn, geb. 1949 in Berlin, studierte Journalistik in Leipzig, war Fernsehjournalistin. Seit ihrer Kündigung 1981 freie Schriftstellerin und Publizistin. Im Herbst 1989 Gründungsmitglied der Bürgerbewegung »Demokratischer Aufbruch« und stellvertretende Vorsitzende der Untersuchungskommission zu den Ereignissen am 7. und 8. Oktober in Berlin. Mehrere Gastdozenturen in den USA und Großbritannien. Sie ist Trägerin u. a. des Fontane-Preises, des Kurt-Tucholsky-Preises und des Ludwig-Börne-Preises. Bei Rowohlt erschienen bislang zehn Essay- und Sachbücher, zuletzt im März 2013: »Wir sind der Staat! Warum Volk sein nicht genügt«.

Karl Schwarz, geb. 1938 in (Langenfeld/Rheinland),Jurist, Rechtsanwalt, von 1971 bis 2003 tätig in der Verwaltung der Technischen Universität Berlin, davon die längste Zeit als Planungsreferent des Präsidenten der Universität (für Hochschulentwicklungsplanung), von Juli 1990 bis Februar 1992 zur Unterstützung des Rektors abgeordnet an die Humboldt-Universität, dort bis Mai 1991 kommissarischer Kanzler, Universitätsverwaltungsdirktor i. R., heute wieder Rechtsanwalt.

Fotos: Joachim Fisahn, Waltraud Harre (Seite 114), Titel: Joachim Fisahn

Personenregister

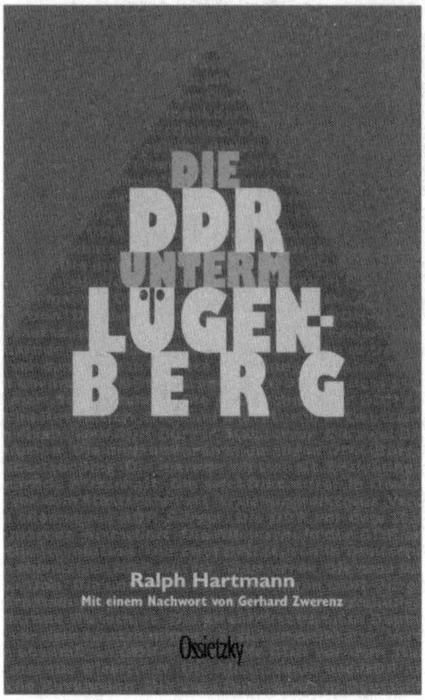
DIE
DDR
UNTERM
LÜGEN-
BERG
Ralph Hartmann
Mit einem Nachwort von Gerhard Zwerenz
Ossietzky

Lob des Kommunismus
Weckruf für eine Gesellschaft der Freien und Gleichen
Wolfgang Beutin, Hermann Klenner, Eckart Spoo
Ossietzky

Passives Einkommen durch T-Shirts

Schritt für Schritt online Geld verdienen
-
Ohne Vorkenntnisse & ohne Startkapital

Theodor Schäfer

ISBN: 1539341011

ISBN 13: 978-1539341017

Inhalt

Haftungsausschluss

Der Inhalt dieses Buches wurde mir größter Sorgfalt erstellt und überprüft. Für die Vollständigkeit, Aktualität und Richtigkeit der Inhalte kann jedoch keine Garantie oder Gewähr übernommen werden.
Der Inhalt dieses Buches repräsentiert die persönlichen Erfahrungen und Meinungen des Autors und dient nur dem Unterhaltungszweck. Der Inhalt darf nicht mit medizinischer Hilfe verwechselt werden. Es wird keine juristische Verantwortung für Schäden übernommen, die durch kontraproduktive Ausübung oder Fehler des Anwenders entstehen. Es kann auch keine Garantie für Erfolg übernommen werden. Der Autor übernimmt daher keine Verantwortung für das Nicht-Erreichen der im Buch beschriebenen Ziele.
Der Leser wird hiermit unterrichtet, dass für die im Buch beschriebenen Einnahmequellen ein Gewerbe anzumelden ist.
Es können Links zu anderen Webseiten im Buch vorhanden sein. Es besteht kein Einfluss auf die Inhalte dieser Webseiten, daher kann für diese Inhalte keine Gewähr übernommen werden. Die Webseiten wurden zum Zeitpunkt der Verlinkung auf mögliche Rechtsverstöße überprüft. Für die Inhalte der verlinkten Webseiten ist der jeweilige Anbieter bzw. Betreiber verantwortlich. Zum Zeitpunkt der Verlinkung konnten keine rechtswidrigen Inhalte festgestellt werden.

Vorwort

Herzlichen Dank, dass du dich für dieses Buch entschieden hast. Von nun an werde ich dir Schritt für Schritt erklären wie du mit dem Verkauf von T-Shirts dein eigenes profitables Online-Unternehmen aufbauen kannst. Dafür benötigst du lediglich einen Computer mit einem Internetzugang.

„Es gibt doch bereits Unmengen an T-Shirts, warum soll man damit noch Geld verdienen können?“

Diese Frage habe ich mir zu Beginn gestellt, als ich von diesem Geschäftsmodell gehört habe. Ich hielt den Verkauf von T-Shirts beinahe für lächerlich und nicht lukrativ. Wenn du die Thematik jedoch etwas überdenkt, dann wird dir schnell klar, dass du damit hohe Gewinne erwirtschaften kannst.

Warum also ist der Verkauf von T-Shirts zu empfehlen?

Ganz einfach: Jeder hat sie – jeder kauft sie – jeder ist dein Kunde! Oder kennst du jemanden, der nur einen Pullover oder nur ein T-Shirt in seinem Kleiderschrank hat?

Und das Beste ist: Es ist wirklich nicht schwer und auch ohne finanziellen Aufwand möglich mit dieser Strategie erfolgreich zu sein!
Ich bin mir sicher, dass du es mit dieser Methode schaffst, ein lukratives Nebeneinkommen zu generieren, wenn du etwas Geduld und Lernbereitschaft mitbringst.

Warum erzähle ich dir von diesem Geschäftsmodell und gebe mein Wissen weiter?

Weltweit werden jährlich über zwei Milliarden T-Shirts verkauft und im Durchschnitt hat jeder zwischen 25 und 30 T-Shirts in seinem Kleiderschrank. Du erkennst sicherlich, dass der Markt riesig ist und es beinahe unendlich viele Nischen gibt, in denen du deine T-Shirts verkaufen kannst.

Deswegen mache ich mir auch keine Sorgen um Konkurrenz, es werden jeden Tag neue Nischen geboren. Du und ich, wir finden immer einen Markt, in dem wir erfolgreich verkaufen werden! Aus diesem Grund gebe ich dir mein Wissen gern weiter und wünsche dir maximalen Erfolg mit deinem T-Shirt-Business.

Was erwartet dich in der Zukunft?

Wie rentabel das Geschäft für dich sein wird, kann ich pauschal leider nicht beantworten, da jeder unterschiedlich viel Zeit zur Verfügung hat, um sich mit der Thematik zu befassen. Wenn du dir „nur" ein Nebeneinkommen aufbauen möchtest, kannst du mit wenigen Stunden pro Woche definitiv Beträge zwischen 500€ und 1000€ im Monat erwirtschaften, von zu Hause aus.

Nach oben ist jedoch alles offen! Es gibt weltweit T-Shirt-Verkäufer, die mit dieser Art von Modell arbeiten und im Jahr über 100.000€ erwirtschaften - Und denke bitte nicht, dass du dafür 40 Stunden die Woche arbeiten musst - Es ist mit viel weniger Aufwand realisierbar!

Warum dieses Modell so einfach ist, wie es funktioniert und wie du vorgehen musst, um dein eigenes T-Shirt-Business zu erschaffen, erfährst du jetzt.

Lass uns keine Zeit verlieren!

Das T-Shirt-System

Wenn du dir überlegst, dass du online T-Shirts verkaufen sollst, schießen dir mit Sicherheit viele verschiedene Fragen in den Kopf - zwecks Produktion, Lagerung, Versand, Abwicklung, Onlineshop und Design. Wenn man diese Begriffe nur hört, sieht man förmlich den Kontostand sinken und denkt sich:

„Das geht niemals ohne finanziellen Aufwand!"

Keine Sorge – Es geht!

Warum ist dein T-Shirt-Business so einfach?

- Du musst kein eigenes Produkt erstellen.
- Du brauchst dich nicht um die Produktion der T-Shirts kümmern.
- Du brauchst dich nicht um Logistik und Versand kümmern.
- Du hast keinen Aufwand mit der Zahlungsabwicklung.
- Du hast nichts mit dem Kundendienst zu tun und
- Du benötigst keine Website und keinen Onlineshop.

All diese Dinge übernimmt ein T-Shirt-Anbieter für dich!

- Du kannst ohne Startkapital beginnen
- Du kannst jeden Prozess outsourcen

Das werden deine Aufgaben sein:

- Du musst dir eine Nische aussuchen.
- Du musst ein Design erstellen oder erstellen lassen.
- Das Design beim T-Shirt-Anbieter hochladen und veröffentlichen.
- Und deine Kunden erreichen.

Ich zeige dir in den folgenden Kapiteln, wie du jeden dieser Punkte effektiv bewältigst und schon in Kürze deine ersten T-Shirts verkauften wirst.

Da nicht jeder über die finanziellen Mittel verfügt um in sein eigenes Online-Unternehmen zu investieren, erkläre ich dir, wie du den kompletten Prozess ohne zusätzliche Kosten bewältigen kannst, zeige dir jedoch auch den Weg, der mit kleinen Investitionen verbunden ist.

Bedenke immer:

„Wer mehr investiert kann auch mehr verdienen"

Ich zeige dir den Weg um ein stabiles Nebeneinkommen zu generieren und wie du es schaffst von dem Verkauf von T-Shirts zu leben.
Desweitern erfährst du, wie du die Prozesse auslagern kannst, um Zeit zu sparen und um dein Leben zu genießen.

Die richtige Nische finden

Was ist eine Nische?

Eine Nische ist ein Teil aus dem Gesamtmarkt, also ein Marktsegment in dem du dich bewegen wirst und auf welches du dich spezialisierst. Du wirst natürlich nicht nur in einer Nische aktiv sein, wenn du langfristiges Einkommen planst, aber ich kann dir jetzt schon verraten, dass es von Vorteil für dich ist, wenn du nicht von Nische zu Nische springst, sondern zunächst mehrere Produkte im selben Markt verkaufst.

Dir ist mit Sicherheit bekannt, dass wir uns im Textil-Markt befinden, wir zeichnen uns aber nicht durch besondere Stoffe und Schnitte aus, sondern durch innovative Designs, passend zu den Interessen unserer Zielgruppe.

Warum eine Marktnische und kein Produkt für Jedermann?

Der Vorteil einer Marktnische ist, dass die Relevanz bei der Zielgruppe sehr hoch ist und diese daher auch bereit ist mehr Geld zu investieren. Wenn du mit deinem T-Shirt-Design Emotionen, Verbundenheit und dadurch den Kaufimpuls im Kunden weckst, wirst du Gewinn erzielen.

Designs für die „breite Masse“, wie in allen bekannten Textilwaren-Ketten, sind mit unserem Modell schwer zu verkaufen, da die Produkte im Einzelhandel meist sehr günstig sind.

Solltest du jedoch Interesse daran haben dein eigenes Modelabel zu entwerfen, dann funktioniert das selbstverständlich auch, ist jedoch mit höherem zeitlichen- und finanziellem Aufwand verbunden. Wenn du dir aber einen Namen geschaffen hast, dann bist du in der Lage deine Waren für höhere Preise anzubieten und kannst auf diesem Weg dein passives Einkommen aufbauen.

In diesem Ratgeber beziehe ich mich zum Großteil auf das Verkaufen in Nischenmärkten. Diese Methode ist für den Anfang auf Grund ihrer Einfachheit perfekt geeignet.

Beispiel für Nischen, in denen du deine T-Shirts verkaufen kannst:

- Tiere → Haustiere → Hunde → Deutscher Schäferhund

- Berufe → Branche öffentlicher Dienst → Aufgabe Schutz der Bevölkerung → Feuerwehrmann

- Hobby → Natur / Outdoor → Angeln → Hochseefischen

An Hand dieser Beispiele möchte ich dir das Prinzip der Nische verdeutlichen.
Stelle dir jemanden vor, der einen deutschen Schäferhund besitzt, diesen liebt, wertschätzt und sich sein Leben ohne diesen Hund nicht vorstellen kann.

Meinst du diese Person wäre bereit 20€ für ein T-Shirt mit dem Spruch „Ich liebe mein Haustier“ auszugeben? Oder denkst du ein T-Shirt oder Pullover mit einem Hundekopf, der seinem Vierbeiner äußerst ähnlich sieht, gepaart mit einem ansprechenden, Emotionen weckenden Spruch könnte diese Person zum Kauf bewegen?

Ich denke dir ist die Antwort bereits bekannt.

Das Prinzip ist auf jede Nische anwendbar.
Der leidenschaftliche Feuerwehrmann wird sich kein T-Shirt mit dem Spruch: „Ich habe den besten Job der Welt“ zulegen, wenn er stolz auf sein Amt ist und ein T-Shirt mit einem Spruch kaufen könnte, der die große Ehre seiner Tätigkeit hervorhebt.

Wenn du es schaffst mit deinen T-Shirts tiefe Emotionen auszulösen oder ein Gefühl von Gemeinschaft und Verbundenheit schaffst, nach dem Motto: „Das muss ich haben!“, dann wirst du erfolgreich verkaufen.

Wie findest du deine passende Nische?

Es gibt endlos viele Nischenmärkte, in denen du erfolgreich verkaufen kannst. Um zu entscheiden, in welchem Marktsegment du verkaufen möchtest, ist es wichtig zu wissen, über welche Art du deine T-Shirts vermarkten möchtest.

Ich gehe im späteren Verlauf des Buches auf die verschiedenen Vertriebskanäle detailliert ein und erkläre dir, wie du in diesen vorgehen musst, um maximale Ergebnisse zu erzielen, jetzt nenne ich dir nur die Möglichkeiten, über die du deine T-Shirts effektiv vermarkten kannst:

1. Offline Vermarkten (ohne Kosten möglich)

- Du suchst dir offline verschiedene Abnehmer für deine Produkte.
- Du lässt dich möglichst in Vorkasse bezahlen.
- Du kaufst dein eigenes Produkt in entsprechender Anzahl beim T-Shirt-Anbieter und lieferst es dann an deine Kunden aus.
- Du kannst das Design nach Kundenwünschen erstellen (lassen) oder direkt dein eigenes Design anbieten.

2. Gewinnbeteiligung / Empfehlungsmarketing (ohne Kosten möglich)

- Du suchst dir Personen, die in deinem Nischenmarkt aktiv sind.
  (zum Beispiel auf Facebook, Instagram oder Twitter)
- Du vereinbarst mit diesen Personen, dass sie am Gewinn beteiligt werden, wenn sie dein Produkt über Ihre Fan-Seite o.ä. bewerben.
- Du kannst technisch nachverfolgen, wie viele T-Shirts über den jeweiligen Partner verkauft werden, daher zahlst du die Provision entsprechend der verkauften T-Shirts und du generierst definitiv Gewinne.

3. Selbst online vermarkten (ohne Kosten möglich)

- Du erstellst dir eine Facebook-Fan-Seite, einen Instagram- oder Twitter-Account, der auf deine Zielgruppe ausgerichtet ist.
- Du baust dir eine Fan-Base auf und bewirbst deine Produkte durch normale Beiträge in den jeweiligen Accounts.

4. Werbung schalten (nur mit Kosten möglich)

- Du erstellst dir einen Facebook-Business-Account.
- Du targetierst mit deinen Werbeanzeigen deine direkte Zielgruppe an Hand von Geschlecht, Alter, Wohnort / Herkunft, Interessen und Hobbys.
- Diese Möglichkeit ist sehr effektiv, jedoch mit Kosten für die Werbemaßnahmen verbunden.
- Du hast die Möglichkeit, je nach Bedarf, dein Produkt weltweit zu verkaufen und deinen Gewinn durch Erhöhen des Werbebudgets progressiv zu steigern.

Das sind die vier Vertriebsmöglichkeiten, mit denen wir uns in diesem Buch beschäftigen werden. Du wirst nach dem Lesen des gesamten Buches wissen, wie du jede dieser Möglichkeiten umsetzen kannst.

Wenn du dir Gedanken über deine Nische und deine Zielgruppe machst, dann überlege direkt, über welche Vertriebsart du deine T-Shirts vermarkten möchtest, da nicht jede Vertriebsart mit jeder Zielgruppe perfekt harmoniert. Es ist möglich jedes Produkt über alle vier Maßnahmen zu verkaufen.

Wenn du deine T-Shirts selbst online vermarktest oder Werbeanzeigen schalten möchtest, dann musst du dir darüber wenig Gedanken machen, da du über diese Wege immer deine exakte Zielgruppe erreichen kannst.

Du hast außerdem die Möglichkeit alle vier Vertriebskanäle miteinander zu kombinieren. Das kann vor allem zu Beginn von Vorteil sein, um den Vertriebskanal zu finden, der dir am besten liegt und für dich am besten funktioniert.

Suche dir für den Anfang keine Mikronische, in der du nur wenige Kunden finden kannst, sondern suche dir ein am Markt etabliertes Segment, zum Beispiel eine spezielle Berufsgruppe, eine beliebtes Haustier, Fans eines speziellen Sportvereins oder ähnliches.

Im folgenden Buchverlauf werde ich dir weitere Beispiele nennen, so dass du, solltest du noch unsicher sein, definitiv eine für dich erfolgsversprechende Nische finden wirst.

So erstellst du dein Design

Das Design ist das Herzstück deines T-Shirts und entscheidet darüber ob dein Kunde kauft oder nicht. Deswegen muss das Design gut recherchiert und perfekt ausgearbeitet sein, um den Kaufimpuls in deinem Kunden zu wecken.

Diese Überlegungen solltest du anstellen:

- Wecke ich ein Bedürfnis im Kunden? - „Das muss ich haben!“
- Was für ein Statement will ein Kunde, der so ein T-Shirt trägt, über sich aussagen?
- Welche Reaktion soll beim Betrachter ausgelöst werden?
- Wie positioniert sich der Träger des T-Shirts in der Gesellschaft?
- Welches Gefühl und welchen Status will er vermitteln?

Der Kaufimpuls ist wesentlich, vor allem wenn du Werbeanzeigen schaltest, da der Kunde innerhalb von wenigen Sekunden entscheidet, ob er das Produkt kauft oder nicht.

Diese Grundsätze solltest du beim Erstellen deines Designs beachten:

- Verletze niemals Urheberechte und Markenrechte, nutze niemals geschützte Bilder.
- Wecke tiefe Emotionen mit deinem Design.
- Oder wecke ein Zugehörigkeits- bzw. Verbundenheitsgefühl.
- Oder erstell ein besonders lustiges bzw. witziges Design.
- Das Design muss gut erkennbar sein und Sprüche müssen gut lesbar sein. Wenn der Kunde das Design nicht in wenigen Sekunden versteht, ist es unwahrscheinlich, dass er es kauft.
- Je einfacher, desto besser!
- Nutze wenige Farben, das minimiert nicht nur die Kosten der Produktion und erhöht damit deine Gewinnspanne, sondern verkauft sich in der Regel auch besser.

- Am besten verkaufen sich weiße Designs auf schwarzem Grund. Da wir mehrere Farben an T-Shirts anbieten werden, empfehle ich dir ein weißes Design zu erstellen, weil dieses auch auf einer Vielzahl anderer Farben gut zur Geltung kommt.

Wenn du besonders kreativ bist, dann bist du in der Lage dir dein Design selbst zu erstellen und dieses erfolgreich zu verkaufen.

Wenn du eine wenig Hilfe benötigst, dann kannst du dich an anderen erfolgreichen Designs orientieren. Ich betone es noch einmal:

Erstelle immer dein eigenes Design und verkaufe nichts, was ein anderer erstellt hat.

Nutze die erfolgreichen Designs als Hilfestellung und versuche es immer noch besser zu machen. Du kannst beispielsweise einen witzigen Spruch aufnehmen und diesem durch ein neues, ansprechenderes Design noch erfolgreicher machen.

Um die Ideenfindung für dein Design zu vereinfachen empfehle ich dir auf folgenden Seiten zu schauen:

- Google Bilder – Suche nach Worten wie: T-Shirt Design „deine Nische“
- eBay
- Amazon
- Pinterest

Bei Google kannst du dir entsprechende Ideen suchen und dann bei den Plattformen Amazon und eBay sehen, ob Designs mit diesen Sprüchen verkauft werden und gute Rezensionen haben.
Auf Pinterest kannst du vorgehen wie bei Google-Bilder, gib einfach entsprechende Suchbegriffe ein und du findest viele gute Ideen für dein T-Shirt-Design. Dort kannst du an Hand der Anzahl der „Pins“ sehen, wie beliebt ein Bild bei der Community ist und hast dann die Möglichkeit diese Idee aufzugreifen, zu verbessern und zu vermarkten.

Probiere viel themenrelevante Suchbegriffe aus und überstürze nichts.

Diese und andere Links zeige ich dir am Ende des Buches in einer speziell für dich ausgearbeiteten Link-Sammlung.

Praxistipp:
Schaue auch auf Märkten anderer Länder, zum Beispiel auf dem amerikanischen Markt. Designs die dort beliebt sind und erfolgreich verkauft werden, kannst du in ähnlicher Form und übersetzt ganz einfach auf dem deutschen Markt veröffentlichen.

Die Suche nach der passenden Design-Idee und der richtigen Zielgruppe sollte nicht unterschätzt werden, plane etwas Zeit dafür ein und überstürze es nicht. Hier setzt du bereits die ersten wesentlichen Schritte für den Erfolg deines T-Shirt-Business!

So erstellst du dein Design (kostenfreie Variante):

Du kannst dein Design selbst erstellen, zum Beispiel durch Programme wie „Photoshop“ oder „Gimp“. Halte dich an die zuvor besprochenen Grundsätze und wähle eine passende Auflösung, um am Ende ein Design in hoher Qualität zu erstellen.

Ich möchte ehrlich zu dir sein – Ich habe meine Designs nie selbst erstellt, weil ich mir die Zeit sparen wollte, deswegen kann ich dir daher keine speziellen Tipps zur Ausführung geben, sondern lediglich erklären, wie das Resultat aussehen sollte:

- Erstelle ein Transparentes Design (Ohne Hintergrund)
- Lade dein Design im PNG-Format beim T-Shirt-Anbieter hoch.
- Wähle eine entsprechende Auflösung, um maximale Qualität zu ermöglichen.
- Beachte das Druckfeld der T-Shirts, um die Seitenverhältnisse des Designs entsprechend anzupassen. (Das Druckfeld wird in einem folgenden Kapitel detaillierter beleuchtet)

So lässt du dir dein Design erstellen (mit geringen Kosten verbunden):

Es gibt viele verschiedene Plattformen im Internet, auf denen Designer Ihre Fähigkeiten anbieten. In der Link-Sammlung am Ende des Buches, werde ich dir mehrere vorstellen, jetzt erkläre ich dir nur eine.

Ich empfehle dir am Anfang deine Designs über die Plattform „Fiverr“ erstellen zu lassen. Dort gibt es eine Vielzahl von Designern, die sich auf das Erstellen von T-Shirt-Designs für die entsprechenden T-Shirt-Anbieter spezialisiert haben. Diese erstellen dir in der Regel ein einfaches Design für fünf Dollar. Dieser Preis ist unschlagbar! Du hast nur die Qual der Wahl – Welchen Designer vertraust du dein Projekt an?

Ich empfehle dir einen Designer mit „Seller-Level-2“ auszuwählen mit vielen positiven Bewertungen. Diese Arbeiten in der Regel selbst an ihren Aufträgen und haben kein Team, das dein Design erstellt. Ich habe bisher fast nur mit dieser Art von Designern gearbeitet, weil ich einfach gern direkt Kontakt mit dem tatsächlich ausführenden Designer habe. Dadurch nimmt die Bearbeitung des Auftrages etwas mehr Zeit in Anspruch, jedoch entspricht das Resultat am ehesten deinen Vorstellungen.

Bevor du einem Designer deinen Auftrag erteilst, solltest du mit diesem ein paar Worte wechseln. Achte darauf, dass der Designer die englische Sprache gut versteht und verwende einfache Worte, die den Inhalt klar kommunizieren. Erzähl ihm, um was es in deinem Auftrag grob gehen wird und frag ihn, ob er in der Lage ist diesen Auftrag mit höchster Qualität auszuführen. Dafür gibt es bei „Fiverr“ einen Button für Fragen bzw. private Nachrichten an den Designer.

Wenn du dir einen Partner ausgesucht hast, der dir dein T-Shirt-Design erstellt, kannst du über „Fiverr“ den Auftrag erteilen.

Du bist verantwortlich dafür wie gut der Designer arbeiten kann! Du musst dem Designer genaue Anweisungen geben, damit er das erstellen kann, was du dir vorstellst.

Was du erwähnen solltest:

- Welche Farbe(n) dein Design haben soll und in welchem Farbton spezielle Elemente dargestellt werden sollen.
- Welches Dateiformat dein Design haben muss. (PNG-file)
- Wie groß die Datei sein soll. (In der Regel reicht es aus, wenn du sagst, dass du eine große PNG-Datei benötigst)
- Auf welcher Plattform / Bei welchem T-Shirt-Anbieter du dein Design hochladen wirst.
- Falls vorhanden: Den Spruch auf dem T-Shirt nennen – unbedingt auf Rechtschreibung und Grammatik achten, da die meisten Designer über keine guten Deutschkenntnisse verfügen. Den Spruch möglichst übersetzen, damit der Designer versteht, um was es geht.
- Alle relevanten Bilder aus deiner Ideen-Recherche mit anhängen, so weiß der Designer noch besser um was es geht, was du erwartest und was du nicht möchtest.

Du musst dein Design perfekt beschreiben können, wenn der Designer etwas völlig anderes liefert, als das, was du dir vorgestellt hast, dann liegt das meisten an der Beschreibung und nicht am Designer - Das habe ich selbst schmerzhaft lernen müssen.

Es gibt verschiedene Möglichkeiten dem Designer deine Vorstellungen genau darzulegen:

1. **Schreiben:**

   Du schreibst ihm einen Text, sollte der Platz im Textfeld von „Fiverr" nicht ausreichen, dann kannst du dem Auftrag eine Text-Datei anhängen. Du erklärst ihm genau, mit einfachen Worten, wie dein Design aussehen soll (Von der Anordnung, über die Farben, bis hin zur Schriftart)

   Die Motive und Ideen stellst du alle im Anhang bereit, damit der Designer weiß, auf was du dich mit deinen Worten beziehst.
   Ich empfehle dir auch Bilder von der erwarteten Schriftart mit anzufügen.

Überlege dir bevor du es abschickst, ob ein unabhängiger Dritter in der Lage wäre mit dieser Anleitung zu arbeiten.

2. **Eine Grafik erstellen:**

   Das ist die Variante, die ich nutze, um meine Designer anzuleiten. Ich mache es mir dabei relativ einfach, ich nutze dafür das Programm „Paint", ja richtig gelesen, in eine entsprechend großen Paint-Datei kannst du viele Bilder und Beispiele einfügen und diese zusätzlich mit Stichworten und Anweisungen versehen. Mit Pfeilen und anderen Grafiken, die „ohne Worte kommunizieren", ist es für deinen Designer einfach deine Gedanken nachzuvollziehen und deinen Anweisungen zu folgen.

   Hinzu kommt, dass du die Möglichkeit hast das fertige T-Shirt zu skizzieren und du somit weiträumig Missverständnisse ausschließen kannst.

3. **Ein Video erstellen:**

   Du kannst ganz einfach ein Video erstellen, welches du entweder „unsichtbar" auf „Youtube" hochlädst oder an deinen Fiverr-Auftrag anhängst. Eine mögliche kostenfreie Software dafür ist „Open Broadcaster MultiPlatform".

   Du nimmst deinen Desktop und den Ton auf, erklärst mit deinen Worten, was der Designer ausarbeiten soll und kannst mit Bildmaterial deine Ausführungen veranschaulichen. Nutze auch hier einfache Worte und sprich in angemessener Geschwindigkeit.

Du hast natürlich auch die Möglichkeit nur mit einer Tonaufnahme zu arbeiten oder deine Anweisungen aus einer Kombination der hier dargestellten Varianten zu erstellen. Von hoher Bedeutung ist es, dass du die Relevanz der gut ausgearbeiteten Arbeitsanweisung verstanden hast und weißt, wie du diese einfach erstellen kannst.

Praxistipp:
In der Regel dauert es von der Auftragserstellung bis zur Auslieferung zwei bis drei Tage, das siehst du in den Details zum Auftrag, der Zeitraum steht vorher fest, also Plane dir diese Zeit ein und erarbeite in der „Wartezeit“ neue Designideen oder arbeite an deinen Marketingstrategien. Üblicherweise kannst du für einen Aufpreis auch eine 24-Stunden-Express-Lieferung buchen.

Die T-Shirt-Plattform

Der T-Shirt-Anbieter ist das Zentrum unseres gesamten Systems, dieses Unternehmen nimmt uns alle zeitaufwändigen und kostenintensiven Aufgaben ab und verhindert, dass wir Geld verlieren. Durch diesen Service kannst du nur Geld verdienen!

Die T-Shirt-Plattform übernimmt für dich:

- Die Produktion
- Die Lagerung und Lieferung
- Die komplette Zahlungsabwicklung
- Den gesamten Kunden-Support
- Retouren und
- Bietet dir seine Plattform für die Ausstellung deiner Produkte

Es gibt inzwischen viele Anbieter, die alle ihre Vor- und Nachteile haben, ich werde dir in der Link-Sammlung an Ende des Buches mehrere T-Shirt-Plattformen vorstellen, die ich empfehlen kann.

Ich habe die meiste Zeit mit der Plattform „Teezily“ gearbeitet und damit die höchsten Erfolge und Gewinne erzielt, deswegen werde ich dir die weiteren Schritte an Hand dieser Plattform vorstellen und empfehle dir zu Beginn mit diesem Anbieter zu arbeiten.

Hinweis:
Ich halte nicht sehr viel von Affiliate-Links in solchen Büchern. Ich werde hier eine Ausnahme machen und dir trotzdem meinen Link für Teezily bereitstellen, da du dadurch bei jedem verkauften Produkt 50 Cent zusätzlich verdienst. Das sind bei 1000 verkauften Produkten immerhin 500€, die auf dein Konto wandern! Ich erhalte ebenfalls für jedes Produkt, was du verkaufen wirst, eine geringe Provision, daher überlasse ich dir die Entscheidung, ob du deinen Account über folgenden Link erstellen möchtest, sodass wir beide von diesem Vorteil profitieren.

Teezily-Empfehlungs-Link:
https://www.teezily.com/r/U-LVWQHN

Teezily bietet dir und deinen Kunden folgende Vorteile:

- Du kannst T-Shirts (Rund-Ausschnitt und V-Ausschnitt, jeweils für Frauen und Männer), Pullover mit und ohne Kapuze, Tank-Tops für Frauen und Männer, Long-Shirts, T-Shirts für Kinder, Tassen, Magneten und Handyhüllen verkaufen.
- Du kannst Kampagnen erstellen und diese zu einem Shop zusammenfügen.
- Teezily liefert weltweit.
- Faire Versandkosten, Kunden sparen Versandkosten bei Kauf von mehreren Artikeln.
- Teezily liefert bei Kampagnen ab dem ersten verkauften Artikel.
- Faire Gewinnspanne.
- Du kannst Rabatt-Codes erstellen.
- Mehrsprachiger Kundenservice.
- Mehrsprachiger Support für Verkäufer
- Teezily ist in acht verschiedenen Sprachen zugänglich.
- Produkte haben gute Qualität.
- Du kannst deinen Kunden Nachrichten schicken!
- Übersetzungsservice für erweitern des Verkaufsgebietes in andere Länder.
- Angemessene Lieferzeiten.

Kampagne oder eigener Shop?

Diese beiden Varianten haben ihre Vor- und Nachteile, die wir nun gemeinsam beleuchten werden, damit du in der Lage bist, die für dich passende Variante auszuwählen.

Vor- und Nachteile einer Kampagne (allgemein):

Vorteile:

- Höhere Gewinnspanne pro Produkt.
- Lässt sich schnell erstellen.

- Eine Kampagne ist zeitlich begrenzt, dadurch wird der Kunde leicht unter „Druck gesetzt“ und zum Kaufen bewegt.
- Bei einer Kampagne ist die Anzahl der zu verkaufenden Produkte limitiert, durch Verknappung wird der Kunde zum Kauf bewegt.
- Du kannst Rabattcodes (verminderter Preis, ohne Versandkosten) anbieten.

Nachteile:

- Du erstellst die Kampagnen mehrmals.

Vor- und Nachteile eines Shops (allgemein):

Vorteile:

- Du erstellst den Shop nur einmal für die entsprechende Zielgruppe und fügst nur noch neue Produkte hinzu.
- Ein Shop wirkt seriöser.
- Ideal für tatsächlich passives Einkommen.

Nachteile:

- Niedrigere Gewinnspanne als bei einer Kampagne, da der Anbieter jedes T-Shirt direkt drucken und versenden muss.
- Keine Verknappung, die extra zum Kauf bewegt.
- Durch höhere Auswahl für den Kunden wird dieser länger auf der Seite gehalten, das kann dazu führen, dass er nicht kauft. (Kein Impulskauf & Ablenkung)

  (Bei Teezily ist das Eröffnen eines regulären Online-Shops nicht direkt möglich, aber auch nicht notwendig)

Es liegt bei dir, welche Form der Darstellung du für deine Produkte auswählst, du hast natürlich auch die Wahl mit einer Kombination aus Kampagne und Shop zu arbeiten, indem du deine neuen Produkte stets als Kampagne anbietest, um hohe Gewinne zu erzielen und „ältere Produkte“ im Shop integrierst, um dadurch passiv weiterhin Erträge zu generieren.

Für den Start rate ich dir mit Kampagnen zu beginnen, da diese an Hand ihrer Vorteile für den Anfang ideal sind. Übernimm dich zu Beginn nicht und mach nicht alles auf einmal, konzentriere dich zunächst auf ein Projekt und gib Vollgas.

Aus diesem Grund werden wir uns im weiteren Verlauf mit der richtigen Erstellung von Kampagnen auf Teezily beschäftigen.

So erstellst du deine erste Kampagne!

Registration:

Um eine Kampagne starten zu können, musst du dich zuerst auf der Plattform von Teezily registrieren, das hast du vermutlich schon über den Link im vorherigen Kapitel abgeschlossen, trotzdem erkläre ich den Prozess kurz.

Auf der Website findest du oben rechts einen Button um mit dem Registrierungsprozess zu starten. Du hast die Möglichkeit dich direkt über deinen Facebook- oder Google-Account anzumelden, kannst dich jedoch auch unabhängig von diesen Plattformen, standardisiert registrieren, indem du deinen Nach- und Vornamen, deine Email-Adresse und dein gewünschtes Passwort einträgst und nach Abschließen dieses Vorganges die erhaltene Email von Teezily bestätigst.

Nun bist du bereit deine erste Kampagne zu starten – hast du bereits dein Design? Dann mach am besten gleich mit:

1. Klicke auf den Button „Eine Kampagne starten" um mit der Erarbeitung deiner ersten Kampagne beginnen zu können.

2. Nun siehst du in der Mitte des Bildschirmes ein weißes, nicht bedrucktes T-Shirt und einige Aktions-Felder. Gehe auf der rechten Seite zu dem Punkt „Wählen Sie ein Produkt" und suche dir das Kleidungsstück aus, welches der Kunde als ersten sehen soll, wenn er deine Kampagne aufruft. Ich empfehle dir dafür den Kapuzen-Pullover auszuwählen, da du bei diesem Produkt den höchsten Gewinn erzielen wirst! Es funktioniert aber auch mit einem T-Shirt.

3. Als nächstes wählst du die Farbe, die das Produkt auf der „Startseite" haben soll. Du kannst in einem späteren Schritt weitere Farben hinzufügen, zwischen denen der Käufer entscheiden darf. Wähle am besten die Farbe

schwarz oder weiß, abhängig von deinem Design. Diese Farben verkaufen sich in der Regel am besten und funktionieren eigentlich immer. Solltest du jedoch ein Design haben, was du hauptsächlich auf blauen oder rosa Grund anbieten möchtest, begehst du auch keinen Fehler, wenn du diese Farbe auswählst.

4. Auf der linken Seite des Bildschirmes siehst du ein Feld mit „Text hinzufügen". Dieses Feld verbannst du bitte direkt aus deinem Kopf. Kampagnen mit dieser „Standard-Schrift" verkaufen nicht, niemals. Kein Mensch kauft ein T-Shirt für 20€, mit einem lieblosen Text! Investiere unbedingt in ein vernünftiges Design!

   Wähle stattdessen das Feld für „Bild hinzufügen" und klicke auf die Schaltfläche „Ein Bild hochladen", um dein ersten Design zu importieren!

5. Jetzt ist dein Design auf deinem T-Shirt oder Hoodie erschienen. Du kannst es jetzt verschieben, vergrößern und kippen, bis es perfekt ist. Achte darauf, dass du dich im gekennzeichneten Druckbereich aufhältst, sonst funktioniert es nicht.

   Hinweis:
   Wenn du dein Design platziert hast, wähle auf der rechten Seite ein anderes Produkt (zum Beispiel Hoodie statt T-Shirt). Dir wird auffallen, dass der Druckbereich bei den verschiedenen Produkten unterschiedlich groß ist. Dies ist kein Grund zur Sorge – Teezily passt den Druck entsprechend auf das andere Produkt an, sodass dein Design weiterhin genau im Druckbereich platziert ist.

   Dies ist ein weiterer Grund, um den Kapuzenpullover auf der Startseite zu platzieren. Dein Design passt im Verhältnis besser auf das T-Shirt, wenn du es zuvor auf dem Hoodie ausgerichtet hast. Wenn du es umgekehrt durchführst, ist nach meiner Meinung das Design auf dem Hoodie meist etwas zu weit oben.

6. Bei Bedarf kannst du am unteren Bildschirmrand auswählen, ob du dein Produkt zusätzlich oder nur auf der Rückseite bedrucken möchtest. Bedenke bitte, wenn du dein T-Shirt beidseitig bedrucken lässt, erhöhen sich die Kosten für die Produktion. Ich empfehle dir zum Starten mit einem einfachen Druck auf der Vorderseite zu beginnen.

7. Dein Entwurf steht? Dann klicke auf die Schaltfläche „Nächster Schritt →“ und beginne die Parameter deiner Kampagne festzulegen!

8. Wähle zu Beginn „Europa“ aus und stelle die Währung auf Euro (€), wenn du an Kunden aus Deutschland oder auch Frankreich herantreten möchtest. Ich empfehle dir für unterschiedliche Sprachen stets unterschiedliche Kampagnen zu veröffentlichen.

9. Als nächstes legst du das Umsatzziel fest. Das Umsatzziel sagt aus, wie viele Produkte du mit dieser einen Kampagne anstrebst zu verkaufen. Folgender Satz steht kleingeschrieben darunter:

   „Dieses Ziel ist das Minimum an Produkten, das Sie verkaufen müssen, damit die Herstellung und der Druck in Auftrag gegeben werden können.“

   Diese Aussage ist FALSCH, du kannst sie sorgenfrei ignorieren. Teezily druckt seit längerer Zeit ab dem ersten verkauften Produkt. Solltest du 50 Produkte als Umsatzziel angeben und nur zwei Verkaufen, so erhältst du trotzdem deinen Anteil und der Kunde seine Ware.

10. Was nützt also das Umsatzziel? Es dient dir als psychologischer Faktor im Kaufprozess des Kunden. Du stellst damit eine Verknappung dar im Sinne von „Oh, der Artikel ist bald ausverkauft – Ich schlage zu!“ Wähle jedoch ein Umsatzziel, welches realistisch ist. Wenn du schon weißt, wie viele T-Shirts du tatsächlich benötigst, weil du bereits Kundenkontakt hattest, dann

wähle genau diese Menge als dein Umsatzziel. Bei hohen Umsatzzielen steigt die Provision pro verkauften Artikel an!

Beispiel: Umsatzziel 50 - der erste Hoodie generiert dir 8€ - der 48ste erwirtschaftet 12€.

Wenn das Umsatzziel zu hoch ist und du viel weniger verkaufst als angegeben, kann sich das auch negativ auf das Kaufverhalten der Kunden auswirken, weil diese sehen, dass du noch viele Produkte zum Verkauf hast und nur wenige deinen Artikel bestellt haben.

Falls du dir noch unsicher bist, wie viele T-Shirts du mit deiner ersten Kampagne verkaufen wirst, dann empfehle ich dir das Umsatzziel für den Start auf 5 oder 10 Produkte zu setzen. So bekommst du ein Gefühl dafür. Solltest du feststellen, dass du dadurch das Umsatzziel als zu gering eingestuft hast, kannst du im Notfall problemlos und zügig eine neue Kampagne erstellen.

11. Nun scrollst du auf der Seite etwas nach unten, bis du die Überschrift „Verkaufspreis" angezeigt bekommst. Dort siehst du das Produkt in klein, welches du auf der Startseite ausgewählt hast und kannst direkt einen Verkaufspreis dafür festlegen.
    Den Verkaufspreis kannst natürlich vollkommen frei bestimmen, dir wird direkt dein Gewinn pro Verkauf angezeigt. Ich empfehle dir eine Gewinnspanne von 8€ bis 15€ bei Hoodies und 5€ bis 8€ bei T-Shirts, zumindest wenn du Werbeanzeigen gegen Geld schaltest.

    Solltest du deine Produkte zu dir nach Hause bestellen und selbst an deine Kunden ausliefern (Prozess wird später genauer beleuchtet), dann kannst du die Gewinnspanne auf das Minimum setzen, da du entweder dein Geld schon bekommen hast oder bei Auslieferung bezahlt wirst.

    Lege nun den Preis für dein erstes Produkt fest!

Praxistipp:
Überlege dir, wie viel Geld du für diesen Artikel ausgeben würdest!

12. Füge nun mit der Farbpalette unter deinem Produkt weitere Farben hinzu, wenn du dein T-Shirt oder Pullover in verschiedenen Farben anbieten möchtest. Denk daran, dass dein Design nicht zwingend auf jeden farblichen Untergrund gleich ansprechend aussieht. Wähle zunächst nur die Farben, die wirklich notwendig sind.

13. Klicke auf den großen „Fügen Sie ein Produkt hinzu“ – Button, direkt unter deinem gerade bearbeiteten Artikel und wähle ein weiteres Produkt aus, welches mit dem gleichen Design und in der gleichen Kampagne angeboten werden soll. Wenn du mit einem T-Shirt mit V-Ausschnitt gestartet hast, dann wähle jetzt beispielsweise einen Kapuzen-Pullover oder ein Tank-Top. Du bestätigst deine Auswahl mit dem blau hinterlegten „Plus-Symbol“.

    Leg für den neuen Artikel nun auch die Farben und den Verkaufspreis fest.

    Wiederhole diesen Prozess so oft, bis du alle Produkte, die du in deiner Kampagne verkaufen möchtest, ausgewählt hast.

    Beachte bitte, dass Teezily dir pro Kampagne nur 20 Farben zur Verfügung stellt. Das bedeutet, wenn du ein Pullover und ein T-Shirt, jeweils in schwarz, grau und blau, anbietest, dass du damit schon sechs von deinen 20 Farben ausgenutzt hast.

    Wähle deine Produkte und Farben also mit Bedacht und stimme beides auf deine Zielgruppe ab!

Ob leidenschaftliche Wintersportler zwingend ein Tank-Top mit der Thematik „Snowboarden“ benötigen, solltest du dir vorher überlegen.

14. Scroll nun noch einmal nach oben und sieh dir den „Berechneten Gewinn“ an. In dieser angegebenen Gewinnspanne wirst du dich bewegen, wenn du dein Umsatzziel erreichst.

    Hinweis:
    Wenn du in Übung bist und deinen Markt kennengelernt hast, wirst du schnell Kampagnen mit einem Umsatzziel von 50 oder 100 Stück erfüllen können.

    Bleib am Ball und gib niemals auf – Auch hier macht Übung den Meister!

15. Da du deine Einstellungen nun abgeschlossen hast, gehe weiter mit der Schaltfläche „Nächster Schritt →“ am Ende der Website.

16. Willkommen auf der letzten Seite, die du bearbeiten musst, bis deine Kampagne endlich online ist!

    Hier überlegst du dir einen Titel für deine Kampagne, eine ansprechende Beschreibung, den „Verkaufstext“ und wie viele Tage die Laufzeit deiner Kampagne betragen soll.

    Teezily gibt dir die Möglichkeit einen von ihnen vorgeschriebenen Text zu verwenden. Dafür musst du nur bei „Empfohlene Beschreibung“ die Sprache auswählen, die deine Kunden sprechen und mit dem blauen Haken bestätigen, dann hast du direkt einen Titel und eine ausreichende Beschreibung deiner Produkte.

    Du hast natürlich auch die Möglichkeit Titel und Text selbst zu verfassen.

Ein ansprechender Titel könnte sein:

- „Nur für wahre Helden"
- „Für die echte Hundeliebhaberin"
- „-DEIN SPRUCH- in limitierter Auflage"
- „Liebst du deine Familie?"
- „-DEINE ZIELGRUPPE- vereinigt euch!"

In deiner Beschreibung solltest du ähnliche, verkaufsfördernde Segmente aufnehmen:

- „Exklusiv.."
- „Nur hier und nicht im Einzelhandel erhältlich.."
- „Greif jetzt zu, bevor wir ausverkauft sind.."
- „Sichere Bezahlung via Paypal, Sofortüberweisung und Kreditkarte"
- „Nur für kurze Zeit"
- „Nur bis zum … erhältlich"
- „Pro verkauften T-Shirt spenden wir 1€ an eine Organisation (Die Organisation sollte den Interessen der Zielgruppe entsprechen und der genannte Betrag muss anschließend tatsächlich gespendet werden.)
- „Bestell für deine Freunde gleich mit und spar an den Versandkosten"

- Fragen auf die der Kunde innerlich mit „Ja“ antwortet, wie: „Liebst du deine Katze? Dann…“

  Finde deinen passenden, ansprechenden Titel und erarbeite eine optimale Beschreibung für dein Produkt.

17. Lege nun das Enddatum deiner Kampagne fest. Die Auswahlmöglichkeit findest du direkt unter dem Textfeld für deine Beschreibung. Ich empfehle dir mit sieben oder zehn Tagen zu starten, da die Artikel erst gedruckt und verschickt werden, wenn die Kampagne abgelaufen ist. Und wer möchte schon drei Wochen auf sein T-Shirt warten?

18. Wahl des URL-Links:
    Du hast im Textfeld unter dem Enddatum die Möglichkeit die URL, also den Link, zu erstellen, über den deine Kunden auf deine Kampagne gelangen können. Entweder nutzt du den von Teezily vorgegebenen Link oder du bearbeitest die Endung selbst. Du kannst zum Beispiel deinen Spruch dafür verwenden.

19. Nun entscheidest du, ob dein T-Shirt von vorn oder von hinten angezeigt wird, wenn die Kampagne aufgerufen wird. Dies solltest du zwingend davon abhängig machen, welche Seite des Shirts bedruckt ist.

20. Klicke nun auf den Button „Veröffentlichen →“

    Glückwunsch! Deine Kampagne ist nun online und deine Kunden können kaufen!

    Es öffnet sich automatisch die Seite deiner Kampagne und du kannst sie direkt mit den Augen deiner Kunden sehen und hast dadurch die Chance sie im Nachhinein noch entsprechend zu verändern.

    Du kannst deine Kampagne unter „Mein Konto“ – „edit my campaign“ verändern und anpassen.

Wie fügst du Promotion-Codes hinzu?

Du kannst unter „Mein Konto“ auf der linken Seite eine Liste von Funktionen sehen. Dort wählst du den Punkt „Promotion“ aus, um Promotion-Codes für deine Kampagnen erstellen zu können.

Du hast die Wahl dich zwischen einem festen Betrag, oder einem prozentualen Betrag, der vom Verkaufspreis beim Kunden abgezogen wird, zu entscheiden oder du erlässt deinen Käufern die Versandkosten.
Vergiss nicht ein Enddatum für deine Promotion festzulegen und gib an in welcher Währung dein Promotion-Code arbeiten soll.

Anschließend generierst du einen Code oder erfindest selbst einen.

Durch Bestätigen mit dem Button „Add“ ist dein Promotion-Code aktiv und du kannst diesen wie im folgenden Beispiel an deinen Teezily-Link anfügen:

www.teezily.com/DEIN-LINK
Mit diesem Link rufst du deine Kampagne ohne Promotion-Code auf, der Kunde zahlt den vollen Verkaufspreis.

www.teezily.com/DEIN-LINK?pr=DEIN-PROMOTION-CODE

Auf diese Art ist dein Promotion-Code für den Kunden, der deine Kampagne öffnet, aktiviert und er bekommt direkt angezeigt, wie viel er durch den Rabatt-Code einspart.

Praxisipp:
Teste! – Teste! – Teste!
Es kann abhängig von der Zielgruppe variieren, ob du mit oder ohne einen Rabatt-Code mehr Verkäufe erzielst! Bring deswegen in Erfahrung wie deine Zielgruppe „tickt“.

Bewirb deine Kampagne!

Deine T-Shirts warten nun darauf gekauft zu werden. Leider reicht es nicht aus einfach die Kampagne bei Teezily zu starten und abzuwarten – sind wir ehrlich, das wäre doch auch viel zu einfach, oder?

In diesem Kapitel erkläre ich dir, wie du die verschiedenen Verkaufskanäle nutzen kannst und welche verschiedenen Möglichkeiten du hast, um deine Artikel zu verkaufen.

„Offline" vermarkten

Das Prinzip:

- Du suchst dir einen Kunden entsprechend deiner Zielgruppe.
- Der Kunde sollte in der Lage sein mehrere Produkte mit identischem Design von dir zu kaufen.
- Du hast die Wahl: Zeige dem Kunden das Design, welches du anbietest oder schlage ihm vor, ein Design nach seinen Wünschen zu erstellen. Gib dem Kunden das Gefühl, dass er sein eigenes T-Shirt mit deiner Hilfe entwerfen kann.
- Versuche mindestens zehn Produkte, je mehr, desto besser, an deinen Kunden zu verkaufen, damit sich der Aufwand lohnt.
- Erstell die Kampagne zum Einkaufspreis und kaufe selbst die Anzahl der ausgehandelten Produkte und liefere Sie aus.
- Oder lass den Kunden selbst über Teezily bestellen, gib dann jedoch den vollen, vorher vereinbarten Verkaufspreis an.

Beispiel:

- Abschlussklassen: In einer Schulklasse sind in der Regel etwa 20 Schüler und wer kennt nicht die berühmten T-Shirts mit den Namen aller Klassenkameraden auf der Rückseite? Stell entweder Kontakt zur Schulleitung, Klassenlehrern, Eltern- oder Schülersprechern her, um deine Produkte zu verkaufen. Vielleicht sogar an deiner alten Schule?

Hinweis:
Auf Gymnasien wird in der „Sekundarstufe-Zwei“ in Kursen gearbeitet, also alle vorherigen Klassen werden von Stunde zu Stunde gemischt. Du kannst hier für einen gesamten Jahrgang (50-100 Schüler) ein identisches T-Shirt anfertigen und hohe Gewinne erzielen!

Du hast mit Sicherheit schon bemerkt, dass du mit dieser Form nur entsprechend hohe Gewinne erzielen kannst, wenn du größere Gruppen als Kunden gewinnst. Dieses Beispiel kannst du auf alle möglichen Gruppierungen übertragen.

Zum Beispiel:

- Junggesellenabschiede
- Gartenvereine
- Fußballvereine und andere Sportarten
- Motto-Partys und Festivals
- Studenten einer Universität im ersten oder letzten Semester
- Und viele mehr!

Empfehlungsmarketing / Gewinnbeteiligung

Im Bereich des „Online-Marketing“ ist Empfehlungsmarketing auch als „Affiliate-Marketing“ bekannt. Darunter versteht man, dass Produkte an potentielle Kunden empfohlen werden und derjenige, der die Empfehlung ausspricht, bei einem Verkauf, der durch seine Empfehlung durchgeführt wurde, eine vorab vereinbarte Provision erhält.

Das Prinzip:

- Du suchst dir Personen, die auch in deiner Nische unterwegs sind und in diesem Gebiet zum Beispiel erfolgreich einen Blog führen, viele Facebook-, Instagram- oder Twitter-Fans haben und dir mit ihren „Posts“ viele Verkäufe generieren können.
- Wichtig ist, dass die Zielgruppe dieser Personen stark identisch mit deiner Zielgruppe ist, somit ist erhöhte Relevanz gewährleistet.
- Du verhandelst hart und fair, denke stets daran, dass du in der Regel nur fünf Dollar für ein T-Shirt-Design investierst. Die Provision sollte an Hand der verkauften Artikel durch die Empfehlungen gemessen werden. Ein Beispiel wäre, dass du 50% von dem Gewinn der Kampagne abgibst. Scheu dich nicht davor auch einmal 70% abzugeben. Wenn durch das „kostenlose“ Marketing 500 Verkäufe generiert werden, hast du ohne Anstrengung hohe Gewinne – Willkommen in der Welt des passiven Einkommens.
- Erstelle für jeden, der deine Artikel empfiehlt, eine extra Kampagne, damit du messen kannst, durch wessen Empfehlungen du deine Verkäufe erhalten hast.
- Auch hier hast du die Möglichkeit dir das Design selbst auszudenken oder mit deinen Partnern zusammen ein Design zu erarbeiten. Vielleicht möchte ein aufstrebender Blogger einige Merchandise-Artikel bei dir beziehen?

Beispiel:

Da du dir sicherlich vorstellen kannst, wie du auf den Social-Media-Kanälen geeignete Blogger suchst, möchte ich dir ein anderes Beispiel vorstellen:

Nimm Kontakt zu Tierheimen, Tierschutzorganisationen oder zur Tierrettung auf. Und biete Ihnen an ein kostenfreies T-Shirt oder einen Pullover zu designen. Diese sollen dann in den entsprechenden Internetauftritten beworben werden. Auch diese Organisationen beteiligst du großzügig am Gewinn. Da Bereiche wie die Tierrettung meist von ehrenamtlicher Arbeit leben, weil die finanziellen Mittel für Tierfutter, Unterkünfte und medizinische Versorgung sehr knapp ausfallen, sind diese häufig an einem „einfachen Nebenverdienst“ interessiert. Ein Blog- oder Facebook-post ist schnell gemacht und jeder gewinnt in dieser Konstellation.

Selbst online vermarkten

Bei dieser Marketingart erstellst du selbst die Beiträge und Posts, um deine potentiellen Kunden auf deine Produkte aufmerksam zu machen.

Das Prinzip:

- Erstelle eine Facebook-Fanseite passend zu deiner Zielgruppe. Falls du dich in der Nische „Angeln" bewegst, könnte deine Seite den Namen tragen:
  „Ich liebe Angeln"
  „Angeln – meine Leidenschaft"
  „Angeln – mehr als nur ein Hobby"

  Dafür gehst du auf der Facebook-Startseite rechts oben auf das kleine Dreieck und klickst auf „Seite erstellen".

  (Falls du bereits einen Facebook-Business-Account hast, kannst du die Seite auch direkt über dieses Konto erstellen)

  Danach wählst du eine Seitenart aus (zum Beispiel: „Marke oder Produkt") und entscheidest dich für eine Kategorie (zum Beispiel: „Website")

  In das nächste Feld setzt du den Namen, unter den deine Facebook-Seite bekannt werden soll und bestätigst diesen Prozess.

  Als nächstes überlegst du dir eine kurze Beschreibung für deine Fanseite, fügst ein Profilbild und ein Titelbild hinzu.

  Achte darauf, dass diese Bilder einen hochwertigen Eindruck erzeugen. Die Aufmachung und die Qualität deiner Seite werden unterbewusst mit der Qualität deiner Produkte verbunden.

  Als letztes entscheidest du dich noch für eine Zielgruppe. Wenn dein Thema „Angeln" ist, dann könntest du zum Beispiel vorzugweise Männer ansprechen, zu deren

Interessen: Angeln, Fischerei, Boote, Hochseefischen, Angel-Shops, Angel-Magazine, und so weiter, gehören.

Wenn deine Seite erstellt ist, musst du mit dem Posten beginnen. Informiere deine Leser über die News rund um das Thema Angeln, zeige Ihnen Rekorde von den größten gefangenen Fischen im Süßwasser oder gib ihnen Auskunft über das neuste Angel-Equipment. Und zeige ihnen deine T-Shirts!

- Adaptier diesen Prozess auf andere Social-Media-Kanäle! Nutze Instagram, Twitter und Co. Auf Grund der „Hashtag"-Funktion auf Instagram hast du schnell die Möglichkeit neue Abonnenten zu erhalten.

  Praxistipp:
  Plane deine Beiträge voraus! Du kannst bei all diesen Plattformen deine Posts planen, also ihr Veröffentlichungsdatum festlegen. Erstell stets die Posts für mehrere Tage auf einmal und plane sie entsprechend. So ersparst du es dir jeden Tag erneut zu Posten und kannst deine Zeit effektiver nutzen.

- Hier macht es Sinn, exklusiv für deine Leser, Rabatt-Codes zu verwenden, so gewinnst du schneller das Vertrauen deiner Gemeinschaft.

- Erstelle hier die Kampagne so, wie im Kapitel zuvor beschrieben.

- Dieser Prozess eignet sich auch dafür, seine eigene Marke zu promoten. Wenn du eher Interesse daran haben solltest, deine eigene Marke in deiner Nische zu etablieren, dann erstell eine Fan-Seite für deine Marke, bewirb deine Produkte, starte Gewinnspiele und mehr, um zügig an eine höhere Anzahl Lesern zu kommen.

- Solltest du diese Vertriebsart auswählen und nicht investieren wollen, dann sei dir bitte bewusst, dass du in diesem Bereich in der Regel eine relativ hohe Anlaufzeit hast. Somit dauert es etwas, bis deine Fan-Gemeinschaft groß genug ist, um dir ein entsprechend hohes Einkommen zu garantieren. Bleib am Ball!

Pay-Per-Click – Marketing / Online Werbung schalten

PPC-Marketing ist eine der effektivsten Formen, um dein Produkt online zu vermarkten. Der große Vorteil ist, dass du wenig Anlaufzeit benötigst, du kannst direkt starten und sofort mit dem Verkaufen beginnen. Weiterhin kannst du mit dieser Art des Marketings dein Geschäftsmodell optimal skalieren, das bedeutet, dass du mit nur wenigen Klicks und mit geringen, zusätzlichen Aufwand deinen Gewinn enorm steigern kannst.

Stell dir vor, du verkaufst ein T-Shirt-Design im deutschsprachigen Raum und du hast damit einen „Nerv“ bei deiner Community getroffen. Dein Produkt ist beliebt und ein „Must-Have“ für jeden deiner Zielgruppe.

Das würde bedeuten, dass du mit diesem Design bereits hohe Gewinne generieren konntest, aber da geht noch mehr! Wenn dein Produkt in einer Region extrem gut verkauft, warum sollte es dann nicht in anderen Ländern oder sogar auf anderen Kontinenten genauso gut verkaufen?

Du lässt also dein Design, deine Kampagne und deine Werbeanzeige übersetzen oder machst es selbst und wenige Klicks später wird dein eigenes T-Shirt-Design global an deine Zielgruppe verkauft.

Diese Online-Werbung ist eine Waffe, daher auch gefährlich.

Du kannst durch PPC sehr viel Geld verlieren, wenn du deine Zielgruppe nicht kennst und diese nicht richtig targetierst. Durch Streuverluste sinkt die Relevanz deiner Anzeige und nur wenige deiner eigentlichen potentiellen Kunden werden von deinen Anzeigen erreicht, daraus kann resultieren, dass du mehr in deine Werbung investierst, als du letztendlich durch Verkäufe einnimmst.

Daher rate ich dir zu Beginn mit einem geringen Tagesbudget zu arbeiten. Es reichen um zu üben und um ein Gefühl für die Materie zu bekommen, wenn du mit zwei Euro pro Tag startest und entsprechend dein Budget erhöhst, wenn du feststellst, dass die Kampagne positive Resonanz erzeugt.

Ich selbst arbeite in der Regel zunächst mit zehn Euro pro Tag und erhöhe nach zwei bis drei Tagen, wenn ich merke, dass mein Design bei der Zielgruppe gut ankommt.

Ich empfehle dir definitiv mit PPC zu arbeiten, da es viele Vorteile mit sich bringt.

Wenn du diese Form des Onlinemarketings beherrschst, dann kannst du nicht nur T-Shirts online verkaufen, sondern auch (fast) alles andere!

Deswegen werde ich dir die wichtigsten Punkte zur Facebook-Werbung im folgenden Kapitel erläutern.

Facebook-Werbeanzeigen – So erstellst du deine erste Werbekampagne!

Das benötigst du für den Start:

- Downloade und installiere den Browser „Google Chrome“, Facebook gibt eine spezielle Anwendung nur dann frei, wenn du diesen Browser nutzt.

- Du benötigst einen Facebook-Business-Account, über den du deine Werbeanzeigen schalten und deine Fanseiten verwalten kannst. Diesen Account kannst du unter:
  https://business.facebook.com/
  einrichten.

- Vervollständige deine Daten in deinem Business-Account unter dem Menüpunkt „Abrechnungs- und Zahlungsmethoden“.

- Erstelle eine Facebook-Fanseite, wie im letzten Kapitel, unter „Selbst online vermarkten“, beschrieben.

- Füge deine Fanseite in deinem Business-Account unter „Business-Manager“ hinzu, dadurch kannst du über deinen Business-Account die Aktivitäten auf deiner Seite auswerten, Seitenbeiträge planen und erstellen und deine Seite bearbeiten. Dieser Vorgang ist ebenfalls wichtig, um über deine Fanseite eine Werbeanzeige schalten zu können.

- Nutze die Zielgruppenstatistik in deinem Business-Account um alle wichtigen Informationen über deine Zielgruppe herauszufinden.

- Erstelle unter dem Menüpunkt „Pixel“ deinen eigenen Facebook-Pixel, diesen benötigst du, um auszuwerten, ob und wie viele Leute deine Kampagnen aufrufen, den Artikel in den Warenkorb legen oder schlussendlich kaufen. Ohne den Facebook-Pixel kannst du deine Werbeanzeigen nicht auswerten!

Um den Facebook-Pixel nutzen zu können musst du die 16-stellige Pixel-ID kopieren. Wenn du diese in der Zwischenablage hast, wechsle zu deinem Teezily-Account. Nun gehst du auf Mein Konto → Settings → Marketing Tools und fügst deine Pixel-ID unter „New Facebook Pixel“ ein.

- Downloade dir für Google Chrome den „Facebook-Pixel-Helper“, um zu überprüfen, ob dein Pixel wirklich arbeitet.

- Nutze den „Power-Editor“ an Stelle des „Werbeanzeigenmanagers“ um deine Anzeigen zu erstellen. Beide findest du im Auswahlmenü in deinem Business-Account. Der Power-Editor ist umfangreicher und etwas weniger benutzerfreundlich, jedoch hast du mehrere verfügbare Funktionen, die den Erfolg deiner Werbeanzeigen erhöhen können. Investiere etwas Zeit, um sicher mit dem Umgang des Power-Editors zu werden. Ich zeige dir im weiteren Verlauf, wie du deine erste Kampagne veröffentlichen kannst.

- Registriere dich bei https://www.canva.com/. Mit diesem Tool kannst du Bilder bearbeiten und kostenfrei Grafiken für deine Werbeanzeigen erstellen – einfach und schnell. Dieses Verfahren ist auch mit anderen Programmen umsetzbar oder du lässt dir diese Grafik durch deinen Designer erstellen. Canva ist daher meine Empfehlung für dich, jedoch kein „Must-Have“.

- Füge den „Image Downloader“ zu deinem Chrome-Browser hinzu, um die Grafiken für deinen Werbebanner aus deiner Kampagne in guter Qualität downloaden zu können.

Nun hast du die wichtigsten Grundlagen für den Start deiner Werbeanzeigen eingerichtet.

So erstellst du mit „Canva“ dein Werbeanzeigen-Banner für deine Kampagne:

1. Öffne deine Kampagne bei Teezily.

2. Lass dir das Kleidungsstück mit der entsprechenden Farbe anzeigen, welches du für dein Werbe-Banner nutzen möchtest. (zum Beispiel das schwarze T-Shirt oder den blauen Hoodie)

3. Klicke in Google-Chrome nun auf das Symbol für den „Image Downloader“. Dir werden jetzt alle Grafiken, die auf der momentanen Webseite abgebildet sind, zum Download angeboten. Lade dir nun das Bild von deinem Produkt herunter. Achte darauf, dass du das Bild mit der höchsten Qualität wählst.

   Du könntest dieses Bild jetzt schon für deine Werbeanzeige verwenden, es ist jedoch noch wenig aussagekräftig und fällt dem Kunden höchstwahrscheinlich kaum auf. Deswegen erarbeiten wir ein Banner, welches ins Auge sticht.

4. Als nächstes entfernst du den Hintergrund deiner Datei, dein T-Shirt hat aktuell einen weißen Hintergrund, wenn du einen farbigen Hintergrund für dein Banner wählen möchtest, musst du zunächst den Hintergrund entfernen, das kannst du auch ganz einfach selbst machen. Nutze dafür http://www.online-image-editor.com/.

5. Lade deine Datei auf dieser Seite hoch. Ist der Vorgang abgeschlossen siehst du dein T-Shirt mit deinem Motiv auf weißen Hintergrund. Du bist aktuell im „Basics“-Menü, um deinen Hintergrund entfernen zu können, wechselst du in das Menü „Wizards“ und gehst dann auf den Punkt „Transparency“.

6. Klicke nun auf den weißen Hintergrund und du wirst sehen, dass dieser verschwindet. Überprüfe bitte, ob wirklich alles entfernt wurde, manchmal bleiben kleine Reste des

Hintergrundes übrig. Wenn du solche Reste entdeckst, dann klicke einfach erneut auf die betroffenen Stellen. Entferne möglichst 100% des weißen Hintergrundes, um später ein optimales Ergebnis zu erzielen.

7. Wenn der gesamte Hintergrund entfernt ist, dann speichere deine Grafik und lade sie dir auf deinen PC.

8. Öffne nun Canva und melde dich mit deinem Account an. Aktiviere die Schaltfläche „Design erstellen“ und wähle als Designtyp den „Facebook-Beitrag“, somit hat dein Banner direkt die passende Größe für deine Werbeanzeige.

9. Es öffnet sich nun ein neuer Tab in deinem Browser und du bist im Bearbeitungsmenü für dein Werbebanner. Auf der linken Seite siehst du die verschiedenen Menü-Punkte, wähle nun „Uploads“ aus und lade dein hintergrundfreies T-Shirt hoch..

10. Klicke auf die hochgeladene Grafik, sodass diese in deinem Bearbeitungsfeld sichtbar wird. Wie dir auffällt, ist die Grafik aktuell sehr klein im Vergleich zu dem Beitragsfeld. Durch Klicken auf deine Grafik kannst du diese vergrößern, verschieben und verdrehen.

    Setze dein Design richtig in Szene. Der Kunde muss das Design auf den ersten Blick erkennen können.

    Praxistipp:
    Es ist nicht verkehrt, wenn Teile deines Produktes nicht mehr im Bild sind, wichtig ist es, dass das Design die richtige Größe hat.

11. Ist deine Grafik platziert? Dann gehe jetzt auf die Schaltfläche „Hintergrund“ und wähle eine passende, harmonierende Hintergrundfarbe aus. Du kannst natürlich den Hintergrund auch einfach weiß lassen.

12. Wenn du möchtest, kannst du unter dem Menüpunkt „Text“ ein stilvolles Textfeld auswählen, es entsprechend farbig

gestalten und Worte wie: „nur für kurze Zeit“, „nur 20 Stück erhältlich“ oder „Limitierte Auflage“ hinzufügen. Platziere dieses Textfeld dezent und überlade dein Werbebanner nicht mit Text, in Facebook-Werbeanzeigen darf der Text in einem Banner nur wenige Prozent der Fläche einnehmen.

13. Sobald dein Werbebanner bereit ist, klicke auf die Schaltfläche „Herunterladen“ und speichere deine Grafik entsprechend ab.

Praxistipp:
Du kannst auch direkt zwei Produkte (zum Beispiel T-Shirt und Hoodie) in dein Werbebanner einfügen. Wenn du diese entsprechend nach links und nach rechts neigst, harmonieren beide, sofern sie unterschiedliche Farben haben, sehr gut miteinander, auch wenn ein Produkt das andere leicht überdeckt. Achte darauf, dass immer das Design zu sehen ist.

Für den Start genügt es mit einem Werbebanner zu arbeiten. Später kannst du auch mehrere für eine Werbe-Kampagne erstellen, dann sollten sich die Banner wesentlich unterscheiden. Dadurch kannst du herausfinden, welcher Werbe-Banner schlussendlich am besten bei deiner Zielgruppe ankommt. Diesen kannst du für neue Designs in dieser Zielgruppe als Vorlage verwenden, da du weißt, dass dieser gut mit deiner Zielgruppe harmoniert.

Die richtige Zielgruppe mit Facebook targetieren:

Das richtige festsetzen der Zielgruppe ist essentiell für den Erfolg deiner Kampagne. Du solltest nicht zu wenig Zeit in die genaue Recherche der Interessen deiner Zielgruppe investieren, da deine Werbeanzeige nur optimale Ergebnisse erzielen kann, wenn nur Personen deine Werbeanzeige erhalten, für die dein Produkt wirklich relevant ist.

Öffne hierzu in deinem Facebook-Business-Account den Menüpunkt „Zielgruppenstatistiken". Hier kannst du unheimlich viele Daten über verschiedenste Zielgruppen abrufen, die Facebook für dich gesammelt hat. Daher ist Facebook-Werbung auch so effektiv. Du kannst genau die Person erreichen, die du erreichen möchtest und kannst Streuverluste minimieren, Kosten für deine Anzeige einsparen und mehr Verkäufe generieren.

In meinem Beispiel für dich, bleibe ich beim Thema „Angeln". Dies soll dir verdeutlichen, wie du vorgehen kannst, um deine Zielgruppe zu bestimmen. Adaptier diese Vorgehensweise im Anschluss auf deine Interessen- oder Zielgruppe.

Da du im deutschsprachigen Raum verkaufen möchtest, wählst du zunächst als Ort Deutschland, Österreich und die Schweiz aus. Nun siehst du, wie sich die demographischen Angaben und die Größe der Zielgruppe verändert.

Um sicher zu gehen, dass du wirklich nur deutschsprachige Personen erreichst, da nur diese deine Werbeanzeige verstehen können, scrollst du etwas nach unten und wählst unter dem Punkt „Erweitert" die Sprache „deutsch" aus. Nun wird die Zielgruppe erneut etwas kleiner, jedoch sind es momentan noch 25-Millionen monatliche Nutzer, eine viel zu große Zielgruppe für ein Interesse wie „Angeln".

Daher gibst du nun unter Interesse „Fischen" ein, jetzt wird dir angezeigt, wie viele der deutschsprachigen Personen in Deutschland, Österreich und der Schweiz als Interesse „Fischen" in ihrem Profil hinterlegt haben. (aktuelle Zielgruppengröße 1-1,5 Millionen)

Durch das Hinzufügen eines Interesses verschieben sich die demographischen Angaben in der Regel stärker. Beim Interesse „Fischen“ ist zu sehen, dass 75 Prozent der Zielgruppe männlichen Geschlechts sind, also Frauen eher weniger den Kern deiner Zielgruppe ausmachen, deswegen wirst du die Zielgruppe nur auf männliche Personen einstellen, indem du unter „Geschlecht → Männer“ auswählst.

Du siehst nun, dass der größte Anteil deiner Zielgruppe aus Männern zwischen 18 und 34 Jahren besteht, diese also wiederrum den „Kern“ deiner Zielgruppe ausmachen. Stell daher unter „Alter“ deine Zielgruppe auf diesen Altersbereich ein. (aktuelle Zielgruppengröße 700-800 Tausend Personen)

Um dein Design zu testen und um zu sehen, wie es bei deiner Zielgruppe ankommt, kannst du es bereits mit dieser Konstellation ausprobieren, jedoch ist hier die Chance auf Streuverluste immer noch hoch, da „Fischen“ ein sehr allgemeines Interesse ist. Es ist wichtig noch andere Interessen herauszufinden, die speziell auf deine Zielgruppe zutreffen. Das können sein:

- Onlineshops
- Foren
- Blogs
- Gegenstände (zum Beispiel Angelrute oder Köder)
- Spezialisierungen (Zum Beispiel Hochseefischen)

Recherchiere dafür noch einmal im Internet und suche nach Foren, Onlineshops und anderen Seiten, die für deine Thematik verfügbar sind und lies dir in Foren die Themen durch, die deine Zielgruppe interessieren, dadurch findest du auch neue Begriffe und Interessen um deine Zielgruppe einzugrenzen.

Du wirst nicht jedes deiner Ergebnisse targetieren können, da nicht alles bei Facebook hinterlegt ist.

Gib deine Ergebnisse bei Facebook als Interesse ein und schau, was sich verändert. Gib jedes Ergebnis einzeln ein und lösche für diese

Zeit dein Hauptinteresse „Fischen“, so kannst du sehen, wie groß die Zielgruppe für dein spezifisches Interesse ist.

Für den Start wählst du beispielsweise als Interesse:

- Angelrute (Zielgruppe umfasst etwa 60 Tausend Personen)
- Angelrolle (Zielgruppe umfasst etwa 35 Tausend Personen)
- Köder (Zielgruppe umfasst etwa 40 Tausend Personen)

Diese drei Interessen könntest du alle als einzelnes Interesse in unabhängigen Werbeanzeigen verwenden, somit würdest du in Erfahrung bringen, welches Interesse am besten funktioniert und welche Zielgruppe dir letztendlich die meisten Verkäufe generiert.

Du hast die Möglichkeit alle drei Interessen zu einer Zielgruppe zusammenzufassen, um zunächst zu testen, ob dein Design bei der Zielgruppe Anklang findet.
Keine Sorge, es wird Anklang finden, wenn du gut recherchiert hast.

Zum Schluss gibst du noch einmal alle Interessen, die du gesammelt hast, in die Zielgruppenstatistiken ein und gehst dann neben den demographischen Angaben auf „Gefällt mir! – Angaben für die Seite “.
Nun siehst du die Facebook-Seiten, die der Großteil deiner Zielgruppe auf Facebook „gefällt“. Die spezifischen Seiten, die du dort wahrnimmst, kannst du entsprechend auch versuchen als Interessen zu nutzen. Jedoch kannst du in der Regel nicht jede Seite als Zielgruppen-Interesse auswählen.

Praxistipp:
Schau dir alle erhobenen Daten der Zielgruppenstatistiken an.
Bei einigen Zielgruppen, auch bei „Fischen“, kann es von Vorteil sein den Wohnort der Personen zu berücksichtigen. Wenn du zum Beispiel „Hochseefischen“ als Interesse auswählst, ist dieses Interesse womöglich relevanter für Personen, die in Küstennähe leben, als für Personen aus der Alpenregion, für diese wäre wohl eher „Bergsteigen“ interessanter als „Fischen“.

Auch unter dem Menüpunkt „Aktivitäten“ findest du aufschlussreiche Daten, zum Beispiel siehst du bei deiner jetzigen Zielgruppe, dass diese überdurchschnittlich häufig auf Werbeanzeigen klicken. Daraus kannst du beispielsweise viele Rückschlüsse ziehen, sollte deine Kampagne weniger gut anlaufen, liegt es womöglich weniger an der Aktivität der Zielgruppe, sondern hat andere Ursachen.

Ebenfalls spannend ist die Nutzung der Endgeräte, die du ebenfalls über „Aktivitäten“ beobachten kannst.

Du hast die Möglichkeit, wenn du siehst, dass deine Zielgruppe meist mit einem mobilen Endgerät arbeitet und nicht mit einem Computer, deine Werbeanzeigen lediglich auf mobile Endgeräte auszurichten.

Aber Vorsicht: Statistisch gesehen sind über mobile Endgeräte „Gefällt mir!“- Angaben und Kommentare häufiger, jedoch finden tatsächliche Käufe meist über einen Computer statt, dies kann jedoch je nach Alter und Zielgruppe variieren.

Um dir den Prozess der Werbeanzeigen vorzuführen, werden wir mit folgenden zwei Zielgruppen arbeiten:

Zielgruppe 1:

- Region: Deutschland, Österreich, Schweiz
- Sprache: Deutsch
- Alter: 18 – 34
- Geschlecht: männlich
- Interesse: Fischen
- Zielgruppengröße: etwa 800-Tausend

Zielgruppe 2:

- Wie Zielgruppe 1, mit
- Interessen: Köder, Angelrute, Angelrolle
- Zielgruppengröße: etwa 80-Tausend

Schritt für Schritt zur ersten Werbeanzeige:

Du hast nun alle erforderlichen, vorbereitenden Maßnahmen getroffen, um mit dem Erstellen deiner ersten Werbeanzeige zu beginnen.

Achtung:
Facebook ändert das Layout des Power-Editors gelegentlich, das kann dazu führen, dass die Reihenfolge der folgenden Angaben nicht identisch mit dem logischen Ablauf auf Facebook ist. Die Art des Vorgehens funktioniert stets auf diese Weise, lass dich jedoch nicht verwirren, wenn es dazu kommt, dass wenige Punkte miteinander vertauscht sind. Du wirst dich trotzdem zu Recht finden und deine erste Werbe-Kampagne erfolgreich starten.

1. Öffne dafür zunächst den „Power-Editor“ in deinem Facebook-Business-Account und wähle die Option „Kampagne erstellen“.

2. Du wirst aufgefordert dein Marketing-Ziel auszuwählen. Wähle an dieser Stelle „Conversion“ aus. Facebook wird deine Werbeanzeigen entsprechend optimieren, damit diese eine möglichst gute „Coversion-Rate“ bietet, also dass deine Werbeanzeige den Personen gezeigt wird, die in der Regel das von dir gewünschte „Conversion-Ziel“ ausführen. (Zum Beispiel: „Klicken auf Link“, „Produkt in den Einkaufswagen legen“ oder „Kauf“)

3. Gib deiner Werbe-Kampagne einen Namen. Wähle dafür am besten deinen Spruch aus und bestätige die Auswahl auf dieser Seite.

4. Nun bist du an der Stelle, in der du dein „Conversion-Ziel“ festlegen kannst. Aus logischer Sicht ist natürlich die Option „Kauf“ sinnvoll, da es genau das ist, was du erreichen möchtest. Jedoch muss Facebook Daten sammeln können und daher empfehle ich dir mit „Inhalt anzeigen“, also das Personen auf deinen Link klicken oder mit „In den

Einkaufswagen“ zu starten, somit fällt es Facebook leichter zu optimieren.

Du wirst sehen, dass dein gewünschtes Conversion-Ereignis vielleicht rot dargestellt ist, das ist kein Fehler, sondern bedeutet lediglich, dass dein Facebook-Pixel dieses Ereignis noch nicht aufgezeichnet hat, was daran liegen wird, dass dies deine erste Facebook-Werbeanzeige ist.

Ich starte in der Regel mit „In den Einkaufswagen“, da ich mit dieser Einstellung die positivsten Ergebnisse erzielen konnte.

5. Bestimme nun deine Zielgruppe, entweder manuell oder lade deine gespeicherte Zielgruppe in die Werbeanzeigengruppe.

   Nun hast du die Möglichkeit bei Bedarf noch ein entscheidendes Extra einzufügen, welches dir in der Zielgruppenstatistik nicht zur Verfügung stand.

   Du kannst nicht nur alle Interessen einfügen, die angesprochen werden sollen, sondern auch Interessen ausschließen oder nur die Personen ansprechen, auf die zwei definierte Interessen zutreffen.

   Personen mit speziellen Interessen auszuschließen, kann bei dem Beispiel „Fischen“ sinnvoll sein, wenn du nur Leute ansprechen möchtest, die an Binnengewässern angeln gehen, somit kannst du das Interesse „Fischen“ targetieren und Personen, die „Hochseefischen“ mögen, ausschließen. Es bleiben alle Personen übrig, die du mit „Fischen“ erreichst und es werden alle, die zusätzlich „Hochseefischen“ mögen, ausgeschlossen. Auf diese Art kannst du die Relevanz deiner Anzeige enorm erhöhen und schließt Streuverluste aus.

   Zwei Interessen zu kombinieren ist bei zwei großen Zielgruppen zu empfehlen. Wenn du zwei Interessen, wie in der Zielgruppenstatistik, hinzufügst, dann werden alle Personen angesprochen, die eines der beiden Interessen mögen. Also vergrößerst du dadurch die Zielgruppe.

Im Power-Editor hast du die Möglichkeit festzulegen, dass nur Leute angesprochen werden, die tatsächlich beide Interessen auf Facebook angegeben haben, damit wird zwangsläufig die Zielgruppe kleiner und du erhöhst ebenfalls die Relevanz deiner Anzeige, da du eine höhere Chance hast „wahre Fans" zu erreichen.

Lege deine Zielgruppe nun fest und verkleinere sie bei Bedarf durch gezieltes Kombinieren der Interessen oder indem du spezielle Interessen ausschließt. Achte dabei stets darauf, wie sich die Größe der Zielgruppe verändert.

Du kannst theoretisch in jeder Zielgruppengröße enorme Gewinne erzielen, jedoch solltest du dir die Möglichkeit der Skalierbarkeit offen halten und daher keine zu kleinen Zielgruppen wählen.

6. Nun kannst du die Art der Auslieferung deiner Werbekampagnen bestimmen, indem du die Platzierung auswählst. Du kannst die Platzierung von Facebook durchführen lassen, indem du den Haken in „automatisch Platzieren" lässt. Ich empfehle dir, dass du die Platzierung selbst auswählst und zunächst nur mit den Facebook-Neuigkeiten, für mobile Endgeräte und PC (Desktop), arbeitest.

Praxistipp:
Du hast auch die Möglichkeit mehrere Anzeigengruppen zu erstellen und du führst einen Splittest durch, welche Auslieferungsart für deine Zielgruppe am besten funktioniert. So könntest du zum Beispiel eine Anzeige für PC starten, eine für mobile Endgeräte, die im WLAN sind und eine letzte für mobile Endgeräte, die nicht zwangsläufig im WLAN sind.

Solche Testmethoden, wie du sie auch mit Interessen und Werbebannern durchführen kannst, sind wichtig, um deine Zielgruppe zu verstehen und langfristig das Maximum aus deinen Anzeigen herausholen zu können.

Für den Start empfehle ich dir deine Anzeigen nicht maximal aufzuteilen, dadurch wird mehr Budget benötigt, um aussagekräftige Daten erheben zu können.

Beginn möglichst wie hier im Beispiel, mit maximal zwei Interessen, die du gegeneinander testen kannst. Du machst auch nichts falsch, wenn du nur eine Zielgruppe festlegst, die aus gut recherchierten Kombinationen besteht. Beginne klein und steigere dich immer weiter, bis du deine perfekte Zielgruppe definiert hast, dann weißt du letztendlich, dass deine Kunden deine Produkte kaufen werden.

7. Entscheide dich für ein Budget, welches du pro Tag in deine Anzeigen investieren möchtest. Wähle hierfür den Punkt „Tagesbudget“ aus.

   Ich empfehle dir mit wenig Einsatz zu beginnen. Es reicht aus, wenn du mit zwei bis fünf Euro pro Tag startest. Du solltest eher mit zwei Euro beginnen und der Anzeige ein paar Tage Zeit zu geben, damit Facebook entsprechende Daten erheben kann und die Ausstrahlung deiner Kampagne optimiert.

   Bei zwei Euro Tagesbudget benötigst du lediglich im Durchschnitt jeden zweiten Tag ein Verkauf, um immer noch Gewinne zu erzielen! Was im Gegenzug bei fünf oder zehn Verkäufen am Tag geschieht, kannst du dir nun sicherlich denken.

8. Lege nun den Zeitplan für deine Werbeanzeige fest. Ich empfehle dir, dass du das Enddatum identisch mit der Laufzeit deiner Teezily-Kampagne wählst.

   Du kannst die Kampagne trotzdem jeder Zeit beenden, falls die Ergebnisse nicht optimal sein sollten. So gehst du lediglich sicher, dass dir keine Werbekosten entstehen, obwohl deine T-Shirt-Kampagne bereits abgelaufen ist.

9. Ändere den Namen der Werbeanzeigengruppe entsprechend deiner Zielgruppe oder deines „Split-Kriteriums“, um später

nachzuvollziehen, welche Werbeanzeigengruppe die gewünschten Ergebnisse erzielt.

Die Werbeanzeigengruppen zum Thema „Fischen" können heißen:

1. Interesse: Fischen
2. Interesse: Köder, Angelrute, Angelrolle

10. Klicke nun auf „Weiter" und starte mit der Gestaltung deiner Werbeanzeige, die dein potentieller Kunde tatsächlich sehen wird.

11. Ich empfehle dir „Bestehenden Beitrag verwenden" auszuwählen, da der Kunde hier die Möglichkeit hat mit dem Bild zu interagieren. Bei herkömmlichen Werbeanzeigen („Neue Werbeanzeige erstellen") kann der Kunde nicht auf das Bild klicken, um es zu vergrößern, sondern wird direkt zu Teezily geleitet. Ich habe die Erfahrung gemacht, dass es mit einem Beitrag besser funktioniert. Die Leute teilen diesen häufiger, drücken häufiger den „Gefällt mir!"-Button und können sich das Bild vergrößert ansehen und einfach über den Link im Text zu Teezily gelangen.

    Daher erkläre ich dir das Beispiel an der Verwendung eines bestehenden Beitrags.

12. Wie es der Name „bestehender Beitrag" bereits verrät, musst du dafür einen Beitrag auf der Fan-Seite erstellen, über die deine Werbeanzeige ausgestrahlt werden soll.

    Gehe dafür in das Menü deines Business-Accounts und wähle „Seitenbeiträge" aus. In der Regel speichert Facebook den derzeitigen Fortschritt deiner Werbekampagne automatisch, jedoch rate ich dir deine Kampagne zunächst als Entwurf zu speichern. Sicher ist sicher.

Achte darauf, dass du hier die richtige Fan-Seite ausgewählt hast und verwende danach die Schaltfläche „+ Beitrag erstellen"

Hinweis:
Es handelt sich um einen „Unveröffentlichten Beitrag" den du erstellst, er wird nicht einfach in den Neuigkeiten deinen Fans angezeigt, sondern dient lediglich deinen Werbeanzeigen.

13. Sobald du auf die zuvor genannte Schaltfläche geklickt hast, öffnet sich ein neues Fenster in deinem Browser.

    Wähle nun unter „Beitragsart" die Option „Foto" aus, und lade dein Werbebanner an dieser Stelle hoch.

14. Erstelle jetzt den entsprechenden Text für deine Werbeanzeige, der deinen Kunden in Kombination mit dem Werbebanner angezeigt werden soll.

    Ich empfehle dir einen kurzen Text zu wählen, damit dieser komplett angezeigt wird und der Kunde nicht auf die Schaltfläche „Mehr lesen" klicken muss.

Dein Text für deine Zielgruppe „Fischen" könnte hierbei wie folgt aussehen:

Beispiel 1:

„*Exklusiv* Nur für wahre Angler!
Jetzt bestellen: *Link zu deiner Teezily Kampagne*

Teile dieses T-Shirt mit deinen Freunden, wenn du Angeln liebst!"

Beispiel 2:

„*Dein T-Shirt-Spruch*
Nur für kurze Zeit und in limitierter Auflage!
Hier bestellen: *Link zu deiner Teezily Kampagne*"

Du darfst diese Beispiele in dieser Form oder abgewandelt gern für deine eigene Kampagne verwenden.

Praxistipp:
Mache deinen Anzeigentext zu einem „Eye-Catcher", indem du den Text dezent und kraftvoll mit „Emoticons" schmückst.
Kopiere dir einfach die Motive, die zu deiner Zielgruppe passen, in dein Textfeld an die richtige Stelle. Dein Text wird so deutlicher wahrgenommen und häufiger gelesen.

Die Liste zu den von Facebook zugelassenen Emoticons findest du hier:

http://www.symbols-n-emoticons.com/p/facebook-emoticons-list.html

Du musst zwangsläufig deinen Teezily-Kampagnen-Link in deinen Beitragstext einfügen, ich empfehle dir auf Grund der Länge des Links, dass du die URL verkürzt, dafür kannst du zum Beispiel den kostenfreien Service von https://goo.gl/ nutzen.

Füge deinen Link in das entsprechende Feld ein und verkürze deine URL. Die gekürzte Version deines Links kannst du nun in deinen Werbebeitrag einfügen.

15. Setze nun den Haken bei „dieser Beitrag wird nur als Werbeanzeige verwendet" und klicke anschließend auf „Beitrag erstellen".

16. Kehre zu deiner Werbekampagne im Power-Editor zurück und bearbeite deine Werbeanzeige weiter, indem du an dieser Stelle deine Fan-Seite auswählst, unter deren Namen dein Beitrag veröffentlicht werden soll.

17. Gib nun den bestehenden Beitrag an, den du für deine Anzeige verwenden möchtest.

18. Kontrolliere in der Vorschau, ob dein Werbebanner und dein Text stimmig sind.

Wenn du nur eine einzige Werbeanzeige schalten möchtest, kannst du bereits jetzt auf „Änderungen überprüfen“ klicken und deine Werbeanzeige damit veröffentlichen. Es dauert unter Umständen etwas (In der Regel wenige Minuten, selten wenige Stunden), bis Facebook deine Anzeige geprüft hat. Anschließend ist deine Werbeanzeige online und das Verkaufen kann beginnen!

Ich zeige dir weiterhin, wie du vorgehen kannst, um deine Werbekampagne zu splitten.

- Dupliziere dafür deine Werbeanzeigengruppe. Dadurch hast zweimal die identische Werbeanzeigengruppe (Budget, Zielgruppe) mit der entsprechenden Werbeanzeige (Werbebanner und Text).

- Verändere nun, in der Kopie deiner Werbeanzeigengruppe, die Zielgruppeninteressen von „Fischen“ auf „Köder, Angelrute, Angelrolle“ und fertig. Nun hast du zwei identische Werbeanzeigengruppen mit lediglich unterschiedlichen Interessen, die du gegeneinander testen kannst.

  Vergiss nicht, dass du den Namen der kopierten Werbeanzeigengruppe entsprechend verändern musst, damit du später weißt, was diese beinhaltet.

  Jetzt nur noch veröffentlichen und Geld verdienen!

Praxistipp:
Gib deinen Anzeigen etwas Zeit. Ich empfehle dir mit niedrigem Budget von zwei Euro zu starten und die Anzeige drei bis vier Tage laufen zu lassen. Danach sind die erhobenen Daten aussagekräftiger und du kannst entscheiden, ob du die Kampagne weiterlaufen lässt, das Werbebudget erhöhst oder die Kampagne beendest.
Wenn du Kampagnen gegeneinander testest, wie im Beispiel beschrieben, dann entscheide dich, welche Werbeanzeigegruppe du weiter laufen lässt und welche nicht. Das ist der große Vorteil bei diesen Split-Tests, du kannst selbst entscheiden welche Werbeanzeige oder welche Werbeanzeigengruppe du fortsetzt.

Auf welche Kriterien solltest du bei der Auswertung deiner Kampagnen achten?

Ich möchte dich hier nicht mit Daten überhäufen, wirklich wichtig ist, dass du letztendlich Gewinne erzielst und dafür solltest du einige Kennzahlen verstehen können.

Deine Werbekampagnen kannst du in deinem Facebook-Business-Account unter „Werbeanzeigenmanager" auswerten.

Relevant ist definitiv dein ausgegebenes Budget im Vergleich mit deinem Gewinn auf Teezily oder einer anderen T-Shirt-Plattform. Dieser Wert sollte logischerweise am Ende der Kampagne zu Gunsten der Gewinne ausfallen.

Facebook misst für dich die Anzahl der Conversion (Inhalte anzeigen, In den Einkaufswagen, Kauf etc.) und setzt diese für dich ins Verhältnis mit deinem ausgegebenen Werbebudget, dadurch entstehen „Kosten pro Conversion".
Dein Ziel sollte sein, diesen Wert so gering wie möglich zu halten, auch wenn dir das nicht zwangsläufig Gewinne einbringt, ist es ein sehr gutes Anzeichen für den Erfolg deines Designs.
Es ist definitiv abhängig von der Zielgruppe, wie hoch oder niedrig die Kosten pro Conversion sein sollten, um über das Fortsetzen der Werbeanzeige zu entscheiden. Bei extrem gut laufenden Kampagnen kann man Kosten pro Conversion unter zehn Cent erreichen. Mit 30 – 50 Cent machst du in der Regel ausreichende Gewinne, wenn die Leute kaufen. Ich persönlich empfinde es als kritisch, wenn die Kosten pro Conversion mehr als einen Euro betragen, wenn sich das nach wenigen Tagen nicht „einpendelt", solltest du die Kampagne stoppen.

Um Indizien und Rückschlüsse sammeln zu können, ist es hilfreich „Gefällt mir!"-Angaben, Beitragsinteraktionen, Kommentare und das Teilen deines Beitrages auszuwerten. Wenn viele Personen positiv auf deine Werbeanzeige reagieren, bedeutet es, dass dein Design in der Regel ansprechend auf deine Zielgruppe wirkt. Sollten dementsprechend viele Conversion mit „Inhalt anzeigen" aufgezeichnet sein, kann das bedeuten, dass die Leute Interesse an deinem Produkt haben, sie aber von einem Faktor auf Teezily, zum Beispiel vom Preis, aufgehalten wurden.

Sei dir stets bewusst, dass von allen Personen, die deine Werbeanzeige sehen, nur ein kleiner Teil die Anzeige überhaupt wahrnimmt. Denk dabei an dein Verhalten, wenn du privat durch Facebook scrollst.
Es muss dein Ziel sein, dass du diese wenigen Prozente zum Kaufen bringst, daher ist die Klickrate (CTR) für dich ebenfalls interessant. Eine Klickrate über fünf Prozent ist, je nach Zielgruppe, schon sehr erstrebenswert. Nachdenklich solltest du werden, wenn du mit deinen Gewinnen unzufrieden bist und eine CTR unter zwei Prozent hast, es kann daher auch ein Indiz sein, eine Kampagne zu beenden.

Schaue dir nicht nur diese, sondern alle Kennzahlen im Werbeanzeigenmanager einmal an und lies dir deren Beschreibung durch. Sei dir bewusst, was für wertvolle Daten Facebook für dich erhebt und nutze diese!

Nun hast du das Wissen darüber, wie du deine Werbeanzeigen erstellen kannst und welche Kennzahlen du unbedingt nutzen solltest, um über den weiteren Verlauf deiner Kampagne zu entscheiden.

Outsourcing – Mehr Zeit für dich!

Indem du Prozesse deines Geschäftsmodells auslagerst, sparst du Zeit und diese Zeit ist der einzige Wert, den du im Leben dich erhöhen kannst.

Stell dir dein Leben wie eine Sanduhr vor – Du siehst wie viel unten in die Sanduhr hineingeflossen ist, kannst jedoch nicht sehen, wieviel „Sand“ noch übrig ist. Genauso ist es mit der Zeit, deiner Lebenszeit. Du weißt nie, wann es vorbei ist, daher setze den Fokus nicht nur auf deine Arbeit, auch wenn das T-Shirt-Business verhältnismäßig entspannt ist und andere Jobs viel mehr Zeit beanspruchen.

Gib daher Aufgaben ab – Das soll nicht bedeuten, dass du gar nicht mehr arbeiten sollst, jedoch ist es doch wesentlich besser, wenn du statt 100% Gewinn nur noch 70% Gewinn machst, dafür aber 200% mehr Zeit hast?

Du weißt bereits, dass du die Erstellung deines Designs auslagern kannst, das wurde dir im Kapitel „So erstellst du ein Design“ ausführlich erklärt. Du hast jedoch die Möglichkeit noch mehr Aufgaben in deinem T-Shirt-Business abzugeben.

Das Erstellen der Kampagne auf Teezily kannst du einfach an einen virtuellen Assistent oder Praktikanten auslagern. Die Auslagerung an einen Praktikanten solltest du erst verwirklichen, wenn dein Geschäft groß genug ist, um mit festen Angestellten oder mehreren Freiberuflern arbeiten zu können.

Du kannst auch äußerst wichtige Prozesse auslagern, wie zum Beispiel die Zielgruppen-Recherche oder das Ersuchen von neuen Design-Ideen.

Du kannst prinzipiell jeden Prozess im T-Shirt-Business abgeben um tatsächlich passives Einkommen aufzubauen. Wichtig ist, dass du die Kontrolle behältst, die Umsätze nicht sinken, die Mitarbeiter / Freiberufler vertrauensvoll sind und du maximal optimierte Vorlagen für deine Mitarbeiter anfertigst, sodass möglichst keine Rückfragen aufkommen und deine Ziele exakt umgesetzt werden können.

Was ist so praktisch? Du kannst von jedem Ort der Erde deine Umsätze kontrollieren, Kontakt zu deinen Mitarbeitern aufnehmen und deine Gewinne zählen.

Praxistipp:
Gehe diese Schritte langsam, lagere nicht jeden Prozess gleichzeitig aus und beginne damit, dass du weitgehend jeden Prozess am Anfang selbst durchführst, um schlussendlich auch kontrollieren zu können, ob deine Mitarbeiter entsprechend deiner Vorstellungen arbeiten (können).

„TO DO“ – Deine Schritte zum Erfolg!

1. **Schritt:** Du beginnst heute noch mit diesem Schritt und suchst dir eine Nische und eine Zielgruppe, die du für den Verkauf deiner Produkte benutzen möchtest. Du durchsuchst sowohl Facebook, als auch Foren, Onlineshops und Suchmaschinen und überlegst dir, mit welcher der vier genannten Vertriebsarten du starten möchtest.
   Bedenke, dass du dir eine spezifische Nische aussuchst, in der du arbeiten möchtest.

2. **Schritt:** Beschäftige dich nun mit der Recherche zu deinem Design. Überprüfe, ob es bereits Produkte mit ähnlichen Designs gibt und wie erfolgreich diese verkauft werden. Entwickle an Hand deiner Ideen und den erfolgreichen Designs am Markt ein Konzept für dein ultimatives T-Shirt-Design. Achte dabei stets auf Marken- und Urheber-Rechte. Erstelle dein Design selbst oder lagere diesen Prozess aus. Starte so schnell wie möglich, um die Zeit, die der Designer benötigt, produktiv nutzen zu können.

3. **Schritt:** Entscheide dich für eine T-Shirt-Plattform, wie Teezily, und erstelle deinen Account auf dieser Seite. Überlege dir bereits, wie die Überschrift und die Beschreibung zu deinen Produkten aussehen sollen, so kannst du später deine Kampagne zügig erstellen.

4. **Schritt:** Erstelle deine Facebook-Fanseite und richte deinen Facebook-Business-Account ein.
   Solltest du offline deine Produkte vermarkten wollen oder bist auf der Suche nach Personen, die dein Produkt auf Grund von Gewinnbeteiligung bewerben wollen, dann beginne mit der Suche nach entsprechenden Personen, die du für dein weiteres Vorgehen benötigst und formuliere ansprechende Anschreiben, um Kontakt zu diesen Personen aufzunehmen.

5. **Schritt:** Dein Design ist bereits fertig? Dann starte jetzt deine Teezily-Kampagne!

6. **Schritt:** Abhängig von deiner Vermarktungsstrategie, kannst du nun mit dem aktiven Verkauf deiner T-Shirts beginnen!

   Du arbeitest mit Facebook-Werbeanzeigen? Dann binde nun den Facebook-Pixel auf Teezily ein und erstelle deinen Werbebanner mit Canva.

7. **Schritt:** Optimiere deine Zielgruppe mit den Zielgruppenstatistiken im Facebook-Business-Account und gehe den Interessen dieser Personen auf den Grund – Recherchiere ausführlich, um maximale Erfolge zu ermöglichen!

8. **Schritt:** Erstelle und starte deine Facebook-Werbe-Kampagne und verdiene ab sofort bares Geld mit deinen selbst designten T-Shirts!

9. **Schritt:** Werte deine Werbeanzeigen aus und entscheide rational, welche Kampagne du beendest und welche nicht! Verliebe dich nie in ein Design – Finde den Fehler in deinem Konstrukt, wenn deine Shirts nicht verkauft werden und behebe diesen so schnell wie möglich!

10. **Schritt:** Skaliere deine Gewinne, indem du dein Werbe-Budget erhöhst und deine Kampagnen in andere Sprachen übersetzt, um Märkte in anderen Ländern zu erschließen.

Zusatz:
Erstelle entsprechend deiner Zielgruppe mit Hilfe des Facebook-Pixels eine „Custom-Audience“ und verwende diese für „Retargeting“ und zum Erstellen von einer „Lookalike-Audience“.

Eine Custom Audience ist eine Personengruppe, die du selbst vordefinierst. Zum Beispiel alle Personen, die die Conversion „Kauf“ aktiviert haben, somit dein Produkt gekauft haben.

Eine Personengruppe (zum Beispiel „Inhalt anzeigen“) kannst du verwenden, um eine Retargeting-Kampagne zu starten, dabei zeigst du deine Werbung noch einmal den Personen, die bereits auf deine Anzeige geklickt haben. Mit der richtigen Retargeting-Technik kannst du es schaffen, dass diese Personen anschließend doch noch deine Kunden werden.

Die Personengruppe, die dein Design bereits gekauft hat, kannst du für eine „Lookalike-Audience" benutzen, dabei sprichst du die Personen an, die deiner Custom-Audience (Kauf) sehr ähnlich sind, also mit den Interessen und demographische Angaben weitestgehend übereinstimmen.

11. **Schritt:** Vergrößere dein Unternehmen und beginne einzelne Prozesse auszulagern, um dich auf wichtige Aufgaben und um deine Freizeit zu kümmern!

    Sei ein Unternehmer – Keine Fachkraft!

Schlusswort

Herzlichen Dank, dass du dieses Buch bis zu dieser Stelle gelesen hast.
Du bist nun in der Lage dein eigenes T-Shirt-Business erfolgreich aufzubauen und die gelernten Prozesse auf andere Branchen zu adaptieren – Dein Weg zum Online-Unternehmer ist somit geebnet.

Verlier bitte keine Zeit und beginne so schnell wie möglich mit dem Erstellen deines T-Shirt-Business. Du wirst auf deinem Weg noch vieles erlernen und neue Möglichkeiten finden, um effektiver und erfolgreicher zu werden. Generiere jetzt dein Nebeneinkommen und entwickle dich Schritt für Schritt zum erfolgreichen, unabhängigen Unternehmer.

Dieses Buch ist nicht die komplette Weisheit um endgültig unabhängig werden zu können, es ist ein Weg, der dir dargestellt wird, um als Online-Unternehmer erfolgreich werden zu können. Trotzdem bist du gefragt, du musst es wollen, du musst es anpacken und du darfst daher nie aufhören dich auf deinem Gebiet weiterzuentwickeln.

Dein Erfolg liegt ganz allein in deinen Händen!

Du wirst auf deinem Weg sowohl Erfolge, als auch Misserfolge erzielen, das ist ein ganz normaler Prozess – so wie Sommer und Winter – Berg und Tal. Lass dich nicht entmutigen, sollte sich mit den ersten Designs nicht der große Durchbruch erzielen lassen.
Du weißt nie, ob das nächste Design ein globaler Erfolg werden kann. Du wirst es jedoch nie herausfinden, wenn du dich durch Rückschläge und Misserfolge von deinem Vorhaben abbringen lässt.
Du bist ein Gewinner! Gewinner geben niemals auf und stehen immer wieder auf, bis sie ihr Ziel erreicht haben.
Kannst du mit der Ungewissheit leben, wenn du dich fragst:

„Was wäre wenn ich das nächste Design noch veröffentlicht hätte?"

Stell dir diese Fragen, wenn du Bedenken hast. Das T-Shirt-Modell ist äußerst lukrativ und perfekt um ohne großen Aufwand zu starten! Du bist vorbereitet. Du bist ein Gewinner. Du wirst es schaffen!

Ich glaube an dich!

Herzlichst,
dein Theo

P.S.: Dein Erfolg ist mein Anliegen! Solltest du Fragen oder Probleme mit der Durchführung der im Buch aufgeführten Schritte haben, stehe ich dir gern weiterhin zur Verfügung. Kontaktiere mich einfach unter meiner privaten E-Mail-Adresse – Ich helfe dir so schnell wie möglich!

Email: theodor.schaefer503@gmail.com

Hat dir dieses Buch gefallen und konnte ich dir weiterhelfen? Dann würde ich mich über eine positive Rezension sehr freuen.
Fehlen dir Inhalte oder sind einige Ausführung nicht ausführlich genug? Dann kontaktiere mich bitte ebenfalls per E-Mail, ich werde dieses Buch dann entsprechend bearbeiten und verbessern, um jedem Leser den größtmöglichen Mehrwehrt bieten zu können.

Vielen Dank für deine Unterstützung!

Auf der nächsten Seite erwartet dich die im Buch bereits angesprochene Link-Sammlung, mit nützlichen Seiten und Tools rund um das T-Shirt-Business.

Link-Sammlung

Hier findest du alle Links, die ich dir bereits im Buch aufgezeigt habe und noch einige mehr! Alle Links sind lediglich meine Empfehlungen. Ich bekomme keine Provision für das Bereitstellen dieser Links. Suche dir das Beste für dein T-Shirt-Business heraus!

Nischensuche / Ideensuche:

- https://www.amazon.de/
- http://www.ebay.de/
- https://de.pinterest.com/
- www.depositphotos.com
- http://www.shutterstock.com/

Design erstellen:

- http://www.gimp24.de/
- http://www.adobe.com/de/products/photoshop.html

Design erstellen lassen:

- https://www.fiverr.com/
- https://www.freelancer.de/

Video / Screenshots für Designer erstellen:

- http://www.chip.de/downloads/Open-Broadcaster-MultiPlatform-OBS_83945427.html
- http://www.chip.de/downloads/Jing_29707663.html

T-Shirt-Plattform:

- https://www.teezily.com/
- https://teespring.com
- https://www.spreadshirt.de/

- https://www.seedshirt.de/

Facebook-Business-Account:

- https://business.facebook.com/

Google-Chrome:

- https://www.google.de/chrome/browser/desktop/

Canva:

- https://www.canva.com/

Hintergrund beim T-Shirt entfernen (für dein Werbebanner):

- http://www.online-image-editor.com/

Emoticons für Facebook:

- http://www.symbols-n-emoticons.com/p/facebook-emoticons-list.html

URL kürzen:

- https://goo.gl/
- https://bitly.com/

Facebook-Pixel-Helper:

- https://chrome.google.com/webstore/detail/facebook-pixel-helper/fdgfkebogiimcoedlicjlajpkdmockpc

Image-Downloader:

- https://chrome.google.com/webstore/detail/image-downloader/cnpniohnfphhjihaiiggeabnkjhpaldj

T-Shirt-Spy-Software –Sieh dir aktuelle Top-Shirts und Ihre Verkaufszahlen an!:
(kostenpflichtig)

- https://teespy.com/
- https://teegrasp.com/

Notizen:

Impressum

René Engert
Magnusstr. 8
30827 Garbsen

Jahr der Veröffentlichung: 2016

Verantwortung für den Druck: Amazon Distribution GmbH, Leipzig

27539474R00045

Printed in Poland
by Amazon Fulfillment
Poland Sp. z o.o., Wrocław